Clara Frey

Das Haus der vergessenen Kinder

Autorin

Geboren in Augsburg, studierte Clara Frey in Würzburg und München Germanistik, Kunstgeschichte und Theaterwissenschaften. Schon als Kind lief sie stets mit einem Stift und einem Notizheft durchs Leben und notierte alles, was ihr wichtig erschien. Neben dem Schreiben gehören das Kochen und das Reisen zu ihren großen Leidenschaften. Clara Frey lebt mit ihrer Familie und diversen Haustieren in der Nähe des Bodensees und in der Provence.

CLARA FREY

Das Haus der vergessenen Kinder

ROMAN

blanvalet

MIX
Papier aus verantwortungsvollen Quellen
FSC
www.fsc.org
FSC® C014496

Penguin Random House Verlagsgruppe FSC® N001967

1. Auflage

Dieses Werk wurde vermittelt durch die Literarische Agentur
Thomas Schlück GmbH, 30161 Hannover.
Redaktion: Margit von Cossart
Umschlaggestaltung: © Johannes Wiebel | punchdesign,
unter Verwendung von Motiven von Shutterstock.com
(Odem1970; AnastasiaNess) und Ildiko Neer/Trevillion Images
AF · Herstellung: sam
Satz: Vornehm Mediengestaltung GmbH, München
Druck und Bindung: GGP Media GmbH, Pößneck
Printed in Germany
ISBN 978-3-7341-0663-7

www.blanvalet.de

Für meine Großeltern
Johann und Paula, Xaver und Victoria

Wir vergessen unsere Fehler leicht,
wenn sie nur uns bekannt sind.

FRANÇOIS DE LA ROCHEFOUCAULD
Maximen und Reflexionen

Lélinaz, Frankreich, April 1944

Noch lag ein zarter Schleier über der von Morgendunst verhüllten Landschaft der Bugey. Während in den Flussauen der jungen Rhône der Nebel dicht und zäh alles unter sich verbarg, begann sich ein Stück weiter oben, in den Kalkfelsen des über zweitausend Meter hohen Gebirgszugs der Chartreuse, der Vorhang bereits zu lüften. Dort, wo sich die Sonne bereits über die Hügel erhob, vermochten ihre wärmenden Strahlen die Feuchtigkeit der Nacht aufzulösen. Schon bald war alles in friedliches Morgenlicht gehüllt. Der Ruf der Hähne mischte sich mit vereinzeltem Hundegebell und dem Brüllen der Kühe, die gemolken werden wollten. Vogelgezwitscher erfüllte die Frühlingsluft, in den Dörfern Brégnier-Cordon und Izieu sowie den Höfen und Weilern rundherum begannen die Menschen, ihren täglichen Pflichten nachzugehen. Aus dem Kinderheim des Weilers Lélinaz hörte man den hellen Klang von Kinderstimmen.

»Mina, Claudine! Beeilt euch! Was seid ihr nur für Schlafmützen. Gleich gibt's Frühstück.«

Léa Feldblum sah, wie sich unter den Bettdecken des Stockbettes im hinteren Teil des Schlafsaals etwas zu regen begann. Wenig später schaute der verstrubbelte Kopf der achtjährigen Mina Halaunbrenner aus dem oberen der beiden Betten.

»Aber heute sind doch Ferien«, protestierte die Kleine reichlich verschlafen. »Ich will noch nicht aufstehen!«

»Die Sonne scheint und wartet nur darauf, dass ihr sie begrüßt!«

Léa Feldblum begleitete ihre Worte mit einem gutmütigen Lachen. Gleichzeitig zog sie mit einem kräftigen Ruck an der Bettdecke, sodass Mina gar nichts anderes übrig blieb, als endlich aufzustehen. Ihre fünfjährige Schwester saß bereits in ihrem Nachthemd auf der Bettkannte und rieb sich verschlafen die Augen. Die anderen Mitbewohnerinnen des Schlafsaals waren längst angezogen und befanden sich draußen an dem steinernen Brunnen bei der Morgentoilette. Aus dem geöffneten Fenster hörte man ihr Kichern und munteres Plaudern. Léa nahm sich die Zeit und setzte sich neben Claudine auf den Bettrand. Deren nackte Füßchen baumelten einen Fingerbreit über dem Boden, während sie teilnahmslos einen unbestimmten Punkt im Raum fixierte. An den verquollenen Augen erkannte Léa, dass die Kleine auch in dieser Nacht wieder geweint hatte.

»Komm, ich helfe dir beim Anziehen«, schlug die Betreuerin vor und reichte Claudine einen der Wollstrümpfe, die sorgfältig, wie die anderen Kleidungsstücke auch, über dem Gitterende des Feldbettes hingen. Die beiden Mädchen hatten erst wenige Tage zuvor erfahren, dass ihr Vater und ihr ältester Bruder in einem deutschen Konzentrationslager ums Leben gekommen waren. Seitdem war ihr Heimweh nach der Mutter, der Schwester Monique und ihrem Bruder Alexandre noch unerträglicher geworden. Während Mina sich äußerlich nichts anmerken ließ, weinte Claudine viel und zog sich immer mehr in sich zurück. Léa, die sich gemeinsam mit ihrer Kollegin Marguérite um die kleineren der jüdischen Kinder in dem Waisenhaus kümmerte, versuchte, sie abzulenken. »Möchtest du nach dem Frühstück vielleicht die Ferkel sehen? Monsieur Perticoz meinte, dass ihr sie heute besuchen dürft. Julien und Marguérite werden euch begleiten.«

Die Aussicht auf einen Besuch im Stall des Nachbarbauern gemeinsam mit Marguérite hob Claudines Stimmung. Ihre verweinten Augen leuchteten sogar ein wenig, als sie endlich damit begann, sich anzuziehen. Sie liebte die Betreuerin, die immer gut gelaunt war, so viele lustige Geschichten und Lieder kannte und außerdem ihre Muttersprache sprach. Mit ihr konnten selbst traurige Tage schön sein. Und Julien, der Knecht der Perticoz, war auch ganz nett. Manchmal ließ er sie auf seinem Rücken reiten und machte Späße, die die Kinder zum Lachen brachten.

»Wo ist Marguérite? Warum ist sie nicht hier?«, erkundigte sich Claudine, die es plötzlich nicht mehr erwarten konnte, endlich den Tag zu beginnen.

»Sie wird gleich kommen«, versicherte Léa. »Sie hatte gestern frei und war unten im Dorf.«

»Bestimmt hat sie sich wieder mit Antoine getroffen«, erwiderte die Kleine kichernd. »Die beiden sind, glaub ich, verliebt! Marguérite wird immer ganz rot, wenn sie ihn ansieht. Das hab ich gesehen!«

Mina, die bereits fertig war mit dem Ankleiden, drängte ihre Schwester, sich zu beeilen. Auch ihr lag eine Frage auf der Seele.

»Und was ist mit Madame Zlatin?«, erkundigte sie sich schüchtern. »Sie hat versprochen, sich nach Mama und Alexandre zu erkundigen. Vielleicht bringt sie sie ja mit!«

»Sie kommt sicher heute oder morgen zurück«, meinte

Léa freundlich. »Bestimmt hat sie auch gute Nachrichten für euch. Und nun geht runter in den Frühstücksraum. Paul hat frisches Brot gebacken.«

Mina nahm ihre Schwester an die Hand und machte sich auf den Weg, während Léa ihnen nachdenklich folgte. Sie hoffte, dass ihre Worte der Wahrheit entsprachen und Heimleiterin Sabine Zlatin gute Neuigkeiten mitbrachte. Sie waren nicht mehr sicher, seitdem die Deutschen nun auch in dieser Region alles kontrollierten. Ein Anflug von Wehmut überfiel Léa, als sie sich vorstellte, dass sich ihre Gemeinschaft nun bald wieder auflösen würde. In den Monaten, die sie hier mit den Kindern verbracht hatte, hatte sie sich an diesen Ort gewöhnt und auch sicher gefühlt. Der Weiler lag einsam im Hinterland von Chambéry, nicht allzu weit von der schweizerischen Grenze entfernt. Ob es wohl möglich war, noch einmal einen solch sicheren Platz zu finden?

Die Menschen, die in der Gegend lebten, hatten ihre Gruppe gut aufgenommen und auf vielerlei Weise unterstützt. Sie hatten nicht danach gefragt, woher sie kamen, obwohl es ihnen nicht verborgen geblieben sein konnte, dass sie Flüchtlinge waren, die sich vor der Gestapo und der Vichy-Regierung versteckten. Dass sie alle noch am Leben waren, hatten sie dem Einsatz und Geschick des Ehepaars Zlatin zu verdanken, das sich trotz aller Widrigkeiten nicht davon abhalten ließ, ihnen zu helfen.

An die hundert Kinder hatte das Waisenhaus von Izieu im Laufe der letzten Monate gesehen. Die meisten von ihnen waren nur kurze Zeit geblieben, bevor die Zlatins sie anderswo in Sicherheit gebracht hatten. Léa hatte es nie bereut, als sie sich damals gemeinsam mit Marguérite dazu entschlossen hatte, Sabine und Miron zu helfen. Obwohl sie täglich Gefahr liefen, entdeckt oder verraten zu werden, war ihnen niemals der Gedanke gekommen, die Kinder alleinzulassen. Für die meisten waren sie die einzigen Bezugspersonen, nachdem man sie von ihren Eltern getrennt hatte. Viele hatten Schreckliches durchgemacht und brauchten die Hinwendung und Fürsorge mehr noch als Essen und Trinken. Doch nun waren die Deutschen in die von den Italienern besetzte Zone eingedrungen, sodass die Kinder hier nicht länger sicher waren. Aus diesem Grund warteten sie alle sehnlichst auf Sabine Zlatin, die nach Montpellier gereist war, um über die Flüchtlingsorganisation neue Zufluchtsorte zu finden. Léa war sicher, dass ihr das gelingen würde.

Im Speisesaal herrschte ein munteres Durcheinander, während sich die gut vierzig Kinder zwischen vier und siebzehn Jahren versammelten. Der Tumult nahm noch zu, als Léon Reifmann mit zwei Jugendlichen eintraf, die er für die Ferien aus dem Collège in Belley abgeholt hatte. Léas Herz schlug ein wenig schneller, als sie den jungen Mann eintreten sah. Seine Schwester mit ihrem Sohn Claude und seine Eltern begleiteten ihn. Miron Zlatin begrüßte die Neuankömmlinge herzlich. Léon hatte viel zu erzählen, denn er hatte einige Wochen zuvor über Nacht untertauchen müssen, nachdem bekannt geworden war, dass die Deutschen verstärkt junge Männer als Zwangsarbeiter rekrutierten. In seinem Gepäck hatte er Briefe und Ansichtskarten für einige der Kinder.

»Machst du auch bei unserem Theaterstück mit?«, bestürmte ihn der zwölfjährige Jacques Benguigui. »Wir brauchen noch ein paar gute Ideen für das Osterstück.«

Auch sein Freund Barouk-Raoul Bentitou war ein begeisterter Schauspieler. Gemeinsam mit dem Betreuer hatten sie schon mehrfach Stücke einstudiert.

»Warum nicht?« Léon lachte. »Habt ihr denn schon eine Idee?«

»Wir spielen Drachentöter und Prinzessin«, sprudelte es aus Raoul hervor.

»Ich frage gleich mal Philippe, ob er uns den Film von Tarzan noch mal mit der Laterna magica zeigt«, stimmte Joseph Goldberg begeistert mit ein.

Der Koch der Kolonie, so nannte man das Anwesen auch, hatte den Kindern mit dem selbst gebauten Projektor schon oft eine Freude bereitet, indem er ihre auf Papierstreifen gefertigten Zeichnungen auf eine Leinwand projizierte. Die Stimmung wurde immer ausgelassener. Sowohl die Kinder als auch die Erwachsenen freuten sich auf die bevorstehenden Ostertage ohne Verpflichtungen. Um endlich wieder etwas Ruhe in den Saal zu bekommen, klatschte Miron Zlatin in die Hände und forderte die Kinder auf, sich zum Frühstück an die Tische zu setzen. Der Geruch von frisch gebackenem Brot durchzog den Raum. Auf den Tischen standen Gläser mit selbst gemachter Marmelade und Frischkäse von Bauer Perticoz. In den Keramikkannen befand sich heiße Ovomaltine. Während sich die Kinder auf Kommando ans Essen machten, ging die Tür auf, und ein Junge von vielleicht fünfzehn Jahren trat ein.

»François«, wurde er überrascht von dem Kinderheimleiter begrüßt. »Hat dir Monsieur Bourdon etwa doch freigegeben?«

»Ja, Monsieur«, antwortete François verlegen. Sein eigentlicher Name war Fritz Loebmann. Doch den hatte er wie viele deutsche Kinder, die in diesen gefährlichen Zeiten im Ausland untertauchen mussten, abgelegt. Sein Französisch hatte allerdings einen unverkennbar deutschen Akzent. »Er hat mich gleich nach dem Melken hierhergeschickt.«

»Dann wirst du sicher Hunger haben. Setz dich zu Arnold und Théo an den Tisch.«

Die beiden älteren Jungen hatten ihm bereits Platz gemacht und schlugen ihm freundschaftlich auf die Schulter. »Bist bestimmt froh, dass du dem alten Griesgram mal für eine Zeit entkommen kannst«, hörte Léa, die am Nebentisch saß, Arnold Hirsch sagen.

»Hm …« François nickte und griff gierig nach einem Stück Brot.

Er war kein Freund großer Worte. Dafür hatte er eine umso größere Leidenschaft für die Landwirtschaft und für praktische Dinge. Als einer der Bauern aus der Umgebung angeboten hatte, ab und zu Gemüse an das Waisenhaus zu liefern, wenn einer der Jungen ihm unentgeltlich zur Hand ginge, hatte er sich sofort als Freiwilliger gemeldet. Dabei wurde er von Lucien Bourdon ziemlich mies behandelt. Léa wusste, dass der Bauer nicht mit Schlägen sparte, wenn ihm etwas nicht in den Kram passte. Doch François ertrug sein Schicksal ohne Klagen, obwohl Monsieur Zlatin ihm mehrfach angeboten hatte, die Stellung aufzukündigen, wenn es ihm zu viel wurde. Vielleicht half ihm ja die Arbeit, über sein Schicksal hinwegzukommen. Das Leben in diesen Zeiten war nicht gerecht, vor allem nicht den Kindern gegenüber.

Während des Essens wurde es etwas ruhiger im Saal. Die Kinder unterhielten sich zwar weiterhin, doch nun in gedämpftem Ton. Da draußen die Sonne schien, beschloss Léa, mit den Kleinen später hinaus auf die Wiesen zu gehen, um ein paar Frühlingsblumen zu pflücken. Sie kannte eine schöne Stelle unten am Bach mit Schlüsselblumen, wilden Narzissen und blühenden Weidenkätzchen. Dorthin wollte sie die Kinder führen. Ihr Blick wanderte über die Ausläufer des zum Teil noch mit Schnee bedeckten Chartreuse-Massivs hinunter ins Tal, durch das sich in lichtem Grün die Rhône schlängelte. Sie nahm sich fest vor, die letzten Tage hier zu genießen. Wer wusste schon, wohin das Schicksal sie trieb.

Sie sah erneut auf die Uhr. Wo blieb nur Marguérite? Ihre Freundin war längst überfällig! Léa stand auf, um durch das rückwärtige Fenster nach ihr Ausschau zu halten. Ihr war nicht wohl dabei, wenn sie daran dachte, dass sie womöglich die ganze Nacht mit Antoine verbracht hatte. Was, wenn der Kerl ihre Freundin nun doch sitzen ließ? Ihre Befürchtungen waren unbegründet, denn sie entdeckte zwei Gestalten, die den Hügel herunterliefen. Es waren Marguérite und Antoine. Erleichtert winkte sie ihnen zu, als sich plötzlich Unruhe im Saal breitmachte. Sie sah Miron und Léon am Fenster, das nach vorne hinausging, stehen. Ihre Mienen wirkten wie erstarrt. Eilig durchquerte sie den Speisesaal, um zu erfahren, was sie beunruhigte. Über die Zufahrtsstraße von Brégnier-Cordon näherten sich mit hoher Geschwindigkeit zwei Lastwagen, gefolgt von einer dunklen Limousine der Gestapo.

TEIL 1

VERDRÄNGEN

1

Wie kann ich nur all das in Worte fassen, was ich doch selbst kaum zu begreifen vermag? Seit Tagen sitze ich an meinem verflixten Schreibtisch und versuche niederzuschreiben, was mein Leben mir in den letzten Monaten an wundervollen und letztlich doch so schmerzlichen Überraschungen bereitgehalten hat. Das Schicksal ist ein wankelmütiger Genosse – und manchmal schlägt es Kapriolen, die einen von den höchsten Höhen in die tiefsten Abgründe stürzen können. Doch was hilft es schon, in Selbstmitleid zu baden? Bin ich nicht Wissenschaftler geworden, weil mir Vernunft und nachweisbare Fakten immer einen festen Halt gegeben haben?

Ich muss dieses Kapitel in meinem Leben endlich abschließen. Aus diesem Grund schreibe ich all das auf, was in letzter Zeit so Verrücktes geschehen ist. Dann erst werde ich bereit sein für meine neue Zukunft. Schließlich sind die Koffer schon längst gepackt. In wenigen Tagen verlasse ich Frankreich, um in den USA ein neues Leben zu beginnen. Meine Freunde beneiden mich um die Chance, in Harvard eine Professur zu übernehmen. Doch für mich wird es nur eine Flucht sein, eine Flucht vor dem Glück, das ich verloren habe.

Verdammt! Meine Gefühle sind noch zu stark, als dass ich sie einfach beiseiteschieben könnte. Diese tiefe Melancholie hat sich wie ein dichter Nebelschleier auf meine Seele gelegt. Dabei war die letzte Zeit so erfüllt und aufregend gewesen, dass ich glaubte, das Glück für immer in den Händen halten zu können. Wie habe ich mich doch getäuscht! An die Stelle von Glück und Erfüllung sind Trauer und Enttäuschung getreten. Beinahe jede Minute frage ich mich, was ich anders machen würde, wenn ich noch einmal die Chance hätte, mich neu zu entscheiden. Ich weiß es einfach nicht.

Hätte ich den Anruf meiner Tante Adèle damals einfach ignoriert – was durchaus verzeihlich gewesen wäre, da ich mich gerade auf der Geburtstagsfeier meines besten Freundes Maxime befand –, dann wären wir womöglich niemals an den Bodensee gefahren, und ich hätte die Liebe meines Lebens nicht kennengelernt. Doch was nützt es, über vergangene Dinge nachzugrübeln? Wenn ich eines in der jüngsten Vergangenheit gelernt habe, dann, dass man im Nachhinein nichts ungeschehen machen kann.

Alles begann Anfang Juni. Ich hatte mich mit ein paar Freunden in einem angesagten Bistro am Montparnasse zu besagter Geburtstagsfeier eingefunden. Wir waren eine fröhliche kleine Runde ehemaliger Kommilitonen und feierten nicht nur Maximes Geburtstag, sondern auch den Umstand, dass er einige Tage zuvor Vater von Zwillingen geworden war. Dementsprechend ausgelassen war unsere Stimmung. Ich hatte schon zwei Gläser Champagner getrunken und fühlte zum ersten Mal seit meiner Trennung von meiner langjährigen Freundin Marie-Claire wieder so etwas wie Unbeschwertheit.

Obwohl wir beide uns einvernehmlich und als Freunde voneinander getrennt hatten, war es für mich nach neun Jahren gemeinsamer Zeit nicht leicht gewesen, plötzlich wieder für mich selbst verantwortlich zu sein. Ich fühlte mich oft allein, vermisste sogar Marie-Claires Chaos, das mich immer so sehr genervt hatte. Sie war eine Meisterin darin gewesen, ständig unsere Wohnung mit ihren Architektenentwürfen und ihrer abgelegten Kleidung zu fluten. Für mich als Ordnungsfanatiker war das ein Graus. Doch kaum saß ich in meinem neuen, penibel aufgeräumten Appartement, fehlte mir diese Unordnung, sodass ich gar keine Lust mehr verspürte, viel zu Hause zu sein. Aus diesem Grund hatte ich mir in den letzten Monaten angewöhnt, meine Forschungstätigkeit wieder ganz in die Bibliotheken zu verlegen. In meine Wohnung ging ich nur noch zum Schlafen.

»Richard, ich möchte, dass du mir einen Gefallen tust«, begann Adèle unser Gespräch überraschend energisch.

Normalerweise war meine Großtante eher zurückhaltend und niemals fordernd. Wir standen uns sehr nahe, denn sie war für mich mehr Großmutter als Tante. Bei meinem Taufnamen nannte sie mich eigentlich nur, wenn sie ein wichtiges Anliegen hatte. Ansonsten nannte sie mich wie alle anderen einfach nur Rick. Das ließ mich sofort aufhorchen. Inmitten der lauten Unterhaltung meiner Freunde konnte ich sie kaum verstehen. Vor allem, als auch noch das Getöse der Kaffeemaschine von der Bar hinzukam. Ich stand auf, um mir ein ruhigeres Eckchen zu suchen.

»Tante Adèle! Geht's dir gut? Es tut mir leid, dass ich mich so lange nicht bei dir gemeldet habe!«

Mich plagte mein schlechtes Gewissen, denn wir hatten an Weihnachten zum letzten Mal voneinander gehört. Das war für unsere Verhältnisse wirklich außergewöhnlich und nur meinen besonderen privaten Umständen geschuldet. Dabei war Adèle für mich seit dem Tod meiner Mutter anderthalb Jahre zuvor der wichtigste Mensch, den ich noch hatte.

»Hör zu, mein Junge«, begann Adèle, ohne auf meine

Frage zu antworten. Sie sprach in einer bestimmten Art, die keine Widersprüche duldete. »Ich möchte, dass du mit mir so schnell wie möglich an den Bodensee fährst. Es ist sehr wichtig für mich! Verstehst du?«

»Ähm … nein.«

»Wir reisen zum Grab deines Großvaters! Meine Koffer sind so gut wie gepackt. Wann kannst du mich abholen?«

»Wie bitte?« Ich hielt ihren Vorschlag für einen Scherz. »Ich kann hier nicht so einfach weg. Lass uns in Ruhe darüber reden, wann ich es einrichten kann.«

»Dafür bleibt keine Zeit!«, kam es vom anderen Ende der Leitung.

Ich erschrak. »Bist du krank?«

»Nein, aber ich werde im Dezember fünfundneunzig Jahre alt. Da kann man nicht mehr viel aufschieben.« Ihr Tonfall ließ keinen Zweifel daran, dass es ihr ernst war. »Also sieh zu, dass du schnell nach Grenoble kommst!«

»Aber Mamie …« Ich fühlte mich völlig von ihrem Vorschlag überrumpelt. »Du weißt doch gar nicht, ob Antoine dort überhaupt begraben liegt. Das ist nur eine Vermutung! Vor einem halben Jahr hieltest du meine Nachforschungen nur für Hirngespinste, was sie übrigens wahrscheinlich auch sind. Ich bin mir mittlerweile längst nicht mehr sicher, ob ich mich nicht von meinem Eifer habe in die Irre leiten lassen. Womöglich habe ich mich da in etwas verstiegen. Lass mich erst noch weitere Nachforschungen anstellen, bevor du dir die anstrengende Reise zumutest.«

»Mach dir darüber bitte keine Sorgen«, erklärte Adèle plötzlich weit weniger energisch. »Ich weiß genau, was ich mir noch zumuten kann. Ich möchte, dass wir gemeinsam dorthin fahren. Vielleicht können wir ja dann beide endlich unseren Frieden finden.«

Ich schluckte. Etwas in ihrer Stimme sagte mir, dass ich ihren Wunsch respektieren sollte. Im Nachhinein schalt ich mich dafür, dass ich ihr diesen Floh ins Ohr gesetzt hatte. Vor einiger Zeit hatte ich im Zuge meiner Forschungsarbeit als Historiker über französische Kollaborateure und Widerstandskämpfer während der Naziherrschaft im Zweiten Weltkrieg begonnen, auch ein wenig meinem verschollenen Großvater Antoine nachzuspüren – dem Bruder von Adèle, den weder meine Mutter noch ich jemals kennengelernt hatten. Wir kannten seine Geschichte nur aus Adèles Erzählungen. Demnach hatte er als junger Mann Widerstand gegen die Nazis geleistet, bevor er eines Tages spurlos verschwand.

Für meine Großtante, die damals noch ein junges Mädchen gewesen war, war dies eine Tragödie gewesen, vor allem, weil sie und Antoine sich besonders nahegestanden hatten. Seit dem Frühjahr 1944 hatte sie nichts mehr von ihm gehört. In seinem letzten Brief hatte er geschrieben, dass er sich in eine Frau namens Marguérite verliebt hatte. Ein knappes Jahr später war eine Bauersfrau aus dem Vercors bei ihr aufgetaucht und hatte ihr und ihrem frisch angetrauten Mann Gustave ein erst wenige Wochen altes Baby gebracht – meine Mutter Isabelle, die aus der Beziehung zwischen Marguérite und Antoine hervorgegangen war. Als Beweis diente eine Taschenuhr, ein Familienerbstück von meinem Urgroßvater.

Über den Verbleib von Antoine und Marguérite wusste die Bäuerin nicht viel zu sagen. Nach Adèles Erzählungen hatte ihr Bruder sein Leben im Kampf gegen die Nazis verloren. Das schien auch mir sehr wahrscheinlich. Tatsächlich hatte das unzugängliche Gebirge des Vercors gegen Ende des Krieges eine große Rolle für die Widerstandskämpfer der Résistance gespielt. Viele von ihnen waren damals von den Nazis gefangen genommen und erschossen worden, etliche in die Konzentrationslager nach Deutschland deportiert.

Als Historiker war es nur natürlich, dass ich die Geschichte meines Großvaters im Blickfeld behielt. Im Zuge meiner Recherchen war ich auf einen Aktenvermerk im Konzentrationslager von Dachau gestoßen, wo ein gewisser Antoine Mardi (möglicherweise ein Rechtschreibfehler seines Geburtsnamens Mardieu) aus Grenoble vermerkt war. Nicht nur die Namen, sondern auch das Geburtsjahr stimmten überein. Laut der Aufzeichnung war dieser Mann nach der Befreiung durch die Alliierten 1945 als Tuberkulosekranker zur Erholung auf die Insel Mainau im Bodensee gebracht worden, wo er an den Folgen seiner Krankheit vermutlich verstorben war. Das erklärte, weshalb er sich nie wieder gemeldet hatte.

Leider blieb das nicht mehr als ein vager Hinweis. Mit Sicherheit konnte man seine Identität erst feststellen, wenn man vor Ort noch mal die Fakten überprüfte und weitere Nachforschungen anstellte. Und genau das hatte ich meiner Großtante an Weihnachten vorgeschlagen. Ich glaubte, ihr damit einen großen Gefallen zu tun. Die Ungewissheit bezüglich Antoines Schicksal hatte Adèle nie losgelassen. Ich hatte stets das Gefühl gehabt, dass sie ihr immer noch schwer auf der Seele lag. Umso größer war meine Verwunderung, dass meine Großtante ganz anders reagiert hatte, als ich es erwartete.

Anstatt sich darüber zu freuen, dass ich etwas über ihren Bruder herausgefunden hatte, hatte sie zurückhaltend reagiert und gemeint, dass man die Vergangenheit vielleicht doch lieber ruhen lassen solle. Nach längerem Nachdenken erklärte ich mir es so, dass ihr der Gedanke, dass ihr geliebter Antoine fernab der Heimat allein an dieser schrecklichen Krankheit gestorben war, unerträglich schien. Vielleicht aber hatte sie auch nur Angst davor, dass meine Spur im Sande verlief und die geschöpfte Hoffnung in einer Enttäuschung endete. Davor wollte ich sie natürlich bewahren und hatte mir deshalb vorgenommen, weitere Nachforschungen zu betreiben.

Doch dann war die Trennung von Marie-Claire gekommen, der Umzug in eine neue Wohnung und noch dazu der Termindruck seitens meines Verlages, der darauf drängte, endlich das Manuskript für mein neues Buch zu erhalten. Ich hatte einfach andere Dinge zu tun gehabt, und sie hatte nicht wieder nachgefragt. Umso erstaunter war ich, dass sie selbst dieses Thema wieder aufbrachte und plötzlich meine Vermutungen für Fakten zu halten schien.

»Ich habe Angst, dass du enttäuscht werden könntest«, gab ich ihr noch mal zu bedenken. »Das, was ich herausgefunden habe, ist nur ein Indiz. Vielleicht habe ich mich ja auch getäuscht. Lass mich der Sache erst noch etwas gründlicher auf den Grund gehen, dann fahren wir gemeinsam hin …«

»Nein, Richard, es ist wichtig, dass wir es jetzt tun«, unterbrach mich Adèle ungehalten. Dann hörte ich, wie sie einen tiefen Seufzer tat. »Ich möchte einfach einen Ort haben, an dem wir uns gemeinsam von Antoine verabschieden können«, erklärte sie mir. »Du sollst deinen Großvater immer in guter Erinnerung behalten.«

»Das habe ich doch jetzt auch! Du hast so vieles über ihn erzählt, dass ich das Gefühl habe, ihn mein ganzes Leben zu kennen.«

»Es ist mir wichtig!« Meine Tante ließ nicht locker.

»Ich weiß nicht …« Der Gedanke, Paris gerade jetzt zu

verlassen, widerstrebte mir. »Ich habe viele Verpflichtungen«, argumentierte ich. »Außerdem stehe ich wegen meines neuen Buches unter Termindruck, und die Bewerbungsfristen für die neuen Stellen an der Sorbonne laufen demnächst ebenfalls ab. Ich rechne mit Vorstellungsgesprächen und muss hier zur Verfügung stehen …«

»Ich habe dich bisher noch nie um etwas gebeten.« Adèles Stimme bekam etwas Forderndes, was gar nicht ihrem Wesen entsprach. »Aber dieses eine Mal werde ich es tun. Ich wünsche mir, dass du mit mir an den Bodensee fährst. Bitte tu mir den Gefallen und hake nicht weiter nach.«

Zwischenzeitlich war der Geräuschpegel in der Brasserie so laut geworden, dass ich mich gezwungen sah, nach draußen auf die Straße zu gehen. Es war ein wunderschöner Frühsommertag, die Straßencafés quollen über von Touristen und Geschäftsleuten, die ihre Mittagspause machten. Zwischen zwei Häuserzeilen fand ich eine schmalere Gasse, in die ich hineinging, um in Ruhe unser Gespräch fortsetzen zu können.

»Hör zu, Tante Adèle«, lenkte ich schließlich ein. »Wie wäre es, wenn wir Mitte Juli an den Bodensee fahren würden? Dann sind Semesterferien, und ich habe alles Wichtige hier erledigt.«

»Dann ist es vielleicht schon zu spät.« Ihre Stimme klang mit einem Mal so traurig. Das darauffolgende Schweigen machte es nur umso schlimmer. Ich fürchtete schon, sie hätte aufgelegt. Mit einem heiseren Räuspern machte sie sich schließlich doch wieder bemerkbar. »Es war vermutlich ein Fehler, dass ich dich einfach so überrumpelt habe. Nimm es mir nicht übel, mein Junge, wenn ich dich belästigt habe …«

Ihre Worte ließen plötzlich alle Alarmglocken in mir schrillen. »Tante Adèle, so warte doch!«

Erst jetzt wurde mir bewusst, wie wichtig ihr Anliegen tatsächlich für sie war. Doch sie hatte bereits aufgelegt. Ich überlegte, sie zurückzurufen, beschloss dann aber doch, es bleiben zu lassen. Die anderen warteten bereits mit dem Essen auf mich. Um mein Gewissen zu beruhigen, versuchte ich, das Gespräch als schrullige Laune abzutun. Alte Menschen hatten manchmal seltsame Gepflogenheiten. Nachdenklich begab ich mich zurück zu meinen Freunden. Ich erinnere mich noch genau. Es gab gegrillte Dorade mit Gemüse-Tempura. Nachdem ich meinen Platz wieder eingenommen und damit begonnen hatte, meinen Fisch zu zerlegen, fragte mich Maxime, weshalb ich denn so ein bedrücktes Gesicht machte. Ich erklärte ihm kurz die Umstände und verschwieg auch nicht mein schlechtes Gewissen.

»Kannst du wirklich nicht weg?«, fragte er mich auf seine direkte Art.

Maxime arbeitete als Manager in einem Elektronikunternehmen und war es gewohnt, die Dinge gleich auf den Punkt zu bringen. Ich stutzte. Mein Freund wusste genau, wie viel ich zu tun hatte: Meine Vorlesungen als Gastdozent, die Seminare und dann noch das Buchprojekt, das meine Zeit mehr als in Anspruch nahm. Dann erst verstand ich, was er damit meinte. Meine Arbeit an dem Buch machte mich keineswegs unabkömmlich. Die Recherchen waren größtenteils abgeschlossen und auf meinem Rechner archiviert. Die Gliederung stand, was mir noch fehlte, war ein aktueller Bezug zu dem Thema, der als Aufhänger dienen konnte. An diesem Punkt hatte ich mich leider etwas festgebissen und war noch auf keinen vielversprechenden Ansatz gestoßen.

»Eigentlich nicht«, gab ich widerwillig zu, »an meinem Buch kann ich überall arbeiten, und die Seminare laufen ebenfalls aus …«

»Dann solltest du deiner Tante den Gefallen tun und an den Bodensee fahren«, erklärte mir mein Freund mit einem Schlag auf die Schulter. »Du sagst doch selbst immer wieder, wie wichtig sie für dich ist. Außerdem wird dir ein wenig Abwechslung guttun. Seit deiner Trennung von Marie-Claire vergräbst du dich nur noch in staubigen Bibliotheken. Nutze die Gelegenheit und bekomm endlich wieder einen klaren Kopf, Rick.«

Seine nur allzu wahren Worte gaben den letzten Ausschlag für meine Entscheidung. Ich beschloss, seinen Rat anzunehmen. Adèle war der wichtigste Mensch in meinem Leben, seit meine Mutter kurz nach ihrem siebzigsten Geburtstag an Krebs gestorben war. Sie war immer für mich und meine Mutter da gewesen, auch als mein Vater uns verlassen hatte und nie wieder etwas von sich hören ließ. Ich war es ihr einfach schuldig, mich jetzt um sie zu kümmern.

2

Adrian, du schaffst das! Jetzt nicht aufgeben! Du musst das Ende des Taus mehrfach um den Poller wickeln und dann die letzte Schlaufe umgekehrt darüberlegen. So kann sich das Tau festziehen und nicht mehr lösen.«

Valerie machte es vor und löste den Knoten danach wieder, damit ihr Segelschüler es selbst versuchen konnte. Der Zwölfjährige stellte sich reichlich ungeschickt an, doch schließlich bekam er es doch hin und war sichtlich zufrieden mit seiner Leistung, auch wenn er es eigentlich nicht zeigen wollte.

»Du machst das gut«, lobte die Segellehrerin, bevor sie zu den anderen ging, um auch deren Boote zu kontrollieren. Als alle Jollen zufriedenstellend festgezurrt waren, rief sie die elf Kinder zusammen und verabschiedete sich von ihnen. »Das lief heute wirklich sehr gut. Ihr habt alle bewiesen, dass ihr mit euren Booten umgehen könnt«, ermunterte sie die Gruppe. »Ich gehe davon aus, dass ihr die Prüfung bestehen werdet. Und denkt dran: immer schön ruhig bleiben und genau auf die Kommandos des Prüfers hören. Wir treffen uns morgen pünktlich um zehn Uhr am Hafen. Nun genießt den Tag. Es ist herrliches Badewetter.«

Die Kinder zogen ihre grellorangefarbenen Rettungswesten aus und warfen sie auf einen Haufen. Dann liefen sie zu den wartenden Eltern. Valerie nahm die Westen und räumte sie in den Schuppen. Währenddessen kam Werner, der Besitzer der Segelschule, auf sie zu.

»Du scheinst die beiden Quertreiber in deiner Truppe ja richtig gut in den Griff bekommen zu haben«, bemerkte er anerkennend. »Selbst Adrian frisst dir mittlerweile aus der Hand. Wer hätte das noch vor ein paar Tagen gedacht!«

»Ich nehme den Jungen einfach ernst und setze ihm Grenzen. Man muss nur konsequent bleiben.« Valerie freute sich über das Lob.

»Du hast ein Händchen für Kinder. Da merkt man gleich, dass du eine ausgebildete Pädagogin bist. Wirklich schade, dass du uns im August schon wieder verlässt.«

»Alles hat mal ein Ende«, antwortete Valerie charmant.

Sie freute sich über Werners Lob. Im Laufe der letzten Monate war ihr der liebenswerte Sechzigjährige zu einem väterlichen Freund geworden. Ohne seine Unterstützung hätte sie womöglich nie wieder Spaß am Leben gefunden. Dafür war sie ihm sehr dankbar. Was für ein Glück, dass sie Werner im letzten Herbst auf einer Bootsmesse über den Weg gelaufen war, als sie an seinem Stand die Prospekte durchgeblättert hatte. Sie waren ins Gespräch gekommen. Dabei hatte sie ihm erzählt, was für eine begeisterte Seglerin sie war. Dann hatten sie begonnen, über ihre gemeinsame Leidenschaft zu fachsimpeln, und festgestellt, dass sie sich sympathisch waren. Am Ende ihrer Unterhaltung hatte er sie gefragt, ob sie den Sommer über bei ihm als Segellehrerin arbeiten wollte.

Sie hatte nicht lange darüber nachgedacht und zugesagt. Nach ihrem Burn-out im vorausgegangenen Jahr, dem eine tiefe Depression gefolgt war, war es ihre erste aktive Entscheidung gewesen. Dadurch, dass sie daraufhin für ein Jahr von der Schule in Berlin freigestellt worden war und gerade eine mehrwöchige Kur in einer psychosomatischen Klinik hinter sich hatte, war sie frei und konnte tun und lassen, was sie wollte. Der Klinikaufenthalt hatte sie zu der Überzeugung gebracht, dass sie Abstand zu ihrem früheren Leben brauchte und dafür ein grundsätzlicher Ortswechsel nötig war. Die Idee, für eine Weile von Berlin an den Bodensee zu ziehen, kam also wie gerufen.

Jonas war davon nicht besonders begeistert gewesen. Ihr langjähriger Freund hatte mehrfach versucht, ihr die Pläne wieder auszureden. »Du kannst dich genauso gut hier in Berlin erholen«, hatte er sie zu überzeugen versucht. »Hier bin ich in deiner Nähe und kann für dich da sein, wenn du mich brauchst.«

Doch Valerie wollte nicht auf ihn hören. Ihre Krankheit hatte sie zum Nachdenken gebracht. Auch über ihre Beziehung zu Jonas. Sie war sich plötzlich nicht mehr sicher, wie wichtig sie überhaupt noch für ihn war. Er stand kurz davor, als Teilhaber in eine angesehene Rechtsanwaltskanzlei einzusteigen, und war viel zu eingespannt, als dass er sich wirklich um sie kümmern konnte. Außerdem war ihr in der Klinik klar geworden, dass sie ihr Leben sehr oft nach seinen Wünschen ausrichtete und dabei ihre eigenen Bedürfnisse allzu leicht vergaß. Schon aus diesem Grund brauchte sie auch von ihm etwas Abstand.

Ihr Handy klingelte. Valerie winkte Werner zu und versprach ihm, rechtzeitig vor der Prüfung am kommenden Morgen wieder da zu sein. Sie schaute auf das Display. Es war Jonas. Als hätte er ihre Gedanken erahnt.

»Na endlich! Ich dachte schon, ich erreiche dich gar nicht mehr«, drang seine vertraute Stimme an ihr Ohr. Ganz selbstverständlich ging er davon aus, dass sie Zeit für ihn hatte. »In der Kanzlei ist die Hölle los, und trotzdem muss ich dauernd an dich denken! Ich kann gar nicht abwarten, bis der blöde Sommer endlich zu Ende ist und du wieder zurück in Berlin bist.«

»Ich bin hier sehr glücklich«, widersprach Valerie leicht verstimmt. »Nun gönn mir doch meine kleine Auszeit!«

»Das fällt mir schwer. Ich hoffe immer noch, dass du schon ein wenig früher wieder zurückkommst! Segeln kannst du doch auch auf dem Wannsee.«

»Ach, Jonas, nun fang nicht schon wieder damit an.« Valerie spürte ihren Unmut wachsen. Auf dieses Thema kamen sie bei fast jedem ihrer Telefonate zu sprechen. Warum konnte er ihre Entscheidung nicht einfach akzeptieren? Langsam ging ihr diese Masche auf die Nerven. Es war ja schön zu wissen, dass er sie vermisste, aber sie brauchte eben auch ihre Freiräume. »Mir geht es gut, ich benötige die Zeit, bevor ich wieder zurückkommen kann«, antwortete sie gebetsmühlenartig. Auch wenn sie sich bemühte, gelang es ihr nicht, den Ärger in ihrer Stimme zu unterdrücken.

Jonas schien es endlich zu bemerken. »Das weiß ich doch. Aber es fällt mir eben schwer, mich noch länger zu gedulden.« Als sie nicht antwortete, kam er auf den Grund seines Anrufs zu sprechen. »Was hältst du davon, wenn ich das Wochenende wieder bei dir am See verbringe?«, überraschte er sie gut gelaunt.

Sein Vorschlag traf Valerie wie aus heiterem Himmel. Jonas hatte sie erst zwei Wochen zuvor besucht, und die Begegnung war alles andere als harmonisch gewesen. Sie hatte seinen Besuch nicht gerade in bester Erinnerung. Möglicherweise war ja das schlechte Wetter daran schuld gewesen. Sie hatten die meiste Zeit in ihrem beengten Appartement verbringen müssen und waren sich dabei gehörig auf die Nerven gegangen. Jonas hatte nicht aufgehört, ihr ihr momentanes Leben madig zu machen. Konstanz, der See, ja selbst ihre neuen Freunde fanden seine Missbilligung. »Alles ist hier so schrecklich kleinkariert«, hatte er herumgemäkelt, bis ihr endlich der Geduldsfaden gerissen war.

Irgendwann hatten sie nur noch gestritten, bis Jonas schließlich abgereist war. Mehrere Tage hatte sie seine Anrufe ignoriert, bevor sie sich wieder vertragen hatten. Allerdings hatte sie darauf bestanden, sich erst einmal nicht mehr zu treffen. Er schien ihre Gedanken zu erraten.

»Tut mir leid, dass ich mich bei meinem Besuch wie ein Idiot benommen hab«, murmelte er zerknirscht. »Ich war einfach schlechter Laune. Ich hab dir doch erzählt, dass ich gerade Ärger mit meinem Seniorpartner hab. Diesen Unmut vom Büro hab ich bedauerlicherweise auf dich übertragen. Das tut mir wirklich leid.«

»Schon in Ordnung! Ich war auch nicht gerade nett zu dir.« Valerie fiel es schwer, nachtragend zu sein. Sie hatte Jonas längst verziehen, doch sie mochte es nicht, wenn er Dinge für sie beide entschied, ohne sie vorher zu fragen. »Leider hab ich dieses Wochenende keine Zeit. Ich hab schon was anderes vor. Die Segelschule braucht mich.«

Das entsprach nicht ganz der Wahrheit, doch das brauchte Jonas nicht zu wissen. Sie hatte sich mit Werner zum Training verabredet. Der Wetterbericht versprach für das Wochenende guten Wind, den sie nutzen wollten, um sich auf die große Regatta vorzubereiten, an der sie teilnehmen wollte. Sie waren drauf und dran, die Deutsche Meisterschaft im 470er zu gewinnen. Doch darüber konnte sie mit Jonas schlecht reden. Ihr Freund war eifersüchtig auf Werner, auch wenn ihr Segelpartner gut und gern ihr Vater sein könnte.

»Dann wird die Segelschule eben mal ein Wochenende

ohne dich auskommen müssen«, beharrte er fröhlich, ohne auf ihren Einwand einzugehen. »Ich hab den Flug schon gebucht. Samstag gegen Mittag lande ich in Friedrichshafen. Glaub mir, du wirst es nicht bereuen. Vertrau mir und lass dich einfach überraschen!«

»Du kannst nicht einfach so über mein Leben bestimmen«, protestierte Valerie. Doch ihr Widerstand begann bereits zu bröckeln. Jonas schaffte es einfach immer wieder, sie um den Finger zu wickeln. »Du hättest mir rechtzeitig Bescheid geben müssen. Wir hatten ausgemacht, dass du meine Entscheidungen künftig respektierst.«

»Liebes, ich wollte dich wirklich nicht überrumpeln. Ich hab für dich, nein für uns, eine Riesenneuigkeit.« Seine Euphorie war so mitreißend, dass sie es nicht schaffen würde, ihm einen Korb zu geben. Doch so leicht wollte sie es ihm auch nicht machen, deshalb schwieg sie. »Wenn es dir nicht passt, verschieben wir unser Wiedersehen eben auf nächste Woche«, hörte sie ihn schließlich voller Enttäuschung vorwurfsvoll sagen. »Allerdings wird es nicht dasselbe sein.« Nur mit Mühe schaffte sie es, ihn noch weiter zappeln zu lassen. »Ich hab so Sehnsucht nach dir«, gestand er ihr. »Mir ist so vieles seit unserer letzten Auseinandersetzung klar geworden. Ich hab Fehler gemacht, die ich unbedingt wiedergutmachen möchte!« Sie hörte, wie er schluckte. »Ich hab Angst, dich zu verlieren!«

Damit hatte er sie auch schon wieder an der Angel. Wie immer, wenn Jonas diesen enttäuscht klingenden Ton eines kleinen Jungen anschlug, schrumpfte Valeries Widerstand in sich zusammen. Sofort begann sie zu grübeln. Der Streit vor zwei Wochen war schließlich auch auf ihre Kappe gegangen. Sie hatte Dinge zu ihm gesagt, die sie im Nachhinein bereute. Jonas war der zuverlässigste Mensch, den sie außer ihren Eltern kannte. Vielleicht war sie ungerecht, wenn sie ihn so harsch zurückwies. Sie liebte ihn schließlich. Und das Training mit Werner konnte sie verschieben.

»Also gut«, lenkte sie schließlich ein. »Dann komm am Wochenende. Ich werde in der Segelschule Bescheid geben.«

»Du wirst es nicht bereuen. Das verspreche ich dir.« Jonas' Stimme klang sofort wieder völlig unbeschwert.

Richtig freuen konnte Valerie sich jedoch nicht. Sie kam mit ihm überein, ihn vom Flughafen abzuholen, dann beendeten sie das Gespräch.

Valerie war am Ende des Stegs bei ihrem Fahrrad angekommen und machte sich daran, es aufzuschließen. Der Tag war viel zu schön, um gleich nach Hause zu fahren. Sie nahm sich deshalb vor, schwimmen zu gehen. Schnell schob sie ihr Rad aus der Halterung auf den Uferweg und entdeckte dabei einen Interessenten, der den Anschlag ihrer Segelschule studierte. Da Werner auf jeden neuen Kunden angewiesen war, beschloss sie, ihn anzusprechen.

»Lust aufs Segeln?«

Der Mann war so vertieft ins Lesen, dass er einen Augenblick brauchte, bis er auf ihre Frage reagierte.

»Ich … interessiere mich tatsächlich dafür«, antwortete er zerstreut. Valerie erkannte sofort an seinem Akzent, dass er Franzose war. Allerdings sprach er ein ausgezeichnetes Deutsch. Dann wandte er sich ihr zu und sah sie mit einem offenen Lächeln an. »Arbeiten Sie hier?«

Valerie schätzte ihr Gegenüber auf Ende dreißig. Obwohl es ziemlich heiß war, trug der Mann ein Sakko über seinem T-Shirt.

»Ich gebe hier Unterricht«, bejahte sie, »die Segelschule gehört dem Mann dort auf dem Steg. Er heißt Werner Nothelfer. Wenn Sie einen Kurs machen wollen, müssen Sie sich an ihn wenden.«

»Aber ich kann darauf bestehen, dass Sie meine Segellehrerin werden, oder?«, fragte er charmant. Mit leicht schief gelegtem Kopf wartete er auf ihre Antwort. Erst als er ihr zuzwinkerte, begriff sie, dass er mit ihr flirtete. Sie hatte ganz vergessen, wie leicht es war, mit französischen Männern ins Gespräch zu kommen. Als sie nicht sofort reagierte, half er ihr auf die Sprünge. »Verzeihung, Sie kennen mich natürlich nicht! Mein Name ist Richard Mardieu. Ich komme aus Paris und mache hier für ein paar Tage mit meiner Großtante Urlaub. Wir wohnen in einer Ferienwohnung hier in der Nähe. Ich wollte die Zeit nutzen, um mir mit dem Segeln einen Kindheitstraum zu erfüllen. Helfen Sie mir dabei?«

Valerie gefiel seine unbekümmerte Art. »Selbstverständlich! Das ist ja mein Job.« Sie lächelte nun ebenfalls. »Sind Sie denn schon mal gesegelt?«

Rick zuckte mit den Schultern. »Ich bin wahrscheinlich schon öfter an Land hingesegelt, als mit dem Boot auf dem Wasser gewesen. Sagt man so?«

»Sie sprechen sehr gut Deutsch«, entgegnete Valerie, ohne direkt auf seinen Scherz einzugehen. Sie versuchte, einen möglichst geschäftsmäßigen Eindruck zu hinterlassen. Schließlich war er ein potenzieller Kunde, und mit Kunden flirtete sie prinzipiell nicht. »Morgen Nachmittag beginnt ein Anfängerkurs. Wenn Sie wollen, können Sie sich einschreiben. Fragen Sie Werner. Er wird Ihnen alles mitteilen, was Sie wissen müssen.« Sie nickte ihm zum Abschied zu und schwang sich auf ihr Fahrrad.

3

Knapp eine Woche nach jenem denkwürdigen Telefongespräch machte ich mich also von Paris auf an den Bodensee. In Grenoble packte ich meine unternehmungslustige Großtante in meinen nostalgischen VW-Bus, den ich mir von meinem ersten selbst verdienten Geld zugelegt hatte. Diese Reminiszenz an längst vergangene Hippietage hatte mir schon immer ein Gefühl von Freiheit gegeben. Ich hatte den Bus ausgebaut und nach meinen eigenen Bedürfnissen ausgestattet. Adèle liebte den Oldtimer beinahe genauso wie ich, auch wenn er mir immer wieder unvorhergesehene Pannen bescherte. Im Laufe der Jahre durfte ich jede einzelne Schraube meines Vehikels kennenlernen, was mich jedoch nicht davon abhielt, es in mein Herz zu schließen.

Ich hatte anfangs Skrupel, Adèle die weite Reise an den Bodensee damit zuzumuten, und bot ihr an, einen bequemeren Mietwagen zu besorgen, doch davon wollte die alte Dame nichts wissen. »Dein Bus ist genau das Richtige für unsere Reise«, meinte sie mit ihrem schelmischen Lächeln. »Sein Alter verschafft mir die Illusion, jünger zu sein, als ich bin, und das ist genau das, was ich jetzt brauche.« Also kutschierten wir quer durch die Schweiz über Genf, Lausanne, Bern und Zürich an den Bodensee.

Die Fahrt dorthin kam mir zunächst wie ein kleiner Ausflug in meine Kindheit vor. Solange ich mich erinnern konnte, hatten meine Mutter und ich die Sommer in Grenoble bei Adèle verbracht und die Gelegenheit genutzt, danach für ein oder zwei Wochen an einem der vielen Seen des westlichen Alpenraums zu campieren. Herrliche Ferien in beschaulicher Ruhe mit Angelausflügen und Wanderungen in die umliegenden Berge. Aus dieser Zeit stammte meine Begeisterung für Campingreisen.

Für Adèle und mich war dies nun die erste Reise in jenen Teil Deutschlands, und wir waren beide angenehm überrascht, als wir unser Ziel am frühen Nachmittag erreichten. Sowohl die Größe als auch die Grenzlage zu drei Ländern machen den See zu etwas Besonderem. Streng genommen besteht das über sechzig Kilometer lange Gewässer aus zwei Seen und einem sie verbindenden Flussabschnitt, dem Rhein, der aus den Bergen kommend quer durch den See fließt. Man spricht vom Obersee oder eigentlichen Bodensee, dem Seerhein und dem Untersee. Auf der schweizerischen und österreichischen Seite wird der Obersee von Bergen umrahmt, während das gegenüberliegende deutsche Ufer von Weinbergen und sanft gewelltem Hügelland gesäumt wird. Zwischen Obersee und Untersee ragt wie eine Art Halbinsel der Bodanrück auf und lässt den westlichen Teil des Sees wie zwei lange Arme aussehen.

Als wir uns von Konstanz her zum ersten Mal dem See näherten, stachen mir zuerst die vielen Fähren und Segelboote ins Auge. Sie bevölkerten den Obersee ebenso wie die Unmengen von Touristen, die an seinen Ufern entlangflanierten. Alles machte einen bemerkenswert durchorganisierten Eindruck, wie wir es in Frankreich höchstens an den Schlössern der Loire oder in einem Museum erleben. Überall gab es Schilder und Tafeln mit Hinweisen, damit sich die Urlauber gut zurechtfanden. Zahlreiche Radfahrer in allen Altersklassen waren unterwegs. Besonders bemerkenswert fand ich die Fahrradanhänger junger Eltern, in denen oftmals zwei Kleinkinder gleichzeitig transportiert wurden. Auch in der von mir angemieteten Ferienwohnung war alles sorgfältig beschriftet. Adèle registrierte es mit dem ihr eigenen Humor.

»Schau nur, Rick, hier ist sogar das Toilettenpapier ordentlich gestapelt«, bemerkte sie schmunzelnd. »Selbst in den Besteckkästen in der Küche ist alles beschriftet. Als ob wir Messer von Gabeln nicht unterscheiden könnten.«

Ich hatte meine Tante seit dem Tod meiner Mutter nicht mehr so lebhaft und unternehmungslustig erlebt und freute mich umso mehr, dass ich mich auf unser kleines Abenteuer eingelassen hatte. Maxime hatte vermutlich recht. Ein wenig Erholung würde auch mir guttun. So nahm ich mir vor, neben der Arbeit an meinem neuen Buch und den Recherchen nach meinem Großvater auch meine Segelkenntnisse zu vertiefen. Bezüglich meines Großvaters hatte ich ein mulmiges Gefühl. Im Grunde genommen gab es außer jener Namensähnlichkeit und meinen Vermutungen keinerlei Beweise. Es stand noch lange nicht fest, dass Antoine auf der Mainau gestorben war. Aus Adèles emotionalen Erzählungen und den paar Fotos, die von ihm existierten, hatte ich mir im Laufe der Jahre ein ganz eigenes Bild von Antoine Mardieu gebildet.

Bereits als Junge war mein Großvater für mich ein Held gewesen, den sein Mut viel zu früh aus dem Leben gerissen hatte. Adèle hatte von ihrem Lieblingsbruder viele kleine Anekdoten über ihre gemeinsame Jugend zu erzählen gehabt, die ihn mir in meiner Vorstellung ungeheuer sympathisch gemacht hatten. Von ihren vier Brüdern war er derjenige gewesen, der immer zu einem Schabernack aufgelegt war. Überhaupt mussten Adèle und Antoine sehr vieles gemeinsam gehabt haben. Im Gegensatz zu den Geschwistern und anderen Mitgliedern der Uhrmacherfamilie, aus der sie stammten, fühlten sich die beiden schon früh der Kunst verbunden. Adèle zeichnete für ihr Leben gern und interessierte sich für Mode, während Antoine musikalisch begabt war. Hätte das Schicksal es ihm erlaubt, wäre er Musiker geworden und nach Paris gegangen. Doch in den damaligen Zeiten wurde von ihm erwartet, dass er in die Fußstapfen seines Vaters trat und Uhrmacher wurde.

Von der Zeit während des Zweiten Weltkrieges wusste Adèle leider nur wenig zu berichten. Ich erfuhr lediglich, dass Antoine beim Angriff der Deutschen auf Frankreich nicht zur Armee eingezogen worden war, weil seine älteren Brüder bereits dienten. Nach der Besetzung Frankreichs war er von Grenoble weggezogen und hatte sich in Lyon dem Untergrund angeschlossen. Ab und zu hatte er Adèle noch einen Brief geschrieben, der letzte hatte sie Anfang April 1944 aus Belley erreicht. Möglicherweise war Antoine im Zuge der Razzien, die die Gestapo in der Region durchführen ließ, gefangen genommen und später deportiert worden.

Zu meinem Leidwesen hatte Adèle diese Briefe vernichtet, damit sie nicht in falsche Hände gerieten, sodass sie mir keinen weiteren Aufschluss geben konnten. Um die Aussage, dass mein Großvater möglicherweise als politischer Gefangener in das Konzentrationslager Dachau gebracht und von dort nach der Befreiung durch die Alliierten tuberkulosekrank auf die Insel Mainau verlegt worden war, zu bestätigen, musste ich die Archive durchforsten und darauf hoffen, weitere Hinweise zu finden. Und da ich schon einmal vor Ort war, bot es sich auch an, die Geschichte der

Insel Mainau während des Naziregimes etwas näher unter die Lupe zu nehmen.

Ähnlich wie in Deutschland nach dem Zweiten Weltkrieg hatte es auch in Frankreich mit einem Mal keine Hitler-Sympathisanten mehr gegeben. Diesem Phänomen auf den Grund zu gehen hatte ich mir zur Aufgabe gestellt. Die Mainau bot genügend Material, um sie in meine laufenden Forschungen sinnvoll einzubauen. Die Bodensee-Insel war seit 1930 in schwedischem Besitz und gab sich den Anschein, während des Dritten Reiches neutral gewesen zu sein. Doch dies war offenbar nicht der Fall gewesen.

Nachdem der Sohn des Prinzen Wilhelm von Schweden, Graf Lennart Bernadotte, eine Bürgerliche geheiratet hatte, überließ ihm der Vater als Abfindung die Insel Mainau zur Nutzung. Zu Beginn der Nazizeit erlebte die Insel einen touristischen Aufschwung, der auch in der führertreuen Freizeitorganisation »Kraft durch Freude« in der Deutschen Arbeiterfront begründet war. Ab Sommer 1943 verpachtete der schwedische Graf die Mainau offiziell an die Nazis. Unter deren Oberhoheit blieb die Insel bis zum Ende des Krieges. Dem Grafen brachte dies eine Wertsteigerung seiner Immobilien. Die Nazis bauten eine Wasserleitung und setzten Gebäude instand.

Eine Zeit lang diente die Insel als Zufluchtsort für die Führungsgruppe des nazitreuen Vichy-Regimes um Parteiführer Jacques Doriot, als dieser auf der Flucht vor den einmarschierenden Alliierten war. Doriot und seine Leute steuerten von der Mainau aus mehrere Geheimdienstschulen in Süddeutschland und versuchten, Untergrundkämpfer auszubilden, die in Frankreich hinter den Linien der französischen Armee Sabotageakte ausführen und die Rückeroberung Frankreichs vorbereiten sollten.

Die Insel Mainau als Wolf im Schafspelz – das war ein interessanter Aspekt, den ich in mein Buch einbauen konnte. Noch vor meiner Abreise hatte ich aus diesem Grund Kontakt zu einem Historiker der Städtischen Museen Konstanz aufgenommen und ihn gebeten, Einblick in die Archive nehmen zu dürfen. Ebenso hatte ich die Pressestelle der Grafen Bernadotte auf der Insel Mainau angeschrieben, jedoch von dort noch keine Antwort erhalten. Es gab also eine Menge für mich zu tun.

Die Ferienwohnung, die ich für uns gemietet hatte, lag an einem schönen Wiesengrundstück direkt am See. Wie sich herausstellte, war unsere Wahl ein Glücksgriff gewesen, denn unsere Vermieterin Therese Hufnagel, eine bodenständige, herzliche Frau Mitte siebzig, und Adèle schlossen gleich bei der Begrüßung Freundschaft. Frau Hufnagel hatte als junges Mädchen ein Jahr als Au-pair in Toulouse gearbeitet und war deswegen ganz versessen darauf, ihre Französischkenntnisse aufzufrischen. Sie lebte gemeinsam mit ihrem Mann Otto, einem ehemaligen Bodenseefischer und Obstbauern, im selben Haus und bot sofort an, meiner Tante Gesellschaft zu leisten, wenn ich etwas zu erledigen hatte.

Mir kam dieser glückliche Umstand mehr als gelegen, denn so wusste ich meine Tante in guten Händen, wenn ich sie allein ließ. Während unserer kurzen Reise war mir klar geworden, dass Adèle sich zwar alle Mühe gab, auf mich einen munteren und gesunden Eindruck zu machen, doch in Wahrheit war sie keinesfalls so gut beieinander, wie sie vorgab. Ihre Kurzatmigkeit machte mir ebenso Sorgen wie ihre häufige Müdigkeit. Außerdem war sie nur noch schlecht zu Fuß – dummerweise weigerte sie sich standhaft, eine andere Gehhilfe als einen Stock in Anspruch zu nehmen.

Die Wohnung bot allen Komfort, den wir benötigten. Außer einem gemütlichen Wohnzimmer mit einer offenen Küche, die durch eine Theke abgetrennt war, verfügte sie über zwei großzügige Zimmer und eine Terrasse mit Seeblick. Auf den Gartentisch hatte uns Frau Hufnagel selbst gebackenen Träubleskuchen, wie sie Johannisbeerkuchen hier nannten, und eine Flasche hausgemachten Apfelsaft gestellt.

»*Mon Dieu,* kaum zu glauben, wie gastfreundlich die Menschen hier sind«, bemerkte meine Tante begeistert und schlug vor, gleich von dem Kuchen zu kosten, da wir nicht zu Mittag gegessen hatten.

Das Wetter lud dazu ein, auf der Terrasse zu sitzen. Sie ging auf ein weitläufiges Rasenstück über, das zum See hin von Weiden begrenzt wurde. Zwischen den herunterhängenden Zweigen konnte man auf dem Wasser weiße Segel ausmachen.

Der Kuchen war hervorragend. Die Säure der Johannisbeeren wurde durch einen saftigen Haselnussteig und eine lockere Baiserschicht aufgefangen. Nur Kaffee fehlte noch zu unserem Glück. Ich schlug vor, gleich nach unserer kleinen Stärkung in die Stadt zum Einkaufen zu fahren.

»Wenn du möchtest, können wir danach noch einen Abstecher auf die Mainau machen«, sagte ich voller Tatendrang.

Doch Adèle winkte ab. »Für mich ist es heute genug. Ich würde gern einfach nur hier sitzen und auf den See blicken. Frau Hufnagel will später noch einmal vorbeisehen. Ich bin also bestens versorgt. Um Antoine kümmern wir uns morgen.«

»Gut, dann besorge ich uns unterwegs etwas Feines zum Abendessen. Auch wenn du es nicht glauben magst, ist aus mir im Laufe der Jahre ein ganz passabler Koch geworden.

Marie-Claire liebte es, von mir bekocht zu werden, und sie war ganz schön anspruchsvoll.«

»Vermisst du sie sehr?« Es war schwer, vor Adèle Geheimnisse zu bewahren.

»Nicht so sehr, wie ich bis vor Kurzem noch dachte«, gab ich zögernd zu. »Anfangs konnte ich es zu Hause nicht gut allein aushalten. Ich war dauernd unterwegs und habe versucht, mich abzulenken. Aber jetzt geht es mir tatsächlich wieder ganz gut. Vor allem, seitdem ich erfahren habe, dass Marie-Claire einen neuen Freund hat. Er scheint ein netter Typ zu sein und passt besser zu ihr, als ich es je getan habe. Er ist in derselben Branche tätig, und sie haben viel mehr Gemeinsamkeiten, als wir je hatten.«

»Oft ziehen sich Gegensätze erst einmal an, bevor man merkt, dass man doch nicht zueinander passt«, sinnierte Adèle. »Gustave und ich waren auch sehr unterschiedlich. Doch wir haben gelernt, uns in unseren Eigenheiten zu akzeptieren. Das war nicht immer leicht.« Ihr Blick wurde mit einem Mal wehmütig. Doch dann wechselte sie das Thema. »Ob wir Antoines Namen auf einem Gedenkstein finden werden?«, fragte sie unsicher.

»Das werden wir schon bald wissen. Aber selbst wenn er dort nicht verzeichnet ist, heißt das noch lange nicht, dass er nicht dort begraben wurde. Möglich, dass er einer der acht Toten ist, die bis heute noch nicht identifiziert sind«, versuchte ich, Adèle Mut zu machen. »Uns bleiben mehrere Möglichkeiten, um der Sache auf den Grund zu gehen.« Um sie etwas abzulenken, erzählte ich ihr von meinem geplanten Treffen mit dem Leiter des hiesigen Stadtmuseums, der mir in Aussicht gestellt hatte, das dortige Archiv durchforsten zu dürfen. Adèle hörte mir aufmerksam zu. »Wir haben einen vielversprechenden Anhaltspunkt«, behauptete ich entgegen meiner wahren Überzeugung. »Wenn dieser Antoine Mardi, dessen Name auf der Liste in Dachau stand, Großvater ist, hat er die Befreiung des dortigen KZs durch die Alliierten erlebt. Das beweisen die Lagerlisten. Außerdem wissen wir, dass er in der Krankenstation untergebracht war, deren Insassen auf die Insel Mainau gebracht wurden. Uns fehlt lediglich ein Hinweis, dass er auch wirklich hier angekommen ist. Vielleicht stoße ich ja auf eine Krankenakte oder etwas Ähnliches.«

Ganz so einfach, wie ich es meiner Tante darstellte, war der Sachverhalt natürlich nicht. Kurz nach Kriegsende waren die Zustände im Konzentrationslager Dachau chaotisch und hygienisch so katastrophal gewesen, dass dort Typhus ausgebrochen war. Um die Ausbreitung der Krankheit einzudämmen, hatten die Amerikaner eine Quarantäne über das Lager verhängen müssen, was bedeutete, dass dreißigtausend Häftlinge zwar theoretisch befreit worden waren, aber praktisch weiterhin im Lager bleiben mussten. Aufgrund einer Vereinbarung zwischen dem amerikanischen General Patch und dem französischen Artilleriegeneral Devinck durften die französischen Gefangenen erst in ihre Heimat gebracht werden, nachdem die Quarantäne aufgehoben war. Unter strengen Auflagen wurden die Häftlinge in die jeweiligen Besatzungszonen verlegt. Die Franzosen unterstanden der 1. Französischen Armee.

Der in Lindau am Bodensee residierende Oberkommandierende, General Jean de Lattre de Tassigny, ließ am 17. Mai 1945 die Inseln Reichenau und Mainau für die Unterbringung von befreiten KZ-Häftlingen aus Dachau requirieren. Etwa viertausend Franzosen kamen damals an den Bodensee. Das hieß jedoch nicht, dass man jedes einzelne Schicksal dokumentiert hatte. Ich machte mir da keine großen

Illusionen. Meine Nachforschungen über Antoine Mardieu würden zu einer Suche nach der Stecknadel im Heuhaufen werden. Doch ich wollte Adèle nicht entmutigen, also gab ich mich zuversichtlicher, als ich es war.

»Vielleicht ist es auch gar nicht notwendig, dass wir alles herausfinden«, bemerkte Adèle nachdenklich. »Vielleicht sind wir ja nur hier, um endlich einen Schlussstrich zu ziehen.«

Damit endete unsere Unterhaltung, und ich beschloss, ein wenig durch die Stadt zu flanieren, um einige Einkäufe zu tätigen. Es war ein lauer Abend, ich genoss die heitere Stimmung am See. Über den Uferweg flanierte ich in Richtung Stadtmitte und stieß dabei auf eine Segelschule, die sofort meine Aufmerksamkeit weckte, weil sie auch Anfängerkurse anbot. Eine Horde begeistert plappernder Kinder stürmte gerade auf ihre Eltern zu, die sie wohl vom Segeln abholten. Auf jeden Fall schienen sie Spaß zu haben. Interessiert studierte ich auf der Anschlagstafel die Angebote.

»Lust aufs Segeln?«, hörte ich eine frische Stimme hinter mir.

Ich wandte mich überrascht um und fand mich einer attraktiven jungen Frau gegenüber, deren dichte, lockige Haare zu einem wuscheligen Knoten am Hinterkopf geschlungen waren. Sie erklärte, sie sei Segellehrerin, und verwickelte mich in ein Gespräch. Ihre grünen Augen blitzten auf, während ich bereitwillig auf die Unterhaltung einging. Es machte Spaß, sie ein wenig aufzuziehen, und im Handumdrehen war mir klar, dass ich nirgendwo anders Segeln lernen wollte als bei ihr.

4

Adèle saß im überdachten Bereich der Terrasse und blickte gedankenverloren auf den See, dessen weiche Wellen sanft ans Ufer plätscherten. Die Weiden am Strand zogen lange Schatten und trugen ebenso zu der friedlichen Stimmung bei wie der Gesang der Vögel, der jetzt am Spätnachmittag, nach dem Abklingen der Hitze, wieder zugenommen hatte. Da ihr kühl geworden war, hatte sie sich eine Strickjacke übergezogen. Trotz ihrer körperlichen Erschöpfung spürte sie eine neue Lebensenergie, seitdem sie an diesem geschichtsträchtigen Ort angekommen war. Es war richtig, dass sie die Reise unternommen hatte. Frau Hufnagel hatte ihr freundlicherweise eine Kanne Tee zubereitet. Adèle schenkte sich nun davon ein. In Gedanken ließ sie die Unterhaltung mit ihrer Wirtin noch einmal Revue passieren. Sie hatte Frau Hufnagel nach der Insel Mainau gefragt.

»Die Insel ist im Sommer einfach wundervoll, wenn man Blumen liebt«, schwärmte sie. »Sie werden begeistert sein.« Sie erzählte von dem Rosengarten, dem Schmetterlingshaus und dem wundervollen Palmengarten. »Allerdings ist um diese Jahreszeit auch sehr viel los«, gab sie zu bedenken. »Wenn Sie nicht in einem Menschenpulk über die Insel geschoben werden wollen, sollten Sie Mainau gleich am frühen Morgen besuchen. Die Öffnungszeiten richten sich nach dem Sonnenstand. Ab halb fünf öffnen die Tore, sie schließen erst gegen zehn Uhr am Abend.«

»Du lieber Gott, das ist ja noch mitten in der Nacht«, erwiderte Adèle verwundert. »Ist das den Aufwand wert?«

»Aber ja!« Ihre Vermieterin lachte glucksend. »Dahinter steckt ein raffiniertes Marketingkonzept. Die Insel ist mit ihren Blumen, seltenen Pflanzen und Bäumen sowie dem Schmetterlingshaus die Haupttouristenattraktion des Bodensees. Die beiden Kinder des alten Grafen Bernadotte verstehen es, die Menschen zu überraschen. Aber das werden Sie ja selbst erleben. Allerdings muss man ganz schön viel laufen, wenn man das alles genießen will.« Frau Hufnagels skeptischer Blick verriet, dass sie ihr die Anstrengung nicht zutraute. »Für eine alte Dame wie Sie ist das kein Pappenstiel«, äußerte sie prompt offen ihre Bedenken.

»Darüber müssen Sie sich keine Sorgen machen.« Adèle mochte es nicht, wenn man sich in ihre Belange einmischte, auch wenn die Wirtin recht hatte.

»Natürlich!« Frau Hufnagel hob beschwichtigend die Hände. »Ich wollte Ihnen nicht zu nahe treten, aber wenn Sie möchten, kann ich Ihnen den Rollator meines Mannes ausleihen. Nach seiner Hüftoperation steht er nur noch nutzlos im Schuppen rum.«

»Das ist sehr freundlich, aber ich denke, ich komme auch ohne so etwas zurecht«, bedankte sich Adèle reserviert, woraufhin sich Frau Hufnagel dankenswerterweise einem anderen Thema zuwandte.

Sie hatte die Unterhaltung mit der munteren Frau zwar genossen, war aber nun wieder froh, allein zu sein. Es gab noch so vieles, über das sie nachdenken musste. Sie beobachtete, wie ein paar Stockenten vom See her über die Wiese ganz in ihre Nähe watschelten und sich dort niederließen, um ihr Gefieder zu putzen. Sie hatten keinerlei Scheu vor ihr und waren es offensichtlich gewohnt, genau dort zu pausieren. Das friedliche Bild erinnerte Adèle plötzlich an ein Erlebnis aus ihrer Vergangenheit, und sie gab sich ihren Gedanken hin.

Eines Tages, der Krieg hatte bereits begonnen, kam Antoine mit einer toten Ente unter dem Arm nach Hause und präsentierte sie ihrer Mutter stolz. An der rechten Hand hatte er eine blutende Bisswunde, die ihm ein wildernder Hund zugefügt hatte. Ihr Bruder hatte ihm seine Beute streitig gemacht und auf diese Weise für eine willkommene Fleischmahlzeit gesorgt. Die Mutter schimpfte, weil er sich verletzt hatte. Sie fürchtete, dass er nicht mehr arbeiten konnte. Doch Antoine lachte nur und tat seine Verletzung als belanglos ab.

Solch eine Reaktion war typisch für ihn. Sein Charakter passte so gar nicht zu dem bedächtigen Beruf des Uhrmachers. Antoine war von allen Geschwistern immer der Lebhafteste gewesen, wagemutig, voller Temperament und Abenteuerlust. Wäre es nach ihm gegangen, so hätte er sich liebend gern als Soldat für den Krieg gemeldet. Antoine hatte seine Brüder Eric und Louis immer darum beneidet, dass sie handwerklich so ungeschickt waren, dass sie für den Beruf nicht infrage kamen. Nur sein ältester Bruder Charles und er hatten die scharfen Augen und die feinen Hände des Vaters geerbt, die sie in die Lage versetzten, die filigrane Arbeit eines Uhrmachers auszuüben. Charles ging in dem Beruf auch völlig auf, Antoine verrichtete seine Arbeiten an den Uhrwerken mit den komplizierten Mechanismen nur widerwillig. Während ihrer Jugend war es nicht üblich gewesen, dass man selbst entschied, wie die eigene Zukunft aussah. Der Vater hatte es bestimmt, und so musste es geschehen. Kein Wunder, dass Antoine nie wirklich glücklich gewesen war.

Was Antoine wirklich liebte, war Musik. Er spielte geradezu virtuos Gitarre und Akkordeon. Außerdem war er mit einer klangvollen Stimme gesegnet, hatte eigene Ideen für Lieder und unterhielt mit seinen Darbietungen während eines Festes mühelos die ganze Gesellschaft. Wie sehr er an seiner Leidenschaft hing, wusste nur Adèle. Ihr allein hatte er verraten, dass es sein heimlicher Wunsch war, sein Glück als Musiker in Paris zu suchen und seinem Bruder Charles die Uhrmacherwerkstatt zu überlassen. Er wartete nur auf die passende Gelegenheit, um endlich von zu Hause fortgehen zu können.

Der Krieg machte jedoch vorerst alle Hoffnungen zunichte. Charles, Louis und Eric wurden eingezogen. Als Eric gleich zu Beginn des Westfeldzugs ums Leben kam, verfiel der Vater in eine tiefe Depression und konnte nicht mehr arbeiten. Antoine war gezwungen, die Verantwortung für die Werkstatt und die Ernährung der Familie zu übernehmen, wenigstens bis Charles zurückkam. Der Vater erholte sich entgegen ihrer Hoffnungen nicht, sondern wurde ernsthaft krank. Das Einzige, was ihn noch am Leben hielt, war seine Hoffnung, dass Antoine sein Lebenswerk fortführte. Ihr Bruder wagte nicht, ihn zu enttäuschen.

Dann kam Ende Juni 1940 die verheerende Nachricht, dass Frankreich von den Nazis besetzt worden war. Nach nur gut einem Monat Kampf war es zu einem Waffenstillstand zwischen Frankreich und Deutschland gekommen, infolgedessen das Land in zwei Zonen unterteilt worden war. Das nördliche Frankreich wurde von den Deutschen besetzt gehalten, während der Süden, also auch Grenoble und damit ihre Heimat, von der nazitreuen Vichy-Regierung unter Maréchal Pétain regiert wurde. Alle rechneten damit, dass Charles und Louis nun bald nach Hause zurückkehren würden. Doch dann wurde Antoines Hoffnung erneut zerstört, denn ihre Brüder waren mit ungewissem Schicksal als Kriegsgefangene und Zwangsarbeiter nach Deutschland deportiert worden. Statt endlich seinem Traum zu folgen, musste Antoine weiterhin im häuslichen Betrieb bleiben und für die Familie sorgen.

Wie ungerecht das Schicksal doch ist, überlegte Adèle mit einem bitteren Lächeln. Wenn Charles rechtzeitig zurückgekommen wäre, wäre vielleicht alles anders gekommen. Was für schlimme Zeiten es doch gewesen waren.

Erics Tod brach dem Vater das Herz. Nur sechs Monate nach dem Tod seines Sohnes folgte er ihm ins Grab. Antoine blieb nichts anderes übrig, als für den Unterhalt der Mutter und seiner kleinen Schwester zu sorgen. Doch die wirtschaftlichen Folgen des Krieges gingen auch an ihrer Werkstatt nicht unbemerkt vorüber. Die Kunden blieben aus, weil sie kein Geld mehr hatten. Es wurde zunehmend schwierig, die Familie zu ernähren. Adèle erinnerte sich noch allzu gut, wie in dieser Zeit auch die Sorglosigkeit ihres Lieblingsbruders einer tiefen Verbitterung wich. Er hatte ihr schon immer nähergestanden als der Rest der Familie. Für alle war sie das Nesthäkchen, noch dazu ein Mädchen, um das sich niemand so recht kümmerte. Nur Antoine hatte in ihr immer etwas Besonderes gesehen.

Ihr um sechs Jahre älterer Bruder verstand es wie kein anderer, sie zum Lachen zu bringen. Außerdem war er der einzige ihrer Brüder, der sich die Mühe machte, sie ab und zu mit in die Berge zu nehmen oder ihr Dinge zu zeigen, die sie sonst niemals gesehen hätte. Er schnitzte ihr Spielsachen, schenkte ihr sogar eine Spieluhr mit der *Marseillaise*. Noch heute hütete sie das Stück wie ihren Augapfel. Als sie einmal sehr traurig war, lange vor dem Krieg war das, nahm er sie mit auf eine Bergtour, um ihr den schönsten Platz auf Erden zu zeigen, wie er ihr versicherte. Weder die Eltern noch einer der Brüder wussten davon, als sie noch vor Morgengrauen Grenoble verließen und mit dem Bus ins Val Pelouse fuhren.

Ihr Weg führte über eine Skipiste auf eine Bergflanke, der sie in leichtem Auf und Ab bis zu einer Berghütte folgten, die immerhin schon auf einer Höhe von tausendachthundertfünfzig Metern lag. Danach schlängelte sich ein Pfad immer steiler bergauf, bis sie nach etwa zwei Stunden den Wald verließen und auf felsiges Gelände stießen. Sie erinnerte sich, wie sie es plötzlich mit der Angst zu tun bekam, als sie den Grat auf fast zweitausendfünfhundert Metern Höhe erreichten, der zum Gipfel führte. Rechts und links fiel der Hang steil ab. Ein falscher Schritt, und sie wären in den Abgrund gestürzt. Doch Antoines zuversichtliches Lächeln und seine Ermunterungen verliehen ihr den notwendigen Mut. »Du schaffst das«, wurde er nicht müde, ihr zu versichern, und drückte dabei fest ihre Hand. Seine Ermunterungen wurden später zu ihrem Leitsatz: »Nur wenn du deine Angst überwindest, wirst du auch dein Ziel erreichen. So ist das immer im Leben. Vertrau auf dich selbst und folge mir. Schritt für Schritt. Wir haben es gleich geschafft.«

Adèle lächelte in sich hinein. Und genau so war es gewesen. Sie hatte Antoines Worte nie vergessen. Sie hörte sie jedes Mal, wenn es in ihrem Leben schwierig wurde. Adèle wurde warm ums Herz, als sie daran dachte, wie sie ihrem Bruder auf dem Pfad gefolgt war, die Augen stur auf den Boden vor sich gerichtet, ohne auch nur einen Blick für die Schönheit der Landschaft um sich herum übrigzuhaben. Sie versank wieder in ihren Erinnerungen.

Als sie am Ende ihres Weges den Gipfel mit seinen losen

Steinbrocken erreichten, wurden sie für alle Mühen und Ängste entschädigt. Die Aussicht war so atemberaubend schön, dass ihr die Tränen in die Augen traten. Vor ihnen lag die Chartreuse mit ihren steilen Bergwänden, daneben sah man die Berge der Belledonne-Kette und im Hintergrund die Vanoise. Aber am meisten beeindruckte sie der Anblick des schneebedeckten Mont Blanc, der sich wie ein Berg der Verheißung in der Ferne erhob. Antoine hatte unterdessen seinen Rucksack abgenommen und ihre Wegzehrung ausgepackt. Sie teilten sich ein Stück Käse, frisches Brot und zwei Äpfel. Adèle war sich sicher, dass sie nie in ihrem Leben wieder etwas Besseres essen würde. Danach ruhten sie eine Weile. Antoine brach endlich das Schweigen.

»Hier oben habe ich das Gefühl, wirklich frei zu sein«, gestand er ihr. »Auf dem Gipfel gibt es keine Zwänge, die einen einengen. Es ist nur schade, dass ich von hier aus mein Leben nicht lenken kann.«

Adèle wusste nichts auf seine seltsamen Worte zu antworten. Erst später begriff sie, wie sehr er sich als Opfer der äußeren Umstände fühlte und darunter litt. Als hätte die Bergluft die Last seiner Sorgen von ihm genommen, begann Antoine, über seine Lebensträume zu reden. Er schwärmte von Paris, der Stadt seiner Träume, von den Künstlerkneipen und Nachtclubs sowie den unendlichen Möglichkeiten, die das Leben dort bot. Er hoffte, eines Tages ein bekannter Musiker zu werden. Seine Begeisterung war so groß, dass auch sie davon angesteckt wurde. Dann wollte er von ihr wissen, was sie sich für ihr Leben wünschte. Mit dieser Frage hatte sie nicht gerechnet. Mädchen hatten keine Pläne, außer dass sie sich Mühe gaben, einen anständigen Mann zu heiraten, um mit ihm eine Familie zu gründen. Sie zierte sich, doch er ließ nicht nach, sie zu ermuntern, bis sie ihm ihre geheimsten

Träume verriet. Sie war schon immer eine gute Zeichnerin gewesen und wusste, dass sie ein besonderes Gespür für schöne Kleidung hatte. Also war ihr größter Wunsch, bei ihrem Vorbild Coco Chanel in die Lehre gehen zu können. Später wollte sie in Paris ihr eigenes Atelier besitzen, um eigene Mode zu kreieren. »Ich wünschte, ich könnte Kleider für die Hautevolee in Paris anfertigen«, gestand sie ihm und vergaß dabei für einen kleinen Augenblick, wie absurd ihr Wunsch in Zeiten wie diesen war. Kaum waren ihr die Worte über die Lippen gehuscht, schämte sie sich auch schon. Sie fürchtete, dass Antoine sie auslachen könnte. Doch das tat er nicht. Im Gegenteil, er machte ihr Mut und ermunterte sie, für ihre Träume zu kämpfen. »Träume sind das Wertvollste, was wir haben«, verriet er ihr. »Ohne sie ist das Leben wie eine fade Suppe ohne Salz. Sie nähren uns in Zeiten wie diesen und geben uns die Hoffnung, einmal Wirklichkeit zu werden. Halte daran fest, dann wirst du sehen, dass sie einmal wahr werden!«

Für dieses Erlebnis war Adèle ihrem Bruder noch heute dankbar. Mit seinen Worten hatte er den Grundstein dafür gelegt, dass sie später für ihren Traum gekämpft hatte. Ohne Antoines Ermunterungen hätte sie niemals den Mut gefunden, nach dem Krieg nach Paris zu gehen, um die Aufnahmeprüfung an der *École de la chambre syndicale de la couture parisienne* zu machen. Obwohl sie vom Land kam, hatte man sie an der Modeschule für hochrangige Haute Couture angenommen – und das, obwohl sie sich damals um ihre kleine Nichte Isabelle hatte kümmern müssen. Es war eine schöne Zeit gewesen, trotz aller Schwierigkeiten, die die Nachkriegszeit mit sich gebracht hatte.

5

Am nächsten Morgen weckte mich das Zwitschern von Vögeln in unserer Ferienwohnung. Für mich als Großstädter war das Fehlen von Autolärm und anderen Straßengeräuschen völlig ungewohnt. In Paris hauste ich in einer heruntergekommenen Dachgeschosswohnung im 5. Arrondissement, mitten im Quartier Latin, zentral und ziemlich laut. Kein Vergleich mit der Idylle, die ich erst einmal gewöhnungsbedürftig fand. Ich stand auf, um mir einen Kaffee zu machen. Meine Tante hielt sich noch in ihrem Zimmer auf, was mir ganz recht war. Das gab mir die Gelegenheit, sie mit frischem Gebäck zu überraschen. Ganz in der Nähe hatte ich eine Bäckerei gesehen, zu der ich einen kleinen Spaziergang unternahm. Die Stimmung am See war ausgesprochen friedlich um diese Zeit. Wie ein Spiegel lag das Wasser vor mir, es wurde nur von ein paar Enten und Blässhühnern aufgewühlt. Ich freute mich auf den bevorstehenden Tag und alles, was er an Entdeckungen bringen mochte.

Eine Stunde später kehrte ich in unsere Wohnung zurück und fand Adèle in ihrem Morgenmantel am Esstisch. Gedankenverloren rührte sie in einer Tasse Tee. Ich erschrak ein wenig, weil sie mir so gebrechlich vorkam. Wie zart und klein sie doch war. Ich hoffte, dass mich mein Eindruck täuschte und sie mir nur so anders vorkam, weil ich sie noch niemals mit ungekämmten Haaren gesehen hatte. Meine Sorgen verflogen, als sie sich zu mir umdrehte und eine plötzliche Veränderung in ihr vorging. Ihr Gesicht erhellte sich, mit strahlendem Lächeln bedeutete sie mir, dass ich ihr einen Kuss geben sollte. Ich hauchte ihr einen Kuss auf ihre faltige Wange und platzierte die frischen Brötchen auf dem Tisch. Während meiner Abwesenheit hatte sie schon alles für unser Frühstück vorbereitet. Adèle rührte kaum einen Bissen an, auch wenn sie ihre Appetitlosigkeit mit umso muntererem Geplauder zu überdecken versuchte.

»Geht es dir wirklich gut?«, erkundigte ich mich erneut besorgt.

Adèle bedachte mich mit einem spöttischen Blick. »Ich bin Mitte neunzig, da sieht man morgens nicht mehr wie ein munteres Küken aus.«

»Bitte verzeih, das hab ich nicht gemeint«, korrigierte ich mich rasch.

»Mach dir mal keine Sorgen um mich«, versicherte sie mir. »Mir geht es gut. Ich habe nur nicht besonders viel geschlafen. Aber auch das ist normal in meinem Alter.«

»Wir könnten uns heute einen gemütlichen Tag hier im Appartement machen«, schlug ich vor. »Schließlich drängt uns niemand.«

»Kommt gar nicht infrage! Sobald ich mich angezogen habe, brechen wir auf. Ich möchte heute Konstanz besichtigen. Und danach gehen wir auf den Friedhof und suchen die Gedenktafel.«

Ihr energisches Auftreten ließ keinen Widerspruch zu. Und doch fürchtete ich, dass sie unser Ausflug enttäuschen würde.

»Mamie«, warnte ich sie sanft, »ich möchte nicht, dass du zu viel erwartest. Möglicherweise finden wir gar nichts.« Ich erzählte ihr, was ich in der Zwischenzeit noch herausgefunden hatte. »Der Besitzer der Insel Mainau ist nach dem Tod der Häftlinge nicht sehr ehrenhaft mit ihren sterblichen Überresten umgegangen. Die französischen Besatzer hatten am Ufer der Insel, unterhalb des heutigen Rosengartens, einen Friedhof für sie angelegt und sie dort bestattet. Als Graf Lennart Bernadotte 1946 auf die Insel zurückkehrte, um sie für seine eigenen Zwecke umzugestalten, sollte nichts mehr an die grausame Zeit erinnern. Der Graf ordnete kurzerhand eine Aufhebung des Friedhofs an und ließ die Toten auf den französischen Teil des Konstanzer Hauptfriedhofs verlegen. Dort gab es bereits einen Platz, wo französische Soldaten und Zwangsarbeiter bestattet waren. 1949 wurden die verstorbenen Häftlinge, deren Namen bekannt waren, nach Frankreich gebracht und dort bei ihren Familien beigesetzt. Die acht nicht identifizierten Toten liegen meiner Vermutung nach noch immer auf diesem Friedhof.«

»Dann ist es doch denkbar, dass Antoine einer von ihnen ist«, beharrte Adèle unbeirrt. Sie sah mich entschlossen an. »Auch wenn wir keinen weiteren Hinweis finden, werde ich nicht verzweifeln. Ich habe beschlossen, dass ich mir Antoine dort einfach vorstellen möchte!«

»Wenn du meinst«, lenkte ich etwas verunsichert ein. »Vielleicht stoßen wir ja doch noch auf die ein oder andere Information. Ich werde auf jeden Fall versuchen herauszufinden, ob es irgendwelche Listen oder Dokumentationen zu der Zeit gibt, als die Tuberkulosekranken auf der Mainau untergebracht waren.«

»Ich mache mich jetzt fertig.« Meine Tante erhob sich vom Tisch und verschwand in ihrem Zimmer. Ich bewunderte sie für ihren Pragmatismus.

Weil es schwierig war, mit dem ungelenken Campingbus in der Stadt einen Parkplatz zu finden, organisierte ich uns ein Taxi, mit dem wir uns auf die kleine Stadtrundfahrt begaben. Adèle saß, aufgeregt wie ein junges Mädchen, neben mir im Fond und genoss den Blick aus dem Fenster. Vorbei am Archäologischen Landesmuseum ging es über die Rheinbrücke am See entlang. Linkerhand befand sich das Konzilgebäude mit dem Anlegesteg für die Fähren, an dessen Ende sich die imposante Statue der Imperia langsam um sich selbst drehte. Trotz der Menge an Touristen und des vielen Verkehrs auf den Straßen spürte ich den Hauch von Geschichte, der von dieser bemerkenswerten Figur ausging. Als begeisterter Historiker geriet ich sofort ins Schwärmen.

Adèle war eine geduldige Zuhörerin. Nach einem kurzen Exkurs über das Konzil im 15. Jahrhundert, das zwischen 1414 und 1418 hier stattgefunden hatte, um das große abendländische Schisma, die Herrschaft von zwei Päpsten, zu beenden und wieder die Einheit der Kirche herzustellen, erklärte ich Adèle, dass der Künstler Peter Lenk mit seiner riesigen Figur Imperia auf satirische Weise eben dieses Ereignis auf die Schippe nahm. Es zeigte eine nur notdürftig bekleidete Kurtisane mit eindeutig erotischer Ausstrahlung. Auf ihren erhobenen Händen trug sie zwei zwergenhafte Männlein, rechts Kaiser Sigismund mit Krone und Reichsapfel, links Papst Martin V. mit übereinandergeschlagenen Beinen. Kaiser und Papst als Spielball ihrer eigenen Libido. Die Narrenkappe, die die Kurtisane auf dem Kopf trug, wies sie jedoch nicht nur als Intrigantin aus, sondern auch als Hofnärrin, die das Spiel der Mächtigen durchschaut hatte. Ich erklärte Adèle, dass der Künstler für die Statue eine literarische Vorlage gehabt hatte. Der Figur lag eine frivole Erzählung des von mir hochverehrten Honoré de Balzac zugrunde, nämlich *La belle Impéria.*

Als ich ansetzen wollte, auch diese Geschichte für sie

zusammenzufassen, unterbrach meine Tante meinen Redeschwall mit einem nicht zu überhörenden Stöhnen. »Mein Junge, ich weiß, wie gescheit du bist«, meinte sie und tätschelte dabei gutmütig mein linkes Knie. »Leider bin ich viel zu alt, um mir diese Dinge in allen Einzelheiten zu merken.«

Gespielt gekränkt brach ich meine Ausführungen ab und hüllte mich für eine Weile in Schweigen, woraufhin die Taxifahrerin durch den Rückspiegel meiner Tante für mich unübersehbar zuzwinkerte. Auch wenn sie wahrscheinlich nicht viel von unserem Gespräch verstanden hatte, war ihr wohl nicht mein missionarischer Eifer entgangen.

Den Rest der Tour beschränkte ich mich darauf, nur dann etwas zu sagen, wenn ich danach gefragt wurde. In der Nähe des Jan-Hus-Museums ließen wir uns absetzen, um von dort die Stadt noch ein wenig zu Fuß zu erkunden. Adèle hakte sich bei mir unter, und ich führte sie ein Stück durch die verwinkelten Gassen mit ihren bemalten mittelalterlichen Häusern. Bei all den geschichtsträchtigen Bauwerken fiel es mir einigermaßen schwer, nicht erneut ins Dozieren zu verfallen.

»Was haben denn diese kleinen Messingtafeln im Boden zu bedeuten?«, wollte Adèle schließlich wissen. »Lies mir doch mal vor, was darauf steht.« Ihr Augenlicht war zu schwach, um die Inschrift selbst entziffern zu können.

Ich erklärte, dass dies Stolpersteine waren, die an die Opfer der NS-Diktatur erinnern sollten. »Dieser hier ist für Ruth Alexander. Sie wurde 1937 geboren und wohnte in diesem Haus. 1940 wurde sie deportiert, wahrscheinlich weil sie Jüdin war, und in die Konzentrationslager von Gurs und Rivesaltes gebracht. 1942 gelang ihr die Flucht. Sie hat den Naziterror in der Schweiz überlebt«, schloss ich.

Adèle war erschüttert. »Mein Gott, sie war ja noch ein

kleines Kind!« Was sie mindestens ebenso betroffen machte, war die Tatsache, dass die Kleine in Frankreich interniert gewesen war. »Vielleicht war es ein Fehler, sich nie für diesen Teil unserer Geschichte zu interessieren«, murmelte sie nachdenklich. »Nach dem Krieg haben wir Franzosen es uns einfach gemacht, indem wir immer nur den Deutschen die Schuld an allem gaben.« Sie bat mich, ihr noch mehr über diese Gedenksteine zu erzählen.

»Solche Steine findet man vor den Häusern, in denen die NS-Opfer zuletzt freiwillig gewohnt haben. Sie werden ebenerdig in den Boden eingelassen und beinhalten Namen, Geburtsdatum und kurz gefasst ihr Schicksal während der Diktatur. Soweit ich weiß, geht die Idee, auf diese Weise an die Verfolgten zu erinnern, auf den Kölner Künstler Gunter Demnig zurück. Er hat sie Anfang der Neunzigerjahre entwickelt. In Deutschland und auch im europäischen Ausland existieren Tausende dieser Stolpersteine. Erst neulich habe ich gelesen, dass schon über sechzigtausend verlegt wurden. Eine beeindruckende Zahl, aber doch verschwindend gering im Vergleich zu den Millionen von Opfern.«

»Wieso man sie wohl Stolpersteine nennt?«, grübelte Adèle. »Sie sind doch so gut verlegt, dass nicht einmal ich darüber stolpern könnte.« Noch bevor ich nach einer Antwort suchen konnte, fand sie selbst eine Erklärung. »Man stolpert nicht mit den Füßen, sondern mit dem Kopf und dem Herzen. Mein Gott! Das waren alles einmal Menschen, und wir werden gezwungen, uns an sie zu erinnern.«

So energisch sie eben noch wirkte, so nachdenklich und in sich gekehrt war meine Tante jetzt. Sie schüttelte müde den Kopf und bat mich, sie in eines der Straßencafés zu führen, weil sie sich etwas erschöpft fühlte. Wir fanden in einer der Seitengassen einen hübschen Tisch im Schatten und bestellten uns etwas zu trinken. Adèle hing weiterhin ihren Gedanken nach und sprach nicht viel. Ich genoss die schöne Aussicht und verlegte mich darauf, die Leute um uns herum zu beobachten. Mir fiel die große Zahl von Schweizer Touristen auf, aber auch Italiener, Holländer, Chinesen und Amerikaner schienen mit ihren erhobenen Handys jeden Winkel der Stadt auf Fotos festzuhalten.

In diesem Tumult hätte ich um ein Haar die hübsche junge Segellehrerin übersehen, die ich am Vortag am Hafen kennengelernt hatte. Sie schob ihr Fahrrad keine zwei Meter von uns entfernt durch die Menschenmenge. Einem spontanen Impuls folgend, winkte ich ihr zu, als sie für einen Augenblick in unsere Richtung sah. Ihre Stirn kräuselte sich befremdet, doch dann schien sie mich zu erkennen. Sie lächelte und steuerte zu meiner Freude direkt auf uns zu.

»Bonjour«, begrüßte sie uns freundlich. »Wunderbares Wetter heute, nicht wahr?«

»Jetzt, wo Sie aufgetaucht sind, könnte es nicht besser sein!« Ich grinste und freute mich, als sie auf mein Kompliment hin errötete.

»Haben Sie noch einen Platz in dem Segelkurs bekommen?«

»Hab ich! Allerdings nicht in Ihrem Kurs. Das wird natürlich nur halb so viel Vergnügen machen …« Ich verzog das Gesicht, als hätte ich auf eine saure Zitrone gebissen. Es machte Spaß, sie ein wenig zu provozieren.

»Mein Kollege ist der beste Segellehrer am Bodensee«, behauptete sie. »Allerdings wird er den Kurs doch nicht geben können. Es gab eine kurzfristige Planänderung.«

»Dann fällt er also aus?« Nun war es an mir, enttäuscht zu sein.

Ihre Augen blitzten belustigt auf. Dabei fielen mir die

Grübchen in ihren Wangen auf. »Das wird er nicht. Ich vertrete Werner«, fügte sie keck hinzu. »Übrigens bin ich Valerie, und wir duzen uns alle beim Segeln.«

Auf einmal war sie es, die Oberwasser bekam, und ich war derjenige, mit dem sie ihren Spaß hatte. Das gefiel mir, ihre schlagfertige Art war erfrischend. Und noch mehr gefiel mir die Aussicht, sie in nächster Zeit häufiger zu sehen. Ich hätte sie nur allzu gern in ein längeres Gespräch verwickelt, doch Valerie sah auf die Uhr und hatte es plötzlich eilig.

»Ich muss los. Wir sehen uns morgen!«

Sie nickte Adèle, die unser Gespräch mit hochgezogenen Augenbrauen verfolgt hatte, freundlich zu und verschwand in der Menge.

Izieu, Frankreich, April 1944

Hand in Hand eilten Antoine und Marguérite dem Kinderheim entgegen. Sie war viel zu spät dran. Doch um nichts in der Welt hätte sie die Nacht mit Antoine missen mögen. Sie hatten sich endlich ausgesprochen. Jetzt, da sie Antoine an ihrer Seite wusste, war die Angst vor der ungewissen Zukunft nicht mehr ganz so schlimm. Antoine hatte es sich nicht nehmen lassen, sie bis zum Zaun, der das Grundstück um das Kinderheim eingrenzte, zu begleiten. Noch bevor sie ihn erreichten, entdeckte sie Léa an einem der Fenster. Sie winkte ihr zu. Doch plötzlich wandte sie sich ab, nur um kurz darauf zurückzukehren und hektisch zu fuchteln. Marguérite verstand nicht, was das bedeuten sollte. Antoine blieb wie angewurzelt stehen und wies auf die Zufahrtsstraße, die zum Weiler von Lélinaz führte.

»Das ist die Gestapo. Sie kommt, um die Kinder zu holen«, sagte er tonlos. »Verdammt!« Er packte ihre Hand. »Komm, wir müssen uns verstecken. Sie dürfen uns nicht sehen.« Er zog sie mit sich über die Wiese, bis sie das angrenzende Gebüsch erreichten. Das Motorengeräusch der beiden Lastwagen und der Limousine wurde immer lauter, je weiter sich die Fahrzeuge zum Waisenhaus hinaufquälten. Sie beobachteten mit Entsetzen, wie der Konvoi schließlich auf der

Kiesauffahrt zum Stehen kam. Aus den Fahrzeugen stiegen drei Männer in Zivil, zwei davon waren, wie sie vermutete, Offiziere der Lyoner Gestapo. Ihnen folgten ungefähr fünfzehn Soldaten. Mit Gewehren im Anschlag stürmten sie das friedliche Waisenhaus, in dem die Kinder vermutlich gerade beim Frühstück saßen. Kurz darauf brach ein fürchterliches Chaos aus. Marguérite hörte Schreie und versuchte, sich von Antoine loszureißen.

»Ich muss den Kindern helfen, ich kann sie doch nicht ihrem Schicksal überlassen«, wehrte sie sich empört.

Doch sein Griff um ihren Oberarm war so fest, als säße er in einem Schraubstock. »Du kannst ihnen nicht helfen«, warnte er sie eindringlich. »Es sind zu viele …«

Das wollte sie nicht hören. Sie musste den Kindern doch beistehen. Sie war für sie verantwortlich! Noch einmal versuchte sie, sich loszumachen, doch Antoine ließ es nicht zu.

»Denk an unser Kind«, sagte er leise.

Das brachte sie endlich zur Vernunft. Ihnen blieb nichts übrig, als hilflos mit anzusehen, wie die Soldaten auf brutale Weise Eva und Moise Reifmann aus dem Haus schleppten, ebenso deren Tochter Suzanne und ihren Enkel Claude. Um ihre Schritte zu beschleunigen, stießen die Leute der SS ihren Gefangenen die Gewehrläufe in die Nieren. Als die schon betagte Eva von dem derben Schlag vor Schmerz auf die Knie sank, wurde sie sofort grob hochgerissen und mit einem weiteren Schlag ins Gesicht bestraft.

Dann tauchte Miron Zlatin auf. Er war der Einzige, der sich nicht wehrlos ergab. Er musste von zwei Männern in Schach gehalten werden, nachdem er heftig protestierend versucht hatte, die Anführer des Überfalls von ihrem Vorhaben abzubringen. Einer der Gestapomänner schlug ihm den Gewehrkolben ins Gesicht, während der andere ihn in den Bauch boxte. Zlatin ging in die Knie und erhielt weitere Schläge, bis er sich nicht mehr wehrte. Grob wurde er auf die Rampe des Lastwagens gestoßen und auf eine der Bänke gezwungen. Dann kamen die Kinder an die Reihe. Marguérite erkannte ihre Freundin Léa, die vergeblich versuchte, die Jüngeren zu beruhigen. Die kleine Mina schrie verzweifelt, weil sie von ihrer älteren Schwester getrennt wurde. Ein paar der Jungen versuchten, von den Ladeflächen der Lastwagen hinunterspringen. Wem es gelang, der kam jedoch nicht weit. Die Soldaten packten die Ausreißer wie Kartoffelsäcke und warfen sie erbarmungslos zurück auf die Ladefläche. Dort wurden sie von einem anderen Soldaten mit Fußtritten empfangen.

Perticoz und sein Knecht Julien Favet vom benachbarten Bauernhof eilten herbei. Sie wurden ebenfalls Zeugen des Geschehens. Empört über die Art, wie die Gestapo mit den Kindern umsprang, wollte der Bauer sich auf den Soldaten stürzen, der die kleine Nina Aronowicz an den Haaren herbeischleifte.

»Monsieur Perticoz, mischen Sie sich nicht ein, bleiben Sie ja, wo Sie sind!«, hörte Marguérite den verletzten Heimleiter von der Pritsche aus rufen.

Sie konnte in ihrem Versteck jedes einzelne Wort verstehen, gerade so, als stünde sie daneben. Dann wurden sie Zeugen, wie ein Soldat Miron zum Lohn für seine Warnung mit voller Wucht sein Maschinengewehr in den Bauch rammte und ihm heftig gegen das Schienbein trat. Er brach zusammen und war plötzlich nicht mehr zu sehen. Marguérite schloss vor Entsetzen die Augen. Wie konnten Menschen nur so grausam sein? Das waren unschuldige Kinder, von denen jedes einzelne bereits entsetzliche Dinge erlebt hatte, und Erwachsene, die sich aufopfernd um sie kümmerten.

Die Aktion ging sehr effizient vonstatten. Die Soldaten waren ganz offensichtlich geübt. Sie ignorierten Perticoz und einige andere Bauern, die aus der Nachbarschaft herbeigeeilt waren. Zu ihrer Überraschung entdeckte Marguérite unter den Zuschauern Lucien Bourdon. Was machte der Mann zu dieser frühen Stunde hier? Sein Hof lag ein paar Kilometer von Lélinaz entfernt. Antoine, der ihn ebenfalls sah, ballte die Hände zu Fäusten.

»Verdammt! Ich wette, dieser Dreckskerl steckt dahinter«, zischte er verzweifelt. »Ich hätte es verhindern können!«

»Du konntest nicht wissen, dass sie früher kommen«, versuchte Marguérite, ihren Geliebten zu besänftigen. Doch sie verstand, dass er sich Vorwürfe machte. Ihr ging es nicht anders. Verzweifelt schlug sie die Hände vors Gesicht und begann zu weinen. »Wir müssen den Kindern doch irgendwie helfen!« Sie sah Antoine hilflos an, wohl wissend, dass er ebenso ratlos war wie sie. »Was werden sie jetzt mit ihnen tun?«, fragte sie, obwohl sie die Antwort längst ahnte.

»Dasselbe, was sie mit den Kindern aus Voiron gemacht haben«, hörte sie Antoines tonlose Stimme.

Im Zuge einer Operation waren Soldaten in das Haus La Martellière im nur vierzig Kilometer entfernten Voiron eingedrungen und hatten auf äußerst brutale Weise achtzehn jüdische Kinder samt ihren Müttern abgeführt und ins Sammellager nach Drancy deportiert. Von dort führte ihr Weg direkt nach Auschwitz. Sie wusste, was das bedeutete. Die Kinder und ihre Betreuer würden in einem der Vernichtungslager sterben.

»Können wir denn gar nichts unternehmen?« Ihre Stimme war kaum mehr als ein Hauch. »Ich … ich hab die Kleinen im Stich gelassen.« Sie fühlte, wie die Kraft sie verließ. Die Kinder brauchten sie gerade jetzt, und sie war nicht bei ihnen!

Antoine legte eine Hand auf ihre Schulter und hob mit der anderen sanft ihr Kinn. Dabei sah er ihr fest in die Augen. »Sag doch so was nicht.« Er versuchte, seiner Stimme einen festen Klang zu geben. Sie spürte, wie er sich zu einem Entschluss durchrang. »Du musst jetzt an *unser* Kind denken!« Seine braunen Augen ruhten voller Liebe, aber auch voller Wehmut auf ihr. Instinktiv begriff sie, dass er klarer zu denken vermochte, als es ihr im Augenblick möglich war. »Du wirst dich gleich auf den Weg zu meiner Schwester nach Grenoble machen«, teilte er ihr mit. »Wir können nicht länger warten.«

»Und was ist mit dir?« Sie wollte sich nicht allein auf den gefährlichen Weg machen. »Ich schaff das nicht allein!«

Er ließ ihren Einwand nicht zu. »Die Operation Frühling hat bereits begonnen«, versuchte er ihr zu erklären. »Barbie startet einen Großangriff auf alle Widerstandsbewegungen in den Departements Ain und Jura. Das bedeutet, dass er mit jedem verfügbaren Mann jeden Hof in der Gegend auf den Kopf stellen und durchsuchen lassen wird. Du bist hier nirgendwo mehr sicher.« Er strich ihr zärtlich über die Wange. »Ich könnte es nicht ertragen, wenn sie dich auch noch festnehmen würden. Du schaffst das allein! Adèle wird dir helfen und dich verstecken.« Er nahm die Kette mit dem Anhänger, die er immer trug, von seinem Hals und legte sie ihr um. »Gib ihr das hier.« Dann zog er auch noch die Taschenuhr aus seiner Hose, die sein Vater ihm vermacht hatte. »Meine Schwester weiß, dass ich mich niemals ohne Not von diesen Schmuckstücken trennen würde. Sie wird sie erkennen und dir und unserem Kind beiseitestehen. Auf Adèle ist hundertprozentig Verlass. Umarme sie von mir und warte bei ihr, bis ich euch holen komme.«

»Aber was wirst du jetzt tun?« Marguérite konnte den

Gedanken nicht ertragen, dass er sich weiterhin der Gefahr aussetzte. »Komm mit mir!«

»Dann wäre ich ein Deserteur. Sie würden verstärkt nach uns suchen. Solange sie denken, dass ich einer von ihnen bin, bin ich in Sicherheit«, argumentierte er. »Du hast allein bessere Chancen. Begreif das doch!«

Sie weinte und wollte es einfach nicht einsehen. Gleichzeitig wusste sie, dass sie gar keine andere Wahl hatten. Antoine hatte recht. Sie trug jetzt nicht mehr nur für sich die Verantwortung, sondern auch für ihr gemeinsames Kind. Und sie musste stark sein – für die Kinder von Izieu, die jetzt, wie sie selbst, einem unbekannten Schicksal entgegengingen.

»Ich werde es für unser Kind tun«, flüsterte sie und sah mit Tränen in den Augen hinunter ins Tal.

»Du kannst den Waisenkindern jetzt nicht mehr helfen«, erriet Antoine ihre Gedanken. Er gab ihr einen sanften Kuss auf die Nasenspitze. »Aber vielleicht kann ich noch etwas für sie tun. Ich werde mich sofort wieder auf den Weg nach Lyon machen und dort Mittel und Wege finden, sie zu befreien, noch bevor sie nach Drancy gebracht werden. Miron hat mir ein paar Namen von Verbindungsmännern verraten. Sie arbeiten im Lyoner Gefängnis Montluc.« Ein Knacken ganz in ihrer Nähe unterbrach ihre Unterhaltung. »Da ist jemand«, zischte Antoine und drückte sie noch tiefer ins Gebüsch.

Marguérites Herz raste vor Angst, während sie versuchte, möglichst reglos liegen zu bleiben. Dann erkannten sie einen jungen Mann, der scheinbar kopflos an ihnen vorbeihastete.

Sie wusste sofort, wer das war. »Das ist Léon. Léon Reifmann.«

Ihm musste irgendwie die Flucht gelungen sein. Er rannte so schnell, dass sie keine Gelegenheit hatten, sich bemerkbar zu machen. Kurz darauf hörten sie die Stimmen von Soldaten, die ihm nachsetzten. Noch waren sie über hundert Meter von ihnen entfernt, aber schon bald würden sie in ihrer Nähe sein. Marguérite schreckte auf. Pure Angst presste ihr Herz zusammen.

»Du musst sofort los«, drängte Antoine. »Ich werde mich ihnen in den Weg stellen und so tun, als würde ich auch nach dem Flüchtling suchen.«

»Aber wie willst du ihnen dein plötzliches Auftauchen erklären?«, fragte sie.

»Da fällt mir schon was ein. Schließlich trage ich immer noch die Uniform der Milizionäre.« Seine Stimme klang zuversichtlicher, als er vermutlich war. Eilig zog er sie mit sich, bis sie auf einen schmalen Feldweg kamen, der von schützenden Bäumen gesäumt war. »Schlag dich von hier aus nach Süden durch und vermeide alle Siedlungen und Dörfer. Nimm die Pfade über das Massif de la Chartreuse. Sie sind nur schwer zugänglich, sodass dir die Soldaten kaum folgen werden.«

Marguérite hatte das Gefühl, ihre Beine würden sie keinen Schritt weit tragen. Sie war keine Heldin und wollte es auch gar nicht sein.

»Du schaffst das!«, wiederholte Antoine und drückte fest ihre Oberarme. Seine Berührung löste ihren Krampf, und es gelang ihr, sich ein wenig zu beruhigen.

Schließlich nickte sie tapfer. »Ich warte bei deiner Schwester auf dich!«

»Und dann werden wir eine richtige Familie sein.«

Ihr Abschiedskuss würde ihr für immer in Erinnerung bleiben. Für einen viel zu kurzen Augenblick hielten sie sich fest umschlungen. Noch einmal fühlte sie seine Kraft und Geborgenheit durch sich strömen, während seine Lippen fest auf den ihren lagen. Zu schnell war der innige Moment vorbei. Die Stimmen der Soldaten kamen unerbittlich näher. Antoine löste sich aus der Umarmung und schob Marguérite auf einen Wildpfad, der den Abhang hinunterführte.

»Ich liebe dich«, raunte er ihr zum Abschied zu.

Dann hastete er auf der anderen Seite des Weges durch das Gebüsch, um den Soldaten entgegenzutreten.

6

Valerie radelte über den Uferweg zur Segelschule. Der Tag versprach etwas Besonderes zu werden, wenn sie erst die Jüngstenprüfung hinter sich hatte, die kurzfristig noch einmal verschoben worden war. Die Aussicht, den sympathischen Franzosen wiederzutreffen, beflügelte sie. Überhaupt hatte sie sich nur seinetwegen zu dem Kurs überreden lassen, auch wenn das bedeutete, dass sie am Wochenende nun noch weniger Zeit für Jonas haben würde. Eigentlich hätte sie deswegen ein schlechtes Gewissen haben müssen, doch seltsamerweise war das nicht der Fall. Im Gegenteil. Sie konnte sich nicht erinnern, wann sie zum letzten Mal so unbekümmert mit einem anderen Mann geflirtet hatte. Jonas und sie hatten schließlich eine klare Abmachung getroffen. Für die Zeit ihres Sabbaticals war jeder von ihnen frei zu tun, was er wollte. Nun musste sich Jonas eben damit abfinden, dass sie ihn am Sonntag für ein paar Stunden sich selbst überlassen würde. Wahrscheinlich würde er nicht sehr begeistert sein, aber das war sein Problem, wenn er sie einfach so mit seinem Besuch überraschte.

Mittlerweile hatte sie ihr Ziel erreicht. Sie schloss ihr Fahrrad ab und begab sich zu ihren wartenden Prüflingen, die sichtlich nervös waren. Die Kinder waren bereits beim Auftakeln ihrer Boote. Sie half, wo es nötig war, und nutzte die Gelegenheit, um ihnen ein letztes Mal die wichtigsten

Punkte für die Prüfung einzuschärfen. Dabei versuchte sie, ihnen die Angst zu nehmen. Werner tippte mit dem Zeigefinger auf seine Uhr, um ihr zu zeigen, dass es Zeit war. Die Prüfer warteten bereits im Beiboot. Der Hauptprüfer bedachte Valerie mit einem mahnenden Blick, der vermutlich seine Autorität unterstreichen sollte. Ohne sich verunsichern zu lassen, nickte sie ihm freundlich zu, denn sie war sich sicher, dass sie ihre Schüler gut vorbereitet hatte. Ein paar Wochen zuvor hätten sie solche Blicke noch aus der Ruhe gebracht. Ein gutes Zeichen, dass ihre Psyche und ihr Selbstbewusstsein wieder an Stärke gewannen.

Sie stieg zu Werner und den Prüfern an Bord und gab das Zeichen zum Aufbruch. Die fünf Jollen, in denen jeweils zwei Kinder saßen, wurden von einem anderen Motorboot an einem langen Tau im Pulk hinausgezogen. Draußen auf dem See herrschte leichter Wind, optimale Bedingungen für die bevorstehende Prüfung. Ganz ruhig gab Valerie über die Flüstertüte ihren Schülern den Befehl, sich von dem Tau zu lösen und die Segel so zu stellen, dass sie Fahrt aufnehmen konnten. Wenig später befanden sich alle Kinder auf Kurs, und die Prüfer übernahmen das Kommando. Fahrt aufnehmen, Kurshalten, Wenden, Halsen und ein Rettungsmanöver. Alles klappte wie am Schnürchen. Zum Schluss wurde von den Kindern noch verlangt, selbstständig in den Hafen zu segeln und dort ihr Boot zu vertäuen.

Dann hatten es alle geschafft. Keines der Kinder war durchgefallen. Valerie zeigte, wie stolz sie auf ihre Segelschüler war. Am Kai standen die Eltern, um ihre Sprösslinge in Empfang zu nehmen. Sie begleiteten ihre aufgeregten Kinder zur offiziellen Verleihung des Jüngstenscheins, die von Werner persönlich vorgenommen wurde. An einer improvisierten Bar gab es kühle Getränke und lobende

Worte für Valerie, danach zerstreuten sich alle. Ihr einstiger Problemschüler Adrian verabschiedete sich als Letzter. Er platzte unverkennbar vor Stolz.

»Später werde ich Kapitän auf einem Kreuzfahrtschiff, und dann nehme ich dich mit auf Weltreise«, tönte er selbstsicher zum Abschied. Valerie sah dem aufgekratzten Jungen lachend hinterher.

»Wittere ich da Konkurrenz? Der Junge ist wohl nicht der Einzige hier, der dich mag«, hörte sie eine wohlvertraute Stimme hinter sich. Richards französischer Akzent war unverkennbar.

»Richard! Du schon wieder?« Scheinbar erstaunt wandte sie sich zu ihm um.

Seine verschmitzte Art hatte etwas sympathisch Jungenhaftes. In seinen knielangen Khakishorts und dem hellgrauen Freizeithemd fand sie ihn außerdem verdammt attraktiv.

»Meine Freunde nennen mich Rick«, bemerkte er, fuhr sich durch sein strubbeliges dunkles Haar und sah sie lächelnd an. Das Graublau seiner Augen wurde von dichten Augenbrauen dominiert.

»Bereit für die erste Segelstunde?«

Valerie räusperte sich verlegen. Seine offenen Avancen brachten sie doch etwas aus der Ruhe. So etwas geschah ihr normalerweise nicht so leicht.

»Ich bin so bereit, wie man es nur sein kann.« Er sah sich suchend um. »Bin ich etwa der Einzige? Das finde ich wunderbar.«

Valerie tippte auf ihre Uhr. »Der Kurs beginnt erst um drei Uhr«, erinnerte sie ihn amüsiert, »jetzt ist es gerade mal halb drei!«

»Das ist wirklich zu dumm!« Rick verzog enttäuscht das

Gesicht. »Ich würde am liebsten mit dir allein in See stechen.« Er legte seinen Kopf schief und bedachte sie mit einem treuherzigen Hundeblick.

Valerie konnte sich ein Lachen nicht verkneifen. Seine Art entbehrte nicht einer gewissen Theatralik. Auch wenn es ihr gefiel, beschloss sie, ihn wieder etwas auf Abstand zu bringen. Er war nur ihr Segelschüler, außerdem gab es noch einiges zu erledigen.

»Freu dich mal nicht zu früh«, dämpfte sie seine Vorfreude. »Heute beginnen wir mit Theorie und gehen gar nicht aufs Wasser. Du kannst schon mal die Stühle aus dem Schuppen holen und da vorne aufstellen. Die Kiste mit den Tauen brauchen wir ebenfalls.« Sie warf ihm einen abschätzenden Blick zu. »Außer dir kommen noch vier andere Schüler. Ich muss in der Zwischenzeit noch ein paar Sachen organisieren. Bis später.«

Ohne sich weiter um ihn zu kümmern, ließ sie ihn stehen und ging hinüber zu Werner, der bereits darauf wartete, mit ihr die Übergabe zu regeln, bevor er aufbrach. Seine Mutter war ernsthaft erkrankt und brauchte ihn an ihrer Seite.

Als sie gegen drei Uhr zum Schuppen zurückkehrte, hatte Rick alles vorbereitet. Die anderen Segelkursteilnehmer hatten sich mittlerweile ebenfalls eingefunden. Valerie begrüßte die kleine Gruppe und erklärte, was sie in den nächsten Tagen alles vorhatten. Danach begann sie mit ihrer Einführung in die Theorie des Segelns. Rick hatte sich zwischen Cordula und Jens, einem Ehepaar mittleren Alters aus Bottrop, platziert. Daneben saßen Felix und Kevin aus Leipzig. Das Paar verbrachte seine Hochzeitsreise am Bodensee. Alle lauschten hochmotiviert ihrem Vortrag, den sie nach knapp einer halben Stunde für eine kurze Pause unterbrach.

»Können wir jetzt nicht doch noch wenigstens ein klitzekleines bisschen auf den See hinaus?«, erkundigte sich Cordula ungeduldig in breitem Ruhrpottslang. Sie war eine kräftige, große Frau, die für ihr leichtes Übergewicht jedoch überraschend beweglich war.

»Dat mein ich auch«, stimmte Jens seiner Frau treuherzig zu. »Wir haben uns schon so da drauf gefreut!«

»Alles zu seiner Zeit!« Valerie ließ sich nicht beirren. »Ohne das theoretische Grundzeug habt ihr keinen Spaß, vor allem, weil noch keiner von euch gesegelt ist. Morgen geht es aber dann gleich los.«

»Valerie hat recht«, bemerkte der ängstliche Felix. »Erst das Rüstzeug, dann das Vergnügen. Kevin und ich möchten auf keinen Fall ein Risiko eingehen, nicht wahr, Darling?« Sein Partner warf ihm zur Bestätigung eine Kusshand zu, während er die Gruppe nebenbei filmte.

Rick fand an seinen Mitseglern sichtliches Vergnügen. Außerdem zeigte er sich als eifriger Schüler. Valerie ertappte sich dabei, wie ihre Augen immer wieder zu ihm hinwanderten, während sie ihren Vortrag fortsetzte. Einmal begegneten sich ihre Blicke, und er zwinkerte ihr verschwörerisch zu. Ihr Herzschlag beschleunigte sich, als sie mit einem Lächeln antwortete und sich gleich darauf dafür schämte. Ich benehme mich wie ein Teenager, schalt sie sich und beendete schließlich ihre Stunde.

»Wir sehen uns morgen früh pünktlich um zehn Uhr. Dann geht es auf die Boote«, verabschiedete sie ihre Gruppe. Während sich die anderen Kursteilnehmer schnell zerstreuten, begann Rick in aller Ruhe mit dem Aufräumen. Valerie half ihm dabei.

»Gehen wir noch etwas trinken?«, fragte Rick, als wäre es das Selbstverständlichste auf der Welt.

»Ich hab keine Zeit«, erwiderte sie perplex und ärgerte sich im nächsten Augenblick, da sie so rasch abgelehnt hatte. »Ich muss noch einkaufen, weil ich morgen Besuch bekomme«, fügte sie rasch hinzu und dachte schuldbewusst an den gähnend leeren Kühlschrank in ihrem Appartement.

»Vielleicht kannst du das ja ein wenig nach hinten verschieben, oder wartet jemand auf dich?«

»Nein, ich wohne allein«, erwiderte sie schnell. Als sie mehr als sieben Monate zuvor Berlin verlassen hatte, hatten Jonas und sie sich darauf geeinigt, dass in der nächsten Zeit jeder seine eigenen Wege gehen würde. Auch wenn sie sich nicht offiziell voneinander getrennt hatten, so sollte sich jeder frei fühlen. So hatte sie es jedenfalls verstanden. Dass Jonas sich nicht an diese Vereinbarung hielt, war streng genommen gegen ihre Abmachung. Plötzlich ärgerte sie sich sogar darüber, dass er ihr das Wochenende mit seinem Überraschungsbesuch verdarb. In einer trotzigen Anwandlung änderte sie ihre Meinung. »Warum also nicht?«, fügte sie schließlich hinzu. »Auf der anderen Rheinseite ist ein hübsches Gartenrestaurant. Von dort hat man einen wunderschönen Blick auf die Alpen. Hast du ein Fahrrad?«

Als Rick verneinte, fiel ihr ein, dass im Schuppen noch eines stand, das im Augenblick nicht gebraucht wurde. Sie bot es Rick kurzerhand an. Wenig später machten sie sich gemeinsam auf den Weg. Es war ein traumhafter Frühsommerabend. Eine angenehme Brise strich vom See her über das Land, während sie über die Rheinbrücke auf die andere Seite radelten. Entlang des Sees führte ein Weg direkt am Ufer entlang bis zu besagtem Lokal. Sie fanden einen freien Platz auf der Terrasse und genossen die Aussicht auf das schweizerische Ufer mit dem Bergmassiv des Säntis und des Alpsteins, während die Bedienung ihnen eisgekühlten Weißwein servierte.

»Ich hab einen Bärenhunger nach der ganzen Segeltheorie«, verkündete Rick gut gelaunt. »Kann ich dich vielleicht auch zum Essen überreden?«

»Da sag ich nicht Nein!« Valerie ließ sich gern auf seine unkomplizierte Art ein. Im Gegensatz zu ihr selbst schien Rick alles leichtzunehmen. »Aber was ist mit deiner Tante? Wartet sie nicht auf dich?«

»Sie war ziemlich erschöpft nach unseren Ausflügen gestern und heute Morgen. Sie wollte für den Rest des Tages allein sein. Außerdem kümmert sich unsere Wirtin rührend um sie.« Er grinste vielsagend. »Ich bin also in jeder Beziehung frei und ungebunden. Und du?« Er sah sie prüfend an. Ihr war sofort klar, auf was er abzielte. Dennoch zögerte sie mit einer klaren Antwort.

»Ich hab auch Hunger«, erwiderte sie ausweichend und griff nach der Karte, um sie eingehend zu studieren.

Er beließ es dabei. Sie wählte einen Spargelsalat mit Erdbeeren und Ciabatta, während Rick sich einen Bodenseefelchen mit Bratkartoffeln und Salat bestellte. Die Zeit bis zum Essen verbrachten sie mit zwangloser Konversation. Dabei erfuhr sie, dass Rick Historiker war und für ein Buch über die NS-Zeit recherchierte. Als das Essen gebracht wurde, machte er sich mit großem Appetit über seine Portion her. Valerie fiel auf, dass er nicht mit Lob sparte, während er aß. Das erinnerte sie an ihren Vater, der auch in Frankreich geboren war. Unwillkürlich verglich sie sein Essverhalten mit dem von Jonas. Unterschiedlicher können zwei Männer wohl kaum sein, dachte sie amüsiert. Wenn sie mit ihm in einem Restaurant war, mäkelte er grundsätzlich an allem herum. Nichts schien ihm gut genug. Außerdem war er Veganer und konnte es nur schwer ertragen, wenn jemand an seinem Tisch Fisch oder Fleisch aß. Valerie war im Laufe der Zeit zwangsläufig zur Vegetarierin geworden, obwohl sie eigentlich ganz gern einmal Fisch oder Fleisch aß.

»Früher hieß es immer, dass die Deutschen nicht kochen können«, unterbrach Rick ihre Gedanken und wischte sich mit der Serviette über den Mund, »aber in der Zwischenzeit scheinen sich die Verhältnisse umzukehren. Wir haben so viele schlechte Restaurants in Frankreich. Ich liebe das deutsche Essen!«

»Und ich das französische, genau genommen das provenzalische!« Valerie legte ihr Besteck beiseite und geriet nun ihrerseits ins Schwärmen. »Die *Tomates provençales*, die mein Vater zubereitet, sind einfach unübertrefflich. Wenn es danach noch eine rosa gebratene Lammschulter mit weißen Bohnen gibt, könnte ich dafür sterben …« Sie legte ihr Kinn auf die aufgestützten Hände und sah verklärt in den Himmel. Sie vermisste ihn plötzlich. »Mein Vater ist in der Provence aufgewachsen«, erklärte sie versonnen. »Deswegen hab ich fast alle Sommerferien in Frankreich verbracht.«

Dann spürte sie Ricks überraschten Blick auf sich ruhen. »Sieh an, dann steckt also eine halbe Landsmännin in dir?«, bemerkte er auf Französisch.

»Findest du das schlimm?« Valerie zog spöttisch die Augenbrauen hoch. Ohne Probleme ging sie auf den Sprachwechsel ein. Auch wenn sie das Gefühl hatte, dass ihr Französisch bei Weitem nicht so gut war wie Ricks Deutsch, machte es sich nun bezahlt, dass ihr Vater darauf bestanden hatte, sie zweisprachig zu erziehen. Sie hielt seinem Blick stand und spürte gleichzeitig, wie die Luft zwischen ihnen beiden zu knistern begann. Dieses Mal war es Rick, der zuerst den Blick abwandte. Eine Weile sagte keiner von ihnen ein Wort. »Wie kommt es eigentlich, dass du so gut

Deutsch sprichst?«, fragte sie, um die Leere zwischen ihnen wieder zu füllen.

»Meine Großmutter war Deutsche«, erklärte er. »Ich hab sie zwar nie kennengelernt, aber meine Mutter hat immer gesagt, dass es wichtig ist, sich auf seine Wurzeln zu besinnen. Sie hat mich deswegen auf die Deutsche Schule in Paris geschickt. Daher kann ich einigermaßen gut Deutsch.«

Valerie fiel auf, dass sie sich immer noch auf Französisch unterhielten. Irgendwie lief ihr Gespräch in dieser Sprache flüssiger.

»Und weshalb bist du mit deiner Großtante hier am Bodensee?«, erkundigte sie sich neugierig. Sie hatte mit einem Mal das Bedürfnis, mehr über ihn zu erfahren.

Rick lehnte sich zurück und nippte an seinem Glas Wein. Sein Blick wanderte in die Ferne, bevor er ihr antwortete. »Das ist etwas kompliziert«, begann er schließlich zu erklären. »Meine Mutter Isabelle ist bei meiner Großtante Adèle aufgewachsen. Bauern haben sie als Baby zu ihr gebracht, da ihre Eltern verschollen waren. Adèle ist die Schwester meines Großvaters und diesem schon als Kind sehr verbunden gewesen. Sein unbekanntes Schicksal hat ihr zeit ihres Lebens keine Ruhe gelassen. Deshalb sind wir hier. Wir wollen herausfinden, was mit ihm geschehen ist. Seine Spur führt an den Bodensee auf die Insel Mainau, wo einst Tuberkulosekranke untergebracht wurden. Meine Tante und ich wollen herausfinden, ob Antoine einer von ihnen war. Es ist die einzige Spur, die wir haben«, schloss er seine Erklärung.

»Und wie wollt ihr das anstellen? Hofft ihr, hier auf sein Grab zu stoßen?« Valerie fand überaus spannend, was er erzählte.

»Das mit den Gräbern ist so eine Sache …«

Rick verwandelte sich plötzlich ganz in einen nüchternen Wissenschaftler und erzählte ihr von diversen Schwierigkeiten, die sich ihnen in den Weg stellten. Hinter dieser Nüchternheit spürte sie dennoch seine Gefühle.

»Du hängst wohl sehr an deiner Tante«, sprach sie ihn darauf an.

Rick stimmte ihr zu. »Adèle hat sehr viel für meine Familie getan, nachdem ihre Eltern gestorben waren«, gestand er ihr. »Sie hat meine Mutter allein großgezogen und war später auch immer für mich da, wenn Maman arbeiten musste. Wir haben sehr viel Zeit miteinander verbracht. Ich liebe sie sehr.« Seine Augen glänzten, während er von ihr sprach. Doch dann wechselte er das Thema. Er bestand darauf, dass auch sie etwas von sich erzählte. »Stammt deine Familie vom Bodensee?«

Valerie gefiel Ricks Interesse an ihr. Bereitwillig erzählte sie, dass sie in Berlin lebte und nur den Sommer am See verbrachte. »Mein Vater Aaron kam als Medizinstudent von Aix-en-Provence nach Berlin und arbeitete später als Arzt an der Charité. Dort lernte er meine Mutter Mia kennen. Sie ist um einiges jünger als er, also hab ich einen relativ alten Vater, auch wenn er sehr viel jünger wirkt.« Sie lächelte versonnen. »Die beiden sind sehr glücklich miteinander, ich bin froh, dass ich sie als Eltern habe.«

»Leben deine Großeltern in Aix noch?«, wollte Rick wissen.

Valerie verneinte. »Sie sind schon lange tot. Ich hab kaum noch eine Erinnerung an sie. Ich weiß nur, dass sie Papa in den letzten Kriegsmonaten als Säugling bei sich aufgenommen haben. Seine Mutter Gigi Sternfeld war eine deutsche Jüdin, die im Untergrund lebte. Sie arbeitete für die französischen Partisanen innerhalb der Résistance. Sie war eine mutige Maquisarde und wurde erschossen, nachdem man sie bei einem Einsatz erwischt hatte. Von meinem leiblichen Großvater weiß ich nur seinen Namen. Er war Franzose und hieß ebenfalls Antoine! *C'est tout!* Aber das ist Schnee von gestern.«

Rick sah sie tadelnd an. »So sollte man niemals über seine Familiengeschichte reden«, sagte er mit erhobenen Augenbrauen. »Ohne diesen ›Schnee von gestern‹ wären Menschen wie ich arbeitslos.«

Valerie erhob beschwichtigend die Hände.

»So hab ich das natürlich nicht gemeint. Es ist nur so, dass die Vergangenheit meines Vaters nie eine große Rolle in meinem Leben gespielt hat. Sein Verhältnis zu seinen Pflegeeltern war nicht besonders herzlich, auch wenn er ihnen sehr viel zu verdanken hat. Außerdem sind sie früh gestorben. Und auch meine Mutter hat keine Verwandten mehr. Für Aaron waren Mia und ich seine Familie. Das hat uns allen genügt.«

»In meiner Familie wurde dagegen sehr viel über die Vergangenheit geredet«, sinnierte Rick. »Womöglich bin ich deswegen Historiker geworden. Es ist wie eine Sucht, ich muss immer alles über die Menschen und ihre Vergangenheit erfahren.« Er lächelte ihr verschmitzt zu. »Aus diesem Grund würde ich auch gern wissen, was du tust, wenn du dich nicht gerade mit Touristen beim Segeln herumschlägst.«

Bislang hatte ihr Gespräch einen eher unverfänglichen Verlauf genommen, doch nun berührte Ricks Frage einen heiklen Punkt in Valeries Leben. »Ich bin eigentlich Gymnasiallehrerin«, begann sie, unsicher, wie viel sie preisgeben sollte. Sie wollte die gelöste Stimmung nicht mit ihren Problemen zerstören. Doch dann fand sie, dass sie zu ihr gehörten, und entschloss sich, mehr zu erzählen. »Im letzten Herbst hatte ich allerdings einen Zusammenbruch in der

Schule. Ich war gezwungen, mir eine Auszeit zu nehmen«, gestand sie.

Sie presste die Hände auf ihre Schenkel, weil sie zu zittern begannen. Es fiel ihr immer noch nicht leicht, über diese Zeit zu reden. Außerdem hatte sie plötzlich Angst, sich lächerlich zu machen.

»Du musst mir nichts erzählen, was du nicht magst«, erwiderte Rick sofort feinfühlig. »Ich hab wirklich nicht die Absicht, dich in Verlegenheit zu bringen.«

»Und du musst dich nicht entschuldigen.« Valerie fühlte sich nach seinen Worten sofort viel besser. Sie schluckte den Kloß in ihrem Hals hinunter. »Vielleicht ist es ja jetzt an der Zeit, einmal darüber zu reden.« Sie sah Rick unsicher an. »Ich hab im letzten Jahr Schlimmes durchgemacht«, fuhr sie zögernd fort. »Nach meinem Referendariat kam ich gleich an eine Brennpunktschule mitten in Berlin. Die Schüler kamen mehr oder weniger alle aus prekären Verhältnissen, Migrationshintergrund, Arbeitslosigkeit, Drogen, Gewalt, Mobbing, die ganze Palette eben. Ich hielt mich für ziemlich robust, doch dann musste ich feststellen, dass all meine Kollegen gegeneinander intrigierten. Es gab keinen Rückhalt bei Schwierigkeiten im Schulalltag, den Eltern war das Schicksal ihrer Sprösslinge sowieso relativ gleichgültig. Ich hatte keinerlei Handhabe, etwas Positives zu bewirken. Meine Autorität wurde von allen Richtungen untergraben. Doch anstatt die äußeren Umstände verantwortlich zu machen, gab ich mir selbst die Schuld. Ich sah nur mein eigenes Versagen. Mein Selbstwertgefühl ging mit jedem Monat mehr den Bach runter. Eines Tages wachte ich auf und konnte nicht mehr aufstehen. Ich war wie gelähmt, nicht mehr in der Lage, mich in irgendeiner Weise zu irgendetwas zu motivieren. Damals wäre ich am liebsten gestorben.«

Valerie schluckte, kämpfte mit aufsteigenden Tränen. Plötzlich spürte sie, wie Ricks Finger sanft ihre Hand berührten, die sie fest auf die Tischplatte gedrückt hielt, um das Zittern in den Griff zu bekommen.

»Das muss ganz schrecklich für dich gewesen sein. Ich hab zwar nichts ähnlich Schlimmes erlebt. Doch ich weiß auch, was es heißt, durch ein tiefes Tal zu gehen. Ich hab mich vor einem halben Jahr von meiner langjährigen Freundin getrennt. Erst dachte ich, es sei eine Befreiung, in Wirklichkeit hat mich die Trennung am Boden zerstört. Aber wie gesagt, das ist natürlich nicht mit deiner Situation vergleichbar!« Seine Empathie tat ihr gut. »Du warst damals sicherlich froh, dass du deine Familie um dich hattest.« Seine Stimme drückte Mitgefühl aus, ohne dass sie es als verletzend empfand.

»Ja, meine Eltern haben wirklich alles getan, um mich aus meinem Tief wieder herauszuholen …« Sie hielt kurz inne, bevor sie weitersprach. »Und Jonas, mein Freund, war ebenfalls sehr bemüht. Doch sie konnten mir alle nicht helfen. Ich musste für ein paar Wochen in eine Klinik, um wieder auf die Beine zu kommen. Danach hatte ich das Gefühl, dass es nicht mehr so weitergehen kann wie bisher. Deswegen hab ich mir eine Auszeit genommen.« Langsam gelang es ihr, die Fassung zurückzugewinnen. Sie lächelte Rick tapfer zu. »Im Herbst werde ich wohl wieder zurück nach Berlin gehen und als Lehrerin arbeiten, wenn auch an einer anderen Schule. Ich liebe meinen Beruf und möchte ihn auf jeden Fall weiterhin ausüben.«

»Du bist bestimmt eine ganz wundervolle Lehrerin«, bemerkte Rick.

Er drückte kurz ihre Hand, bevor er sie wieder zurückzog. Sie lächelte ihm dankbar zu, auch wenn es sie verlegen machte. Sie kannte diesen Mann überhaupt nicht und hatte ihm doch vorbehaltlos ihr Herz geöffnet. Plötzlich musste sie an Jonas denken und bekam ein schlechtes Gewissen. Sie sah absichtlich auf die Uhr.

»Ich muss los«, sagte sie abrupt, »sonst schließen die Geschäfte.«

Rick nickte. Sie sah, wie er nachdenklich auf seiner Unterlippe kaute. »Dieser Jonas ist dein Freund, der morgen kommt, richtig?«, sagte er schließlich.

Sie bildete sich ein, einen Hauch von Enttäuschung in seiner Stimme zu hören. Schnell zuckte sie mit den Schultern, denn sie wollte ihn nicht belügen.

»Er will mich unbedingt sehen, obwohl wir eigentlich verabredet hatten, dass wir eine Beziehungspause einlegen.« Sie sah kurz weg.

»Dann musst du ihm sehr wichtig sein.«

Rick lächelte unverbindlich und nahm der Situation die Peinlichkeit, indem er der Bedienung winkte, damit sie bezahlen konnten. Als sie sich voneinander verabschiedeten, war nichts mehr von der vertrauten, selbstverständlichen Nähe zwischen ihnen zu spüren.

7

Am Morgen nach meiner ersten Segelstunde bei Valerie und dem etwas enttäuschenden gemeinsamen Abendessen machten Adèle und ich uns auf den Weg auf die Insel Mainau. Therese Hufnagels Ratschlag befolgend, brachen wir schon zeitig auf. Meine Tante wirkte ziemlich aufgeregt – wie ein junges Mädchen vor ihrem ersten Rendezvous. Eine fiebrige Erregung hatte sie ergriffen. Dabei war es höchst fragwürdig, ob wir etwas über Antoine herausfinden würden.

Ich bestellte uns wieder ein Taxi, das uns direkt auf die Insel brachte und kurz vor dem gräflichen Schloss absetzte. Von dort war es angeblich nicht mehr weit bis zu unserem Ziel. Am Eingang hatten wir einen Plan der Insel bekommen, auf dem die Gedenkstätte nicht verzeichnet war, ich wusste jedoch, dass sich der Ort irgendwo im südlichen Teil der Insel befand. Wir begaben uns dorthin, wobei sich Adèle schwer auf meinen Arm stützte. Das Barockschloss mit seinem Café und den Ausstellungsräumen ließen wir links liegen und durchschritten den Italienischen Rosengarten mit seinem Springbrunnen.

Der Marsch war anstrengend, Adèle bereute nun doch, Thereses Angebot, ihr den Rollator ihres Mannes auszuleihen, ausgeschlagen zu haben. Immer wieder bat sie mich, sie zu einer der Bänke zu führen, damit sie eine kurze

Pause einlegen konnte. Ich fürchtete schon, dass ich sie überforderte, doch Adèle genoss den Spaziergang durch die Blumenpracht und bewunderte ihre Schönheit. Es war ein traumhafter Sommertag mit intensiv blauem Himmel. Hunderte verschiedener Rosensorten rankten sich an Gittern hoch oder präsentierten sich als stolze Solitärgewächse. Sie streckten ihre Blüten und Knospen in allen Farben und Variationen der wärmenden Morgensonne entgegen und verströmten einen betörenden Duft.

An der Viktoria-Linde wählten wir einen der Wege, die in Richtung See führten. Doch immer noch gab es keinerlei Hinweise auf das Denkmal. Schließlich erkundigte ich mich bei einem der Gärtner, der mit der Bewässerung der Pflanzen beschäftigt war, doch der Mann hatte keinerlei Ahnung, obwohl er schon jahrelang auf der Insel beschäftigt war.

»Möglich, dass der Ort irgendwo am Rhododendronhang zu finden ist. Da gibt es ein paar Nebenwege«, meinte er achselzuckend und wies in südwestliche Richtung. »Ich hab nur mit den Rosen zu tun. Von einer Gedenkstätte weiß ich nichts.«

Ich bedankte mich und bat Adèle, auf einer der Bänke mit Blick auf den See auf mich zu warten. »Ich mache mich allein auf den Weg und hole dich, sobald ich den Ort gefunden habe.« Wenig später wurde ich an einem abseits gelegenen kleinen Weg fündig. Die Gedenkstätte stand so weit abseits, dass sich wohl nur selten ein Besucher dorthin verirrte. Ich war mir sicher, dass dies Absicht war. Es verstimmte mich. »Der Ort ist nicht weit von hier entfernt«, erklärte ich Adèle auf dem Weg kurze Zeit später. »Es wird ganz offensichtlich kein Hehl daraus gemacht, wie unwichtig das Gedenken an die Opfer für die Besitzer der Insel ist.«

Tatsächlich führte nur ein schmaler Kiesweg zu drei eng

beieinanderstehenden schmucklosen Granitstelen. Auf der mittleren Stele fand sich eine deutsche und eine französische Inschrift von Antoine de Saint-Exupéry:

Mensch sein heißt verantwortlich sein.

Eine Tafel, die man ebenfalls leicht übersehen konnte, fand sich seitlich des Mahnmals und gab eine kurze Information über die dreiunddreißig französischen Toten aus dem KZ Dachau, die hier nach dem Ende des Zweiten Weltkriegs gestorben waren – fünfundzwanzig von ihnen wurden namentlich genannt. Der Name Antoine Mardieu war nicht darunter.

Wie gern hätte ich Adèle diese Enttäuschung erspart. Bekümmert streichelte ich ihre alten, knotigen Hände, die leicht zu zittern begannen. Ich spürte, wie sie schwach wurde, und führte sie zur nächsten Bank, damit sie sich wieder etwas ausruhen konnte. Sie wirkte niedergeschlagen, und ich ärgerte mich, dass ich vor einiger Zeit das Fünkchen vergeblicher Hoffnung in ihr geschürt hatte. Gleichzeitig wuchs in mir ein Trotz, der den Wunsch in mir anfachte, nun erst recht nachzuforschen.

»Wie ich dir schon sagte, könnte Großvater zu den acht Toten gehören, deren Identität nicht ermittelt wurde«, überlegte ich laut. »Nach dem Krieg hat sich niemand mehr die Mühe gemacht, sich um ihre Herkunft zu kümmern. Wir können zumindest davon ausgehen, dass sein Name noch in anderen Listen auftaucht. Darum werde ich mich als Nächstes kümmern.«

Adèle reagierte leider anders, als ich es erwartet hatte. »Es ist Zeit, dass wir die Vergangenheit ruhen lassen«, erwiderte sie müde. »Wir werden wohl nie erfahren, was mit Antoine damals geschehen ist. Lass es gut sein. Wir wissen doch, dass er ein guter Mensch war.«

Damit konnte und wollte ich mich jedoch nicht abfinden. Es gelang mir kaum, meine Enttäuschung zu verbergen. Schließlich war Adèle es doch gewesen, die mich hergelockt hatte. So einfach konnte ich mich nicht geschlagen geben.

»Das werden wir ganz gewiss nicht tun!«, widersprach ich vielleicht ein wenig zu energisch. »Das hat Großvater nicht verdient. Er hat für sein Land und seine Überzeugung gekämpft. Als sein Enkel bin ich es ihm schuldig herauszufinden, ob er hier gestorben ist. Außerdem empört es mich, wie man mit dem Andenken an die Opfer des Nationalsozialismus hier auf der Insel umgeht. Man will sich wahrscheinlich nicht an diese Menschen erinnern, weil sie nicht in das Konzept einer Vergnügungsinsel passen. Oder warum denkst du, liegt der Erinnerungsort so abseits?« Ich redete mich langsam in Rage. »Wusstest du übrigens, dass dieses Denkmal nur errichtet wurde, weil die Deutsch-Französische Gesellschaft und ein paar Wissenschaftler Druck auf die gräfliche Familie ausgeübt haben?« Ich warf ihr einen niedergeschlagenen Blick zu.

»Die Menschen wollen nicht überall an ihre Vergangenheit erinnert werden.«

Adèles Feststellung traf leider ins Schwarze, doch deswegen, so fand ich, durfte man sich noch lange nicht damit begnügen.

»Ja, da zu vergessen so viel einfacher scheint, als sich der bitteren Wahrheit zu stellen.« Ich wollte, dass sie mich verstand. »So geht man einfach nicht mit dem Andenken an Menschen um, denen Unrecht widerfahren ist. Als ob die Besitzer der Insel nicht schon genügend Geld mit den Nazis verdient hätten! Angeblich war der schwedische Graf ja neutral, was ihn jedoch nicht davon abhielt, das Schloss während des Krieges an die Naziorganisation Todt zu verpachten.« Adèle hörte mir nun wieder aufmerksam zu. Auf jeden Fall tat es mir gut, meiner Empörung freien Lauf zu lassen. Ich ließ mich darüber aus, dass Todt die bautechnische Organisation des Rüstungsministeriums der Nazis gewesen war. Die Insel sollte damals als Erholungsheim für Mitarbeiter und Gäste von Hitlers Architekt und Minister Albert Speer genutzt werden. Um das möglich zu machen, wurde das Anwesen auf Kosten der Nazis bestens instandgesetzt. Sogar eine neue Wasserleitung wurde gebaut. Aus Frankreich wurde Mobiliar herangeschafft, dessen Herkunft ungeklärt war. Von all diesen Renovierungsarbeiten profitierte die gräfliche Familie auch nach dem Krieg noch. Sie wurde sogar für Verwüstungen, die in der Nachkriegszeit entstanden waren, finanziell entschädigt. »Selbst die neunzig Taxus- und Buchsbäumchen, die beim Ausheben der Gräber herausgerissen werden mussten, stellte der Graf den Franzosen in Rechnung«, erklärte ich abschließend und stellte erst viel zu spät fest, dass Adèle in wirklich schlechter Verfassung war. Sie zitterte wie Espenlaub, sodass ich fürchtete, sie würde gleich zusammenbrechen. »Mamie, was bin ich nur für ein Idiot«, entschuldigte ich mich erschrocken und schlug ihr vor, sie ins Schlosscafé im Palmenhaus zu führen, damit sie sich ein wenig ausruhen konnte.

Den Weg dorthin schaffte sie nur mit großer Mühe. Doch als ich ihr ein Glas Wasser sowie Tee und Kuchen bestellt hatte, kehrten ihre Kräfte rasch zurück.

»Du bist ein guter Junge«, bemerkte Adèle und tätschelte liebevoll meine Hand. »Ich genieße die Zeit mit dir hier sehr. Du erinnerst mich in vielem an meinen Bruder.«

Sie lächelte versonnen und machte mich dann auf das wunderbare tropische Ambiente um uns herum aufmerksam.

»Wir könnten gleich noch auf den Hauptfriedhof fahren«, schlug ich ihr vor. Ich war nun ganz besessen davon, mit meinen Nachforschungen fortzufahren. »Womöglich finden wir ja dort einen Hinweis auf Grandpère. Falls er einer der noch nicht identifizierten Toten ist, wissen wir wenigstens, wo seine Überreste zu finden sind.«

»Mir wird das alles heute zu viel«, entschuldigte Adèle sich. »Ich setze mich lieber wieder in den wundervollen Garten am See.«

»Das verstehe ich natürlich«, lenkte ich notgedrungen ein. »Ich werde dir sofort ein Taxi rufen, das dich nach Hause bringen wird. Oder möchtest du, dass ich mitkomme? Ich kann den Segelkurs heute Nachmittag auch absagen.«

»Auf keinen Fall! Ich freue mich über die Ruhe am See und ein kleines Gespräch mit Frau Hufnagel.« Adèle zwinkerte mir zu. »Ich weiß doch, wie sehr du dich aufs Segeln freust. Und die hübsche Segellehrerin scheint dir ja auch ganz gut zu gefallen.«

Ich überging ihre Anspielung. »Dann werde ich allein zum Friedhof gehen«, erwiderte ich. »Ich muss einfach wissen, ob Antoine dort begraben liegt. Und dann treffe ich mich auch noch mit einem Kollegen von der Universität. Er weiß sehr viel über die Menschen, die hier auf der Mainau gewesen sind.«

Adèle schien von meiner Idee weiterhin nicht sehr begeistert zu sein. »Ach, Junge! Vielleicht war es ja doch ein Fehler, dass wir hierhergekommen sind«, murmelte sie. »Wenn ich meinen Frieden mit Antoines Schicksal gemacht habe, dann solltest du es auch tun. Was spielt es schon für eine Rolle, wo seine sterblichen Überreste wirklich liegen? Wir können doch nichts mehr ungeschehen machen. Lass uns lieber noch die Tage hier genießen und nicht mehr an die Vergangenheit denken.«

Sie berührte noch einmal meine Hand und sah mich dabei so eindringlich an, als könnte sie mich damit auf ihre Seite ziehen. Ich verstand ihren jähen Sinneswandel einfach nicht. Doch sosehr ich ihren Willen auch sonst akzeptierte, ich konnte und wollte mich diesem nicht beugen, jetzt, da ich schon mal Blut geleckt hatte.

»Ich bin Historiker«, erinnerte ich sie sanft. »Schon allein deswegen ist es meine Pflicht, Großvaters Schicksal auf den Grund zu gehen. Es ist bestimmt auch in seinem Sinn.«

Adèles Augen füllten sich mit Tränen. »Eigentlich wollte ich nur hierherfahren, um Zeit mit dir zu verbringen«, erklärte sie mit brüchiger Stimme. »Ob er nun hier gestorben ist oder woanders, spielt doch eigentlich keine Rolle. Warum willst du das nicht endlich verstehen?«

»Weil es für mich plötzlich sehr wichtig ist.«

Sie nickte und wischte sich unbeholfen mit dem Handrücken über die Wange, bevor sie gezwungen lächelte. »Dann soll es wohl so sein, mein Junge«, sagte sie.

8

Nachdem ich Adèle zum Taxi begleitet hatte, schlenderte ich noch eine Zeit lang über die Blumeninsel, deren heutiges Aussehen gar nicht mehr an die dunkle Vergangenheit erinnerte. Dann wurde es Zeit für den Segelunterricht. Ich freute mich darauf, Valerie wiederzusehen, auch wenn es mir immer noch schwerfiel, mich damit abzufinden, dass sie bereits in festen Händen war. Als ich im Hafen ankam, zog sie gerade die Persenning von den Jollen, die sie für den Unterricht benutzen wollte, und machte sich daran, die Boote vom Steg ins Wasser zu schieben. Als sie mich kommen sah, unterbrach sie ihre Arbeit und lächelte mich offen an.

»Du bist ja schon wieder so früh dran«, zog sie mich auf. Ihre Augen hatten das schillernde Grün des Wassers.

»Ich kann es eben einfach nicht erwarten, dich wiederzusehen.«

Da war es wieder, dieses Knistern, das ich jedes Mal in ihrer Nähe spürte. Eigentlich hatte ich mir vorgenommen, nicht mehr zu flirten. Doch das war leichter gesagt als getan. Valerie reagierte mit einem Augenzwinkern, das mein Herz erwärmte.

»Bist du schon mal gesegelt?«, wechselte sie geschickt das Thema.

»Ein-, zweimal auf einem unserer Bergseen. Allerdings gab es dort kaum Wind.«

»Dann solltest du dich ja ein wenig auskennen«, stellte sie zufrieden fest. »Das löst schon mal eines meiner Probleme.« Auf meinen fragenden Blick erklärte sie mir, dass normalerweise immer zwei Leute auf einer Jolle waren, die Gruppe jedoch heute aus fünf Personen bestand. Da ich als Einziger schon mal gesegelt war, sollte ich eine der drei 420er-Jollen allein segeln. »Traust du dir das zu? Wir setzen nur das Großsegel, damit solltest du sehr gut zurechtkommen«, schloss sie.

»Du könntest doch mit auf mein Boot kommen.« Ich setzte meinen Treuehundeblick auf, in der Hoffnung, dass sie darauf ansprang.

»Ich werde reihum abwechselnd auf allen Booten sein.«

Valerie wollte gerade noch etwas hinzufügen, als unsere Plänkelei durch Felix und Kevin unterbrochen wurde, die uns überschwänglich begrüßten. Die beiden Frischvermählten waren sichtlich aufgeregt und hielten ihre Videokamera auf uns gerichtet.

»Die letzte Szene, bevor der Tag der Wahrheit anbricht«, kommentierte Felix und zoomte mit der Kamera an uns heran. »Nur gut, dass der Wind heute nicht so stürmisch ist.«

»Da wäre ich mir nicht so sicher …« Valerie setzte eine ernste Miene auf. »Deine Kamera würde ich jedenfalls lieber nicht mit an Bord nehmen.« Und als sie die irritierten Blicke der beiden Männer sah, fügte sie noch ernster hinzu: »Und auch sonst nichts, was euch lieb und teuer ist.« Sie deutete auf einen Vogel am Himmel. »Seht ihr die Möwe dort oben?« Die beiden Segelschüler folgten andächtig ihrer Hand und nickten sehr viel weniger zuversichtlich als zuvor. »Sie fliegt landeinwärts, richtig?« Erneute Zustimmung.

»Und was hat das zu bedeuten?«, fragte Felix nach einer

Weile beklommen. Seine Miene drückte große Besorgnis aus. »Das bedeutet doch nicht etwa Sturm? Vielleicht ahnt die Möwe ja, dass ein Unwetter aufzieht … Wir sollten vielleicht …«

»… einfach nicht alles so ernst nehmen«, löste Valerie die Spannung und schlug Felix kumpelhaft auf die Schulter. »Heute zieht gewiss kein Unwetter auf. Dafür verbürge ich mich. Und nun geht in den Schuppen und holt die Segel raus. Ich zeig euch gleich, wie man die Jollen auftakelt.«

Kevin stimmte in mein Gelächter ein, während sein Mann beleidigt das Gesicht verzog. Unter Valeries Anleitung takelten wir die Jollen auf, bevor diese mit Leinen untereinander verbunden an ein Motorboot gehängt wurden, das von Valerie gesteuert wurde. Damit zog sie uns hinaus aufs offene Wasser. Ein paar weiße Federwolken zogen über den ansonsten blauen Himmel, eine sanfte Brise blies über den See. Die perfekten Bedingungen für einen ersten Segelausflug.

Schließlich wurden wir aufgefordert, die Boote von der Hauptleine zu lösen. Dann war jeder sich selbst überlassen. Mit einem Lautsprecher gab Valerie erste Kommandos.

»Seht auf die Fähnchen an eurem Großsegel«, rief sie uns zu. »An ihnen könnt ihr sehen, woher der Wind kommt. Nun zieht der Steuermann das Segel so an, dass es sich im Wind leicht ausbeult … Prima! Und schon nehmt ihr Fahrt auf, und es geht los …«

Valerie war eine ausgezeichnete Lehrerin. Ihre Erklärungen waren einfach und verständlich. Schon nach kurzer Zeit glitten wir in unseren Booten über das Wasser. Nachdem wir alle ein wenig Gespür für den Wind bekommen hatten, versuchten wir unser erstes Wendemanöver, was uns mehr oder weniger geschickt gelang. Die Zeit verging wie im Fluge. Valerie stieg abwechselnd zu uns in die Boote und zeigte uns verschiedene Handgriffe und Manöver. Ihre ruhige, geduldige Art wirkte auch auf Kevin und Felix beruhigend, die sich anfangs ziemlich ungeschickt angestellt hatten und beinahe gekentert wären. Als wir schließlich alle wieder im Hafen waren, übergab sie uns zu meinem Bedauern ihrem Kollegen Dennis, der uns beim Abtakeln helfen sollte, und verabschiedete sich, um ihren Freund vom Flughafen abzuholen. Der Typ ist wirklich zu beneiden, dachte ich.

Nach einem kurzen Mittagessen in der Stadt und einem längeren ergebnislosen Besuch auf dem Hauptfriedhof hatte ich am späteren Nachmittag ein Treffen mit einem geschätzten deutschen Kollegen im Rosgartenmuseum. Professor Lorchmeyer war längst emeritiert, doch für sein hohes Alter immer noch sehr rüstig. Ich schätzte ihn auf Mitte achtzig, doch der alte Historiker belehrte mich eines Besseren.

»Ich werde nächsten Monat zweiundneunzig«, erklärte er mir stolz, als wir im schattigen Innenhof des Museums Platz nahmen und Cappuccino bestellten. Der alte Herr hatte viele Jahre die Professur für Neuere deutsche Geschichte an der Universität von Konstanz innegehabt und forschte auch nach seiner Emeritierung hauptsächlich über die Zeit des Dritten Reiches. Seiner Familie hatte ein wichtiges jüdisches Kaufhaus in der Stadt gehört, bevor sie von den Nazis enteignet worden waren. Wir schwatzten eine Weile über dies und jenes, bis ich schließlich die Gelegenheit bekam, mein Anliegen vorzutragen. »Sie vermuten also, dass Ihr Großvater zu den KZ-Häftlingen gehörte, die nach Kriegsende auf der Mainau untergebracht worden waren?«, vergewisserte er sich, nachdem ich ihm ausführlich von meinen Nachforschungen erzählt hatte. »Aber sein Name ist unter den fünfundzwanzig bereits identifizierten Opfern nicht zu finden.

Deshalb schlussfolgern Sie, dass er zu den acht noch nicht identifizierten Männern gehört?«

»Richtig. Allerdings musste ich zu meinem Bedauern feststellen, dass auf dem Hauptfriedhof nichts mehr an die damalige Tragödie erinnert. Obwohl bestätigt ist, dass die Toten, nachdem der Graf den Friedhof auf der Mainau hatte stilllegen lassen, dort zwischen 1947 und 1949 begraben wurden. Ich bin doch sehr verwundert, nicht einmal einen Gedenkstein gefunden zu haben.«

»Sie legen den Finger in eine offene Wunde«, gab mir Professor Lorchmeyer sofort recht. »Die Menschen neigen leider dazu, sich nur zu erinnern, wenn sie gezwungen werden. Viele glauben tatsächlich, dass die Gedenkstätte auf der Mainau, die zudem schwer zu finden ist, ausreicht.« In das faltige Gesicht des Professors grub sich ein bitteres Lächeln. »Seit meiner Rückkehr aus dem Exil vor mehr als sechzig Jahren kämpfe ich gegen dieses Vergessen an. Dabei spielt es für mich als Jude keine Rolle, ob es um Leidensgenossen aus meinem Volk geht oder um andere Unglückliche, die dem damaligen Regime zum Opfer gefallen sind. Dieser Kampf ist niemals einfach gewesen, denn die Täter von damals spielten auch nach dem Krieg eine große Rolle.«

Das Phänomen, von dem der Professor sprach, war mir natürlich bestens bekannt. In Frankreich war es nicht anders gewesen. Zahlreiche Kollaborateure, die mit dem Naziregime gemeinsame Sache gemacht hatten, hatten auch in der neuen Republik weiterhin das Sagen gehabt. Die Verfilzungen waren so eng, dass man sie noch heute nachverfolgen konnte.

»Ist Ihnen bekannt, was man mit den acht französischen nicht identifizierten Toten gemacht hat?«, versuchte ich, wieder zurück zu unserem Thema zu kommen.

Der Professor rührte gedankenverloren im Schaum seines Cappuccinos und wiegte den Kopf. »Vermutlich wurden sie ebenfalls nach Frankreich überführt. Sicher bin ich mir jedoch nicht. Dazu müsste ich alte Kontakte wieder aufleben lassen …« Er sah mich mit dem kühlen Blick eines Wissenschaftlers an. »Aber das bringt Sie in der Sache ja auch nicht voran«, überlegte er. »Bevor Sie diese Spur weiterverfolgen, müssen Sie herausfinden, ob dieser in der Liste genannte Antoine Mardi wirklich Ihr Großvater war. Der Name ist nicht besonders ungewöhnlich, wenn Sie mir die Bemerkung gestatten.«

»Das ist mir durchaus bewusst«, gab ich zu. »Deshalb hoffte ich, dass Sie mir einen wertvollen Hinweis geben könnten.«

»Nun, ich würde Ihnen den Weg ins Stadtarchiv öffnen«, bot sich der alte Herr bereitwillig an. »Dort finden Sie alle möglichen Listen mit Namen über die Menschen, die während besagter Zeit auf der Mainau waren. Sie erstrecken sich über den ganzen Zeitraum während des Unrechtsregimes und darüber hinaus. Wussten Sie übrigens, dass ein Teil der Vichy-Regierung kurz vor Kriegsende ebenfalls Zuflucht auf der Mainau gesucht hatte? Das wäre doch möglicherweise für Ihr Buchprojekt interessant.«

Er erzählte mir, dass die Insel von der Naziorganisation Todt nie im ursprünglich angedachten Sinne genutzt wurde. Im Oktober 1944 wurde sie auf Befehl des Auswärtigen Amtes den französischen Kollaborateuren um den Parteiführer Jacques Doriot zugewiesen.

»Anhand Ihres bemerkenswerten Landsmannes kann man sehen, dass Kommunismus und Faschismus nur Varianten des Totalitarismus sind«, dozierte Lorchmeyer süffisant. »Nach einem Konflikt mit seiner Partei schwenkte der überzeugte Kommunist Doriot nach der Besetzung Frankreichs auf die andere Seite über und diente sich als treuer Faschist den Nazis an. In deutscher Uniform kämpfte er an der Ostfront in der französischen Freiwilligenlegion gegen den Kommunismus. So wandelfähig kann ein einzelner Mensch sein«, fügte er sarkastisch hinzu. »Beim Rückzug der Deutschen aus Frankreich zum Ende des Krieges hin war folglich auch er gezwungen, gemeinsam mit fünftausend Gefolgsleuten Frankreich zu verlassen. Über einige Umwege gelangte er mit etwa zweihundert Anhängern auf die Mainau. Wussten Sie, dass er von dort aus mehrere Geheimdienstschulen steuerte? In ihnen wurden französische Untergrundkämpfer ausgebildet, die in Frankreich hinter den Linien ihrer eigenen Armee Schaden zufügen sollten. Sie trugen so poetische Namen wie ›Gänseblümchen‹ oder ›Veilchen‹.«

Ganz offensichtlich machte es dem Professor Spaß, darauf hinzuweisen, dass sich auch viele von meinen Landsleuten keineswegs heldenhaft während des Krieges verhalten hatten. Wir unterhielten uns noch eine weitere Stunde angeregt über die Zeit, bis der alte Herr auf die Uhr sah, um mir klarzumachen, dass es Zeit für ihn wurde, sich zu verabschieden. Er versprach jedoch, mit mir in Kontakt zu bleiben.

Massif de la Chartreuse, Frankreich, April 1944

Ohne sich umzudrehen, hastete Marguérite durch das Gebüsch talwärts. Auch als sie den Weiler Lélinaz schon ein gutes Stück hinter sich gelassen hatte und sich dem Dorf näherte, verlangsamte sie ihre Schritte nicht. Wie Antoine es ihr geraten hatte, machte sie um Brégnier-Cordon einen großen Bogen. Ihre Ausdauer war nicht besonders gut, nicht nur wegen der Mangelernährung der letzten Monate, sondern vor allem durch die Tatsache, dass ihr Körper nun zwei Leben zu versorgen hatte. Rennen, du musst rennen, sagte ihr Verstand, doch die Füße wurden immer schwerer, und ihr Atem glich nur noch einem rasselnden Keuchen. Das unebene Gelände machte das Vorankommen nicht leichter. Ihre Schuhe waren durchgelaufen und kaum für einen Gewaltmarsch geeignet.

Endlich erreichte sie die Straße, die an der Rhône entlangführte. Auf ihr gab es außer lichtem Gebüsch keinerlei Versteckmöglichkeiten, und doch war sie gezwungen, ihr zu folgen, bis sie an eine Brücke kam, weil sie auf die andere Flussseite musste. Sobald ihr das gelungen war, musste sie sich südlich halten, bis sie die Berge erreichte. Jedes Mal, wenn sich ein Fuhrwerk oder ein Automobil näherte, kauerte sie sich in das spärliche Gebüsch und hoffte, dass sie unbemerkt blieb. Sie durfte auf keinen Fall riskieren, einem Gendarmen oder gar einem Posten der Miliz in die Hände zu laufen, da sie keine Ausweispapiere bei sich trug.

Nach einer quälend langen Stunde Fußmarsch erreichte sie endlich eine Brücke. Sie überlegte, wie sie sie am besten überqueren könnte. Es gab keinen Sichtschutz, und die Brücke war bestimmt gute hundert Meter lang. Falls ein Militärfahrzeug kam, war sie ihm schutzlos ausgeliefert. Sie lauschte in ihrer Deckung nach Geräuschen, und als sie nichts hörte, wagte sie sich heraus. Die Brücke war noch länger, als sie gedacht hatte, und ihr fehlte die Kraft zu rennen, denn ihre Füße waren bereits wund und zeigten die ersten blutigen Blasen. Sie hatte schon mehr als die Hälfte geschafft, als sie aus der Ferne Motorengeräusche hörte. Der Weg zurück zu dem Gebüsch, in dem sie sich verborgen hatte, war zu weit. Ihr blieb nichts anderes übrig, als zu versuchen, die Brücke so schnell wie möglich hinter sich zu lassen. Doch am anderen Ende erwarteten sie außer ein paar Büschen nur Äcker und Wiesen, die keinerlei Schutz boten.

Ungeachtet ihrer schmerzenden Füße, beschleunigte Marguérite ihr Tempo. Jeder Schritt war eine Qual, das Blut sickerte bereits durch ihre Strümpfe. Doch die Furcht vor den Milizionären oder der Gestapo war viel größer als der Schmerz. Sie konnte die Wagen bereits in der Ferne sehen. Wie sie befürchtet hatte, waren es Militärfahrzeuge, gleich eine ganze Kolonne. Allein die Vorstellung lähmte sie, genau wie die Schuldgefühle darüber, dass sie die Kleinen dem Schicksal überlassen hatte.

Ihre Schritte wurden langsamer. Vielleicht war es ja das Beste, einfach aufzugeben. Was hatte sie schon für eine Chance? Der Abstand bis zur rettenden Böschung wollte einfach nicht kleiner werden. Es war nur noch eine Frage der Zeit, bis einer der Fahrer sie erblickte. Doch dann spürte sie eine sanfte Regung in ihrem Bauch. Es war nicht mehr als ein kleiner Tritt und doch so real und Hoffnung spendend, dass sie neuen Mut schöpfte. Mit einem Mal fiel es ihr beinahe leicht, alle Kräfte zu bündeln und schneller zu gehen, bis sie schließlich wieder rannte. Die Kolonne war vielleicht noch zweihundert Meter von ihr entfernt, als sie endlich die schützende Böschung erreichte und sie rasch hinunterkraxelte, um sich unter der Brücke zu verbergen.

Allerdings hatte sie nicht damit gerechnet, wie steil der Abhang zum Fluss abfiel. Sie verlor den Halt und rutschte ab. Erst als ihr Körper schon halb im Wasser lag, gelang es ihr, sich an einem Busch festzuhalten. Das Wasser war eisig, und die Strömung zerrte an ihr. Bibbernd vor Kälte verharrte sie in dieser Position. Im nächsten Moment hörte sie, wie die Lastwagen zum Halten kamen. Das konnte nur bedeuten, dass man sie entdeckt hatte. Kurz darauf brüllte jemand auf Deutsch einen unverständlichen Befehl. Das einzige Wort, das sie verstehen konnte, lautete: »Absuchen!«

Sie versuchten, sie aufzuspüren.

Marguérite stockte der Atem. Sie vergaß fast, wie schrecklich kalt ihr war. Durch das Gestrüpp sah sie einen Soldaten mit einem Gewehr im Anschlag an die Böschung treten. In nur wenigen Sekunden würde er sie entdecken und auf sie schießen. Sie schloss die Augen und ergab sich ihrem Schicksal.

»Keinen Sprengstoff gefunden, Herr Hauptmann«, hörte sie ihn plötzlich rufen und dann: »Einsteigen!«

Sie konnte ihr Glück kaum fassen. Vorsichtig öffnete sie die Augen und sah, wie der Soldat wieder verschwand. Einen Moment später ratterten die Lastwagen über die Brücke. Sie hatten nicht nach ihr gesucht, sondern Angst vor einem Anschlag des Maquis gehabt. Noch nie war sie ihrem Schicksal so dankbar gewesen wie in diesem Augenblick.

Sobald sie sich sicher sein konnte, dass der Konvoi verschwunden war, machte sie sich daran, sich aus ihrer Falle zu befreien. Doch das war leichter gesagt als getan. Sie spürte ihre Beine kaum noch vor Eiseskälte, ganz zu schweigen von der nachlassenden Kraft ihrer Arme. Nur mit großer Mühe gelang es ihr, wieder an Land zu kriechen. Sie hatte Glück, dass die Sonne schien. Obwohl es erst Anfang April war, wärmten ihre Strahlen. Nach und nach spürte sie, wie das Blut in ihren Beinen wieder zu zirkulieren begann, auch wenn das mit einem schmerzhaften Kribbeln verbunden war. Sie dachte an ihr Kind und hoffte, dass es von all den Ängsten und Qualen nichts mitbekam. Schließlich hatte sie genügend Kräfte, um sich Stück für Stück nach oben zu kämpfen.

Die nächste Herausforderung war, die Äcker und Wiesen schnell hinter sich zu bringen. In weiter Ferne lag ein größeres Waldstück, das bereits in die Berge der Chartreuse überging. Irgendwo dahinter lag Grenoble. Sie hatte keine Ahnung, wie lange sie bis dorthin brauchen würde. Aber war es nicht müßig, darüber nachzudenken? Sie beschloss, sich bei ihrem Marsch an die Ackerraine zu halten, denn sie waren von Buschwerk gesäumt. Auch wenn es ein Umweg war, war sie dort vor unliebsamen Blicken viel besser geschützt.

Tapfer kämpfte sie sich voran. Das unfreiwillige Bad hatte immerhin den Vorteil gehabt, dass ihre von Blasen geplagten Füße nicht mehr ganz so sehr schmerzten. Schritt für Schritt quälte sie sich weiter. Die unablässige Anstrengung bewirkte, dass ihre Gedanken bald genauso träge wurden wie ihre Schritte. Sie hatte nur ein Ziel im Kopf. Sie wollte vor Einbruch der Dunkelheit das Waldstück erreichen, um sich dort einen Platz zu suchen, wo sie die Nacht verbringen konnte. Erst leise, dann immer fordernder stellte sich der Hunger als neuer Begleiter ein. Er war ihr zwar schon seit Langem ein wohlbekannter Vertrauter, doch nun machte er sich mit einem bissigen Grimmen bemerkbar. Sie hatte seit vierundzwanzig Stunden nichts mehr gegessen. Außerdem quälte sie ein brennender Durst.

Marguérite vermutete, dass sie bereits sechs Stunden oder mehr unterwegs war – die Sonne hatte ihren Höhepunkt schon überschritten. Antoine hatte ihr gesagt, dass sie für den Weg nach Grenoble mehrere Tage benötigte. Doch wie sollte sie das ohne Verpflegung schaffen? Sie bereute, dass sie am Fluss nichts getrunken hatte. Ob sie es wagen konnte, an einem der Bauernhöfe in der Umgebung um etwas Wasser zu bitten? Sie verwarf die Idee sofort wieder, denn in Zeiten wie diesen konnte man den Menschen nicht einfach vertrauen.

Gegen Abend, als die Sonne bereits hinter den Bergen verschwunden war, erreichte sie endlich den Beginn des Waldes. Von dort führte ein schmaler Pfad in steilen Windungen nach oben. Antoine hatte ihr geraten, so weit zu laufen, bis sie an eine der Schutzhütten auf den Almwiesen kam, die die Bauern im Sommer bewirtschafteten. Sie waren meist unverschlossen und für jedermann zugänglich. Doch dazu musste sie erst einmal den Berg hinaufsteigen. Diese Herausforderung schien ihr mit einem Mal unmöglich. Ihre Kräfte waren aufgezehrt. Jetzt, da die Sonne weg war, bekam sie auch wieder die Kälte zu spüren. Ihre Kleidung war immer noch klamm, und sie hatte keine Ahnung, wie sie darin die Nacht überstehen sollte. Unfähig, auch nur einen Schritt weiterzugehen, suchte sie unter einer großen Tanne

Schutz. Sie kauerte sich zwischen ihre mächtigen Wurzeln und schlief vor Erschöpfung sofort ein.

Als sie ein paar Stunden später erwachte, war es tiefe Nacht. Sie hörte den Ruf eines Waldkauzes und das Knacken von Zweigen ganz in ihrer Nähe. Durch das Geäst der Bäume drang fahles Mondlicht in den Wald. Es war immerhin hell genug, um ihr ein weiteres Stück den Weg zu weisen. Marguérite rappelte sich hoch und machte sich an den Aufstieg. Der Schlaf hatte ihr gutgetan, auch wenn der Hunger sich sofort wieder meldete. Vielleicht finde ich dort oben ja ein Stück Käse, das die Bauern im Sommer vergessen haben, redete sie sich ein. Der Gedanke an Essen verlieh ihr tatsächlich neue Kraft. Gleichzeitig musste sie an Antoine denken. Wie es ihm wohl ergangen war? Sie versuchte, sich einzureden, dass ihm die Leute der Gestapo tatsächlich seine Geschichte abgekauft hatten. Andernfalls hätte es doch sicherlich einen Tumult oder gar eine Schießerei gegeben, aber sie hatte nichts gehört. Warum nur war Antoine nicht mit ihr gekommen? Würde er wirklich versuchen, die Kinder zu retten, oder …?

Marguérite schob ihre Zweifel energisch beiseite. Sie würden es beide schaffen – für ihr gemeinsames Kind und ihre Zukunft!

Sie lief die ganze Nacht durch. Einmal kam sie an einen kleinen Bach, an dem sie ihren Durst gierig stillte. Die unterschiedlichen Geräusche der Waldtiere, die sie anfangs noch erschreckt hatten, wurden ihr schon bald vertraut. Trotz des versteckten Lebens herrschte im Wald eine Friedlichkeit, die sich wohltuend auf ihre Seele legte. In der Morgendämmerung zog Nebel auf. Sie befand sich schon ziemlich weit oben in den Bergen, hatte aber keine Ahnung, ob die Richtung, die sie eingeschlagen hatte, die richtige war. Außerdem fühlte sie erneut eine große, bleierne Müdigkeit, die jeden ihrer Schritte schwerer werden ließ. Sie kam nur noch langsam und schleppend voran.

Seit einer geraumen Weile wurde ihr abwechselnd heiß und kalt, als hätte sie Fieber. Sie versuchte, es zu ignorieren, einen klaren Gedanken zu fassen. Es gelang ihr nicht.

Als sie auf eine höher gelegene Almwiese kam, fühlte sie sich so matt, dass sie sich einfach an einem großen Stein niedersacken ließ. Von wirren Träumen begleitet, fiel sie in einen unruhigen Schlaf. Noch einmal hörte sie das gellende Schreien von Mina, als sie von ihrer Schwester getrennt und wie ein Sack Kartoffeln auf die Ladefläche geworfen wurde. Sie beobachtete, wie einer der Soldaten Miron Zlatin zusammenschlug, und sah Léon Reifmann durch das Gebüsch rennen. Und plötzlich waren die Schergen auch bei ihr und Antoine. Sie waren aus dem Hinterhalt gekommen und hatten sie gepackt. Antoine versuchte, sie zu befreien, und stürzte sich auf einen der bewaffneten Männer, um ihn von ihr wegzuziehen. Sie wehrte sich, doch die Hände des Mannes legten sich wie Schraubstöcke um sie. Dann hörte sie einen Schuss und sah, wie eine Kugel Antoines Gesicht zerfetzte.

Marguérite erwachte von ihrem eigenen Entsetzensschrei, nur um sofort wieder in den Abgründen ihrer Fieberfantasien zu versinken. Sie merkte nicht, wie sich der Nebel verzog und Sonnenstrahlen ihren geschundenen Körper beschienen. Als grobe Hände nach ihren Schultern fassten, erwachte sie noch einmal. Sie versuchte vergeblich, sich zu wehren, und versank erneut in Bewusstlosigkeit.

9

Sie war viel zu spät dran. Als Valerie zum Fähranleger kam, um auf die andere Seite des Bodensees überzusetzen, legte das Schiff gerade ab, und sie war gezwungen, auf das nächste zu warten. Verdammt! Jonas' Flieger würde schon längst gelandet sein, bis sie endlich in Friedrichshafen war. Er hasste Unpünktlichkeit und konnte darauf sehr unangenehm reagieren. Nicht nur das dämpfte ihre Vorfreude auf ihn, auch dass sie wusste, wie nachtragend er sein konnte. Zu allem Überfluss geriet sie in Meersburg auch noch in einen Stau, sodass sie schließlich mit mehr als einer Dreiviertelstunde Verspätung an ihrem Ziel eintraf.

Als sie ihren Wagen auf dem Parkplatz vor dem Flughafengebäude abstellte, wartete ihr Freund bereits mit seinem Handkoffer vor dem Eingang. Kaum dass er sie sah, drückte er seine Zigarette aus und griff in die Innentasche seines Jacketts, um mit einem Mundspray seinen Atem zu erfrischen. Für Valerie war das ein klarer Hinweis darauf, wie gestresst er war. Mit einem Winken überquerte sie die Straße und machte sich auf allerhand Vorwürfe gefasst. Jonas empfing sie jedoch mit einem strahlenden Lächeln, was sie sofort erleichtert aufatmen ließ.

»Da bist du ja, Schnütchen«, begrüßte er sie und zog sie stürmisch an sich. »Du kannst dir nicht vorstellen, wie sehr du mir gefehlt hast!« Valerie ließ sich küssen, auch wenn sein

Atem immer noch nach kaltem Rauch stank. Früher hatte sie das nie gestört. »Ich kann es kaum erwarten, bis ich dich endlich richtig in meinen Armen halten kann«, raunte er in ihr Ohr.

Sie machte sich frei, bevor er noch zudringlicher werden konnte. Es war ihr plötzlich unangenehm, wie er seine Leidenschaft in aller Öffentlichkeit zeigte. Was ist nur mit mir los?, schimpfte sie mit sich selbst. Jonas freut sich, mich zu sehen, und ich reagiere total abweisend. Glücklicherweise schien er es ihr nicht übel zu nehmen.

»Mein Wagen steht da hinten«, sagte sie rasch. »Wenn wir uns beeilen, können wir die Parkgebühren sparen.« Sie lächelte ihm zu. »Und sobald wir in meinem Appartement sind, kannst du mit mir machen, was du willst!«

Jonas griff nach seinem Rollkoffer und folgte ihr zum Parkplatz. Eine halbe Stunde später standen sie auf dem Oberdeck der Fähre, die sie zurück nach Konstanz brachte. Es war ein wunderschöner Tag. Der Himmel war von einem seidigen Blau, unter ihnen schimmerte das intensiv grüne Wasser des Sees. Möwen begleiteten das Schiff und warteten darauf, dass Touristen ihnen etwas zu fressen hinwarfen. Ihr schrilles Kreischen gehörte genauso zu der Fahrt wie das Stampfen der Motoren. Valerie lehnte neben Jonas an der Reling und genoss die Aussicht auf die Berge, die im Schweizer Hinterland lagen, und die vielen Segelboote auf dem Wasser. Der Wind hatte aufgefrischt – optimales Wetter zum Segeln.

»Ist es nicht einfach traumhaft hier?«, schwärmte sie begeistert. »Ich liebe die Weite und die Freiheit auf dem Wasser. Es gibt kaum etwas Schöneres für mich!«

Jonas gab ihr einen Kuss aufs Haar. »Warte nur ab!«, flüsterte er vielversprechend.

Sie schmiegte sich an ihn und genoss diesen Augenblick der Nähe. Leider hatte ihr Freund keinen Sinn dafür, sondern begann ziemlich unvermittelt, von seiner Arbeit in der Kanzlei zu erzählen. Seine nüchterne Art zerstörte den Moment ihrer Zweisamkeit.

»Endlich bin ich da, wo ich immer sein wollte«, schwärmte er. »Noch ein, zwei große Fälle, die ich gewinnen muss, dann kann ich mir aussuchen, was ich tun möchte.«

Er zog sie zu sich heran, um sie erneut zu küssen. Sein Kuss kam ihr vor, als suchte er darin nur eine Bestätigung für sich selbst. Sie schämte sich sofort für ihre negative Einstellung.

»Ich bin auch da, wo ich immer sein wollte«, versuchte sie, ihr Gespräch wieder auf schönere Dinge zu lenken. Sie hatte aus seinem letzten Besuch eine Lehre gezogen und beschlossen, dass sie dieses Mal möglichst wenig Zeit in ihrer beengten Wohnung verbringen würden. Werner hatte ihr dazu die perfekte Möglichkeit geboten. Sie deutete hinaus auf den See. »Siehst du die wunderschöne Teakholzyacht da vorne? Genau so eine gehört einem Freund von meinem Chef. Er überlässt sie uns fürs Wochenende. Gleich heute Nachmittag können wir an Bord gehen. Ich hab alles eingekauft, was wir brauchen. Wir werden eine herrliche Zeit haben, ganz allein.« Sie sah ihn erwartungsvoll an.

Jonas fixierte erst die Yacht, dann sah er sie ungläubig an. »Das ist jetzt nicht dein Ernst«, erwiderte er tonlos. »Du weißt doch genau, wie sehr ich mich vor Wasser fürchte. Keine zehn Pferde würden mich jemals auf so einen wackligen Kahn bringen. Mir wird schon schlecht, wenn ich es mir nur vorstelle.«

»Die Yacht hat allen Komfort, den du dir vorstellen kannst«, protestierte Valerie. »Außerdem ist die Wetterprognose äußerst günstig. Und wenn dir das Segeln keinen Spaß macht, bleiben wir eben draußen vor Anker liegen.« Mit so einer heftigen Abwehrreaktion hatte sie nicht gerechnet. Sie wusste zwar, dass Jonas kein begeisterter Wassersportler war, aber dass er sich vor dem Wasser fürchtete, hatte er ihr gegenüber noch niemals erwähnt. Das Angebot, die *Sheltie* über das Wochenende chartern zu können, war eine einmalige Gelegenheit. »Nun stell dich nicht so an«, versuchte sie es noch einmal. »Du wirst sehen, wie viel Spaß wir haben werden!«

Sie gab ihm einen langen Kuss. Ihre Taktik schien zunächst erfolgversprechend. Jonas protestierte nicht länger. Er zog sie noch enger an sich und strich ihr zärtlich über die Haare.

»Ich finde es ganz süß, dass du mich auf diese Art überraschen willst, Schnütchen. Das zeigt mir nur, wie sehr du mich liebst«, flüsterte er in ihr Haar.

»Dann ist es also abgemacht?« Valerie blickte erleichtert zu ihm auf.

Dieses Mal war es Jonas, der sie sanft von sich wegdrückte. Er sah ihr tief in die Augen. »Vielleicht ein andermal«, erwiderte er mit einem geheimnisvollen Lächeln. »Aber dieses Wochenende hab ich bereits für uns verplant. Ich hab dir doch erzählt, dass ich eine ganz besondere Überraschung für dich hab. Lass dich einfach darauf ein. Darum bitte ich dich!«

»Und was soll das sein?« Valerie gelang es nur schlecht, ihre Enttäuschung zu verbergen. »Können wir nicht deine Überraschung verschieben? Die *Sheltie* ist garantiert den ganzen Sommer nicht mehr zu haben! Es ist wie ein Sechser im Lotto, sie einmal segeln zu dürfen.«

Jonas' Blick verdüsterte sich. »Es ist nicht fair, wenn du mir so kommst«, reagierte er gereizt. »Ich hab mir sehr viel

Mühe gegeben! Aber wenn dir das egal ist, bitte …« Beleidigt wandte er den Blick von ihr ab und starrte missmutig aufs Wasser.

Valerie fühlte sich um ihren Spaß gebracht und gleichzeitig hilflos. Wenn sie jetzt ihre Meinungsverschiedenheit vertieften, war das Wochenende gelaufen. Dann konnte Jonas genauso gut gleich wieder zurück nach Berlin fliegen. Um die Stimmung nicht noch mehr in den Keller sinken zu lassen, beschloss sie einzulenken. Jonas hatte ja recht. Er hatte tatsächlich etwas von einer Überraschung erwähnt. Sie musste sich den Vorwurf gefallen lassen, dass sie nicht richtig zugehört hatte. Außerdem hatte sie keine Lust, seine schlechte Laune zu ertragen, nur weil sie sich durchgesetzt hatte.

»Tut mir leid!«, lenkte sie widerwillig ein und zwang sich zu einem versöhnlichen Lächeln. »Es war gedankenlos von mir, dass ich für die Yacht gleich zugesagt habe. Ich werde Werner anrufen und ihm absagen.«

Wenig später trafen sie vor dem Neubaukomplex im Konstanzer Stadtteil Paradies ein, in dem Valeries kleine Souterrainwohnung lag. Das nicht sehr attraktive Erscheinungsbild der Anlage machte seine unbezahlbare Lage direkt am Seerhein wett. Zur Altstadt waren es nur wenige Minuten mit dem Fahrrad. Im Vergleich zu der durchgestylten Altbauwohnung in Berlin, die sie mit Jonas bewohnte, war hier alles sehr einfach und zweckmäßig eingerichtet. Erst hier war ihr bewusst geworden, wie wenig Wert sie auf all die Designerstücke legte, die Jonas so wichtig waren. Sie hatte festgestellt, dass es ihr genügte, ein paar wichtige persönliche Dinge um sich herum zu haben. Mehr brauchte sie nicht. Dazu gehörten ein Foto ihrer Eltern, ein von ihrer Mutter gemaltes Aquarell einer südfranzösischen Landschaft sowie ein paar andere lieb gewordene Dinge, die sie von ihren Reisen mitgebracht hatte.

Als sie ihr Auto auf dem Stellplatz vor dem Mehrfamilienhaus abstellte, machte Jonas keinerlei Anstalten auszusteigen. »Ich warte hier, bis du deine Sachen gepackt hast«, verkündete er mit undeutbarer Miene. »Nimm am besten dein hübsches grünes Cocktailkleid mit, das ich dir aus Mailand mitgebracht habe. Pumps oder schicke Sandaletten wären auch nicht schlecht. Ansonsten reicht bequeme Kleidung.« Er zwinkerte ihr zu.

»Ich dachte, wir wollten das Wochenende hier in Konstanz verbringen …« Valerie war irritiert.

»Nun sei doch kein Spielverderber! Pack deine Sachen zusammen und lass dich überraschen. Heute Abend werden wir auf jeden Fall nicht in deinem dunklen Loch übernachten!«

Jonas ließ keine weitere Information raus. Er schien einiges geplant zu haben. Dennoch fühlte sich Valerie gekränkt. Dass er ihre Wohnung nicht mochte, hätte er ihr nicht noch einmal vor die Nase halten müssen.

»Und wo fahren wir hin?«, hakte sie noch einmal nach. »Etwa nach Zürich?« Jonas fühlte sich eigentlich nur in Großstädten wohl.

Er grinste. »Keine Sorge! Wir bleiben hier in Konstanz. Ich hab uns ein Hotel gebucht!«

»Wozu das denn?« Sie warf ihm einen verständnislosen Blick zu. »Mein Bett ist groß genug für uns beide, und wir werden doch ohnehin viel unterwegs sein.«

»Das gehört alles zu meiner Überraschung!« Jonas verriet immer noch mit keinem Wort, was er vorhatte. »Und nun beeil dich. Wir haben schon viel zu viel Zeit verloren.«

Valerie wusste nicht, was sie von der Geheimniskrämerei halten sollte. Irgendwie hatte sie immer weniger Lust auf Jonas' Überraschung. Doch nun war es zu spät. Besser, sie machte ohne weitere Proteste mit. Sie packte rasch die geforderten Sachen zusammen und grübelte darüber nach, weshalb Jonas bereit war, Geld für ein Hotel auszugeben, wo sie doch eine Unterkunft hatten. Er legte zwar Wert auf einen hohen Lebensstandard, auf der anderen Seite war er aber auch recht sparsam. Obwohl sie schon seit drei Jahren zusammenlebten, hatten sie immer noch kein gemeinsames Konto. Jede Ausgabe wurde in einem Haushaltsbuch von ihm festgehalten und dann zwischen ihnen beiden gerecht aufgeteilt. Valerie hatte das immer sehr befremdlich gefunden, sich aber im Laufe der Zeit an seine Pingeligkeit gewöhnt. Sie kam zu dem Schluss, dass er wegen seines letzten Besuchs noch ein schlechtes Gewissen hatte und sie nun ein wenig verwöhnen wollte. Gut, dachte sie ergeben, dann werde ich eben so tun, als ob mir das gefiele.

»Und wohin geht's jetzt?«, fragte sie, als sie mit ihrer Tasche zurückkam.

Jonas, der an ihr Auto gelehnt stand, drückte hastig seine Zigarette aus und benutzte sein Mundspray. »Sorry, ich bin heute etwas nervös«, entschuldigte er sich. Er hatte eigentlich mit dem Rauchen aufhören wollen. »Es ist der neue Fall, mit dem mich Dr. Krabusius beauftragt hat. Er nimmt mich gerade sehr in Anspruch. Aber nun komm!« Er hielt ihr die Fahrertür mit einem charmanten Lächeln auf. »Wir fahren zum Hotel Riva!«

»Zum Riva?« Valerie glaubte, sich verhört zu haben.

»Ganz genau!«

»Aber das ist das teuerste Hotel in Konstanz. Dort kostet eine Nacht ein Vermögen!«

»Das muss dich nicht kümmern«, versicherte Jonas großspurig. »Du bist mein Gast.«

»Das ist nicht dein Ernst! Hast du etwa im Lotto gewonnen?« Valerie war nicht wohl dabei, in solch einem Luxusschuppen abzusteigen. Aber Jonas meinte es tatsächlich ernst.

»Jetzt steig schon ein!«, forderte er sie erneut auf. »Als neuer Partner von Dr. Krabusius kann ich mir von nun an öfter so kleine Auszeiten leisten.«

»Gratuliere.«

Valerie zwang sich zu einem Lächeln. Sie kannte nun wenigstens den Grund für Jonas' Großzügigkeit. Er wollte mit ihr seine Teilhaberschaft in der Kanzlei feiern. Sie tat, was er von ihr verlangte, und startete den Motor. Doch so richtig freuen konnte sie sich immer noch nicht. Was ist bloß mit mir los?, fragte sie sich. Eine Nacht auf der *Sheltie* wäre ihrer Meinung nach um einiges romantischer geworden als der Aufenthalt in einem so mondänen Hotel. Als sie jedoch Jonas' vor Vorfreude strahlendes Gesicht sah, verzichtete sie auf eine Diskussion. Es wäre unfair, ihm seine Freude zu nehmen.

Auf dem Parkplatz des Hotels fand ihr in die Jahre gekommener Golf zwischen einem Porsche und einem Jaguar XJ gerade noch Platz. Valerie konnte sich einen Scherz nicht verkneifen.

»Hoffentlich wird mein Auto nicht abgeschleppt, weil die Angestellten es für schrottreif halten«, witzelte sie.

Jonas zog sofort die Stirn in Falten. »Daran hab ich gar nicht gedacht. Wir hätten vielleicht doch lieber mit dem Taxi kommen sollen.«

»Das sollte ein Witz sein!« Valerie knuffte ihn und hakte sich bei ihm ein, als sie ausgestiegen waren. Sie hatte ganz vergessen, dass Humor nicht gerade Jonas' starke Seite war. »Nun komm schon, dein Aschenputtel möchte endlich das Königsschloss sehen. Ich weiß nur nicht, ob ich so viel Pracht auf einmal ertragen kann.«

»Du könntest dich jetzt endlich mal benehmen«, brummte Jonas ungnädig, als sie immer noch herumalberte, während sie schon die Lobby betraten. Er machte keinen Hehl daraus, dass er ihre exaltierte Art peinlich fand.

»Spaßverderber.«

Valerie nahm sich zusammen und verlegte sich darauf, das Ambiente im Foyer zu bewundern, während Jonas die Formalitäten erledigte. Sie musste zugeben, dass er Geschmack hatte. Das Hotel war wirklich wunderschön. Das Haupthaus war licht und hell. Als zentrales Element schwang sich eine freitragende Wendeltreppe vom Wasserbassin im Untergeschoss aus mehrere Stockwerke nach oben. Heller Sandstein, dunkles Teakholz und weißer Marmor bildeten den Rahmen für hohe, weitläufige Räume, denen einzelne Designelemente eine individuelle Note verliehen. Edle Stoffe und gedeckte Farben strahlten vornehme Eleganz aus. Valerie wusste, wie sehr ihr Freund auf erlesenen Luxus stand, doch es wunderte sie dennoch, dass er bereit war, so viel Geld auszugeben.

Ein Hotelangestellter begleitete sie mit ihrem Gepäck in das Nebengebäude und führte sie zu ihrem Zimmer im dritten Stock. Jonas hatte für sie eine Suite gebucht, die von ihren Ausmaßen her um einiges größer war als ihre Wohnung. Auch hier war die Einrichtung erlesen und zeugte von sehr gutem Geschmack. Wohn- und Schlafbereich waren voneinander getrennt. Das Bad bot alle Annehmlichkeiten, die man sich vorstellen konnte. Am meisten begeisterte sie jedoch der hübsche Balkon zur Seeseite hin, und sie stellte sich an die Brüstung. Man hatte einen freien Blick auf das Konstanzer Konzilgebäude und den Hafen. Sogar bis zu ihrer Segelschule konnte sie sehen. Mit leichtem Bedauern registrierte sie den auffrischenden Wind. Was für ein wunderbares Segelwetter, und sie war hier an Land gefangen.

Jonas trat unbemerkt hinter sie und überreichte ihr einen gefüllten Champagnerkelch. »Auf eine glückliche und erfolgreiche Zukunft«, sagte er mit dem breiten, smarten Lächeln, in das sie sich bei ihrer ersten Begegnung verliebt hatte. Er stieß mit seinem Glas an ihres und sah ihr tief in die Augen.

»Ist das nicht noch etwas früh?«

Valerie erwartete, dass er sie wieder küsste, doch plötzlich wirkte er ziemlich nervös. Mit einem Mal kam ihr die Situation komisch vor. Sie musste kichern, was ihn nur noch mehr verunsicherte.

»Nun mach doch nicht alles kaputt«, beschwerte er sich prompt. »Der Schampus kostet ein Vermögen und soll für romantische Stimmung sorgen.«

»Mitten am Tag?«

Valerie legte den Kopf schief und wartete auf eine Erklärung oder einen Kuss. Doch er ging nicht auf ihre Avancen ein, sondern blickte immer wieder zum Himmel, als gäbe es dort ein Gewitter. Seine Nervosität beunruhigte sie allmählich. Was zum Teufel bezweckte Jonas mit dem ganzen Theater, das er veranstaltete? Sie beschloss erneut, keine Spielverderberin zu sein, und stieß mit ihm an. Während sie nur an ihrem Glas nippte, leerte er seines in einem Zug. Dabei sah er abwechselnd auf die Uhr und dann wieder an den Himmel, was sie zunehmend irritierte.

Auf einmal ließ Jonas' Anspannung nach, und er deutete aufgeregt auf ein rotes Propellerflugzeug, das sich ihnen näherte. Es zog eine Fahne hinter sich her. »Guck! Das ist für dich! Was sagst du dazu?«

Das Flugzeug flog einen Bogen und näherte sich ihnen vom See her, sodass sie die Aufschrift auf der Fahne lesen konnte.

WILLST DU MICH HEIRATEN?, stand dort in großen Lettern. Daneben ein Herz, das die Initialen Ph. & V. trug.

Ehe Valerie die Tragweite dieser Aktion begriff, kniete Jonas bereits vor ihr auf dem Boden und präsentierte ihr auf einem blauen Samtkissen einen wunderschönen Ring.

»Ich möchte, dass du meine Frau wirst, Valerie Sternfeld«, verkündete er mit einem erwartungsvollen Lächeln. Valerie hatte das Gefühl, dass man ihr den Boden unter den Füßen wegzog. Sie war wie erstarrt. Mit allem hatte sie gerechnet, aber ganz bestimmt nicht mit einem Heiratsantrag. Wie kam Jonas nur ausgerechnet in dieser Situation auf diese abwegige Idee? Glaubte er wirklich, dass sie damit all ihre Beziehungsprobleme lösen konnten? Anstatt etwas zu sagen, starrte sie ihn nur ungläubig an. »Du musst jetzt etwas sagen, Valerie«, bemerkte er schließlich verwirrt. »Oder willst du mich etwa gar nicht mehr heiraten?«

Valerie fühlte sich wie in eine Parallelwelt versetzt. Die Situation war so unwirklich, dass sie fast schon wieder komisch war. »Das ist absolut verrückt«, brachte sie schließlich mühsam heraus und schüttelte fassungslos den Kopf.

»Wie fandest du die Idee mit dem Flieger?« Jonas begriff gar nicht, dass er sie völlig aus der Fassung gebracht hatte. Er strahlte und plapperte nur so drauflos. »Ich musste mich ganz schön ins Zeug legen, damit alles klappt. Wie gefällt dir denn der Verlobungsring? Es ist ein echter Diamant mit Saphiren. Nun streif ihn dir schon über, damit ich wieder aufstehen kann!«

Valerie sah den Ring an, dann Jonas und schließlich wieder an den Himmel, wo das Flugzeug eine Schleife flog. Hätte sie die Möglichkeit gehabt, hätte sie sich sofort in Luft aufgelöst. Zu allem Überfluss waren auf der Uferpromenade mittlerweile Menschen auf das Schauspiel aufmerksam geworden. Jemand hatte Jonas vor ihr kniend auf dem Balkon entdeckt und begann, die anderen darauf hinzuweisen. Es gab Rufe. Alle Welt wartete darauf, dass sie ihm endlich in die Arme fiel. Doch plötzlich bekam sie einen Panikanfall. Ein Fluchtreflex brachte sie dazu, ins Innere der Suite zu stürzen. Was ist das nur für eine absurde Situation?, dachte sie außer sich. Sie hätte am liebsten nach ihrer Tasche gegriffen und wäre aus dem Zimmer geflohen.

»Was ist denn mit dir los?« Jonas war ihr gefolgt. Den Ring auf seinem Samtkissen hielt er noch in der Hand. Seine Selbstgefälligkeit war wie weggeblasen. Stattdessen war er fassungslos und enttäuscht. »Gefällt dir die Idee mit dem Flieger nicht?«, brachte er mühsam hervor. »Sie hat mich ein Vermögen gekostet, wie überhaupt das alles hier!«

Valerie spürte seine hohe Erwartungshaltung fast körperlich. Er tat ihr leid, und gleichzeitig war sie wütend auf ihn. Wie konnte er sie nur einfach so überfallen? Nun sah er sie an, als hätte sie etwas Falsches getan. Das konnte sie sich nicht bieten lassen. Dieses Mal war er einfach zu weit gegangen.

»Ich verstehe nicht, wie du mir jetzt einen Heiratsantrag machen kannst«, sagte sie schließlich. »Bevor ich hierherkam, waren wir uns einig, dass unsere Beziehung eine Pause braucht. Wir haben uns quasi getrennt und einander alle Freiheiten zurückgegeben. Das kannst du doch nicht so einfach ignorieren!«

»Aber ich hab dir doch alle Freiheiten gelassen, oder

nicht?« Jonas wollte sie nicht verstehen. Er schenkte sich hektisch neuen Champagner nach und leerte das Glas erneut in einem Zug, nur um es noch einmal zu füllen und die perlende Flüssigkeit gleich wieder in sich hineinzuschütten. Sie sah, dass seine Hände vor Aufregung zitterten. Mit einer abrupten Bewegung wandte er sich ihr wieder zu. »Du weißt genau, dass wir zusammengehören.« Sein Blick hatte etwas Trotziges. »Bis auf den letzten kleinen Streit hatten wir doch eine gute Zeit, oder etwa nicht?« Er stellte das Glas beiseite und versuchte, nach ihren Händen zu greifen, die sie ihm jedoch verweigerte. »Du bist die Frau, mit der ich alt werden will. Wir wollten Kinder. Hast du das alles schon vergessen?«

Valerie schwankte zwischen Mitleid und schlechtem Gewissen. Schließlich siegte ihr Gefühl, das sie plötzlich ganz klarsehen ließ. »Das hab ich nicht, aber die Dinge haben sich geändert, auch zwischen uns«, sagte sie überraschend ruhig. »Ich bin mir nicht mehr so sicher, ob das mit uns noch eine Zukunft hat. Auf jeden Fall weiß ich nun, dass wir so wie früher nicht mehr weitermachen können. Mir ist klar geworden, dass wir nur dann ein gutes Paar sind, wenn keinerlei Druck auf uns lastet. Aber das Leben ist nicht immer so einfach. Ich brauche jemanden, auf den ich mich in jeder Situation verlassen kann. Verstehst du?« Sie sah ihn mit einem traurigen Lächeln an.

»Was willst du denn damit sagen?« Jonas trat entrüstet einen Schritt zurück. Sie registrierte, wie aus seiner Enttäuschung Ärger wurde. »Ich war immer für dich da, auch als du deinen Zusammenbruch hattest. Ohne mich wärst du doch verloren gewesen!«

»Siehst du das wirklich so? Das kann nicht dein Ernst sein!«

Valerie konnte es nicht glauben. Wie unterschiedlich doch ihrer beider Wahrnehmungen waren. Jonas war ihr in ihrer Krise alles andere als eine große Hilfe gewesen. Anstatt für sie da zu sein, hatte er sich immer mehr von ihr zurückgezogen. Die Wahrheit war, dass er ihre Depression nicht ausgehalten hatte und sich immer dann aus dem Staub gemacht hatte, wenn sie ihn am meisten gebraucht hätte. Er hatte Arbeit vorgetäuscht, war stundenlang beim Sport gewesen oder hatte sich mit Freunden getroffen. Sie hatte sich ganz und gar nicht aufgefangen gefühlt. Doch was nutzte es, ihm das jetzt vorzuwerfen? Jonas war, wie er war, und sie würde ihn nicht ändern können. Außerdem schätzte sie ja auch seine guten Seiten.

»Vielleicht war es ja wirklich ein Fehler, dich mit allem hier so zu überrumpeln«, zeigte Jonas sich plötzlich einsichtig. Sie begriff, dass er dabei war einzulenken. Das durfte sie ihm nicht verwehren. Er deutete auf die Sessel, auf denen sie Platz nahmen. Das Samtkissen mit dem Verlobungsring legte er vor ihnen auf den Tisch. Der Ring war, wie alles, was Jonas aussuchte, von erlesener Schönheit. Sicherlich hatte er ein Vermögen gekostet. Und doch gefiel er ihr nicht. Sie fand ihn für sich viel zu protzig. Sie mochte lieber schlichteren Schmuck, den man erst auf den zweiten Blick wahrnahm, aber das hatte Jonas nie verstanden, wie so vieles, was ihr wichtig war. »Ich wollte dich in keiner Weise unter Druck setzen. Wir können die Hochzeit auch erst im Herbst oder nächstes Frühjahr feiern. So kannst du in aller Ruhe Vorbereitungen treffen.«

Er deutete ihr Schweigen schon wieder falsch. Offensichtlich ging er davon aus, dass sie sich gerade seinen Antrag noch einmal durch den Kopf gehen ließ. Als er weiterreden wollte, gebot sie ihm Einhalt.

»Ich kann dich nicht heiraten, weil ich mir selbst nicht sicher bin«, versuchte sie, ihm das zu erklären, was er ihrer Meinung nach hätte wissen müssen. »Im Augenblick hab ich ganz andere Sorgen. Du weißt genau, wie schwer das letzte Jahr für mich war. Auch wenn es mir im Augenblick besser geht, muss ich viele Dinge erst neu für mich ausloten.«

Doch Jonas war nicht bereit zuzuhören. Er fuhr sich unbeherrscht durch die Haare. »Wie lange willst du dich denn noch hinter deiner Krankheit verstecken? Du bist doch längst wieder gesund! Lass uns endlich mal in die Zukunft sehen. Und falls dir die Schule zu viel wird – was ich übrigens sehr gut verstehen kann –, kannst du kündigen und dich um unsere Kinder kümmern. Ich verdiene jetzt ja genug für uns alle!«

»Dir geht es immer nur um dich, Jonas! Merkst du das denn gar nicht?« Valerie begann nun selbst, ungeduldig zu werden. »Vor noch nicht einmal einem Jahr war ich kurz davor, mein Leben zu beenden«, erinnerte sie ihn niedergeschlagen. »Wenn meine Eltern nicht gewesen wären, hätte ich es nicht geschafft. Nicht du hast mir aus der Depression geholfen, sie waren es. Während du in aller Ruhe weiter an deiner Karriere gebastelt hast und dein Leben gelebt hast, haben sie mich begleitet. Und jetzt glaubst du, du kannst so einfach wieder über mich bestimmen?«

»Das ist nicht fair«, empörte er sich. »Ich hab immer nur unser beider Glück vor Augen gehabt!« Er griff nach ihrer Hand und hielt sie fest. »Ich liebe dich, Valerie, und du liebst mich. Wieso sollen wir jetzt nicht heiraten? Ich hab eine gute Stellung und kann problemlos eine Familie ernähren. Uns wird es an nichts fehlen. Was willst du denn mehr? Valerie, gib uns beiden eine Chance!«

Je mehr er sie zu überzeugen versuchte, desto mehr wurde ihr klar, wie weit sie eigentlich voneinander entfernt waren.

»Gib mir Zeit«, antwortete sie schließlich matt. »Mehr kann ich dazu nicht sagen. Wenn dir das nicht reicht, ist es besser, wenn wir uns jetzt gleich trennen.«

»Steckt etwa ein anderer Mann dahinter?« Jonas war plötzlich misstrauisch und ließ abrupt ihre Hand los.

Tatsächlich schoss Valerie in diesem Augenblick Rick durch den Kopf. Doch sie verdrängte den Gedanken so schnell, wie er gekommen war, und schüttelte den Kopf. »Nein, es gibt keinen anderen«, behauptete sie fest. »Meine Entscheidung hat nichts mit meinen Gefühlen dir gegenüber zu tun.« Sie machte Anstalten, sich zu erheben. »Vielleicht ist es besser, wenn ich jetzt in meine Wohnung gehe«, entschied sie erschöpft. »Ich fürchte, aus unserem romantischen Wochenende wird ohnehin nichts mehr.«

»Das kannst du mir nicht antun! Ich hab doch schon alles im Voraus bezahlt«, rief Jonas entsetzt. »Was soll ich denn allein in diesem sündhaft teuren Hotel? Es wäre schade, das alles verfallen zu lassen.«

Valerie hätte beinahe laut aufgelacht. Das war so typisch für Jonas. Er dachte immer zuerst ans Geld. »Wenn das deine einzigen Sorgen sind, dann übernehme ich die Hälfte der Rechnung«, antwortete sie, griff nach ihrer Tasche und machte Anstalten zu gehen.

Kurz vor der Tür verstellte Jonas ihr den Weg. »Um das Geld geht es mir wirklich nicht, glaub mir. Du kannst jetzt nicht so einfach gehen!«, flehte er sie an. Seine Verzweiflung ließ sie nicht kalt. Er war wirklich aufgewühlt. »Du bist alles, was ich habe … Lass mich jetzt nicht allein. Bitte!« Seine Stimme wurde weinerlich. Irgendwie erinnerte er sie an einen kleinen Jungen, der verzweifelt nach Anerkennung suchte. »Ich bin so ein Idiot! Ich wollte doch nur alles richtig machen. Vergiss den dummen Antrag und lass uns einfach so weitermachen wie bisher. Aber bitte lass mich nicht allein!«

Valerie kannte diese Ausbrüche und wusste, dass er sie stets dann einsetzte, wenn er gar keine andere Möglichkeit mehr sah. Dennoch wurde sie immer wieder von dieser Reaktion überrumpelt. Als sie Jonas' flehenden Blick sah, geriet ihre Entschlossenheit prompt ins Wanken. Vielleicht hatte sie doch zu hart reagiert. Er hatte sich so viel Mühe gegeben, sie zu beeindrucken, und sie hatte es nicht einmal im Ansatz wertgeschätzt. War sie nicht ebenso ein Egoist wie er? Außerdem waren sie schon viel zu lange ein Paar, als dass sie ihn jetzt so einfach stehen lassen konnte.

»Also gut«, lenkte sie zögerlich ein. »Ich bleibe hier, aber nur, wenn du akzeptierst, dass ich weiterhin meinen Freiraum brauche. Ich kann mich im Augenblick auf nichts festlegen. Das musst du verstehen!«

»Alles, was du willst!« Jonas stieß einen Seufzer der Erleichterung aus. »Du glaubst gar nicht, wie glücklich du mich damit machst.« Er nahm Valerie die Tasche aus der Hand und stellte sie neben ihr Bett.

Noch im selben Moment hatte sie ein ungutes Gefühl.

Grenoble, Frankreich, Mai 1940–Januar 1943

»Du bleibst hier! Das ist mein letztes Wort!«

Adèle hielt sich die Ohren zu und rannte aus dem Haus. Es war doch schon Krieg, und ihr jüngster Bruder hatte nichts Besseres zu tun, als mit dem Vater zu streiten, weil er in den Krieg ziehen wollte wie seine drei älteren Brüder.

»Ich will auch für unser Vaterland kämpfen«, hörte sie Antoine durch das geöffnete Fenster wütend kontern. »Was meine drei Brüder machen, ist auch mein Recht!«

»Sei froh, dass du der Jüngste bist. Wenigstens nimmt die Regierung uns nicht alle Söhne. Deine Aufgabe ist es, mir in der Werkstatt zu helfen.«

»Charles wäre froh gewesen, wenn du ihm das angeboten hättest. Er wollte nicht in den Krieg ziehen. Und ihm macht die Uhrmacherei wenigstens Spaß!«

»Du hast genauso feine Hände wie er«, versuchte der Vater, Antoine zu beschwichtigen. »Sei dankbar, dass du nicht kämpfen musst. Der Krieg ist ohnehin verloren. Glaub mir, ich weiß, wovon ich rede. Meine Lunge ist heute noch von dem Senfgas geschädigt!«

»Vater ist nicht mehr derselbe, seit er aus dem Großen

Krieg zurück ist«, mischte sich nun auch die Mutter ein. »Füg dich doch einfach in dein Schicksal und sei dankbar!«

»Das will ich aber nicht! Ich will für mein Vaterland kämpfen. Ich habe ein Recht dazu.«

»Du tust, was ich dir sage!«, fuhr ihn der Vater an. »Und nun ab in die Werkstatt.«

Einen Augenblick später stürmte Antoine wütend aus dem Haus. Seine Hände waren zu Fäusten geballt, und er schnaubte vor Zorn. Doch in dem Moment, als er seine Schwester erblickte, nahm er sich wieder zusammen, zwang sich sogar zu einem Lächeln.

»Du bist sehr aufgebracht«, stellte Adèle fest.

»O ja! Er lässt mich einfach nicht über mein eigenes Leben entscheiden«, knurrte Antoine.

»Vater hat Angst um dich, weil du immer so leichtsinnig bist«, wagte Adèle einzuwenden. »Er sorgt sich darum, dass du nicht lebend zurückkehrst.«

»Mir passiert schon nichts! Ich bin vorsichtig. Vielleicht melde ich mich ja heimlich an die Front …« Antoine warf ihr einen trotzigen Blick zu.

Adèles Herz zog sich bei der Vorstellung zusammen. »Das darfst du mir nicht antun! Und Vater und Mutter auch nicht.«

Sein Lächeln wurde sofort wieder eine Spur freundlicher. »Keine Angst, kleine Schwester«, beruhigte er sie. »Ich lass euch schon nicht allein.« Sie gingen in Richtung Werkstatt, als ihnen Rudolphe, der Postbote, mit einem Brief entgegenkam.

»Tut mir leid«, brummte Rudolphe verlegen. Er sah den Geschwistern nicht in die Augen, als er Antoine den Brief überreichte, und verabschiedete sich rasch wieder.

»Was hat das zu bedeuten?«, wollte Adèle wissen.

Antoine presste die Lippen zusammen und wurde bleich, als er den Absender sah. »Er ist vom Heeresamt«, sagte er leise. »Ich glaube, es ist besser, wenn wir damit zu den Eltern gehen.«

Der Brief des Postboten enthielt die traurige Nachricht, dass Eric nur wenige Wochen, nachdem Hitler in das französische Nachbarland einmarschiert war, sein Leben in der Schlacht von Dünkirchen verloren hatte. Der Kampf der französischen Soldaten gegen die deutschen Aggressoren hatte nur ein paar Wochen gedauert. Am 10. Mai 1940 hatte Hitler seine Truppen die Niederlande, Belgien und Luxemburg besetzen lassen. Wenig später marschierte die Wehrmacht in Frankreich ein. In einem Blitzkrieg, der dem erfolgreichen Einsatz der Panzer- und Luftwaffe zu verdanken war, eroberten die Deutschen das französische Kernland. Am 14. Juni wurde die Hauptstadt Paris besetzt. Am 22. Juni endete der Kampf mit dem Waffenstillstand von Compiègne. Die Dritte Französische Republik wurde von der provisorischen Französischen Republik abgelöst, die nach dem Ort des Regierungssitzes Vichy-Regierung genannt wurde. Frankreich wurde aufgeteilt. Ein Großteil des Westens und des Nordens wurde zur deutschen Besatzungszone. Das freie, unbesetzte Gebiet im Südosten wurde von der den Nazis treu ergebenen Vichy-Regierung geführt, während die Westalpen zur italienischen Zone wurden. Der Krieg war für Frankreich verloren, noch ehe er richtig angefangen hatte. Ministerpräsident Paul Reynaud trat zurück, Staatspräsident Albert Lebrun ernannte daraufhin seinen Stellvertreter Maréchal Pétain, den Helden der Schlacht um Verdun, zum Nachfolger.

Die Familie Mardieu hatte nicht nur Erics Tod zu verkraften. Wenig später erhielt sie die Nachricht, dass Charles und Louis zwar noch am Leben waren, jedoch nicht in Freiheit. Man hatte sie zusammen mit vielen anderen Kriegsgefangenen zur Zwangsarbeit nach Deutschland deportiert. Ihr Schicksal war ungewiss. Adèles Vater, ein überzeugter Patriot, zerbrach an den schlimmen Nachrichten. Für seine vom ersten großen Krieg stark mitgenommene Gesundheit waren es zu viele Schicksalsschläge.

Antoine, der zwar immer noch auf die Rückkehr der Brüder hoffte, musste die Werkstatt nun allein führen. Die Geschäfte liefen schlecht. Jeder Tag wurde zu einer Herausforderung, denn es gab immer weniger Menschen, die in diesen Mangelzeiten noch ihre Uhren reparieren ließen. Der Vater benötigte teure Medikamente, und die Arztkosten wollten auch getragen werden. Während Adèle nicht viel mehr tun konnte, als im Haushalt zu helfen, trieb sich Antoine viel in der Stadt herum, sah sich nach Gelegenheitsarbeiten um und versuchte, Essbares aufzutreiben. Abends spielte er gegen ein paar Francs Akkordeon in einem der Casinos der neuen Regierung. Adèle sah ihren Bruder nur noch selten. Doch sie war froh, dass wenigstens er bei der Familie geblieben war und sie jemanden hatte, dem sie sich hin und wieder anvertrauen konnte.

Im Laufe der Zeit entfremdete sich ihr Bruder allerdings von ihr. Immer weniger Zeit verbrachte er bei seiner Familie, schloss sich seinen neuen Freunden an, die er beim Musizieren im Casino kennengelernt hatte. Er, der sich nie für Politik interessiert hatte, geriet unter den Einfluss eines hochrangigen Milizionärs namens Georges Duchand, der ihm anbot, sich bei der geheimen Militärorganisation SOL zu bewerben. Die französische Miliz war eine paramilitärische Truppe, die sich nach der Besetzung Frankreichs durch die

Deutschen gebildet hatte, um gegen die Mitglieder der Résistance zu kämpfen. Sie war eine eigenständige, mit der deutschen Sicherheitspolizei eng zusammenarbeitende Kraft. Die *milice* verfolgte politische Gegner im Inneren, spürte gesuchte Personen auf und half vor allem der Gestapo bei der Verfolgung von Juden. Bei vielen französischen Bürgern war sie noch gefürchteter als die deutsche Sicherheitspolizei.

Wie die meisten seiner Landsleute war Antoine bei Kriegseintritt überzeugter Patriot gewesen und hätte sich nach dem Waffenstillstand am liebsten dem Widerstand um General Charles de Gaulle angeschlossen. Doch sein neuer Freund schaffte es, ihn nach und nach zu einer anderen Überzeugung zu bringen. Der kranke Vater sah den Umgang mit diesem Menschen nicht gern und versuchte, ihn zu verbieten. Auch Adèle war nicht wohl dabei. Sie fand, dass ihr Bruder sich viel zu leicht von seinem neuen Umgang beeinflussen ließ. Im Gegensatz zu ihm sympathisierte sie nach wie vor mit den Widerständlern. Doch dann starb ihr Vater, und ihr Bruder stand vor der Entscheidung, den maroden Uhrmacherladen weiterzuführen oder auf eine andere Art und Weise für die Familie zu sorgen. Adèle war des Öfteren dabei, wenn Georges ihm bei seinen abendlichen Besuchen gut zuredete, endlich zu den Milizen zu gehen.

»Die Zukunft liegt an der Seite Deutschlands«, beteuerte er überzeugt. »Ohne unsere Kollaboration würde das Land wirtschaftlich und finanziell bald völlig daniederliegen. Warum glaubst du denn, haben wir den Krieg so rasch verloren?«

»Hitler hat uns kalt erwischt«, meinte Antoine.

Sein neuer Freund klärte ihn auf. »Die dritte Republik und damit unsere ganze Gesellschaft war schon lange krank und nicht mehr handlungsfähig«, behauptete er verächtlich. »Es gab zu viele Meinungsverschiedenheiten innerhalb der

Stände. Unsere Gesellschaft war verweichlicht. Angefangen von den Politikern bis hin zum Militär. Maréchal Pétain hat das schon lange erkannt. Er wird uns an Deutschlands Seite zu neuer Größe führen. Es geht um Arbeit, Familie und Vaterland, nicht um Freiheit, Gleichheit und Brüderlichkeit. Verstehst du?«

Adèle bekam wohl mit, dass ihr Bruder lange skeptisch blieb, denn schließlich war Frankreich kein freies Land mehr und litt unter den Folgen der Besatzung. Doch je öfter er Umgang mit Duchand und seinen Freunden pflegte, desto einleuchtender erschienen ihm ihre Argumente. So versuchte er schließlich, auch sie, Adèle, davon zu überzeugen, dass die Franzosen die Niederlage selbst verschuldet hatten. Sie hatten sich nach dem Großen Krieg in ein verweichlichtes Volk verwandelt, dem es an Struktur und Durchsetzungswillen fehlte. Das galt es zu ändern. Keiner eignete sich dazu besser als Pétain, der einen legendären Ruf als Heerführer im Ersten Weltkrieg besaß. Er allein war ihrer Ansicht nach in der Lage, das Regime durch die Turbulenzen und zu neuer Größe zu führen, indem er es zu einem privilegierten Partner von Hitlers Europapolitik machte. Und das erforderte die Zusammenarbeit mit den deutschen Behörden. Dank seiner Umsicht würde man die Ausbeutung ihres Landes in Grenzen halten und dafür sorgen, dass die fast zwei Millionen Kriegsgefangenen wieder nach Hause zurückkehren konnten.

»Aber der Maréchal ist ein Greis von vierundachtzig Jahren«, wandte Adèle einmal ein, allerdings nicht sehr überzeugt. »Wie soll ein alter Mann das bewerkstelligen? Außerdem ist Frankreich so ja nur noch ein Vasall Deutschlands.«

Antoine bedachte sie nur mit einem mitleidigen Lachen. »Du bist noch jung und hast davon einfach keine Ahnung!

Dieser Mann mag alt sein, aber er hat jede Menge Erfahrung. Er weiß, wie wichtig es für unser Land ist, dass wir uns den Deutschen anschließen.«

Adèle gab irgendwann auf, ihm zu widersprechen. Vielleicht war sie ja tatsächlich zu unerfahren und jung, um diese Zusammenhänge zu verstehen. Dennoch gefiel es ihr nicht, dass ihr Bruder sich vom treuen Patrioten zum regimetreuen Kollaborateur entwickelte. Sie versuchte, es sich so zu erklären, dass sich Antoine weniger wegen seiner Überzeugung dem SOL nahe fühlte, sondern weil die geheime Militärorganisation *Service d'ordre légionnaire* ihm die Möglichkeit bieten konnte, dem beengten Leben in seiner Heimatstadt zu entkommen und gleichzeitig für den Unterhalt seiner Familie sorgen zu können.

Es verging noch eine ganze Zeit, bis Antoine tatsächlich den Milizionären beitrat. Erst zu Beginn des Jahres 1943, in einem Winter voller Entbehrungen, entschloss er sich endgültig zu diesem Schritt. Als Adèle davon erfuhr, ging für sie eine Welt unter. Antoine war in ihrem jungen Leben ihr einziger Halt gewesen. Nun war sie gezwungen, allein für sich und ihre Mutter zu sorgen.

Am Abend vor seiner Abreise versuchte der Bruder, sie zu trösten: »Ich mach das alles doch nur für euch. Beim SOL bezahlen sie einen guten Sold. Ich werde euch jeden Monat so viel Geld überweisen können, dass ihr zwei, Mutter und du, gut überleben könnt. Hier in Grenoble gibt es im Augenblick keine Zukunft für mich. Wer kauft in diesen Zeiten schon Uhren?« Seine braunen Augen suchten bei ihr Verständnis, doch sie war zu traurig.

»Du wirst für den Feind arbeiten«, begehrte sie ein letztes Mal auf. »Papa war ein Patriot. Er hätte das nie gutgeheißen!«

»Papa war zu alt, um die wirklichen Zusammenhänge erkennen zu können!« Antoine strich ihr fahrig über die langen Zöpfe. Sie hatte den Eindruck, dass er sich schämte, es aber nicht zugeben wollte. »In Wirklichkeit geht es mir nur um unsere beiden Brüder und meine eigene Freiheit. Wenn Charles und Louis wieder zu Hause sind, kann ich endlich meinen eigenen Weg gehen und Musik machen. Georges ist ein wichtiger Mann. Er hat mir versprochen, sich dafür einzusetzen. Wenn wir den Deutschen zeigen, dass wir sie unterstützen, werden sie die Gefangenen in den Lagern bald freilassen. Und mit großer Wahrscheinlichkeit zuerst diejenigen, deren Angehörige mit ihnen kollaborieren.«

Adèle konnte sich diesen Argumenten nicht verschließen. Aus seiner Sicht tat ihr Bruder das Richtige. Als er sie zum Abschied drückte, versprach er ihr, regelmäßig Briefe zu schreiben.

»Was auch immer passiert, du bist das Liebste, was ich auf der Welt noch habe«, sagte er. »Nichts kann uns wirklich trennen.«

10

Obwohl ich mir Valerie aus dem Kopf schlagen musste, freute ich mich auf die Segelstunde am Sonntag. Ich war zeitig da, auch weil ich hoffte, mit ihr noch ein paar Worte vorab wechseln zu können. Während ich das geliehene Fahrrad in dem Schuppen am Hafen abstellte, sah ich sie in Begleitung eines gut aussehenden Mannes kommen. Vor dem Steg wollte sie sich mit einem flüchtigen Wangenkuss verabschieden, doch ihr Begleiter schien damit nicht zufrieden. Er zog sie fest an sich und gab ihr einen langen ausgiebigen Kuss. Valerie war das sichtlich unangenehm, denn sie löste sich ziemlich unwirsch aus seiner Umarmung und eilte, ohne sich noch einmal umzusehen, über den Steg direkt auf mich zu. Ich tat so, als wäre ich noch mit meinem Fahrrad beschäftigt.

»Hallo, Rick«, begrüßte sie mich im Vorübergehen. »Alles klar?«

Ich sah zu ihr auf und lächelte ihr zu. Für einen Augenblick begegneten sich unsere Blicke und hielten einander fest. Wie jedes Mal, wenn wir uns trafen, hatte ich das Gefühl, dass die Luft zwischen uns voller Spannung war. Viel zu schnell wandte sie sich wieder ab und verschwand in dem kleinen Büro neben dem Schuppen. Ihr Freund stand noch vor dem Steg und beobachtete uns. Er machte keinerlei Anstalten zu gehen, sondern setzte sich auf die nächstgelegene Bank, offenbar in der Absicht, auf Valerie zu warten.

Ich nahm mir die Zeit, ihn etwas genauer in Augenschein zu nehmen. Irgendwie hatte ich mir ihren Freund anders vorgestellt. Nicht so steif und fast pedantisch auf sein Äußeres bedacht. Saß da mit übereinandergeschlagenen Beinen in frisch gebügelter weißer Hose zu hellblauem Hemd samt lässig über die Schultern geworfenem dunkelblauem Kaschmirpulli. Wie passte so ein Typ zu Valeries natürlicher Art? Die gestylten Haare wirkten ebenso künstlich wie sein blasiertes Lächeln hinter der verspiegelten Sonnenbrille.

Leider ging mich das alles überhaupt nichts an. Mit einem bedauernden Seufzen wandte ich mich ab und begab mich zu den anderen Segelschülern, die bereits dabei waren, ihre Boote aufzutakeln. Während des Segelkurses hatte ich alle Hände voll zu tun, um mit meiner Jolle zurechtzukommen. Valerie legte ein zügiges Unterrichtstempo vor und verlangte von uns, mehrere neue Kommandos zu befolgen, was mich ganz schön ins Schwitzen brachte. Auch war der Wind an diesem Tag stärker und unbeständiger als beim letzten Mal. Einmal wäre ich um ein Haar aus der Jolle katapultiert worden, weil ich statt einer Wende aus Versehen eine Halse fuhr. Der Großbaum knallte mir gegen den Hinterkopf und brachte mich aus dem Gleichgewicht.

»Immer mit der Nase durch den Wind, nicht mit dem Heck«, mahnte Valerie, die gerade in einer anderen Jolle neben mir hersegelte, streng. »Alles okay?«, fragte sie dann doch, als sie sah, dass ich mir meinen Kopf hielt. Sie gab Kevin und Felix den Befehl, längsseits meiner Jolle zu gehen, und stieg zu mir an Bord. Mein Kopf brummte ordentlich.

»Nicht jeder ist als Kapitän geboren.« Ich grinste, um ihr zu zeigen, dass ich in Ordnung war.

»Das passiert schon mal. Schließlich bist du Anfänger.«

Sie erklärte mir noch mal in aller Ruhe, auf was ich zu achten hatte. Die nächste Viertelstunde blieb sie bei mir an Bord, und ich tat so, als hörte ich ihren Anweisungen aufmerksam zu – in Wirklichkeit beobachtete ich sie versonnen und erfreute mich an ihren kleinen Gesten und Bewegungen. Irgendwann fiel ihr meine Unaufmerksamkeit auf und sie nahm mich wieder mehr in die Pflicht. Sie zeigte mir, wie man das Vorsegel hisste, und übernahm die Position der Vorschoterin, ich sollte das Boot steuern. Die Jolle nahm Fahrt auf, und wir segelten eine ganze Strecke hinaus auf den See.

Während ich an der Pinne saß und das Boot lenkte, saß Valerie auf dem Rand des Bootes mit der Schot in der Hand und konzentrierte sich auf das Gewässer vor uns. Dabei zeigte sie mir ihr Profil mit der etwas zu langen, aber geraden Nase und den vollen Lippen. Ihr Haar war zwar zusammengebunden, dennoch lösten sich überall kleine Kräusellöckchen, die ihren Kopf spielerisch umtanzten. Immer wieder warf sie einen prüfenden Blick auf die anderen Boote und gab den Segelschülern darin Anweisungen oder Ratschläge. Ihre Stimme blieb ruhig und entspannt. Ich bewunderte ihre Gabe, selbst komplizierte Dinge einfach zu erklären. Wäre es nach mir gegangen, wären wir noch stundenlang weitergesegelt. Leider verging die Zeit viel zu schnell, und ehe ich es mich versah, wechselte sie auf eine der anderen Jollen. Und dann war der Kurs auch schon wieder vorüber. Für gewöhnlich ließen wir uns alle beim Abtakeln Zeit, doch an diesem Tag machte Valerie auf Tempo, denn ihr Freund, den ich kurz völlig vergessen hatte, wartete bereits ungeduldig am Kai. Ich sah, wie er ihr Zeichen gab, sich zu beeilen.

»Dein Freund gehört wohl nicht zu den geduldigen Menschen«, versuchte ich zu scherzen.

Valerie sah mich nicht an, sondern zuckte nur mit den Schultern. »Wir haben noch was vor.« Es klang nicht sehr begeistert.

»Hast du übermorgen nach dem Segelkurs schon etwas geplant?« Sie drehte sich zu mir um. Als sie meinen erstaunten Blick bemerkte, fügte sie rasch hinzu: »Ich brauche noch einen Segelpartner. Einer von Werners Freunden möchte, dass ich seine Yacht nach Langenargen überführe. Er bringt uns dann zur Fähre. Das ist eine gute Gelegenheit, etwas Erfahrung zu sammeln. Hast du Lust?«

Ihr Vorschlag kam so unerwartet, dass ich erst einmal völlig perplex war. »Ich wollte eigentlich den Tag im Stadtarchiv verbringen.« Im selben Augenblick ärgerte ich mich, weil ich nicht gleich zugesagt hatte.

»Kein Problem!« Valerie zuckte mit den Schultern. »War nur so eine spontane Idee …«

»Aber ich kann das selbstverständlich verschieben«, schob ich rasch nach. »Der alte Kram läuft mir ja nicht davon!«

»Wirklich?« Ihre grünen Augen funkelten. »Dann ist es also abgemacht?«

»Abgemacht!« Ich gab mir Mühe, meine Freude nicht allzu deutlich zu zeigen.

»Wir segeln gleich im Anschluss an den Kurs los«, fügte sie rasch hinzu und wandte sich dann sofort wieder anderen Dingen zu. Wenig später sah ich, wie sie mit ihrem Freund eng umschlungen davonging.

Da Sonntag war und ich nicht ins Stadtarchiv konnte, verbrachte ich den Nachmittag in unserer Ferienwohnung, um an meinem Buchmanuskript weiterzuarbeiten. Meine Gliederung hatte ich erweitert und suchte nun nach einem guten Aufhänger für die Einführung. Auf jeden Fall gefiel mir Professor Lorchmeyers Vorschlag, die wechselhafte Geschichte der Insel Mainau mit in mein Buch aufzunehmen. Ich hatte mir bereits ausgiebige Notizen gemacht und suchte im Internet nach weiteren Quellen.

Überraschenderweise kam ich gut voran und hatte auch sonst das Gefühl, dass es in meinem Leben wieder aufwärtsging. Marie-Claire kam mir immer seltener in den Sinn – zum ersten Mal seit vielen Monaten trauerte ich unserer gemeinsamen Zeit nicht mehr nach. Gegen Abend schlug ich Adèle vor, gemeinsam in einem der Uferlokale etwas zu essen. Den Tag über hatte es etwas abgekühlt, der Himmel war bedeckt. Aus diesem Grund wählten wir einen Fensterplatz im Inneren des Restaurants mit einem wunderschönen Panoramablick über den nun bleigrau daliegenden See. Als mein Blick durch das Lokal schweifte, entdeckte ich nur zwei Tische von uns entfernt ausgerechnet Valerie mit ihrem Freund. Sie saß mit dem Rücken zu uns, sodass sie mich nicht sehen konnte. Die beiden schienen sich ebenfalls für ein frühes Abendessen entschieden zu haben. Während ich Adèle die Speisekarte übersetzte, sah ich unwillkürlich immer wieder an den Nachbartisch, was auch ihr nicht verborgen blieb.

»Ist das nicht die hübsche Segellehrerin, der wir neulich in der Stadt begegnet sind?«, erkundigte sie sich amüsiert. »Sie scheint dich ja ziemlich zu beeindrucken.«

»Sie ist wirklich sehr charmant.« Ich zog bedauernd die Stirn in Falten. »Aber leider schon vergeben, wie du siehst.«

Adèle nahm sich die Zeit, die beiden am Nachbartisch eingehender zu studieren. »Die junge Frau scheint mir nicht besonders glücklich zu sein«, behauptete sie schließlich.

»Wie kommst du denn da drauf?« Adèle hatte oft eine merkwürdige Art, Dinge zu bewerten.

»Hast du nicht bemerkt, dass sie ständig auf die Uhr

sieht? Außerdem lässt der Mann sie ja kaum zu Wort kommen. Er ist wohl sehr von sich eingenommen.«

Das war mir auch aufgefallen. Dennoch widersprach ich ihr. »Tante Adèle, die Meisterpsychologin! Nein, ich glaube, du irrst dich! Ich hatte heute Vormittag den Eindruck, dass die beiden sehr glücklich sind.«

»Sind sie nicht.«

Unsere Unterhaltung wurde durch die Bedienung unterbrochen. Wir bestellten frisch gefangene Felchen auf Sauerampfer-Linguini und dazu eine Flasche Bodenseewein. Adèle berichtete, dass sie sich mit Therese Hufnagel ein wenig angefreundet habe und sogar beabsichtige, sie in ein Konzert zu begleiten. Ich freute mich, dass es ihr in Konstanz so gut gefiel. So musste ich auch kein schlechtes Gewissen haben, wenn ich häufiger meine Zeit woanders verbrachte.

Noch bevor unser Essen serviert wurde, verließen Valerie und ihr Begleiter das Lokal. Natürlich entdeckte sie uns und kam herüber, um uns kurz zu begrüßen. Ihr Freund beschäftigte sich unterdessen mit seinem Smartphone. Mein Eindruck, dass er ein arroganter Schnösel war, verstärkte sich, als er immer wieder genervt auf die Uhr sah. Valerie wechselte mit uns ein paar Höflichkeiten auf Französisch, was Adèle mit sehr viel Sympathie registrierte. Als sie sich schließlich verabschiedete, verfolgte ich sie nachdenklich mit meinen Blicken.

Adèle hatte recht. Die beiden schienen wirklich kein sehr glückliches Paar zu sein.

11

Zu meiner großen Enttäuschung erschien Valerie am nächsten Tag nicht in der Segelschule. Auf meine Frage, ob sie krank sei, zuckte ihr Chef Werner nur mit den Schultern. Er war derjenige, der ihren Kurs übernahm.

»Ich glaub, es ist etwas Privates. Auf jeden Fall wird sie heute nicht kommen.«

Vermutlich will sie noch einen zusätzlichen Tag mit ihrem Freund genießen, dachte ich verstimmt. Der Glückliche! Obwohl ich immer wieder versuchte, sie mir aus dem Kopf zu schlagen, gelang mir das nicht. Seit ich Valerie kennengelernt hatte, musste ich ständig an sie denken. Die vorige Nacht hatte ich sogar von ihr geträumt. Was war nur in mich gefahren? Ich war verschossen wie ein Teenager und konnte nichts daran ändern. Das Schlimme war, dass ich mir einredete, dass auch sie mich sympathisch fand. Es war an der Zeit, mir diese Flausen auszutreiben. Was war da besser als eine sinnvolle Beschäftigung?

So begab ich mich nach dem Segelkurs sofort ins Stadtarchiv, zu dem ich dank Professor Lorchmeyer nun ungehindert Zugang hatte. Das Archiv hatte zwar am Montag für die Öffentlichkeit geschlossen, der Archivleiter erwartete mich dennoch. Die historischen Dokumente der Stadt, die seit dem 13. Jahrhundert hier archiviert wurden, lagen im Westflügel einer ehemaligen Benediktinerabtei auf der rechten Rheinseite. Da ich zum ersten Mal dort war, ließ es sich der Leiter des Stadtarchivs nicht nehmen, mich persönlich durch sein Reich zu führen und mir einen geeigneten Arbeitsplatz anzuweisen. Währenddessen unterhielten wir uns über meine Forschungsarbeit, die ihn sehr interessierte. Ich fragte ihn auch nach Dokumenten von der Insel Mainau.

»Leider ist es nach wie vor schwierig, an sie heranzukommen«, bedauerte der Amtsleiter. »Da gibt es ein gewisses Kompetenzgerangel. Sämtliche Unterlagen werden von der Verwaltung der Mainau GmbH selbst archiviert. Wir besitzen eigentlich nur die Dokumente über die Mainau, die im Zusammenhang mit irgendwelchen Verhandlungen von Konstanz mit der Insel standen. Die Kooperation der Inselgesellschaft bezüglich der Aufarbeitung während des Zweiten Weltkriegs und danach ist nicht unbedingt optimal zu nennen und geschieht meist nur auf Druck der Öffentlichkeit. Der alte Graf Bernadotte wollte sich mit dieser Ära nie befassen. Er ließ uns ausrichten, dass er Unterlagen zur Vergangenheit der Insel nur zehn Jahre aufbewahre, was so nicht ganz stimmte.« Der Archivar lächelte süffisant. »Glücklicherweise gibt es in unserer Stadt unbequeme Geister, die nicht ruhen, bis sie die Wahrheit ans Licht bringen. Einem verehrten Kollegen von mir ist es tatsächlich gelungen, Kopien ausgerechnet der Dokumente zu bekommen, die es angeblich nicht mehr gab. Er hat darüber mehrere Abhandlungen geschrieben, die wir ebenfalls hier vorliegen haben.« Er notierte mir die Signatur des betreffenden Bandes auf einem Notizzettel. »Sie können sich hier den ganzen Tag aufhalten«, fügte er abschließend hinzu. »Ich selbst werde das Haus nicht vor sieben Uhr verlassen. Falls Sie die Zeit nutzen wollen, kann ich Sie abholen, wenn ich gehe.«

Ich bedankte mich für die Unterstützung und machte

mich sogleich auf die Suche nach den Dokumenten. In einem der Bände, die besagter Historiker verfasst hatte, ging es um das französische Befreiungskomitee auf der Insel Mainau und das Ende der deutsch-französischen Kollaboration 1944/45. Ein weiterer Band beschäftigte sich mit der wechselhaften Geschichte der Insel Mainau. Ich begann sogleich zu lesen und fand das bestätigt, was ich in anderen Quellen schon zum Teil gefunden hatte. Obwohl der schwedische Graf vorgab, während des Krieges unparteiisch gewesen zu sein, hatte er die Insel an die NS-Organisation Todt verpachtet und beträchtlichen Gewinn daraus geschlagen. Als mit dem Einzug der Alliierten 1944 in Frankreich das Vichy-Regime gezwungen war zu fliehen, fand ein Teil der Vichy-Politiker samt ihren Angehörigen auf der Mainau Zuflucht. Der von den Nazis protegierte Anführer Jacques Doriot gehörte dazu.

Nach der Flucht der französischen Kollaborateure im April 1945 wurde auf der Mainau ein Reservelazarett eingerichtet. Professor Sauerbruch versuchte, Kliniken der Berliner Charité auf die Mainau zu verlegen, auch Freiburger Kliniken wären gern aus der ausgebombten Stadt auf die ruhige Insel gezogen. Doch dazu kam es nicht, denn am 26. April 1945 besetzten französische Truppen Konstanz und requirierten die Inseln Mainau und Reichenau für die Unterbringung von KZ-Insassen aus Dachau.

So weit waren mir die Sachverhalte bekannt. Allerdings erfuhr ich nun Details, die mir bislang verborgen geblieben waren. Dank der Aufzeichnungen der Frau des französischen Generals de Lattre gab es Schilderungen des bedauernswerten Zustandes der Kranken. Unter anderem erwähnte sie mehrfach, dass einige der Kranken jeglichen Kontakt zu ihren Familien verloren hatten. Auch der Friedhof der Insel wurde erwähnt und die immerhin tröstliche Tatsache, dass die Toten mit militärischen Ehren und im Beisein eines französischen Bischofs beigesetzt worden waren. Ich notierte mir, dass der Sohn des Gartenbaudirektors als Ministrant amtiert hatte. Das konnte ein nützlicher Hinweis sein. Der Junge war vermutlich zu diesem Zeitpunkt zwischen zwölf und fünfzehn Jahre alt gewesen. Es war durchaus denkbar, dass er noch lebte und mir wertvolle Hinweise geben konnte, falls es mir gelang, seine Identität herauszufinden.

Weiterhin stieß ich auf Kopien von Listen, die den Gesundheitszustand der Kranken dokumentierten. Darauf war die Größe der Kranken notiert, ferner ihr Gewicht vor den Schrecknissen des Krieges sowie ihr Gewicht bei Einlieferung ins Hospital und dann wieder bei ihrer Entlassung. Die Namen der Patienten waren lediglich als Kürzel notiert worden, was mir die Suche nach meinem Großvater nicht gerade erleichterte. Auf zwei Listen stieß ich auf das Kürzel Ma. Leider konnte es alles Mögliche bedeuten. Im Französischen gab es zahllose Namen, die mit Ma begannen.

Je mehr Listen und Unterlagen zu den Häftlingen ich durchsah, desto geringer wurde meine Hoffnung, auf den Namen von Antoine Mardieu oder Mardi zu stoßen. Dabei war ich anfangs noch so zuversichtlich gewesen. Der Name Antoine Mardi hatte auf der Lagerliste für Tuberkulosekranke in Dachau gestanden. Doch er fand sich nicht auf den Listen der Eingelieferten. Vielleicht war mein Großvater auf dem Transport gestorben. Eine weitere Möglichkeit war allerdings, dass Antoine zu den schwersttraumatisierten Häftlingen gehört hatte, die sich nicht mehr an ihre Vergangenheit und Familien erinnern konnten, sodass er nicht mehr mit dem Namen auf der Lagerliste in Zusammenhang gebracht werden konnte. Madame de Lattre hatte diese bedauernswerten Menschen ja mehrfach erwähnt. Doch wie konnte ich herausfinden, ob mein Großvater zu ihnen gehört hatte?

Meine Hoffnung, die Suche eingrenzen zu können, schwand weiter, als ich feststellen musste, dass damals auch Kranke aus weiter entfernten Lagern wie Mauthausen oder Buchenwald an den Bodensee geholt und anschließend mit den Leuten aus Dachau in schweizerische Krankenhäuser gebracht wurden. Das verkomplizierte die Suche erheblich. Die Spuren verteilten sich immer weiter und wurden unübersichtlicher. Es war, als würde man eine Stecknadel im Heuhaufen suchen. Ich stieß auf erschütternde Berichte der damaligen Ärzte über den Zustand der ehemaligen Lagerinsassen und über die Probleme bei ihrer Wiedereingliederung in die Gesellschaft. Ich mochte mir nicht vorstellen, dass mein Großvater einer von ihnen gewesen war. Laut der Beschreibungen waren viele der Patienten bei ihrer Ankunft so schwach gewesen, dass man sie liegend in das Notspital transportieren musste. Ihr Allgemeinzustand war katastrophal.

Bevor sie aufgenommen wurden, brachte man sie durch eine Entlausungsstation, danach in eine Zwischenstation, wo ein Chirurg und ein Internist die gründliche Untersuchung der Patienten vornahmen und daraufhin die Kranken den einzelnen Abteilungen zuwiesen. Oft waren sie bei ihrer Aufnahme nicht imstande zu sprechen, ihren Namen richtig zu sagen, sich zu bewegen, sich auf die Latrine zu setzen, zu essen oder zu trinken. Der Sprachverlust legte sich bei manchen erst nach acht bis zehn Tagen, andere ehemalige Häftling fanden ihre Sprache nie wieder. Zerlumpt, schmutzig, die Haut mit Furunkeln bedeckt, hinterließen sie einen apathischen und stumpfen Eindruck. Auf emotionelle Reize reagierten sie oft kindisch mit Weinen, Lachen, Händeklatschen. Laute Stimmen ließen sie zusammenzucken oder in Abwehrhaltung gehen.

Viele Patienten klagten über Vergesslichkeit, waren desorientiert und litten unter Depressionen und Halluzinationen. Wenn sie sich nach einiger Zeit aus ihrer Starre lösten, begannen sie, von ihrem Leiden und den Demütigungen zu erzählen, und immer auch von dem Hunger, den sie erlitten hatten. Die Krankenpfleger auf der Mainau waren für sie Heilsbringer. Viele der ehemaligen Häftlinge verhielten sich ihnen gegenüber schon auf fast peinliche Weise anhänglich und dankbar. Was mich überaus beeindruckte, war die Tatsache, dass die wenigsten dieser bedauernswerten Menschen mit Hass über ihre Kerkermeister sprachen.

Auf der anderen Seite zeigten viele ein gestörtes Verhältnis zum Inventar des Krankenhauses und allgemein zu Eigentumsverhältnissen. Die qualvolle Lagerhaft hatte die Menschen sozial verwahrlosen lassen, ganz besonders die Jugendlichen: Betten, Leintücher, Kopfkissen, Seife, warmes Wasser waren für sie der Inbegriff von Luxus und wurden immer wieder gestohlen. Soziales, mitmenschliches Verhalten war ihnen genauso fremd wie das Sicheinfügen in die Gemeinschaft. Enormer Egoismus, Verwechslung von Mein und Dein, Diebstähle und Lügen prägten den Alltag und machten das Zusammenleben in der neuen Freiheit schwer. Ich las von einem, der seine Armbanduhr zum Händewaschen auszog und auf den Fenstersims legte. Als er sich umdrehte, um sie wieder an sich zu nehmen, war sie gestohlen worden. Armee- und Rotkreuzmaterial, Wolldecken, Nahrungsmittel und Wäsche wurden heimlich beiseitegeschafft und in Kopfkissenbezügen verstaut. Der Zwang, sich die Dinge anderer anzueignen, war offenbar eine psychische Störung, denn die Diebe waren meist so naiv, dass sie die gestohlenen Dinge sofort zur Schau stellten, sodass es nicht schwierig war, das entwendete Gut wieder aufzufinden. Nichts war vor ihnen sicher.

Für die Helfer war es eine enorme Herausforderung, die Menschen wieder in die soziale Gemeinschaft zu integrieren. Mit viel Mühe und Geduld brachten Feldprediger die Menschen nach und nach dazu, ihre verwilderten Wertevorstellungen wieder in Ordnung zu bringen. So sorgten die Geistlichen zum Beispiel dafür, dass jeder etwas Eigenes bekam: Kleidung, Taschenmesser, Portemonnaie, Zahnbürste, Schreibpapier – dadurch sollte die Notwendigkeit zum Stehlen überflüssig gemacht werden. Zum Teil konnten die Patienten selbst einkaufen gehen. Es wurde eine Bibliothek eröffnet, Musikabende wurden veranstaltet und Arbeiten für die Gemeinschaft entlohnt. Es gab Gottesdienste in allen drei Religionen, die verstorbenen Patienten wurden mit militärischen Ehren beigesetzt.

Erschüttert über das unermesslich große Leid, mochte ich mir gar nicht vorstellen, was mein Großvater alles durchgemacht hatte, bevor er starb. Wie konnten Menschen einander nur so etwas antun? Und was war mit denen geschehen, die diesen Irrsinn überlebt hatten? Waren sie jemals in der Lage gewesen, wieder ein normales Leben zu führen? Ich suchte weiter und stellte fest, dass das Krankenhaus auf der Mainau sehr schnell wieder aufgelöst wurde. Bereits am 15. September 1945 war alles zu Ende. Einen Teil der Patienten verlegte man in das französische Militärhospital der ehemaligen Heil- und Pflegeanstalt auf der Insel Reichenau. Auch hierzu existierten Listen, die ich durchforstete. Doch auf keiner fand ich den Namen meines Großvaters oder einen Hinweis auf ihn.

Nun blieb nur noch die winzige Hoffnung, dass Antoine einer der Toten war, die man auf der Mainau begraben hatte, ohne deren Identität je festgestellt zu haben. Doch wie sollte ich das herausfinden? Es war beinahe ein Ding der Unmöglichkeit. Ob ich es nun wollte oder nicht, ich war in einer Sackgasse gelandet. Adèle hatte das schon lange erkannt. Ich würde mich wohl damit abfinden müssen, dass die Umstände des Schicksals meines Großvaters nie geklärt werden würden. Immerhin hatten mir meine Recherchen so einiges an wertvollem Material für meine Forschungsarbeit geliefert. Ich würde die nächsten Tage dazu nutzen, die Dokumente zu kopieren, um sie in einen sinnvollen Zusammenhang setzen zu können.

Müde von der intensiven Arbeit verließ ich schließlich das Archiv und musste feststellen, dass der Tag bereits fast verstrichen war. Ich beschloss, Adèle mit einem schönen Abendessen zu verwöhnen, und machte einen Abstecher in einen Supermarkt. Dort besorgte ich außerdem ein paar Delikatessen für den morgigen Segeltörn. Ich wollte Valerie damit überraschen.

Adèle saß mit Therese Hufnagel vergnügt im Garten und schien mich keinesfalls vermisst zu haben. Die beiden alten Damen unterhielten sich so angeregt, dass sie mich erst bemerkten, als ich zu ihnen an den Tisch trat.

»Oh, da bist du ja!«, begrüßte meine Tante mich freudig. »Hattest du einen schönen Tag?«

Ich erzählte von meiner erfolglosen Durchsicht der Archivunterlagen und gab zu, dass meine Zuversicht, einen Hinweis auf Antoine aufzuspüren, enorm abgenommen hatte.

»Mir fallen nur noch Zeitzeugen ein, die mir weiterhelfen könnten«, erklärte ich abschließend. »Aber wie soll ich sie finden? Und selbst wenn, sind sie schon sehr alt und können sich wahrscheinlich nicht mehr an einzelne Menschen erinnern.«

Adèle nahm die Nachricht wieder mit erstaunlicher Gelassenheit auf. Ich konnte mich des Gefühls nicht erwehren, dass sie beinahe erleichtert wirkte. Therese hingegen, die unserer Unterhaltung schweigend, aber mit großer Aufmerksamkeit gefolgt war, mischte sich plötzlich ein.

»Sie haben vorhin erwähnt, dass der Sohn des damaligen Gartenbaudirektors bei den Beerdigungen der Häftlinge auf der Insel dabei war. Ich kenne Christian Wallner sehr gut.« Als wir sie erstaunt ansahen, lächelte sie verlegen. »Wir waren mal einen Sommer lang so etwas wie ein Liebespaar. Das muss in den Sechzigerjahren gewesen sein. Aber dann traf Christian seine Trude, und ich hatte nichts mehr zu melden.« Sie räusperte sich, als sie unsere verständnislosen Blicke sah. »Na ja, er war ja auch um einiges älter als ich«, fügte sie erklärend hinzu, bevor sie sich erneut auf das konzentrierte, was sie eigentlich sagen wollte. »Christian lebte während des Krieges auf der Insel, er hat vieles mitbekommen, was dort geschehen ist. Natürlich ist er schon ziemlich alt, aber immer noch ganz helle im Kopf. Wenn Sie möchten, kann ich ein Treffen mit ihm arrangieren. Er ist auch heute noch ein sehr kontaktfreudiger Mensch und wird Ihnen vielleicht weiterhelfen.«

»Aber was soll das bringen?«, warf Adèle skeptisch ein. »Der alte Herr wird wohl kaum die Namen von über dreihundert Patienten behalten haben.«

»Das mag schon sein. Aber einen Versuch ist es doch wert, oder?« Ich war begeistert. »Auch wenn dieser Christian Wallner nichts über Antoine weiß, kann er mir doch einiges über die damaligen Zustände erzählen.«

Auf diese Weise zeichnete sich am Ende eines relativ frustrierenden Tages doch noch ein kleiner Lichtblick ab.

12

Valerie war froh, endlich wieder allein zu sein. Kaum war Jonas am späten Sonntagabend abgereist, wurde ihr bewusst, wie viel Kraft das vergangene Wochenende sie gekostet hatte. Sobald sie zu Hause ankam, sank sie erschöpft auf ihr Bett und schlief sofort ein, nur um eine schlaflose Nacht voller Panikattacken zu verbringen, die sie an die schlimmste Zeit während ihres Burn-outs erinnerten.

Am Montagmorgen fühlte sie sich so zerschlagen, als hätte sie einen Kater. Ihr Kopf schmerzte, und ihr war so übel, dass sie gar nicht daran denken konnte aufzustehen. Sie rief Werner an, bat ihn, ihren Segelkurs zu übernehmen, und legte sich noch einmal ins Bett. Nach ein paar Stunden Schlaf fühlte sie sich etwas besser. Valerie beschloss, am See joggen zu gehen. Sie wusste, dass sie zur Ruhe kommen musste, um die Panikattacken wieder in den Griff zu bekommen. Wenn ihr das nicht gelang, war der nächste Zusammenbruch vorprogrammiert.

Ihr war klar, dass ihr momentaner Zustand mit ihrem Verhältnis zu Jonas zusammenhing. Ihre Beziehung war noch nie einfach gewesen, weil sie beide sehr unterschiedlich waren. Doch nun war etwas geschehen, das alles noch schwieriger machte. Sie hatte erkannt, wie wichtig es war, sich auch einmal auf sich selbst zu konzentrieren. Jonas war ein Pedant, der alles in seinem Leben plante. Dazu gehörten auch ihre Beziehung und seine Vorstellung davon, wie sie zu sein hatte. Manchmal fühlte sie sich bei ihm nicht wie ein eigenständiger Mensch, sondern wie ein hübsches Accessoire in seiner Designerwohnung, das er nach seinem Gutdünken formen konnte.

Jonas' einnehmende Art, die sie zu Beginn ihrer Beziehung als Aufmerksamkeit empfunden hatte, hatte sie im Laufe der Zeit immer mehr eingeengt. Sie unterstellte ihm nicht einmal eine böse Absicht, aber er bestimmte ihr Leben so sehr, dass sie manchmal selbst nicht mehr wusste, wo sie stand. So richtig war sie sich dessen erst bewusst geworden, nachdem sie Berlin verlassen hatte. Die Therapie, die sie gemacht hatte, und die Distanz zu ihm hatten ihr diese Einsicht gebracht. Sie war sich sicher gewesen, dass sie inzwischen mit ihm und seiner Art ganz gut umgehen konnte. Und nun stellte sich heraus, dass sie noch weit von ihrem Ziel entfernt war. Jonas begann schon wieder, sich in ihr Leben einzumischen. Sie hatte seinen Heiratsantrag zwar erfolgreich abgelehnt, sich aber dann doch dazu überreden lassen, mit ihm im Hotel zu bleiben. Jetzt sah er sie wieder fest an seiner Seite. Egal, wie sie es drehte oder wendete, ihre Beziehung endete immer an dem Punkt, an dem sie sich seinen Wünschen unterwarf.

Das gleichmäßige Traben ihrer Schritte wirkte sich endlich beruhigend auf ihren Organismus aus. Je länger sie über alles nachdachte, desto klarer wurde ihr, dass sie so nicht weitermachen konnte. Entweder schaffte sie es, einen Schlussstrich unter ihre Beziehung zu setzen, oder Jonas war bereit, sich grundsätzlich zu ändern. Valerie war sehr wohl bewusst, dass auch sie Fehler machte. Doch vielleicht war auch das ein Fehler, dass sie nämlich grundsätzlich immer erst die Schuld bei sich suchte und es damit

Menschen wie Jonas sehr leicht machte, die Oberhand zu gewinnen.

Sie erinnerte sich an das Essen am Samstagabend in einem sündhaft teuren Restaurant und verlangsamte unwillkürlich ihr Lauftempo, bis sie schließlich zum Stehen kam.

Jonas wünschte sich, dass sie das grüne Cocktailkleid trug, das er ihr aus Mailand mitgebracht hatte. Sie tat ihm den Gefallen, obwohl sie das Kleid nicht ausstehen konnte. Während des Essens ertrug sie, dass er viel zu viel trank und fast die ganze Unterhaltung allein bestritt. Natürlich erzählte er wieder einmal nur von seiner Arbeit. Er beschwerte sich über die Menge an Aufträgen und wurde nicht müde zu betonen, wie unentbehrlich er für die Kanzlei war. Ihre Gedanken schlugen irgendwann eine andere Richtung ein. Sie dachte an den Abend mit Rick, der so herrlich unkompliziert gewesen war, obwohl sie über ernste Themen geredet hatten.

Dann kam die Erinnerung an die darauffolgende Nacht.

Normalerweise mochte sie den Sex mit Jonas – mitunter dachte sie, dass er das Beste in ihrer Beziehung war –, doch in dieser Nacht zerbrach irgendetwas zwischen ihnen. Es entstand einfach keine Nähe. Vielleicht war der Alkohol daran schuld, vielleicht auch ihre eigene Distanz. Auf jeden Fall fühlte sie sich benutzt, als er sie ungewohnt grob bedrängte und schließlich Anstalten machte, sie von hinten zu nehmen, auch als sie ihm eindeutig zu verstehen gab, dass sie es so nicht wollte.

»Du wirst es genießen, warte nur ab.«

Seine Stimme war unnachgiebig, fast brutal. Sie sträubte sich und versuchte, sich ihm zu entziehen, doch er packte sie grob an den Hüften und zwang sie in die richtige Position. Nach dem Sex rollte er sich mit einem Stöhnen zur

Seite und schlief sofort ein. Sobald er sich nicht mehr regte, kroch sie aus dem Bett und duschte erst einmal ausgiebig, so schmutzig fühlte sie sich. Danach nahm sie sich eine Decke und übernachtete im Wohnzimmer.

Am Sonntagmorgen entschuldigte sich Jonas zerknirscht bei ihr. »Ich hab mich unmöglich benommen. Ich weiß auch nicht, was gestern Abend in mich gefahren ist. Es tut mir leid.«

Sie hasste sich dafür, dass sie ihm nicht gleich gesagt hatte, wie benutzt sie sich fühlte. Die Wahrheit war, dass sie dazu nicht die Kraft besaß. Sie verfiel erneut in ihr altes Schema, obwohl sie das nie wieder hatte zulassen wollen. Einmal mehr hatte Jonas eine Grenze überschritten, und sie wehrte sich nicht. Nur dieses Mal ließ sich seine Übergriffigkeit nicht so leicht abschütteln.

Den ganzen Tag über konnte sie ihn kaum ertragen. Je mehr sie Distanz zu ihm suchte, desto zärtlicher wollte er sein. Als er sie vor ihren Segelschülern innig zu küssen versuchte, befreite sie sich brüsk aus seiner Umarmung. Nach der Segelstunde stellte er sie dafür beleidigt zur Rede.

»Du willst wohl nicht, dass deine Schüler sehen, dass du in festen Händen bist«, warf er ihr vor.

Valerie schnaubte unwillig, woraufhin er gleich wieder besitzergreifend seinen Arm um sie legte. Am Nachmittag und auch während des abschließenden Abendessens kam keine gute Stimmung mehr zwischen ihnen auf. Beim Verlassen des Restaurants entdeckte sie Rick mit seiner Tante und ging zu den beiden an den Tisch, um sie zu begrüßen. Sie wechselten ein paar freundliche Worte.

»Hab ich den Typen heute nicht schon an der Segelschule gesehen?«, erkundigte sich Jonas draußen. »Der kann ja kaum seine Augen von dir lassen!«

Damit war für Valerie das Maß voll. Der Frust, der sich während des gesamten verkorksten Wochenendes in ihr aufgestaut hatte, brach sich mit Macht Bahn.

»Was soll denn das nun schon wieder? Mit wem ich mich unterhalte, ist immer noch meine Sache!«, rief sie. Als er darauf mit geradezu lächerlicher Eifersucht reagierte und ihr unterstellte, ihr Segelschüler sei ihr wichtiger als er, tat sie endlich das, was sie schon längst hätte tun sollen. »Da vorne ist ein Taxi! Ich denke, es ist besser, wenn wir uns schon hier trennen, und das vielleicht für immer«, sagte sie.

Sie sah in Jonas' ungläubigem Blick, dass er ihre Worte für einen Scherz hielt. Als sie jedoch keinerlei Anstalten machte, das Gesagte zurückzunehmen, marschierte er beleidigt auf das Taxi zu. Bevor er einstieg, drehte er sich noch einmal zu ihr um. Sie sah, dass er immer noch darauf wartete, dass sie sich wie üblich entschuldigte. Doch sie tat es nicht. Dieses Mal hatte sie wirklich genug.

Valerie setzte sich auf eine Bank und beobachtete gedankenverloren eine Schwanenfamilie mit fünf grauen Küken. Sie hatte sich immer eine große Familie gewünscht, und Jonas war der erste Mann gewesen, mit dem sie sich das vorstellen konnte. Er war zuverlässig, treu und liebte sie aufrichtig. Viele ihrer Freundinnen waren neidisch, weil er ihr von jeder seiner Dienstreisen ein teures Geschenk mitbrachte. Mal war es ein elegantes Kleid, mal ein kleines Schmuckstück oder eine neue Handtasche. Sein Geschmack war erlesen, er hatte ein sicheres Auge für die schönen Dinge im Leben. Welche Frau fühlte sich nicht geehrt, wenn sie von ihrem Partner ständig beschenkt wurde? Jonas sah zudem gut aus, war erfolgreich, charmant.

Der einzige Haken an der Sache war, dass Valerie mit seinen Geschenken und Aufmerksamkeiten nur selten etwas anzufangen wusste. Jonas wollte aus ihr eine elegante, mondäne Frau machen, die sie in Wahrheit gar nicht sein mochte. Wie oft hatte sie ihm das zu Beginn ihrer Beziehung klarzumachen versucht! Doch statt ihr zuzuhören, hatte er meist unverständig oder sogar beleidigt reagiert und nicht selten einen Streit vom Zaun gebrochen.

Sie hatte im Laufe der Zeit resigniert. Es war einfacher gewesen, Jonas' Launen nachzugeben, als sich dagegen aufzulehnen. Es wurde endlich Zeit, dass sie sich wieder auf ihre eigene Unabhängigkeit besann.

Massif de la Chartreuse, Frankreich, April 1944

Als Marguérite wieder zu Bewusstsein kam, fand sie sich in einer dunklen Holzhütte wieder. Jemand hatte sie auf ein Strohlager neben einem Holzofen gebettet und in warme Decken eingehüllt. Ein vielleicht zwölfjähriges Mädchen saß neben ihr und lächelte sie schüchtern an.

»Ich habe Durst«, krächzte Marguérite. Ihre Stimme war so heiser, dass sie kaum einen Ton hervorbrachte. Das Mädchen beeilte sich, ihr aus einem angeschlagenen Tonbecher etwas Wasser zu reichen, das sie jedoch kaum herunterbrachte. Ihr Hals brannte wie Feuer, und sie fühlte sich fürchterlich. »Wo bin ich?«, fragte sie, während sie gleichzeitig wieder von einer bleiernen Müdigkeit erfasst wurde.

»Ich bin Claudille Clovis«, drang es von weit her. »Mein Vater hat dich unten am Waldrand gefunden. Du bist hier sicher.«

Bevor Marguérite etwas erwidern konnte, schlief sie wieder ein. Wilde Fieberträume griffen nach ihr und ließen sie die Martyrien der letzten Zeit noch einmal erleben. Sie führten sie zurück zu jenem Tag, an dem ihre Eltern sie in die gute Stube ihrer schönen Berliner Wohnung gerufen hatten.

Es war ein sonniger Maitag im Jahr 1943 gewesen. Sie war gerade neunzehn Jahre alt geworden.

Eigentlich wollte sie sich mit Josef auf einen Spaziergang treffen. Sie hatten sich verabredet, und sie freute sich darauf. Bevor es Juden verboten gewesen war, hatte sie gemeinsam mit Josef Mendelsohn das Konservatorium besucht und dort Musik studiert. Sie Gesang und Klavier und Josef Geige. Später hatten sie weiterhin heimlich Musik zusammen gemacht, und neuerdings trafen sie sich auch privat. Margarete, so nannte man sie in Deutschland, glaubte, etwas für den jungen Mann zu empfinden. Als sie zu den Eltern ins Wohnzimmer trat, fielen ihr sofort ihre ernsten Gesichter auf. Sie sah, dass ihre Mutter sogar geweint hatte. Der Vater bat sie, Platz zu nehmen. Dann entdeckte sie den gepackten Koffer neben ihrer Mutter und sah die beiden fragend an.

»Ich habe falsche Papiere für dich bekommen«, teilte ihr der Vater mit. Er wich ihrem Blick aus. »In einer Stunde fährt dein Zug in Richtung Süddeutschland ab – nach Freiburg. Von dort wird dich jemand nach Frankreich in die freie Zone bringen zu einer französischen Organisation, die dich bis nach dem Krieg sicher beherbergen kann.« Er überreichte ihr einen deutschen Pass ohne Judenstempel und französische Ausweispapiere. Beide trugen ihr Foto, aber falsche Namen.

Margarete starrte auf die Papiere und versuchte zu begreifen, was er ihr damit sagen wollte. »Ihr wollt, dass ich allein von hier fortgehe?«, fragte sie schließlich fassungslos.

»Du bist hier nicht mehr sicher!« Ihr Vater rang sichtlich mit seiner Fassung. »Mutter und ich möchten, dass du gehst! Wir werden später nachkommen.«

»Ich kann aber nicht ohne euch fort!« Allein der Gedanke, ihre Eltern allein zurückzulassen, war für sie unerträglich.

Ihre Mutter senkte den Kopf und begann zu schluchzen. »Es gibt keinen anderen Weg«, erwiderte ihr Vater bestimmt.

»Und was ist mit euch? Sie werden euch in ein Lager bringen!«

»Ich habe im letzten Krieg für meine Tapferkeit eine hohe Auszeichnung erhalten. Das wird mich und Mutter vor Nachstellungen schützen. Nicht einmal die Nazis wagen es, etwas gegen verdiente Veteranen zu unternehmen.«

»Dann will ich auch hierbleiben!« Margarete sah ihre Eltern entschlossen an. Gleichzeitig dachte sie an Josef und dass sie ihn womöglich nie wiedersehen würde. »Ich kann das nicht!«

Ihr Vater tätschelte hilflos ihre Schulter. »Du wirst tun, was wir dir sagen.« Ihm standen Tränen in den Augen, auch wenn er seiner Stimme Festigkeit zu verleihen versuchte. »Du bist unser Ein und Alles. Du wirst überleben, hörst du! Ich möchte, dass du in Sicherheit bist.«

»Aber wenn ihr vor den Nazis sicher seid, dann bin ich es doch auch«, versuchte sie es noch einmal.

Ihr Vater ließ sich nicht beirren. »Mutter hat dir ein paar Lebensmittel eingepackt, und hier ist noch etwas Geld. Damit wirst du fürs Erste versorgt sein. Sobald wir können, werden wir uns in Frankreich treffen.«

Das war der Augenblick, in dem sie begriff, dass ihre Eltern selbst nicht daran glaubten. Sie wollte erneut protestieren. Doch nun mischte sich ihre Mutter ein.

»Du bist unsere einzige Hoffnung«, sagte sie leise. Dann trat sie auf sie zu und berührte sie mit beiden Händen sanft an den Oberarmen, während sie ihr liebevoll in die Augen sah. »Wir werden in dir weiterleben«, sagte sie mit tränenerstickter Stimme. »Es ist Vaters Wunsch und auch meiner, dass du jetzt gehst. Sonst war alles umsonst!«

»Dann kann ich mich nicht einmal von Josef verabschieden?«, wagte sie zum letzten Mal aufzubegehren. Ihr Vater schüttelte den Kopf. »Je schneller wir aufbrechen, desto besser ist es.«

In ihren Fieberträumen spürte Marguérite die Trauer so stark, als würde sie sich noch einmal von ihren Eltern trennen. Sie fühlte die warmen Tränen ihrer Mutter auf ihrer Bluse und das Beben ihres ausgemergelten Körpers in ihrer letzten Umarmung. Den Abschied würde sie nie vergessen.

Der Vater brachte sie zum Bahnhof. Seine Schritte waren schwer und schleppend, seine Haltung glich der eines alten Mannes. Innerhalb weniger Stunden war er um viele Jahre gealtert. Sein Blick war von Trauer erfüllt, als er ihr auf dem Bahnsteig hinterherwinkte.

Im Zug wurde sie von einem älteren Ehepaar erwartet, das als Fluchthelfer fungierte. Sie war nicht die Einzige, die sich auf die gefährliche Reise nach Frankreich machte. In Potsdam stiegen drei Kinder zu. Sie waren Geschwister. Zwei Mädchen und ein verschüchterter kleiner Junge. Das ältere der beiden Mädchen hieß Clara und war zwölf Jahre alt, das jüngere war die achtjährige Mechthild, und ihr kleiner Bruder Samuel war gerade mal fünf. Ihnen wurde gesagt, sie sollten das Ehepaar, das sich als Luise und Hans vorstellte, mit Papa und Mama ansprechen. Besonders dem kleinen Samuel fiel das schwer.

Ihre Reise verlief zunächst ohne Probleme, bis ihr Abteil in Frankfurt von einer Gruppe Gestapoleute kontrolliert wurde. Margarete zitterte wie Espenlaub, als ein Offizier ihre Papiere kontrollierte. Auch Clara und Mechthild waren nervös. Samuel starrte den Offizier die ganze Zeit mit weit aufgerissenen Augen an. Alle fürchteten, dass er gleich aufspringen und davonlaufen würde. Doch Clara und Mechthild, zwischen denen er saß, hielten seine kleinen Hände fest umspannt. Alles ging gut. Nachdem der Offizier alle Papiere durchgesehen hatte, musterte er sie nochmals mit finsterem Blick, bevor er sich mit seinen Kameraden wieder grußlos verzog. Clara stieß vor Erleichterung einen tiefen Seufzer aus, und Mechthild begann zu jubeln, wurde jedoch sofort von Luise gemaßregelt.

»Seid um Gottes willen still«, fuhr sie die Kleine barsch an. »Oder wollt ihr, dass sie zurückkommen und euch doch noch mitnehmen?«

Die beiden Mädchen sahen sich erschrocken an. Samuel machte sich vor Angst in die Hose.

Am nächsten Morgen erreichten sie Freiburg. Nach mehrmaligem Umsteigen waren sie gezwungen gewesen, einen Teil der Nacht bei empfindlicher Kälte auf verschiedenen zugigen Bahnsteigen zu verbringen. Alle waren todmüde, doch Luise und Hans gönnten ihnen keine Pause, sie trieben sie an, möglichst schnell aus der Stadt zu verschwinden. Einmal kamen sie an eine Straßenkreuzung und mussten warten, bis ein Trupp Hitlerjungen in ihren hellbraunen Uniformen vorbeigezogen war. Voller Stolz marschierten die etwa vierzig Jugendlichen an ihnen vorüber und sangen: *»Die Fahnen hoch!«* Kaum hatten sie geendet, rief einer aus dem Publikum: »Heil Hitler!« Überall um sie herum schossen ausgestreckte Arme in die Höhe, und die Leute schrien mit. Luise und Hans warfen den Kindern scharfe Blicke zu. Prompt hoben auch Mechthild und Clara die Arme und fielen in den Ruf ein. Samuel begann wieder zu weinen, und auch Margarete weigerte sich, dem Führer die Ehrerbietung zu erweisen. Ein letzter Rest von Selbstachtung hinderte sie daran.

Als Marguérite das nächste Mal erwachte, fühlte sie sich schwach, aber etwas besser. Ihr Hals schmerzte zwar immer noch, doch das Fieber war gesunken, und sie verspürte Appetit. Claudille fütterte sie mit einer warmen Suppe, die sogar Fleischstückchen enthielt. Dabei erzählte das aufgeweckte Mädchen, dass es mit seinem Vater den Sommer mit den Kühen auf den Almwiesen verbrachte. Sie waren gerade erst eingetroffen.

»Red nicht so viel und kümmer dich lieber um das Vieh«, grantelte der Bauer, ein groß gewachsener Mann mit finsterer Miene, der gerade die Stube betrat. Claudille schien seine ruppige Art gewohnt zu sein. Sie blieb ruhig sitzen und fütterte Marguérite, bis der Teller leer war. Dann erst stand sie auf und ging nach draußen. Ihr Vater blieb an ihrem Bett stehen und suchte nach Worten. »Du kannst hierbleiben, bis es dir besser geht«, brummte er schließlich in seinen grauen Bart. »Doch dann musst du wieder verschwinden. Für Leute wie dich setze ich nicht mein Leben aufs Spiel.«

Marguérite betete, dass er sie nicht verraten würde. Natürlich war dem Bauern längst klar, dass sie auf der Flucht vor den Behörden war. Wenn die Milizionäre in der Hütte auftauchten, war es gut möglich, dass er sie auslieferte. Doch was nützte es schon, sich darüber Gedanken zu machen. Im Augenblick blieb ihr gar nichts anderes übrig, als ihrem Gastgeber zu vertrauen.

»Danke«, krächzte sie deshalb nur, woraufhin der Bauer sich ohne weiteren Kommentar von ihr abwandte.

Während Marguérite auf ihrem Lager ruhte, spürte sie, wie sich das Kind in ihrem Bauch erneut bewegte. Dieses Mal waren seine Bewegungen sehr deutlich zu spüren. Sie wunderte sich über seine Lebhaftigkeit. Wenigstens geht es dem Baby gut, dachte sie dankbar. Obwohl sie immer noch sehr erschöpft war, wollte es ihr nicht gelingen, wieder einzuschlafen. Die Sorgen um ihre Zukunft waren übermächtig.

13

Ich konnte mein Glück kaum fassen: ein Segeltörn mit Valerie allein auf dem Wasser – einen ganzen Tag lang! Trotz meiner Befürchtung, sie könnte es sich noch anders überlegt haben, erschien sie am Morgen pünktlich in der Segelschule und hielt ihr Versprechen. Nach dem Kurs begaben wir uns zur angrenzenden Marina, wo ein dreißig Quadratmeter großer Schärenkreuzer auf uns wartete. Valerie schilderte mir die Vorzüge der *Leila*.

»Der Dreißiger ist ein elegantes Rennboot, das bereits in der zweiten Hälfte des 19. Jahrhunderts an der Ostseeküste Schwedens gebaut wurde«, schwärmte sie, als handelte es sich um einen hervorragenden Wein. »Durch sein hohes Rigg reagiert es auch auf leichte Brisen, der kurze Kiel macht es besonders wendig. Dadurch ist sportliches Segeln möglich. Allerdings …«, sie rümpfte ein wenig die Nase, »… ist die Yacht nach heutigen Maßstäben untertakelt und kommt aufgrund ihrer schmalen Linien nie ins Gleiten. Damit ist sie vielen anderen Booten unterlegen.«

»Das macht gar nichts. Ich finde, dass ihr gut zueinander passt«, unterbrach ich ihren für mich unverständlichen Redeschwall. Sie verstummte mit einem ungeduldigen Schnauben, das mir meine Ignoranz vor Augen führen sollte. »Wem gehört das Boot eigentlich?«, wechselte ich rasch das Thema.

»Wie gesagt, einem Bekannten von Werner, einem Neurologen aus München. Er ist am vorletzten Wochenende mit der *Leila* in Konstanz liegen geblieben. Kein Wind und zu wenig Zeit, um mit dem Motor wieder zurückzuschippern.« Sie hob vielsagend die Augenbrauen. »Ihr Heimathafen, der Yachtclub Langenargen, liegt auf der anderen Seeseite. Wir bringen ihm sein Boot wieder zurück, da er es für morgen anderweitig verchartert hat.«

Sie gab mir Anweisungen zum Auftakeln des Bootes, und wenig später legten wir ab. Kaum waren wir ein Stück weit draußen auf dem See, stellte Valerie den Motor ab und gab Anweisungen, die Segel zu hissen. Der Wind frischte leicht auf, sodass wir gut Fahrt aufnehmen konnten. Im Gegensatz zu den letzten Tagen war es relativ schwül, sodass die leichte Brise auf dem Wasser überaus angenehm war. Eine ganze Weile schwiegen wir. Ich genoss den Fahrtwind auf dem wunderbaren Boot, während Valerie sich mit seinen Finessen vertraut machte. Dann drehte der Wind.

Valeries Befehl kam kurz und präzise. »An die Vorschoten und fertigmachen zur Wende!« Ich brachte mich eilig in Position und wartete aufgeregt auf Valeries nächste Anweisung. Bislang hatte ich nur wenig zu tun gehabt. Doch das sollte sich nun ändern. Sie erklärte mir, wie ich die Leinen lösen konnte, auf der anderen Seite musste ich sie wieder festzurren. »Du musst schnell sein, damit wir nicht allzu sehr abfallen. Und achte darauf, dass sich nichts verhakt.«

»Aye, Käpt'n!« Ich war höchst konzentriert, denn Valerie hatte mir, kaum dass ich an Bord gestiegen war, unmissverständlich klargemacht, dass unser Ausflug nicht etwa ein Rendezvous war, sondern eine rein sportliche Herausforderung. Als das Kommando kam, löste ich also rasch die Leine des Vorsegels und zog den Kopf ein, als sich der Großbaum mit dem flatternden Segel auf die andere Seite bewegte, während die Nase der Yacht durch den Wind ging. Sobald das geschehen war, bediente ich die Winschkurbel auf der anderen Seite, bis das Segel wieder straff saß. Doch Valerie war noch nicht mit mir zufrieden.

»Das Segel ist zu straff, du musst es etwas lockern, bis es einen leichten Bauch bekommt.« Ich legte beide Hände an die Winschrolle und löste die Leine wieder etwas, bis Valerie zufrieden war. »Gut gemacht!«, entließ sie mich mit einem anerkennenden Lächeln aus meiner Pflicht. »Sobald wir Kurs halten können, kannst du dich etwas entspannen!«

Ich war fasziniert, wie selbstverständlich sie mit den komplizierten Vorrichtungen umging. Völlig entspannt saß sie am Steuer und streckte dabei ihre Nase in den Wind – wunderschön und doch unerreichbar für mich. Manchmal war das Leben eben doch ungerecht. Hinter uns verschwand der Konstanzer Hafen, und wir nahmen Kurs Westnordwest auf die Seemitte zu. Langenargen lag knapp dreißig Kilometer entfernt, was in etwa fünfzehn Seemeilen entsprach. Bei einer durchschnittlichen Geschwindigkeit von vier Knoten würden wir den Hafen dort in etwa vier Stunden, also am späteren Nachmittag, erreichen.

Ein stetiger Wind trieb uns zügig voran. Wir unterhielten uns über Belanglosigkeiten und genossen die angenehme Brise. Nach und nach wurde die Stimmung zwischen uns immer lockerer und genauso unbekümmert wie an jenem Tag, als wir uns kennenlernten. Valerie fragte mich ganz genau über meine Recherchen aus und war sehr interessiert daran, was ich bezüglich meines Großvaters herausgefunden hatte. Auch meine Enttäuschung konnte sie gut verstehen.

»Mir gefällt deine Beharrlichkeit. Obwohl du kaum Chancen auf Erfolg siehst, verfolgst du jede auch noch so kleine

Spur.« Ihre Stirn kräuselte sich nachdenklich. »Mein Vater Aaron ist da ähnlich gestrickt wie du«, verriet sie mir. »Er hat sich auf der Suche nach meiner Großmutter auch nicht unterkriegen lassen.«

»Deine Großmutter hat für die Maquisards gearbeitet, richtig?«

»Du hast mir aufmerksam zugehört«, sagte sie, sichtlich erfreut, dass ich mich noch daran erinnerte. »Mein Vater hat sie leider nicht kennengelernt. Er ist bei Pflegeeltern aufgewachsen. Sie waren gute Menschen, aber nicht besonders herzlich. Meinem Vater ist es nie gelungen, wirklich warm mit ihnen zu werden. Wahrscheinlich hat er deswegen nach seinen Wurzeln gesucht. Jedes Mal, wenn wir in den Sommerferien in der Provence waren, hat er sich auf die Suche nach Gigis Vergangenheit gemacht, bis er irgendwann einen Überlebenden des Netzwerks ausfindig gemacht hat, das meiner Großmutter damals Unterschlupf geboten hat. Er fand nicht allzu viel heraus, nur dass sie eine deutsche Jüdin war und knapp einer Säuberungsaktion durch die Lyoner Gestapo entgangen ist. Sie hat meinen Vater bei Bauersleuten in den Bergen des Vercors zur Welt gebracht und ist dann in Richtung Meer geflüchtet, um sich dort den Maquisards anzuschließen. Bei einem ihrer Einsätze wurde sie von den Deutschen aufgegriffen und später erschossen. Mein Vater, der in der Obhut von Freunden geblieben ist, wurde nach ihrem Tod zu den Pflegeeltern nach Aix-en-Provence gebracht, die sich um ihn kümmerten. *C'est tout.«* Sie lächelte mir zu.

»Deine Großmutter war eine sehr mutige Frau. Du kannst wirklich stolz auf sie sein.«

»O ja! Das bin ich …« Sie zog die Nase kraus. »Und ich wünschte, ich hätte etwas mehr von ihr geerbt!« Valerie wurde plötzlich nachdenklich. »Ich hätte sie wirklich gern kennengelernt.«

»Da haben wir ja etwas gemeinsam«, meinte ich. »Für mich ist mein Großvater auch sehr wichtig, obwohl ich ihn nicht kannte. Seit ich mich erinnern kann, ist er in mir lebendig. Adèle hat nur Gutes über ihn erzählt. Durch ihre Beschreibungen ist er für mich zu meinem Vorbild geworden. Immer wenn ich als Kind einen Rat brauchte, sagte Adèle mir, dass mein Großvater die Sache sicher so oder so geregelt hätte. Manchmal hatte ich das Gefühl, er lebt als unsichtbares Familienmitglied bei uns.«

»Und was ist mit deinem Vater?«, wollte Valerie wissen.

Ich zuckte abfällig mit den Schultern. »Mein Erzeuger hat meine Mutter verlassen, kaum dass ich auf der Welt war. Ich habe ihn nie richtig kennengelernt. Ich glaube, Isabelle und er waren auch nicht besonders lange zusammen, bevor das mit mir passierte.« Als ich ihren bedauernden Blick sah, versicherte ich ihr, dass ich ihn nie vermisst hatte.

»Es ist schon seltsam, wie die Geschichte unserer Großeltern unsere Gegenwart bestimmt«, sinnierte Valerie.

Damit traf sie genau das, was auch mir im Kopf herumging. Wahrscheinlich war ich nur Historiker geworden, weil mich dieser Umstand faszinierte. Unser Gespräch nahm nun eine sehr persönliche Wendung. Valerie begann, von ihrer Familie und Kindheit zu erzählen, und ich von meiner. Je länger wir uns unterhielten, desto näher fühlte ich mich ihr. Ich hatte das Gefühl, mit ihr über alles reden zu können, was mir wichtig war. Unsere Gespräche waren so angeregt, dass wir die Zeit vergaßen und gar nicht mitbekamen, wie sich die Fahrt unserer Yacht verlangsamte, weil der Wind nachgelassen hatte. So etwas kam auf dem Bodensee wohl häufig vor.

Da wir es nicht besonders eilig hatten, ließen wir das Boot ein wenig vor sich hindümpeln. Wir hatten die Seemitte gerade überschritten und hielten nun Kurs in Richtung Langenargen. Durch den mangelnden Wind wurde die Luft wieder drückender, deshalb schlug ich vor, ein Bad zu nehmen. Doch Valerie lehnte ab, nachdem sie einen Blick auf das Schweizer Ufer geworfen hatte.

»Da zieht ein Unwetter auf.« Sie kräuselte besorgt die Stirn.

»Das sind doch nur ein paar Wolken und noch dazu sehr weit weg.« Ich verstand nicht, was sie meinte.

»Die werden schneller hier sein, als uns lieb ist.« In Valerie kam plötzlich Bewegung. »Los! Lass das Vorsegel runter. Ich werde das Großsegel schon mal reffen.«

»Ist das nicht etwas übertrieben?«

Es regte sich kein Lüftchen, und der Himmel sah auch nicht wirklich bedrohlich aus.

»Ich bin hier der Kapitän«, gab sie sehr bestimmt zurück und machte sich an die Arbeit.

Schulterzuckend tat ich, was sie von mir verlangte. Ich ließ das Vorsegel herab, sobald sie das Boot in den Wind gedreht hatte. Kaum hatte ich es unten, änderte sich das Wetter. Der Wind frischte mit einem Mal auf und fing sich in dem Großsegel, das Valerie noch reffte. Ich übernahm ihre Aufgabe, damit sie sich wieder an die Pinne setzen konnte, um das Boot weiter im Wind zu halten. Der Wind wurde immer stärker und unberechenbarer, und ich begriff plötzlich, weshalb der Bodensee auch das Schwäbische Meer genannt wurde. An bestimmten Punkten des Ufers blinkten bereits die Sturmwarnleuchten mit ihrem orangefarbenen Licht auf. Die eben noch so friedlich dahinplätschernde Seeoberfläche wurde vom Wind aufgewühlt, das Wasser bäumte sich zu kurzen, unangenehmen Wellen auf. Die Sonne verschwand hinter einem bleiernen Wolkenvorhang.

»Wir müssen versuchen, so schnell wie möglich das Ufer zu erreichen«, rief mir Valerie zu. »Wenn der Wind noch stärker wird, muss ich abfallen und den Kurs ändern, sonst laufen wir Gefahr zu kentern.«

Sie hielt auf den nächstgelegenen Punkt an Land zu, was bedeutete, dass wir hart am Wind segeln mussten. Als eine heftige Bö uns erfasste, legte sich der Schärenkreuzer so schief, dass ich beinahe das Gleichgewicht verloren und über Bord gegangen wäre. Valerie reagierte sofort und fiel ab, indem sie das Boot aus dem Wind nahm. Jetzt verstand ich, weshalb sie die Segelfläche vermindert hatte. Wären wir noch voll betakelt gewesen, wären wir sicherlich gekentert. In den nächsten Minuten näherte sich die dunkle Wolkenwand in gefährlichem Tempo. Die eben noch so heitere, sonnige Sommerstimmung war zu einem bedrohlichen Szenario geworden. Auf dem neuen Kurs lag der Schärenkreuzer trotz des aufbrausenden Windes und der unangenehmen Wellen jedoch sicher im Wasser. Valerie saß mit voller Aufmerksamkeit an der Pinne und betätigte, wenn nötig, die Großschot. Ich saß mehr oder weniger untätig daneben und hoffte nur, dass wir rechtzeitig das Ufer erreichten.

Der erste Donnerschlag fuhr mir durch Mark und Bein. Ich muss offen zugeben, dass ich Angst hatte, während Valerie uns weiter hochkonzentriert und mit bewundernswerter Ruhe durch das Unwetter steuerte. Erst als sie mir aufmunternd zulächelte, fiel mir auf, dass auch sie ziemlich angespannt war. Kurz darauf setzte ein Platzregen ein, der uns sofort bis auf die Haut durchnässte. Trotz der Schwimmwesten wurde es empfindlich kalt. Aus dem Starkwind war ein regelrechter Sturm geworden. Um das Boot nicht noch mehr in Schieflage zu bringen, sahen wir uns gezwungen, noch weiter abzufallen und damit den Kurs zu ändern.

Statt direkt aufs Land zuzusteuern, fuhren wir nun parallel dazu. Wir waren dem Ufer schon sehr nah gekommen, doch dann wurde der Regen so stark, dass zumindest ich jegliche Orientierung verlor. Das Wasser sammelte sich im Boot, und Valerie schrie mir durch das Geknatter der Segel und den platschenden Regen zu, ich solle damit beginnen, es mit einem Gefäß aus dem Rumpf zu schöpfen. Ich war dankbar, eine Aufgabe zu haben, und machte mich wie ein Wilder daran, um meine Angst zu besänftigen. Um uns herum tobte ein wildes Inferno. Blitz, Donner, Regen, ständig wechselnde Windböen. Irgendwann ließ sich das Boot nicht mehr richtig steuern. Valerie versuchte immer wieder, einen Kurs zu halten, doch das Ufer war längst aus unserem Sichtfeld gekommen, und wir hatten die Orientierung verloren.

»Wir müssen abwettern und das Segel ganz herunterholen«, schrie Valerie gegen den tosenden Wind an. »Mach die Schot los und hol das Großsegel ein.« Ich kroch zum Mast, um das Kommando auszuführen. Doch irgendetwas hatte sich am Niederholer des Segels verhakt. Es gelang mir einfach nicht, das Seil zu lösen. Valerie, die versuchte, das Boot im Wind zu halten, damit kein Druck auf das Segel kam, ließ für einen Augenblick die Pinne los, um mir zu helfen. Sie schaffte es tatsächlich, das Seil zu lösen. Das Segel ließ sich nun, mit etwas Mühe, aber dennoch herunterziehen. Sie überließ mir die Aufgabe und begab sich zurück zum Steuer.

Bevor sie es erreichte, drehte jedoch der Wind. Ich versuchte noch, den Großbaum zu halten, doch der änderte mit Gewalt seine Richtung und traf Valerie am Hinterkopf. Durch den heftigen Schlag geriet sie aus dem Gleichgewicht und wäre über Bord gefallen, hätte ich sie nicht im letzten

Augenblick noch am Kragen ihrer Schwimmweste zu fassen bekommen und zurück ins Boot gerissen. Keuchend lag ich über ihr und stellte voller Entsetzen fest, dass der Schlag sie außer Gefecht gesetzt hatte. Mit flatternden Augenlidern lag sie auf dem Rücken und war nicht ansprechbar. Über uns führte der Großbaum sein Eigenleben. Er schlug unkontrolliert mit dem fast heruntergezogenen Großsegel hin und her. Ich war ratlos. Was sollte ich tun? Wir hatten immer noch Fahrt, jedoch die Kontrolle über das Boot verloren.

Voller Panik stellte ich fest, dass Valerie das Bewusstsein verloren hatte. Immer wieder versuchte ich, sie mit leichten Schlägen auf die Wange zurückzuholen. Dann endlich schlug sie die Augen auf und starrte mich verwirrt an. Ich war so erleichtert, dass ich ihr spontan einen Kuss auf den Mund drückte. Ihre Lippen waren eiskalt. Ihrem verwunderten Blick folgte ein kurzes Lächeln. Sie versuchte, sich aufzurichten, sank jedoch mit einem leichten Stöhnen wieder zurück. Der Großbaum schlenkerte immer noch unkontrolliert über unseren Köpfen hin und her.

»Wir müssen das Segel ganz runterholen«, sagte Valerie schließlich. Ich half ihr, sich aufzusetzen. Sie brauchte eine Weile, um richtig zu sich zu kommen, dann biss sie die Zähne zusammen und raffte sich hoch. Mit letzter Kraft assistierte sie mir beim Einholen. Anschließend fixierte sie den Großbaum und setzte sich ans Steuer. »Uns bleibt im Augenblick nichts anderes übrig, als uns ohne Segel treiben zu lassen«, erklärte sie mit schmerzverzerrtem Gesicht. »Der Winddruck auf den Mast wird uns dennoch vorantreiben. Wir müssen nur darauf achtgeben, dass das Boot nicht beim Ablaufen einer Welle querschlägt, sonst kentern wir.«

Sie zeigte mir, was sie meinte, und übergab dann mir die Pinne, weil ihr schon wieder schwarz vor Augen wurde.

Irgendwie gelang es mir, das Boot über Wasser zu halten. Keine Ahnung, wie lange wir so hilflos auf dem See trieben, aber irgendwann war das Gewitter über uns hinweggezogen, es trug auch den Starkwind mit sich fort. Erschöpft und froh, das Abenteuer überstanden zu haben, setzten wir wieder die Segel und nahmen Kurs auf unser Ziel. Valerie hatte eine ordentliche Beule am Kopf, doch sie behauptete, dass es nur halb so schlimm sei.

Mit einigen Stunden Verspätung trafen wir schließlich im Hafen von Langenargen ein. Dieter, der Besitzer der *Leila,* empfing uns mit großem Hallo und noch größerer Erleichterung. Er hatte sich bereits Sorgen gemacht und mit dem Gedanken gespielt, die Wasserschutzpolizei zu verständigen. Außerdem war er in Eile, da er am Abend noch einen wichtigen Termin in München hatte. Unsere späte Ankunft hatte auch seine Pläne durcheinandergebracht. Ursprünglich war vorgesehen, dass er uns nach Meersburg auf die Fähre bringen sollte, doch nun lief ihm die Zeit davon. Er bot uns an, uns ein Taxi zu bezahlen.

Doch kaum war Valerie an Land, geriet sie ins Straucheln. Es gelang mir gerade noch, sie aufzufangen, sonst wäre sie gestürzt. Ich half ihr, sich auf einen Poller am Kai zu setzen, und erzählte Dieter von ihrem Missgeschick.

»So etwas sollte man nicht auf die leichte Schulter nehmen«, meinte er besorgt und beugte sich sofort über sie. »Darf ich mal?« Er zog eine kleine Taschenlampe aus seiner Hosentasche und leuchtete damit in Valeries Pupillen. Mir fiel ein, dass Valerie erwähnt hatte, dass er Arzt war. Er machte einige Tests mit ihr und stellte ihr gezielte Fragen, auch, an was sie sich noch erinnern konnte. Glücklicherweise zeigte Valerie keinerlei Auffälligkeiten. Ihr war nur etwas übel und schwindlig.

»Du hast eine Gehirnerschütterung und musst dich möglichst sofort hinlegen«, stellte Dieter schließlich fest. »Nach ein paar Stunden Ruhe sollte es dir morgen schon deutlich besser gehen.« Er warf einen Blick auf die Uhr. »Ich muss leider schnell nach München, sonst würde ich mich selbst um euch kümmern.« Er überlegte kurz und machte dann einen Vorschlag. »Ich besitze eine kleine Ferienwohnung im Ort«, sagte er. »Die könnt ihr gern heute Nacht benutzen. Ich gebe euch den Schlüssel, und ihr werft ihn morgen einfach wieder in den Briefkasten.«

»Ich weiß nicht. Ich möchte eigentlich lieber nach Hause«, meinte Valerie schwach. Sie versuchte aufzustehen, musste jedoch gleich darauf würgen. Dieter sah mich an. »Es ist besser, wenn sie heute Nacht nicht allein bleibt. Hat sie jemanden, der auf sie aufpasst?«

Ich schüttelte den Kopf. »Im Augenblick wohl nicht.«

»Dann solltet ihr mein Angebot besser annehmen.« Dieter griff in seine Jackentasche und reichte mir einen Schlüssel. »Ich fahr euch schnell zur Wohnung.«

»Ist das für dich okay?« Valerie sah mich unglücklich an. »Du hast doch bestimmt heute Abend noch etwas anderes vor.«

»Überhaupt nicht«, versicherte ich ihr. »Tante Adèle kommt gut ohne mich zurecht. Ich kümmere mich gern um dich!«

Valerie zögerte einen Moment, dann gab sie sich geschlagen.

Die Ferienwohnung lag im zweiten Stock eines Mehrfamilienhauses nicht weit vom See entfernt. Dieter zeigte uns schnell die Örtlichkeiten, dann verabschiedete er sich und ließ uns allein. Ich richtete Valerie auf dem großzügigen Sofa im Wohnzimmer ein gemütliches Lager her und inspizierte die Wohnung. Sie war nicht besonders groß, aber geschmackvoll eingerichtet. Von der Terrasse hatte man einen wundervollen Blick über den See. Als ich von meinem Rundgang zurückkam, fragte ich Valerie, ob sie etwas essen wollte. Doch sie war nur müde und hatte keinen Appetit. Ich bestellte uns dennoch eine Pizza. Dann rief ich Adèle an, um sie zu informieren.

Als die Lieferung schließlich kam, schlief Valerie tief und fest. Ich deckte sie zu und machte es mir auf einem Sessel neben ihrem Sofa bequem. Es war ein gutes Gefühl, Valerie in meiner Nähe zu spüren, auch wenn die Situation nicht so war, wie ich sie gern gehabt hätte. Fasziniert beobachtete ich von meinem Platz aus das Farbenspiel des Lichtes über dem See. Ein paar letzte Wolken ließen den Himmel in gelben, orangefarbenen und violetten Tönen erstrahlen, bevor die Sonne ganz verschwand und die Dunkelheit sich über den See senkte. Kurze Zeit später bemerkte ich, dass die Nacht gar nicht dunkel war, weil der Mond strahlend hell über dem Wasser stand und das Wasser silbrig glänzen ließ. Alles war friedlich und ruhig, sodass es kaum vorstellbar war, dass vor wenigen Stunden hier ein Gewittersturm getobt hatte. Fasziniert von dem Zauber der Nacht, bemerkte ich nicht, dass Valerie wieder wach wurde. Erst als sie sich aufrichtete, wurde ich aufmerksam. Im dunklen Raum war nur ihr Schemen zu erkennen, und als sie sich mir zuwandte, konnte ich ihre Augen leuchten sehen.

»Geht es dir besser?«

»Mir ist nicht mehr so übel. Nur mein Kopf brummt noch etwas.« Sie zog die Knie zu sich heran und stützte ihren Kopf darauf. »Danke, dass du bei mir geblieben bist«, sagte sie leise. »Es ist schön, jetzt nicht allein zu sein.«

Ihre Worte wärmten mein Herz. »Und ich bin froh, dass

ich bei dir sein kann.« Ich wagte nicht, mich zu rühren, um den Zauber des Augenblicks nicht zu stören.

»Würde es dir etwas ausmachen, wenn du dich ein wenig zu mir setzt?«, fragte sie unvermittelt. Mein Herz schlug schneller, als sie im nächsten Augenblick ihre Hand nach mir ausstreckte, und ich tat, was sie wünschte. Als ich neben ihr Platz genommen hatte, legte sie sich wieder hin und bettete ihren Kopf auf meinen Schoß. Dann schloss sie die Augen. Ich dachte schon, dass sie wieder eingeschlafen wäre, aber dann schlug sie sie wieder auf und ließ ihren Blick gedankenverloren an die Decke schweifen, wo er verharrte. Der Mond schien so hell, dass ich ihre feinen Gesichtszüge gut erkennen konnte, auch die Tränen, die sich in ihren Augen sammelten. »Es gibt Momente, in denen ich mich schrecklich verloren fühle und ganz schwach«, gestand sie mir. »Dann sehne ich mich nach jemandem, der mich auffängt.«

»Das kann ich gut verstehen«, antwortete ich unsicher. Ihre Offenheit rührte mich. Vorsichtig strich ich über ihre Wange. »Kein Wunder, dass du so durcheinander bist. Wir hätten heute um ein Haar Schiffbruch erlitten.«

Sie lächelte gequält. »Ich muss ganz schön was auf den Kopf bekommen haben, dass ich dir hier meine tiefsten Gefühle preisgebe …«

»Du glaubst gar nicht, was deine Worte mir bedeuten …«

Unsere Blicke begegneten sich und hielten einander fest. Im selben Augenblick, als ich mich zu ihr beugte, um sie zu küssen, spürte ich ihre Hand in meinem Nacken, die mich zu ihr zog.

Lyon, Frankreich, Februar 1943

»Nun komm schon! Wir haben nicht ewig Zeit.« Georges Duchand klopfte Antoine ungeduldig auf die Schulter und drängte ihn, endlich den Zug zu verlassen. Antoine versuchte, sich sein Staunen über das pulsierende Leben auf Lyons Straßen nicht anmerken zu lassen. Er war zum ersten Mal hier und wollte vor seinem Freund nicht als Hinterwäldler dastehen. Obwohl die deutschen Soldaten die Stadt seit dem vergangenen November besetzt hielten, wirkte das Leben auf den Straßen weitestgehend normal. Georges führte ihn eine Allee entlang, deren Bäume nach den langen Wintermonaten gerade ihre ersten Knospen austrieben. Dahinter lagen großzügige Grundstücke mit stattlichen Bürgerhäusern. Antoine war von der Weitläufigkeit der Straßen angetan. Sie waren in etwa so, wie er sich Paris immer vorgestellt hatte. Nicht umsonst wurde Lyon gern das kleine Paris genannt.

»Wohin gehen wir?«

»Erst einmal in einen Gasthof«, beschied Georges ihn. »Dort treffen wir den *commandant.* Er wird entscheiden, wo man dich am besten einsetzen kann.«

Sie setzten ihren Weg fort und gelangten bald in die belebte Innenstadt. Ab und zu trafen sie auf kleinere

Gruppen von Milizionären, die leicht an ihren dunklen Uniformen zu erkennen waren. Georges kannte die meisten von ihnen und wurde, obwohl er im Augenblick Zivil trug, hochachtungsvoll gegrüßt. Mit einem der Anführer wechselte er ein paar Worte. Antoine schnappte auf, dass es eine Razzia in der Rue Sainte-Catherine gegeben hatte, ohne dabei etwas über die näheren Umstände zu erfahren. Antoine wurde erst jetzt bewusst, dass Georges eine höhere Stellung innerhalb der Milizionäre innehaben musste. Er konnte sich glücklich schätzen, dass ausgerechnet er ihn unter seine Fittiche genommen hatte. Trotz der Wertschätzung, die man Duchand entgegenbrachte, fielen Antoine auch die Menschen auf, die den Milizionären weiträumig auswichen, als hätten sie Angst vor ihnen. Er machte Georges darauf aufmerksam, worauf dieser nur mit Verachtung antwortete.

»Das sind halsstarrige Idioten, die sich noch nicht an die neue Situation gewöhnt haben. Sie sympathisieren immer noch mit den Leuten des Maquis, obwohl deren Aktionen sie vermutlich den Kopf kosten werden.« Er klopfte ihm kameradschaftlich auf die Schulter. »Gut, dass du zur Besinnung gekommen bist. Du wirst es nicht bereuen, dich uns angeschlossen zu haben. Ich werde mich dafür einsetzen, dass du der neuen Groupe mobile de réserve, kurz GMR, zugeteilt wirst. Dann kannst du vor Ort dafür sorgen, dass bald wieder Recht und Ordnung in unserem Land herrschen.« Er zeigte auf ein Gebäude. »Wir sind übrigens gleich da. Siehst du das Wirtshaus da vorne? Dort müssen wir hin.«

Wenig später betraten sie das Lion d'Or, ein geräumiges Restaurant direkt an der Place des Jacobins. Die Tische waren bis auf wenige besetzt, was sich Antoine nur dadurch erklären konnte, dass die Gäste vorwiegend Milizionäre und deutsche Soldaten waren, die es sich leisten konnten, in Zeiten wie diesen essen zu gehen. Das müsste Adèle sehen, dachte er wehmütig, dann würde sie nicht mehr sauer auf mich sein, dass ich jetzt bei den Milizionären bin. Sie wird ihre Meinung schon ändern, wenn ich ihr und Maman zum ersten Mal Geld schicke.

Seine Schwester hatte ihm vorgeworfen, die Brüder, die immer noch in Kriegsgefangenschaft waren, damit zu verraten. Sie hatte einfach nicht einsehen wollen, dass es umgekehrt war. Wenn er mit den Nazis kollaborierte, war die Chance, dass man Louis und Charles bald freiließ, um einiges größer. Er konnte sich ihre Starrköpfigkeit nur dadurch erklären, dass sie zu jung war, um die großen Zusammenhänge zu verstehen. Er verdrängte den letzten Rest seines schlechten Gewissens und sah sich neugierig um, während Georges ein paar Worte mit dem Wirt wechselte.

An einem großen Tisch saßen deutsche Soldaten mit Milizionären und spielten Karten. Vor sich hatten sie eine Karaffe mit Rotwein, dem sie ausgiebig zusprachen. Die Stimmung war ausgelassen und keineswegs feindselig. An anderen Tischen saßen Pärchen in Zivil und eine Gruppe junger Leute, die ordentlich Hunger zu haben schienen. Georges kam zurück und forderte ihn auf, ihm in einen Nebenraum zu folgen. Dort hatten sich mehrere hochrangige Milizionäre gemeinsam mit deutschen Offizieren versammelt. Sie saßen um eine lange Tafel, an deren Ende ein eher kleinwüchsiger deutscher Offizier stand, der soeben eine Ansprache beendete, indem er seinen Arm nach vorne schnellen ließ und ein laut vernehmliches »Heil Hitler!« brüllte, worauf die anwesenden Milizionäre applaudierten. Mit einem Nicken in die Runde verabschiedete sich der Offizier. Ein Blick aus seinen stahlblauen Augen streifte Antoine, der noch in der Tür stand. Dann verschwand er mit einigen Gefolgsleuten durch einen Nebenausgang.

»Das war SS-Obersturmführer Klaus Barbie«, raunte ihm Georges zu und führte ihn an das untere Ende des großen Tisches, wo sie auf der Bank Platz nahmen.

Dort befand sich schon sein direkter Vorgesetzter, ein gewisser Pierre Laval, der für die Koordination und Rekrutierung der neuen GMR verantwortlich war. Sie wurden freundlich begrüßt und bekamen auf seine Veranlassung kurz darauf jeder einen Teller mit herrlich duftendem Rinderschmortopf, Brot und ein Glas Rotwein vorgesetzt.

»Nun esst euch erst einmal satt«, forderte Laval sie großzügig auf, »mit vollem Magen lässt sich viel besser reden.«

Antoine ließ sich das nicht zweimal sagen und machte sich ebenso wie Georges mit großem Appetit über das leckere Gericht her. Er konnte sich nicht erinnern, wann er zum letzten Mal so etwas Nahrhaftes gegessen hatte. Georges begann eine Konversation mit Laval, die sie im Flüsterton austrugen. Offenbar ging es um Informationen, die nicht für seine Ohren bestimmt waren. Antoine kümmerten ihre Heimlichkeiten nicht. Nachdem er den letzten Rest Eintopf mit einem Stück Brot aufgetunkt hatte und die Bedienung mit ihren geleerten Tellern verschwunden war, wandte sich Capitaine Laval ihm zu.

»Du bist ein guter Musiker, habe ich gehört. Stimmt das?«, erkundigte er sich leutselig.

Antoine war erstaunt über die Frage. Er hatte eher damit gerechnet, dass es gleich darum ging, wo er eingesetzt werden sollte. Georges zwinkerte ihm zu. Anscheinend hatte er sich für ihn verwendet.

»Nun ja, *mon commandant.* Ich habe sehr viel Spaß an der Musik«, erwiderte er bescheiden.

»Der Major hat mir schon berichtet, dass du hervorragend für Stimmung sorgen kannst«, erwiderte Laval. »So jemanden wie dich können wir gut in unserer Truppe gebrauchen, vor allem, weil der Obersturmführer unserer deutschen Freunde guter Unterhaltung ebenfalls nicht abgeneigt ist. Du wirst bestimmt bald Gelegenheit haben, ihm eine Probe deines Könnens zu geben.« Sein freundliches Lächeln erstarb im nächsten Augenblick. »Aber natürlich wird die Musik nicht deine Hauptaufgabe sein. Du musst wie jeder andere deine Pflichten und Aufgaben übernehmen und dafür sorgen, dass Deutschland bald den Krieg gewinnen wird. Als enger Bündnispartner der Nationalsozialisten werden wir unsere Nation schon bald wieder in ein blühendes Land verwandelt haben. Jeder, der daran teilhat, ist ein Held.« Er sah ihm scharf in die Augen. »Bist du dazu bereit?«

Antoine fühlte sich eingeschüchtert. »Natürlich, *mon commandant*«, antwortete er diensteifrig. »Je schneller es Frieden gibt, desto besser für uns alle!«

Georges lächelte ihm wohlwollend zu, während Laval noch nicht fertig mit ihm war. »Der Major behauptet, dass du keinerlei Erfahrungen mit Waffen hast. Das werden wir als Erstes ändern.« Er stieß den Mann neben sich an, der mit stumpfem Blick in sein Rotweinglas starrte. Ganz offensichtlich hatte er schon einiges getrunken. Antoine war der Typ bereits aufgefallen. Er machte auf ihn nicht gerade einen sympathischen Eindruck. Vielleicht war es sein schiefer Mund mit den fleischigen Lippen, der ihn gegen sich einnahm, vielleicht aber auch die Überheblichkeit, mit der er ihn plötzlich abschätzig musterte.

»Das ist Caporal André«, stellte Laval seinen Nachbarn vor. »Er ist Meister im Scharfschießen und hat schon viele unserer jungen Leute ausgebildet. Er kennt sich mit so gut wie jeder Waffe aus und wird auch dich auf Vordermann bringen. Das geht doch in Ordnung, nicht wahr, André?«

»Hab keine Zeit«, gab dieser unfreundlich zurück. »Der Obersturmführer braucht mich morgen in seiner Zentrale. Ich soll bei der Befragung des Judenpacks assistieren. Du musst dir jemand anderen suchen, *mon commandant.«* Er bedachte Laval mit einem selbstgefälligen Grinsen. »Befehl von Barbie persönlich.«

»Das geht über seine Kompetenzen«, brauste Laval zornig auf. Er war sichtlich verärgert. »Du unterstehst mir und meiner Truppe. Er kann dich nicht über meinen Kopf abwerben!«

»Du weißt genau, dass er das sehr wohl kann«, konterte André hämisch und kramte aus seiner Brusttasche einen amtlichen Bescheid hervor.

Laval sah sich das Schreiben durch und grunzte unwillig. Bevor er etwas darauf erwidern konnte, mischte sich Georges in ihre Unterhaltung ein.

»Lass mal, Pierre! Francis ist nicht der Einzige hier, der gut schießen kann«, beschwichtigte er seinen Vorgesetzten. »Ich kümmere mich selbst um Antoine. Unsere Einheit zieht erst nächste Woche gegen den Maquis in die Seealpen. In der Zeit mache ich dir aus dem Jungen einen brauchbaren Schützen.«

Laval reichte André mit einem verärgerten Blick sein Papier zurück. »Das hat noch ein Nachspiel«, knurrte er, was der Caporal nur mit einem Schulterzucken quittierte. Er wandte sich wieder Georges und Antoine zu und streckte Antoine die Hand hin. »Dann ist es also abgemacht. Willkommen bei der GMR, Mardieu!«

Antoine schlug ein. Dieser Laval gefiel ihm, wie Georges es

vorausgesagt hatte. Ebenso der lockere Umgangston, der hier trotz aller Hierarchie herrschte. Die Aussicht, von Georges ausgebildet zu werden, behagte ihm weitaus mehr, als dem unsympathischen Francis André unterstellt zu werden.

»Bis wir in die Seealpen ziehen, werde ich ein guter Schütze sein«, versprach er zuversichtlich.

»Immer schön langsam«, wurde er prompt von Laval zurechtgestutzt. »Für den Einsatz bei Georges werden Profis gebraucht. Für Grünschnäbel wie dich gibt es ganz andere Aufgaben. Beweis erst mal, dass du was taugst. Dann sehen wir weiter!«

»Sehr wohl, *mon commandant.* Dann bleibe ich eben in Lyon«, erwiderte er ergeben.

»Hab ich vielleicht gesagt, dass du hierbleibst?«, fuhr ihn Laval erneut an. »Du kommst mit den anderen Grünschnäbeln zu Grimaud in die Gruppe nach Belley. Das liegt im Departement Ain. Ihr werdet dort Patrouille schieben und euch auf Einsätze gegen die Résistance vorbereiten, indem ihr euch im Schießen und Kämpfen übt und die Bevölkerung gut im Auge behaltet. Jeder, der sich verdächtig verhält, wird genauer unter die Lupe genommen.«

»Mon commandant, vielleicht wäre ich ja doch eher hier von Nutzen.« Antoine hatte ganz und gar keine Lust dazu, irgendwo in der Provinz zu landen. Er wollte noch etwas hinzufügen, als Georges ihm unter dem Tisch einen Tritt verpasste und ihm damit klarmachte, dass man einem Vorgesetzten nicht widersprach. »Aber natürlich werde ich tun, was Sie von mir verlangen«, beeilte er sich zu sagen.

Das war es dann wohl mit der Hoffnung, in einem Offizierscasino mit seiner Musik für Unterhaltung zu sorgen.

»Dann ist ja alles klar.« Laval nickte ihm zu und wandte sich an Georges Duchand. »Damit überlasse ich dir unseren neuen Kameraden. Schick ihn zu Grimaud, sobald er einigermaßen schießen kann«, bemerkte er und erhob sich von seinem Stuhl. »Ach ja«, fügte er mit einem fröhlichen Augenzwinkern an Georges gewandt hinzu. »Später gibt es noch eine kleine Feier im Hôtel Terminus. Der Obersturmführer lädt heute Abend ein, um die erfolgreiche Razzia in der Rue Sainte-Catherine zu feiern. Bring deinen jungen Freund ruhig mit! Dort mag er zeigen, was er musikalisch draufhat.« Er tippte mit dem Zeigefinger an sein Käppi und ging.

»Nun zieh doch nicht gleich ein Gesicht wie drei Tage Regenwetter«, versuchte Georges, ihn zu trösten, in der Annahme, Antoine wäre missgestimmt, weil er nicht gleich in einen Einsatz ziehen durfte. »In Belley kannst du dich in Ruhe auf deine künftigen Einsätze vorbereiten. Für ein Gefecht bist du einfach noch nicht bereit. Sie würden dich abknallen, noch bevor du dein Gewehr im Anschlag hättest. Laval weiß genau, was er macht. Deinen Mut kannst du später beweisen.« Er klopfte ihm aufmunternd auf die Schulter und bestellte eine zweite Karaffe Rotwein. Nach ein paar weiteren Gläsern hatte Antoine sich mit seiner Lage ausgesöhnt. Als Georges ihn überredete, ihn ins Hôtel Terminus zu begleiten, ging er gern mit. Auf dem Weg dorthin klärte ihn sein Freund über den deutschen Obersturmführer auf. »Barbie ist erst seit drei Monaten hier und hat bereits mehr Gruppierungen der Résistance auffliegen lassen als jeder andere Offizier vor ihm«, erklärte er ihm. »Im Rang der deutschen Befehlshaber von Lyon steht er zwar nur an dritter Stelle, aber in Wirklichkeit ist er der wahre Machthaber hier. Ich möchte den Mann nicht zum Feind haben«, fügte er vielsagend hinzu. Als Antoine wissen wollte, weshalb, erklärte er ihm, dass man dem Deutschen die Lust an

Grausamkeiten nachsagte. »Francis André, den du vorhin kennengelernt hast, ist wohl aus gutem Grund sein Assistent geworden«, verriet er ihm. »Die beiden vereint etwas, von dem ich lieber nicht wissen möchte, was es genau ist.«

Damit ließ er es bewenden, und Antoine fragte nicht weiter nach, denn in diesem Moment erreichten sie gerade das besagte Hotel. Vor dem Eingang wurden sie von deutschen Soldaten kontrolliert. Georges zeigte seine Dienstmarke und verbürgte sich für Antoine, dann ließ man sie in das hell erleuchtete Foyer. Aus dem sich anschließenden großzügigen Speisesaal, der mit einem Glasdach überwölbt war, drang Tanzmusik, das über ein Grammofon abgespielt wurde. Einige deutsche Offiziere amüsierten sich ungeniert mit französischen Mädchen auf dem Parkett. Es herrschte ausgelassene Stimmung, die noch weiter angeheizt wurde, als Bedienstete eine mannshohe Pyramide an gefüllten Champagnergläsern in der Mitte des Saales auftürmten, von der sich jeder bedienen durfte. Georges zog Antoine mit sich und nahm sogleich zwei Gläser. Eines davon reichte er ihm.

»Auf ex«, forderte er ihn grinsend auf und trank seinen Kelch in einem Zug leer. Antoine fühlte sich inmitten der Uniformierten noch etwas unsicher. Er trug ja keine Uniform, sondern nur seine ausgebeulte graue Hose, grobe Stiefel und eine geflickte alte Jacke. Jeder konnte sehen, dass er ein einfacher Mann vom Land war. Sei's drum, dachte er schließlich trotzig und trank sein Glas ebenfalls leer. Da er schon einiges intus hatte, verfehlte der Champagner seine Wirkung nicht. Als Georges ihm ein weiteres Glas reichte, das sie ebenfalls schnell austranken, fühlte er sich schon besser. Nach dem dritten Glas wurden sie von den nachfolgenden Gästen zur Seite gedrängt. Interessiert beobachtete Antoine die kleine

Bühne, auf der einige verlassene Instrumente standen. Unter anderem ein Akkordeon. Georges bemerkte seinen sehnsüchtigen Blick. »Das ist deine Gelegenheit«, ermunterte er ihn und schubste ihn in Richtung Bühne. »Laval hat doch gesagt, dass du spielen sollst.«

»Ich weiß nicht …«, zierte sich Antoine.

In Wirklichkeit verspürte er große Lust darauf, Musik zu machen, vor allem, nachdem er erkannt hatte, um was für ein hervorragend gearbeitetes Instrument es sich handelte. Das Stradella-Fratelli-Crosio-Modell war der Traum eines jeden Akkordeonspielers. Noch bevor er es sich anders überlegen konnte, bugsierte ihn Georges auf die kleine Bühne und drückte ihm das Instrument in die Hand. Gleichzeitig gab er dem Mann, der das Grammofon bediente, das Zeichen, die Musik zu stoppen. Nun richteten die Gäste ihre Aufmerksamkeit auf ihn. Antoine blieb gar nichts anderes übrig, als zu spielen. Sobald er die Tasten und Knöpfe des Akkordeons unter seinen Fingern spürte, fühlte er sich sofort in seinem Element. Die erwartungsvollen Blicke der Anwesenden auf sich spürend, begann er, einen *valse musette* zu intonieren. Mit *Sous le Ciel de Paris* traf er unmittelbar den Geschmack der Leute. Viele schunkelten oder summten die bekannte Melodie mit. War die Stimmung schon vorher gut gewesen, so wurde sie bald ausgelassen. Antoine fühlte freundliche Blicke auf sich, die in wohlwollendem Klatschen und begeisterten Rufen endeten, sobald er das Stück beendet hatte.

»Spiel weiter«, verlangten einige der deutschen Soldaten, als er das Instrument wieder beiseitelegen wollte.

Antoine tat ihnen nur zu gern den Gefallen, und schon bald begannen sich fast alle, im Takt seiner Musik zu bewegen. Antoine verschmolz mit den Klängen und spürte eine Freude und Leichtigkeit in sich, wie sie bislang nur die

Musik in ihm zu wecken vermocht hatte. Als er nach über einer halben Stunde endlich eine Pause einlegte, wurde er mit brandendem Applaus beglückwünscht. Georges reichte ihm ein Glas Champagner und grinste ihn breit an.

»Du wirst einmal ein berühmter Musiker werden«, versprach er ihm großspurig.

Antoine freute sich über das Lob, obwohl er ahnte, dass die Wahrscheinlichkeit, dass dieser Traum wahr werden würde, nur sehr gering war. Doch an diesem Abend genoss er die Illusion und prostete seinem Freund zu. Ein paar Mädels umschwärmten ihn, sie fragten nach seinem Namen und woher er komme. Eine Brünette gefiel ihm besonders. Ihre großen braunen Augen ließen ihn keinen Augenblick los. Sie hatte volle Lippen, wenn auch eine etwas große Nase.

»Willst du etwas mit mir trinken?«, fragte sie ihn kokett und hakte sich einfach bei ihm unter. In diesem Moment trat der Offizier, dem er schon kurz im Lion d'Or begegnet war, zu der Runde. Das Mädchen ließ Antoine sofort los und verdrückte sich.

»Sie wissen, wie man Menschen bei Laune hält«, lobte ihn SS-Obersturmführer Klaus Barbie mit einem wohlwollenden Nicken.

Dann musterte der Gestapomann ihn von oben bis unten. Doch anstatt seinem Blick auszuweichen, wie es wohl viele in seiner Situation gemacht hätten, ließ sich Antoine davon nicht beirren. Er war viel zu fasziniert von dessen Erscheinung. Der Deutsche hatte etwas überaus Einnehmendes.

»Vielen Dank, Monsieur«, antwortete er unbefangen. »Musik zu machen ist mir immer eine große Freude.« An Georges' besorgtem Blick erkannte er, dass er dem Mann wohl besser etwas respektvoller mit seinem Titel geantwortet hätte.

Barbie nahm ihm seine Respektlosigkeit nicht weiter übel. »Sind Sie Zivilist?«, wollte er wissen. Obwohl er Antoine nur bis zur Schulter reichte, kam er ihm viel größer vor.

»Er gehört seit heute Nachmittag zur GMR«, mischte sich Capitaine Laval ein, der sich mittlerweile ebenfalls der Gruppe angeschlossen hatte. »Gleich morgen früh bekommt er seine Uniform und wird eingewiesen.« Offenbar befürchtete er, dass Barbie sich auch ihn unter den Nagel reißen könnte, so wie er es mit Francis André gemacht hatte.

Der Obersturmführer wandte sich dem Befehlshaber der Milizionäre mit aufmerksam erhobenen Augenbrauen zu. »Sie scheinen einen guten Blick für besondere Leute zu haben, *mon commandant*«, bemerkte er mit einem listigen Lächeln und wandte sich dann sofort wieder Antoine zu. »Wollen Sie mir den Gefallen erweisen und *La Vie en Rose* für mich spielen, junger Freund? Sie würden mir und Mimiche damit eine große Freude machen.« Er winkte einer hübschen jungen Frau zu, die sich sofort vertraulich bei ihm unterhakte.

»*Bien sûr,* Monsieur, ähm … ich meine *mon* Obersturmführer«, verhaspelte sich Antoine und erntete prompt von Laval ein missbilligendes Stirnrunzeln. Antoine ließ *La Vie en Rose* auf dem Akkordeon erklingen, und im Nu tummelten sich die Anwesenden wieder auf dem Tanzboden. Danach spielte er noch andere Stücke, bis Barbie sich mit einigen deutschen Offizieren und höherrangigen Milizionären zurückzog. Georges und Antoine tranken noch ein letztes Glas Wein, dann wurde es auch für sie Zeit zu gehen. Der kommende Tag versprach anstrengend zu werden. Antoine hatte den letzten Rest seiner Zweifel abgelegt und war sich nun sicher, dass er die richtige Entscheidung getroffen hatte. Kurz vor dem Hotelausgang wurden sie von einem Stabsfeldwebel aufgehalten, der ihm mitteilte, dass er in der Suite des Obersturmführers erwartet werde. »Darf ich erfahren, weshalb?«

Antoine war nicht sehr erbaut. Er war müde und sehnte sich nach seinem Bett.

»Das wird Ihnen noch früh genug zu Ohren kommen«, antwortete der Unteroffizier knapp. »Ich soll Sie sofort nach oben bringen.«

Antoine verzog das Gesicht und sah seinen Freund Hilfe suchend an. »Das war keine Bitte«, wies ihn der Stabsfeldwebel in scharfem Ton zurecht. »Das ist ein Befehl des Kommandanten der Sicherheitspolizei. Wenn Sie keinen Ärger wollen, kommen Sie besser mit.«

»Tu um Gottes willen, was man von dir verlangt«, raunte ihm Georges besorgt zu. »Hier in Lyon macht man besser, was die Deutschen sagen. Und mit dem Kommandanten darfst du es dir gleich zweimal nicht verscherzen. Ich geh schon mal vor und erwarte dich im Lion d'Or.«

Antoine folgte also dem Unteroffizier die elegante, mit Teppichen ausgelegte Treppe in den zweiten Stock des Hôtel Terminus und fand sich wenig später vor der Suite 68 wieder. Der Soldat klopfte und öffnete ihm die Tür, bevor er sich endgültig zurückzog. Antoine blieb in der Nähe des Eingangs stehen und sah einen großzügigen Wohnraum, der mit bequemen Sesseln, Sofas und einem ausladenden Schreibtisch ausgestattet war, auf dessen aufgeräumter Tischfläche mehrere Instrumente lagen, die er von seinem Standpunkt aus nicht genau erkennen konnte. An der hinteren Wand befanden sich große Fenster, die Vorhänge waren zugezogen. Wenn er sich nicht täuschte, wiesen sie direkt auf den Boulevard Diderot hinaus und mussten bei Tageslicht einen wundervollen Blick auf die Stadt erlauben.

»Treten Sie näher, junger Mann, und setzen Sie sich zu mir«, wurde er von Barbie höchstpersönlich begrüßt. Der Obersturmführer saß mit übereinandergeschlagenen Beinen auf einem der Sessel. Vor sich hatte er einen gut gefüllten Cognacschwenker, ebenso wie die anderen Männer, die sich um den Tisch versammelt hatten. Antoine zählte sieben Personen, darunter auch seinen Vorgesetzten Capitaine Laval und einen anderen Milizionär. Frauen gab es keine. Die Herrschaften waren in Gespräche vertieft und nahmen, bis auf Laval, der offensichtlich nicht besonders erfreut war, ihn zu sehen, keine große Notiz von ihm. Inmitten der hochrangigen Offiziere wurde es Antoine nun doch etwas mulmig. Er fragte sich, was Barbie von ihm wollte, denn er entdeckte weder das Akkordeon, noch machte es sonst den Anschein, als wäre seine Musik erwünscht. Barbie bedeutete ihm, sich einen Stuhl zu holen und sich zu ihm zu gesellen. Währenddessen schenkte er ihm aus einer Karaffe ebenfalls großzügig einen Cognac ein. »Trinken wir auf die deutsch-französische Freundschaft.«

Barbie hob sein Glas und prostete ihm zu. Seine lebhaften Augen waren dabei nicht auf ihn gerichtet, sondern auf die anderen Anwesenden. Ihnen entging keine noch so kleine Bewegung, wahrscheinlich auch nicht, dass Laval, seitdem Antoine den Raum betreten hatte, ihn ebenfalls nicht aus den Augen ließ. Antoine nippte unbehaglich an seinem Cognac. Er hatte schon viel zu viel Alkohol getrunken und fürchtete, womöglich die Kontrolle zu verlieren. Das wollte er in dieser Situation auf keinen Fall, also wartete er darauf, dass Barbie ihm sagte, was er von ihm wollte. Der SS-Obersturmführer ließ ihn noch eine ganze Weile schmoren und tat so, als wäre er gar nicht anwesend. Er unterhielt sich mit seinem Sitznachbarn über die Razzia in der Rue Sainte-

Catherine wenige Tage zuvor. Dabei erfuhr Antoine, dass Barbie höchstpersönlich die Razzia angeführt hatte. Was ihn wunderte, war, dass er die Unterhaltung auf Französisch führte, obwohl er sich mit einem deutschen Landsmann unterhielt. Offenbar beabsichtigte er, dass alle anwesenden Franzosen ihm folgen konnten.

»Wir haben diesem jüdischen Schandfleck endgültig den Garaus gemacht«, stellte Barbie mit unverhohlenem Stolz fest. »Vierundachtzig Verhaftungen. Damit haben wir diese sogenannte allgemeine Vereinigung der Israeliten Frankreichs so gut wie ausgemerzt. Diese Judenräte werden ohnehin bald überflüssig sein, wenn wir die Endlösung des jüdischen Problems vollzogen haben.«

»Dazu gehört aber eine Entschlossenheit, die so effektiv ist wie die Ihre, Obersturmführer«, lobte ein Offizier im Rang eines Majors. »Wie ich hörte, sind die Gefangenen bereits nach Drancy gebracht worden.«

Barbie lächelte selbstgefällig. »Gleich am nächsten Tag wurden sie in Viehwaggons dorthin gebracht. Schon bald wird man sie nach Deutschland deportieren, wo sie ihre gerechte Strafe erwartet.«

»Die Gaskammern in Auschwitz haben dieser Tage eine Menge zu tun«, pflichtete ihm der Major bei. »Gut, dass sie so effizient arbeiten. Das ist eben deutsche Maßarbeit!« Er lachte schallend.

»Das tun sie«, versicherte ihm Barbie im Brustton der Überzeugung. »Der Führer und unser Heer stehen kurz vor dem Endsieg.«

Antoine, der schweigend zuhörte, war überrascht über das deutsche Selbstbewusstsein. Es war ein offenes Geheimnis, dass die Alliierten eine große Offensive planten und womöglich schon bald in Frankreich einfielen. Ganz offensichtlich fühlten sie sich dagegen bestens gewappnet. Immerhin hatten die Deutschen mittlerweile die bislang freie Vichy-Zone besetzt und damit in Frankreich uneingeschränkt das Sagen. Die Zukunft Frankreichs lag in deutscher Hand, das hatte auch Georges ihm mehrfach glaubwürdig versichert. Was er dagegen nicht einsehen konnte, war, dass dieses Ziel anscheinend nur erreicht werden konnte, wenn man der Weltherrschaft der Juden ein Ende setzte. Er hatte nie davon gehört, dass die Juden die Welt beherrschen wollten oder dies gar bereits taten. Einer seiner besten Jugendfreunde war Jude und überaus friedfertig. Samuel und seine Familie waren kein bisschen schlechter als er oder seine anderen Kumpel. Ob sie nun ihre Gottesdienste am Sabbat feierten oder wie die Christen am Sonntag, war ihm reichlich egal.

»Sie sehen nachdenklich aus, junger Mann«, wandte sich Barbie unvermittelt an ihn. Dieses Mal schenkte er ihm seine volle Aufmerksamkeit. Antoine zuckte zusammen. Er fühlte sich ertappt. Auch das entging Barbie nicht. »Sie wollen also der GMR beitreten?«, erkundigte er sich mit einem jovialen Lächeln.

»Morgen früh habe ich Dienstantritt«, stimmte er verlegen zu. Barbie erkundigte sich nach seiner Heimat und seiner Familie. Dabei zeigte er wahres Interesse. Antoine zögerte kurz, aber dann entschied er sich, dem Gestapomann gegenüber offen zu sein. Er erzählte ihm von seinen beiden Brüdern, die in deutschen Lagern gefangen gehalten wurden. »Wir alle wünschen uns sehr, dass sie bald wieder nach Hause kommen. Nur wenn meine Brüder zurückkehren und mit für meine Mutter und meine Schwester sorgen, kann ich nach Paris, um dort Musik zu studieren«, gestand er dem Kommandanten.

»Ihr Einsatz für Ihre Familie gefällt mir«, äußerte sich

Barbie wohlwollend. Dann verlangte er die Namen seiner Brüder zu wissen. »Ich werde sehen, was ich für sie tun kann«, versprach er ihm. Antoine bedankte sich voller Überschwang. Das ließ sich ja alles wunderbar an. Barbie registrierte seine Freude mit einem vielsagenden Lächeln. »Sie fragen sich bestimmt, weshalb ich Sie heute Abend hierher eingeladen habe«, sagte er plötzlich.

Antoine sah ihm in die Augen und nickte. »Das frage ich mich tatsächlich, Obersturmführer. Wegen meiner Musik bin ich wohl nicht hier.«

»Nein«, stimmte ihm Barbie mit einem angedeuteten Lächeln zu. »Obwohl ich sie an Abenden wie diesen durchaus zu schätzen weiß.« Dann wurde er ernst. »Sie sind mir aufgefallen, weil Sie mich an einen Freund erinnern, den ich leider an den Krieg verloren habe«, gestand er ihm. »Wir sind zusammen in Trier aufgewachsen und haben beinahe unsere gesamte Freizeit miteinander verbracht. Jürgen war wie Sie etwas jünger als ich und genauso unbekümmert – was ihm leider zum Verhängnis geworden ist.«

Antoine wusste nicht, was er davon halten sollte. Barbie schien seine Gedanken zu erraten. »Nehmen Sie mir mein rührseliges Gerede nicht übel, junger Freund«, erklärte er ihm gut gelaunt. »Sie sind mir einfach sympathisch, und ich habe das Gefühl, dass wir gut miteinander auskommen werden. Ich denke daran, Sie in meinen Stab zu holen. Hätten Sie Interesse daran, als Mitarbeiter in der Gestapo zu arbeiten?«

Noch bevor Antoine antworten konnte, mischte sich Laval ein. »Mit Verlaub, Capitaine«, unterbrach er ihre Unterhaltung. »Mardieu ist einer meiner Leute! Sie können ihn nicht so einfach abwerben.«

»Hat er denn schon bei der GMR unterschrieben?«, erkundigte sich Barbie mit einem Stirnrunzeln.

»Wir haben es mit Handschlag bekräftigt«, versicherte Laval selbstsicher. »Es reicht, dass Sie mir André abspenstig gemacht haben. Er war einer meiner besten Ausbilder.«

»Jetzt ist er mein Assistent.« Barbie fuhr sich mit dem Zeigefinger über sein Kinn und lächelte selbstgefällig. »Wir sind Verbündete, Laval. Da ist es doch ganz selbstverständlich, wenn man sich gegenseitig hilft, nicht wahr?« Er wandte sich wieder an Antoine. »Ich werde Sie nicht weiter in Verlegenheit bringen«, nahm er ihm jegliche Entscheidung ab. »Sie sind uns selbstverständlich auch als Milizionär unter Lavals Obhut von Nutzen für die große gemeinsame Sache.« Wieder an Laval gewandt, fügte er hinzu: »Wären Sie damit einverstanden, Capitaine, dass Mardieu als Verbindungsmann für mich arbeitet? Sie setzen ihn ein, wo immer Sie es für nötig halten, und versprechen mir im Gegenzug, dass er einmal im Monat für ein paar Tage zu meiner Verfügung bereitsteht.«

Laval blieb gar nichts anderes übrig, als dem zuzustimmen.

14

Ich glaubte, niemals den Zauber jener wundervollen Nacht in Langenargen zu vergessen. Es mag seltsam klingen, aber Valerie und ich kamen uns im Zwielicht der vom Mond beschienenen Ferienwohnung zum ersten Mal so richtig nah, obwohl außer diesem einen Kuss nichts weiter zwischen uns geschah. Unser Gespräch war geprägt von so großer Nähe, wie sie eine heiße Liebesnacht nicht hätte schaffen können. Valerie erzählte mir von ihren Sorgen und Ängsten, die sie seit ihrem Burn-out quälten, von Jonas, dem sie viel verdankte, der auf der anderen Seite aber auch so vieles von ihr erwartete, und von ihrer Unschlüssigkeit, was ihre Zukunft betraf.

Ich hörte ihr aufmerksam zu, um ihr dann von meiner Vergangenheit zu erzählen. Meine vaterlose Kindheit, die in grenzenloser Bewunderung für meinen unbekannten Großvater gipfelte, meine gescheiterte Beziehung zu Marie-Claire und mein Wunsch, endlich eine angesehene Professorenstelle zu bekommen. Während wir über unsere Träume und Wünsche sprachen, stellten wir fest, dass unsere Lebensvorstellungen ziemlich ähnlich waren. Außerdem konnten wir über dieselben Dinge lachen. Das machte unser Gespräch noch viel angenehmer. Irgendwann schlief Valerie mitten in einem Satz ein. Ihr Kopf lag immer noch auf meinem Schoß, sodass ich sie in aller Ruhe beobachten konnte. Sie sah so friedlich und glücklich aus. Ich verharrte die ganze Nacht in meiner unbequemen Position und hätte es noch viel länger ausgehalten. Hauptsache, ich war in ihrer Nähe.

Am nächsten Morgen ging es Valerie schon sehr viel besser. Ihre Kopfschmerzen waren auf ein erträgliches Maß geschrumpft, und wir fuhren nach einem kleinen Frühstück mit Bus und Fähre wieder zurück nach Konstanz. Zwischen uns herrschte jetzt eine merkwürdige Befangenheit, vielleicht, weil wir beide unseren Gefühlen noch nicht trauten. Ich war mir auf jeden Fall nicht sicher, wie ich die intimen Gespräche der vergangenen Nacht einordnen sollte. Wir hatten ja niemals über eine gemeinsame Zukunft geredet. Im Gegenteil. Valerie hatte ernsthaft überlegt, Jonas doch noch mal eine Chance zu geben. Die Versuchung war groß gewesen, es ihr auszureden und ihr meine Gefühle zu gestehen. Doch ich ließ es bleiben und begnügte mich mit meiner Rolle des Zuhörers.

In der Nähe des Fähranlegers in Konstanz stand mein VW-Bus, mit dem ich sie zu ihrer Wohnung brachte. Ich wartete darauf, dass sie ausstieg, doch sie blieb noch einen Moment sitzen. Schließlich legte sie ihre Hand auf meinen Unterarm und suchte meinen Blick.

»Ich danke dir für die wunderschöne Nacht, Rick!«, meinte sie fast ein wenig traurig. »Wenn ich anders gestrickt wäre, würde ich mit dir eine Sommeraffäre beginnen und unsere gemeinsame Zeit genießen. Doch ich fürchte, dazu tauge ich nicht.«

»Du wärst niemals nur eine Affäre für mich«, brach es plötzlich aus mir hervor. Ich ergriff die Hand auf meinem Arm und drückte sie an meine Lippen. Mein Blick hielt ihren fest, und ich hoffte, dass sie fühlte, wie ernst es mir war. Sie ließ mich gewähren, auch als ich ihre Hand losließ und ihr einen sanften Kuss auf den Mund gab. Ihre Lippen waren warm und verheißungsvoll. Am liebsten hätte ich mich nie wieder von ihnen gelöst. Doch ich wollte sie nicht bedrängen. Vorsichtig ging ich wieder auf Abstand. »Lass es uns einfach versuchen«, bat ich sie. »Es ist so vieles, was uns miteinander verbindet!«

»Ich weiß.« Valerie sah mich mit ihren seegrünen Augen verzweifelt an. »Das macht es ja so schwer.« Sie schwieg einen Augenblick und kam dann zu einem Entschluss. »Vielleicht muss ich endlich lernen, über meinen Schatten zu springen.« Ein Lächeln erhellte ihr Gesicht, dann strich sie sanft mit dem Handrücken über meine Wange. »Komm heute Abend zu mir«, lud sie mich ein.

Dann küssten wir uns lange und ausgiebig. Am liebsten wäre ich gleich mit ihr in die Wohnung gegangen. Doch wir hatten beide noch so einiges zu erledigen. Schweren Herzens trennten wir uns. Ich wünschte mir, dass die Zeit bis zum Abend schnell verstrich.

Für den frühen Nachmittag hatte mir Therese Hufnagel eine Verabredung mit ihrem alten Bekannten arrangiert. Christian Wallners Vater war während des Krieges Gartenbaudirektor auf der Mainau gewesen und hatte mit seiner Familie dort gewohnt. Aus diesem Grund konnte er sich noch gut an verschiedene Ereignisse aus der Zeit erinnern. Ich traf mich mit ihm in einer Wohnanlage für betreutes Wohnen am Stadtrand. Der schon bald neunzigjährige Herr empfing mich in seinem Appartement. Er saß in einem bequemen Ohrensessel, neben sich ein aufgeblättertes Album mit Schwarz-Weiß-Fotografien. Obwohl er schon recht gebrechlich wirkte, hatte er wache Augen und eine schnelle Auffassungsgabe. Ich erzählte ihm von meinem Anliegen und war überrascht, wie gut er sich auf meinen Besuch vorbereitet hatte.

»Damals war auf der Insel ganz schön viel Trubel«, begann Herr Wallner im Plauderton. »Erst haben die Nazis alles umgebaut und neu ausgestattet, dann suchten die aus Frankreich geflohenen Kollaborateure auf der Insel Unterschlupf, und nach dem Krieg beherbergte sie die kranken Opfer aus den Konzentrationslagern. Ich habe das alles mitbekommen.« Er wiegte nachdenklich den Kopf. »Mit der wechselhaften Geschichte und vor allem mit den Nazis wollten die edlen Schlossherren ja lange nichts zu tun gehabt haben«, meinte er abfällig. »Tatsache ist jedoch, dass die Nationalsozialisten die Insel wieder auf Vordermann gebracht haben. Ohne diese Arbeiten wäre die Mainau nach dem Krieg nie das geworden, was sie heute ist!« Der alte Herr machte eine gewichtige Pause. Ich fürchtete schon, er würde sich in Kleinigkeiten verlieren – ich hatte mich getäuscht. »Aber was rede ich!«, fuhr er fort. »Therese sagte mir, dass Sie sich für die bedauernswerten Häftlinge interessieren. Da sind Sie bei mir genau an der richtigen Adresse.« Er hieb mit seinem knotigen Zeigefinger auf das Album ein und zeigte ein stolzes und verschmitztes Lächeln. »Ich besaß damals schon eine eigene Kamera, mit der ich vieles dokumentiert habe. Unter anderem habe ich die meisten der ehemaligen Häftlinge abgelichtet, weil es ein französischer Leutnant, mit dem ich mich damals angefreundet hatte, so von mir wollte. Er stellte mir die nötigen Filme zur Verfügung. Sie können sich vorstellen, wie begeistert ich als junger Bursche davon war! Die Fotografien sollten dabei helfen, die Angehörigen der Häftlinge zu finden, die so traumatisiert waren, dass sie ihre Vergangenheit vergessen hatten. Als kleine Gegenleistung durfte ich damals von jeder meiner Fotografien einen Abzug für mich behalten.« Er bedeutete mir, mich neben ihn zu setzen, damit er mir die Fotos zeigen konnte. »Ich mag ein alter Mann sein und schon ziemlich viel vergessen haben«, Wallner grinste, »aber alles, was in der Vergangenheit geschehen ist, ist für mich noch sehr präsent. Wie sagten Sie, hieß Ihr Großvater?«

»Antoine Mardieu, aber es ist gut möglich, dass er als Antoine Mardi bekannt war«, erklärte ich.

»Mardi, wie Dienstag«, murmelte Wallner und wiegte nachdenklich den Kopf. »Diesen Namen habe ich schon mal gehört.« Ich horchte auf und reichte ihm das Foto von Antoine, das ich mitgebracht hatte. »Den Mann kenne ich nicht«, sagte Wallner nach eingehender Betrachtung. »Da bin ich mir ganz sicher.« Als er meine Enttäuschung sah, fügte er hinzu: »Das will allerdings nicht viel heißen. Viele Menschen haben sich in der Lagerhaft sehr verändert. Außerdem haben die Verantwortlichen im Lager denen, die weder ihre Herkunft noch ihren Namen kannten, oft französische Wochentage als Namen gegeben. Wer am Montag hier eingeliefert wurde, war ein Lundi, die vom Dienstag bekamen den Namen Mardi. Die Vornamen waren beliebig. Das ist leider alles, was ich Ihnen dazu sagen kann.« Er reichte mir das Album. »Am besten, Sie sehen sich die Fotografien selbst an. Vielleicht erkennen Sie ja Ihren Großvater.«

Ich nahm mir das Fotoalbum und sah die Aufnahmen gewissenhaft durch. Was ich zu sehen bekam, erschütterte mich tief. Ausgemergelte, hagere Gesichter, Wesen, deren Menschlichkeit im Grauen verloren gegangen war. Häufig zeigten ihre Gesichtszüge eine Leere und Hilflosigkeit, die nur im Entferntesten ahnen ließen, was ihnen an Qualen widerfahren war. Die Fotos waren von einer erstaunlichen

Qualität, auch wenn sie nicht mehr die Menschen zeigten, die sie einmal gewesen waren. Ich verglich das Foto meines Großvaters dennoch mit allen Aufnahmen und suchte nach möglichen Ähnlichkeiten. Alle Mühe war umsonst. Ich zeigte Wallner nochmals das Foto, doch er blieb bei seiner Meinung. Antoine Mardi war niemals unter den KZ-Häftlingen gewesen. Damit war auch diese Hoffnung zerstört. Mir blieb nichts anderes übrig als einzusehen, dass ich mich von der KZ-Liste in Dachau hatte irreleiten lassen. Die Spur zu meinem Großvater hatte sich verloren. Es wurde wohl Zeit, sich damit abzufinden.

Der Besuch bei Herrn Wallner war dennoch nicht umsonst. Der alte Herr war ein sehr interessanter Gesprächspartner und seltener Zeitzeuge, der vieles aus der damaligen Zeit zu berichten wusste. Ich hörte ihm gern zu und erfuhr noch wichtige Details für mein Buch. Als er jedoch allmählich müde wurde, verabschiedete ich mich.

Die Zeit bis zu meinem Rendezvous mit Valerie wollte ich nutzen, um nach Adèle zu sehen. Wir hatten uns in den letzten Tagen viel zu wenig gesprochen. Auf dem Weg zu unserer Ferienwohnung sah ich, dass auf meinem Handy eine neue Nachricht eingegangen war. Professor Lorchmeyer bat mich um einen Rückruf. Ich überlegte, den Anruf aufzuschieben, doch dann siegte meine Neugier.

»Ich habe interessante Neuigkeiten für Sie«, teilte mir der Professor mit. »Kommen Sie morgen früh um neun Uhr zu mir nach Hause.« Er gab mir die Adresse. »Ich glaube, ich kann Ihnen doch etwas über Ihren Großvater erzählen.«

Im Nachhinein frage ich mich, ob das Schicksal eine andere Wendung genommen hätte, hätte ich ihn damals nicht gleich zurückgerufen.

15

Glücklich betrat Valerie ihre Wohnung. Trotz ihrer Kopfschmerzen und der beachtlichen Beule fühlte sie sich so wohl wie schon lange nicht mehr. Da ihr immer noch ein wenig schwindlig war, bat sie Werner, sie in der Segelschule an diesem Tag zu vertreten. Er hatte schon von ihrem Unglück gehört und ihr sofort nahegelegt, für die nächsten beiden Tage freizunehmen. Valerie war ihm dankbar dafür. Da sie nicht wusste, was sie mit ihrer freien Zeit anfangen sollte, begann sie, ihre Wohnung zu putzen. Danach fuhr sie mit dem Fahrrad zum Einkaufen, denn sie hatte beschlossen, Rick mit einem selbst gekochten Abendessen zu überraschen. Sie besorgte frische Pasta und Antipasti in einem Feinkostgeschäft und bei einem ortsansässigen Fischer zwei Felchen. Den Fisch würde sie braten und mit einer Safransauce servieren. Sie hoffte nur, dass ihre Kochkünste Ricks Ansprüchen genügen würden.

Trotz aller Vorbereitungen verging die Zeit nur schleppend. Als sie mit allem fertig war, war es erst halb fünf. Bis Rick kam, hatte sie noch über zwei Stunden Zeit. Das Gewitter vom Vortag hatte eine Wetteränderung mit sich gebracht, sodass der Tag regnerisch war und zu keinem Aufenthalt im Freien einlud. So ergriff sie die Gelegenheit, sich wieder einmal bei ihren Eltern zu melden. Die Begegnung mit Rick hatte in ihr etwas ausgelöst, dem sie bislang wenig Beachtung geschenkt hatte. Die Begeisterung, mit der er Nachforschungen über das Leben seines vermissten Großvaters anstellte, hatte sich auf sie übertragen. Er konnte so lebendig erzählen, dass auch sie plötzlich den Wunsch verspürte, mehr über ihre Großmutter Gigi zu erfahren. Sie hatte ihren Vater immer belächelt, weil ihm die Vergangenheit so wichtig gewesen war, doch nun begann sie, ihn besser zu verstehen. Sie beschloss, Aaron nach ihr zu fragen.

Da sie wusste, wie gern ihre Eltern sie auch bildlich vor sich hatten, rief sie über Skype an. Sie hatte Glück. Ihre Eltern waren zu Hause und begrüßten sie an ihrem Gartentisch auf der Dachterrasse, einen kühlen Weißwein vor sich. Im Hintergrund war der Alex zu sehen. Im Gegensatz zum Bodensee war in Berlin bestes Wetter. Aaron und Mia freuten sich sehr, von ihrer Tochter zu hören.

»Du siehst glücklich aus, Kleine«, sagte ihr Vater, nachdem sie sich ausgiebig begrüßt und nach ihrem jeweiligen Befinden erkundigt hatten.

»Das bin ich auch.« Valerie musste sich nicht verstellen. »Hier ist es einfach wunderbar!«

»Hattest du einen Unfall?«

Ihre Mutter war sofort besorgt. Ihr schien die Beule auf ihrer Stirn nicht entgangen zu sein. Valerie erzählte kurz von ihrem Segeltörn und der kleinen Havarie, auch davon, dass sie von einem ihrer Segelschüler begleitet worden war.

»Mir geht es schon wieder sehr gut«, beruhigte sie die Eltern.

»Du solltest eine Gehirnerschütterung nicht auf die leichte Schulter nehmen«, mahnte ihr Vater. Als Mediziner sah er es als seine Pflicht, sie darauf hinzuweisen.

»Keine Angst! Ich pass auf mich auf. Heute geht's mir schon wieder richtig gut. Rick hat letzte Nacht auf mich aufgepasst.« Sie erzählte von der Ferienwohnung, in der sie übernachtet hatten.

Ihr Vater hob vielsagend die Augenbrauen, ihre Mutter erkundigte sich sofort nach dem Wochenende mit Jonas.

»Es war ganz okay«, meinte Valerie einsilbig und hoffte, das Thema damit abgehakt zu haben.

»Jonas sagte mir, dass ihr euch gestritten habt«, hakte Mia prompt nach.

Ihre Einmischung machte Valerie ärgerlich. »Das ist eine Sache zwischen ihm und mir«, erwiderte sie pampig. »Außerdem finde ich es merkwürdig, dass er sich ausgerechnet bei dir ausheult«, fügte sie hinzu.

»Wir haben uns zufällig im Supermarkt getroffen.« Ihre Mutter ließ sich nicht beirren. Das war typisch für sie. »Du gehst ihm eben nicht aus dem Kopf.« Sie machte keinen Hehl daraus, dass es ihr nicht passte, dass die beiden derzeit getrennte Wege gingen.

Valerie hatte keine Lust, das Thema noch weiter zu vertiefen, und besann sich auf den eigentlichen Grund ihres Anrufs.

»Papa, kannst du mir etwas über Großmutter Gigi erzählen? Ich glaube, ich bin schon lange nicht mehr auf dem neuesten Stand.«

Aaron zeigte sich über ihr Interesse angenehm überrascht. »Ich freu mich, dass dich das endlich auch einmal interessiert! Wie kommst du denn ausgerechnet jetzt darauf?«, wollte er wissen.

»Einer meiner Segelschüler ist Historiker und recherchiert gerade die Vergangenheit seines Großvaters. Ich finde das spannend und dachte, dass ich auch gern mehr über Grandmère wissen würde.«

»Das ist nicht zufällig dieser Rick, der dir gestern Nacht beigestanden ist?«, erkundigte sich Mia sofort spitz.

»Genau der«, erwiderte Valerie trotzig. Sie hatte nichts zu verbergen.

»Der scheint es dir ja angetan zu haben!«

»Mia, das geht uns wirklich nichts an«, fuhr Aaron seiner Frau in die Parade. »Valerie ist eine erwachsene Frau. Sie kann tun und lassen, was sie will.«

»Erzähl mir von Grandmère«, forderte Valerie ihren Vater auf und ignorierte damit jeden weiteren Einwand.

»Wie du weißt, haben Mamie und Papie Grosz mir nie viel über meine Mutter erzählen wollen«, holte Aaron aus. »Sie hatten während des Krieges schlimme Dinge erlebt und versuchten, das Vergangene zu verarbeiten, indem sie sich darüber ausschwiegen. Jedes Mal, wenn ich wissen wollte, wie meine Maman gewesen war, haben sie mir verboten, darüber zu reden. ›Wir sind jetzt deine Eltern. Das muss genügen‹, war ihre Antwort. Aber für mich war sie eben nicht ausreichend.« Ihr Vater schwieg einen Augenblick. »Man kann die Vergangenheit nicht einfach übergehen, schon gar nicht, wenn man Jude ist wie ich.«

Valerie versuchte, sich an die Zeit mit ihren Großeltern zu erinnern. Sie begann langsam zu verstehen, was er damit meinte. Obwohl sie beinahe alle Sommer ihrer Kindheit und Jugend in der Provence verbracht hatte, waren ihr Aarons Adoptiveltern immer fremd und unnahbar geblieben. Ruben und Eva Grosz hatten niemals Gefühle gezeigt, nicht einmal ihrer kleinen Enkelin gegenüber. Auch sie hatte sie als distanzierte Menschen in Erinnerung, vor denen sie sich fast ein wenig gefürchtet hatte. In ihrer Familie war es tabu gewesen, die Vergangenheit zu erwähnen.

»Lange war ich sehr verärgert und verletzt, weil Ruben und Eva mir nicht mehr erzählt haben, doch dann fand ich heraus, dass ihre Tochter, die sie vermeintlich in Sicherheit gebracht hatten, nach Auschwitz deportiert wurde und dort ums Leben gekommen war«, fuhr Aaron fort. »Sie haben es einfach nicht ertragen, sich an diese Zeit zu erinnern. Mit ihrer Tochter sind viele ihrer Gefühle gestorben.« Ihr Vater lächelte. »Als ich im Studium war und dort auf andere junge Leute traf, denen ein ähnliches Schicksal wie meines beschieden war, begann ich mit den ersten Nachforschungen. Ich muss zugeben, dass ich anfangs nicht sehr erfolgreich war. Immerhin erfuhr ich, dass Gigi Sternfeld, deine Großmutter, eine mutige Kämpferin im Widerstand gewesen war. Sie war offensichtlich erst kurz nach meiner Geburt in die Gegend von Aix gekommen und hatte sich sofort dem Maquis um Franc Tireur angeschlossen. Über einige Umwege fand ich vor etwa fünfundzwanzig Jahren die Adresse der Bauern heraus, bei denen sich meine Mutter nach meiner Geburt versteckt hatte. Sie waren es auch, die mich nach ihrem Tod zu Ruben und Eva gebracht haben. Die alte Gisèle erinnerte sich noch genau an Gigi Sternfeld und daran, dass dies eigentlich nicht ihr richtiger Name gewesen war. Sie hatte ihn erst angenommen, nachdem sie sich dem Untergrund angeschlossen hatte. Offensichtlich wollte sie alles, was mit ihrer Vergangenheit zu tun gehabt hatte, ablegen. Ihr zu Ehren habe ich im Studium übrigens den Namen Sternfeld angenommen. Ich fand ihn passender als den Namen meiner Adoptiveltern.«

Aaron räusperte sich verlegen, und Valerie bekam plötzlich eine Ahnung davon, wie fremd er sich immer bei seinen Pflegeeltern gefühlt haben musste.

»Daraus kann dir niemand einen Vorwurf machen«, bemerkte sie, nur um etwas zu sagen.

»Nein«, antwortete Aaron bestimmt. »Eva und Ruben haben es mir auch nicht übel genommen. Das hat mir allerdings gezeigt, wie gleichgültig ich ihnen gewesen bin.«

»Wusste diese Bauersfrau, woher Gigi kam und wie sie zu Tode gekommen ist?«, wollte Valerie noch wissen.

»Sie wusste nur, dass Gigi vor den Nazis geflohen ist. Ihre Eltern haben ihr wohl noch rechtzeitig die Flucht ermöglicht. Sie hat sich irgendwo in den Bergen versteckt und dort meinen Vater kennengelernt. Leider hat sie Gisèle nie Näheres über ihn erzählt, nur, dass sein Name Antoine gewesen ist.«

Antoine muss damals ein recht häufig gebrauchter Name gewesen sein, schoss es Valerie durch den Kopf. Wahrscheinlich so ähnlich wie heutzutage Moritz, Oskar und Paul.

»Falls es dich interessiert, kann ich dir noch etwas über Gigis Tätigkeiten beim Maquis erzählen«, fuhr ihr Vater eifrig fort. »Sie war ganz schön agil. Anfangs hat sie wohl nur Flugblätter verteilt, die zum Widerstand aufrufen sollten. Später hat sie geholfen, Bahnlinien lahmzulegen und Personentransporte zu sabotieren. Sie muss sich immer mehr radikalisiert haben. Auf jeden Fall wurde sie kurz vor Kriegsende von den Milizionären und der Gestapo aufgegriffen, als sie in einem Restaurant, in dem hochklassige NS-Offiziere regelmäßig zu Mittag aßen, einen Koffer mit Sprengstoff deponieren wollte. Das ist kurz nach der Invasion der Alliierten gewesen. Wahrscheinlich stand sie schon längere Zeit unter Beobachtung, als man sie und einige ihrer Mitstreiter verhaftete. Die Gestapo erzwang ihr Geständnis und ließ sie gleich am nächsten Tag erschießen. Entsprechende Unterlagen davon fand ich im Stadtarchiv von Aix-en-Provence.«

Valerie sah, wie die Erzählung ihren Vater mitnahm, und spürte zum ersten Mal in ihrem Leben eine Verbindung zu ihrer unbekannten Großmutter. Eine Weile schwiegen sie.

»Gigi war eine Heldin des Widerstands«, half Mia ihnen

aus ihrer Verlegenheit heraus. »Darauf könnt ihr beide stolz sein.«

Valerie sah, wie Aaron ihrer Mutter liebevoll die Hand tätschelte und ihr dankbar zulächelte. »Noch mal. Ich freue mich, dass du dich für sie interessierst«, wiederholte ihr Vater. »Sie ist ein wichtiger Teil unserer Familie.«

Valerie lächelte schuldbewusst. »Manchmal muss die Zeit erst reif werden, bis man begreift, wie wichtig einem bestimmte Dinge sind«, versuchte sie, sich zu rechtfertigen. »Ich wünschte, ich hätte etwas, das mich an sie erinnert.« Ein Blick auf die Uhr zeigte ihr, dass es Zeit wurde, das Gespräch zu beenden.

Da fiel Aaron noch etwas ein. »Ich habe noch ein Erinnerungsstück an meine Mutter. Es ist ein Medaillon, das sie bei Gisèle für mich hinterlassen hat. Ich konnte jedoch nie etwas damit anfangen, da es nur die Fotografie einer mir unbekannten jungen Frau zeigt. Sie muss in etwa im Alter von Gigi gewesen sein und war vielleicht ihre Freundin. Wenn du willst, schenke ich es dir. Es wird dich immer an deine Großmutter erinnern.«

Massif de la Chartreuse, Frankreich, April 1944

Während der Zeit ihrer Genesung wanderten Marguérites Gedanken immer wieder in die Vergangenheit zurück, und sie erinnerte sich an den Beginn ihrer Flucht aus Deutschland. Mit Grauen dachte sie an die entsetzliche Zeit, die sie gelehrt hatte, niemandem mehr zu vertrauen. Und dass sie schon einmal in eine Situation geraten war, wo sie nichts mehr für ihre Schutzbefohlenen hatte tun können.

Im Spätfrühling 1943 brachten Luise und Hans Müller ihre kleine Gruppe sicher über Wanderwege durch den Schwarzwald. Von dort ging es weiter ins Rheintal, wo sie in einer Nacht- und Nebelaktion über den großen Fluss gelangten. Nun liefen sie nur noch nachts durch die von Deutschland annektierten Gebiete Frankreichs. Tagsüber suchten sie Unterschlupf unter Brücken oder in abgelegenen Scheunen. Völlig ermattet von den langen Gewaltmärschen, schliefen sie sofort ein, während Hans und Luise versuchten, für ihre Schutzbefohlenen etwas zu essen aufzutreiben.

An der Grenze zur nördlichen Besatzungszone rief das für gewöhnlich nicht sehr redselige Ehepaar sie zusammen, um allen etwas mitzuteilen. Sie hatten gerade im Schuppen eines Gasthofes, in dem häufiger Flüchtlinge versteckt wurden, einen relativ bequemen Unterschlupf gefunden und zum ersten Mal seit ihrem Aufbruch auch etwas Warmes zu essen bekommen. Die Stimmung war fast heiter und gelöst. Selbst Samuel hatte seine Zurückhaltung und Ängstlichkeit abgelegt und redete mehr als gewöhnlich. Umso erschreckender war die Ankündigung, dass Luise und Hans Müller sie noch in dieser Nacht verlassen wollten.

»Sie können uns doch nicht so einfach hier alleinlassen«, rief Clara erschrocken. »Wie sollen wir denn ohne Erwachsene zurechtkommen?« Sie nahm Mechthilds Hand und drückte sie so fest, dass die jüngere Schwester aufschrie.

Auch Margarete war völlig außer sich. Wie die Geschwister war sie davon ausgegangen, dass die Müllers bei ihnen blieben, bis sie in Sicherheit waren. Samuel hängte sich an Luises Rockzipfel und flehte sie an, nicht zu gehen. Tränen rannen über sein bleiches Gesicht, während seine großen braunen Augen voller Hoffnung waren.

Luise Müller strich dem Jungen ungelenk über den Kopf, machte sich dann aber mit einer harschen Bewegung frei. »Von hier an seid ihr auf euch allein gestellt«, erklärte sie mit rauer Stimme.

Margarete war sich sicher, dass sich hinter ihrer spröden Art doch Mitgefühl verbarg. Ihr Mann versuchte, die Situation zu retten, indem er ihr und Clara anhand einer Karte den Weg erklärte, den sie einschlagen sollten.

»Haltet euch immer ein gutes Stück von der Schweizer Grenze entfernt«, warnte er sie eindringlich. »Dort patrouillieren ständig Soldaten auf der Suche nach Flüchtlingen wie euch, und sie schießen sofort. Lauft nur nachts und sucht euch tagsüber einen sicheren Platz. Luise hat euch etwas Proviant zusammengestellt. Geht sorgfältig damit um. Wenn ihr jede Nacht mindestens sieben Stunden lauft, müsstet ihr in drei bis vier Tagen in Moval ankommen.« Hans tippte mit seinem Finger auf die Stelle, wo sich der kleine Ort zwischen Belfort und Montbéliard befand. »Dort wendet ihr euch an den Pfarrer. Er wird euch weiterhelfen. Vertraut niemandem außer ihm. Habt ihr verstanden?« Er nahm Margarete ins Visier und überreichte ihr als Älteste die Karte. »Von nun an bist du für die Gruppe verantwortlich. Viel Glück!«

Er gab seiner Frau ein Zeichen, und bevor die Kinder begriffen, hatten sich Hans und Luise durch die Stalltür entfernt. Samuel und Mechthild begannen haltlos zu weinen. Clara wollte dem Ehepaar folgen, aber Margarete hielt sie zurück. Sie wusste, dass es sinnlos war. Ihr ging es kein bisschen besser als ihren jüngeren Begleitern, doch sie fühlte sich nun für die Kinder verantwortlich.

»Wir schaffen das«, behauptete sie hilflos, klopfte auf die Karte und den Rucksack. »Wir haben alles, was wir brauchen. Wenn wir schön zusammenbleiben und tun, was Hans uns gesagt hat, kann uns nichts geschehen.« Die Kinder sahen sie zweifelnd an. Sie musste ihnen zeigen, dass sie jetzt ihre Anführerin war. »Nun macht nicht so ein Gesicht. Bis jetzt ist doch auch alles gut gegangen!«

Mit gespielter Zuversicht machte sie sich zur Anführerin ihrer unfreiwillig zusammengestellten Truppe. Sie warteten bis zur Dunkelheit ab, dann brachen sie auf. Die Wirtin brachte ihnen ein Omelett mit frischem Bauernbrot, einer ihrer Söhne begleitete sie noch ein Stück bis zum richtigen Weg. Danach waren sie auf sich allein gestellt.

Anfangs war es noch relativ einfach, in der Dunkelheit den Weg zu finden. Nachdem sie einen Wald durchquert hatten, kamen sie auf eine Straße, der sie nur zu folgen brauchten. Der Mond schien hell am Himmel und beleuchtete gut die nächtliche Szenerie. Doch gegen Mitternacht schoben sich Wolken davor, und es wurde stockdunkel. Bislang hatten Luise und Hans immer durch ihr barsches Antreiben dafür gesorgt, dass sie ihre Müdigkeit überwanden und sich weiterkämpften. Aber Mechthild und Samuel hatten vor Margarete weniger Respekt und verfielen schon nach gut zwei Stunden Marsch in lästiges Klagen. Sie verlangten immer öfter nach längeren Pausen. Hinzu kam, dass einer von Mechthilds Füßen so wundgelaufen war, dass das rohe Fleisch zu sehen war. Und dennoch durfte sie nicht nachgeben.

»Bald erreichen wir den Ort Fontaine«, log Margarete. »Danach ist es nur noch ein kleines Stück bis zu dem Wald und dem Teich, wo wir den nächsten Tag verbringen werden. Vielleicht finden wir ja dort eine Angel und können Fische fangen«, wandte sie sich an Samuel, in der Hoffnung, dass die Aussicht den Jungen ermunterte.

Tatsächlich hob sich seine Stimmung ein wenig. »Ich war mit Papa oft angeln, bevor sie ihn weggebracht haben«, verriet er, dann ließ die Erinnerung an seine Eltern ihn wieder traurig werden.

Margarete kümmerte sich unterdessen um Mechthilds blutenden Fuß. Sie wickelte ihr Taschentuch um die verletzte Ferse und hoffte, dass es ihre Beschwerden linderte. Clara half ihrer Schwester aufzustehen und stützte sie. So liefen sie die nächsten Stunden durch die Nacht. Erst im Morgengrauen erreichten sie völlig erschöpft und entmutigt das Dorf. Sie machten eine kurze Rast am Dorfbrunnen und tranken gierig von dem Wasser.

Margarete hasste es, die Kinder erneut antreiben zu müssen. »Nur noch ein kleines Stück«, behauptete sie, obwohl sie sich gar nicht sicher war.

Plötzlich hielt ein Fuhrwerk mit Getreidesäcken neben

ihnen. Darauf saß ein Mann, der ihnen freundlich zulächelte. Margarete gefiel es nicht, dass er auf sie aufmerksam geworden war. Sie stupste ihre Begleiter an und gab ihnen zu verstehen, dass sie aufbrechen sollten. Hans hatte ihnen eingeschärft, außer dem Pfarrer von Moval niemandem zu vertrauen, der ihnen nicht ausdrücklich empfohlen worden war. Widerwillig gehorchten ihr die Kinder.

»Kann ich euch ein Stück mitnehmen?«, fragte der Mann auf dem Fuhrwerk. »Ich muss nur noch schnell meine Säcke beim Händler abladen, dann fahre ich in Richtung Montbéliard.«

Mechthild und Clara warfen Margarete einen flehenden Blick zu. Doch sie entschied sich dagegen. »Vielen Dank«, entgegnete sie kurz angebunden. »Wir sind gleich an unserem Ziel. Wir besuchen unsere Tante. Sie wohnt nicht weit von hier«, log sie.

Sie hoffte, dass der Mann nicht nach ihrem Namen fragte. Und sie hatte Glück. Der Fuhrwerksbesitzer wünschte ihnen ein gutes Ankommen und fuhr weiter bis zu einem Kolonialwarengeschäft, um seine Ware abzuladen. Margarete führte die Kinder über Nebenwege zurück auf die Hauptstraße, der sie noch etwa zwei Kilometer folgen mussten, bevor sie zu einem Waldstück kamen, in dem ein See lag. Die Wirtsfrau hatte ihnen gesagt, sie fänden dort eine Hütte, und auch verraten, wie man hineingelangte. Sie beabsichtigten, den Tag in dem Versteck zu verbringen. Das nahe Ziel vor Augen marschierten alle tapfer mit. Doch als sie endlich ankamen, erlebten sie eine bittere Enttäuschung. Der See war nicht verlassen. Auf dem Steg vor der Hütte saß ein Mann und angelte. Es war unmöglich, an ihm vorbeizukommen, ohne gesehen zu werden. Damit schied die Hütte als Zuflucht für den Tag für sie aus.

»Wir suchen uns irgendwo im Wald einen Unterschlupf«, versuchte Margarete, die anderen aufzumuntern.

Mittlerweile waren sie alle so erschöpft, dass ihnen der blanke Boden als Rastplatz genügte, Hauptsache, sie wurden nicht gesehen. Doch sosehr sie sich auch nach einem geschützten Plätzchen umschauten, sie entdeckten nichts Geeignetes. Der Wald war nicht besonders groß und voller Pappeln, die keinerlei Deckung bot. Ihnen blieb gar nichts anderes übrig, als wieder zurück auf die Straße zu marschieren, um dort nach etwas Besserem Ausschau zu halten. Nach etwa einer Stunde Fußmarsch, den sie mehr oder weniger wie in Trance hinter sich brachten, hörten sie wieder das Geratter eines Pferdewagens. Margarete sah sich nach einem geeigneten Versteck um, doch mit einem Blick auf die erschöpften Kinder ließ sie es bleiben, sie zu einem Spurt hinter ein Gebüsch anzutreiben. Sie konnte nur hoffen, dass der Fuhrmann sie einfach nicht beachtete. Der Wagen näherte sich und kam neben ihnen zum Stehen. Derselbe Mann, der sie schon am Dorfbrunnen angesprochen hatte, saß darauf.

»Eure Tante war wohl nicht zu Hause«, begrüßte er sie augenzwinkernd.

Margarete spürte, wie ihr die Röte ins Gesicht stieg, weil sie sich ertappt fühlte. »Nein. Wir haben sie nicht angetroffen«, antwortete sie und hoffte, dass der Mann endlich weiterfuhr.

»Dann geht's jetzt wieder zurück nach Hause?« Margarete zuckte mit den Schultern und gab den anderen ein Zeichen, sich in Bewegung zu setzen. Doch der Kutscher ließ sich nicht beirren. »Der Kleine sieht müde aus«, meinte er besorgt. »Wenn ihr mir sagt, wohin ihr müsst, dann nehme ich euch gern ein Stück mit.«

»Nein danke, wir kommen zurecht.«

»Wir müssen nach Moval«, rutschte es Clara in gebrochenem Französisch heraus, noch bevor Margarete sie stoppen konnte. »Und wir sind schrecklich müde!« Sie ignorierte trotzig Margaretes warnenden Blick. »Meine Schwester kann kaum noch laufen, und mein Bruder kippt vor Erschöpfung gleich um«, fügte sie auf Deutsch hinzu.

»Ah, ihr kommt aus Deutschland«, antwortete der Fuhrmann auf Deutsch. »Meine Großmutter war auch Deutsche.«

»Wir werden erwartet«, log Margarete rasch und hoffte, dass Clara ihr nicht wieder dazwischenfuhr.

»Dann spricht doch nichts dagegen, wenn ich euch mitnehme«, antwortete der Mann. »Ich heiße übrigens Alain. Ihr braucht vor mir keine Angst zu haben.«

»Wir können doch nicht einfach mit einem Wildfremden mitfahren«, protestierte Margarete noch einmal, doch längst nicht mehr so energisch wie zuvor. Der Mann sah ehrlich aus, und im Grunde genommen konnte ihnen ja nichts Besseres passieren, als ein Stück des Weges nicht laufen zu müssen.

»Moval …?«, erkundigte sich Alain unbeirrt. »Das ist aber ganz schön weit. Ich könnte euch bis Rougemont mitnehmen. Das liegt nur wenige Kilometer von eurem Ziel entfernt. Was ist? Wollt ihr nun mitfahren oder nicht? Ich hab nicht endlos Zeit.«

Clara wartete gar nicht erst auf Margaretes Einverständnis, sondern half Mechthild und Samuel bereits auf die Ladefläche des Fuhrwerks. Alain reichte Margarete die Hand und zog sie zu sich auf den Kutschbock. Wenig später setzte sich sein Gaul in Bewegung.

»Ich fahre die Strecke hier sehr oft«, erzählte er ihnen.

»Im Augenblick helfe ich noch in der Mühle bei Rougemont aus. Aber schon bald bekomme ich die Stelle als Postbote in der Region. Die wird viel besser bezahlt.« Er lachte zufrieden. »Und ihr seid zu Besuch hier?«

Margarete nickte. Sie sprach zwar einigermaßen gut Französisch, da sie es in der Schule gelernt hatte, aber keineswegs ohne Akzent. Und Clara hatte sie durch ihr unbedachtes Einmischen ohnehin verraten. Nun musste sie eine gute Lüge erfinden.

»Wir sind Waisen und wollten zu unserer Tante im letzten Dorf. Sie ist die Schwester meiner Mutter, die mit einem Franzosen verheiratet ist. Aber man sagte uns, dass sie nicht mehr dort lebt. Sie ist nach Moval gezogen«, improvisierte sie in der Hoffnung, dass es einigermaßen glaubhaft klang. Alain nickte verständnisvoll.

»Dann wünsche ich euch, dass ihr eure Tante in Moval findet«, meinte er gutmütig. Er deutete mit dem Kopf auf einen Rucksack hinter sich. »Sicherlich habt ihr Hunger. In der Tasche sind ein paar Äpfel. Ihr könnt euch gern bedienen.«

Das ließen sie sich nicht zweimal sagen. Während sie die süßen Äpfel verspeisten, schwand Margaretes Misstrauen allmählich. Alain schien wirklich in Ordnung zu sein.

»Wann werden wir denn in Rougemont sein? Und wie weit ist es von dort noch bis Moval?«, erkundigte sie sich vorsichtig.

Alain deutete mit dem Kopf auf das Pferd. »Hängt ganz von der alten Couette ab. Sie ist ein altes Mädchen und kann nicht mehr besonders schnell laufen. Wenn alles gut läuft, sind wir am späten Nachmittag dort. Von Rougemont nach Moval sind es noch höchstens zwanzig Kilometer.«

Das waren erfreuliche Nachrichten. Wenn alles gut ging,

wären sie schon am nächsten Tag bei Père Claudel, dem Pfarrer von Moval. Als sie ihren Leidensgenossen davon erzählen wollte, musste sie feststellen, dass sie alle drei fest eingeschlafen waren. Auch sie selbst konnte sich kaum noch gegen ihre Müdigkeit wehren. Während der redselige Alain allerlei Geschichten zum Besten gab, nickte sie neben ihm ein. Als sie erwachte, war es bereits gegen Mittag, und sie befanden sich in einem Dorf. Alain lenkte Couette vor ein Gasthaus und teilte ihr und den ebenfalls wieder aufgewachten Kindern mit, dass es Zeit wurde, etwas zu essen.

»Hier gibt es die beste *choucroute* in der ganzen Region«, sagte er und zwinkerte ihnen vielversprechend zu. Margarete wünschte ihm höflich einen guten Appetit und versuchte, vom hungrigen Blick ihrer Reisegefährten abzulenken. Alain ließ sich jedoch nicht täuschen. »Ihr kommt selbstverständlich mit«, erklärte er munter, sprang vom Kutschbock und reichte ihr die Hand. Die Kinder kletterten ebenfalls sofort von der Ladefläche.

»Aber wir haben kein Geld. Wir können das Essen nicht bezahlen«, protestierte Margarete.

»Papperlapapp …« Alain ignorierte ihren Einwand. »Laurine, die Köchin, ist meine Cousine. Sie wird es sich nicht nehmen lassen, euch von ihrer Spezialität kosten zu lassen.«

Margarete konnte dem nichts mehr entgegensetzen, und wenig später saßen sie um einen großen Tisch in der Gaststube und bekamen jeder einen Teller Sauerkraut mit gestampften Kartoffeln serviert. Alain saß nicht bei ihnen. Er war mit seiner Cousine in der Küche verschwunden. Als er nach einer Stunde immer noch nicht zu ihnen zurückgekehrt war, wunderte Margarete sich, weshalb er eine so lange Mittagspause machte. Die beiden schienen sich allerlei zu erzählen zu haben. Wahrscheinlich hatten sie sich lange nicht gesehen. Erst als Clara sie darauf aufmerksam machte, dass das Fuhrwerk nicht mehr vor der Tür stand, wurde sie misstrauisch.

»Lasst uns lieber gehen«, raunte sie den Kindern zu. »Vielleicht wartet Alain schon draußen auf uns.«

Sie standen auf und wollten in Richtung Tür, doch der Wirt, ein Mann mittleren Alters mit großem *moustache,* versperrte ihnen den Weg.

»Wir wollen zu Alain«, sagte Margarete mutig, gleichzeitig hoffte sie, dass das Essen auch wirklich umsonst gewesen war.

»Er musste noch schnell etwas erledigen und kommt gleich wieder«, knurrte der Wirt. »Ihr sollt hier in der Stube auf ihn warten.«

»Aber wir würden uns gern noch ein wenig die Füße vertreten«, behauptete Margarete, der die Sache immer merkwürdiger vorkam.

»Ihr bleibt gefälligst hier«, raunzte sie der Wirt an.

Sein Blick wanderte durch das Fenster auf die Straße, so als hielte er nach etwas Ausschau. Margarete folgte ihm. Da sah sie, wie ein Automobil vorfuhr und mehrere uniformierte Männer ausstiegen. Dann entdeckte sie auch Alain, der in Richtung Gasthaus zeigte. Die Männer setzten sich sofort in Bewegung und marschierten auf den Eingang zu.

»Das ist eine Falle«, rief Margarete und versuchte, die Kinder in Richtung Hinterausgang zu bugsieren.

Doch da stand bereits Laurine und versperrte ihnen den Weg. Im nächsten Augenblick ging die Tür in die Wirtsstube auf, und vier bewaffnete Männer packten Clara, Mechthild und Samuel, die ihnen am nächsten standen, am Kragen. Als der vierte Milizionär nach ihr greifen wollte, tauchte Margarete unter seinem ausgestreckten Arm ab und floh in Richtung der Fenster. Sie hatte gesehen, dass eines offen stand. Noch bevor der Mann sie erreichen konnte, war sie auf die Bank gestiegen und aufs Fensterbrett geklettert. Sie sprang, ohne auch nur eine Sekunde zu zögern. Ein heftiger Schmerz durchzuckte ihren Knöchel, als sie auf der Erde aufkam, doch sie konnte darauf keine Rücksicht nehmen und hastete eilig davon. Sie hatte Glück im Unglück, dass das Fenster nicht auf die Hauptstraße ging, sondern in eine Nebengasse. Verzweifelt suchte sie nach einem Versteck.

Im nächsten Moment hörte sie, dass sich jemand mit genagelten Stiefeln näherte. Mit ihrem verletzten Fuß würde sie nicht mehr lange durchhalten. Da entdeckte sie in einer Mauer eine Holztür. Sie drückte die Klinke und stellte fest, dass sie unverschlossen war. Mit einem raschen Blick vergewisserte sie sich, dass sie sich im Hinterhof eines Bauernhofes befand, schlüpfte hinein und zog die Tür hinter sich zu. Kurz darauf hörte sie die Schritte hinter der Mauer. Ihr Verfolger hatte sie nicht gesehen, doch auch in dem Hof war sie keinesfalls sicher. Im Haus hörte sie Stimmen. Außerdem entdeckte sie einen Korb mit frisch gewaschener Wäsche. Sie musste damit rechnen, dass gleich jemand kam.

Panisch sah sie sich um und entdeckte einen hölzernen Verschlag, der wohl in einen Kartoffelkeller führte. Ohne sich zu besinnen, öffnete sie ihn und kletterte durch die Luke in das Loch hinunter. Keine Minute zu früh, denn kurz darauf hörte sie jemanden – bestimmt die Hausfrau, die ihre Wäsche aufhängen wollte.

Der Gedanke daran, was Clara, Mechthild und dem kleinen Samuel wohl zugestoßen war, machte Marguérite auch in ihrer jetzigen misslichen Situation immer noch zu schaffen. Damals hatte sie sich genauso furchtbar gefühlt wie jetzt. Beide Male war sie glimpflich mit dem Leben davongekommen, während ihre Schutzbefohlenen von den Schergen der Nazis ihrem Verderben zugeführt worden waren – man hatte sie vermutlich in eines der Konzentrationslager gebracht wie Mina, Fritz und die vielen anderen Kinder von Izieu. Sie fühlte sich schuldig, weil sie einem Fremden vertraut hatte. Sie hatte die Falle nicht erkannt und das Leben der Kinder aufs Spiel gesetzt. Und jetzt hatte sie die Kinder von Izieu im Stich lassen müssen, um ihre eigene Haut zu retten. Die Verzweiflung über ihre Unzulänglichkeit machte ihr schwer zu schaffen.

An diesem Tag schwor sie den Nazis Rache.

16

Mit einem prächtigen Strauß Sommerblumen stand ich am Abend vor Valeries Appartement. Ich war aufgekratzt wie ein kleiner Junge. Als sie die Tür öffnete, blieb mir einfach die Spucke weg.

»Was ist denn mit dir los?«, begrüßte sie mich belustigt, nachdem ich keine Anstalten machte, ihre Wohnung zu betreten. Völlig fasziniert betrachtete ich sie in ihrem luftigen Sommerkleid, ich konnte meine Augen gar nicht mehr von ihr abwenden. »Darf ich?«

Mit einem verheißungsvollen Augenaufschlag nahm sie mir die Blumen ab und trug sie ins Wohnzimmer. Ich folgte ihr wie hypnotisiert. Noch immer konnte ich kaum glauben, dass ich wirklich bei ihr war. Aus der Küche drang der verführerische Duft von Essen in meine Nase. Um meine Verlegenheit zu überspielen, begann ich, Valerie von meiner Begegnung mit Christian Wallner zu erzählen, die meine Suche nach Antoine endgültig in einer Sackgasse hatte enden lassen. Valerie hörte mir interessiert zu, während sie mir eine Flasche Weißwein zum Öffnen reichte. Sie fragte mich, ob ich sehr enttäuscht darüber sei. Da erst rückte ich mit der wahren Überraschung heraus. Ich erzählte ihr von Professor Lorchmeyers Anruf.

»In dem Augenblick, als ich die Sache mit Antoine schon abgeschlossen glaubte, behauptete der alte Herr doch tatsächlich, etwas über ihn herausgefunden zu haben«, berichtete ich aufgeregt. »Sieht fast so aus, als könne ich Adèle bald mehr über sein Schicksal erzählen.« Ich strahlte sie an und fühlte mich dabei so glücklich wie noch nie in meinem Leben.

»Glückwunsch!«

Valerie trat plötzlich auf mich zu und küsste mich auf den Mund. Ich war so perplex, dass ich kaum darauf reagierte. Erst als sie ebenso abrupt wieder von mir abließ, um zurück in ihre kleine Küche zu gehen, begriff ich, was vorgefallen war. Dieses Mal nutzte ich meine Chance. Ich hielt sie am Arm fest und zog sie wieder zu mir zurück.

»Aber das Beste an meiner Suche nach Antoine ist, dass ich dich dabei gefunden habe«, raunte ich in ihr Ohr.

Dabei stieg mir ihr unverwechselbarer Veilchenduft in die Nase, er brachte mich fast um den Verstand. Sie wollte etwas antworten, doch dieses Mal ließ ich sie nicht gewähren, ich zog sie an mich, um ihren Kuss auf meine Weise zu erwidern.

»Lass uns erst etwas essen, dann …«

Statt sie ihren Satz beenden zu lassen, verschloss ich ihren Mund mit einem weiteren Kuss. Dieses Mal ließ sie sich darauf ein. Ihr Körper reagierte mit einer Heftigkeit, die ich nicht erwartet hatte. Ebenso erregt hob ich sie auf meine Arme und trug sie wie in einem Rausch, der nicht enden wollte, zu ihrem Bett. Ausgehungert fielen wir übereinander her und ließen erst voneinander ab, als der nächste Morgen bereits graute.

Ich hatte mich niemals glücklicher gefühlt als in diesen Stunden. Gäbe es die Möglichkeit, in einer Zeitschleife in die Vergangenheit zu reisen, ich würde mir wieder und wieder diese erste, unbeschwerte Zeit mit Valerie zurückwünschen.

Viel zu rasch mussten wir uns wieder unseren täglichen Verpflichtungen stellen. Nur schweren Herzens verabschiedete ich mich von Valerie, um zu meiner Verabredung mit Professor Lorchmeyer zu gehen. Als wir uns mit einem langen Kuss voneinander verabschiedeten, versprach ich ihr, sie später von der Segelschule abzuholen. Professor Lorchmeyer wohnte in einer der prächtigen Gründerzeitvillen, die das Seeufer gegenüber der Altstadt säumten. Er empfing mich in seiner Etagenwohnung mit Seeblick und führte mich sogleich in ein geräumiges Arbeitszimmer, auf dessen Schreibtisch und Sesseln sich bergeweise Bücher stapelten. Es war offensichtlich, dass der emeritierte Professor immer noch wissenschaftlich arbeitete. Nur ein Stuhl seinem Schreibtisch gegenüber war nicht belegt. Auf diesem bat er mich, Platz zu nehmen.

»Da sind Sie nun also«, begann er unsere Unterhaltung etwas merkwürdig. Sein Blick war nüchtern und abwartend, so als müsste er sich erst noch einen umfassenden Eindruck von mir verschaffen, bevor er sein Wissen mit mir teilte. Das verunsicherte mich ein wenig, denn bei unserer ersten Begegnung hatte ich ihn sehr viel unvoreingenommener erlebt. »Das, was ich Ihnen nun zu sagen habe, wird Sie in keiner Weise erfreuen«, begann er schließlich mit einem Paukenschlag. »Antoine Mardieu war mitnichten ein Held der Résistance, wie Sie gern glauben würden.« Noch bevor ich den Inhalt seiner Behauptung begriff, begann er, das Ungeheuerliche zu erklären. »Es geht mir nicht darum, das Andenken an Ihren Großvater zu zerstören«, fuhr er nüchtern fort. »Es geht mir lediglich darum, die Mittäter des damaligen Regimes zu entlarven und mein Wissen der Öffentlichkeit preiszugeben. Hass und die Freude an Vergeltung mögen mich früher angetrieben haben. Doch sie führen zu nichts. Heute geht es mir nur darum, die Erinnerung an diese Schreckenszeit wachzuhalten, solange meine Kräfte mir das noch erlauben. Verstehen Sie das?« Seine Frage war rein rhetorisch gemeint. »Der Massenmord an uns Juden hat nicht erst mit den Gaskammern begonnen. Er begann mit der Demontage von Demokratie und Menschenrechten. Dieselben negativen Ansätze gibt es heute leider auch wieder. Denken Sie nur an die ausländerfeindlichen Anschläge gewisser national gesinnter Gruppierungen in diesem und auch in Ihrem Land …«

»Verzeihung!«, unterbrach ich die Ausführungen des Professors. »Aber was hat das mit Ihrer merkwürdigen Behauptung über meinen Großvater zu tun?« Ich hatte plötzlich ein mulmiges Gefühl.

Lorchmeyer ließ sich nicht aus dem Konzept bringen, sondern machte mir mit einem Winken deutlich, dass ich ihn ausreden lassen sollte. »Ich habe im Laufe meiner Tätigkeit in ganz Europa und auch Übersee Kontakte geknüpft, die es mir erlauben, auf ein riesiges Archiv aus der Zeit des Nationalsozialismus zuzugreifen. Dort sind nicht nur die Namen der uns bekannten Opfer, auch die vieler Täter verzeichnet.« Er machte eine kurze Pause und sah mich durch seine dicken Brillengläser prüfend an. »Ich nehme an, Sie wissen, wovon ich rede?«

»Ich denke schon.«

»Sie haben mir erzählt, dass Ihr Großvater in der Gegend von Lyon dem Maquis angehört haben soll. Das war der Ausgangspunkt für meine Nachforschungen«, fuhr er fort. »Zufällig habe ich in Lyon einen guten Freund und Kollegen, der lange das dortige Museum der Résistance geleitet hat. Ich habe ihn kontaktiert und gebeten, einige Recherchen für mich vorzunehmen. Tatsächlich stieß er relativ rasch auf den Namen Antoine Mardieu.« Sein Blick durchbohrte mich nun fast. Ich verstand immer noch nicht, was er mir damit sagen wollte. »Antoine Mardieu, Ihr Großvater, war kein Mitglied der Résistance. Er war ein Milizionär, ein Kollaborateur. Er gehörte zur Gruppe eines gewissen Pierre Laval und arbeitete als enger Verbindungsmann zu den Nazis. Sagt Ihnen der Name Klaus Barbie etwas?«

»Sie meinen den Schlächter von Lyon?«, brachte ich fassungslos hervor. Lorchmeyers Behauptungen waren wie ein Schlag ins Gesicht. Ich war überhaupt nicht darauf vorbereitet. »Wollen Sie etwa behaupten, dass mein Großvater mit diesem Monster in irgendeiner Verbindung stand?« Mir drohte die Stimme zu versagen.

Statt einer Antwort schob mir der Professor den Ausdruck eines Dokuments über den Tisch.

»Lesen Sie selbst!«, forderte er mich auf. Es war eine Kopie einer Mitgliederliste der französischen Milizionäre in Lyon mit Eintrittsdatum in die GMR, die Groupe mobile de Réserve. Laut der Auflistung trat mein Großvater im April 1943 der Miliz bei. Mit zitternden Händen legte ich das Papier wieder beiseite. »Sie sind weiß Gott nicht der Einzige, der diese Erfahrung machen muss«, sagte Lorchmeyer ohne erkennbares Bedauern. »Nach dem Krieg wurden aus vielen Nazis vermeintliche Helden des Widerstands. Doch wenn dem so wäre, hätte es das Dritte Reich gar nicht geben dürfen, nicht wahr?« Er lachte bitter. »Dabei waren es weniger als ein Prozent der Bevölkerung, die sich gegen Hitler aufgelehnt haben, übrigens auch in Frankreich. Wenn ich Ihnen einen gut gemeinten Rat geben darf, dann gehen Sie offensiv mit Ihrem Wissen um. Akzeptieren Sie, wer Ihr Großvater war. Möge Ihnen die Erkenntnis helfen, neues Unrecht zu vermeiden. Denken Sie an die vielen Flüchtlinge, die gerade Europa fluten!«

Lorchmeyer war schonungslos in dem, was er sagte. Er gab sich keine Mühe, mir die Wahrheit rücksichtsvoll beizubringen. Ich war geschockt, doch ich konnte ihm seine Reaktion auch nicht verübeln. Der Professor war als Junge selbst ein Opfer des Holocaust geworden. Nachdem er nicht nur die Schrecken des Konzentrationslagers erlebt, sondern dabei auch den Großteil seiner Familie verloren hatte, hatte er sich der Suche nach Gerechtigkeit und Aufklärung verschrieben. Wie sein ebenfalls jüdischer Kollege Simon Wiesenthal in Wien verstand er sich als ein Gerechter, dessen Lebensziel es war, als Leidtragender des Holocaust vor dem Vergessen der Shoa, dem nationalsozialistischen Völkermord an den Juden, zu warnen. Ich war mir sicher, seine mahnenden, von selbst erfahrenem Leid und daraus resultierender Unduldsamkeit geprägten Worte nie mehr zu vergessen. Alles in mir sträubte sich, das Ungeheuerliche zu glauben. Mein Großvater war immer mein Held gewesen, mein Vorbild, an dem ich mich messen wollte, und nun sollte er ein mieser Verbrecher gewesen sein?

Und doch lagen Beweise vor. Nach Minuten betroffenen Schweigens fühlte ich mich endlich in der Lage, Lorchmeyer zu fragen, ob er noch mehr über Antoine herausgefunden hatte. In Verbindung mit Obersturmführer Klaus Barbie schossen mir sofort die schrecklichen Razzien in der Lyoner Gegend durch den Kopf. Dieser Mann, der als der Schlächter von Lyon in die Geschichte eingegangen war, hatte die grauenvollen Judenverfolgungen aus dieser Zeit zu verantworten, besonders die Deportation der vierundvierzig Kinder und deren Betreuer des Waisenhauses von Izieu. Nicht nur für mich als Mensch, sondern auch als Historiker waren diese Taten der Inbegriff an Unmenschlichkeit. Allein der Gedanke, dass mein Großvater dabei seine Finger im Spiel gehabt haben könnte, verursachte mir Übelkeit.

Leider konnte Lorchmeyer mir meine Ängste nicht nehmen. »Ich weiß nicht mehr als das, was auf dieser Liste steht«, gab er mir zur Antwort. »Aber als Historiker werden Sie vermutlich in der Lage sein, etwas Licht in das Dunkle der Vergangenheit Ihres Großvaters zu bringen.« Zum ersten Mal, seitdem ich bei ihm war, huschte so etwas wie Mitgefühl über sein Gesicht. »Ich wünsche Ihnen die Kraft, das alles zu ertragen.«

Wie benommen verabschiedete ich mich kurze Zeit später von dem alten Herrn und trat nach draußen auf die Straße. Dort blieb ich stehen und starrte eine ganze Weile auf den grauen See. Ich registrierte weder den strömenden Regen noch die Autos, die hupend auf sich aufmerksam machten. Erst als ich bis auf die Haut durchnässt war, stieg ich in meinen VW-Bus und fuhr ohne festes Ziel eine Weile durch die Gegend.

Irgendwann verspürte ich das Bedürfnis, mich jemandem anzuvertrauen. Ich lenkte mein Gefährt zum Hafen und traf Valerie in dem Schuppen, der auch das Büro der Segelschule beherbergte. Sie war in das Einordnen von Rechnungen vertieft und bemerkte mich erst, nachdem ich die Tür bereits geschlossen hatte. Mein völlig desolater Anblick erschreckte sie. Sie ließ sofort alles stehen und liegen und nahm mich in die Arme. Ohne zu fragen, was geschehen war, hielt sie mich einfach nur fest.

Ihre Nähe war so wohltuend, dass sich der Stau an Gefühlen in mir zu lösen begann. Wie ein Ventil, aus dem plötzlich Luft entwich, ließ der angestaute Druck endlich nach. Ich begann zu weinen wie ein kleines Kind. Valerie wartete geduldig ab, bis ich mich wieder einigermaßen beruhigt hatte. Dann griff sie zu ihrer Jacke und schlug vor, in ihre Wohnung zu fahren.

Wenig später saß ich ihr frisch geduscht und in eine warme Decke gehüllt gegenüber. Valerie hatte mir einen heißen Tee gemacht und wartete geduldig, bis ich bereit war, über meine Erlebnisse bei Professor Lorchmeyer zu reden. Sie hörte mir aufmerksam zu und versuchte erst gar nicht, ihr Entsetzen über Antoines mögliche Gräueltaten zu verbergen. Ich war ihr dankbar dafür, dass sie die Sache nicht herunterspielte.

»Es tut mir so leid für dich!«, sagte sie schließlich traurig. »Dein ganzes Leben lang war dein Großvater für dich der wichtigste Mann in deinem Leben. Es muss schrecklich sein zu erfahren, dass es nur eine Illusion war.«

»Er war mein Held, der Mensch, an dem ich mich immer aufgerichtet habe. Ohne die Erzählungen über ihn hätte ich niemals Geschichte studiert. Ich hielt ihn für einen Gerechten, dem ich nacheifern wollte. Und nun …« Ich spürte, wie mir wieder Tränen in die Augen stiegen. »Und nun muss ich erfahren, dass er mit einem der widerwärtigsten Kriegsverbrecher, die das Regime hervorgebracht hat, eng zusammengearbeitet hat. Ich kann und will das einfach nicht glauben. Wie kann ich denn jemals noch in meinem Leben an das Gute glauben, wenn mein eigener Großvater ein Mörder war?« Eine ganze Weile suhlte ich mich in Selbstmitleid. Dann erinnerte ich mich wieder an Lorchmeyers Worte: *Als Historiker werden Sie vermutlich in der Lage sein, etwas Licht in das Dunkle der Vergangenheit Ihres Großvaters zu bringen.* Plötzlich wusste ich, dass er recht hatte. »Ich werde die ganze Wahrheit über Antoine herausfinden und alles veröffentlichen«, teilte ich Valerie schließlich mit. »Und dann werde ich dafür sorgen, dass so etwas nie wieder in meiner Familie geschieht.«

»Aber wieso willst du dich damit quälen?«, fragte Valerie besorgt. »Du bist nicht für die Taten deines Großvaters verantwortlich, egal, was er getan hat.«

»Weil ich sonst nicht mehr weiterleben kann!« Ich sah, wie meine heftige Reaktion sie erschreckte, und versuchte, sie zu beruhigen. »Bislang weiß ich doch nur, dass er bei den Milizionären war. Möglich, dass er ganz grauenvolle Dinge getan hat, aber es ist doch auch denkbar, dass es noch eine andere Geschichte hinter der Wahrheit gibt. Ich möchte einfach nicht glauben, dass Antoine ein skrupelloser Mörder war. Deshalb muss ich versuchen, mehr über ihn herauszufinden.«

Ich seufzte und wünschte mir, dass ich nie vor diese Entscheidung gestellt worden wäre. Dann fiel mir Adèle ein. Wie würde sie wohl mit der Wahrheit umgehen? Durfte ich ihr überhaupt davon erzählen?

»Wie kann es sein, dass deine Tante nichts davon erfahren hat?«, fragte Valerie, als hätte sie meine Gedanken erraten. »Du hast erzählt, dass die beiden einander sehr nahestanden.«

Darüber hatte ich auch schon nachgedacht.

»Möglicherweise hat Antoine ihr nie etwas darüber erzählt«, mutmaßte ich. »Wenn er wirklich an den Gräueltaten beteiligt gewesen ist, dann wird er damit wohl kaum geprahlt haben.«

Doch warum hätte Antoine seiner Schwester verschweigen sollen, dass er bei den Milizen gewesen war? Zur damaligen Zeit waren Milizionäre in der ehemals freien Zone durchaus angesehen. Die Soldaten bekamen einen anständigen Sold, mit dem sie ihre Familien finanzieren konnten. War das vielleicht der Grund, weshalb Antoine Grenoble verließ? Er wollte seine Familie ernähren?

Valerie saß mir mit aufgestützten Armen gegenüber, das Kinn auf die Hände gelegt, und versuchte, meinen Gedanken zu folgen. »Du musst mit Adèle reden«, sagte sie schließlich. »Es war doch auch ihr Wunsch, mehr über ihren Bruder zu erfahren.«

»Es wird ihr das Herz brechen«, fürchtete ich.

Mir graute davor, sie mit der Wahrheit zu konfrontieren. Und doch ahnte ich längst, dass auch sie mir etwas verschwieg.

»Sie hat ein Recht darauf!« Valerie blieb bei ihrer Meinung. »Du würdest nicht glücklich werden, wenn du es ihr verschweigst. Vielleicht hilfst du ihr ja sogar damit, ihren Bruder endlich loszulassen!«

Lyon, Frankreich, Februar–Mai 1943

Antoines Ausbildung bei den Milizionären gestaltete sich zäher, als er gedacht hatte. Im Gegensatz zu vielen anderen seiner Mitstreiter machten ihm weder der Umgang mit Waffen noch die körperlichen Ertüchtigungen besonders viel Spaß. Beim Schießen war er so schlecht, dass Georges beide Augen zudrücken musste, um ihn einsatzbereit zu erklären. Dafür kam er abends auf der Stube mit seinen Kameraden gut zurecht, wenn er sie mit musikalischen Einlagen unterhielt.

»Ich fürchte, du hast noch einen langen Weg vor dir, bevor du ein guter Soldat bist«, meinte Georges bei ihrem Abschied. »In Belley brauchen sie Leute für Patrouillen. Ich habe Laval gebeten, dich mit seinem Trupp dorthin zu versetzen. Solange die Italiener da noch sind, ist es einigermaßen ruhig.« Er klopfte ihm aufmunternd auf die Schulter. »Sei froh, dass Barbie einen Narren an dir gefressen hat. Wenn du dich gut mit ihm stellst, werden deine Brüder bald auf freiem Fuße sein. Und in einem Jahr ist der Spuk hier sowieso vorüber. Dann haben wir die Alliierten besiegt, und es beginnt der Aufbau einer neuen, großen Nation. Dann wird auch deine Zeit als Musiker in Paris anbrechen!«

Antoine verabschiedete sich von seinem Freund mit

gemischten Gefühlen. Georges war mit einer anderen Einheit zur Unterstützung der deutschen Truppen im Kampf gegen den Maquis in die Gegend von Nizza abkommandiert worden. Er hatte keine Ahnung, wann er ihn wiedersehen würde. Von nun an war er auf sich allein gestellt. Sein einziger Trost war der großzügige Sold, den er erhielt. Mit ihm konnte er seine Mutter und Adèle einigermaßen versorgen.

In mehreren Militärlastwagen erreichte seine Truppe im April 1943 die kleine Stadt Belley am Südwestrand des Juras. Nach dem Sieg der Deutschen über Frankreich war diese Gegend den verbündeten Italienern zugesprochen worden. Doch es zeichnete sich ab, dass diese sich bald zurückziehen und den Deutschen die Vormacht überlassen würden. Der Ort lag ungefähr in der Mitte des Städtedreiecks Lyon-Genf-Grenoble. Es gab eine mittelalterliche Kathedrale, die den Bischofssitz von Belley darstellte, sowie eine intakte Stadtmauer. Außerdem besaß die Stadt eine Unterpräfektur, die von dem jungen Pierre-Marcel Wiltzer geleitet wurde.

Lavals Truppe war auf einem Bauernhof am Stadtrand einquartiert, dessen ehemaliger Besitzer als Widerstandskämpfer enteignet und danach hingerichtet worden war. Laval führte seine Männer mit soldatischem Drill. Sie wurden jeden Tag um sechs Uhr morgens geweckt und mussten sofort auf dem Exerzierplatz antreten. Danach Frühsport entlang des Kanals, dem ein kurzes Frühstück mit Zichorienkaffee und trockenem Brot folgte, bevor die Männer auf Patrouille gingen. Aufgrund der Nähe zur Schweizer Grenze war es ihre Aufgabe, Ausschau nach jüdischen Flüchtlingen zu halten, sie festzunehmen und in die dafür vorgesehenen Lager in Drancy, Pithiviers und Beaune-la-Rolande zu überstellen. Dort wurden sie von den deutschen Behörden übernommen und in deutsche Konzentrationslager gebracht.

Antoine sollte ebenfalls auf Patrouille gehen. Seine Hauptaufgabe bestand jedoch darin, die Augen offen zu halten und guten Kontakt zu der Bevölkerung zu pflegen. Obersturmführer Barbie wollte, dass er herausfand, ob die Résistance Anschläge plante und wer möglicherweise dahintersteckte. Er lobte Antoines offene, kontaktfreudige Art und versprach sich von ihm, dass er in der Gegend bald Freunde finden und ihr Vertrauen gewinnen konnte. Ungefähr alle zehn Tage hatte er sich in Lyon einzufinden, um dem deutschen Gestapomann persönlich zu berichten. Antoine war die Arbeit als Spitzel allemal lieber als ein gefährlicher Kampfeinsatz. Außerdem fühlte er sich geschmeichelt, dass ausgerechnet er zu einem Liebling des Oberkommandierenden geworden war. Klaus Barbie war ebenfalls Musikliebhaber und hatte an ihm regelrecht einen Narren gefressen.

Im Laufe seiner kurzen Ausbildungszeit in Lyon wurde er an fast jedem Abend zu ihm ins Hotel beordert, wo man ihn bat zu musizieren. Die deutschen Offiziere und die französischen Mädchen tanzten dort stets zu Schlagern und von ihm selbst komponierten Melodien und amüsierten sich prächtig. Eines Abends schenkte ihm der Obersturmführer das Akkordeon, das er ihm bislang nur geliehen hatte. »Wenn Sie mir nun noch zeigen, was Sie als Soldat draufhaben, werden Sie es nicht bereuen«, ermunterte er ihn. »Nicht mehr lange und Sie werden im Pigalle auftreten, lieber Freund!«

Ab diesem Zeitpunkt fühlte sich Antoine dem charismatischen Mann in vielerlei Hinsicht verpflichtet. Seine Sonderstellung brachte ihm so manchen Vorteil, den ein gewöhnlicher Milizionär nicht hatte. Vor allem ermöglichte sie es ihm, ab und zu der verhassten Provinz zu entfliehen, um ein oder zwei Tage in Lyon zu verbringen. Es hätte ihn wirklich schlechter treffen können.

In den folgenden Wochen gewöhnte er sich an sein neues Leben und fand sogar Gefallen daran. Er musste nur selten auf lange Patrouillen, meist ließ man ihm freie Hand, mit der Bevölkerung von Belley in Kontakt zu kommen. Der Besuch der örtlichen Wirtshäuser gehörte zu seinen Privilegien. Dort wurden die meisten Neuigkeiten ausgetauscht. Schon bald freundete er sich mit dem Schmied an, der ihn häufig zu einer Kartenspielrunde mit Einheimischen einlud. Da Antoine ein verträglicher Kerl war, behandelten ihn die Leute im Ort bald wie einen von ihnen.

Nach einiger Zeit fand er heraus, dass es gewisse Heimlichkeiten zwischen dem Pfarrer und dem Lehrer gab, auch wenn er diesen zunächst nicht auf den Grund kam. Anfang Mai bekam er die Chance, mehr herauszufinden. Eines Abends beim Kartenspiel, an dem auch der Geistliche teilnahm, trat der Lehrer der Ortsschule an ihren Tisch und flüsterte dem Pfarrer etwas zu, bevor er ziemlich eilig verschwand. Antoine musste kein Hellseher sein, um zu erkennen, dass die beiden etwas ausheckten. Und dabei handelte es sich gewiss nicht um die Sonntagspredigt. Als sich der Pfarrer kurz darauf verabschiedete, verließ auch er die Runde und folgte ihm heimlich durch die Nacht.

Seine Ahnungen hatten ihn nicht getrogen. Anstatt nach Hause zu gehen, marschierte der Geistliche aus dem Ort hinaus. Bevor er in eine kleine Seitenstraße abbog, sah er sich aufmerksam um. Antoine duckte sich rasch hinter einen Lattenzaun. Er fürchtete schon, entdeckt worden zu sein, denn der Pfarrer machte einige Minuten keinerlei Anstalten weiterzugehen. Doch dann verschwand er in der dunklen Gasse. Antoine wagte nicht, ihm sofort zu folgen. Er sah sich gezwungen, eine Weile zu warten, und fürchtete schon, seine Spur verloren zu haben, als er ihm endlich in die Dunkelheit nachschlich. Der Pfarrer war wie vom Erdboden verschluckt.

Antoine folgte dem unbeleuchteten Weg, bis er sah, dass er sich mittlerweile auf einem Feldweg befand. Im schwachen Licht des Mondscheins entdeckte er gerade noch, wie der Geistliche auf einen etwas außerhalb gelegenen Bauernhof zustrebte und in einer Scheune verschwand. In gebückter Haltung hastete er ihm hinterher. Aus dem Inneren der Scheune hörte er die Stimmen mehrerer Männer, die sich in einem aufgeregten Gespräch befanden. Da das Tor nur angelehnt war, machte es ihm keine Mühe, sie zu belauschen. Schnell bekam er mit, dass es sich um eine Gruppe von Flüchtlingen handelte. Sie waren auf dem Weg in die Schweiz von ihrem Weg abgekommen und sollten schnellstmöglich an einen geheimen Ort gebracht werden, wo ein schweizerischer Fluchthelfer sie erwartete.

Antoine sah seine Chance gekommen, als er mitbekam, wie der Pfarrer dem Anführer der Gruppe versprach, sie an einen bestimmten Flusslauf zu führen, wo der Fluchthelfer auf sie wartete. Von seinen Patrouillen her war ihm die Gegend ungefähr bekannt. Wenn es ihm gelang, Laval rechtzeitig zu informieren, konnten sie die Gruppe abfangen. Er hatte genug gehört und beeilte sich, zurück zur Kaserne zu kommen.

Der Capitaine nahm die Neuigkeit mit Zufriedenheit auf. Er lobte Antoine für sein Handeln und entsandte sofort eine Truppe seiner Milizionäre. Sie wurden von Sergent Gaultier angeführt, Antoine musste sie begleiten. Für ihn war es sein erster bewaffneter Einsatz. Dementsprechend nervös war er. Gaultier, der aus der Gegend stammte, kannte die Stelle, an der die Flüchtlinge auf ihren Fluchthelfer treffen sollten. Ihre Absicht war es, vor der Gruppe an besagtem

Flussabschnitt zu sein, um sie zu überraschen. Laval hatte ihnen eingetrichtert, auf jeden Fall auch den Fluchthelfer zu schnappen. Da der Treffpunkt der Flüchtlinge ein ganzes Stück von der Kaserne entfernt war, fuhren sie erst in Armeelastwagen, danach marschierten sie im Eiltempo durch die Dunkelheit. Sobald sie sich einem Punkt näherten, der hinunter in eine Schlucht führte, gab ihnen Gaultier die letzten Instruktionen.

»Der Platz ist verdammt gut gewählt«, informierte er sie. »Die Schlucht liegt ziemlich weit abseits und ist von oben nicht einsehbar. Der Fluchthelfer wird seine Leute über die gegenüberliegenden Berge in die Schweiz führen wollen. Dort gibt es kaum Dörfer und Höfe, dafür ausreichend Pfade, auf denen sie ungesehen fliehen können. Von der Schlucht aus führt ein steiler Pfad direkt in unwegsames Gelände. Wir müssen sie schnappen, bevor sie diesen Pfad erreichen. Also sorgen wir dafür, dass ihnen dieser Weg versperrt bleibt. Die Flüchtlinge werden sich vom Fluss her der Stelle nähern. Wenn Mardieu die Lage richtig eingeschätzt hat, haben wir einen guten Vorsprung. Wir schleichen uns sofort hangabwärts durch das Gelände, so können wir sicher sein, dass weder der Fluchthelfer noch die Flüchtlinge uns vorher entdecken. Zugegriffen wird erst auf mein Kommando. Der Gebrauch von Schusswaffen ist ausdrücklich erlaubt. Erschießt das Pack, wenn es zu fliehen versucht.«

Antoine bekam plötzlich ein mulmiges Gefühl. Erst jetzt wurde ihm bewusst, auf was er sich da eingelassen hatte. Sollte heute Nacht jemand ums Leben kommen, wäre er dafür verantwortlich. Bislang hatte er sich darüber keine Gedanken gemacht. Er hatte ja nur seinen Vorgesetzten imponieren wollen. Doch um welchen Preis?

Um sein Gewissen zu beruhigen, versuchte er, sich einzureden, dass es sich ja nur um Juden handelte. Georges und seine Freunde hatte ihm oft genug gepredigt, dass sie Feinde des französischen Staates waren und eine Weltverschwörung angezettelt hatten. Als anständiger Christ war es seine Pflicht, das zu verhindern. Doch so richtig wohl wollte ihm bei dem Gedanken nicht werden.

Dem älteren Kameraden neben ihm fiel seine Schweigsamkeit auf. »Ist das dein erster Einsatz?«, fragte er ihn. »Da hatte ich auch Fracksausen. Schieß einfach drauflos, sobald das Kommando kommt. Dann ist es am wenigsten schlimm.« Der Mann hieß Charles Flambert und war ein kampferprobter Milizionär aus der Gegend um Chambéry. Er klopfte ihm auf die Schulter. »Bekommst ohnehin eine Auszeichnung, wenn das alles hier vorüber ist.«

Der Abstieg in die Schlucht war schwierig zu bewältigen. Es ging einen steilen, von Felsen und Gestrüpp durchsetzten Abhang hinunter. Der Boden war vom Regen der vergangenen Tage rutschig und bot nur wenig Halt. Vor allem mussten sie darauf achten, so wenige Geräusche wie möglich zu machen. Gaultier hatte den Flüchtlingen einen der Männer als Kundschafter entgegengeschickt. Als er zurückkam, berichtete er, dass man in etwas weniger als einer halben Stunde mit ihnen rechnen konnte. Ihr Anführer schärfte ihnen nochmals ein, sich möglichst ruhig zu verhalten. Der Fluchthelfer war mit großer Wahrscheinlichkeit schon vor Ort. Sie durften ihm keine Gelegenheit bieten zu entkommen. Antoine, der hinter einem Felsen etwa fünf Meter oberhalb der Senke Position bezogen hatte, wurde immer nervöser. Das Warten zehrte an seinen Nerven und ließ seine Gedanken nicht zur Ruhe kommen. Er hoffte nur, dass die Flüchtlinge klug genug waren, sich ohne Gegenwehr festnehmen zu lassen, damit kein Blut vergossen wurde.

Endlich gab jemand das Zeichen, dass sich die Gruppe näherte. Etwa fünfzig Meter von ihnen entfernt blieben die Flüchtlinge plötzlich stehen. Im Mondlicht konnte Antoine den Pfarrer erkennen, und so fühlte er sich umso mehr als Verräter. Vor wenigen Stunden hatte er noch mit ihm Karten gespielt. Und dann sah er, dass die Flüchtenden allesamt noch sehr jung waren. Der Geistliche redete auf sie ein und wies in die Richtung der Felsen, hinter denen sie sich versteckt hielten. Schließlich verabschiedete er sich und verschwand in der Dunkelheit.

Antoines Trupp hatte Order zu warten, bis sich die Flüchtlingsgruppe direkt unterhalb von ihnen befand und der Fluchthelfer sich zu erkennen gegeben hatte. Schweigend näherten sich die Kinder und Jugendlichen, sie ließen sich vor dem Felsen nieder. Antoine beobachtete ein kleines Mädchen, das sich auf einen Stein setzte und die wunden Füße rieb. Die anderen standen ratlos und verängstigt herum. Er erschrak, als er sah, dass die meisten höchstens elf oder zwölf Jahre alt waren, ein oder zwei mochten vielleicht fünfzehn oder sechzehn sein. Kalter Schweiß trat ihm auf die Stirn, als ihm bewusst wurde, dass er für das alles hier verantwortlich war. Am liebsten hätte er die Kinder gewarnt, doch dazu war es nicht nur zu spät, er war auch zu feige.

Verdammt! Juden hin oder her, das hier waren unschuldige Kinder!

Aus den Augenwinkeln konnte er Gaultier und zwei andere Milizionäre sehen, die nur darauf warteten, dass es endlich losging. Alle wirkten hochkonzentriert. Ihre Finger saßen an den Abzügen, ihre Gesichter zeigten Entschlossenheit. Wäre er doch nur etwas mutiger! Ihm schlotterten die Knie vor Angst. Einen kurzen Augenblick erwog er, einen Stein zu werfen, um die Flüchtenden zu warnen. Doch das wäre von Flambert, der neben ihm Stellung bezogen hatte, bemerkt worden. Er wagte nicht einmal das. Er war ein verdammter Feigling. Dafür würde er sich den Rest seines Lebens hassen.

Dann wurde seine Aufmerksamkeit von einer Stimme, die vom Felsen über ihnen kam, abgelenkt.

»Kommt hier rauf!«, rief jemand mit schweizerischem Dialekt. »Ihr seid verraten worden!«

Sofort kam Bewegung in die Gruppe. Alle sprangen auf und versuchten, dem Rufenden Folge zu leisten. Da sie ganz in der Nähe des Felsens standen, bei dem der Pfad in die Höhe führte, gelang es den meisten tatsächlich, ihn zu erreichen. Gleichzeitig brüllte Gaultier: *»En marche!«*

Dann ging alles drunter und drüber. Antoine hörte die ersten Schüsse. Er sah, wie sich seine Kameraden in Bewegung setzten und den Hang hinunter zu den Kindern stürmten. Weitere Schüsse und Schmerzensschreie füllten die Luft, während er nicht fähig war, sich zu rühren. Flambert stieß ihm schließlich seinen Gewehrlauf in die Seite und zischte, er solle gefälligst seinen Arsch in Bewegung setzen.

Antoine folgte ihm wie in Trance. Er sah, wie Flambert eines der kleineren Mädchen packte und es auf den Boden schleuderte. Im nächsten Augenblick ließ einer der älteren Jungen einen Ast auf ihn niedersausen. Flambert fluchte und wandte sich dem Angreifer zu. Da löste sich ein Schuss aus seinem Gewehrlauf, und der Junge sank mit weit aufgerissenen Augen auf den Boden. Das Mädchen nutzte die Gelegenheit und verschwand eilig im Gebüsch.

»Los, folgen!«, befahl Gaultier und stürmte seinen Männern voran den Hügel hinauf.

Die meisten setzten sich sofort in Bewegung, während

Antoine fassungslos neben Flambert trat und auf den toten Jungen starrte.

»Was ist?«, verteidigte der sich hitzig. »Der hat mich angegriffen. Ich hatte keine Wahl.«

Er riss Antoine mit sich. In der Dunkelheit war die Verfolgung schwierig. Sie schnappten noch das Mädchen, das nicht mehr gut laufen konnte, und seinen Bruder, der es nicht alleinlassen wollte. Die anderen konnten entkommen.

Zum ersten Mal in seinem Leben hasste sich Antoine für etwas, das er getan hatte.

17

Von nun an nahmen die Dinge ihren Lauf. Valeries Trost und Zuspruch nach Lorchmeyers Offenbarung hatten mir gutgetan. Dank ihr gelang es mir nach dem ersten Schock, die Dinge wieder nüchterner zu betrachten. Der Professor hatte recht. Je offensiver ich mit Antoines Geschichte umging, desto einfacher würde es werden, sie in den richtigen Kontext zu setzen. Ich musste weitere Nachforschungen über Antoine anstellen, um mich dann mit den Ergebnissen auseinandersetzen zu können. Die erste Hürde, die ich dazu nehmen musste, war, Adèle mit meinem Wissen zu konfrontieren. Auch sie würde lernen müssen, damit umzugehen.

Als ich Valeries Wohnung gegen Mittag verließ, begleitete sie mich noch bis zu ihrem Briefkasten. Sie zog aus ihm einen wattierten Umschlag, über den sie sich sehr freute.

»Von meinem Vater«, sagte sie. »Darin ist ein Schmuckstück meiner Großmutter. Er wollte es mir unbedingt schicken, damit ich ein Andenken an sie habe.«

Als sie meinen erstaunten Blick bemerkte, lächelte sie verschmitzt. »Nicht nur du hast eine Vergangenheit.«

Sie erwähnte kurz das Telefongespräch mit ihren Eltern. Einen Augenblick lang beneidete ich sie um ihre heldenhafte Großmutter. Valerie musste mir meine Gefühle angesehen haben, denn sie knuffte mich vorwurfsvoll.

»Nun komm schon! Du wirst doch jetzt nicht eifersüchtig auf meine Großmutter sein«, zog sie mich auf.

»Natürlich nicht!« Es beschämte mich, weil sie meine Gedanken erraten hatte.

»Du bist nicht für die Taten deines Großvaters verantwortlich!«

Sie gab mir zum Abschied einen Kuss, der mich tatsächlich daran erinnerte, dass es noch andere wichtige Dinge im Leben gab.

Als ich in unserer Ferienwohnung ankam, regnete es noch immer Bindfäden. Das Grau des Bodensees verschwamm mit dem tristen Grau der Häuser und Straßen, die ihn säumten. Tiefliegender Dunst hüllte den See und die Umgebung ein. Im Wohnzimmer fand ich Adèle beim Kartenspiel mit Therese Hufnagel vor. Die beiden alten Damen hatten es sich bei dem Regenwetter gemütlich gemacht. Vor ihnen stand eine Flasche von Thereses selbst angesetztem Holunderblütenlikör und zwei Gläser, die sicher nicht erst einmal gefüllt worden waren. Da sie so harmonisch beieinandersaßen, hatte ich plötzlich Skrupel, Adèle mit den unangenehmen Neuigkeiten zu konfrontieren. Die beiden Frauen waren so in ihr Canasta-Spiel vertieft, dass sie mich erst bemerkten, als ich zu ihnen an den Tisch trat.

»Ah, der junge Professor«, begrüßte mich unsere Wirtin vergnügt. Adèle zwinkerte mir vielsagend zu, wohl weil ich die Nacht nicht bei ihr in der Wohnung verbracht hatte. Ich gab ihr einen zärtlichen Kuss auf die Wange und setzte mich zu den beiden alten Damen. »Konnte Christian Ihnen etwas Neues über Ihren Großvater erzählen?«, erkundigte sich Therese neugierig.

Ich verneinte und beschrieb in knappen Worten, was mir

der alte Herr berichtet hatte. Frau Hufnagel bedauerte mich, Adèle reagierte ganz anders.

»Nimm es als Zeichen dafür, dass es nun reicht, weiter in der Vergangenheit zu graben, mein Junge«, riet sie mir. »Ich habe doch auch meinen Frieden gemacht.« Sie lächelte ihr feines Lächeln und spielte die letzten Karten aus, mit denen sie das Spiel beendete. »Gewonnen!«, triumphierte sie.

Für sie schien die Sache mit ihrem Bruder tatsächlich abgeschlossen zu sein. Konnte ich es da verantworten, ihren Frieden zu stören? Gleichzeitig wuchs in mir das Gefühl, dass sie mir absichtlich etwas verheimlichte. Das musste ich herausfinden.

Therese Hufnagel erhob sich unterdessen. »Ich hoffe, Sie werden noch ein paar Tage länger unsere Gäste sein«, verabschiedete sie sich aufgeräumt.

Adèle sah mich schmunzelnd an. »Die Entscheidung überlasse ich meinem Neffen. Ich habe keine Ahnung, wie viel Zeit sein Segelschein bei der reizenden Lehrerin noch in Anspruch nehmen wird.«

Kaum waren wir allein, trat eine seltsame Verlegenheit zwischen uns. Adèle war taktvoll genug, mich nicht nach der vergangenen Nacht auszufragen, und ich suchte nach dem passenden Einstieg für unser Gespräch. So plauderten wir eine Weile über harmlose Dinge, bis meine Tante, die es sich zwischenzeitlich in einem Ohrensessel gemütlich gemacht hatte, einnickte. Ich zog noch einmal die Liste des Professors hervor, um sie zu studieren, dann klingelte mein Handy. Um Adèle nicht zu stören, nahm ich das Gespräch entgegen und zog mich leise in mein Zimmer zurück. Es war das Sekretariat der Sorbonne, die mich an Luc Castel weiterleitete. Wir waren Kollegen und langjährige Freunde.

»Harvard hat sich gemeldet und Erkundigungen über

dich eingeholt«, verkündete er aufgeregt. »Sie bieten dir einen Lehrauftrag an! Ich habe schon mehrere Male versucht, dich zu erreichen.«

Die Nachricht kam überraschend. Ich hatte einige Zeit zuvor meine Unterlagen an die Universität geschickt und mich für die Stelle beworben, mir allerdings keine besonderen Hoffnungen gemacht. Ich bat Luc, mir Details mitzuteilen. Das Angebot war wirklich verlockend. Man wollte mich tatsächlich für eine zweijährige Gastprofessur an einer der renommiertesten Eliteuniversitäten der Vereinigten Staaten. Allein die Tatsache, dass Harvard angefragt hatte, schmeichelte meinem Ego. Für einen Wissenschaftler bedeutete das den Ritterschlag. Danach würden mir Tür und Tor an sämtlichen namhaften Universitäten der Welt offenstehen. Eine Honorarprofessur war so gut wie sicher. Auch das Gehalt in Harvard war akzeptabel, man bot mir sogar auf dem Campus kostenfrei eine Wohnung an.

Unter anderen Umständen hätte ich keinen Augenblick gezögert und das Angebot sofort angenommen. Es war die Chance, auf die ich immer gewartet hatte. Doch dann dachte ich an Valerie und das, was gerade zwischen uns begonnen hatte. Was für ein merkwürdiger Winkelzug des Schicksals, dass mir ausgerechnet jetzt die Frau meines Lebens begegnet war.

»Sag ihnen, dass ich noch etwas Zeit für eine Entscheidung brauche«, sagte ich zu Luc, der das natürlich in keiner Weise nachvollziehen konnte.

»Spinnst du? Du bist ein Vollidiot, wenn du dir diese Chance entgehen lässt«, entrüstete er sich. Ich gestand ihm, dass ich mich unsterblich in eine Deutsche verliebt hatte. »Keine Frau der Welt ist es wert, auf so etwas zu verzichten«, erwiderte er.

»Für mich schon«, antwortete ich bestimmt.

Luc redete noch eine ganze Weile auf mich ein. Dann beendete ich unser Gespräch.

Bei meiner Rückkehr fand ich Adèle stocksteif sitzend in ihrem Sessel vor. Sie starrte ins Leere. Erst dann sah ich, dass sie ein Papier in den Händen hielt. Es war die Liste der Milizionäre, die ich achtlos auf das Beistelltischchen gelegt hatte. Es bedurfte keiner Worte, um zu sehen, wie erschüttert sie war.

»Mamie, es tut mir leid, dass du es so erfahren musstest!«

Ich ging rasch zu ihr und setzte mich neben sie. Ihr Blick blieb weiterhin unbeweglich ins Leere gerichtet. Dann ging ein leichtes Schaudern durch ihren Körper. Sie sah mich an.

»Nun hast du es also doch erfahren«, hauchte sie mit papierdünner Stimme.

Als ich ihre Hand tätscheln wollte, gab sie mir unmissverständlich zu verstehen, dass sie jetzt keine Berührung duldete. Erst da begriff ich, was sie gerade gesagt hatte: Adèle hatte immer Bescheid gewusst!

»Du wusstest davon?« Doch so erstaunt, wie ich mich gab, war ich tief in meinem Inneren gar nicht. Seit dem Gespräch mit Lorchmeyer ahnte ich zumindest, dass meine Tante nicht so ahnungslos gewesen sein konnte, wie sie mir und meiner Mutter immer vorgegaukelt hatte. Doch es machte einen Unterschied, ob man etwas vermutete oder Gewissheit hatte. Sie hatte uns die Wahrheit unser ganzes Leben lang vorenthalten. »Warum hast du uns nichts gesagt? Maman und ich hatten ein Recht darauf zu erfahren, wer Großvater wirklich war!«

Ich wollte noch etwas hinzufügen, doch Adèle hob energisch ihre Hand, um mich zum Schweigen zu bringen. Sie vermied jeglichen Blickkontakt, als sie die Liste mit den Kollaborateuren zurück auf den Tisch legte. Ihre sonst noch so jugendliche Stimme klang plötzlich alt und brüchig.

»Mir war schon lange klar, dass es ein Fehler war, deine Mutter und dich anzulügen«, begann sie nach einem schweren Atemzug. »Nicht nur euch habe ich belogen, auch meinen eigenen Mann. Mit ihm fing die ganze Schwindelei eigentlich erst an.« Sie lachte niedergeschlagen. »Gustave hätte mich niemals geheiratet, wenn er gewusst hätte, dass mein Bruder ein Milizionär war. Er war doch Jude.« Sie sah mich flüchtig an. »Ich habe diese große, unverzeihliche Lüge zu meiner Wahrheit gemacht, weil es so einfacher für mich war. Außerdem habe ich mich so geschämt: für meinen Bruder, für mich, für unsere ganze Familie. Wie sollte ich vor meinen Nachbarn und allen, die durch das Unrecht der Kollaborateure haben leiden müssen, rechtfertigen, dass mein eigener Bruder einer von ihnen gewesen war?« Sie drehte den Kopf in meine Richtung, wich mir nicht länger aus. In ihren alterstrüben Augen schwammen Tränen. »Ich wollte nicht, dass Isabelle und du, dass ihr beide mit dieser Schmach aufwachsen müsst. Aus diesem Grund habe ich euch nie etwas gesagt!«

»Du hast Großvater zu einem Helden stilisiert«, warf ich ihr vor. »Du hast ihn zu einem guten Menschen gemacht, obwohl er vielleicht ein Monster war!«

»Das war er ganz bestimmt nicht«, widersprach Adèle energisch. »Vielleicht hat er auf der falschen Seite gestanden, aber gewiss war er deswegen kein böser Mensch! Niemand kannte ihn so gut wie ich. Er konnte keiner Menschenseele etwas antun!«

Diese Verharmlosung war mehr, als ich ertragen konnte. Dass sie mich und meine Mutter unser ganzes Leben lang angelogen hatte, war eine Sache, aber dass sie nun auch noch so tat, als wäre alles gar nicht so schlimm gewesen, war einfach zu viel. War Adèle wirklich nicht bewusst, dass sie mit ihren Worten alles infrage stellte, was sie mir bislang an Werten und Wahrheiten für mein Leben vermittelt hatte? Ich spürte eine abgrundtiefe Enttäuschung in mir aufsteigen, die ich nicht mehr zurückhalten konnte.

»Großvater war ein Mörder«, brach es mit bebender Stimme aus mir heraus. »Er hat für einen der schlimmsten Nazis gearbeitet. Wusstest du auch das?« Ich konnte in diesem Augenblick einfach keine Rücksicht nehmen.

»Er ist nur zu den Milizionären, weil er diesen Georges Duchand kennengelernt hat«, versuchte Adèle weiter, ihren Bruder zu verteidigen. »Er war in Belley und hat nie jemandem etwas Böses getan!«

»Er war der Vertraute vom Schlächter von Lyon«, korrigierte ich sie heftig. Ich wollte, dass sie es endlich zugab. »Wahrscheinlich war er sogar dabei, als die Kinder von Izieu deportiert wurden. Vierundvierzig Kinder und sieben Begleitpersonen sind möglicherweise seinetwegen in Auschwitz vergast worden. Und du behauptest, er konnte niemandem etwas zuleide tun?« Ich schüttelte mich angewidert. »Aber was mich am meisten verletzt, ist die Tatsache, dass du Maman und mich unser ganzes Leben lang belogen hast. Wie konntest du das verantworten? Wie kann ich dir jemals wieder vertrauen? Du hast dich ebenso wie Antoine schuldig gemacht.«

Adèles Augen weiteten sich ungläubig, während meine Vorwürfe auf sie niederprasselten. Natürlich weiß ich, dass ich mich hätte mehr zusammennehmen müssen. Es hätte andere, einfühlsamere Worte gegeben, um ihr meine Enttäuschung verständlich zu machen. Zu meiner Rechtfertigung kann ich nur sagen, dass ich von dieser Nachricht zu verstört war, um an Rücksicht zu denken.

Auf jeden Fall zerstörten meine Worte Adèles mühsam aufrechterhaltene Contenance. Ihre Erschütterung war bis in den letzten Winkel des Raumes spürbar. Eine ganze Weile sprach sie kein Wort.

»Du hast alles Recht der Welt, mich zu verachten«, brachte sie schließlich mit kaum hörbarer Stimme heraus.

Im Laufe unseres Gesprächs war sie immer mehr in sich zusammengesunken. Ihr Körper wirkte mit einem Mal viel zu klein für den großen Sessel. Erst da begriff ich, was ich mit meinen Vorwürfen angerichtet hatte.

»Ich bin einfach nur enttäuscht«, versuchte ich es mit milderen Worten. »Ich weiß doch, dass du es mit Maman und mir immer nur gut gemeint hast. Denk nicht, dass ich dir dafür nicht dankbar bin, aber …«

Ich wollte noch sagen, dass wir mit der Wahrheit auch früher schon zurechtgekommen wären, doch es kam nicht mehr dazu. Adèle rang mit einem Mal schwer nach Atem. Panik trat in ihre Augen, während sie sich mit schmerzverzerrtem Gesicht an die Brust fasste. Sie versuchte, noch etwas zu sagen, aber mehr als ein Röcheln kam nicht über ihre violett gewordenen Lippen. Mit einem letzten flehenden Blick sah sie in meine Richtung, dann sank ihr Kopf leblos auf ihre Brust.

TEIL 2

ERINNERN

Massif de la Chartreuse, Frankreich, April 1944

Warum gab es kein Glück ohne Unglück, keine Liebe ohne Leid und kein Leben ohne Tod? In jedem hellen Augenblick war auch eine dunkle Seite verborgen. Das Dunkle kam immer dann, wenn man sich im Guten geborgen fühlte. Wenn Marguérite zwischen ihren Fieberträumen die Kraft hatte, für wenige Momente klar zu denken, grübelte sie über derlei Dinge. Waren es nicht die Gegensätze, die einen lehrten, die Welt zu begreifen? Wer nicht ums Dunkel wusste, konnte das Licht nicht erkennen. Weiß Gott, sie hatte beides zu Genüge kennengelernt. Auch damals, auf ihrer Flucht aus Deutschland …

Nach dem Verrat des Kutschers, der dazu geführt hatte, dass Clara, Mechthild und der kleine Samuel von den Milizen aufgegriffen worden waren, harrte sie stundenlang frierend in dem dunklen Verschlag des fremden Hofes aus und wagte es nicht, sich zu rühren. Durch ein Astloch in der Tür beobachtete sie, wie die Besitzerin des Hauses ihre Wäsche aufhängte. Auch als die Frau nach getaner Arbeit längst wieder im Haus verschwunden war, wagte sie es nicht hinauszugehen. Die Milizionäre durchsuchten womöglich jedes einzelne Anwesen.

Sie wartete, bis es dunkel wurde, und noch ein bisschen länger. Erst als die Alltagsgeräusche im Haus weniger wurden und die Bewohner sich schlafen legten, beschloss sie, das Versteck zu verlassen. Es war eine dunkle Nacht, die sie gut vor den Blicken möglicher Verfolger verbarg. Auf der anderen Seite war es schwer, sich zu orientieren. Sie wusste nur, dass sie der Hauptstraße in südlicher Richtung folgen musste. Um diese Straße zu finden, musste sie zurück zu dem Gasthof, in dem sie verraten worden waren.

Die Straßen waren zum Glück verlassen. Alains Wagen war ebenso verschwunden wie der Lastwagen der Milizionäre. Um von ja keinem Lichtfetzen erwischt zu werden, hielt sie sich im Schatten der Hauswände, bis sie schließlich den Ortsrand und die Straße erreichte, die sie hoffentlich nach Moval führen würde. Immerhin hatte sie mittags etwas zu essen gehabt und fühlte sich einigermaßen gestärkt. Sie versuchte, alle schlechten Gedanken auszublenden, während sie Stunde um Stunde lief, immer weiter, den Blick ängstlich in die Umgebung gerichtet. Aus Angst vor Entdeckung machte sie so gut wie keine Pausen, auch nicht, als sie ihre Füße kaum noch spürte und ihre Kraft immer mehr nachließ.

Ihre drei Begleiter fehlten ihr, auch wenn sie ständig geklagt hatten. Die Kinder hatten ihr das Gefühl gegeben, gebraucht zu werden. Jetzt war sie ganz auf sich allein gestellt. Sie machte sich Vorwürfe. Armer kleiner Samuel, tapfere Mechthild und kluge Clara! Sie hatte ihre drei Leidensgenossen wie Geschwister ins Herz geschlossen. Marguérite, wie sie sich nun nannte, haderte mit ihrem Schicksal. Zum einen machte sie sich den Vorwurf, die anderen durch ihre Flucht im Stich gelassen zu haben, zum anderen wusste sie aber auch, dass sie ihnen nicht hätte helfen können. In

Zeiten wie diesen musste jeder an sich selbst denken. Diese bittere Erfahrung war ihr jedoch kein Trost. »Wir werden in dir weiterleben«, hatte ihre Mutter zum Abschied gesagt. »Es ist der Wunsch deines Vaters und auch meiner, dass du jetzt gehst. Sonst war alles umsonst!« Doch wie sollte sie das schaffen? Dummerweise hatte sie bei ihrer Flucht die Tasche mit ihren Habseligkeiten zurücklassen müssen. Sie besaß nun weder Geld noch Papiere.

Im Morgengrauen erreichte sie endlich Moval. Es war nur eine kleine Ortschaft, ein Haufen zusammengewürfelter Bauernhöfe, die sich um eine einfache Kirche scharten. Die ersten Hähne krähten zu ihrer Begrüßung, als sie die Kirche durch einen Seiteneingang betrat. Hans hatte ihr eingebläut, dass sie sich im Beichtstuhl verbergen und warten sollte, bis sie von jemandem abgeholt wurde. Völlig erschöpft kroch sie hinter den Vorhang und kauerte sich auf die Kniebank vor dem Beichtgitter. Kaum hatte sie es sich dort ein wenig bequem gemacht, war sie auch schon eingeschlafen.

Sie wusste nicht, wie lange sie dort ausgeharrt hatte. Das Nächste, woran sie sich erinnerte, war die schwere Hand, die sich mit einem Mal auf ihre Schulter legte und die sie erschreckt hochfahren ließ.

»Keine Angst, du bist hier sicher«, hörte sie eine männliche Stimme. Sie konnte nicht sehen, zu wem sie gehörte, denn die Gestalt verdeckte den schmalen Eingang zum Beichtstuhl. Als sie sich mit steifen Gliedern aufgerappelt hatte und nach draußen getreten war, sah sie einen alten Mann in einer schwarzen Soutane, dessen kahler Schädel von einem weißen Haarkranz umgeben war. Schwarze Knopfaugen unter buschigen Augenbrauen musterten sie neugierig. »Ich bin Abbé Glasberg«, begrüßte sie der erstaunlich kleine Mann und reichte ihr seine Hand. »Wo sind deine Begleiter?« Bevor sie etwas sagen oder erklären konnte, brachte er sie zum Schweigen, indem er seinen Zeigefinger auf den Mund legte. Von draußen waren Geräusche zu hören. »Psst!«, flüsterte er mit einem vorsichtigen Blick rundum. »Bald ist Morgenandacht. Manche meiner Schäfchen können gar nicht früh genug hier sein. Wir wollen doch nicht, dass du entdeckt wirst. Zum Reden haben wir später noch genügend Zeit. Jetzt bringe ich dich erst einmal in ein sicheres Versteck.«

Sie folgte ihm durch die Sakristei ins Freie und von dort über den Friedhof zu einem abgelegenen Haus am Ortsrand. Es stand leer. Der Abbé schloss die Tür auf und führte sie zu einem versteckt liegenden Keller. In der dortigen Speisekammer stand ein großes Krautfass. Der Geistliche schob es beiseite, öffnete die Klappe, die sich darunter im Boden befand, und beschied sie, durch die Luke in das fensterlose Verlies zu klettern.

»Da rein?«, fragte Marguérite erschrocken. Das Gewölbe war so niedrig, dass sie kaum aufrecht stehen konnte.

»Es tut mir leid, dass ich dir nichts Bequemeres anbieten kann«, bedauerte der Abbé und wies mit einer Taschenlampe in einen engen Gang und dann zu einem Raum, in dem mehrere Matratzen auf dem Boden lagen. »Hier war schon eine ganze Weile niemand mehr«, entschuldigte er sich, als das Licht seiner Lampe über die Spinnweben an den Wänden huschte. »Ich werde dir einen Handfeger bringen, damit du etwas sauber machen kannst.«

»Wie lange muss ich hierbleiben?«, erkundigte sich Marguérite ängstlich. Der Gedanke, in dem dunklen Loch allein auszuharren, behagte ihr ganz und gar nicht.

»Ein paar Tage wirst du dich hier schon aufhalten müssen«, erwiderte der Abbé zu ihrer Enttäuschung. »Seit einiger Zeit tummeln sich die Milizen in der Gegend. Es gab einen Anschlag auf einen Eisenbahnwaggon, in dem Waffen transportiert wurden. Jetzt wollen sie die Verantwortlichen finden.« Seine buschigen weißen Augenbrauen hoben sich mitfühlend. »Du wirst es schon schaffen. Du bist schließlich nicht die Erste.« Er griff in die Tasche seiner Soutane und zog aus der Tiefe eine weitere Taschenlampe heraus, die er ihr reichte. »Nimm die so lange, bis ich zurückkehre. Mach sie nur an, wenn du sie wirklich brauchst. Sie wird nicht mehr lange leuchten. Und nun gedulde dich, bis ich wiederkomme, denn ich muss erst noch die Morgenandacht halten und ein paar Beichten abnehmen. Aber gleich im Anschluss werde ich dir etwas zu essen und Kerzen bringen. Dann sieht die Welt schon wieder ganz anders aus.«

Er zwinkerte ihr freundlich zu und verschwand in der Dunkelheit. Marguérite hörte noch, wie er die Klappe verschloss und das Krautfass wieder darüberschob. Dann war sie allein. Die Dunkelheit ihres Verlieses hatte etwas furchtbar Beklemmendes. Sie fühlte sich noch einsamer und verlassener als zuvor und bemerkte erst jetzt, wie modrig es roch. Allen Warnungen zum Trotz knipste sie die Taschenlampe an und inspizierte den Raum. Er war nicht besonders groß und bot gerade mal vier schäbigen Matratzen Platz, auf denen je eine Decke und ein schmuddeliges Kissen lag.

Wie viele Menschen hier wohl schon vor ihr Unterschlupf gefunden hatten?

An den Wänden sah sie Kerben und eingeritzte Anfangsbuchstaben. Mit Schaudern erkannte sie, dass ihre Vorgänger hier manchmal mehrere Wochen hatten aushalten müssen. Allein der Gedanke, dass sie länger als einen Tag würde bleiben müssen, nahm ihr den Mut. Sie suchte sich die sauberste Matratze aus und hockte sich darauf, die Arme über den Knien verschränkt. So verharrte sie in düstere Gedanken versunken, bis nach einer gefühlten Ewigkeit der Abbé zurückkam. Wie versprochen brachte er ihr einen Teller mit lauwarmer Suppe, einen Kanten Brot und etwas Hartkäse. Außerdem einen Krug mit Wasser, ein Glas und einige Kerzen samt Streichhölzern. Auch den Besen hatte er nicht vergessen. Ihre Notdurft sollte sie in einem Eimer verrichten, der in einer der Ecken stand.

»Komm erst mal wieder zu Kräften«, forderte er sie zum Essen auf. Ihm war ihr hungriger Blick nicht entgangen. Schwerfällig ließ er sich auf einer der anderen Matratzen nieder und zündete eine Kerze an. Marguérite ließ sich nicht zweimal bitten. Gierig löffelte sie die fade Kohlsuppe, die mit Mehl gestreckt war, aber immerhin ihren Magen füllte. Auch das harte Brot und den alten Käse verschlang sie mit großem Appetit. »Morgen versuche ich, etwas Besseres aufzutreiben«, versprach ihr Retter. »Leider bin ich auf die Almosen meiner Gemeindemitglieder angewiesen. Die meisten besitzen nur wenig …« Er hob bedauernd die Hände und lächelte ihr zu. »Fühlst du dich einigermaßen satt?«

»O ja. Vielen Dank!« Sie lächelte zaghaft. Dann bekam sie plötzlich ein schlechtes Gewissen. »Habe ich Ihnen etwa alles weggegessen?« Wie hatte sie nur so selbstsüchtig sein können!

Abbé Glasberg hob beschwichtigend die Hände. »Mach dir um mich keine Sorgen!« Er klopfte auf seinen Bauch, der sich leicht vorwölbte. »Ich besitze zum Glück ein kleines Polster«, erklärte er mit einem humorvollen Zwinkern. Er bat sie, ihm zu erzählen, wie es ihr auf der Flucht ergangen war. Marguérite tat ihm gern den Gefallen. Es tat gut, endlich einmal über all das, was sie erlebt hatte, zu reden. Abbé Glasberg war ein geduldiger Zuhörer. »Mach dir keine

Vorwürfe, mein Kind«, sprach er begütigend. »Gottes Wege sind für uns einfache Menschen oft nicht nachvollziehbar. Es war Sein Wille, dass du gerettet wurdest und deine Begleiter nicht. Hadere nicht mit deinem Schicksal, sondern nimm es dankbar an.«

Für Marguérite waren diese Worte nur ein geringer Trost, auch wenn der alte Mann fest daran zu glauben schien. »Wie wird es nur weitergehen?«, fragte sie schließlich zaghaft. »Bringen Sie mich bald fort von hier?« Sie deutete auf die zahlreichen Einkerbungen an den Wänden. »So lange werde ich doch wohl nicht bleiben müssen?«

»Das weiß Gott allein …« Der Pfarrer seufzte und erhob sich müde von seinem Sitz. »Erst muss sich hier alles wieder beruhigen. Es ist schon ein Wunder, dass du es bis hierher geschafft hast. Ich werde sehen, was ich für dich tun kann. Hast du Papiere?«

Marguérite schüttelte bedauernd den Kopf. »Ich musste sie bei meiner Flucht zurücklassen.«

»Das macht es nicht leichter.« Der Abbé kratzte sich am Kinn und dachte nach. »Ich kenne da jemanden in Belley, der uns helfen könnte. Allerdings wird es eine Weile dauern. Mal sehen, was ich für dich tun kann.« Damit verabschiedete er sich und ließ Marguérite im Dunkeln zurück.

Die darauffolgenden Tage wurden zu einer schrecklichen Tortur. Sie zogen sich in quälender Langsamkeit dahin und waren angefüllt von Langeweile und Selbstzweifeln. Nicht nur die Dunkelheit und der Mangel an Tageslicht zehrten an Marguérites Nerven, auch die Unsicherheit über ihre Zukunft. Hinzu kam, dass sie nichts zu tun hatte. Um das Zeitgefühl nicht zu verlieren, beschloss sie, Kerben in eine der Wände zu ritzen. Da sie kein Gespür für Tag und Nacht hatte, wollte sie sich an den Besuchen des Pfarrers orientieren, der jeden Tag zu kommen versprach. Immer wenn er ging, sollte ein neuer Strich dazukommen.

Damit sie etwas zu tun hatte, hatte der Geistliche ihr einen verknoteten Haufen alter Wolle und zwei Stricknadeln mitgebracht. Marguérite hatte noch nie besonders viel für Handarbeiten übriggehabt und zeigte sich nicht sehr begeistert. Doch als ihr Retter sie in der zweiten Nacht nach draußen begleitete, hob sich ihre Stimmung. Die frische Luft tat ihrer Lunge gut, und sie spürte mit aller Kraft, wie sehr sie die Freiheit vermisste. Über dunkle Gassen brachte der Abbé sie zu einem Haus, das sie durch einen Hintereingang betraten. Dort wartete ein Mann mit einer Fotoausrüstung, um sie zu fotografieren.

»Das ist nötig für die neuen Papiere«, erklärte er ihr. »Wenn alles klappt, wirst du schon bald von hier fortkönnen.«

Marguérite hielt sich an dem Wort »bald« fest und hoffte, dass ihre Isolation schnell ein Ende finden würde. Die kleinen Auszeiten in der Nacht wurden für sie die Höhepunkte dieser quälenden Zeit. Leider waren sie immer viel zu schnell vorüber und ließen ihr Verlies danach noch viel schrecklicher erscheinen. Die verfilzte Wolle hatte sie entwirrt, zu einem Knäuel aufgerollt und daraus einen Schal gestrickt, der so kratzig war, dass ihre Haut juckte, als sie ihn zur Anprobe um den Hals schlang. Sehnlichst wartete sie auf das Ende ihrer Einzelhaft. »Ich werde noch verrückt, wenn ich nicht wenigstens mal kurz tagsüber nach draußen darf«, klagte sie bei jedem Besuch von Abbé Glasberg, obwohl sie wusste, wie undankbar sie ihrem Wohltäter gegenüber war.

Ihre Geduld wurde für zehn Tage auf die Probe gestellt. Dann hatte ihr Leid endlich ein Ende. Der Abbé erlöste sie aus ihrer freiwilligen Haft und brachte sie nach draußen. Zu Marguérites Überraschung war es nicht dunkle Nacht wie sonst, sondern bereits früher Morgen. Obwohl es ein neblig trüber Tag war, dessen schwaches Licht kaum die Landschaft erhellte, erschien er ihr wie ein gleißender Sommertag. Sie atmete tief ein und aus und fühlte sich zum ersten Mal seit langer Zeit wieder lebendig.

Ihr Wohltäter stellte sie einer jungen Frau mit Namen Léa Feldblum vor. Sie war etwa in Marguérites Alter und schien genau zu wissen, was sie wollte.

»Komm mit mir nach Izieu«, bot sie ihr in ihrer offenen herzlichen Art an. »Dort ist ein Kinderheim eröffnet worden. Du kannst als Wäscherin oder Küchenhilfe Unterschlupf finden. Ich hab gehört, dass die Leiter des Heimes dringend nach vertrauenswürdiger Unterstützung suchen.«

»Aber ich habe noch nie als Wäscherin oder Küchenhilfe gearbeitet«, gab Marguérite erschrocken zu bedenken. »Sie werden mich bestimmt gleich wieder davonjagen. Ich fürchte, ich habe zwei linke Hände!«

»Das hast du ganz bestimmt nicht!« Léa ließ ihre Einwände einfach nicht zu. »Sabine und Miron Zlatin haben ein großes Herz. Die Hauptsache ist, dass du kein Aufheben um dich machst. Wir dürfen auf keinen Fall auffallen. Bekommst du das hin?« Sie sah sie prüfend an.

»Natürlich«, erwiderte Marguérite.

»Das einzige Problem wird sein, dass dein Französisch nicht akzentfrei ist«, überlegte Léa gleich weiter. »Vielleicht können wir ja behaupten, dass du in der Schweiz aufgewachsen bist.«

»Daran habe ich auch schon gedacht«, mischte sich nun Abbé Glasberg ein und übergab Marguérite mit dem für ihn so typisch aufmunternden Augenzwinkern ihre neuen

Papiere. »In deinen Papieren steht, dass du im schweizerischen Wallis aufgewachsen bist. Das dürfte deinen Akzent erklären. Sie sind übrigens erst gestern Abend fertig geworden«, entschuldigte er sich. »Aber es ist gute Arbeit, die es rechtfertigt, dass du so lange warten musstest. Damit solltest du bei einer Kontrolle keine Schwierigkeiten bekommen.«

»Ich weiß gar nicht, wie ich Ihnen jemals für Ihre Hilfe danken kann«, antwortete Marguérite gerührt.

Doch der Abbé winkte nur ab. »Das war doch selbstverständlich!« Plötzlich sah sie eine Träne unter seinen buschigen Augenbrauen glitzern, und im nächsten Augenblick schloss der alte Herr sie in ihre Arme. »Du bist eine tapfere junge Frau, meine Tochter. Gott behüte dich auf deinem Weg!«

Am späten Nachmittag erreichten Marguérite und Léa Feldblum mit dem Autobus Belley. Nach der einsamen Zeit im dunklen Keller des Abbé genoss Marguérite das helle Licht und die warme Junisonne, die sich mittlerweile hinter den Wolken hervorgeschoben hatte, aber noch viel mehr die Gesellschaft der Gleichaltrigen. Während ihrer mehrstündigen Reise hatte sie sich mit Léa angefreundet. Die dunkelhaarige junge Frau mit den ebenmäßigen Gesichtszügen und dem fröhlichen, warmen Lachen hatte sofort ihr Herz erobert. Sie erfuhr, dass auch sie durch die widrigen Umstände den Kontakt zu ihrer Familie verloren hatte und nun auf sich allein gestellt war.

»Fast meine ganze Familie ist nach Deutschland deportiert worden«, berichtete sie mit einem wehmütigen Lächeln. »Aber ich lasse mich davon nicht unterkriegen! Ich lebe für eine bessere Zukunft.«

Marguérite beneidete die neue Freundin für ihre Fröhlichkeit und die Unbeschwertheit, die sie sich hatte bewahren können. Sie selbst kam sich dagegen schwach und viel zu grüblerisch vor.

Als sie vor der Kathedrale ausstiegen, atmete sie tief ein und fragte sich, was die Zukunft ihr nun bringen mochte. Léa schien ihre Gedanken zu erraten. Sie stieß sie kameradschaftlich in die Seite.

»Wir gehen zuerst zur Unterpräfektur«, erklärte sie bestimmt. »Monsieur Wiltzer ist kein Freund der Kollaboration. Obwohl er immer wieder Schwierigkeiten mit seinen Vorgesetzten riskiert, hilft er uns. Wir sollen uns an seine Sekretärin, Madame Cojean, wenden. Sie wird uns sagen, wie wir schnell zum Waisenhaus kommen.«

Dank der Hilfe von Madame Cojean, einer stillen, eher unauffälligen Frau, bekamen sie noch am selben Tag eine Mitfahrgelegenheit nach Izieu. Auf der Ladefläche eines Ford LKW, der Maschinenteile transportierte, fuhren sie die knapp zwanzig Kilometer bis ins Dorf Brégnier-Cordon, das nicht weit von der ehemaligen Seidenspinnerei entfernt war, in der die von den Eltern weggeschickten Kinder untergebracht worden waren. Der Fahrer, ein wortkarger Mann mit tief in die Stirn gezogener Schiebermütze, würdigte sie keines Blickes, als er sie in dem kleinen Ort vor dem Brunnen aussteigen ließ.

Außer einer Bäckerei und einem Gasthof war nicht viel los. Léa ergriff erneut die Initiative und erkundigte sich in der Bäckerei nach dem Weg zum Weiler Lélinaz, der in Richtung Izieu lag. Die freundliche Bäckerin riet ihnen, nicht die Hauptstraße, sondern einen Nebenweg zu nehmen, der zwar steiler war, aber um einiges kürzer.

»In ungefähr einer halben Stunde seid ihr an eurem Ziel«, meinte sie. »Wollt ihr zu dem neuen Waisenhaus?«

»Genau, das wollen wir«, entgegnete Léa fröhlich. »Aber nun müssen wir uns auf den Weg machen. Wir werden nämlich schon erwartet.« Damit unterband sie weitere neugierige Fragen.

Während sie den steilen Anstieg durch ein Waldstück bewältigten, erkundigte sich Marguérite nach dem Ehepaar Zlatin. Léa erzählte ihr, dass die Leiterin der Kolonie Polin und 1926 nach Frankreich emigriert war. In Nancy hatte Sabine ihren späteren Ehemann Miron kennengelernt, der aus Russland stammte. Nach ihrer Heirat, die Ehe war kinderlos geblieben, betrieben die beiden beinahe zwölf Jahre lang eine Geflügelfarm in Nordfrankreich, bevor sie 1939 die französische Staatsbürgerschaft erwarben. Mit der Besetzung Nordfrankreichs durch die deutsche Wehrmacht hatte das jüdische Ehepaar sein Anwesen verloren und Zuflucht im freien Südfrankreich gesucht. In der Nähe von Montpellier hatte Miron einen kleinen Landwirtschaftsbetrieb geleitet, während Sabine im Krankenhaus der Militärkaserne in Lauwe als Krankenschwester beim Roten Kreuz tätig gewesen war. Im Februar 1941 war sie aufgrund der antisemitischen Gesetze des Vichy-Regimes entlassen worden.

»Nach ihrer Entlassung haben die Zlatins für verschiedene Organisationen gearbeitet, die jüdischen Flüchtlingen, vor allem Kindern, helfen. Aber sieh selbst! Die beiden sind wunderbare Menschen.«

Als sie endlich aus dem Waldstück heraustraten, sahen sie ihr Ziel, die Villa Anne-Marie, vor sich. Das Anwesen war im 19. Jahrhundert von einem Fabrikanten erbaut worden, der in einem Nebengebäude eine Seidenspinnerei betrieben hatte. Später wurde das Haupthaus als Ferienheim genutzt. Angrenzend befand sich ein Bauernhof, der von der Familie Perticoz betrieben wurde. Schon auf den ersten Blick war klar, dass die Häuser in einem schlechten Zustand waren. Von den Wänden blätterte der Putz ab, und auch sonst machten sie einen reichlich verwahrlosten Eindruck.

Noch bevor Léa und Marguérite den kleinen Weiler erreichten, kamen ihnen Miron und Sabine Zlatin entgegen. Obwohl gerade rundum Trubel herrschte, nahmen sie sich die Zeit, die beiden Neuankömmlinge ausgiebig zu begrüßen. Sabine führte die jungen Frauen in die behelfsmäßig eingerichtete Küche und ließ ihnen vom Koch frische Milch bringen. Marguérite hatte schon seit Wochen keine so köstliche Stärkung mehr bekommen.

»Unsere Nachbarn sind zum Glück sehr freigiebig«, berichtete Sabine und erklärte ihnen sogleich, dass ein großer Teil der Lebensmittel, die sie bekamen, aus Spenden der Nachbarn bestand. »Wir bekommen über die Sekretärin des Unterpräfekten zwar Lebensmittelscheine, doch sie würden bei Weitem nicht ausreichen.«

Miron trat zu ihnen in die Küche. Er sah verschwitzt aus, da er geholfen hatte, einen Lastwagen zu entladen. »Das waren endlich die neuen Matratzen für die Stockbetten«, teilte er Sabine erleichtert mit. »Jetzt haben die Neuankömmlinge wenigstens ein Lager.« Er setzte sich erschöpft zu ihnen an den Tisch.

»Es ist alles noch ziemlich provisorisch«, erklärte Sabine den beiden jungen Frauen. »Aber zusammen werden wir es schon schaffen.« Sie lächelte ihnen zu. »Miron organisiert fast alles für unser tägliches Leben, und ich kümmere mich um das andere. In Zeiten wie diesen ist Solidarität wichtiger denn je.« Sie erfuhren, dass sich im Augenblick zweiundvierzig Kinder in dem Waisenhaus aufhielten, aber es demnächst doppelt so viele werden könnten. »Es gibt so viele Kinder, die unsere Hilfe brauchen«, fuhr Sabine betrübt fort. »Seit die Rassengesetze auch in der freien Zone gelten, ist auch hier keine jüdische Familie mehr sicher. Die Kinder haben ohne Ausnahme traumatische Erlebnisse gehabt. Manche von ihnen wurden Hals über Kopf von ihren Eltern getrennt, obwohl sie noch sehr klein sind. Andere mussten mit ansehen, wie ihre Eltern und Großeltern von der Gestapo abtransportiert wurden. Alle haben Entbehrungen und Schicksalsschläge hinter sich, aber vor allem sind sie traurig und fühlen sich in ihrer Welt unsicher und allein. Unsere Aufgabe ist es, ihnen ein wenig Lebensfreude zurückzugeben. Wenn wir ihnen nicht helfen, werden sie nicht überleben! Aber das lassen wir nicht zu, solange es Menschen gibt, die uns unterstützen, nicht wahr?«

Marguérite war beeindruckt von Sabines entschiedenem Auftreten. Die Frau wusste, was sie wollte, und schien sich nicht unterkriegen zu lassen. Wie sie bald herausfinden sollte, war sie diejenige, die hier die wichtigen organisatorischen Entscheidungen traf. Ihr Mann Miron war für die praktischen Dinge zuständig.

»Durch meine Arbeit im Krankenhaus habe ich gute Beziehungen zu der Präfektur im Departement Hérault«, sagte Sabine mit einer Offenheit, die Marguérite erstaunte. Sie schien keinerlei Misstrauen gegen sie zu hegen, obwohl sie sie gar nicht kannte. Ohne ein Blatt vor den Mund zu nehmen, verriet sie ihnen die Hintergründe zu dem Kinderheim. »Jean Benedetti, mein damaliger Vorgesetzter, hat sich nicht um die Rassengesetze der Vichy-Regierung geschert, sondern mir erlaubt, mich um unsere jüdischen Freunde in den französischen Lagern zu kümmern. Er verhalf mir zu einer Arbeit beim Kinderhilfswerk OSE als Sozialarbeiterin. So bekam ich Zugang zu den Internierungslagern in Agde und Rivesaltes. Von da aus gelang es mir, die Befreiung vieler Kinder zu organisieren. Wir haben sie dann in sogenannte Kinderheime des Hilfswerks gebracht, unter anderem nach Palavas. Leider ist die politische Lage dort sehr brenzlig geworden, weil die Deutschen mittlerweile überall sind. Deswegen sind wir in die italienische Zone ausgewichen. Ein paar der Kinder aus Palavas sind bereits hier. Die anderen kommen in den nächsten Tagen und Wochen.«

»Sind die Kinder hier denn sicher?«, erkundigte sich Léa skeptisch. »Angeblich hat die Gestapo in Lyon nun auch Milizionäre nach Belley entsandt.«

»Das stimmt leider«, gab Miron ihr recht. Sein Gesichtsausdruck wirkte angewidert. »Deshalb wird es ja auch Zeit, dass endlich jemand die verdammten Nazis in die Schranken weist. Zum Glück gibt es hier noch ein paar mutige Männer, die …« Der warnende Blick seiner Frau ließ ihn abrupt verstummen. Er brummte unwillig. »Nun ja, wir hoffen alle, dass sie uns in Ruhe lassen«, vollendete er seinen Satz offenbar anders als ursprünglich beabsichtigt.

Sowohl Marguérite als auch Léa zogen es vor, nicht weiter darauf einzugehen. Also gab es doch einige Geheimnisse, die sie nichts angingen. Sabine erhob sich nun, um anderen Aufgaben nachzugehen. Miron zeigte ihnen, wo sie schlafen konnten, und wies ihnen ihre zukünftigen Aufgaben zu. »Ihr seid natürlich hauptsächlich für die Kinder verantwortlich«, erklärte er ihnen bei seiner Führung durch das Haus, »aber es gibt noch viele andere Dinge zu tun. Jeder hilft, wo er kann.« Er stellte ihnen den Koch vor, einen jungen Mann mit einem lustigen Gesicht und wirr abstehenden Haaren. »Philippe schafft es immer wieder, aus beinahe nichts ein akzeptables Essen zu zaubern. Falls nötig, müsst ihr auch ihm zur Hand gehen, ebenso wie Ninette, die einmal pro Woche die Wäsche hier macht.«

Auf dem Gang begegnete ihnen ein weiterer junger Mann mit einem offenen Lächeln. Miron stellte ihn als Léon Reifmann vor. »Léon und seine Familie unterstützen uns ebenfalls«, erklärte Miron. »Seine Schwester Suzanne ist Ärztin, was uns natürlich von großem Nutzen ist, und Léon selbst …«

»… ist hier Mädchen für alles und vor allem für die gute Laune zuständig«, vollendete dieser fröhlich Mirons Satz und machte eine weit ausladende Verbeugung in ihre Richtung, was Léa zu einem herzlichen Lachen veranlasste.

»Wir verstehen uns alle als eine große Familie«, ergänzte Sabine, die gerade ihren Weg kreuzte, aber gleich wieder verschwand.

»Und deswegen würde ich vorschlagen, dass ich damit anfange, euch die lieben Kleinen vorzustellen!« Léons anpackende Art gefiel Marguérite. Er bedeutete ihnen, ihm nach draußen zu folgen, wo einige Kinder rund um den Brunnen spielten. Da das Wetter gut war und die Temperaturen angenehm, hatten sie sich ihrer langen Wollstrümpfe entledigt, sie rannten barfuß über die Wiese. Ihr Lachen klang ungezwungen. »Wir haben zwar Strom, aber leider kein fließendes Wasser«, erklärte Léon. »Deswegen müssen sich alle hier draußen waschen. Auch das Geschirr wird hier abgespült und die Wäsche gewaschen.«

Einige Kinder hörten auf zu spielen und beäugten neugierig die beiden jungen Frauen, die sie noch nicht kannten. Allerdings waren sie so scheu, dass sie es nicht wagten, sich ihnen zu nähern. Erst als Léon sie zu sich rief, kamen sie angelaufen. Von Nahem betrachtet, wirkten die Kinder keineswegs so unbekümmert, wie ihr Lachen hätte vermuten lassen. Marguérite gingen sofort der kleine Samuel und seine beiden Schwestern durch den Kopf. Sie wurde sehr traurig.

Schon bald hatten sich Marguérite und Léa an ihr neues Leben gewöhnt. Die Tage waren anstrengend, aber auch erfüllt von vielen Aufgaben, die sie forderten. Während Léa sich als geschickte Hauswirtschafterin entpuppte, kümmerte sich Marguérite hauptsächlich um die Betreuung der jüngeren Kinder. Sie fassten sofort Zutrauen zu ihr und suchten oft Trost bei ihr, den sie ihnen gab, so gut sie konnte. In ihrer Gesellschaft fühlte sich Marguérite aufgehoben und gebraucht, ein Gefühl, das sie schon lange nicht mehr gehabt hatte. Sie brachte den Kleinen Kinderreime und einfache Kreisspiele bei. Manchmal bastelten sie mit Naturmaterialien, die sie selbst gesammelt hatten, aber am liebsten ging sie bei schönem Wetter mit ihnen an die frische Luft. Sie erkundeten die Umgebung und sangen gemeinsam Lieder.

Um die älteren Kinder und Jugendlichen kümmerte sich meist Léon Reifmann, aber auch Philippe Dehan, der Koch. Marguérite lernte ihn als nachdenklichen jungen Mann kennen, der gern tüftelte. So baute der Koch für die älteren Jungen eine Laterna magica und ermunterte sie, auf Papierstreifen ihre eigenen Kinofilme zu gestalten. Besonders an Regentagen malten die jungen Künstler unermüdlich an Filmsequenzen über Tarzan und die Musketiere, die Jagd eines Gendarmen nach einem Räuber oder eine schöne Südseetänzerin. Nach dem Abendessen gab es dann regelmäßig kleine Kinoaufführungen, die alle begeisterten.

Miron Zlatin kümmerte sich Tag und Nacht um die täglichen Dinge. Er wandte sich an den *Secours National*, der sie mit notwendigen Decken, Matratzen und Möbeln versorgte. Dabei wurde er von der Sekretärin des Unterpräfekten unterstützt. Über Madame Cojean bekamen sie Nahrungsmittelkarten, die ihnen Fleisch, Gemüse und Käse bescherten. Auch ihr Nachbar, der Bauer Perticoz, ließ den Kindern immer wieder Essbares zukommen, vor allem dann, wenn Miron nicht genügend Geld auftreiben konnte. Sein Knecht Julien spielte mit den Jungen gern Fußball oder tobte mit den jüngeren Kindern über die Wiese, bis sie vor Lachen Bauchweh bekamen. An den wirklich lebensnotwendigen Dingen mangelte es selten, auch wenn es ihnen oft an ausreichender Kleidung oder passenden Schuhen fehlte. Um für den Kleidungsmangel Abhilfe zu schaffen, machte sich Miron mit Léon auf und bat in der Nachbarschaft um Spenden. Die Bauern mochten zwar Eigenbrötler sein, aber sie zeigten auch ein Herz für die Kinder. Viele gaben gern ab, was sie entbehren konnten.

Weder sie noch die Leute aus dem Dorf wussten, dass sich in Lélinaz jüdische Kinder aufhielten. In der offiziellen Version handelte es sich um Waisenkinder aus ganz Frankreich. Dazu mussten einige Vorkehrungen getroffen werden. Den Kindern mit allzu deutsch klingenden Namen wurden neue gegeben. Aus Arnold Hirsch wurde Jean-Paul Barreau, aus Fritz Loebmann ein François Lauban, aus Otto Wertheimer ein Octave Wermet und aus Egon Gamiel der Edmont Gamiel. Diese Jungen waren schon etwas älter und kamen häufiger mit der übrigen Bevölkerung in Kontakt.

Als die erste Heumahd bevorstand, arrangierte Miron, dass sie sich bei den Bauern als Hilfskräfte verdingen konnten. Im Austausch dafür gab es dringend benötigte Lebensmittel. Die Jungen schufteten bis zum Umfallen und waren heilfroh, wenn die anstrengende Arbeit auf den Feldern am Abend vorüber war. Nur François, der in Deutschland auf einem Bauernhof aufgewachsen war, liebte die Beschäftigung in der freien Natur. Als es darum ging, dass die schulpflichtigen Kinder demnächst unterrichtet werden sollten, bat er Miron inständig, doch weiter bei einem Bauern als Knecht arbeiten zu dürfen.

»Ich bekomm ohnehin keine Zahlen und Buchstaben in meinen Kopf. Dafür habe ich Kraft für zwei«, flehte er so inständig, dass Miron sich breitschlagen ließ.

Er versprach ihm, sich umzuhören. Doch ihr Nachbar Perticoz hatte bereits einen Knecht, andere Bauern in der Umgebung hatten genügend eigene Kinder oder konnten sich keine zusätzliche Hilfskraft leisten. Nach langem Suchen fand er schließlich einen Bauern, der ein paar Kilometer entfernt von ihnen seinen Hof hatte. Allerdings war sein Ruf nicht besonders gut. Lucien Bourdon stammte ursprünglich aus Lothringen und galt als selbstgefälliger Eigenbrötler. Keiner arbeitete gern für ihn, da er trank und dann gewalttätig wurde. Er bot sich an, den Jungen zu nehmen, wenn er auf seinen Lohn verzichtete.

»Gebt mir den Jungen, und ihr habt einen Esser weniger«, war Bourdons Angebot. »Er kann bei mir eine Menge lernen und wird euch nicht länger auf die Nerven gehen!«

Miron zögerte mit seiner Zusage. Es gefiel ihm nicht, wie der Junge ausgenutzt werden sollte. Schließlich gab Bourdon nach und versprach, einmal im Monat etwas Gemüse und Kartoffeln vorbeizubringen. Miron zierte sich immer noch, doch François, den die Aussicht, die Schulbank drücken zu müssen, mehr schreckte als die harte Arbeit, bedrängte ihn so lange, bis er schließlich nachgab.

»Du kannst jederzeit aufhören und wieder zu uns zurückkommen«, erinnerte der Heimleiter ihn, bevor er endlich einwilligte.

An dem Tag, als Lucien Bourdon den Jungen persönlich abholte, traf Marguérite zum ersten Mal auf ihn. Sie spielte gerade mit einigen Kindern Blinde Kuh, als er mit seinem

Pferdefuhrwerk neben ihnen zu stehen kam und sie anglotzte wie eine preisgekrönte Milchkuh. Marguérite wurde erst darauf aufmerksam, als die Kinder ihr Spiel unterbrachen und zu kichern begannen. Sein abschätzender Blick hatte etwas an sich, das ihr die Schamesröte ins Gesicht trieb.

»Kann ich Ihnen helfen?«, erkundigte sie sich knapp.

Bourdons Kleidung strotzte vor Schmutz, der Gestank zog bis zu ihr herüber. Sein brauner Hals verriet, dass er sich schon einige Zeit nicht mehr gewaschen hatte. Ungeachtet ihres unfreundlichen Tons, stieg er vom Kutschbock und baute sich vor ihr auf.

»Bist wohl die Neue hier?« Seine Stimme klang reichlich selbstgefällig. »Hab dich schon ein paarmal mit den Gören auf den Wiesen in der Nähe meines Hofs gesehen.«

»Das mag sein«, entgegnete sie reserviert. »Was wünschen Sie?«

»Bin hier, um mir von euch meinen neuen Knecht abzuholen«, verkündete er wichtigtuerisch. »Mir gehört der Hof im nächsten Tal. Einer eurer Bengel wird dort für mich arbeiten. Sieben Kühe und acht Schweine. Dazu zwei Hektar Wiesen und genügend Wald, um ein wenig Holz zu verkaufen. Ich bin also kein armer Schluckspecht.«

»Monsieur Zlatin und François erwarten Sie schon. Sie sind hinter der Scheune im Garten«, teilte sie ihm mit und hoffte, dass er endlich verschwand.

»Das hat Zeit«, verkündete Bourdon und versuchte ein Lächeln. »Bist ein hübsches Ding. Kannst übrigens ruhig Lucien zu mir sagen«, meinte er anzüglich. »Wir sind hier in der Gegend nicht so förmlich. Und wie heißt du?«

»Marguérite«, antwortete sie widerwillig und wandte sich von ihm ab. »Ich muss mich jetzt wieder um die Kinder kümmern.«

Bourdon lachte nur. »Die Gören können ja wohl mal warten, wenn sich zwei so Hübsche wie wir hier unterhalten, oder?« Er zwinkerte ihr zu und trat noch einen Schritt näher auf sie zu. »Du gefällst mir! Das sag ich übrigens nicht zu jeder, die daherkommt.«

Marguérite schäumte bereits innerlich vor Wut und hätte dem aufdringlichen Typen am liebsten so richtig die Meinung gesagt. Doch sie wollte keinen Streit vom Zaun brechen, um nicht seinen Unmut auf die Kolonie zu ziehen. Deshalb beschloss sie, ihn einfach stehen zu lassen.

»Kommt, Kinder, wir gehen jetzt runter zum Bach«, ordnete sie an und ging davon, ohne sich noch einmal umzudrehen.

Sie hörte, wie Bourdon amüsiert auflachte. »Wir sehen uns wieder, kleine Wildkatze!«, rief er ihr hinterher.

Sie hoffte von Herzen, dass ihr das erspart blieb.

Nur zwei Tage später tauchte Bourdon wieder bei ihnen im Weiler auf. Marguérite half gerade Léa beim Wäschewaschen. Dieses Mal hatte sich der Bauer ordentlich zurechtgemacht. Er trug ein sauberes Hemd und eine ungeflickte Hose. Außerdem hatte er sich gewaschen und rasiert. In seinen klobigen Händen hielt er einen dürftigen Blumenstrauß, den er ihr in die Hände drückte, noch ehe sie sich die Seifenlauge an ihrer Schürze hatte abtrocknen können. Ohne den Strauß eines Blickes zu würdigen, legte sie ihn auf dem Brunnenrand ab und sah ihn empört an.

»Was soll das?«

»Ich möchte dir den Hof machen. Das merkt man doch wohl«, erklärte Bourdon prompt. Ihm schien gar nicht in den Sinn zu kommen, dass ihr das unangenehm war. »Außerdem möchte ich, dass du mich zum Scheunenfest im September begleitest«, fuhr er fort, ohne ihr die Gelegenheit zu geben, darauf zu reagieren. Léa warf ihr einen amüsierten Blick zu. Marguérite hatte ihrer Freundin bereits von dem aufdringlichen Bauern erzählt. »Oder hast du etwa schon einen Verlobten?«

»Nein, das habe ich nicht«, platzte es aus Marguérite empört hervor.

»Dann ist ja alles klar! Dann sind wir verabredet!«

Léa begann zu kichern, was Marguérite nur noch mehr ärgerte.

»Moment mal! Ich hab nicht gesagt, dass ich mir Zeit nehmen kann«, protestierte sie wütend.

»Dafür sorge ich schon! Ich rede mit Zlatin.«

Lucien nickte den beiden Frauen zu und marschierte in Richtung Haus davon.

»Puh, in dem hast du aber einen hartnäckigen Verehrer …« Léa prustete los.

»Der soll mich bloß in Ruhe lassen«, erwiderte Marguérite und schnaubte. »Der bildet sich ja weiß Gott was ein.«

»Die Mädchen in der Gegend stehen angeblich auf Lucien«, zog Léa sie weiter auf. »Du solltest dich glücklich schätzen, dass er dich auserwählt hat. Ich an deiner Stelle würde mir sein Angebot noch einmal überlegen.«

»Da trete ich lieber ins Kloster ein, bevor ich mit diesem Lucien zum Tanzen gehe.«

18

Vom Zischen der Flügeltür, die den Wartebereich des Krankenhauses von der Intensivstation trennte, wachte ich auf. Ich sah gerade noch, wie die diensthabende Ärztin an mir vorbeihuschte.

»So warten Sie doch!«, rief ich ihr hinterher. Nach einer Nacht ohne Schlaf auf einem unbequemen Stuhl gelang es mir nur schwer, wieder auf die Beine zu kommen. Ich hastete der Frau hinterher. Seit Adèle am Vorabend im Krankenhaus eingeliefert worden war, hatte ich hier ausgeharrt. Das ständige Hin und Her zwischen Bangen und Hoffen zerrte an meinen Nerven, vor allem, weil ich mich schuldig fühlte. Die Ärztin, eine vielleicht fünfzigjährige Frau, der man ihren anstrengenden Nachtdienst ansah, blieb stehen. »Wie geht es meiner Tante? Wird sie es schaffen?«, erkundigte ich mich atemlos.

»Ihr Zustand ist nach wie vor kritisch«, antwortete die Frau namens Dr. Kling-Hofer, wie ich ihrem Namensschild entnahm. »Die nächsten Stunden werden entscheidend sein.«

»Das höre ich nun schon zum x-ten Mal. Bitte sagen Sie mir ehrlich, ob sie überhaupt eine Chance hat!«

Die Ärztin runzelte genervt die Stirn, bevor sie sich dazu durchrang, mich anzulächeln. »Ihre Tante hatte einen schweren Herzinfarkt. Es war nicht ihr erster und auch nicht ihr zweiter.« Ihr Blick bekam nun etwas Vorwurfsvolles. »Sie muss das gewusst haben. Und Sie doch bestimmt auch. Außerdem ist sie vierundneunzig und von nicht sehr robuster Konstitution. Schon allein aus diesem Grund müssen Sie mit allem rechnen.«

»Na ja, sie wirkte in letzter Zeit schon angegriffen«, räumte ich ein, »aber sie hat nie etwas von einem Herzinfarkt erwähnt.« Ich rieb mir das Gesicht mit den Händen. »Mein Gott, sonst wäre ich doch niemals mit ihr auf diese Reise gegangen.«

Frau Dr. Kling-Hofer horchte auf. »Wollte Ihre Tante aus einem bestimmten Grund hierher?«, erkundigte sie sich nun doch interessiert.

Ich nickte müde. »Wir sind hier, um etwas über meinen Großvater herauszufinden. Er wird seit Ende des Zweiten Weltkriegs vermisst. Aber das hat sich alles nicht sehr gut entwickelt.« Ich berichtete ihr mit knappen Worten, was geschehen war. »Anstatt meinen Mund zu halten, habe ich ihr erzählt, dass mein Großvater ein mieser Kollaborateur und wahrscheinlich ein Kriegsverbrecher war«, endete ich und spürte wieder die damit einhergehende Enttäuschung, aber auch Trotz. »Dann erfuhr ich, dass meine Tante es die ganze Zeit gewusst hat. Sie hat mich und meine Mutter unser ganzes Leben lang angelogen, verstehen Sie?« Ich starrte die Ärztin finster an. »Ich habe sie mit meinem Ärger und meiner Enttäuschung konfrontiert. Vermutlich bin ich schuld an ihrem Zusammenbruch.«

Ich konnte nichts gegen die aufsteigenden Tränen tun. Außerdem schämte ich mich. Frau Dr. Kling-Hofer berührte sacht meine Schulter. Mit einem Mal zeigte sie echte Anteilnahme.

»Das erklärt einiges«, bemerkte sie einfühlsam. »Ihre

Tante war vorhin kurz bei Bewusstsein. Sie sagte nicht viel, nur, dass sie unbedingt mit Ihnen zu reden wünsche. Ich hatte das Gefühl, dass ihr etwas schwer auf der Seele liegt.«

»Dann helfen Sie mir, ihr diese Last abzunehmen«, sagte ich fest entschlossen. »Ich muss bei ihr sein, wenn sie wieder zu sich kommt!«

Sie zögerte einen Augenblick. »In Ordnung, aber versprechen Sie mir, Ihre Tante keiner weiteren Aufregung auszusetzen. Ihr Herz würde das nicht verkraften.« Sie telefonierte kurz mit der Station und veranlasste, dass man mich hineinließ. »Klingeln Sie dort vorne, dann wird man Sie einlassen. Und nun entschuldigen Sie mich bitte. Ich werde noch woanders erwartet.« Sie nickte mir aufmunternd zu und verschwand.

Bevor ich mich auf den Weg zu Adèle machte, schrieb ich Valerie eine kurze Nachricht. Ich hatte ihr natürlich gesagt, was passiert war, und sie hatte mir mehrfach angeboten, zu mir in die Klinik zu kommen, was ich jedoch abgelehnt hatte.

Nachdem ich mir Schutzkleidung übergezogen hatte, betrat ich die Intensivstation. Als ich meine Tante kurz darauf so hilflos inmitten der vielen Monitore liegen sah, fühlte ich mich einfach nur schrecklich. Adèle, die für mich und meine Mutter immer wie ein Fels in der Brandung gewesen war, wirkte mit einem Mal so klein und zerbrechlich. Ihre Augen waren geschlossen, und ein Sauerstoffschlauch führte in ihre Nase. Herzrhythmus, Blutdruck, Körpertemperatur sowie der Sauerstoffgehalt ihres Blutes wurden auf einem Bildschirm angezeigt, Medikamente tropften über eine Kanüle direkt in eine Vene auf ihrem Handrücken. Am furchterregendsten war allerdings der dicke Schlauch, der in Adèles Brustkorb führte. Der Pfleger erklärte mir, dass es ein zentraler Venenkatheter sei, der es ihm ermögliche, die Blutfüllung im Kreislauf abzuschätzen oder der Patientin rasch wichtige Medikamente zu verabreichen.

»Die Atmung hat sich zum Glück in der Zwischenzeit wieder reguliert«, informierte er mich weiterhin. »Wir konnten vor einer halben Stunde das Beatmungsgerät wegnehmen. Über den Schlauch in der Nase bekommt sie Sauerstoff, der ihr das Atmen erleichtern soll. Die anderen Werte sind leider noch nicht im Normbereich.« Er zeigte auf einen Stuhl neben dem Bett. »Dort können Sie warten und ruhig auch mit Ihrer Tante reden. Selbst wenn sie gerade nicht bei Bewusstsein ist, bekommt sie vermutlich trotzdem mit, dass Sie hier sind.«

Ich nickte abwesend und setzte mich neben Adèle, während sich der Pfleger wieder in den Überwachungsraum zurückzog. Es kostete mich einige Überwindung, Adèles Zustand zu akzeptieren. In den ersten Minuten nahm ich nur ihre körperliche Hülle wahr, die von Maschinen versorgt vor mir lag. Erst als ich es wagte, ihre zarte, knotige Hand zu berühren, spürte ich, dass noch Leben in ihr war. Das gab mir Mut, sie direkt anzusprechen.

»Du kannst mich jetzt nicht alleinlassen«, sagte ich mit belegter Stimme. »Ich brauche dich doch noch!« Ich fühlte mich so schrecklich hilflos, dass ich schier zu verzweifeln glaubte. Diese Frau war doch alles, was ich noch an Familie hatte, und nun war es meine Schuld, dass es ihr so schlecht ging. »Verdammt, Mamie! Was war ich nur für ein Idiot! Ich hätte dich mit meinen Neuigkeiten nicht so überrumpeln dürfen!«

Ich nahm ihre blasse feine Hand zwischen meine beiden Hände und streichelte sanft über die durch das Alter markant gewordenen Adern und Sehnen. Das rief Erinnerungen in mir hervor. Früher, als ich noch ein kleiner Junge gewesen war, hatte Adèle immer ihre Späße über alte Hände gemacht. »Nirgendwo sonst an deinem Körper wird das Alter so deutlich wie an den Händen«, pflegte sie zu sagen. »Ein Mensch kann sich an vielen Stellen seines Körpers liften und glätten lassen, um jünger auszusehen. Aber die Hände werden immer sein wahres Alter verraten.« Durch ihren Beruf als Chefdesignerin in der Modebranche hatte sie die dem Jugendlichkeitswahn verschriebene Welt der Models zur Genüge miterlebt. Es war überhaupt ein Wunder, dass sie in all dem Glamour so bodenständig geblieben war. Trotz ihres aufreibenden Berufes war sie immer für Maman und mich da gewesen, ihr ganzes Leben lang. Aus dieser wundervollen, vom Alter gezeichneten Hand waren unzählige Entwürfe und Zeichnungen geflossen. Wie flink sie über das Zeichenpapier hatte huschen können und wie trostspendend sie gleichzeitig gewesen war. Ohne Adèle wäre ich nicht der Mann geworden, der ich heute war.

Ich erinnere mich nicht mehr, wie lange ich so neben ihr saß und über die Vergangenheit und unser Verhältnis nachgedacht hatte. Irgendwann musste ich jedoch eingeschlafen sein, denn meine Erinnerung setzte erst wieder ein, als mich Adèles Stimme in die Wirklichkeit zurückholte.

»Danke, dass du hier bist«, waren die ersten Worte, die ich von ihr hörte.

Ihre Stimme war leise und ziemlich schwach. Noch benommen vom Schlaf dauerte es eine Weile, bis ich begriff, dass sie wieder bei Bewusstsein war. Ich hielt immer noch ihre Hand, die sich nun leicht in meiner bewegte.

»Es tut mir so leid wegen gestern. Ich konnte doch nicht ahnen, dass dich das alles so sehr mitnimmt …«

Sie unterbrach mich. »Mir tut es leid. Ich hätte Isabelle

und dich nicht anlügen dürfen.« In ihren altersgrauen Augen bildeten sich Seen. »Das wirst du mir niemals verzeihen, nicht wahr?«

»Das weiß ich nicht, Mamie«, antwortete ich nach kurzem Zögern. Ich wollte keine Unwahrheiten mehr zwischen uns.

»Wie könntest du auch …«, bemerkte sie traurig.

Ihr Blick wanderte an die helle Zimmerdecke, und ich sah, wie schwer sie an all dem, was geschehen war, trug.

»Es war ein Fehler, dir Vorhaltungen zu machen«, durchbrach ich irgendwann die Stille. »Aber ich würde gern verstehen, weshalb du uns die ganze Zeit belogen hast. Weshalb hast du Antoine zu einem Helden gemacht, obwohl er gar keiner war? Isabelle und ich wären sehr gut mit der Wahrheit klargekommen.«

Ihr Blick wanderte von der Zimmerdecke wieder in meine Richtung. Es tat mir in der Seele weh zu sehen, wie sehr sie litt.

Brégnier-Cordon, Lyon, Frankreich, Juni 1943

Seit dem entsetzlichen Vorfall in der Schlucht wurde Antoine von Albträumen geplagt. In diesen Träumen erschien ihm immer wieder der Junge, der erschossen worden war. Der Traum verlief immer gleich. Antoine trieb in einem Fischerboot auf einem tiefblauen Bergsee. In der Mitte des Sees gab es einen schroff aufragenden Felsen, auf dem eine Gestalt stand. Magische Kräfte, denen er sich nicht entziehen konnte, zogen ihn mit aller Gewalt auf den Felsen zu. Er besaß weder Steuer noch Ruder und war den Mächten des Wassers ausgeliefert. Immer schneller trieb das Boot auf den Felsen zu, dessen schroffe Spitze steil aus dem Wasser ragte. Doch nicht die Angst vor dem Zerschellen machte ihm zu schaffen, sondern der Junge, der mit seiner von dem Schuss zerfetzten Brust dastand und anklagend auf ihn zeigte. Er trug die Gesichtszüge seines Bruders Eric.

In dem Augenblick, als sein Boot an dem Felsen zerschellte, wachte er jedes Mal schweißgebadet auf. Danach war es ihm beinahe unmöglich, wieder in den Schlaf zu finden. Dementsprechend müde und abgeschlagen fühlte er sich und war bald nur noch ein Schatten seiner selbst. Seinen Kameraden konnte er sich nicht anvertrauen. Er fürchtete, dass ihn keiner verstehen würde. Im Gegenteil: Sie würden ihn für eine Memme halten, weil er sich mit unsinnigen Schuldgefühlen herumschlug. Keinem von ihnen schien der Vorfall besonders nahegegangen zu sein. Schon am Morgen danach hatten sie wieder Witze gerissen und waren zur Tagesordnung übergegangen, als wäre nichts geschehen.

Antoines Gewissen plagte ihn, also versuchte er, sich einzureden, dass es eine gerechte Sache gewesen war, für die er sich eingesetzt hatte. Wie ein Mantra wiederholte er jede Nacht vor dem Einschlafen diesen Satz, bis seine Schuldgefühle wenigstens hin und wieder in den Hintergrund traten. Er sagte sich, dass es nicht an ihm lag, darüber zu urteilen, was richtig und was falsch war. Er war nur ein Befehlsempfänger. Somit trug er auch keine Verantwortung. Trotzig schrieb er einen Brief an seine Schwester Adèle, worin er behauptete, dass sein Leben im Jura völlig ereignislos und langweilig sei. Sie durfte niemals erfahren, was wirklich ablief und welche Schuld er bereits auf sich geladen hatte. Diese Verdrängungstaktik zusammen mit seinem Entschluss, nie wieder die Menschen im Ort zu verraten, egal, was er über sie herausfand, bewirkte immerhin, dass seine Albträume nachließen. Seinetwegen sollte nicht nochmals ein Mensch ums Leben kommen.

Das brachte ihn jedoch in ein Dilemma. Sowohl Laval als auch der Obersturmführer erwarteten von ihm Erfolge. Wie lange würde er sie an der Nase herumführen können, bis sie merkten, dass er seiner Aufgabe als Spitzel nicht mehr effektiv nachging? Antoine versuchte, sich darüber möglichst wenige Gedanken zu machen. Also ging er weiterhin ins Wirtshaus und spielte mit dem Schmied, dem Lehrer und dem Pfarrer Karten. Er versuchte, nicht daran zu denken, dass er sie verraten hatte. Als er kurze Zeit später wieder etwas von einer Flüchtlingsgruppe, die an Belley vorbeigeschleust wurde, mitbekam, behielt er die Neuigkeiten für sich. Ihm war jedoch klar, dass er damit auf Dauer nicht durchkommen würde. Capitaine Laval würde irgendwann auffallen, dass er zu nachlässig war. Hinzu kam, dass er schon bald in Lyon erwartet wurde, um dem Obersturmführer Bericht zu erstatten. Georges hatte ihm mehr als einmal klargemacht, dass Barbie die Freilassung seiner Brüder nur dann unterstützen würde, wenn er im Gegenzug dafür etwas erhielt. Über kurz oder lang würde er sich etwas einfallen lassen müssen, um ihm Informationen zu liefern, die ihn befriedigen würde.

Doch dann zog Laval ihn plötzlich von seinen Aufgaben ab. Er war wohl zu der Überzeugung gelangt, dass es keinen Zweck mehr hatte, ihn weiter als Spitzel im Ort einzusetzen. »Sie sind verbrannt«, teilte ihm der Kommandant seiner Truppe mit. »Wahrscheinlich ahnen Ihre Zechkumpane, dass Sie sie verraten haben. Versuchen Sie Ihr Glück weiter weg auf dem Land. Dort kennt man Sie noch nicht.«

Wenig später wurde er mit Flambert in einen kleinen Ort namens Brégnier-Cordon an der Rhône abkommandiert. Sie bezogen ein Zimmer in einem Gasthaus. Ihre offizielle Aufgabe war es, als Unterstützung der Gendarmerie für die Sicherheit der Bevölkerung zu sorgen. Inoffiziell sollten sie herausfinden, ob in der Gegend Aktivitäten des Maquis zu erwarten waren. Anfangs missfiel Antoine der Gedanke, ausgerechnet mit jenem Kameraden das Zimmer teilen zu müssen, der den armen Jungen erschossen hatte. Er hielt ihn für abgebrüht und skrupellos. Sein Kamerad war allerdings schweigsam und meist mit seinen eigenen Gedanken beschäftigt. Abends ging er seiner eigenen Wege. Wenn sie gemeinsam auf Patrouille gingen, konnte es sein, dass sie den ganzen Tag kein einziges Wort miteinander wechselten. Antoine war das recht. So hatte er wenigstens seine Ruhe.

Eines Tages, der Frühsommer zeigte sich von seiner schönsten Seite, legten sie auf einer der Bergwiesen eine Pause ein. Sie waren auf dem Weg nach Izieu, zu einem Weiler namens Lélinaz. Nachdem sie eine Weile ins Tal geblickt hatten, durchbrach Flambert überraschend sein Schweigen.

»Du hältst mich für einen Mörder, stimmt's?«, hielt er ihm vor.

Antoine riss einen Grashalm aus, um für seine Antwort etwas Zeit zu gewinnen. »Nichts rechtfertigt, einfach auf Kinder zu schießen.« Er wich Flamberts Blick nicht aus.

»Glaubst du vielleicht, die Sache mit dem Jungen hat mich kaltgelassen?«, fragte Flambert mit versteinerter Miene. Sein Blick schien hart, doch seine Lippen bebten. »Ich hab mich nur verteidigt, als er auf mich einschlug. Das war Notwehr! Was hättest du denn an meiner Stelle getan?«

Antoine erschauderte. Mit einem Mal stand ihm die ganze Situation wieder vor seinem inneren Auge. Er sah den Jungen mit dem erhobenen Ast und hörte gleichzeitig den Schuss, der ihn zusammenbrechen ließ. Er musste zugeben, dass er nicht sicher sein konnte, wie er selbst reagiert hätte.

»Nichts rechtfertigt, einfach auf Kinder zu schießen«, wiederholte er dennoch trotzig. »Der Junge wollte nur sich und das kleine Mädchen retten.«

»Meinst du vielleicht, sein Tod ist mir egal?« Flambert schlug mit der Faust auf den Boden. Seine Augen sahen ihn gequält an. »Aber es sind keine Friedenszeiten!« Er ließ seinen Blick in die Ferne schweifen. »Wenn wir nicht kämpfen, hört der beschissene Krieg nie auf, verstehst du?«

Antoine begriff, was er damit sagen wollte. Krieg war niemals gerecht. Auf beiden Seiten starben Unschuldige. Doch man war gezwungen, für die zu kämpfen, für die man sich entschieden hatte. Wie man damit fertigwurde, blieb jedem selbst überlassen.

»Ich verurteile dich nicht«, sagte er schließlich und erhob sich.

Flambert nickte ihm dankbar zu. Da nun alles zwischen ihnen gesagt war, folgten sie der Route, die sie sich für den Tag vorgenommen hatten. Mit einem Mal war das Eis zwischen ihnen gebrochen. Flambert wurde gesprächiger, und Antoine gelang es, seine Vorbehalte ihm gegenüber abzulegen. Vielleicht würden sie keine Freunde werden, doch nun wusste er zumindest, dass sein Kamerad auch ein Gewissen hatte.

Ein Stück weiter den Berg hinauf lag der Weiler, den sie inspizieren wollten. Dort waren seit einiger Zeit in einer alten Spinnerei Waisenkinder untergebracht. Rundherum gab es einige Heuschober, die sie in Augenschein nehmen sollten. Laval erwartete täglich einen Bericht über mögliche Flüchtlingsbewegungen.

»Ich bin froh, dass sie uns hierherversetzt haben«, vertraute Flambert ihm an. Mit einem Mal war er sehr leutselig. »Ich glaube nicht, dass wir besonders viel zu tun haben werden.« Er grinste vielsagend. Antoine überlegte, was er damit sagen wollte. Flambert blieb plötzlich stehen und nahm sein Käppi ab, um sich ausgiebig am Kopf zu kratzen. »Hast du was dagegen, wenn ich für ein, zwei Stunden von hier verschwinde?«, fragte er mit schief gelegtem Kopf.

Antoine hob erstaunt die Augenbrauen. »Einfach so?«

Flamberts Grinsen wurde breiter. »Ich kenne da eine hübsche Madame im Dorf, die auf mich wartet …« Antoine erfuhr, dass er schon seit zwei Wochen ein Verhältnis mit der Bäckerin von Brégnier-Cordon hatte. »Ihr Ehemann ist um diese Tageszeit unterwegs«, gestand er ihm. »Ich möchte die Gelegenheit gern nutzen, um ihr einen kurzen Besuch abzustatten, wenn du verstehst, was ich meine …«

Antoine gab nicht preis, wie verwundert er war. Sein Kamerad zeigte mit einem Mal ganz neue Seiten. Dass er ein Schürzenjäger war, hätte er ihm nicht zugetraut. »Dann mal viel Spaß«, verabschiedete er ihn.

Er hatte nichts dagegen, eine Zeit lang allein zu patrouillieren. Sie verabredeten sich in einigen Stunden am Brunnen des Dorfes und gingen getrennte Wege. Während Flambert sich wieder talwärts hielt, stieg Antoine weiter den Berg hinauf. Es war ein schöner, sonniger Tag, und die Luft war klar und rein. Wenn er noch ein Stück weiter hinauflief, würde er einen wunderschönen Blick auf das Massiv de la Chartreuse haben und dort ein wenig verweilen können. Er stieg immer höher, bis er von einem Aussichtspunkt aus unter sich den Weiler von Lélinaz liegen sah. Das musste die Kolonie sein, wie das Waisenhaus von der Bevölkerung genannt wurde. Daneben befand sich ein Bauernhof mit mehreren Gebäuden. Ein herrlicher Ort für Kinder.

Weiter im Hintergrund erblickte er die Kirche und einige Häuser des Dorfes Champagneux. Unterhalb des malerischen Felsdorfes lag die Rhône und rechts davon der See von Pluvis. Eingerahmt wurde alles von dem mächtigen Gebirgszug der Chartreuse. Antoine genoss den wunderbaren Ausblick und nutzte die Gelegenheit, sich ein wenig auszuruhen. Kurz entschlossen legte er sich auf die Wiese und überließ seinen Blick dem wolkenlosen Himmel über sich, bis ihn eine wohlige Schläfrigkeit erfasste.

Er musste für eine Weile eingenickt sein, denn plötzlich hörte er nicht weit entfernt von sich Kinder ein beliebtes Frühlingslied singen, das ihn an seine Jugend erinnerte. Mit einem Mal mischte sich in den Gesang eine Frauenstimme, die dem Lied ungemein kraftvoll eine besondere Nuance verlieh. Die Sängerin begleitete nicht nur den Gesang der Kinder, sie verlieh ihm etwas Gefühlvolles, wie er es noch nie gehört hatte. Antoine, den die Welt der Musik schon als Junge berührt und nie wieder losgelassen hatte, erkannte sofort, dass diese Stimme professionell geschult worden war. Der Sopran hatte trotz seiner Klarheit ein schönes, weiches Timbre. Gebannt blieb er liegen und lauschte den hinreißenden Klängen. Nicht weit von ihm ließ sich die Gruppe nieder. Weder die Kinder noch die wundervolle Sängerin hatten ihn bislang entdeckt. Das gab ihm die Gelegenheit, die Vorführung zu genießen, bis das Lied zu Ende war. Erst danach erhob er sich, um sich bemerkbar zu machen.

Keine fünfzig Meter von ihm entfernt saßen etwa zehn Kinder in einem Kreis und schickten sich an, ein Spiel zu spielen. Als eines von ihnen ihn erblickte, warnte es seine Begleiterin, die mit dem Rücken zu ihm saß. Die Angesprochene wandte sich überrascht um. Als sie seine Uniform bemerkte, sah er, wie sie erschrak und den Kindern etwas zuraunte. Da er noch zu weit weg war, verstand er nicht, was. Einige der Kleinen sprangen sofort auf und sahen sich furchtsam um. Da er dachte, dass sie sich vor seinem Gewehr fürchteten, legte er es demonstrativ auf den Boden und hob friedfertig die Arme.

»Tout va bien!«, rief er. »Alles in Ordnung!«

Die junge Frau gab den Kindern ein Zeichen, woraufhin sie sich wieder niederließen. Dann stand sie auf und kam ihm mit einem verhaltenen Lächeln entgegen.

»Bonjour«, begrüßte sie ihn zögerlich. »Ich hoffe, Sie haben nichts dagegen, wenn wir uns hier ein wenig aufhalten.« In ihrer Stimme erkannte er das weiche Timbre ihres

Gesangs wieder. Außerdem fiel ihm auf, wie hübsch sie war. Er schätzte sie auf Anfang zwanzig. Hübsche braune Locken umrahmten ein fein geschnittenes Gesicht mit einer Stupsnase. Die großen hellen Augen blickten wachsam, fast misstrauisch. Als die Frau sah, wie seine Augen den Korb an ihrem Arm streiften, fühlte sie sich sofort bemüßigt, ihm zu erklären, was darin war. »Wir sammeln *mesclun,* Kräuter und junge Salatblätter.«

Erst jetzt bemerkte Antoine den charmanten Akzent, der nur schwer einzuordnen war. »Sie müssen sich hier für nichts rechtfertigen! Es war nicht meine Absicht, Sie zu erschrecken«, beeilte er sich zu versichern. »Ich war nur so beeindruckt von Ihrem wundervollen Gesang.«

»Die Kinder lieben es zu singen«, antwortete die junge Frau mit einem Anflug von Röte. »Es tut mir leid, wenn wir Sie gestört haben.«

»Aber das haben Sie ganz und gar nicht!« Antoine fand die Art, wie sie sich ständig für alles entschuldigte, bezaubernd. »Sie haben eine wunderschöne Stimme, Mademoiselle, wenn ich das bemerken darf.«

Ihre Miene verdunkelte sich. »Das ist sehr freundlich von Ihnen, Caporal«, antwortete sie steif. Offenbar war er zu forsch gewesen. Plötzlich hatte sie es eilig. »Wenn Sie uns bitte entschuldigen. Wir wollten ohnehin gerade aufbrechen.«

Sie nickte ihm kurz zu und rief die Kinder zusammen, die sich sofort gehorsam um sie herum versammelten. Antoine hätte sich am liebsten auf die Zunge gebissen, weil er es sich mit der hübschen jungen Frau verscherzt hatte. Wie konnte er auch ahnen, dass sie so empfindlich war. Auf keinen Fall wollte er sie so einfach wieder ziehen lassen.

»Gehören Sie und die Kinder zum Waisenhaus?«, rief

er ihr hinterher. »Wenn Sie wollen, kann ich Sie ein Stück begleiten. Ich muss ohnehin runter ins Dorf.«

»Tun Sie, was Sie nicht lassen können«, sagte die Frau nicht sehr begeistert.

Auch die Kinder wirkten verunsichert. Einige musterten ihn sogar ängstlich, als er sein Gewehr wieder aufnahm und sich ihnen anschloss. Eine Weile gingen sie schweigend nebeneinanderher. Ihm fiel auf, dass die Kinder es vermieden, miteinander zu reden. Wahrscheinlich hatten sie Angst vor ihm. Das tat ihm leid.

»Wie wär's, wenn wir zusammen ein Lied singen würden?«, schlug er ihnen deshalb vor. »Vielleicht *Alouette?«*

Da keine Reaktion kam, fing er einfach an, das Volkslied von der kleinen Lerche zu singen.

»Alouette, gentille alouette, alouette, je te plumerai. Je te plumerai la tête, je te plumerai la tête. Et la tête, et la tête. Alouette, Alouette, aah!«

Die ersten beiden Strophen sang er allein. Keines der Kinder wagte, in das bekannte Lied mit einzustimmen, obwohl sie es mit Sicherheit alle kannten. Um sie zu animieren, untermalte er das Lied pantomimisch. Er gebärdete sich wie ein kleiner gerupfter Vogel und sprang immer wieder erschreckt in die Höhe. Seine Albernheit lockerte die Stimmung endlich, und er hörte vereinzeltes Kichern. Als auch die Betreuerin laut auflachte, war der Bann gebrochen.

Antoine begann noch einmal, das Lied zu singen, und dieses Mal stimmten alle mit ein. Danach sangen sie *Les trois jeunes tambours,* das er ebenfalls mit ausdrucksvollen Gesten und wechselndem Mienenspiel untermalte. Die junge Frau übernahm sofort die zweite Stimme. Ihr glockenheller Klang ergänzte seinen wohlklingenden Bariton, als hätte er eine instrumentale Begleitung. Die Kinder klatschten begeistert, nachdem sie fertig waren. Mit einem Mal war die angespannte Stimmung zwischen ihnen wie aufgelöst, und alle lachten befreit.

»Ich bin Antoine«, stellte er sich vor. »Es war mir ein Vergnügen, mit Ihnen zu singen, Mademoiselle.«

»Und ich heiße Marguérite.« Ihr Lächeln war nun offen und unbefangen, was sie noch hübscher machte. Dabei fielen ihm die sternförmigen Grübchen auf ihrer Wange auf. »Sie singen ebenfalls nicht schlecht«, lobte sie ihn.

»Für mich gibt es nichts Schöneres als Musik«, schwärmte Antoine und fühlte sich dabei so leicht wie schon lange nicht mehr. Er freute sich, dass er in Marguérite eine Gleichgesinnte gefunden hatte. »Sobald der Krieg vorüber ist, möchte ich nach Paris, um dort mein Glück als Musiker zu versuchen.«

»Das ist eine wirklich sehr schöne Idee«, bemerkte sie zurückhaltend.

Er war sich nicht sicher, ob sie seine Pläne wirklich interessierten, dennoch erzählte er sofort freimütig. »Mein Traum ist es, auf den Bühnen von Paris mit meinem Akkordeon aufzutreten und meine eigenen Lieder vorzutragen. Außerdem möchte ich nebenbei Komposition studieren. Ich hab so viele Lieder in meinem Kopf, die ich in eine richtige Form bringen möchte, und auch eine Idee für ein Musical, selbst wenn das jetzt etwas hochtrabend klingen mag.«

Marguérite hörte ihm interessiert zu und stellte immer wieder Fragen, die ihm zeigten, wie viel sie von Musik verstand. Im Nu fachsimpelten sie über unterschiedliche Musikrichtungen und ihre persönlichen Vorlieben. Dann versuchte er, sie ein wenig auszufragen, und erfuhr, dass sie in klassischem Gesang ausgebildet worden war. Als er wissen wollte, wo, antwortete sie enttäuschend einsilbig.

»Ich hatte in meiner Mutter eine begabte Lehrerin«, antwortete sie zurückhaltend. »Sie hat meine Liebe zur Musik immer gefördert.«

»Dann hatten Sie mehr Glück als ich«, musste sich Antoine begnügen. »Mein Vater bestand darauf, dass ich das Handwerk eines Uhrmachers erlerne, weil das in meiner Familie so üblich ist. Wären meine Brüder nicht immer noch in Kriegsgefangenschaft, wäre ich schon längst in Paris.«

»Ihre Brüder sind in Kriegsgefangenschaft?«, entfuhr es Marguérite erstaunt.

»Sie waren Soldaten im Krieg«, beeilte er sich zu sagen, damit sie nicht dachte, sie gehörten zur Résistance. »Mir wurde versprochen, dass sie freikommen, sobald sie bestätigen, dass sie die Vichy-Regierung unterstützen.«

Marguérite quittierte das mit einem verhaltenen Lächeln. Ihre Aufmerksamkeit wurde durch eines der Kinder abgelenkt, das etwas von ihr wollte. Sie ging in aller Ruhe auf seine Bedürfnisse ein, womit ihr anregendes Gespräch ein Ende fand. Wenig später kamen sie an eine Wiese, auf der ein Bauer gerade mit einer Sense Gras mähte. Sobald er sie beide mit den Kindern sah, legte er sein Werkzeug nieder und schritt zielstrebig auf sie zu.

»Marguérite! Du kommst mich besuchen!«, begrüßte er sie, als hätte er sie längst erwartet.

Antoine betrachtete den derben Mann und fragte sich, in welchem Verhältnis er zu ihr stand. Als er versuchte, ihr einen Begrüßungskuss auf die Wange zu geben, wich Marguérite einen Schritt zurück und hielt ihn mit ausgestreckten Armen auf Abstand.

»Bonjour, Lucien«, antwortete sie deutlich reserviert.

Antoine stellte sich demonstrativ neben sie, um dem Bauern zu zeigen, dass er die junge Frau zu respektieren hatte. Das zog sofort dessen Aufmerksamkeit auf ihn.

»Was hat denn die Miliz hier zu suchen?«, erkundigte er sich feindselig. Und an Marguérite gewandt: »Macht er dir Ärger?«

»Niemand macht hier Ärger«, stellte Antoine sofort klar. Ihm ging die aufdringliche Art des ungehobelten Kerls gehörig auf die Nerven. »Ich hoffe, Sie machen auch keinen!«

»Was will er dann von dir?«, grunzte Lucien.

»Wir sind uns zufällig auf der Bergwiese begegnet. Er begleitet uns ein Stück des Weges«, erwiderte Marguérite.

Der Bauer zeigte sein Missfallen, indem er Antoine nicht weiter beachtete. Stattdessen wandte er sich erneut an Marguérite. »Du schuldest mir noch eine Antwort wegen dem Scheunenfest.« Er grinste selbstgefällig. »Du gehst doch mit mir hin?«

»Wahrscheinlich brauchen mich die Kinder«, antwortete Marguérite ausweichend.

»Dann rede ich eben mit Zlatin. Der wird dich schon gehen lassen, wenn ich ihm das sage. Schließlich tue ich ihm einen großen Gefallen, indem ich den Jungen durchfüttere, obwohl er faul und verfressen ist wie alle verdammten Juden.« Mit einem provozierenden, schon fast hinterhältigen Blick streifte er erst die junge Frau und dann Antoine. »Ich weiß schließlich, was sich für einen anständigen Christenmenschen gehört!«

»François gibt ganz bestimmt sein Bestes«, verteidigte Marguérite den Jungen, um den es zu gehen schien. Antoine spürte förmlich, wie verärgert sie war. Der Kerl war wirklich unverschämt. »Und mit Miron werden Sie nicht über mich sprechen. Ich entscheide selbst, ob und mit wem ich auf das Fest gehe.« Ihre Augen hielten den Bauern funkelnd auf Abstand, was er endlich zu begreifen schien. Sie warf ihm einen letzten ungnädigen Blick zu und wandte sich zum Gehen. Antoine wollte ihr folgen. Doch sie hielt auch ihn auf Abstand. »Den Rest des Weges finden die Kinder und ich allein«, erklärte sie unmissverständlich.

Damit ließ sie nicht nur ihren grobschlächtigen Verehrer, sondern auch ihn einfach stehen.

Als Marguérite den Weiler von Lélinaz erreichte, war sie froh, dass keiner der beiden Männer ihr gefolgt war. Lucien Bourdon war wirklich ein unangenehmer, aufdringlicher Typ. Sie musste sich etwas einfallen lassen, um ihn auf Dauer auf Abstand zu halten. Der Kerl bildete sich aus unerfindlichen Gründen ein, dass er bei ihr Eindruck machen konnte. Zum Glück war dieser Antoine in ihrer Nähe gewesen und hatte Schlimmeres verhindert. Eigentlich schade, dass er auf der falschen Seite steht, dachte sie mit einem leisen Bedauern. Er war ihr auf Anhieb sympathisch gewesen. Nur selten hatte sie sich mit einem Mann besser unterhalten, und sie teilten ihre Freude an der Musik.

Im nächsten Augenblick schämte sie sich für ihre Gedanken. Menschen wie Antoine waren ihre Feinde. Sie verachteten Juden und arbeiteten mit den Nazis zusammen. Sie musste plötzlich wieder an Clara, Mechthild und Samuel denken, die sich womöglich schon auf dem Weg in eines der deutschen Konzentrationslager befanden. Der Gedanke schnürte ihr die Kehle zu. Sie verbot sich selbst, weiter an die Kinder zu denken. Wichtiger war es, dass sie Miron und Sabine erzählte, dass sich nun auch in dieser Gegend Milizionäre herumtrieben. Sie übergab die Kinder in die Obhut einiger älterer Mädchen und machte sich auf die Suche nach den Zlatins.

Marguérite fand Miron in der Scheune bei ihrem Gast. Er hatte ihn ein paar Tage zuvor in der Nähe einer Schlucht aufgefunden und mit nach Izieu gebracht. Der nicht mehr ganz junge Mann war durch eine Schusswunde schwer verletzt worden und ganz offensichtlich auf der Flucht. Sabine war anfangs furchtbar wütend gewesen, weil Miron sie alle, vor allem die Kinder, in Gefahr brachte. Doch da der Verletzte ohnmächtig gewesen war, hatte auch sie einsehen müssen, dass er ihrer Hilfe bedurfte. Sie hatten ihn in der Sattelkammer untergebracht, damit seine Anwesenheit von niemandem bemerkt wurde. Léons Schwester Suzanne kümmerte sich um ihn. Als Ärztin wusste sie, wie man mit einer Schussverletzung umging. Es war ihr gelungen, die Kugel, die sich nahe dem Herzen in die Schulter des Mannes gebohrt hatte, zu entfernen. Doch die Verletzung war so schwer gewesen, dass der Verwundete mehrere Tage um sein Leben gekämpft hatte.

Hauptsächlich Marguérite hatte sich in dieser Zeit um ihn gekümmert. Erst seit dem Vorabend war sein Fieber deutlich gesunken, und er war wieder ansprechbar. Nun wussten sie, dass er Schweizer war und Pirmin hieß. Als der Verletzte Marguérite erblickte, richtete er sich auf, obwohl er sichtlich Schmerzen hatte. Sein linker Arm war mittels einer Schlinge an seinen Körper gebunden.

»Meine Retterin«, begrüßte er sie erfreut. »Jetzt kann ich mich endlich auch bei dir bedanken!«

»Miron und Suzanne haben dir das Leben gerettet«, wehrte Marguérite ab. »Geht es dir besser?«

»Ich fühle mich fast wie neugeboren.« Pirmin grinste und fuhr sich mit der unverletzten Hand durch sein strubbeliges graues Haar. Der Schweizer erinnerte Marguérite ein wenig an ihren Vater.

»Du bist ja ganz schön übermütig.« Sie lachte, während sie ihn mit sanfter Gewalt wieder zurück in sein Kissen drückte. »Denk an deine Wunde. Sie ist immer noch nicht ganz verschlossen!«

»Mir geht's heute schon wieder richtig prächtig«, behauptete der Schweizer in seinem unverwechselbaren Dialekt. »Ich bin euch schon viel zu lange hier zur Last gefallen. Außerdem muss ich noch etwas erledigen.« Seit Pirmin wieder bei Bewusstsein war, war er von dem Gedanken besessen, möglichst schnell wieder aufzubrechen. Er arbeitete für eine Fluchtorganisation in seiner Heimat und führte regelmäßig heimlich Flüchtlinge von Frankreich in die Schweiz. Bei seiner letzten Aktion, bei der er eine Gruppe jüdischer Kinder und Jugendliche in Empfang nehmen wollte, waren sie verraten und von einer Miliztruppe abgepasst worden. Es hatte einen Toten und mehrere Verletzte gegeben. Die meisten Kinder hatten glücklicherweise entkommen können, doch er war dabei angeschossen und schwer verletzt worden. Ein Stück weit hatte er die Kinder noch auf den Weg bringen können, dann war er infolge seiner Verletzung zusammengebrochen und gezwungen gewesen zurückzubleiben. Jetzt machte er sich schwere Vorwürfe. »Ich bin doch für die Kinder verantwortlich!«, fuhr er gequält fort. »Die Armen irren seit Tagen hilflos in den Wäldern umher, wenn man sie nicht längst schon aufgegriffen hat.«

Miron hatte sich am Vortag kurz entschlossen mit Léon auf den Weg gemacht, um die Kleinen aufzuspüren. Er war gerade erst zurückgekehrt und hatte die Sattelkammer betreten, um zu berichten.

»Wir haben von den Kindern keine Spur mehr gefunden, und auch von offizieller Seite gibt es nichts zu berichten«, erzählte er Marguérite. »Es ist nicht das, was wir uns erhofft haben, doch es bedeutet immerhin, dass sie nicht aufgegriffen wurden. Wahrscheinlich haben sie längst den Ort erreicht, den Pirmin ihnen genannt hat. Wäre es anders, hätte einer unserer Kontaktleute bestimmt Wind davon bekommen.«

Pirmin war dennoch nicht beruhigt. »Aber selbst wenn es so ist, können sie dort nicht ewig bleiben. Ich muss ihnen unbedingt nach.«

»Jetzt musst du erst einmal zu Kräften kommen«, widersprach Marguérite. »Außerdem ist es im Moment viel zu gefährlich da draußen. Ich bin gerade einem patrouillierenden Milizionär begegnet. Er hat mir erzählt, dass sie zu zweit in unsere Gegend beordert wurden. Sie haben Quartier in Brégnier-Cordon bezogen und sollen die örtliche Gendarmerie unterstützen. Ich konnte ihn nur mit Mühe davon abhalten, mich hierher zu begleiten.« Sie berichtete von ihrer Begegnung mit Antoine. »Immerhin war er freundlich und den Kindern zugetan«, fügte sie noch hinzu. »Er hat sogar mit ihnen gesungen und Späße gemacht.«

Mirons Gesichtsausdruck verdüsterte sich. »Also hat er sich auch mit ihnen unterhalten«, stellte er besorgt fest. Marguérite erschrak. Daran hatte sie gar nicht gedacht. Einige der Kinder sprachen nicht besonders gut französisch und hatten mit Sicherheit einen Akzent, der sie verraten haben konnte. Doch ihr Gefühl weigerte sich zu glauben, dass von Antoine eine Gefahr ausging. »Ich glaube nicht, dass er etwas bemerkt hat«, behauptete sie. »Wir müssen uns ohnehin etwas ausdenken, denn er oder sein Kamerad werden sicher in nächster Zeit wieder hier auftauchen.« Sie wollte gerade vorschlagen, dass sie behaupten könnten, einige der Kinder hätten lange Zeit in der Schweiz gelebt, als Sabine den Raum betrat. Sie trug noch Hut und Mantel und sah ziemlich erschöpft aus, denn sie war gerade von einer zweitägigen Reise aus Montpellier zurückgekehrt, wo sie den Hauptsitz des Kinderhilfswerks, für das sie arbeitete, besucht hatte.

»Ich habe schlechte Nachrichten«, verkündete sie mit müder Stimme und sah traurig in die Runde. »Es geht um die Kinder und Jugendlichen aus der Schlucht«, fügte sie leiser hinzu. Sie vermied es, Pirmin anzusehen. »Sie wurden alle von den Milizen aufgegriffen. Ich weiß es von Wiltzer. Er hat es mir verraten, als ich auf meinem Heimweg noch rasch bei ihm vorbeigeschaut habe.« Sie holte tief Luft. »Man fand sie in einer Hütte, wo sie offenbar auf jemanden warteten. Sie sind bereits auf dem Weg nach Drancy. Keines der Kinder konnte entkommen.«

Es folgte ein bedrücktes Schweigen. Jeder von ihnen brauchte seine Zeit, um zu begreifen, was das bedeutete. Drancy war ein Durchgangslager. Von dort wurden alle Juden nach Polen deportiert, was gleichbedeutend mit ihrem Tod war. Jeder der Anwesenden hatte von den sogenannten Vernichtungslagern in Auschwitz gehört. Keiner kam von dort jemals zurück. Pirmin vergrub das Gesicht in seiner Hand, ihm entfuhr ein tiefer Schluchzer. Obwohl er die Kinder nicht gekannt hatte, empfand er ihr Schicksal wie einen persönlichen Verlust. Auch Miron ging die Sache sehr nah. Er sprang plötzlich auf und begann, rastlos im Raum hin und her zu tigern. Bei jedem Schritt wurde er ein wenig wütender. Marguérite gingen ihre kleinen Reisegefährten durch den Kopf. Sie kämpfte ebenfalls mit den Tränen. Nur Sabine blieb auffallend ruhig.

»Ich werde dafür sorgen, dass diese verdammten Nazischweine dafür bezahlen müssen«, platzte es unvermittelt aus Miron heraus. »Ich werde keinen Tag länger mehr untätig herumsitzen und mich endlich Gaston und seiner Gruppe anschließen. Das hätte ich schon längst tun sollen!«

Seine Ankündigung brachte Sabine nun doch aus der Ruhe. Marguérite sah ihr Entsetzen, auch wenn sie es zu verbergen versuchte. Gaston war der Deckname des Anführers der hiesigen Résistance-Gruppe. Seine Anhänger hatten sich erst kürzlich radikalisiert und erstmals Anschläge auf Eisenbahnlinien und Transportwege, die den Nazis nützlich waren, unternommen.

»Das kannst du nicht tun, Miron!«, brach es schließlich aus ihr heraus. »Wenn du dich Gaston anschließt, bringst du nicht nur dich in Gefahr, sondern uns alle hier. Du musst jetzt an das Wohl der Kinder denken und nicht an Rache. Wenn herauskommt, dass du etwas mit den Widerständlern zu tun hast, kann auch der Unterpräfekt nichts mehr für uns tun.«

»Ich werde mich schon nicht erwischen lassen«, knurrte Miron trotzig, doch Marguérite sah, dass Sabines Appell ihn sehr wohl zum Nachdenken gebracht hatte. »Ich halte diese Willkür und Ungerechtigkeit einfach nicht länger aus«, brach es noch einmal aus ihm heraus, doch seine Wut hatte sich bereits in Verzweiflung gewandelt. »Wie können sich vernunftbegabte Menschen nur für so ein grausames Verhalten entscheiden? Wo bleiben da Menschlichkeit und Mitgefühl?«

Seine Augendeckel begannen zu flattern, und er fuhr sich hastig mit der Faust übers Gesicht. Sabine ging auf ihren Mann zu und nahm ihn in die Arme. Er sank mit dem Kopf an ihre Schulter, doch seine Hände blieben zu Fäusten geballt.

»Sabine hat recht«, mischte sich nun Pirmin ein. Er richtete sich wieder auf. Sein Gesichtsausdruck zeigte große Entschlossenheit. »Ihr müsst hier für die Kinder sorgen.

Das ist eure Aufgabe, und ihr dürft sie durch nichts gefährden. Bei mir sieht es anders aus. Ich werde mich diesem Gaston anschließen. Wenn er mich bei sich aufnimmt, werde ich alles tun, um diesem Wahnsinn hier ein Ende zu bereiten.«

»Das kannst du tun, sobald du dich erholt hast«, erwiderte Sabine mit einem müden Lächeln.

Sie alle wussten, dass es noch Wochen dauern würde, bis Pirmin wieder ganz hergestellt war. Doch der Schweizer ließ sich nicht von seinem Entschluss abhalten.

Zwei Tage später fand Marguérite, als sie ihm das Frühstück bringen wollte, sein Lager verlassen vor.

19

Adèle fasste sich und begann stockend zu erzählen.

»Unsere Familie ... sie war sehr patriotisch. Für meinen Vater war es eine Selbstverständlichkeit, sich im Ersten Weltkrieg freiwillig zu melden. Er tat es für unser Land, für die Republik, für unsere Freiheit. Papa diente bei der Infanterie, er hat die Schlacht bei Verdun mit all ihrem Grauen nur knapp überlebt. Er geriet in die Giftgasangriffe und wäre beinahe gestorben. Seine Lunge war geschädigt, aber seine Seele noch viel mehr. Als er in seinen Uhrmacherladen zurückkehrte, war er nicht mehr derselbe Mann. Dennoch ... Er heiratete und gründete eine Familie mit dem Mädchen, das all die Jahre auf ihn gewartet hatte, deine Urgroßmutter, meine Mutter.« Ein feines Lächeln der Erinnerung umspielte ihre eingefallenen Lippen.

»Sie gründeten eine Familie und bekamen vier Söhne und dich, das Nesthäkchen«, fuhr ich fort, damit sie einen Moment zu Atem kommen konnte.

Natürlich war mir dieser Teil der Geschichte zur Genüge bekannt. Adèle hatte erst meiner Mutter und später mir oft genug davon erzählt. Sie war eine Meisterin im Ausschmücken solcher Geschehnisse und erfand immer neue zahlreiche Details dazu. Schon als Kind war ich von ihrer Erzählkraft fasziniert gewesen, ich konnte nicht genug bekommen. So wusste ich auch, dass mein Urgroßvater nach seinen Erfahrungen nie wieder in einem Krieg hatte kämpfen wollen, und erst recht wollte er nicht, dass es seine Söhne taten. Als der Zweite Weltkrieg ausbrach, traf ihn das besonders. Er konnte jedoch nicht verhindern, dass drei seiner Söhne einberufen wurden. Mir war auch bekannt, dass Antoine gern für einen seiner Brüder in den Krieg gezogen wäre, doch dass der Vater ihn nicht gelassen hatte, weil er ihm zu leichtsinnig erschienen war. Dann war die Nachricht vom Tod Erics eingetroffen und nach der Niederlage der Franzosen auch diejenige über die Gefangenschaft der beiden anderen Brüder. Dass Antoine sich dann den Männern der Vichy-Regierung angeschlossen hatte, wusste ich ja schon. Ebenso, dass Bauersleute aus dem Vercors eines Tages ihr und Gustave Isabelle übergeben hatten, gemeinsam mit einem kurzen Brief ihrer Mutter und Antoines Taschenuhr.

»Antoine war für mich immer der wichtigste meiner Brüder«, schloss Adèle den ersten Teil ihrer Erzählung. Ihre Stimme verlor wieder an Kraft. Das Reden und die Erinnerungen strengten sie sehr an.

Wir wurden von dem Pfleger und der Ärztin unterbrochen, die noch einmal die Lebensfunktionen kontrollierten. Frau Dr. Kling-Hofer machte ein besorgtes Gesicht. »Sie müssen Ihrer Tante jetzt Ruhe gönnen«, wandte sie sich an mich. »Lassen Sie sie erst zu Kräften kommen. Ihr Kreislauf ist noch sehr instabil.« Ich erhob mich sofort, um ihrer Aufforderung Folge zu leisten, doch Adèle ließ es nicht zu. »Ausruhen kann ich mich noch lange genug, wenn ich tot bin«, beschied sie die Ärztin in einem Ton, der keine Widerrede duldete. »Lassen Sie uns bitte allein.«

Nur widerwillig erfüllte man ihr den Wunsch. Dr. Kling-Hofer betonte allerdings, dass dies gegen ihren ausdrücklichen Ratschlag geschehe. Adèle kümmerte sich nicht darum, sondern drängte darauf fortzufahren.

»Dein Großvater und ich waren nicht nur Geschwister, wir waren seelenverwandt«, sagte sie mit der Sehnsucht in ihrer Stimme, die sie immer hören ließ, wenn sie über Antoine sprach. »Er hat mir geholfen, meine wahre Berufung zu finden. Ohne ihn hätte ich niemals den Mut besessen, nach Paris an die Modeschule zu gehen. Ich hätte vermutlich einen Handwerker aus dem Ort geheiratet, weil man es so von mir erwartete. Damals war die Bestimmung einer Frau noch, dass sie sich um ihren Mann und die gemeinsamen Kinder kümmerte. Das hat mich nicht geschert, auch wenn es für viele unannehmbar war …«

In Erinnerung an die Zeit musste sie lachen und bekam prompt einen Hustenanfall. Kaum hatte sie sich wieder beruhigt, fiel ihr das Atmen zunehmend schwer. Sie keuchte, und ich fürchtete, dass sie sich doch übernommen hatte. Dann entdeckte ich, dass sich der Sauerstoffschlauch gelöst hatte, und brachte ihn wieder in die richtige Position. Tatsächlich half ihr das, und sie beruhigte sich wieder.

»Soll ich nicht doch lieber gehen?«, erkundigte ich mich besorgt. »Ich lasse dich ein wenig ausruhen und warte draußen!«

Doch sie wollte nichts davon wissen. »Ich weiß nicht, wie viel Zeit mir noch bleibt«, beharrte sie stur. »Bevor ich abtrete, musst du die ganze Wahrheit erfahren. Lange genug habe ich unter meinen eigenen Lügen gelitten. Ich habe nämlich nicht nur euch, sondern vor allem mir selbst etwas vorgemacht.« Mir blieb also gar nichts anderes übrig, als mich erneut zu setzen und ihr zuzuhören. »Antoine liebte die Musik und hasste seinen Beruf und das Schicksal, das ihn dazu ausersehen hatte, anstelle seiner Brüder das Geschäft zu übernehmen. Er musste sich wohl oder übel damit abfinden, solange die drei im Krieg waren und er für mich und meine Mutter sorgen musste. Doch wann immer es ging, suchte er Ablenkung in seiner Musik. Er trat überall auf und unterhielt die Menschen mit seinen selbst komponierten Chansons und Stücken. Damit verdiente er sogar etwas Geld oder bekam Lebensmittel, die wir dringend nötig hatten. Irgendwann geriet er unter den Einfluss der Milizionäre. Einer ihrer Anführer, ein gewisser Georges, wurde sein bester Freund. Er überredete ihn schließlich, sich ihnen anzuschließen. Die Männer wurden gut bezahlt, musst du wissen.« Sie seufzte. »Mir gefiel es nie, dass er sich mit diesen Menschen abgab, denn unser Vater und auch ich empfanden die Vichy-Regierung als Verrat an unserer eigenen Nation. Aber Politik scherte Antoine nicht. Es ging ihm nur um seine Musik und wie er mich und unsere Mutter versorgen konnte. Dass er damit auch seine Brüder verriet, die schließlich für ein unabhängiges Frankreich in den Krieg gezogen waren, scherte ihn nicht.«

Adèle wies auf ein Wasserglas, das auf einem Tisch neben ihrem Bett stand.

»Möchtest du einen Schluck trinken?«, fragte ich.

Sie nickte, und ich gab ihr das Verlangte.

»Dieser Georges überredete ihn schließlich, mit ihm nach Lyon zu gehen«, fuhr sie fort. »Bevor er aufbrach, hatten wir ein ausführliches Gespräch. Ich flehte ihn an, nicht zu den Kollaborateuren überzulaufen, und legte ihm meine Gründe dar. Antoine hörte mir zu und brachte seine eigenen Argumente ein, indem er mir klarmachte, dass er das alles nur für unsere Brüder tat. ›Hitler wird bald über ganz Europa herrschen‹, war er überzeugt. ›Und wir Franzosen werden dabei eine bedeutende Rolle spielen, aber nur, wenn wir ihn dabei unterstützen. Als Milizionär verdiene ich ausreichend Geld, um dich und Maman zu unterstützen. Außerdem sehen die Deutschen, dass ich auf ihrer Seite stehe. Sie werden es mir danken, indem sie Charles und Louis freilassen‹, versicherte er mir so glaubhaft, dass ich schließlich selbst daran glaubte.«

Adèle atmete tief ein und schloss die Augen. Ich verstand, wie wichtig ihr mein Großvater gewesen war und welch einen Einfluss er auf sie gehabt hatte. Sie war damals schließlich noch ein junges Mädchen gewesen.

»Antoine ging also mit Georges nach Lyon und schloss sich den Milizen an?«

»Was er dort genau tat, habe ich nie erfahren«, fuhr sie schließlich mit immer noch geschlossenen Augen fort, »aber später habe ich mir natürlich einiges zusammengereimt. Er schrieb mir zwar regelmäßig Briefe, doch dabei blieb er immer vage. Ich weiß nur, dass er in der Gegend von Belley stationiert war und ein Verbindungsmann der deutschen Gestapo war. Er schrieb mir auch, dass er eine junge Frau kennengelernt und sich sehr verliebt habe. Sie arbeitete als Betreuerin in einem nahegelegenen Kinderheim.«

Als Adèle das Kinderheim in der Nähe von Belley erwähnte, schrillten bei mir plötzlich sämtliche Alarmglocken. Ich hoffte, dass meine Befürchtungen sich nicht bewahrheiteten.

»Erinnerst du dich noch an den Namen des Kinderheims?«, hakte ich vorsichtig nach.

Sie öffnete erstaunt die Augen. »Aber ja«, antwortete meine Tante leise. »Es war das Kinderheim von Izieu.« Also doch! Es gelang mir kaum, mein Entsetzen zu verbergen. »Ich weiß, was du jetzt denkst«, erriet sie meinen Gedanken. »Du denkst, dass Antoine an der Deportation der Kinder von Izieu beteiligt war, nicht wahr?«

»War es denn so?«

Dass mein Großvater ein Kollaborateur gewesen war, war die eine Sache, erfahren zu müssen, an welchen schändlichen Taten er beteiligt gewesen war, noch einmal eine ganz andere. Die Vorstellung, dass es zumindest nicht unwahrscheinlich war, schnürte mir die Kehle zu.

Adèle zuckte hilflos mit den Schultern. »Das weiß nur Gott allein«, erwiderte sie tonlos. »Ich habe diese Vorstellung einfach nicht zugelassen«, erklärte sie traurig. »Dafür war ich zu feige. Aus Angst, daran zu zerbrechen, habe ich mir immer wieder eingeredet, dass mein geliebter Bruder gar kein Kollaborateur gewesen ist. Wie hätte ich deine Mutter aufziehen können, wenn sie erfahren hätte, dass ihr Vater ein Verräter und möglicherweise ein Mörder gewesen ist?« Ihre Stimme verebbte.

»Nur wenn wir zu unserer Vergangenheit stehen, können wir in der Zukunft solch schreckliche Fehler vermeiden.«

Meine Tante sah mich an und schüttelte verbittert den Kopf. »Wenn das so leicht wäre!«

»Was ist eigentlich mit Marguérite, meiner Großmutter, passiert?«, erkundigte ich mich.

»Über sie weiß ich fast gar nichts, nur dass sie in dem Kinderheim als Betreuerin gearbeitet hatte. Sie war vermutlich nur kurze Zeit dort. Wahrscheinlich stammte sie aus einer der umliegenden Ortschaften. Antoine wollte sie heiraten. Das schrieb er in seinem letzten Brief an mich. Danach habe ich nie wieder etwas von ihm gehört, bis die Bauern mir Isabelle samt Antoines Uhr brachten. Marguérite bat mich in dem beiliegenden Brief, gut für die Kleine zu sorgen. Laut Auskunft der Bauersleute hat sie sich nach der Geburt davongemacht. Dafür habe ich sie immer verachtet. Sie hat ihr Kind einfach allein zurückgelassen.«

»Großvater war Kollaborateur und vielleicht ein Mörder,

und Großmutter hat ihr eigenes Kind im Stich gelassen«, resümierte ich resigniert.

Erst da begriff ich, dass Adèle Antoines Schuld und Marguérites unverzeihliches Handeln auch auf sich genommen hatte. Ihre Glorifizierung war für sie reiner Selbstschutz geworden. Wie konnte ich ihr da einen Vorwurf machen? War es nicht sogar für mich kaum zu ertragen, dass der eigene Großvater ein Monster gewesen war? Für den Augenblick hatte auch ich keine Vorstellung, wie ich damit umgehen sollte.

War es nicht einfacher, die Wahrheit einfach zu leugnen?

Lyon, Frankreich, Juni 1943

Einige Tage später saß Antoine mit elf anderen Milizionären auf den unbequemen Pritschen eines Armeelastwagens. Sie waren auf dem Weg nach Lyon. Da die Straßen voller Schlaglöcher waren, wurden sie erheblich durchgeschüttelt. Es regnete in Strömen, und die Sicht betrug kaum mehr als hundert Meter. Zudem war die Plane des Lastwagens nicht mehr ganz dicht, also tropfte es von mehreren Stellen auf sie herab. Die zugige, kalte Luft trug nicht gerade zu einer guten Stimmung bei. Die meisten brüteten stumpf vor sich hin.

Auch Antoine grübelte, obwohl der Aufenthalt in Lyon endlich einmal Abwechslung versprach. Üblicherweise erwarteten ihn ein oder zwei Abende, in denen er im Hôtel Terminus oder im Lion d'Or auftreten durfte, nachdem er dem SS-Obersturmführer seinen Bericht abgeliefert hatte. Die Frage war nur, wie lange sich der Gestapochef noch von ihm hinhalten lassen würde. Es war sein drittes Treffen mit Klaus Barbie, und er war sich immer noch nicht im Klaren darüber, warum der deutsche Offizier solch einen Narren an ihm gefressen hatte. War es wirklich nur, weil er ihn mit seiner Musik amüsierte, oder sah er in ihm einen überzeugten Anhänger, den er protegieren wollte? Barbie war um einige

Jahre älter als er und behandelte ihn wie einen Zögling, den er für etwas Höheres auserkoren hatte. Manchmal nahm er ihn beiseite und sprach über die blühende Zukunft und die Aufgaben, die sie alle erwarteten, wenn Hitler erst Europa befriedet hätte.

Antoine musste ihm zuhören, ob er wollte oder nicht. Oft war er fasziniert von Barbies Ausführungen. Der Obersturmführer wusste genau, wie er jemanden begeistern konnte. Aber er war auch ein Despot, der keinen Widerspruch duldete. Antoine schwankte immer wieder zwischen Anerkennung und Abscheu, wenn er mit ihm zusammentraf. Auf der einen Seite bewunderte er seinen klaren Geist und seine mitreißende Art, auf der anderen Seite fürchtete er seine Unberechenbarkeit. Barbie konnte von einem auf den anderen Augenblick einen cholerischen Anfall haben und vor Wut außer sich geraten, wenn ihm jemand widersprach. Der Blick aus seinen blauen Augen verwandelte sich in einen eiskalten Blitz, der jeden zu vernichten drohte, der sich ihm widersetzte. Zum Glück war er selbst bislang von solch einem Ausbruch verschont geblieben.

Seine Gedanken wurden unterbrochen, als sein Sitznachbar, ein achtzehnjähriger Junge aus einem Nachbardorf von Grenoble, ihm eine Zigarette anbot. Er hieß Christophe und gehörte erst seit wenigen Wochen zu ihrer Truppe. Antoine nahm die Zigarette mit einem dankbaren Nicken an und versuchte, sie trotz des Holperns anzuzünden. Das Papier des Glimmstängels war so feucht, dass er kaum zum Brennen zu bringen war. Christophe versuchte, eine Unterhaltung zu beginnen, doch das Prasseln des Regens auf die Plane verhinderte jedes Gespräch.

Antoine war das nur recht, obwohl er den Jungen eigentlich gut leiden konnte. Seine Gedanken wanderten wieder zurück zu Barbie und dazu, was er ihm berichten konnte. Bei seinem letzten Besuch hatte er ihn vor allem wegen der Ergreifung der jüdischen Jugendlichen ausgezeichnet, was ihm den Groll von Francis André zugezogen hatte. Der Mann mit dem schiefen Gesicht war bis zu Antoines Eintreffen der Liebling des Obersturmführers gewesen und verkraftete es nur schwer, dass dieser nun bevorzugt wurde. Dabei hätte Antoine liebend gern auf die zweifelhafte Ehre verzichtet. Die Erwartungen des Obersturmführers sowie die Feindseligkeit des Rivalen verlangten seinen Nerven einiges ab.

Ihm war klar, dass es seine Pflicht wäre, Barbie von dem Waisenhaus in Izieu zu erzählen. Einiges dort kam ihm zumindest merkwürdig vor. Auch Flambert war aufgefallen, dass die Kinder weitgehend von der Öffentlichkeit ferngehalten wurden, obwohl es doch eigentlich keinen Grund dafür gab. So fragte er sich, weshalb man die Kleinen nie sonntags in der Kirche sah. Waren französische Waisenhäuser nicht streng christlich ausgerichtet? Was, wenn sich dahinter etwas ganz anderes verbirgt?, überlegte er. Außerdem war es merkwürdig, dass einige der Kinder mit einem auffallenden Akzent sprachen. Manche schienen sogar Schwierigkeiten zu haben, die französische Sprache zu verstehen.

Die Schlussfolgerung, dass die Kolonie eine Tarnung für jüdische Flüchtlingskinder aus Deutschland sein konnte, war nicht abwegig. Wenn er diese Information weitergab, konnte er den Obersturmführer mehr als zufriedenstellen. Ja, es war sogar möglich, dass er damit die Freilassung seiner Brüder erwirkte. Doch wog die Freiheit seiner Brüder wirklich so viel wie das Leben von etlichen unschuldigen Kindern? In was für eine verdammt hirnrissige Situation hatte er sich da nur hineinmanövriert! Was war das für eine Zeit, in der man zu solchen Überlegungen gezwungen wurde?

Nein. Er würde dem Deutschen nichts von dem Waisenhaus erzählen. Er wollte nie wieder, dass unschuldige Menschen seinetwegen in ihr Verderben liefen.

Seine Gedanken endeten unweigerlich bei der jungen Frau, in deren Obhut die Kinder gewesen waren. Ob Marguérite auch ein Flüchtling war? Die junge Betreuerin war ihm nachdrücklich in Erinnerung geblieben. Auch sie hatte einen merkwürdigen Akzent gehabt. Angeblich kam sie aus der Schweiz, was er jedoch bezweifelte. Etwas sagte ihm, dass sie ein Geheimnis vor ihm verbarg. Es war schon seltsam, wie schnell er sich mit dieser Frau verbunden gefühlt hatte. Sie schien ihm wie eine Seelenverwandte und das nicht nur, weil sie beide von einer tiefen Liebe zur Musik erfüllt waren. Irgendwie kam ihm ihre zufällige Begegnung wie ein Wink des Schicksals vor, und der Wunsch, sie wiederzusehen, wurde mit jedem Tag größer.

Leider hatte sich bislang noch keine Gelegenheit geboten. Aber er würde sie treffen, das hatte er sich fest vorgenommen. Streng genommen tat er ja auch nichts Falsches, wenn er seinen Verdacht nicht äußerte. Sein neuer Auftrag bestand darin, nach Umtriebigkeiten der Résistance Ausschau zu halten und nicht nach flüchtigen Juden. Außerdem gehörte die Gegend zur italienischen Zone, wo Juden noch geduldet wurden. Nein, dieses Mal würde Antoine Barbie nichts zu erzählen haben.

Zufrieden mit seinem Entschluss warf er die Kippe hinaus und sah dem kurzen Glimmen nach, bevor der Regen es erstickte. Der Lastwagen wurde langsamer, als es einen Berg hinaufging. Die Straße wurde noch schlechter, sodass sie nur noch holpernd vorwärtskamen. Etwas später erreichten sie ein Waldstück, das zwischen zwei Felswänden hindurchführte. Hohe dunkle Tannen ragten rechts und links der Straße auf und machten die verregnete Landschaft noch düsterer, als sie schon war.

Plötzlich hielt der Lastwagen an. Antoine hörte, wie der Fahrer in der Kabine schimpfte und schließlich ausstieg. Wenig später tönte das Kommando, dass sie alle auszusteigen hatten.

»Los! Helfen! Da ist ein Baumstamm umgefallen. Er versperrt uns den Weg.«

Murrend erhoben sich die Männer von ihren Sitzen und sprangen hinaus in den Regen, um das Hindernis zu beseitigen. Antoine nutzte die Gelegenheit, einem dringenden Bedürfnis nachzukommen. Während er am Straßenrand stand, hörte er das Fluchen der Männer, die sich an dem sperrigen Baumstamm versuchten. Im nächsten Augenblick zerriss eine Explosion beinahe sein Trommelfell. Eine gewaltige Druckwelle erfasste ihn und schleuderte ihn – gemeinsam mit herumfliegenden Holzsplittern und abgerissenen Ästen – mehrere Meter durch die Luft. Mit einem dumpfen Aufprall kam er schließlich im Straßengraben zum Liegen. Halb taub und benommen nahm er die darauffolgende Stille wahr.

Nur langsam begriff er, was geschehen war. Sie waren einem Anschlag zum Opfer gefallen und in eine Falle der Maquisards geraten. Als er versuchte, sich aufzurichten, durchfuhr ihn ein heftiger Schmerz in seinem Bein. Entsetzt sah er auf seinen Oberschenkel, aus dem ein Aststück herausragte. Es hatte sich wie ein Geschoss in sein Fleisch gebohrt. Einen Augenblick überlegte er, das Teil einfach herauszuziehen, doch dann ließ er es lieber bleiben, weil er wusste, es würde eine starke Blutung auslösen. Mit zusammengebissenen Zähnen versuchte er aufzustehen, um nach seinen Kameraden zu sehen, als er ein schreckliches Stöhnen vernahm.

Nicht weit von ihm entfernt erkannte er Christophe, der unter dem umgestürzten Lastwagen begraben lag und wahnsinnige Schmerzen zu haben schien. Der massive Überschlagbügel des Lasters lag quer über seiner Brust. Antoine sah sich um, jetzt erst bemerkte er, welch fürchterliche Folgen die Explosion gehabt hatte. Von den Kameraden schienen nur noch Christophe und er selbst am Leben zu sein. Alle anderen hatte der Sprengstoff, der direkt unter dem Baum deponiert gewesen sein musste, in Stücke gerissen. Überall war Blut. Leichenteile lagen weit verstreut. Die meisten Kameraden waren bis zur Unkenntlichkeit verunstaltet. Es roch nach Blut und verbranntem Fleisch. Antoine kämpfte gegen die aufsteigende Übelkeit an, schließlich schaffte er es, bis zu Christophe zu robben.

»Hilf mir!«, flehte dieser ihn fast wahnsinnig vor Schmerz an.

Er sah, dass der Junge kaum noch Luft bekam. Der schwere Metallholm hatte seinen Brustkorb gequetscht. Antoine bezweifelte, dass man dem jungen Mann noch helfen konnte. Dennoch musste er alles tun, um seine Lage erträglicher zu machen. Seinen eigenen Schmerz ignorierend, versuchte er mit aller Kraft, den Holm hochzustemmen. Es gelang ihm, sich auf sein gesundes Bein zu stellen und unter die Metallstange zu greifen, um sie anzuheben. Doch deren Gewicht war viel zu schwer für ihn. Es gelang ihm nicht einmal, sie für wenige Zentimeter zu bewegen. Nach etlichen vergeblichen Versuchen musste er schließlich erschöpft aufgeben. Auch mit einem dicken Ast, den er wenig später zu Hilfe nahm, hatte er keinen Erfolg. Ihm blieb nichts anderes übrig, als seinem Kameraden Mut zu machen.

»Es wird sicher bald Hilfe da sein«, versprach er ihm.

Christophe hatte unterdessen aufgehört zu jammern. Sein Atem ging nur noch stoßweise, sein Gesicht war blass wie ein Leintuch geworden. Wenn nicht bald jemand vorbeikam, würde er nicht mehr lange leben. Antoine war klar, dass es Stunden dauern konnte. Die Gegend, in der der Anschlag passiert war, lag abseits jeglicher Dörfer. Dann fiel ihm das Funkgerät in der Fahrerkabine ein. Vielleicht hatte die Explosion es ja nicht zerstört. »Warte, ich setze einen Notruf ab«, verkündete er und kroch los, obwohl der Schmerz in seinem Bein immer unerträglicher wurde.

Mit äußerster Kraftanstrengung gelang es ihm, durch das zersprungene Frontfenster in die Kabine zu klettern. Er schnitt sich an den Scherben die Unterarme, doch das war ihm egal. Irgendwie gelangte er an das Funkgerät und stellte mit Erleichterung fest, dass es noch intakt war. Wenig später gelang es ihm, den Stützpunkt in Belley zu erreichen.

»Verstanden. Mache sofort Meldung«, versprach der Funker. »Hilfe kommt, so schnell es geht.«

Antoine gab ihm die ungefähre Lage durch. Dann quälte er sich wieder zurück zu Christophe, um ihm die frohe Nachricht zu bringen.

»Es dauert nicht mehr lange, dann holen sie dich hier raus«, versprach er ihm. »Du musst nur durchhalten.«

»O Gott, es tut so weh«, brachte der Junge keuchend hervor. Er sah ihn mit flackernden Augen an. »Ich hab solche Angst, dass ich ersticke.«

Sein Atem klang rasselnd und schwer. Als Antoine sah, dass sich in seinen Mundwinkeln Blutbläschen bildeten, wusste er, dass es für Christophe keine Hoffnung mehr gab.

»Du schaffst es«, versicherte er ihm wider besseres Wissen und wischte ihm die Regentropfen aus seinem blutverschmierten Gesicht. »Ich höre bereits Motorengeräusche.

Bald hast du es geschafft!« Er lächelte ihm ermutigend zu, obwohl das eine glatte Lüge war.

Christophe starrte in den grauen Himmel, als könnte er jemanden darin entdecken. »Lucinde!«, stieß er hervor. »Lass mich dich in die Arme nehmen!« Sein regennasses Gesicht wurde von einem Lächeln erhellt, als wäre alles Leid plötzlich von ihm abgefallen. Für einen kurzen Augenblick sah er Antoine noch einmal in die Augen. »Sie ist so schön«, flüsterte er. »Meinst du, ich soll sie fragen, ob sie mich heiraten …«

Noch bevor er den Satz zu Ende sprechen konnte, brach sein Blick – so jäh, als wäre ein Licht verloschen. Antoine hielt Christophes Hand. Er fühlte nichts mehr, nur die Sinnlosigkeit dieses jämmerlichen Krieges.

Stunden später traf endlich Hilfe ein. Antoine befand sich immer noch in einem merkwürdigen Zwischenzustand, der keine menschliche Regung zuließ. Wie ferngesteuert berichtete er über das, was er von dem Anschlag mitbekommen hatte. Dabei fühlte er nichts als eine unglaubliche Leere. Wie in Trance bekam er mit, wie ihn die Sanitäter auf eine Trage legten und in einen Krankenwagen brachten. Als er wieder Herr seiner Sinne war, befand er sich als einziger Überlebender im Lazarett in Lyon. Man hatte seine Wunden versorgt und den Pflock aus seinem Oberschenkel entfernt. Die Wunde war tief, aber nicht lebensbedrohlich, sodass er schon nach wenigen Tagen wieder entlassen werden konnte.

Körperlich heilte seine Verletzung rasch, aber seelisch hatte das Erlebnis tiefe Wunden hinterlassen. Der heimtückische Anschlag der Widerstandskämpfer und der Tod von Christophe waren genauso grausam und sinnlos wie das, was die Milizen taten. Dieser verdammte Krieg – er machte aus Menschen wilde Bestien.

Aufgrund seiner Verletzung bekam Antoine ein paar Tage Urlaub. Er überlegte, seine Mutter und seine Schwester zu besuchen, doch er musste seinen Plan ändern, da Barbie ihn ins Hôtel Terminus einlud. Der Obersturmführer erwartete ihn in seiner Suite zusammen mit Francis André. Barbie saß mit übereinandergeschlagenen Beinen auf einem bequemen Sessel und blätterte in irgendwelchen Unterlagen. Mit seiner linken Hand streichelte er nachdenklich seine eigene Wange. Er sah erst auf, als Antoine sich nach einigen Augenblicken des Wartens durch ein leises Räuspern bemerkbar gemacht hatte.

»Ah, mein französischer Freund«, begrüßte er ihn, als wären sie alte Bekannte. »Ich habe schon von dem heimtückischen Überfall auf Ihren Trupp gehört. Ein Glück, dass es Sie nicht allzu schwer erwischt hat.« Er legte die Mappe auf einen Beistelltisch und bot ihm einen Stuhl an, während Francis André stehen bleiben musste. Antoine setzte sich, er ignorierte den finsteren Blick des Caporal. Barbie schenkte zwei Cognac ein und reichte ihm einen der beiden Schwenker. »Trinken wir auf Ihre Genesung«, toastete er ihm zu. »Sie müssen mir haarklein berichten, wie das alles geschehen konnte.«

Antoine kam der Aufforderung nach. Noch während er die Einzelheiten schilderte, machte sich erneut diese Leere in ihm breit, die ihn unweigerlich frösteln ließ. Barbie deutete seine Regung anders.

»Das feige Widerstandspack«, erklärte er verächtlich. »Sie geben sich nach außen hin als unschuldige Bürger und planen heimlich die Zerstörung des Staates, der sie ernährt. Sie sind besessen von dem bolschewistischen Ideengut unserer Feinde und infiltriert von den zersetzerischen jüdischen Kräften, die eine Weltrevolution anstreben. Kreaturen wie diese Terroristen werden nicht rasten und ruhen, bis sie unsere Ordnung zerstört haben. Deswegen müssen wir ihnen mit aller Härte begegnen. Ich werde alles tun, um sie auszumerzen!« Seine Gesichtszüge entspannten sich wieder, als er sich an Antoine wandte. »Zum Glück weiß ich Leute wie Sie an meiner Seite, Mardieu!«, lobte er ihn. »Auf mutige Franzosen wie Sie kann das neue Großdeutsche Reich nicht verzichten! Durch Ihren Einsatz helfen Sie, dass der jüdisch-bolschewistische Aufstand bald ein Ende findet.«

»Ich weiß nicht, ob ich Ihr Lob verdiene«, wehrte Antoine unangenehm berührt ab. »Mir kommt doch in dieser Geschichte keinerlei Verdienst zu. Es war reines Glück, dass ich überlebt habe.«

»Ihre Bescheidenheit ist jetzt fehl am Platz«, ließ sich Barbie keineswegs beirren. »Sie haben Ihre Loyalität bereits mehrfach unter Beweis gestellt. Auf Männer wie Sie kann man eben zählen. Ich habe Sie lange beobachtet und setze große Hoffnungen in Sie. Ihre verbindliche Art und die Fähigkeit, das Vertrauen der Leute zu gewinnen, wird uns noch in vielerlei Hinsicht von Nutzen sein. Weiter so, Mardieu!«

»Ich glaube, Sie überschätzen mich …«

Antoine fühlte sich zunehmend unwohl in seiner Haut. Und es rief ihm nochmals schmerzhaft den Verrat an den jüdischen Kindern in Erinnerung.

Mit einer ungeduldigen Handbewegung gebot der Obersturmführer ihm Einhalt. »Sie verstehen mich wohl immer noch nicht!« Er deutete auf die Mappe neben sich. »Ich habe herausgefunden, wo sich Ihre Brüder befinden.«

Antoine schwieg sofort. Damit hatte er tatsächlich nicht gerechnet. Barbie grinste zufrieden und erwartete eine entsprechende Reaktion.

»Das … das ist wunderbar«, brachte Antoine schließlich hervor.

»Charles Mardieu arbeitet in einem Steinbruch bei Überlingen und Louis bei einem Bauern in Bayern. Die beiden können schon sehr bald auf freiem Fuß sein, wenn sie sich nur kooperationsbereit zeigen.«

»Sie weigern sich?«

Antoine konnte nichts dagegen tun, dass er sich auf einmal schämte. Allerdings nicht, weil seine Brüder nicht kollaborieren wollten, sondern weil er sich wie ein Verräter vorkam.

Barbie hielt sein Schweigen für Begriffsstutzigkeit. »Ihre Brüder müssen selbstverständlich für dieselben Ziele eintreten wie Sie«, klärte er ihn auf. »De facto sind sie im Augenblick noch unsere Feinde.« Sein Lächeln bekam etwas Aufmunterndes. »Es wird sicherlich kein Problem für Sie werden, Ihren Brüdern diesbezüglich auf die Sprünge zu helfen. Vielleicht legen Sie dem möglichen Entlassungsbefehl ja noch einen persönlichen Brief bei, in dem Sie Ihren Brüdern erklären, wie wichtig es für sie ist, in Ihre Fußstapfen zu treten.«

Antoines ungutes Gefühl verstärkte sich. Seine Brüder waren in den Krieg gezogen, um für ein freies Frankreich zu kämpfen. Er zweifelte daran, dass es ihm gelingen konnte, sie zu überzeugen, dass sie ihren Patriotismus aufgeben mussten, selbst wenn sie dafür in Freiheit kamen. Besonders Charles war ein großer Nationalist und hasste die Deutschen von ganzem Herzen.

»Das werde ich gern tun«, brachte er schließlich mühsam hervor.

Der Obersturmführer nickte zufrieden. »Dann wäre das also geklärt.« Er machte eine bedeutungsschwere Pause, um ihn plötzlich mit seinem stechenden Blick zu fixieren. »Ihnen ist doch sicherlich bewusst, dass ich für diese, nun sagen wir, kleine Gefälligkeit, eine Gegenleistung erwarte …« Antoine zuckte zusammen, obwohl ihm natürlich längst klar gewesen war, dass alles, was Barbie für ihn tat, an Bedingungen geknüpft war. Der Blick des Obersturmführers ruhte immer noch prüfend auf ihm. Um keine Zweifel aufkommen zu lassen, versuchte Antoine, ihm mit einem verbindlichen Lächeln zu begegnen. »Ich möchte, dass Sie alles daransetzen, den Anführer der Terroristenbande zu entlarven, der für die Anschläge in der Region Belley zuständig ist«, erklärte Barbie. »Der Auftrag muss Sie doch motivieren. Schließlich sind diese Verbrecher am Tod Ihrer Kameraden schuldig.« Er wartete, bis Antoine zustimmend nickte. »Der Deckname des Anführers ist Gaston, er lebt höchstwahrscheinlich in der Gegend von Belley, wahrscheinlich als rechtschaffener Bürger. Finden Sie heraus, wer er und seine Freunde sind und was sie als Nächstes vorhaben. Den Rest erledigen wir von der Gestapo!«

»Aber wie soll ich das anstellen?« Antoine wurde ganz flau im Magen. »Als Milizionär werden die Leute wohl kaum offen mir gegenüber sein.«

»Wie Sie das anstellen, ist Ihre Sache«, entgegnete Barbie ungerührt. »Nutzen Sie einfach Ihre Fähigkeiten, sich Freunde zu verschaffen. Verstellen Sie sich, geben Sie vor, ein Überläufer zu sein. Keine Ahnung! Das bleibt ganz Ihrer Kreativität überlassen.«

»Sehr wohl, Obersturmführer.«

Antoine gelang es nur schlecht, sein mulmiges Gefühl zu verbergen. Was Barbie von ihm verlangte, schien ihm undurchführbar zu sein.

»Nun machen Sie doch nicht so ein ratloses Gesicht!«

Barbie schenkte ihm ein väterliches Lächeln. »Sie sind genau der richtige Mann für eine heikle Angelegenheit wie diese. Bemühen Sie ein wenig Ihren Erfindergeist und Ihre Fantasie. Die Menschen mögen Sie, weil Sie ein umgänglicher Typ sind. Wenn Sie Augen und Ohren offen halten und hier und da erwähnen, dass Sie mit Ihrer Arbeit als Milizionär nicht mehr zufrieden sind, ja an den richtigen Stellen auch mal kleine Interna verraten, die den Terroristen in die Hände spielen, dann werden Sie bald einer von ihnen sein.«

»Sie wollen, dass ich als Spion arbeite«, stellte Antoine fest.

»Spion, Spitzel, ein Verbündeter ...« Barbie zuckte gleichmütig mit den Schultern. »Nennen Sie es, wie Sie wollen.« Dann kam er abrupt zum Ende ihrer Unterhaltung. »Die Hauptsache ist, Sie arbeiten effektiv. Ich denke, wir haben uns verstanden?« Er wartete Antoines Antwort gar nicht ab, sondern hob sein Glas und trank es in einem Zug leer. Dann wandte er sich an Francis André, der ihrer Unterhaltung schweigend gefolgt war. »Caporal, begleiten Sie Mardieu nach draußen und sehen Sie nach, ob die Gefangene aus Montluc bereits überstellt wurde.«

Damit war Antoine entlassen.

Klaus Barbie sah dem jungen Franzosen zufrieden nach und schenkte sich noch einen Cognac ein. Unterhaltungen mit Menschen wie Antoine Mardieu, die er nach seinem Willen biegen konnte, ermunterten ihn. Der junge Mann erinnerte ihn entfernt an seinen besten Freund aus Jugendtagen. Auch er war wie Wachs in seinen Händen gewesen. Vielleicht war es gerade ihre Unschlüssigkeit, die sie zu willfährigen Menschen machte. Ein wenig Druck, eine Portion Angst und die Hoffnung, dass sich alles noch zum Guten wenden konnte, bewirkten meist, dass man von ihnen bekam, was man verlangte. Selbst ein Mensch wie Mardieu, der eigentlich nicht viel soldatischen Ehrgeiz besaß, würde ihm so von Nutzen sein.

Er hatte an dem jungen Mann einen Narren gefressen. Vielleicht lag das daran, dass sie eine ähnliche Biografie hatten. Auch er hatte sich zu etwas anderem berufen gefühlt und war durch die familiären Umstände gezwungen gewesen, einen bestimmten Weg einzuschlagen. Der frühe Tod des Vaters im Jahre 1933 und wenig später der des Bruders hatten gedroht, ihn aus der Bahn zu werfen. Sein Vater, ein angesehener Lehrer, war an den Spätfolgen einer Verletzung, die er sich während des Ersten Weltkriegs an der Westfront zugezogen hatte, jämmerlich verreckt. Als dann auch noch sein Bruder tödlich verunglückt war, hatte sich keiner aus seiner Familie mehr von dieser Tragödie erholen können.

Besonders für die Mutter war er kaum noch existent. Nach mehreren Anläufen war es ihm zwar gelungen, in Trier sein Abitur zu machen, doch damit hatte er noch nichts erreicht. Es folgten Arbeitslosigkeit und Zeiten großer Frustrationen, denn er hatte natürlich kein Geld, um an einer Universität zu studieren. Sein einziger Halt war damals seine Mitgliedschaft in der Hitlerjugend gewesen. Dort hatte er schon früh eine gewisse Stellung innegehabt, da er schon 1933 eingetreten war. Als man ihm schließlich angeboten hatte, für ein halbes Jahr seinen Freiwilligendienst in einem Arbeitslager der Nationalsozialistischen Deutschen Arbeiterpartei in Schleswig-Holstein zu leisten, war er gern dazu bereit gewesen.

In dieser Zeit war er endgültig zu einem begeisterten Anhänger der nationalsozialistischen Ideologie geworden. Der erste Höhepunkt seiner Karriere war seine Begegnung mit Heinrich Himmler im Jahr 1935 gewesen. Dem engen Vertrauten des Führers war sofort seine Begeisterung für die Sache aufgefallen, aber auch das Charisma, das von ihm ausging. Er hatte ihn persönlich eingeladen, in die Schutzstaffel einzutreten. Bei der SS hatte Barbie rasch Karriere gemacht, er war schon bald zum Mitarbeiter des Sicherheitsdienstes in Berlin geworden. In dessen Auftrag hatte er in der Stadt Juden und Homosexuelle, die er abgrundtief verachtete, verfolgen müssen. Bei den Verhören mit ihnen hatte er seine Freude daran, Menschen dazu zu bringen, das zu tun, was er von ihnen verlangte, entdeckt.

Gewalt war dabei stets ein höchst befriedigendes Mittel. Dieses Gefühl der Macht entschädigte ihn für die Ungerechtigkeiten, die er in seinem Leben erfahren hatte. Seit dieser Zeit übte er die ihm aufgetragenen Aufgaben mit höchster Effektivität aus. Die Auslöschung der Juden und Widerständler war für ihn zu einer Passion geworden.

Barbies Gedanken wurden durch das Pochen an der Tür unterbrochen. Das musste André sein. Es wurde Zeit, sich wieder seinen Aufgaben zuzuwenden. Der Caporal war vom gleichen Holz geschnitzt wie er selbst. Auch er hatte eine ausgeprägte Vorliebe für Gewalt. Im Gegensatz zu Mardieu, dessen Fähigkeiten Barbie eher subtil nutzen musste, war ihm dieser derbe Kerl für andere Dinge nützlich. André, der von seinen Kameraden Gueule Tordue, Schiefmaul, genannt wurde, stand seine Vorliebe für Gewalt regelrecht ins Gesicht geschrieben. In der Erfindung und vor allem Durchsetzung neuer Foltermethoden war er einzigartig. Als Team bekamen sie so gut wie immer die Antworten, die sie hören wollten. Eine weitere wertvolle Eigenschaft des Folterknechts war seine vorbehaltlose Ergebenheit. Auf seine Loyalität konnte er, Barbie, sich verlassen.

André salutierte vor ihm, er senkte dabei devot den Blick.

»Ist für das nächste Verhör alles vorbereitet?«

»Die Frau, die wir gestern festgenommen haben, ist gerade von Montluc hier eingetroffen. Sie steht jetzt zu Ihrer Verfügung.«

»Ist sie wenigstens hübsch?«

»Nicht mehr lange, wenn's nach mir geht.« Andrés anzügliches Grinsen verlieh seinem schiefen Gesicht etwas Groteskes.

Barbie rieb sich erwartungsvoll die Hände. »Ich möchte, dass Sie die Schäferhunde zur Befragung mitbringen.«

Andrés Grinsen wurde noch eine Spur breiter. »Sie werden Ihre Freude haben, Obersturmführer.«

Barbie wollte ihn gerade entlassen, dann überlegte er es sich doch noch einmal anders. André hatte ein gutes Gespür für Menschen, auch wenn man es ihm nicht ansah.

»Was halten Sie von Caporal Mardieu?«, erkundigte er sich beiläufig.

Andrés Mundwinkel verzogen sich abfällig. »Wollen Sie meine ehrliche Meinung? Ich halte diesen Musikus für einen Feigling, dem man nicht trauen darf.«

»Wie kommen Sie zu dieser Einschätzung? Sind Sie etwa eifersüchtig?«, wollte Barbie wissen.

Ihm war schon aufgefallen, dass sich die beiden Männer nicht sonderlich mochten. Er musste kein Hellseher sein, um zu sehen, dass André missgünstig war, weil er Mardieu anders behandelte als ihn. Doch das spielte ihm auch in die Hände. Trotz seiner Eifersucht hatte André einen guten Blick für die Loyalität seiner Kameraden.

»Ich seh's an seinem Gesicht«, behauptete er. »Mardieu ist ein Duckmäuser.«

»Der Caporal hat erfolgreich zur Ergreifung einer ganzen Gruppe Juden beigetragen, kaum dass er bei den Milizionären eingetreten ist«, erinnerte Barbie ihn streng. »Ihre Anschuldigungen entbehren also jeglicher Grundlage. Oder liege ich falsch?«

»Mit Verlaub, Obersturmführer«, entgegnete Francis André mit hochrotem Kopf. Seine Rüge hatte ihn sichtlich getroffen. »Ich wollte Mardieus Verdienste nicht infrage stellen.«

»Das haben Sie aber getan«, antwortete Barbie ungnädig. »Also: Weshalb glauben Sie, dass Mardieu ein Feigling ist?«

»Fragen Sie doch die Kameraden in Belley«, rückte André endlich mit seiner Information heraus. »Mardieu ist zwar bei allen beliebt, wenn's um seine Musik geht. Aber als Soldat taugt er überhaupt nichts. Beim Ergreifen der Judenbande hat er sich schier in die Hosen gemacht. Er hat sich aus allem rausgehalten, hat nicht eine Kugel verschossen. Man konnte glatt den Eindruck haben, dass er mit dem Pack sympathisiert hat.«

Das war genau der Eindruck, den auch Barbie von dem jungen Mann gewonnen hatte. Doch das brauchte André nicht zu wissen. »Das ist alles haltloses Gerede«, wies er ihn absichtlich in die Schranken. »Mardieu hat außerdem ganz andere Aufgaben. Er soll herausfinden, wer dieser Gaston ist. Dazu bringt er mehr Fähigkeiten mit als Sie und ich zusammen.« Er machte keine Anstalten, seinen Unmut zu verbergen. »Und nun bereiten Sie endlich das Verhör vor. Ich erwarte das Weib hier im Verhörraum.«

»Sehr wohl, Obersturmführer.«

André presste die Lippen aufeinander und sah starr auf den Boden. Barbie gefiel seine Unterwürfigkeit. Dennoch entschloss er sich dazu, auf Mardieu ein besonderes Auge zu halten. Es war immer gut, über alles im Bilde zu sein.

20

Valerie saß wie auf heißen Kohlen. Seit Stunden wartete sie auf Nachrichten von Rick, das letzte Mal hatte er sie am Morgen angerufen. Unterdessen versuchte sie, mit ihren Gefühlen ins Reine zu kommen. Ihr Seelenleben war völlig aus dem Gleichgewicht geraten. All die Jahre, die sie mit Jonas zusammen gewesen war, hatte sie niemals auch nur einen Gedanken an einen anderen Mann verschwendet. Als sie sich eine Auszeit erbeten hatte, war es ihr hauptsächlich darum gegangen, sich in Ruhe auf sich selbst zu besinnen, um zu ergründen, was sie wirklich von ihrem Leben erwartete. Mit dem Gedanken, dass Jonas darin einmal keine Rolle mehr spielen könnte, hatte sie bislang niemals ernsthaft gespielt. Wenigstens nicht bewusst.

Dass sie nicht mehr dieselben Gefühle für ihn hegte, war ihr erst mit seinem überstürzten Heiratsantrag klar geworden. Sie begriff selbst nicht, was gerade mit ihr passierte. Dass sie mit Rick eine Affäre angefangen hatte, passte so gar nicht in ihre Vorstellungen von verlässlicher Beziehung und Treue. Und das Schlimmste daran war, dass sie diesen Mann überhaupt nicht mehr aus ihrem Kopf bekam. Mit Rick fühlte sich alles so richtig an. Er hatte ihr gezeigt, was es hieß, sich vorbehaltlos auf jemanden einzulassen. Diese Erfahrung wollte sie niemals mehr missen, auch wenn die ganze Geschichte zwischen ihnen vielleicht gar keine Zukunft hatte.

Es klingelte an der Haustür, und ein Blumenbote überreichte ihr einen monströsen Strauß langstieliger roter Rosen. Sie mussten ein Vermögen gekostet haben. Auch ohne auf den Absender zu sehen, wusste sie, dass sie von Jonas waren. Es war eine seiner monumentalen Gesten, von denen sie sich schon immer überfordert gefühlt hatte. Sie widerstand dem spontanen Wunsch, sie dem Boten wieder mitzugeben.

Fünfundfünfzig Rosen – für jeden Monat, den wir bereits zusammen sind. Du bist und bleibst die Königin meines Herzens!, war auf der Karte zu lesen.

Statt sich darüber zu freuen, fühlte sich Valerie nur genervt. Sie legte den Strauß in der Küchenspüle ab und betrachtete ihn mit Widerwillen. Gleichzeitig kämpfte sie gegen ihr schlechtes Gewissen. Was bezweckte Jonas nur damit? Glaubte er wirklich, durch eine Flut von Blumen könnte sich alles zwischen ihnen wieder einrenken? Es war so typisch für ihn. Nach seinen Vorstellungen musste sich eine Frau von Blumen besänftigen lassen. Sie waren für ihn ein Friedensangebot, dem sie nicht widerstehen konnte und durfte.

Obwohl sie wusste, dass Vergleiche in solchen Dingen unfair waren, war sie sich sicher, dass Rick niemals auf solch einen Gedanken gekommen wäre. Ihn kümmerte es nicht, wen oder was sie darstellte, er nahm sie so wahr, wie sie sich fühlte. Was Jonas betraf, schien sie die Projektionsfläche seiner Wünsche zu sein.

Im gleichen Augenblick wurde ihr bewusst, dass sie sich unsterblich in Rick verliebt hatte. Allein der Gedanke an ihn verursachte ihr Herzklopfen. Ihr wurde richtiggehend schwindlig. Der Wunsch, ihn anzurufen, um sich mit ihm zu treffen, wurde fast unerträglich. Am liebsten hätte sie sich sofort auf den Weg ins Krankenhaus gemacht, um ihm ihre Gefühle mitzuteilen.

Auch so verschaffte ihr die neue Erkenntnis ein so tiefes Gefühl von Glück, dass sie am liebsten das Fenster geöffnet hätte, um es laut hinauszuposaunen. Und das Schöne war, dass sie sich ziemlich sicher war, dass es Rick ähnlich ging. Was er wohl gerade tat? Er hatte seit dem Vorabend viel durchmachen müssen. Sie wünschte von Herzen, dass seine Tante wieder zu Kräften kam, damit er sich mit ihr aussprechen konnte. Vielleicht würde ihm das ja darüber hinweghelfen, dass sein Großvater nicht der Mensch gewesen war, für den er ihn immer gehalten hatte.

Ihre Gedanken wurden durch den Summton ihres Handys unterbrochen. Es war ihr Vater.

»Hast du das Medaillon bekommen, das ich dir geschickt habe?«, erkundigte er sich, nachdem sie ein wenig geplaudert hatten.

Valerie ging hinüber zu der Ablage, auf die sie das Schmuckstück gelegt hatte, klemmte das Smartphone zwischen Ohr und Schulter und öffnete es.

»Die Frau darauf ist sehr hübsch«, antwortete sie nachdenklich. Etwas an ihr schien so vertraut, als würde sie die Person kennen. »Bist du dir sicher, dass es nicht doch Großmutter Gigi ist?«

»Ganz sicher! Ich hab das Medaillon einer Frau gezeigt, die meine Mutter kannte.«

»Es könnte ihre Schwester gewesen sein«, mutmaßte Valerie. »Auf jeden Fall muss ihr die Person sehr nahegestanden haben, sonst hätte sie ihr Bild wohl nicht ständig mit sich getragen.«

»Das sehe ich auch so! Aber ihre wahre Identität wird wohl immer ein Geheimnis bleiben«, erwiderte ihr Vater und kam dann endlich zum eigentlichen Grund seines Anrufs. »Übrigens … Jonas war gerade bei uns …« Valerie hörte an seinem Tonfall, dass ihm das unangenehm war. »Er wirkte ziemlich aufgelöst. Es tut ihm alles so leid …«

»Und damit kommt er zu euch?«, unterbrach Valerie empört ihren Vater. Wie konnte Jonas nur versuchen, ihre Eltern zu instrumentalisieren!

»Na ja, er hat Mia noch einmal sein Herz ausgeschüttet. Du weißt doch, wie nah sich die beiden stehen. Er suchte ihren Rat.«

»Mias Rat? Das ist ja mal wieder typisch«, entfuhr es Valerie schnippisch. »Was fällt dem Kerl eigentlich ein? Ich hoffe, Mama hat ihn wieder weggeschickt!«

»Das hat sie nicht …« Aaron begann, sich zu winden. In diesem Augenblick wusste Valerie, dass ihre Mutter ihn vorschickte. Wahrscheinlich stand sie direkt hinter ihm. »Ich verstehe, dass du nicht möchtest, dass wir uns in deine Angelegenheiten einmischen, aber dieses Mal ist es etwas anderes. Jonas wirkte so geknickt, dass wir uns richtig Sorgen gemacht haben. Vielleicht solltest du noch mal mit ihm reden. Schließlich seid ihr schon so lange zusammen. Da beendet man eine Beziehung nicht so leichtfertig. Ihr seid doch ein perfektes Paar und passt so gut zusammen. Außerdem liebt Jonas dich aufrichtig. Er hat uns sogar von dem misslungenen Heiratsantrag erzählt. Ihm ist längst klar, dass er dich damit überfahren hat und dass du noch eine Weile Zeit für dich brauchst. Das Einzige, was er will, ist, dass du ihm noch eine Chance gibst.«

»Ach Papa! Merkst du denn gar nicht, dass Jonas euch nur benutzt?« Valerie ärgerte sich zunehmend. »Wenn er mir etwas zu sagen hat, soll er das gefälligst selbst tun.«

»Sagen wir, er war so verzweifelt, dass wir ihm angeboten haben, mit dir zu reden«, gestand Aaron mit hörbar schlechtem Gewissen. Valerie fragte sich, wie es ihre Mutter geschafft hatte, ihren Vater dazu zu bringen, für Jonas eine Lanze zu brechen. Er war nie richtig mit ihm warm geworden, ganz anders als ihre Mutter, die ihn vergötterte. Die Erklärung folgte prompt: »Und Mama meinte, ich hätte den besseren Draht zu dir …«

Um ein Haar hätte Valerie geschmunzelt, doch dazu war das Thema zu ernst. Sie beschloss, ihren Eltern reinen Wein einzuschenken. »Das hättest du dir sparen können. Ich hab Jonas gesagt, dass ich eine Beziehungspause brauche. Er war damit einverstanden. Langsam wird mir allerdings klar, dass es mehr als das sein wird.«

»Heißt das, du wirst mit ihm Schluss machen?« Sie hörte, wie ihr Vater am anderen Ende der Leitung tief Luft holte. »Das wird Mama nicht sehr gefallen!«

»Darauf kann ich nun wirklich keine Rücksicht nehmen. Und jetzt entschuldige mich, ich hab noch etwas Dringendes zu erledigen.«

Verärgert beendete Valerie das Gespräch, auch wenn sie ihren Vater damit brüskierte. Ihre Mutter musste ganz schön auf ihn eingewirkt haben, damit er sich zu diesem Anruf hatte überreden lassen.

Kaum hatte sie sich von dem ärgerlichen Telefongespräch erholt, meldete sich Rick aus dem Krankenhaus. Er teilte ihr mit, dass es Adèle etwas besser ging.

»Wir haben uns endlich ausgesprochen«, erzählte er aufgewühlt und berichtete ausführlich. Sie hörte aufmerksam zu. Auch wenn er sehr viel gelöster klang, konnte sie seiner Stimme das Unbehagen entnehmen, das er wegen seines Großvaters empfand. »Adèle liebte ihren Bruder so sehr, dass sie ihn sogar noch in Schutz nimmt, wenn es um seine Verbrechen geht. Sie kann, glaube ich, gar nicht verstehen, dass ich das nicht tun werde. Ich könnte es nicht mal.« Er sprach von dem schrecklichen Schicksal der Kinder des Waisenhauses von Izieu. »Wenn Antoine etwas mit der Deportation der Kinder zu tun hatte, dann werde ich das herausfinden. Ich werde die Sache nicht unter den Tisch kehren, sondern mich der Vergangenheit meines Großvaters stellen und alles veröffentlichen, was ich erfahre.« Er klang so entschlossen, dass sie daran keinerlei Zweifel hegte.

»Und was ist mit deiner Großmutter, mit Marguérite?«, wollte Valerie wissen. »Weiß Adèle wirklich nichts über ihr Schicksal?«

»Ihr Schicksal hat sie nie besonders interessiert«, erwiderte Rick enttäuscht. »Ich glaube, sie verachtet sie nicht nur, weil sie ihr Kind verlassen hat, sondern weil sie sie insgeheim auch für Antoines Schicksal verantwortlich macht. Zu der Zeit, als Marguérite mit Isabelle schwanger war, ist mein Großvater verschwunden. Sie denkt, dass Marguérite etwas damit zu tun hatte.«

»Adèle gibt ihr eine Mitschuld am Schicksal ihres Bruders?«

»Ja. Natürlich muss sie damit nicht recht haben. Möglich wäre auch, dass mein Großvater sie verstoßen hat, weil er sich der Verantwortung nicht stellen wollte.«

»Es könnte aber genauso gut sein, dass deine Großmutter etwas vor den Nazis zu verbergen gehabt hat, dann hätte dein Großvater als Kollaborateur nämlich ein Problem damit gehabt, sich zu ihr und dem Kind zu bekennen«, bemerkte Valerie. »Vielleicht hat sie sich ja in die Berge zurückgezogen, um dort ihr Kind zu bekommen, weil sie ihm ersparen wollte, dass er Schwierigkeiten bekam.«

Rick seufzte. »Wie auch immer! Ich werde es herausfinden!«

»Hast du schon eine Idee?«

»Sobald es Adèle besser geht, werde ich nach Izieu fahren und mich dort umhören. In dem ehemaligen Kinderheim befindet sich ein Dokumentationszentrum, das die Ereignisse der damaligen Zeit sehr ausführlich dokumentiert. Ich wollte schon längst einmal dorthin.« Er hielt kurz inne, bevor er weitersprach. »Vielleicht hast du ja Lust, mich dorthin zu begleiten. Savoyen ist wunderschön! Wir könnten einen kleinen Abstecher dorthin machen.«

»Das klingt verlockend«, erwiderte Valerie. Die Aussicht, mit Rick einen kleinen Urlaub zu verbringen, ließ die Schmetterlinge in ihrem Bauch erneut tanzen. Rick brachte so viele neue Seiten in ihr zum Vorschein. Sie erzählte ihm von dem Medaillon ihrer Großmutter, das ihr Vater ihr geschenkt hatte. »Ich möchte plötzlich auch mehr über das Leben meiner Ahnen erfahren. Und das liegt nur an dir«, zog sie ihn auf.

»Mit dem Unterschied, dass du bereits den Beweis hast, dass deine Großmutter eine Heldin war«, antwortete Rick mit der ihm eigenen Ironie. »Ich werde dir dennoch gern helfen, mehr über sie herauszufinden!«

»Aber erst wirst du dich mit deiner eigenen Familie beschäftigen, damit du wieder deinen Frieden findest.«

»Meinen Frieden habe ich bei dir gefunden.«

Ricks überraschendes Geständnis war kein Geplänkel. Das spürte sie sofort. Seine Worte bereiteten ihr ein wohliges Prickeln. Obwohl sie nur miteinander telefonierten, war das Knistern zwischen ihnen schon wieder spürbar. Auf einmal hatte sie so große Sehnsucht nach ihm, dass sie es kaum noch aushielt.

»Was hältst du davon, wenn ich dich vom Krankenhaus abhole?«, schlug sie vor, obwohl sie eigentlich vorgehabt hatte, bei der Segelschule vorbeizusehen.

»Keine gute Idee!«

Seine Worte verfehlten nicht ihre Wirkung. »Okay …«, entgegnete sie irritiert.

Im nächsten Augenblick klingelte es an der Haustür. »Willst du nicht nachsehen, wer da draußen steht?«

Es dauerte einen Augenblick, bis sie begriff, dass er es war, der geklingelt hatte. Wenige Sekunden später fand sie sich in seinen Armen wieder und wurde heftig geküsst. Sie hatte ganz vergessen, wie gut er roch. Ihr Körper reagierte sofort auf seine Berührungen. Mit sanfter Gewalt schob sie ihn in Richtung Schlafzimmer und ließ sich gemeinsam mit ihm aufs Bett fallen. Hastig entledigten sie sich ihrer Kleidung und fielen mit einer Leidenschaft übereinander her, als hätten sie sich Jahre nicht gesehen. Als sie sich zum zweiten Mal liebten, sah sie, wie sich das Graublau seiner Augen in ein dunkles Blau verwandelte, das so viel Innigkeit und Hingabe ausstrahlte, dass ihr Herz davon erfüllt wurde. Valerie ließ sich nur allzu gern tragen von diesem Rausch und hoffte, dass sie daraus nie mehr erwachte. Viel, viel später lagen sie erschöpft nebeneinander, kurz darauf fiel Rick in einen tiefen Schlaf. Sie begriff erst jetzt, wie erschöpft er war.

Vorsichtig kroch sie aus dem Bett, um zu duschen und sich wieder anzuziehen. Dann rief sie bei Werner an, um sich für den Rest des Tages zu entschuldigen. Während sie überlegte, dass Rick Hunger haben würde, wenn er aufwachte, fiel ihr Blick auf die Kette mit dem Medaillon, und sie legte sie sich zum ersten Mal an. Sie freute sich auf einmal so sehr auf die Reise mit Rick nach Savoyen und die gemeinsame Zeit, die sie dort verbringen würden. Glücklicherweise hatte sie noch ein paar Wochen Zeit, bevor sie wieder in Berlin sein musste. Die Schule begann erst im August. Den Gedanken, dass sie sich eine neue Wohnung würde suchen müssen, schob sie erst einmal beiseite. Nach allem, was vorgefallen war, würde sie bei Jonas nicht mehr wohnen wollen.

Um die Zeit bis zu Ricks Aufwachen sinnvoll zu nutzen, beschloss sie, eine Gemüselasagne zuzubereiten. Sie war längst im Ofen, als er mit zerzausten Haaren bei ihr in der Küche auftauchte und sie mit einem zärtlichen Kuss in den Nacken begrüßte.

»Sorry, dass ich eingenickt bin«, murmelte er immer noch ganz verschlafen. »Die Nacht im Krankenhaus hat mich doch mehr mitgenommen, als ich gedacht hätte.«

Valerie, die gerade Salat wusch, drehte sich zu ihm um. »Immerhin bist du erst eingeschlafen, nachdem wir Sex hatten«, sagte sie grinsend und gab ihm einen schnellen Kuss. »Das Essen ist gleich fertig, danach kann ich dich ins Krankenhaus begleiten, falls du möchtest. Ich hab mir für heute freigenommen.«

»Das ist eine super Idee.« Rick strahlte. Dann entdeckte er die Kette. »Ist das das Medaillon von deiner Großmutter?«, erkundigte er sich neugierig.

Valerie nickte. »Es fühlt sich gut an, es zu tragen.«

»Darf ich es mal sehen?«

»Klar!« Valerie nahm die Kette vom Hals und reichte sie ihm. Dann widmete sie sich wieder ihrem Salat. Aus den Augenwinkeln sah sie, wie Rick das Medaillon vorsichtig aufklappte, um das Bild darin zu betrachten.

»Das … das ist unmöglich …«, hörte sie ihn plötzlich murmeln.

Sie sah, wie er auf die kleine schwarz-weiße Fotografie starrte und sich seine Augen immer mehr weiteten.

»Was meinst du?« Sie sah ihn fragend an.

Rick schüttelte ungläubig den Kopf. »Ich kenne diese Frau …«

Brégnier-Cordon, Izieu, Frankreich, Juni–September 1943

Antoine fühlte sich noch unwohler in seiner Haut als sonst. Die Tatsache, dass ausgerechnet er zum Liebling des Obersturmführers geworden war, verunsicherte ihn. Barbie zitierte ihn während der knappen Woche seiner Anwesenheit mehrfach in seine Suite, um bei einem gemütlichen Glas Cognac mit ihm zu plaudern. Dabei ging es merkwürdigerweise niemals um seinen Einsatz als Spion, sondern fast ausschließlich um persönliche Dinge. Klaus Barbie wollte alles über Antoines Jugend wissen und wie er seine Liebe zur Musik entdeckt hatte. Sie sprachen über Frauen, ihre Familien und immer wieder über die Politik. Manchmal hatte Antoine das Gefühl, als suchte der Obersturmführer in ihm einen Vertrauten, ab ihrem dritten Treffen sprach er mit ihm auch über persönliche Dinge. Antoine erfuhr zum Beispiel, dass der Gestapochef verheiratet war, aber eine französische Geliebte hatte. »Meine Gemahlin und ich sind uns niemals sehr nahegekommen«, verriet er ihm. »Erst mit Mimiche habe ich erfahren, was die Damenwelt wirklich zu bieten hat.« Dabei blinzelte er ihm wie einem Freund zu. »Ihr Franzosen habt wirklich ein Glück, dass eure Frauen so offenherzig sind.«

Trotz anfänglichen Sträubens fühlte Antoine sich von Barbies Vertraulichkeiten geschmeichelt und angezogen. Der Deutsche schien ihn wirklich zu mögen, was angesichts seines eigenen niedrigen Ranges bemerkenswert war. Seine offene Art und sein Charisma ließen plötzlich viele Dinge, an denen Antoine zwischenzeitlich gezweifelt hatte, wieder in einem anderen Licht erscheinen. Wenn er von der Notwendigkeit sprach, den jüdischen Weltaufstand mit aller Härte niederzuschlagen und die feigen Kämpfer des Maquis zu vernichten, dann konnte er sich seiner Logik nur schwer entziehen. Kleine Vergünstigungen und vor allem das wunderbare Geschenk, das er ihm mit dem Akkordeon gemacht hatte, ließen ihn manchmal glauben, dass er und der Obersturmführer so etwas wie Freunde waren. Es wäre alles so einfach gewesen, wäre da nicht Barbies Erwartung an ihn, die Menschen von Brégnier-Cordon und Izieu auszuspionieren. Der deutsche Offizier machte auch keinen Hehl daraus, dass er schon bald Erfolge erwartete.

Die Angelegenheit setzte Antoine so unter Druck, dass er nachts regelmäßig von Albträumen heimgesucht wurde, die ihm schwer zu schaffen machten. Die schlimmste Variante war die, dass er gezwungen wurde, mit einem Schnellfeuergewehr unschuldige Kinder niederzumähen und danach knöcheltief in ihrem Blut zu waten. Kurz darauf befand er sich wieder in dem Boot auf dem Bergsee, das ihn auf den Felsen mit dem von Flambert getöteten Jungen zutrieb. Oft wachte er schreiend auf und war danach schweißgebadet.

Barbie hatte für Antoine einen perfiden Plan ausgeheckt, in den auch Capitaine Laval und Flambert eingeweiht waren. Er sollte alles daransetzen, das Vertrauen der Bewohner der Umgebung zu erschleichen, indem er ihnen vormachte, dass er eigentlich ein Abtrünniger war. Sobald sie ihm vertrauten, sollte er ihnen seine Hilfe anbieten. Um sich glaubwürdig zu machen, war ihm sogar erlaubt, unbedeutende Details der Milizionäre auszuplaudern, zum Beispiel, wann und wo sie patrouillierten oder wer als Nächstes in Gewahrsam genommen werden sollte. Die Anhänger der Résistance sollten davon überzeugt werden, dass er nicht nur mit ihnen sympathisierte, sondern sie auch effektiv unterstützte.

Doch so einfach waren die Dorfbewohner nicht zu überzeugen. Nach der Geschichte mit den Kindern und Jugendlichen in der Schlucht hatte es sich überall rumgesprochen, wie brutal die Milizionäre mit Flüchtlingen und Verrätern umgingen. Die Dorfbewohner verhielten sich äußerst zurückhaltend und mieden wann immer es ging die Nähe der Miliz, zu der Antoine und Flambert gehörten. Egal, welche Bar oder welches Bistro Antoine besuchte, sobald er eintrat, verstummten die Gespräche, oder man wechselte das Thema. Er hatte keine Chance, an irgendwelche Informationen zu gelangen. Unterdessen nahm die Anzahl der Anschläge in der Region weiter zu, was Antoine immer mehr unter Erfolgsdruck setzte. Fast jedes Mal bekannte sich die Gruppe um einen gewissen Gaston zu den Attentaten. Mal legten die Maquisards eine Eisenbahnlinie lahm, mal wurden die Lastwagen der Truppen sabotiert oder die Reifen zerstochen. Die Aktionen verstärkten sich, nachdem am 8. September 1943 Italien einen Waffenstillstand mit den Alliierten schloss und Deutschland nun offiziell die Kontrolle über ganz Frankreich erhielt.

Eines Tages kam Flambert nach seinem Techtelmechtel mit der Bäckersfrau mit Neuigkeiten zurück.

»Ich wäre beinahe von Clotildes Mann erwischt worden«, berichtete er ihm mit einem schlitzohrigen Grinsen. »Du wirst staunen, wenn ich dir davon erzähle.«

»Das wird ja mal interessant werden«, antwortete Antoine ausweichend. Flamberts amouröse Vergnügungen interessierten ihn herzlich wenig.

»Ihr Mann kam unerwartet früh von seinen Besorgungen zurück. Also musste ich mich aus Clotildes Zimmer im oberen Stockwerk nach unten stehlen. Dabei wäre ich ihm um ein Haar über den Weg gelaufen. Ich fürchtete schon, wir würden auf der Treppe zusammenprallen, denn dort hätte ich mich nicht verstecken können. Zum Glück hat er sich ins Wohnzimmer verzogen, wo er mit jemandem telefonierte, den er Miron nannte. Auf dem Weg durch die Backstube hörte ich, wie er eine Familie erwähnte, die irgendwo bei Champagneux versteckt wird. Die Leute sollen morgen Nacht zu den Italienern nach Megève gebracht werden. Da bin ich doch gleich hellhörig geworden. Das sind mit Sicherheit Juden.« Flambert grinste selbstzufrieden.

»Hast du gehört, wo genau die Familie versteckt wird?« Antoine hatte plötzlich ein ungutes Gefühl.

»Das nicht. Aber Laval wird über die Neuigkeiten dennoch froh sein. Mit genügend Leuten können wir alle Häuser im Dorf durchsuchen.«

Antoine bereitete etwas ganz anderes Kopfzerbrechen. Es war der Name Miron. In der Gegend gab es nur einen Mann mit diesem Namen, und das war Miron Zlatin, der Leiter der Kinderkolonie. Wenn der wirklich mit den Leuten des Maquis in Verbindung stand, dann waren auch die Menschen in seiner direkten Umgebung verdächtig und damit Marguérite. Er wollte auf keinen Fall, dass sie in Schwierigkeiten geriet.

»Behalte die Neuigkeiten erst mal für dich«, wies er seinen älteren Kameraden an. »Ich stehe kurz davor, mich mit dem

Bäcker näher anzufreunden. Wenn ich erst sein Vertrauen habe, können wir noch viel mehr herausfinden.«

»Warum das denn?« Flambert sah ihn an, als hätte er den Verstand verloren.

Antoine versuchte, es ihm klarzumachen: »Es ist Wochenende. Da trinkt der gern in der Bar einen über den Durst. Das ist meine Chance, mich an ihn ranzumachen.«

»Es wäre viel einfacher, den Bäcker und diesen Miron gleich festzunehmen und zur Befragung nach Lyon zu schicken«, konterte Flambert, der die Lorbeeren lieber für sich geerntet hätte. »Die Gestapo hat ihre Methoden, um sie zum Reden zu bringen.«

»Du hast doch keine Ahnung, um was es hier geht!« Antoine sah sich gezwungen, seine privilegierte Stellung herauszukehren. »Ich hab von ganz oben den Auftrag, das Vertrauen des Maquis zu gewinnen. Deswegen wirst du rein gar nichts unternehmen. Wenn sie jetzt auffliegen, habe ich meine Chance verpasst. Weder Laval noch sonst wer muss jetzt davon erfahren. Ich kümmere mich heute Abend um den Bäcker und werde mich danach bei diesem Miron lieb Kind machen.«

Flambert gefiel der Vorschlag ganz und gar nicht. »Kommt gar nicht infrage! Laval hat uns den Befehl gegeben, alles sofort zu melden …«

»Er hat mir freie Hand gegeben«, behauptete Antoine energisch.

Doch Flambert ließ sich nicht beirren. »Ich bin hier der Dienstältere und lass mir von dir Grünschnabel nichts vorschreiben, bloß weil dir die Gestapo einen Sonderauftrag gegeben hat«, brummte er ungnädig. »Willst die Lorbeeren doch nur für dich. Ich mache Meldung bei Laval und damit Schluss!«

Antoine musste einsehen, dass er ihn nicht daran hindern konnte. Doch dann hatte er eine Idee.

»Dann mach eben Meldung«, lenkte Antoine zum Schein ein. »Aber verrat Laval nur, dass sich Flüchtlinge in Champagneux aufhalten. Erwähn die beiden Namen nicht. So verbaust du mir nicht die Möglichkeit, mich an den Bäcker ranzumachen.«

Damit war Flambert schließlich einverstanden. Aufgrund seines Hinweises unternahmen die Milizionäre am frühen Abend eine Razzia in den Dörfern Murs-et-Gélignieux und Champagneux sowie in den umliegenden Bauernhöfen. Beim Schuster in Champagneux wurden sie schließlich fündig. Sie überraschten in dessen Weinkeller eine vierköpfige Familie, die gerade versuchte, durch eine winzige Fensteröffnung zu entkommen. Die Eltern und ein siebenjähriger Junge wurden verhaftet, dem jüngsten Kind gelang die Flucht. Die jüdische Familie war auf dem Weg in eines der italienischen Aufnahmelager gewesen. Antoine war dem Schicksal dankbar, dass es ihm und Flambert erspart geblieben war, an dieser Aktion teilzunehmen.

Wie mit Flambert abgesprochen, begab er sich stattdessen am Abend in die Bar von Brégnier-Cordon, um dort die Gesellschaft des Bäckers Yves zu suchen. Der stand bereits an der Theke, ein Glas Anisschnaps vor sich. Antoine stellte sich in seine Nähe und bestellte sich ebenfalls einen Pastis. Als Yves zu ihm herübersah, fragte er ihn, ob er ihm einen ausgeben dürfe. Der Bäcker stimmte brummend zu, blieb aber ziemlich wortkarg. Antoine scherte sich nicht darum, er begann von Belanglosigkeiten zu reden, auch wenn er erst einmal keine Reaktion darauf bekam. Er kannte die Menschen in den umliegenden Dörfern gut genug, um zu wissen, wie misstrauisch sie jedem Fremden gegenüber anfangs waren. Noch dazu war er ein Milizionär und deshalb besonders suspekt. Doch mittlerweile war er lange genug in der Gegend, um nicht mehr als ganz Fremder zu gelten. Und keiner konnte ihm vorwerfen, dass er schon mal jemandem im Dorf Schwierigkeiten bereitet hätte. Seine unbeschwerte Art, der lockere Ton und schließlich der Alkohol sorgten für eine entspannte Atmosphäre. Sobald Yves und er ihre Gläser geleert hatten, orderte er sofort zwei neue.

Nach dem dritten Glas wurde der Bäcker endlich etwas zugänglicher. Antoine tat, als wäre er schon ziemlich angeheitert und nutzte die Gelegenheit, seine Unzufriedenheit über die Milizen auszudrücken.

»Wieso trittst du dann nicht einfach aus dem Verein aus?«, wollte Yves wissen.

»Wenn das so einfach wäre!« Antoine stierte missmutig in sein Glas. »Aus dem Verein kann man nicht so einfach wieder austreten. Ich hab mich verpflichtet. Außerdem brauch ich das Geld für den Unterhalt meiner Mutter und meiner Schwester.« Das entsprach sogar der Wahrheit.

Yves verstand ihn. »Manchmal bleibt einem keine andere Wahl.« Sein Blick schwankte zwischen Verachtung und Bedauern. »Musst halt einfach das Beste daraus machen, bis der ganze Spuk vorüber ist.« Er musterte ihn aufmerksam. »Hauptsache, du kannst dir im Spiegel noch in die Augen sehen.«

Antoine erkannte, dass er auf dem richtigen Weg war. »Ich glaub schon lang nicht mehr an den Sieg der Deutschen«, verriet er seinem Trinkkumpan. »Überall reden sie davon, dass die Alliierten bald in Frankreich einmarschieren werden, um uns zu befreien.« Mit einem misstrauischen Blick in den Raum fügte er leiser hinzu: »Ich würde vieles tun, um der Sache endlich ein Ende zu bereiten!«

»Willst du meine Gesinnung testen?«, verhöhnte ihn Yves, der keineswegs dumm war.

»Auf die Invasion!«

Antoine hob trotzig sein Glas und prostete dem Bäcker zu. Dabei blickte er ihm fest in die Augen. Doch so leicht war sein Gegenüber nicht zu überzeugen. Anstatt auf ihn einzugehen, wechselte Yves das Thema und kam auf das große Dorfereignis am kommenden Wochenende zu sprechen.

»Mit dem Scheunenfest feiern wir jedes Jahr das erfolgreiche Einbringen der Ernte«, erzählte er. »An diesem Tag werden alle Streitigkeiten im Dorf vergessen, Alt und Jung amüsieren sich gemeinsam. Das hält uns hier zusammen!«

»Gibt es auch Musik?«

Yves nickte stolz. »Den ganzen Tag über. Normalerweise tritt jemand auf. Doch dieses Jahr fehlt uns leider ein guter Akkordeonspieler. Wir werden aufs Grammofon zurückgreifen müssen.«

»Ich könnte einspringen!« Antoine erzählte, dass er Musiker sei und schon oft ein Publikum unterhalten habe. Die Miene des Bäckers wurde sofort um einiges freundlicher. »Dann bist du unser Mann, wenn du magst.«

»So soll es sein!«

Antoine hielt ihm die Hand hin, woraufhin Yves sofort einschlug. Mit einem Mal wurde er richtig leutselig. Er erzählte, dass er einer der Organisatoren des Festes sei und wegen der Musik schon Bauchgrimmen gehabt habe. Die nächste Runde nahm er auf seine Kappe. Mit zunehmendem Alkoholpegel verlor der Bäcker seine Zurückhaltung und auch sein Misstrauen. Antoine erfuhr endlich mehr über die Menschen aus der Gegend, auch, dass die meisten sich nichts mehr wünschten, als dass die Deutschen bald wieder verschwanden und die alte Ordnung wiederhergestellt wurde.

»Von mir aus können die *sales boches,* diese dreckigen Deutschen, alle verrecken«, knurrte Yves grimmig. »Und glaub mir, das werden sie auch über kurz oder lang!« Er grinste verschmitzt. »Wenn die wüssten, was hier so läuft!«

Antoine musste sich zurückhalten, um nicht gleich nachzufragen. Er wollte auf keinen Fall Yves' gerade gewonnenes Vertrauen aufs Spiel setzen. Um mehr zu erfahren, musste er behutsam vorgehen. Damit hatte sich Flamberts Verdacht verdichtet. Doch welche Rolle spielten Yves und Miron Zlatin? Waren sie nur Sympathisanten oder gar selbst Täter? Zumindest Miron schien nicht mehr als ein Sympathisant zu sein. Er und seine Frau waren seines Wissens noch nicht sehr lange in der Gegend. Außerdem waren sie Ausländer. Sie hatten gar nicht die Möglichkeiten und Beziehungen, ein Guerillanetz aufzubauen. Auch Yves schien ihm nicht intelligent genug, um bis ins Feinste durchdachte Attentatspläne auszuhecken. Aber vielleicht gelang es ihm ja, über ihn an wertvolle Informationen zu kommen. Auf jeden Fall hatte er etwas, das er Laval und Barbie berichten konnte. Das war zumindest schon mal ein Anfang.

»Es ist spät, ich mach jetzt zu«, verkündete der Wirt und beendete ihr Zusammensein.

Antoine übernahm den Rest der Rechnung, hakte den betrunkenen Yves unter und stützte ihn auf dem Weg nach draußen. Der Bäcker konnte kaum noch aufrecht gehen. Antoine blieb nichts anderes übrig, als ihn nach Hause zu begleiten.

»Bist 'n feiner Kerl«, lallte Yves, als sie sich vor der Boulangerie verabschiedeten. »Obwohl du zu den Falschen gehörst …«

Beim Versuch, ihm auf die Schulter zu klopfen, geriet er aus dem Gleichgewicht, sodass Antoine ihn auffangen musste. Er half ihm noch, die Haustür aufzuschließen, dann machte er sich auf den Heimweg. Nach den vergangenen lauen Spätsommernächten war diese Nacht überraschend kühl. Antoine, der ebenfalls zu viel getrunken hatte, spürte, wie ihm die Kälte guttat und er wieder einen klaren Kopf bekam. Auf dem Weg zu seinem Gasthof, der am anderen Ende des Dorfes lag, geriet er in eine seltsam melancholische Stimmung. Was tat er hier überhaupt? Yves war ein netter Kerl. Er war gerade dabei, seine Freundschaft zu gewinnen, nur um ihn womöglich bald zu verraten. Wie konnte er das vor sich und seinem Gewissen rechtfertigen? Was war in diesem verdammten Krieg überhaupt gerecht?

Marguérite und die Waisenkinder kamen ihm in den Sinn. Die junge Frau hatte einen starken Eindruck bei ihm hinterlassen. In ihrer Nähe hatte er sich geborgen und verstanden gefühlt. Auf einmal wusste er, dass er sie unbedingt wiedersehen wollte. Ob es ihr wohl genauso ging? Er wurde noch nicht richtig schlau aus der jungen Betreuerin. In den letzten Wochen waren sie sich mehrfach flüchtig begegnet und hatten auch hin und wieder ein paar Worte miteinander gewechselt. Er hatte sich eingebildet, dass auch sie sich freute, ihn zu sehen, nur um dann gleich wieder auf Distanz zu gehen. Zu gern hätte er sie näher kennengelernt, hätte sie einmal zu einem Spaziergang am Sonntagnachmittag eingeladen, aber jedes Mal, wenn er sich ein Herz fassen wollte, war sie wieder auf Abstand zu ihm gegangen.

Ob sie doch etwas mit diesem Lucien Bourdon angefangen hatte? Die Vorstellung gefiel ihm gar nicht, aber immerhin besaß der Kerl einen eigenen Bauernhof und machte ihr mit allem Nachdruck den Hof. Auf der anderen Seite konnte er sich nicht vorstellen, dass eine so feingeistige Frau wie Marguérite sich mit solch einem Grobian einlassen würde. Es gab nur einen Weg, um das herauszufinden. Er musste sie ebenfalls zu dem Scheunenfest einladen. Vielleicht gab sie ja ihm den Vorzug?

Der Gedanke beschwingte ihn. Plötzlich war seine Müdigkeit verflogen, und er beschloss, noch einen kleinen Umweg zu machen. Der Mond warf sein silbernes Licht auf die hügelige Landschaft, das verlieh der Welt einen friedlichen Anstrich. Er wählte den Pfad, der über die Hügel nach Champagneux führte. Nachdem er ihm ein ganzes Stück gefolgt war, erreichte er eine Hügelkuppe, von der man eine wunderbare Aussicht auf die nächtliche Rhône hatte. Unten im Tal glitzerte das Wasser des Flusses vor den Silhouetten einer Pappelallee.

Im nächsten Augenblick wurde die tiefe Stille von einem Geräusch ganz in seiner Nähe unterbrochen. Er wandte sich um, in der Annahme, es wäre ein Wildtier auf nächtlichem Streifzug. Trotz der Dunkelheit war es hell genug, um zu sehen, dass es das nicht war, sondern eine kleine menschliche Gestalt, vermutlich ein Kind. Ohne groß nachzudenken, nahm er die Verfolgung auf. Er näherte sich dem Gebüsch, in dem es verschwunden war, und sah tatsächlich inmitten stachliger Brombeerranken ein kleines Mädchen kauern. Wie ein verschrecktes Rehkitz sah es ihn aus großen Augen an. Das kleine herzförmige Gesicht war tränenverschmiert.

»Du musst keine Angst vor mir haben. Ich tu dir nichts!« Antoine ging in die Hocke. »Hast du dich verlaufen?«

Er streckte behutsam eine Hand nach der Kleinen aus, um ihr aus dem ungemütlichen Versteck herauszuhelfen. Die Ranken der Brombeeren hatten bereits ihre Wangen zerkratzt. Doch das Mädchen rührte sich nicht, es barg schluchzend sein Gesicht in den Händen.

Antoine überlegte, ob die Kleine aus dem Waisenhaus entlaufen sein könnte, verwarf den Gedanken jedoch, denn sie war aus einer anderen Richtung gekommen. Außerdem trug sie ein nasses Kleid, was vermuten ließ, dass sie einen Bach durchwatet hatte. Allem Anschein nach war sie vor irgendetwas auf der Flucht. Die Razzia, schoss es ihm sofort durch den Kopf. Natürlich! Es war gut möglich, dass das Kind aus der Richtung von Champagneux gekommen war. Hatte Flambert nicht erwähnt, dass das jüngste Mitglied der Familie entkommen war?

»Du musst nicht weinen!« Seine hilflosen Beruhigungsversuche zeigten zunächst wenig Erfolg. Er hatte kaum Erfahrung mit kleinen Kindern. Also redete er einfach drauflos. »Ich werde dir helfen! Mein Name ist Antoine, und ich bringe dich in Sicherheit. Versprochen!«

Erst nach einer ganzen Weile nahm das Mädchen die Hände weg von seinem Gesicht und sah ihn aus großen dunklen Rehaugen unsicher an. Ganz langsam gab die Kleine ihre Zurückhaltung auf und ließ zu, dass er ihr vorsichtig aus dem dornigen Versteck half. Sie war noch jünger, als er erwartet hatte, höchstens vier Jahre alt. Antoine war bewusst, dass es seine Pflicht war, sie nach Belley zu Laval zu bringen. Doch er brachte es nicht übers Herz. Würde er sie dorthin bringen, wäre sie zwar wieder bei ihren Eltern, doch sie würde ihr Schicksal teilen müssen und in eines der verdammten Lager transportiert werden. Jeder wusste, was die Insassen dort erwartete. Diese verdammten Interessenskonflikte, dachte er grimmig. Es war eines, dem Maquis das Handwerk zu legen, aber etwas ganz anderes, unschuldige Menschen ans Messer zu liefern, nur weil sie der falschen Religion angehörten.

»Wie heißt du denn?« Zitternd wie Espenlaub, stand die Kleine nun neben ihm und umklammerte fest seine Hand. Sie antwortete nicht, sondern sah ihn nur schweigend an. Wahrscheinlich verstand sie ihn nicht einmal. Auf jeden Fall musste sie Schreckliches durchlebt haben. Sie war völlig traumatisiert. »Ich bring dich jetzt zu ganz netten Leuten«, versprach er ihr.

Behutsam hob er sie auf seinen Arm und marschierte in Richtung Lélinaz. Je näher sie dem Kinderheim kamen, desto unschlüssiger wurde er, ob sein Plan eine gute Idee gewesen war. Er konnte das Mädchen nicht offiziell dort abgeben. Dadurch würde er die Heimleitung zwingen, es den Behörden zu melden, was unweigerlich zur Folge haben würde, dass man herausfand, dass es sich um das geflohene jüdische Kind aus Champagneux handelte. Wenn er es jedoch heimlich absetzte, bestand eine gewisse Chance, dass sie es einfach bei sich aufnahmen. Schließlich wusste er von Flambert, dass Zlatin mit den Flüchtlingshelfern sympathisierte. Je länger er darüber nachdachte, desto mehr ahnte er, dass zumindest einige der Waisenkinder aus dem Weiler Lélinaz keine Franzosen waren. Schon bei ihrer ersten Begegnung war ihm aufgefallen, dass einige mit Akzent sprachen. Doch was auch immer sonst dahinterstecken mochte – er wollte lieber nicht weiter darüber nachdenken.

Als sie den Weiler endlich erreicht hatten, war das Mädchen auf seinem Arm vor Erschöpfung eingeschlafen. Es wachte auch nicht auf, als er es die Stufen zur Eingangstür hinauftrug und dort behutsam absetzte. Er hatte die Kleine in seine Jacke gehüllt, damit sie nicht ganz so auskühlte. Doch die konnte er ihr kaum lassen, ohne dass man erriet, wem sie gehörte. Er sah sich um und entdeckte, dass die Tür zu den Stallungen nicht abgeschlossen war, also ging er hinein und fand dort tatsächlich eine alte Decke, in die er das Mädchen einhüllen konnte.

Das Waisenhaus lag friedlich im untergehenden Mondlicht, ebenso der danebenliegende Bauernhof. Ein Glück, dass der Hund nicht angeschlagen hatte, als sie gekommen waren. Antoine streichelte sanft über das Gesicht des Mädchens.

»Viel Glück«, flüsterte er ihm zärtlich zu.

Dann zog er an der Türglocke und machte, dass er davonkam.

Das heftige Läuten an der Haustürglocke riss Marguérite unsanft aus dem Schlaf. Auch Léa, die mit ihr das Zimmer teilte, war sofort hellwach. Innerhalb weniger Augenblicke war das halbe Haus auf den Füßen. Sie scheuchten die Kinder wieder zurück in die Schlafsäle und befahlen ihnen, ruhig zu bleiben. Als sie und Léa unten ankamen, standen Miron und seine Frau bereits an der Haustür.

»Sorgt um Gottes Willen dafür, dass die Kinder in ihren Schlafräumen bleiben«, rief Sabine ihnen alarmiert zu. »Falls es die Miliz ist, kümmern wir uns um sie.«

Miron nickte ihnen zu, dann öffnete er die Tür. Doch statt der Soldaten fand er nur ein kleines, in eine Stalldecke eingehülltes Mädchen auf der Türschwelle, das aus dem Schlaf geschreckt war und ihnen angstvoll entgegenblickte.

Léa und Marguérite warfen einander einen erleichterten Blick zu.

»Keine Razzia!« Léa atmete tief aus. »Da haben wir ja noch mal Glück gehabt. Ich dachte schon, sie nehmen nun auch uns unter die Lupe, jetzt, da die Italiener abgezogen sind.«

Marguérite stimmte ihr zu. Seit dem Waffenstillstand der

Italiener mit den Alliierten wenige Tage zuvor war das Kinderheim noch unsicherer geworden. Bis vor Kurzem hatten die Italiener die Juden geschützt oder wenigstens in Ruhe gelassen. Doch nun machte sich die Miliz aus der ehemals freien Zone in der Gegend breit und machte verstärkt Jagd auf jüdische Flüchtlinge und auf die Widerstandskämpfer der Résistance, obwohl sie dazu nicht befugt waren. Auch an diesem Abend hatten Miron und Sabine noch bis tief in die Nacht diskutiert, wohin sie als Nächstes mit den Kindern fliehen sollten. Sabine war deswegen mehrfach in Montpellier beim Kinderhilfswerk OSE gewesen. Beim letzten Mal hatte sie die Suche nach einem neuen Unterschlupf als äußerst dringlich dargestellt. Doch das zu organisieren brauchte Zeit.

Die Heimleiterin versuchte, das Mädchen an die Hand zu nehmen, um sie ins Haus zu führen, doch die Kleine sträubte sich mit Händen und Füßen. Überdies fing sie jämmerlich an zu weinen. Sie war so verschreckt, dass Sabine zurückwich und ratlos in die Runde sah. Marguérite erinnerte sich an die eigenen Ängste während ihrer Flucht.

»Lass mich es versuchen!« Sie näherte sich dem Kind behutsam und begann intuitiv, ein deutsches Kinderlied zu singen. Als Sabine sah, dass es zumindest mit dem Weinen aufhörte und sie mit weniger Zurückhaltung betrachtete, gab sie den anderen ein Zeichen, sich zurückzuziehen. Marguérite ging in die Hocke und sang einfach weiter. An der Reaktion der Kleinen erkannte sie, dass ihr die Melodie vertraut war. »Kennst du das Lied?«, fragte sie auf Deutsch. Das Mädchen nickte kaum erkennbar. »Ich komme auch aus Deutschland, wie du.« Sie lächelte. »Mein Name ist Margarete, aber hier nennen mich alle Marguérite«, erklärte sie weiter. »Du brauchst keine Angst zu haben. Niemand hier tut dir etwas.« Die Kleine starrte sie aus ihren großen dunkelbraunen Augen weiter an, aber sie hatte das Gefühl, dass sie langsam Vertrauen zu ihr fasste. Um ihr weiter die Angst zu nehmen, ließ sie den Redefluss nicht abbrechen. »Hast du vielleicht Hunger?« Dieses Mal nickte die Kleine heftiger. »Dann lass uns doch mal nachsehen, was wir Leckeres in der Küche finden.«

Sie streckte ihre Hand aus, und tatsächlich schob das Mädchen seine Hand in die ihre und ließ sich von ihr fortführen. In der Küche stand noch etwas Gemüsesuppe vom Vorabend. Sie war sogar noch warm, weil sie auf dem Herd stand. Marguérite schöpfte einen Teller voll und brachte ihn der Kleinen mit einem Stück altbackenem Brot. Sie aß mit großem Appetit, war jedoch nicht bereit, auf eine der Fragen zu antworten, die Marguérite ihr stellte. Sie nannte nicht einmal ihren Namen.

»Was machen wir nur mit der Kleinen?«, fragte Sabine müde. Sie und Léa hatten sich ebenfalls an den Küchentisch gesetzt. »Es ist unsere Pflicht, sie den Behörden zu melden.«

Miron stand im Unterhemd hinter ihr und stützte sich auf die Stuhllehne. »Das werden wir ganz gewiss nicht tun«, sagte er bestimmt. »Gaston hat sich vorhin gemeldet. Sie haben am frühen Abend eine Razzia in Champagneux gemacht. Die deutsche Familie, die beim Schuster versteckt war, haben sie gefunden und mitgenommen. Das jüngste Kind konnte entkommen. Es heißt übrigens Anne.«

Alle sahen sich betroffen an. Was für ein sonderbarer Zufall. Hatten sie hier den kleinen Flüchtling vor sich? Hatte irgendjemand, der zumindest ahnte, wer sie waren, der Kleinen geholfen?

Während die anderen darüber eifrig zu diskutieren begannen, wandte sich Marguérite wieder dem Mädchen zu. »Bist du Anne?«

Es zuckte zusammen und wirkte sofort wieder eingeschüchtert. Schließlich nickte es und biss sich dabei fest auf die Lippen, als wäre nun Schlimmes zu erwarten.

»Du musst keine Angst haben.« Marguérite schnürte es das Herz zu, als sie die Kleine so leiden sah. Tröstend legte sie den Arm um die schmächtigen Schultern. Da schluchzte das Kind auf und umarmte Marguérite so fest, als wollte es nie wieder von ihr abrücken. Gerührt streichelte sie immer wieder über Annes mageren Rücken und redete behutsam auf sie ein. Jetzt, da sie das Vertrauen des Mädchens gewonnen hatte, fühlte sie sich besonders verantwortlich. »In diesem Haus wohnen noch viel mehr Kinder, denen Ähnliches widerfahren ist wie dir. Du wirst sie gleich morgen kennenlernen.« Sie drückte Anne vorsichtig von sich weg, um ihr in die Augen sehen zu können. »Du bist doch sicherlich müde. Ich werde dich ins Bett bringen, und morgen sehen wir dann weiter!«

Ohne Widerstand folgte Anne Marguérite. Sie steckte sie zu Mina und Claudine ins Zimmer, die aus Österreich stammten. Sie hoffte, dass die drei Mädchen sich vielleicht anfreunden würden, schon allein, weil sie dieselbe Sprache sprachen. Marguérite blieb bei Anne, bis sie eingeschlafen war. Als sie zurück in die Küche kam, hatten sich die anderen bereits in ihre Zimmer zurückgezogen.

Am nächsten Morgen hatte Anne hohes Fieber und wälzte sich schweißgebadet in ihrem Bett. Sabine rief Suzanne Reifmann herbei, die eine beginnende Lungenentzündung feststellte. Die Ärztin verordnete ihr Wadenwickel und ausreichend Flüssigkeit. Marguérite kümmerte sich darum und blieb bei der Kleinen, bis Léa sie ablöste. Anschließend half sie beim Frühstückmachen in der Küche. Als sie zufällig einen Blick aus dem Fenster warf, sah sie, dass ein Mann auf die Kolonie zukam. Ihr Herzschlag beschleunigte sich, als sie Antoine Mardieu erkannte.

»Was will der denn hier?«, fragte Philippe, der ihren Blicken gefolgt war. Er rümpfte die Nase. »Ein Milizionär! Auf einen wie den können wir verzichten.«

»Ich kenne ihn und frage, was er will.«

Marguérite nahm rasch die Schürze ab und machte sich auf den Weg nach draußen, bevor der Koch etwas einwenden konnte.

»Guten Morgen, Marguérite«, begrüßte Antoine sie mit einem strahlenden Lächeln, das ihr Herz gleich noch etwas schneller schlagen ließ. Sie hätte Antoine allzu gern vertraut, doch die Ereignisse der letzten Nacht ließen sie wieder vorsichtiger werden. Annes Schicksal zeigte nur zu deutlich, zu was Menschen wie Mardieu fähig waren. Aus diesem Grund erwiderte sie den Gruß nur zögerlich mit einem Nicken. »Ich bringe Brot für die Kinder«, verkündete Antoine unbeeindruckt und zeigte auf den großen Korb unter seinem Arm, aus dem es herrlich nach frisch Gebackenem duftete.

»Stellen Sie es dorthin bitte.« Sie deutete auf die Bank vor dem Haus.

Antoine tat wie ihm geheißen, doch er schien ein wenig gekränkt über ihre reservierte Haltung zu sein. »Gern geschehen!«

»Die Kinder werden sich sicherlich freuen. Ist sonst noch etwas?«

Obwohl sie sich liebend gern noch mit ihm über andere Dinge unterhalten hätte, gelang es ihr nicht, entgegenkommender zu sein. Allein der Gedanke, dass Antoine ein Teil dieser schrecklichen Razzia von Champagneux gewesen sein könnte, wollte ihr nicht mehr aus dem Kopf gehen. Es war falsch, wenn sie ihm gegenüber freundliche Gefühle hegte.

»Hören Sie, ich wollte Ihnen allen wirklich nur eine Freude machen. Ich hoffte ehrlich gesagt, dass wir uns noch ein wenig unterhalten können …«

Er war nicht bereit, sie einfach gehen zu lassen. Doch das durfte sie nicht kümmern.

»Ich hab leider keine Zeit!« Sie nickte ihm erneut zu, nahm den Korb und machte sich daran, zurück ins Haus zu gehen.

»Nun lassen Sie mich doch nicht so einfach stehen! Was ist denn heute mit Ihnen los?« Antoine berührte leicht ihren Arm. Sie zuckte zusammen, blieb aber dann doch stehen und wandte sich ihm zögernd wieder zu. Da erst fiel ihr auf, wie verlegen er war. »Ich wollte Sie eigentlich etwas fragen«, begann er unsicher. »Nächsten Sonntag ist das Erntedankfest. Werden Sie auch dort sein?«

»Vermutlich.«

Marguérite wollte die Frage ursprünglich verneinen, brachte es dann aber doch nicht übers Herz. Durch Antoines kurze Berührung fühlte sie sich wie elektrisiert. Das Gefühl war überaus angenehm.

»Wollen Sie mich dorthin begleiten?«, fragte er sie, nun etwas mutiger geworden. »Ich werde dort Akkordeon spielen. Vielleicht haben Sie ja Lust und erfreuen mich mit Ihrem Gesang«, fügte er hinzu.

»Das ist keine gute Idee.« Mittlerweile hatte sie sich wieder einigermaßen unter Kontrolle. Doch als sie in seine sanften braunen Augen sah, wurde sie wieder schwach. Was war nur mit ihr los? Sie zwang sich, an die kleine Anne zu denken, und schüttelte energisch den Kopf. »Ich bin bereits mit Lucien Bourdon verabredet«, log sie ihn an. Im nächsten Augenblick verdammte sie sich dafür, denn nun würde sie dafür geradestehen müssen. Antoines Gesichtszüge verhärteten sich, obwohl er sich alle Mühe gab, seine Enttäuschung nicht zu zeigen.

»Vielleicht können wir uns ein anderes Mal sehen, auf einem Spaziergang zum Beispiel?«

Marguérite ärgerte sich über sich selbst. Und es ärgerte sie, dass Antoine sie nicht einfach in Ruhe ließ.

»Ich möchte nicht mit Ihnen ausgehen«, antwortete sie abrupt.

Dann wandte sie sich um und eilte rasch ins Haus.

»Wie konntest du den armen Kerl nur so vor den Kopf stoßen?«, wollte Léa wissen, als sie wenig später gemeinsam die Wäsche aufhängten und Marguérite ihr alles erzählt hatte. »Wenn so ein Typ wie Antoine mich gefragt hätte, hätte ich bestimmt nicht Nein gesagt.«

»Schon vergessen, dass er zu den Leuten gehört, die es auf uns abgesehen haben?«, konterte Marguérite, die sich selbst über ihre harsche Reaktion im Nachhinein ärgerte. »Die Miliz hat Annes Familie auf dem Gewissen! Vielleicht war er ja sogar bei der Razzia dabei.«

»Du weißt doch gar nicht, weshalb er zur Miliz gegangen ist«, verteidigte Léa Antoine provokativ. »Den Bruder meiner besten Freundin haben sie so lange bedrängt, bis er endlich unterschrieben hat. Er ist dennoch kein schlechter Kerl geworden. Hat sogar meinem Cousin bei der Flucht geholfen.«

»Ich vertraue ihm dennoch nicht«, beharrte Marguérite trotzig. »Das einzig Ärgerliche ist, dass ich nun wohl oder übel mit Lucien zum Fest werde gehen müssen. Sonst hält Antoine mich für unglaubwürdig.«

»Also ist er dir doch nicht egal …« Léa warf ihr einen amüsierten Blick zu.

Marguérite übersah ihn geflissentlich.

Der darauffolgende Sonntag versprach ein wundervoller Spätsommertag zu werden. Die Sonne erstrahlte in seidigem Glanz an einem wolkenlosen Himmel und leckte bis in die späten Morgenstunden den letzten Nebel aus den Tälern auf. Die Getreidefelder längs der Rhône waren bereits abgeerntet, während an den Berghängen noch viele Obstbäume darauf warteten, von ihrer schweren Last befreit zu werden. Obwohl die Ernte um diese Jahreszeit noch nicht völlig eingebracht war, feierten die Leute von Brégnier-Cordon und Izieu Ende September ihr großes Gemeindefest. Daran hatten auch der Krieg und die schwierigen Zeiten nichts zu ändern vermocht. Der Bauer Marcel Breunier auf dem Hang unterhalb von Izieu stellte seine Scheune für die Festivitäten zur Verfügung, die Dorfbewohner sorgten dafür, dass es reichlich zu essen und zu trinken gab. Vor dem Krieg hatte man für das Fest sogar einen Ochsen geschlachtet und über einem Kohlenfeuer gegrillt. Nun begnügten sich die Leute mit einem würzigen Fleischeintopf, Pasteten und Gemüsekuchen. Auch ein großes Fass Wein hatte jemand spendiert und selbst gebrannten Obstschnaps. Die Frauen hatten Kränze aus Sommerblumen gebunden und damit die Scheune geschmückt. Auf den derben Holztischen standen Sträuße frischer Blumen. Am Kopfende der Scheune war ein Holzpodest für die Musiker errichtet worden samt Tanzfläche. Alles stand bereit für das große Fest.

Wie es sich für ordentliche Christenmenschen gehörte, gingen die Menschen am Sonntagmorgen in den Gottesdienst, bevor sie sich zum Feiern in Breuniers Scheune einfanden. Die Zlatins hatten Léon, Léa, Marguérite und einige der Jugendlichen dazu gedrängt, sich auf dem Fest sehen zu lassen, nachdem sie selbst für sich und die jüngeren Kinder die Einladung des Bürgermeisters abgelehnt hatten – mit der Begründung, sie brächten zu viel Unruhe in die Dorfgemeinschaft. Der wahre Grund war, dass sie fürchteten, die ausländischen Kinder würden sich verraten, weil sie nur schlecht oder gar kein Französisch sprachen.

Marguérite wäre gern ebenfalls bei den Kindern geblieben. Doch die anderen ließen keine ihrer Ausreden zu. Léa bestand darauf, dass sie das helle Sommerkleid anzog, das Sabine ihr geliehen hatte, und sich von ihr die Haare bändigen ließ. Mit geschickten Händen flocht sie die schulterlangen Locken zu einem verspielten Kranz und flocht einzelne Kornblumen hinein. Zufrieden musterte sie ihr Werk. Marguérite musste zugeben, dass Léa es verstand, aus wenigem viel herauszuholen. Auch ihre Freundin konnte sich in ihrem roten Kleid und den weißen Sandalen durchaus sehen lassen. Als die beiden sich ihren Begleitern präsentierten, ließen sie anerkennende Pfiffe hören.

»Der erste Tanz gehört mir«, verkündete Léon selbstbewusst und hakte sich ganz selbstverständlich bei Léa unter.

Diese wurde feuerrot und begann vor Aufregung zu kichern. Die beiden geben ein hübsches Paar ab, dachte Marguérite versonnen, während sie mit dem halbwüchsigen Théo Reis und Arnold Hirsch an der Seite hinter ihnen hermarschierte.

Schon von Weitem konnten sie den munteren Trubel hören. Die meisten hatten den sonntäglichen Gottesdienst mit Anstand hinter sich gebracht und freuten sich nun auf das gesellige Beisammensein. Dementsprechend voll war es bereits, als sie Breuniers Scheune betraten. Die Bankreihen, die man längs zur Tanzbühne aufgestellt hatte, waren schon gut besetzt. Léon spähte gerade nach einem Platz für sie alle, als Lucien Bourdon Marguérite eifrig zuwinkte, damit sie sich zu ihm gesellte. Sie tat so, als sähe sie ihn nicht, und hoffte, dass auch keiner ihrer Begleiter auf ihn aufmerksam würde. Doch natürlich wurde ihre Hoffnung zerstört, denn schon wenig später, kaum, dass sie sich alle gesetzt hatten, kam der Bauer auf sie zu und baute sich breitbeinig vor ihr auf.

»Da bist du ja«, begrüßte er sie, ohne sich um die anderen Anwesenden zu scheren. »Ich hab dir einen Platz ganz vorne freigehalten, da wo man auch was …« Sie hörte nicht richtig zu. Denn noch während er sprach, sah Marguérite, wie Antoine mit Yves, dem Bäcker, hereinkam und zu den Musikern, die gerade ihre Instrumente auspackten, auf die Bühne ging. Er hatte sie ebenfalls entdeckt, aber gleich wieder den Kopf abgewandt, was sie verstimmte. »Was ist nun?«, wollte Lucien wissen. Marguérite sah ihn verständnislos an. »Kommst du?« Er packte ihren Oberarm.

»Was soll das?«, fragte sie empört. »Ich mag es nicht, wenn man mich so einfach anfasst.«

Lucien lachte anzüglich. »Ganz die Wildkatze, die ihre Freiheit liebt … Das gefällt mir.« Sein Blick fiel herausfordernd auf Léon, als er sah, dass der Marguérite beistehen wollte. »Ich hab Marguérite eingeladen«, erklärte er barsch. »Und sie hat Ja gesagt, stimmt's?«

Er sah sie unter seinen buschigen Brauen erwartungsvoll an. Marguérite zuckte nur resigniert mit den Schultern. Sie wollte kein weiteres Aufsehen erregen. Andererseits wollte sie aber auch nicht alles tun, was Lucien von ihr erwartete.

»Ich möchte hier bei meinen Freunden bleiben und nicht vorne in der ersten Reihe sitzen«, machte sie ihm deutlich.

»Ich hab dir extra einen Platz freigehalten«, beschwerte sich Lucien mürrisch, lenkte dann aber ein, als sie keine Anstalten machte, ihm zu folgen.

Er zwängte sich zwischen Marguérite und den schmächtigen Arnold, sodass dieser von der Bank gedrängt wurde und keinen Platz mehr hatte. Arnold wollte sich beschweren, doch Léon warf ihm einen warnenden Blick zu. Sie alle wussten, dass es viel zu gefährlich war, wenn einer von ihnen während des Festes unangenehm auffiel oder es gar zu Streitigkeiten kam.

Théo erkannte die Lage. »Komm, wir sehen mal, was draußen so los ist«, forderte er seinen Freund auf, ihn vor die Scheune zu begleiten.

Kaum waren sie nur noch zu viert, verkündete Lucien, dass es nun Zeit wurde, sich einen Aperitif zu genehmigen. »Die erste Runde geht auf mich«, verkündete er großspurig, obwohl keiner von ihnen den Wunsch geäußert hatte, etwas zu trinken.

»Der ist ja ganz schön ungehobelt«, flüsterte Léa empört, kaum dass Lucien verschwunden war, um die Getränke zu holen.

»Was denkst du, weshalb ich heute nicht hierherwollte«, stimmte Marguérite ihr finster zu. »Aber nachdem ich Antoine gesagt habe, dass ich mit Lucien auf das Fest gehe, musste ich ihm wohl oder übel zusagen.«

»Und wieso bist du nicht mit Antoine gegangen?«, fragte Léon, der von alldem nichts mitbekommen hatte.

»Weil er ein Kollaborateur ist, du Idiot!«, wies ihn Léa barsch zurecht. »Er hat geholfen, Annes Eltern festzunehmen.«

»Das hat er nicht«, entgegnete Léon ruhig. »Ich weiß von Yves, dass sie den ganzen Abend zusammen in der Bar waren. Der Kerl ist sauber.«

»Woher willst du das wissen?«, erkundigte sich Marguérite.

»Er hat Yves erzählt, dass man ihn gezwungen hat, bei der Miliz mitzumachen. Er hat sich sogar bereit erklärt, dem Maquis heimlich zu helfen. Er …«

Léon unterbrach sich, weil Lucien mit einem Tablett voller Pastis-Gläser zurückkehrte, das er vor sie auf den Tisch stellte.

»À votre santé!«, fuhr der Bauer dazwischen. Er nahm eines der Gläser, um es sofort in einem Zug zu leeren. Léa und Marguérite lehnten dankend ab, was Lucien nicht weiter scherte. »Dann halten wir beide uns eben daran, *mon ami«*, rief er und zwinkerte Léon zu, der anstandshalber an seinem Glas nippte. Nachdem Lucien auch noch das dritte Glas Pastis innerhalb kürzester Zeit geleert hatte, war er bereits in bester Stimmung. »Wann geht denn die Musik endlich los?«, brüllte er.

Damit traf er den Nerv der anderen Besucher. Leider gab es auf der Bühne einige Probleme. Die Musiker der Blaskapelle waren noch nicht vollzählig, sodass sie nicht aufspielen konnten. Yves, der Bäcker, rettete schließlich die Situation, indem er Antoine aufforderte, mit seinem Akkordeon schon mal für etwas Stimmung zu sorgen. Zögernd betrat dieser die Bühne. Marguérite fand, dass er ausgesprochen schmuck aussah. Er trug eine graue frisch gebügelte Hose und ein kurzärmeliges weißes Hemd. Nur sein Hut, eine Kreissäge aus Stroh, wirkte irgendwie deplatziert.

Sobald Antoine jedoch vor dem Mikrofon stand, ging eine Verwandlung mit ihm vor, und nun passte alles zueinander. Er richtete sich auf und warf einen prüfenden Blick ins Publikum. Gleichzeitig stippte er sich mit dem Zeigefinger den Hut aus der Stirn, was ihm einen lausbubenhaften Anschein gab. Nicht nur Marguérite stellte fest, wie aus dem schmächtigen, eher unauffällig wirkenden Mann plötzlich eine Persönlichkeit wurde, die eine starke Anziehungskraft auf das Publikum ausübte. Sein Blick wanderte über die Leute, blieb für einen Augenblick länger, als es nötig gewesen wäre, an ihr hängen, um dann auch den anderen Teil der Scheune zu inspizieren.

»Meine Damen und Herren, liebes Publikum, es ist mir eine Ehre, heute hier zu sein«, begrüßte er sie selbstbewusst. »Natürlich habt ihr mit Fug und Recht etwas Besseres erwartet als mich …«

»Genau! Kein Geschwafel, sondern Musik, die was taugt!«, rief Lucien lauthals dazwischen und kam sich dabei ungeheuer witzig vor.

Marguérite strafte ihn mit einem vernichtenden Blick. Léa rollte nur mit den Augen. Doch Antoine ließ sich davon nicht aus der Fassung bringen. Er lächelte Lucien betont freundlich zu.

»Auch du wirst es überleben, Bourdon«, witzelte er, was ihm prompt einige Lacher einbrachte. »Frédéric und Pascal sind leider noch nicht hier. Frédérics Kuh kalbt, und Pascal hilft ihm im Stall.«

Erneutes amüsiertes Gelächter. Ganz im Gegensatz zu Luciens plumpen Zwischenrufen mochten die meisten Antoines lockere Sprüche. Er schulterte sein Akkordeon und spielte ein paar Töne eines Valse Musette an. Sobald die Leute die Melodie erkannten, wurde ihr Gemurmel leiser, und die Aufmerksamkeit richtete sich ausschließlich auf ihn und seine Musik. Er spielte nicht nur, er lebte die Melodie und wurde in rhythmischen Bewegungen eins mit seinem Instrument – ebenso virtuos wie leichtfüßig. Im Nu brachte er seine Zuschauer in Stimmung.

Marguérite gelang es schon bald nicht mehr, ihre Vorbehalte gegen Antoine aufrechtzuerhalten. »Wo man singt, da lass dich ruhig nieder. Böse Menschen kennen keine Lieder!« Hatte ihr Vater das nicht immer gesagt? Wenn das Leben doch nur so einfach wäre. Sie seufzte leise. Aber eines musste man diesem Mann lassen. Er verstand sein Handwerk wie kaum ein anderer. Nach dem Valse Musette folgten ein Tango und schließlich ein Foxtrott. Einzelne Paare tummelten sich bereits auf der Tanzbühne und wagten ein erstes beschwingtes Tänzchen.

Nach dem dritten Stück brach Antoine ab und verabschiedete sich mit einem knappen *»Merci«*. Die Dorfbewohner waren jedoch keinesfalls bereit, ihn einfach so ziehen zu lassen. Einzelne Pfiffe und Zwischenrufe zwangen ihn schließlich auf die Bühne zurück. Antoine tat so, als zierte er sich, doch Marguérite, die selbst Bühnenerfahrung besaß, erkannte gleich, dass dies nur eine Masche war. Sie erinnerte sich, wie wundervoll es war, eine Menschenmenge mit Musik zu begeistern. Wehmütig dachte sie an die eigene Karriere, die gerade erst begonnen hatte, als die Nazis alles zunichtegemacht hatten. Nun würde sie wohl nie wieder auf einer Bühne stehen.

Als hätte Antoine ihre Gedanken erraten, sah er erneut zu ihr herüber, und dieses Mal bildete sie sich nicht ein, dass sein Blick sie gefangen hielt. Sie spürte, wie sie errötete.

»Zum Tanz ist nach dem Essen Zeit, wenn alle einen dicken Bauch haben«, verkündete Antoine und wandte sich damit wieder seinem Publikum zu, das nach Tanzmusik verlangt hatte. »Aber …« Er machte eine Kunstpause. »Das bedeutet natürlich nicht, dass ihr auf Musik verzichten müsst. Wie wäre es mit einem Chanson von Charles Trenet?«

Der populäre Künstler war im ganzen Land für seine unbeschwerten Lieder bekannt, die die Menschen über die schlechten Zeiten hinwegtrösten sollten. Keine schlechte Wahl, dachte Marguérite. Damit hält er die Leute bei Laune. Ohne auf die Zustimmung seines Publikums zu warten, begann er zu seinem Akkordeonspiel *Je Chante* zu singen. Die Melodie und der Text gingen sofort in alle Ohren. Antoines kräftiger Tenor war wohlklingend und animierte zum Mitsingen. Selbst Léa begann mitzusummen, obwohl sie überhaupt nicht musikalisch war. Lucien verfolgte die Darbietung nur mit mürrischer Miene. Er widmete sich einem neuen Pastis, den er sich in der Zwischenzeit besorgt hatte. Nach *Je Chante* folgte ein weiterer Gassenhauer. Jemand aus dem Publikum forderte *La Vie en Rose*. Antoine zierte sich.

»Wenn ich es allein vortrage, werde ich der großen Edith Piaf nur unrecht tun«, verkündete er. Plötzlich blieb sein Blick auf Marguérite ruhen. »Aber …«, fügte er nach einer kleinen Pause mit schalkhaft aufblitzenden Augen hinzu. »Es gibt jemanden hier im Raum, der Edith Piaf ohne Mühe das Wasser reichen könnte.« Er deutete in einer großen Geste auf Marguérite, die auf einmal sämtliche Blicke im Saal auf sich spürte und vor Verlegenheit am liebsten im Boden versunken wäre. »Dort sitzt Mademoiselle Marguérite! Sie ist eine wundervolle Sängerin, auch wenn sie sich im Moment noch etwas ziert.« Sie warf ihm einen vernichtenden Blick zu und konnte dennoch nichts dagegen tun, dass sie bis zu den Haarwurzeln errötete.

»Das stimmt! Marguérite kann wunderbar singen«, fiel Léa ihr prompt in den Rücken, indem sie viel zu laut beistimmte.

»Spinnst du?«, zischte sie wütend in Richtung ihrer Freundin. »Du willst mich wohl vor allen blamieren.«

»Ach, komm schon, du kannst das!«, drängte Léa, die sich

von Antoine angestachelt fühlte. »Das ist deine Chance. Du hast mir doch selbst erzählt, wie sehr du deine Auftritte vermisst.«

»Aber nicht hier! Außerdem sind meine Stimmbänder eingerostet. Ich müsste mich zumindest einsingen.«

»Wozu soll das denn gut sein?« Léa ließ sich durch nichts überzeugen.

Die Menschen um sie herum beobachteten amüsiert, wie die beiden sich kabbelten. Einige begannen »Marguérite« zu intonieren, und als Antoine sie noch mal aufforderte, zu ihm auf die Bühne zu kommen, blieb ihr gar nichts anderes übrig, als dem Folge zu leisten.

»Sie Schuft«, zischte sie in sein Ohr, als er ihr auf die Bühne half. »Das werden Sie noch bereuen.«

Antoine überging ihre Drohung mit einem charmanten Lächeln. Seine braunen Augen blitzten vor Vergnügen und sahen sie herausfordernd an. So bedrängt, blieb ihr gar nichts anderes übrig, als sich vor das Mikrofon zu stellen und das Beste aus ihrer Situation zu machen. Antoine ließ sie nicht aus den Augen, während seine Finger über die Tasten und Knöpfe seines Akkordeons huschten und ihm die ersten Töne der Melodie entlockten. Er spielte ebenso kräftig wie gefühlvoll, sodass die Musik sofort Besitz von ihr ergriff. Sie begann unwillkürlich, sich leicht im Takt zu wiegen, und wusste in dem Augenblick, als ihr Einsatz zum Singen kam, dass es genau das war, was sie wollte.

Antoine und sie standen einander gegenüber. Er war eins mit seinem Instrument und wurde eins mit ihr, als ihre Stimme auf seine Melodie reagierte.

»Des yeux qui font baisser les miens, un rire qui se perd sur sa bouche. Voilà le portrait sans retouches de l'homme auquel j'appartiens. Quand il me prend dans ses bras, qu'il me parle tout bas: Je vois la vie en rose.

Il me dit des mots d'amour, des mots de tous le jours. Et ça me fait quelque chose …«

Während sie sang und er spielte, blieben ihre Augen ineinander verhaftet. Es war, als hätte sich eine Art Zauber über sie gelegt, der die Worte des Chansons wahr werden ließ:

Augen, die die meinen küssen,
ein sich verlierendes Lächeln auf seinem Mund.
Hier ist das Porträt ohne Retusche
von einem Mann, zu dem ich mich hingezogen fühle.
Wenn er mich in seine Arme nimmt,
mit tiefer Stimme zu mir spricht,
seh ich das Leben durch die rosarote Brille.
Er sagt Worte der Liebe zu mir,
Worte für alle Tage,
und das macht irgendetwas mit mir.
Nächte der Liebe und kein Ende,
ein großes Glück ergreift Besitz,
Kummer und Leid vergehen.
Glücklich, zum Sterben glücklich.

Als die letzten Töne verklangen, war für einen Moment Stille in der Scheune. Marguérite und Antoine sahen sich an, als gäbe es nur sie beide auf der Welt. Der Zauber schwand erst, als das Publikum in jubelnden Beifall ausbrach. Antoine lächelte ihr zu und nahm wie selbstverständlich ihre Hand, damit sie sich gemeinsam verbeugten.

21

Ich kenne die Frau auf dem Medaillon!«

Valerie sah Rick amüsiert an. »Du willst mich wohl auf den Arm nehmen!« Dann kam ihr eine andere Idee. »Oder ist die Frau auf dem Foto eine damalige Berühmtheit?« Sie trat näher, um ebenfalls einen Blick auf das Foto zu werfen.

Rick antwortete nicht auf ihre Frage, sondern schüttelte nur fassungslos den Kopf. »Ich versteh das nicht«, murmelte er verblüfft. »Wie kam ausgerechnet deine Großmutter zu diesem Foto?«

Valerie zuckte mit den Schultern. »Es ist das einzige Erbstück, das wir von ihr haben. Mein Vater vermutet, dass die Frau auf dem Medaillon eine Verwandte ist, vielleicht Gigis Schwester.« Sie begriff nicht, weshalb Rick sich so aufregte. »Willst du mir nicht endlich sagen, was mit dem Foto ist?«, fragte sie schließlich ungeduldig.

»Ja, siehst du es denn wirklich nicht? Das hier ist ganz bestimmt nicht die Schwester deiner Großmutter«, antwortete Rick tonlos. Er tippte mit dem Zeigefinger auf das Foto. »Die Frau auf dem Foto ist meine Tante Adèle!«

»Das kann nicht sein!«

Valerie sah noch mal genauer hin und sah es plötzlich auch. Die ganze Zeit über war ihr die Frau schon vertraut vorgekommen. Sie hatte nur keine Beziehung zu Ricks Tante herstellen können, da sie die alte Dame lediglich zweimal gesehen hatte. Gewisse Ähnlichkeiten ließen sich kaum leugnen – die hellen Augen, auch die Nase war unverkennbar. Doch das war eigentlich unmöglich, oder?

»Ich kenne andere Fotos von Adèle aus ihrer Jugend. Ich bin mir ganz sicher, dass sie es ist«, wiederholte Rick bestimmt. »Wenn du genau hinsiehst, wirst du es auch erkennen!«

Je länger Valerie das Foto betrachtete, desto mehr musste sie ihm zustimmen. »Aber das kann doch gar nicht sein!« Diese Entdeckung war geradezu ungeheuerlich. »Das würde ja bedeuten, dass Adèle und meine Großmutter sich kannten. Das ist doch kaum möglich, oder?«

Rick sah sie nachdenklich an. »Fotografien waren damals etwas sehr Kostbares. Die hat man nicht so einfach weggegeben und schon gar nicht in einem so wertvollen Medaillon«, grübelte er. »Die hat man nur sehr nahestehenden Personen geschenkt, einem Verwandten etwa oder einem geliebten Menschen.«

Valerie schoss auf einmal ein absurder Gedanke durch den Kopf. Sie sprach ihn aus, ohne darüber nachzudenken, was für Konsequenzen er haben könnte.

»Vielleicht einem Bruder …« Sie sah, dass Rick derselbe Gedanke gekommen war.

»Wir müssen Adèle fragen«, sagte er schließlich. »Nur sie kann uns darüber Gewissheit geben.«

Valerie ließ der Gedanke nicht mehr los. »Angenommen, Adèle hat Antoine dieses Medaillon geschenkt. Wie kommt es dann von Antoine zu Gigi?«

»Keine Ahnung! Er muss sie auf jeden Fall gut gekannt haben, sehr gut vermutlich.«

»Du meinst, auch sie waren einmal ein Liebespaar?« Rick sah sie an und schüttelte ungnädig den Kopf. »Nein, nein! Das passt doch gar nicht zusammen. Viel wahrscheinlicher ist, dass Gigi Marguérite kannte und es von ihr geschenkt bekommen hat.«

»Oder dass Gigi Marguérite ist«, rutschte Valerie heraus. Sie war sich noch während sie es aussprach darüber bewusst, wie absurd diese Idee war. »Dann wären wir ja miteinander blutsverwandt«, fügte sie mit einem hysterischen Kichern hinzu.

Der Gedanke verfestigte sich plötzlich und wollte gar nicht mehr verschwinden. Die Vorstellung, dass sie und Rick Großcousin und -cousine waren, war ebenso absurd wie abscheulich, ja geradezu widerwärtig. Ihr Gesichtsausdruck musste das widerspiegeln, was sie gerade dachte, denn Rick reagierte mit einem Mal beleidigt.

»Du tust ja gerade so, als wäre das eine Tatsache. Dabei ist deine Schlussfolgerung völlig aus der Luft gegriffen!« Er atmete tief ein. »Oder willst du mir damit etwas anderes sagen?«

»Ja ... Nein ... Natürlich nicht ...« Valerie fühlte sich wie vor den Kopf gestoßen. Warum begriff Rick denn nicht, was sie damit sagen wollte? »Versteh doch! Es hat nichts mit dir als Mensch zu tun. Aber wenn meine Vermutung stimmt und wir miteinander verwandt sind, dann wäre das, was wir getan haben, etwas ganz Abartiges ...«

»Du empfindest das, was zwischen uns war, als abartig? Das ist jetzt nicht dein Ernst!« Mit einem Mal war nichts mehr von der Nähe zu spüren, die noch vor Kurzem zwischen ihnen geherrscht hatte. Rick stand mit verschränkten Armen vor ihr und sah sie verletzt an. »Das blöde Medaillon kann auf allen möglichen Wegen zu deiner Großmutter gekommen sein«, entgegnete er hitzig. Seine Augen wurden plötzlich schmal. »Wieso denkst du dir plötzlich so hirnrissige Dinge aus? Sie entbehren doch jeglicher Logik! Willst du mich wieder loswerden?«

»Du weißt ganz genau, dass es nicht so ist«, empörte sich Valerie. »Und so absurd, wie du tust, sind meine Überlegungen nicht. Gigi und Marguérite könnten sehr wohl eine Person gewesen sein!«

Rick schüttelte ungehalten den Kopf. »Du denkst einfach nicht logisch«, warf er ihr streitlustig vor. »Wie können Gigi und Marguérite ein und dieselbe Person sein? Gigi hat nachweislich einen Sohn zur Welt gebracht und Marguérite eine Tochter. Das passt doch alles nicht zusammen.«

Valerie schluckte. Ricks stichhaltigem Argument konnte auch sie sich nicht verschließen. Doch sie brachte es nicht über sich, ihm recht zu geben. Seine harschen Worte hatten sie verletzt. Er hatte sie wie ein Dummerchen behandelt, und das machte sie wütend.

»Wenn dir meine Gedanken zu blöd sind, dann war es wohl ein Fehler, sich mit mir einzulassen«, erwiderte sie trotzig.

»Das hab ich doch gar nicht so gesagt …« Rick rollte genervt die Augen, doch dann schien er sich zu besinnen und versuchte, einen gemäßigten Ton anzuschlagen. »Nun nimm doch Vernunft an«, lenkte er ein. »Kein Medaillon der Welt ist es wert, dass wir deswegen streiten.«

Er streckte versöhnlich seine Arme nach ihr aus. Doch Valerie fand, dass er es sich damit zu einfach machte. Sein Verhalten erinnerte sie an Jonas, der auch immer glaubte, die Dinge ließen sich so einfach regeln. Darauf hatte sie keine Lust mehr.

»Ich glaube, es ist besser, wenn du jetzt gehst«, bemerkte sie verschnupft. »Ich brauche jetzt etwas Zeit für mich!«

Sie sah, dass Rick noch etwas sagen wollte. Doch dann ließ er es bleiben. Er griff nach seiner Jacke und verließ ohne ein weiteres Wort ihre Wohnung.

22

Die hässliche – und wie ich fand überflüssige – Auseinandersetzung zwischen Valerie und mir hatte mich mehr getroffen, als ich mir eingestehen wollte. Ich war enttäuscht, verletzt und auch verärgert, weil sie nicht zugeben wollte, dass sie sich verrannt hatte. Dass unsere beiden Großmütter nicht ein und dieselbe Person gewesen sein konnten, lag ja wohl auf der Hand. Ich war mir ziemlich sicher, dass Valerie das längst genauso sah. Wieso war sie nur so stur geblieben und hatte es nicht zugeben können? Je länger ich darüber nachdachte, desto mehr drängte sich mir die Schlussfolgerung auf, dass etwas anderes hinter unserem ersten Streit steckte. Vielleicht hing sie ja doch noch mehr an ihrem Jonas, als sie es zugeben wollte. Hatte sie womöglich ein schlechtes Gewissen und bereute es, sich auf mich eingelassen zu haben? Vielleicht waren ihre Gefühle für mich ja gar nicht so stark?

Das war etwas, das ich mir gar nicht vorstellen wollte – was wir miteinander erlebt hatten, war etwas ganz Besonderes. Es hatte sich so gar nicht wie eine Affäre angefühlt. Ich kam kaum noch aus dem Grübeln heraus. Valerie hatte mir erzählt, dass Jonas sie oft sehr unter Druck gesetzt hatte. Er hatte sie angeblich viel zu sehr vereinnahmt. Vielleicht hatte sie sich ja auch von mir bedrängt gefühlt? Das war das Letzte, was ich wollte, und das musste ich ihr unbedingt sagen. Überhaupt gab es zwischen uns noch einigen Gesprächsbedarf. Doch für den Augenblick war ich viel zu aufgewühlt, um ein ruhiges Gespräch führen zu können.

Aus diesem Grund fuhr ich zunächst in die Ferienwohnung, um ausgiebig zu duschen. Ich fühlte mich mit einem Mal hundemüde und legte mich aufs Bett. Doch sosehr ich mich danach sehnte, ich fand keinen Schlaf. Genervt stand ich nach einiger Zeit wieder auf und setzte mich an den Schreibtisch. Auch hier gelang es mir leider nicht, mich zu konzentrieren. Also packte ich ein paar wichtige Dinge für meine Tante zusammen und fuhr zurück ins Krankenhaus. Auf dem Flur der Intensivstation traf ich auf Frau Dr. Kling-Hofer.

»Ihre Tante ist ausgesprochen zäh«, verkündete sie mir mit einem aufmunternden Lächeln. »Es ist ein reines Wunder, wenn jemand mit einem so angegriffenen Herzen solch einen schweren Infarkt übersteht.«

»Heißt das, sie ist noch nicht außer Lebensgefahr?«

Die Ärztin hob die Schultern. »So etwas lässt sich nur schwer beurteilen. Ihre Tante hatte schon mehrere leichtere Infarkte vor diesem hier, das sagte ich Ihnen ja. Ihre Gefäße sind ihrem Alter entsprechend verkalkt und können jederzeit wieder durch einen Thrombus verschlossen werden oder reißen. Im Augenblick konnten wir sie stabilisieren. Nach allem, was wir wissen, besteht derzeit keine akute Lebensgefahr für sie. Allerdings müssen Sie sich darauf einstellen, dass es sehr lange dauern wird, bis sie sich wieder erholt. Sie wird noch weniger belastbar sein als bisher. Auf keinen Fall kann sie länger allein leben. Ihre Tante braucht eine ständige Betreuung, jemanden, der für sie da ist. Und zwar ab dem Zeitpunkt, an dem wir sie hier aus dem Krankenhaus entlassen.«

Diese Nachricht traf mich nun doch völlig überraschend. Natürlich war mir schon seit längerer Zeit klar, dass Adèle über kurz oder lang nicht mehr allein würde wohnen können. Doch dass es so schnell sein würde, darauf war ich nicht vorbereitet. Was mir allerdings noch weitaus größere Sorgen bereitete, war, wie sie diese Nachricht wohl aufnehmen würde? Sie hatte ihr ganzes Leben so gestaltet, wie sie es wollte, und war es nicht gewohnt, dass andere über sie bestimmten. Selbst Gustave, ihr Mann, hatte das akzeptieren müssen. Mit Schaudern dachte ich daran, wie sie einmal zu mir gesagt hatte, dass der Tod einem Leben in einem Pflegeheim immer vorzuziehen sei.

»Meine Tante wird alles bekommen, was sie braucht«, versprach ich dennoch und wollte wissen, wie lange sie noch im Krankenhaus bleiben musste.

»Wenn sie weiterhin solche Fortschritte macht, werden wir sie morgen früh auf die normale Station verlegen. In ein paar Tagen sollte sie so stabil sein, dass man sie mit einem Krankentransport zurück nach Hause bringen kann. Allerdings sollte dort alles für eine Pflege vorbereitet sein. Denken Sie, Sie bekommen das organisiert?«

»Ich werde sehen, was ich tun kann.«

Die Ärztin nickte mir zum Abschied noch mal freundlich zu und überließ mich meinen grüblerischen Gedanken. Meine Tante war immer noch an alle möglichen Geräte angeschlossen. Immerhin hatte man die Sauerstoffschläuche entfernt, und sie saß aufrecht, wenn auch an Kissen gelehnt, in ihrem Bett.

»Du bist aber schnell wieder zurück«, begrüßte sie mich schon sehr viel munterer. Ich stellte die Tasche mit ihren Sachen auf eine Ablage und zog einen Stuhl an ihr Bett. Wir redeten ein wenig über dies und jenes, bis sie schließlich meine Hand nahm und mich besorgt ansah. »Du siehst müde aus, mein Junge«, bemerkte sie, als wäre ich der Kranke und nicht sie. »Wieso hast du dich nicht erst einmal richtig ausgeschlafen? Ich lauf dir schon nicht davon.«

»Ich hab genug geschlafen«, log ich und beschloss, bevor sie weiter nachhaken konnte, ihr zu erzählen, was die Ärztin mir auf dem Flur gesagt hatte. Adèle hörte mir zu, und im Gegensatz zu meinen Befürchtungen blieb sie ausgesprochen gefasst, selbst als ich ihr mitteilte, dass sie von nun an auf eine Pflege angewiesen sein würde. »Ich werde mich natürlich um alles kümmern«, versicherte ich ihr. »Bestimmt finden wir eine nette Frau, mit der du dich gut verstehst und die bei dir im Haus leben kann.«

»Mit dem Gedanken trage ich mich schon länger«, überraschte sie mich. »Ich war ohnehin in letzter Zeit viel zu viel allein, und in meinem Alter fallen einem gewisse Dinge einfach nicht mehr so leicht.«

Sie lächelte tapfer und gab mir die Erlaubnis, mich um alles zu kümmern.

»Ich werde mich sofort nach einer Pflegekraft umsehen«, versprach ich. Dann schlug ich vor, bis zu deren Eintreffen bei ihr in Grenoble zu bleiben.

»Das kommt ja überhaupt nicht infrage«, widersprach sie mir energisch. »Du hast dein eigenes Leben in Paris. Da möchte ich dir auf keinem Fall im Wege stehen. Außerdem bist du doch frisch verliebt.«

»Wie kommst du denn darauf?«

»Ich habe Augen im Kopf.« Adèle zwinkerte mir schelmisch zu. »Es ist die kleine Segellehrerin, nicht wahr?« Ich wollte etwas einwenden, aber sie ließ mich nicht zu Wort kommen. »Schon als ich dich zum ersten Mal in ihrer Gegenwart erlebt habe, wusste ich, dass sie dich schwer beeindruckt hat. Nicht einmal in Marie-Claires Nähe hast du so gestrahlt. Nun sag bloß nicht, dass ich nicht recht habe.«

»Wenn das alles nur so einfach wäre! Ich fürchte, Valerie will bereits jetzt schon nichts mehr mit mir zu tun haben«, gestand ich ihr niedergeschlagen.

Adèle sah mich mitfühlend an. »Möchtest du mir davon erzählen?«

Ihre Anteilnahme tat mir gut, also erzählte ich ihr von unserem Streit und erwähnte das Medaillon, auf dem ich sie erkannt hatte. Ich sagte auch, was der Auslöser für unseren Streit gewesen war, nämlich, dass Valerie völlig unbedacht die abstruse Vermutung geäußert hatte, Gigi und Marguérite könnten ein und dieselbe Person gewesen sein.

Mein Bericht nahm Adèle sehr mit. Sie schloss erschöpft die Augen. Ich fürchtete schon, dass sie einen neuen Schwächeanfall erlitten haben könnte, und wollte nach Unterstützung klingeln. Doch dann fasste sie sich wieder, öffnete die Augen und starrte gedankenverloren an die Decke.

»Weißt du, was der größte Fehler in meinem Leben war?« Ich sah sie überrascht an. »Der größte Fehler in meinem Leben war, dass ich dachte, ich könnte die Vergangenheit ungeschehen machen, indem ich sie einfach verleugnete. Das habe ich leider viel zu spät erkannt«, fügte sie leise hinzu. Sie tastete nach meiner Hand.

»Was möchtest du mir damit sagen?« Ihre Worte alarmierten mich.

»Dass Antoine tatsächlich einmal im Besitz dieses Medaillons gewesen ist. Ich selbst habe es ihm geschenkt, als er damals nach Lyon zur Miliz ging.« Sie lächelte versonnen. »Er sollte mich nicht vergessen und versprach, es immer bei sich zu tragen. Ich glaube nicht, dass er sich freiwillig davon getrennt hätte …« Sie sah mich traurig an. »Wahrscheinlich hat man es ihm gewaltsam entwendet.«

»Er könnte es verloren haben, oder man hat es ihm gestohlen …«, überlegte ich. »Es gibt viele Möglichkeiten, wie das Medaillon damals zu Valeries Großmutter gekommen sein könnte. Was für ein merkwürdiger Zufall.«

»Das ist wahr.« Adèle blieb weiterhin sehr nachdenklich. »Oder hat Antoine deiner Großmutter das Medaillon tatsächlich gegeben? Vielleicht wollte er ja, dass sie damit zu mir ging, gewissermaßen als Pfand, damit er sicher sein konnte, dass ich ihr helfe.«

»Mamie«, widersprach ich ihr liebevoll. »Das ist höchst unwahrscheinlich. Überleg doch mal. Die Bauern, die dir Isabelle übergeben haben, brachten dir Großvaters Taschenuhr als Beweis. Das war das Unterpfand für ihre Glaubwürdigkeit. Warum sollte er sich auch noch von dem Medaillon getrennt haben? Ist es nicht viel wahrscheinlicher, dass man es ihm abgenommen hat?« Mir kam noch eine andere Idee. »Valeries Großmutter war eine Kämpferin der Résistance. Möglich, dass die Gruppe, zu der sie gehörte, sogar etwas mit Antoines Tod zu tun hatte. Die Leute vom Maquis haben gegen die Miliz gekämpft und viele Mitglieder getötet.«

»Diese Spekulation ist genauso wild wie Valeries Idee von eurer gemeinsamen Großmutter!« Adèle wollte davon nichts wissen. »Aber ein komischer Zufall ist es dennoch … und vielleicht auch ein Zeichen dafür, dass eure Schicksalswege miteinander verbunden sind und ihr zusammengehört.« Sie drückte meine Hand. »Rede mit Valerie und versöhn dich wieder mit ihr. Sie ist ein wundervolles Mädchen und passt gut zu dir. Ich habe dich noch nie in Gegenwart einer Frau so glücklich gesehen!«

Ich verließ meine Tante in einer sehr nachdenklichen Stimmung. Wie so oft hatte sie auch in diesem Punkt recht. Unsere Auseinandersetzung war wirklich lächerlich gewesen, und ich hätte nicht zulassen dürfen, dass sie so eskalierte. Ich beschloss, mit Valerie zu reden, sobald ich für Adèle alles Organisatorische geregelt hatte.

23

Jedes Mal, wenn ihr Handy klingelte, hoffte Valerie, dass es Rick war. Seit ihrem dummen Streit zwei Tage zuvor hatte er sich nicht mehr bei ihr gemeldet. Und sie hatte ihn auch noch nicht kontaktiert. Anfangs hatte es ihr Stolz nicht zugelassen, und später waren Zweifel aufgetaucht. Wenn Rick sich nicht meldete, musste er seine Gründe haben. Womöglich hatte sie zu viel in ihre Beziehung hineininterpretiert. Und als sie sich so lächerlich benommen hatte, war er zu dem Schluss gekommen, dass sie beide doch nicht so gut zusammenpassten.

Wenn sie genauer darüber nachdachte, war ihm das auch nicht zu verdenken. Sie hatte ihn mit ihrer überzogenen Reaktion vor den Kopf gestoßen. Kein Mensch ließ sich gern so behandeln. Im Grunde genommen war ihr klar, dass sie diejenige sein musste, die den ersten Schritt auf ihn zu machte. Doch sie scheute sich davor, weil sie sich plötzlich nicht mehr sicher war, ob sie für eine neue Beziehung schon wieder bereit war. Vor allem, wenn alles so kompliziert begann. Vielleicht war es ja sogar besser, wenn sie es bei dieser Affäre einfach beließen. Was hatten sie beide denn auch für eine Zukunft? Rick in Paris, sie in Berlin. Das war auf Dauer nicht das, was sie wollte, und Rick wollte das ganz bestimmt auch nicht. Wohin eine Fernbeziehung führen konnte, hatte sie in den Monaten der Auszeit mit Jonas erlebt. Vielleicht war sie einfach nicht der Typ für eine Zweierbeziehung und sollte lieber allein leben.

Sie fühlte sich so zerrissen wie schon lange nicht mehr und hatte keine Ahnung, was nun richtig für sie war. Als das Display eine unterdrückte Nummer anzeigte, überlegte sie, sie zu ignorieren. Doch dann dachte sie an die Segelschule und nahm doch ab.

»Valerie. Gott sein Dank! Bitte verzeih, dass ich dich so einfach überrumple, aber ich musste meine Nummer unterdrücken. Sonst wärst du doch nicht rangegangen, stimmt's?«

Als sie Jonas' Stimme erkannte, war ihr erster Impuls, einfach aufzulegen. Der hatte ihr gerade noch gefehlt. Sie stand kurz davor, einfach aufzulegen, dann tat sie es doch nicht.

»Was willst du?«, erkundigte sie sich gereizt. »Ich dachte, zwischen uns ist alles geklärt.«

Statt einer Antwort hörte sie ein bekümmertes Schnauben. »Ich … ich wollte mich bei dir entschuldigen«, kam es schließlich zögernd vom anderen Ende der Leitung. Seine Stimme bebte. »Mir ist klar, dass du nichts mehr von mir wissen willst. Und ich will dich auch keinesfalls bedrängen. Es ist nur so, dass ich es einfach nicht ertragen kann, wenn du mich in so schlechter Erinnerung behältst. Können wir nicht wenigstens Freunde bleiben?«

»Es liegt an uns beiden, dass es so weit gekommen ist.« Sie hatte wirklich keine Lust, mit Jonas über ihre verkorkste Beziehung zu reden. »Lass es einfach dabei bewenden.« Im nächsten Augenblick tat ihr die harsche Reaktion schon wieder leid. Es war unfair, ihre miese Stimmung auf Jonas zu übertragen. Sie fühlte sich genötigt, sich doch auf ein Gespräch mit ihm einzulassen. »Ich trage dir nichts nach«, lenkte sie widerstrebend ein. »Es ist nur einfach so, dass mir klar geworden ist, dass ich mich zu sehr von dir eingeengt fühle.«

»Das ist mir in der Zwischenzeit auch klar geworden. Ich hätte nicht so viel von dir verlangen dürfen. Ich hab viele Fehler gemacht, die mir unendlich leidtun. Das musst du mir einfach glauben!«

»Ach, Jonas …« Valerie spürte, wie ihr Groll schon wieder schwand. Wieso fiel es ihr so schwer, sich klar von ihm abzugrenzen? Vielleicht, weil sie gar nicht die Schwache in ihrer Beziehung war? Diese Erkenntnis kam plötzlich und unerwartet. Doch dann erinnerte sie sich wieder an das Telefongespräch mit ihrem Vater und daran, dass Jonas bei ihren Eltern gewesen war, damit sie ein gutes Wort für ihn einlegten. Das machte sie gleich wieder wütend. »Und übrigens … Was hast du dir eigentlich dabei gedacht, meine Eltern um Hilfe zu bitten?«, verlangte sie zu wissen. »Sie sind die Letzten, die unsere Beziehung kitten können. Ich fand das unmöglich!«

»Ich war doch einfach nur so verzweifelt … Der Gedanke, dass du nicht mehr zu mir zurückkommst, macht mich wahnsinnig. Es tut mir so leid … Ich hab wohl alles falsch gemacht.«

Valerie hörte ein Schniefen. Jonas schien wirklich am Boden zerstört, und das ließ auch sie fast ein zweites Mal nachgiebig werden. Doch das war kein Weg. Wenn sie Jonas helfen wollte, musste sie ehrlich zu ihm sein.

»Am Scheitern unserer Beziehung trage ich mindestens ebenso viel Schuld wie du«, erklärte sie nüchtern. »Auch ich hab Fehler gemacht, die dazu beigetragen haben. Daran lässt sich nur nichts mehr ändern.« Es kostete sie Überwindung, es auszusprechen, doch sie fand, dass er auch diesen Teil der Wahrheit wissen musste. Vielleicht fiel es ihm dann leichter, endgültig mit ihr abzuschließen. »Ich hab hier am Bodensee einen anderen Mann kennengelernt«, gestand sie ihm, »und mich Hals über Kopf in ihn verliebt. Leider war das im Nachhinein ein Fehler.«

Noch während sie die Worte aussprach, wurde ihr klar, dass sie damit ihre Gefühle für Rick endgültig infrage stellte.

Sie hörte, wie Jonas mit sich rang. »Du hattest eine Affäre. Das war es also. Deshalb hast du meinen Heiratsantrag abgelehnt.«

»Das hat rein gar nichts miteinander zu tun«, widersprach sie sofort energisch. »Rick und ich sind erst später zusammengekommen, aber das spielt jetzt auch keine Rolle mehr …«

Sie versuchte, den Kloß in ihrem Hals loszuwerden, doch es gelang ihr nicht. Jedes Mal, wenn sie Rick erwähnte, kam der ganze Kummer wieder hoch. Also waren ihre Gefühle für ihn doch größer, als sie dachte … Warum war das alles nur so verdammt schwer?

»War es dieser Franzose, der den Segelkurs bei dir belegt hat?«, wollte Jonas wissen. Er wirkte wieder einigermaßen gefasst. »Seid ihr immer noch zusammen?«

»Ich weiß es nicht«, antwortete sie ehrlich. »Im Augenblick weiß ich gar nichts mehr.«

»Du weißt, dass ich immer für dich da bin. Wenn du möchtest, können wir gern darüber reden, auch als Freunde, wenn es nicht anders möglich ist.« Sie wusste, was für eine Überwindung ihn diese Worte gekostet hatten. Dann brachen seine Gefühle nochmals mit aller Macht aus ihm heraus. »Ich bin wirklich bereit, mich zu ändern, Valerie! Das musst du mir glauben. Stell dir vor, ich mache jetzt sogar eine Therapie. Gib mir noch eine Chance! Ich werde alles tun, was du willst …«

»Das freut mich für dich«, wich Valerie ihm aus. »Aber ich kann das im Augenblick nicht. Meine Gefühle spielen gerade verrückt. Ich weiß selbst nicht, wohin das noch führen wird.«

»Ich verstehe, dass du jetzt Zeit brauchst«, lenkte Jonas sofort ein. In seiner Stimme schwang plötzlich Hoffnung mit. »Du sollst nur wissen, dass ich immer für dich da sein werde. Immer. Hörst du?«

»Das weiß ich zu schätzen.«

Valerie war tatsächlich dankbar für Jonas' Worte. Immerhin schaffte er es zum ersten Mal, seitdem sie sich kannten, dass er seine Gefühle hintenanstellte. Das versöhnte sie ein wenig. Sie beendeten das Gespräch in schon lange nicht mehr da gewesener Harmonie.

Kurz darauf meldete sich Werner bei ihr. Er befand sich in einer Notlage und brauchte dringend ihre Hilfe. Er bat sie, an seiner Stelle als Skipper einzuspringen und mit einer Gruppe Segelgäste einen einwöchigen Segeltörn auf dem Bodensee zu übernehmen. Eigentlich hatte sie sich vorgenommen, keine größeren Törns mehr zu machen. Doch da es ebenso wenig Sinn machte, ständig über die Beziehung zu Rick zu grübeln oder auf seine Anrufe zu warten, dachte sie, dass ein wenig Abstand vielleicht genau das Richtige war, um dem ganzen Gefühlswirrwarr zu entkommen.

Am nächsten Morgen packte sie in aller Eile ihre Segelklamotten zusammen und machte sich auf die Reise. Dass sie ihr Handy zu Hause vergessen hatte, bemerkte sie erst, als sie mit ihrer Crew bereits auf dem Wasser war.

24

Meine letzten Tage am Bodensee verbrachte ich hauptsächlich mit den Besuchen bei Adèle sowie unzähligen Telefonaten, die sich fast ausschließlich um die Organisation ihres zukünftigen Lebens drehten. Das war gar nicht so einfach, zumal ich ja nicht vor Ort sein konnte. Außerdem gab es diverse Schwierigkeiten, jemanden aufzutreiben, der bereit war, sich rund um die Uhr um eine alte Dame in Grenoble zu kümmern. Frau Dr. Kling-Hofer gab mir schließlich die Adresse einer Pflegeorganisation, die Pflegekräfte aus Ungarn, Rumänien und Polen vermittelte. Mit einiger Anstrengung gelang es mir, mehrere Vorstellungsgespräche zu organisieren, die gleich nach unserer Rückkehr nach Frankreich stattfinden sollten.

Der ganze Trubel nahm mich so in Anspruch, dass ich erst am dritten Tag nach unserer letzten Begegnung dazu kam, mich bei Valerie zu melden. Ich hoffte, der kleine zeitliche Abstand hatte auch bei ihr bewirkt, dass sie wieder bereit war, sich mit mir zu versöhnen. Ich hatte längst eingesehen, wie unsinnig unser Streit gewesen war, und wollte mich für meine unfreundliche Reaktion entschuldigen. Doch ich erreichte nur ihre Mailbox. Also beschloss ich, sie in ihrer Wohnung aufzusuchen. Wir mussten uns unbedingt aussprechen, bevor ich mit Adèle zurück nach Grenoble fuhr. Da ich wusste, dass Valerie normalerweise ihre Abende zu

Hause verbrachte, war ich umso erstaunter, sie nicht anzutreffen. Kurz entschlossen rief ich bei Werner in der Segelschule an und erfuhr von ihm, dass sie für eine Woche auf einem Segeltörn war. Leider kehrte sie erst nach unserer nun nicht mehr aufschiebbaren Abreise zurück. Frustriert überlegte ich, ob ich Valerie irgendwo in einem Hafen am Bodensee abfangen konnte, den sie anliefen. Doch da selbst Werner nicht wusste, wo das Schiff am Abend vor Anker ging, musste ich auch diese Option aufgeben.

Und dann kamen mir plötzlich Zweifel. Vielleicht wollte Valerie mich ja gar nicht mehr sehen? Wieso hatte sie nicht auf meine Anrufe reagiert? Wenn ihr an einer Aussöhnung gelegen wäre, hätte sie mich doch zurückrufen müssen oder gar selbst einen Versuch unternommen, mich zu treffen. Wollte sie mir damit vielleicht zeigen, dass für sie unsere Affäre beendet war? Alles in mir weigerte sich, das zu glauben. Das passte nicht zu Valerie, oder? Da ich unbedingt Klarheit darüber haben wollte, beschloss ich, ihr einen persönlichen Brief zu schreiben.

Noch am selben Abend setzte ich mich hin und erklärte ihr meine Situation. Ich schrieb, dass ich bei ihr zu Hause gewesen war, um mich mit ihr auszusöhnen. Außerdem versicherte ich ihr, wie leid es mir tue, ihr das Gefühl vermittelt zu haben, sie geringzuschätzen. Das sei nie meine Absicht gewesen. Dann erwähnte ich, dass Adèle zu einem Pflegefall geworden sei und ich mich um sie kümmern müsse. Mein Brief endete mit der dringenden Bitte, sich doch möglichst bald bei mir zu melden.

Ich unterschrieb mit: *In Liebe, Dein Rick.*

Izieu, Frankreich,
September 1943

Antoine konnte sich nicht erklären, was ihn dazu bewogen hatte, Marguérite auf die Bühne zu nötigen. Er hatte sie inmitten des Publikums sitzen sehen und einfach nicht widerstehen können. Seitdem er sie bei ihrer ersten Begegnung auf der Wiese hatte singen hören, hatte er sich nichts sehnlicher gewünscht, als einmal gemeinsam mit ihr aufzutreten. Er hatte die Gelegenheit einfach ergriffen und es nicht bereut. Schon die Art, wie sie sich hatte bitten lassen, hatte ihm verraten, dass sie es eigentlich genoss. Er hatte die Vorfreude auf einen Auftritt in ihren Augen gesehen und erkannt, dass sie die Musik genauso liebte wie er. Was dann gekommen war, war einfach zauberhaft gewesen. Sie beide harmonierten perfekt zusammen auf der Bühne. Ohne Absprache hatten sie sich allein durch die Kraft der Musik verstanden.

Als sie sich gemeinsam nach ihrem Auftritt verbeugten, strahlte Marguérite von innen heraus, und er musste an sich halten, sie nicht einfach zu küssen.

»Sie waren wundervoll«, war das Einzige, was er herausbrachte.

»Und Sie sind unmöglich«, erwiderte sie schnippisch.

Allerdings straften der Glanz und das Lächeln, das ihr Gesicht erhellte, ihre Worte Lügen.

Viel zu schnell wurde der Moment der Nähe von Yves unterbrochen, der als Leiter des Organisationskomitees auf die Bühne kam und ihnen gratulierte. Dann bat er sie, später noch einmal gemeinsam zu musizieren.

Dieses Mal zierte sich Marguérite nicht, sie sah Antoine herausfordernd an. »Ich bin einverstanden, wenn ich die Chansons auswählen darf.«

»Abgemacht!« Er strahlte.

Sie kamen überein, sich nach dem Essen wieder zu treffen. Am liebsten hätte er sie gleich begleitet, doch mittlerweile waren die Musiker vollzählig, und das Publikum wartete darauf, weiter unterhalten zu werden. Bedauernd sah er, wie Marguérite sich wieder zu ihren Freunden an den Tisch setzte. Widerstrebend gesellte er sich zu den Musikern. Kurz darauf spielten sie auf.

Für Antoine stellte die einfache Tanzmusik keine besondere Herausforderung dar. Er fügte sich ohne Probleme in das kleine Orchester ein und hatte sogar noch die Muße, Marguérite und ihre Freunde nebenbei zu beobachten. Dieser Bourdon war leider ebenfalls in ihrer Nähe. Wie kann sie den Grobian nur in ihrer Nähe dulden?, fragte er sich zum x-ten Mal. Während des gemeinsamen Auftritts gerade eben hatte er das Gefühl gehabt, dass er Marguérite nicht ganz gleichgültig war. Es war nicht nur die Musik, die sie verband, da war noch etwas anderes. Ihre Blicke und das rätselhafte Lächeln, das sie ihm hin und wieder schenkte.

Dann bekamen seine Hoffnungen jedoch einen Dämpfer – ausgerechnet Bourdon und Marguérite fanden sich als erstes Tanzpaar auf der Tanzfläche ein. Neidlos musste Antoine anerkennen, dass Bourdon ein glänzender Tänzer war. So unbeholfen und taktlos er sich sonst benahm, so leichtfüßig bewegte er sich auf der Tanzfläche. Marguérite hatte offenbar ihren Spaß daran. Sie lachte ihrem Tanzpartner so fröhlich zu, dass es Antoine einen Stich versetzte.

Endlich war das Musikstück und damit die Tanzrunde zu Ende. Bourdon führte Marguérite zurück auf ihren Platz, wobei er ganz selbstverständlich seinen Arm um ihre Schultern legte. Die Musikgruppe legte eine kleine Spielpause ein. Antoine beschloss, die Gelegenheit zu nutzen, um mit Marguérite über ihren anstehenden Auftritt zu reden.

Zielstrebig steuerte er auf ihren Tisch zu, worauf Bourdon ihn prompt mit einem missfälligen Blick empfing. Das andere Pärchen lächelte ihm freundlich zu. Sie stellten einander vor. Die beiden arbeiteten ebenfalls in dem Kinderheim. Mit der jungen Frau – er glaubte sich zu erinnern, dass sie Léa hieß – schien Marguérite befreundet zu sein.

»Der Auftritt von euch beiden vorhin war ganz große Klasse«, begrüßte Léa ihn unbefangen. »Das verlangt unbedingt nach einer Zugabe.«

»Komm, setz dich zu uns«, lud ihr Begleiter, der sich ihm als Léon vorstellte, ihn ein.

Er rückte ein wenig beiseite, sodass Antoine direkt gegenüber von Marguérite Platz nehmen konnte. Als sie ihm ein offenes Lächeln schenkte, wurde ihm ganz warm ums Herz. Ja, er hatte sogar den Eindruck, sie freute sich, dass er sich zu ihnen gesetzt hatte. Léon verstrickte ihn sofort in ein Gespräch über Musik, in das sich zu seiner Freude sowohl Léa als auch Marguérite einmischten. Wie es auf dem Dorf üblich war, duzten sich alle ganz selbstverständlich. Auch Marguérite sprach ihn endlich vertraut an.

Lucien Bourdon gefiel diese Art der Unterhaltung überhaupt nicht. Er hielt sich missmutig aus allem raus und warf

Antoine immer wieder feindselige Blicke zu, die ihm deutlich klarmachten, dass er gefälligst seine Finger von Marguérite lassen sollte. Er beschloss, sich davon nicht beeindrucken zu lassen, sondern konzentrierte sich lieber auf die anderen. Endlich fand er die Gelegenheit, Marguérite zu fragen, wo genau sie ihre musikalische Ausbildung absolviert hatte.

»Meine Mutter war eine recht bekannte Sopranistin«, erwiderte sie einsilbig. »Ich hatte Unterricht bei ihr.« Er wollte nachfragen, doch sie ließ es nicht zu, sie wechselte geschickt das Thema. Was er davon halte, wenn sie ein Potpourri von Jacques Offenbach zum Besten geben würden, wollte sie wissen. »Das wird die Leute hier bei Stimmung halten. Was denkst du?«

Sie stützte die Ellenbogen auf und nahm ihr Gesicht in die Hände, während sie ihn schelmisch anblinzelte. Sie sah einfach bezaubernd aus.

»Eine wunderbare Idee! An welche Lieder hast du gedacht?«

Antoine konnte seinen Blick nicht von Marguérite abwenden, solange sie sprach. Gleichzeitig fragte er sich, weshalb sie so ein Geheimnis um ihre Herkunft machte. Vertraute sie ihm so wenig? Es war doch offensichtlich, dass sie auch andere Lehrer außer ihrer Mutter gehabt haben musste. Ihre Stimme war außerordentlich gut geschult. Außerdem bezweifelte er, dass sie aus der Schweiz kam. Ihr Französisch hatte einen unüberhörbaren Akzent, aber ganz und gar keinen schweizerischen.

Seine Vermutung, dass sie aus Deutschland geflüchtet war, verstärkte sich. Das würde auch ihre Reserviertheit ihm gegenüber erklären. Sie hatte natürlich Angst, dass er sie verriet. Flambert hatte ihm erst neulich gesteckt, dass die Zlatins jüdischen Glaubens waren. Seine heimliche Geliebte

Clotilde, die Bäckersfrau, hatte es ihm aus Versehen verraten. Nur Sabines Anstellung bei der OSE schützte die Zlatins im Augenblick noch vor offizieller Verfolgung. Zum Glück war es nicht seine Pflicht, so etwas zu melden. Sein einziger Befehl lautete, diesen Gaston ausfindig zu machen. Er hoffte nur, dass auch Flambert dieses Wissen für sich behielt.

»Hey, glotz mein Mädchen nicht so unverschämt an«, riss Bourdon ihn aus seinen Gedanken.

Er warf ihm einen grimmigen Blick zu und legte gleichzeitig besitzergreifend seinen Arm um Marguérites Schultern.

»Finger weg«, zischte diese erbost und stieß ungnädig seinen Arm von sich.

Antoine konnte sich ein schadenfrohes Grinsen nicht verkneifen. Allzu sehr schienen sich die beiden also noch nicht einig zu sein.

»Du bist mit mir hier«, raunzte Bourdon verstimmt und schenkte sich aus einer Karaffe Wein ein. Sein Alkoholkonsum ließ ihn allmählich die Selbstbeherrschung verlieren.

»Wir waren zum Tanzen verabredet. Das heißt nicht, dass ich dein Eigentum bin«, wies Marguérite ihn streng zurecht. »Außerdem solltest du langsam aufhören mit dem Trinken!«

Bourdon lachte abfällig. »Sollst mal sehen, wie viel ein Mann wie ich vertragen kann!« Er warf ihr einen finsteren Blick zu. »Halt dich aus so was gefälligst raus, Weib. Beim nächsten Tanz zeig ich dir, wie klar ich noch bin.«

»Ich werde überhaupt nicht mehr mit dir tanzen, wenn du weiter trinkst.«

Marguérite ließ sich nicht unterkriegen. Bourdon antwortete mit einem abfälligen Prusten und leerte sein Glas in einem Zug, nur um es erneut zu füllen. Als Marguérite angewidert von ihm abrückte, packte er sie an der Schulter und zog sie so fest an sich, dass sie sich nicht ohne Weiteres aus seinem Griff befreien konnte.

»Das ist meine kleine Wildkatze, so wie ich sie liebe«, verkündete er besitzergreifend in die Runde.

»Lass mich sofort los, du Grobian!«

Marguérite war ebenso empört wie verlegen. Antoine sah, wie peinlich ihr die Situation war. Und ihm wurde klar, dass sie sich nicht heftiger wehrte, um kein Aufsehen zu erregen. Auch Léa und Léon wussten offenbar nicht, wie sie mit der Situation umgehen sollten. Bourdon verstand es als seinen Sieg und hielt Marguérite weiterhin wie in einem Schraubstock eingeklemmt.

Antoine war nicht bereit, das länger mit anzusehen. »Lass sie sofort los!«, befahl er mit ruhiger Stimme. »Du hast doch gehört, dass Marguérite das nicht wünscht.«

»Halt dich da raus! Marguérite ist mein Mädchen.« Bourdon musterte ihn mit einem kräftemessenden Blick, ohne seine Finger von ihr zu lassen.

Antoine dämmerte, dass er mit Worten nicht allzu viel würde erreichen können. »Zum letzten Mal: Lass sie los!«

»Sonst noch was?« Bourdon war sich seiner Sache ganz sicher. »Hau ab, du Hänfling, sonst schlag ich dir die Nase blutig!« Antoine stand auf und beugte sich so weit zu seinem Kontrahenten vor, bis sich ihre Nasenspitzen fast berührten. »Glaubst du etwa, das beeindruckt mich?« Bourdon lachte ihn aus.

»Nein! Das vielleicht nicht, aber das!«

Mit einer schnellen Bewegung griff Antoine nach der halb vollen Weinkaraffe auf dem Tisch und hieb sie mit voller Kraft auf Bourdons Handrücken. Dann versetzte er ihm mit der Faust einen Schlag auf die Nase. Der Bauer jaulte auf vor Schmerz und sah sich gezwungen, Marguérite loszulassen. Diese nutzte die Gelegenheit, um sich ihm zu entwinden.

»Lasst uns gehen«, sagte sie mit alarmiertem Blick in Richtung Bourdon.

Der Bauer hielt sich seine blutige Nase. »Du verdammter Hurensohn«, brüllte er und versuchte aufzustehen. »Das werd ich dir heimzahlen!« Wankend stand er hinter dem Tisch und sah sich nach einer Möglichkeit um, wie er möglichst schnell auf Antoines Seite kommen konnte, um ihn zur Rechenschaft zu ziehen. Doch die Tafel war lang, sodass er sie erst umrunden musste, um zu ihm zu gelangen. Ungeschickt versuchte er, Antoine über den Tisch hinweg am Kragen zu packen. Doch der wich ihm einfach aus. »Marguérite gehört mir«, brüllte Bourdon und versuchte, den Tisch einfach umzuwerfen. Doch er war so betrunken, dass er kaum aufrecht stehen konnte.

Léon und zwei andere Männer bemühten sich, ihn zu beruhigen. Antoine nutzte die Gelegenheit, um zu verschwinden. Marguérite war ihm schon vorausgeeilt.

Er fand sie hinter der Scheune auf einem Findling sitzend. Sie zitterte am ganzen Leib und bemerkte ihn erst, als er direkt vor ihr stand. Tränen standen in ihren Augen, die sie peinlich berührt wegzuwischen versuchte, als sie ihm ins Gesicht sah.

»Ich … ich kann Gewalttätigkeiten nicht besonders gut ertragen«, erklärte sie ihm. »Sie … sie machen einen so hilflos.«

Er reichte ihr sein Taschentuch, damit sie sich die Tränen abwischen konnte. »Dafür musst du dich nicht entschuldigen. Bourdon hat sich unmöglich benommen. Er hat viel zu viel getrunken. Wenn er morgen wieder nüchtern ist, wird er sich sicher bei dir entschuldigen.«

Seine Worte waren wohl wenig überzeugend, denn plötzlich musste Marguérite lachen. »Ja, das wird er ganz bestimmt«, rief sie. »So ein gebildeter, feinfühliger Mann wie Lucien kann ja gar nicht anders.«

Er stimmte in ihr Lachen ein. Es war schön, sie wieder fröhlich zu sehen.

»Wollen wir ein wenig spazieren gehen?«, schlug er vor.

»Du könntest mich ein Stück nach Hause begleiten.« Marguérite sah ihn entschuldigend an. »Für heute habe ich genug.« Hilflos hob sie ihre Schultern. »Damit wird es wohl leider nichts mehr mit unserem Auftritt.«

»Ist schon in Ordnung«, erwiderte Antoine, obwohl er es aufrichtig bedauerte.

Marguérite wollte auf ihn warten, während er den Musikern Bescheid gab, dass sie eine Runde ohne ihn auskommen mussten. Dann machten sie sich auf den Weg zum Weiler Lélinaz. Eine ganze Weile gingen sie schweigend nebeneinanderher und genossen die Ruhe. Die Luft war so klar, dass sie bis weit in die Berge hineinblicken konnten.

»Warum bist du eigentlich bei den Milizionären?«, fragte sie unvermittelt. Überrascht von der Frage, fand er nicht gleich eine Antwort. Und so fügte sie hinzu: »Ein Musiker, der Soldat ist, das passt für mich so gar nicht zusammen.« Sie war stehen geblieben und sah ihn offen an, so tat er es ihr gleich. Da verstand er, dass sie ihn nicht verspotten wollte.

»Ich wollte einfach nur weg von zu Hause …« Es fiel ihm schwer, die richtigen Worte zu finden. Doch dann überwand er seine Scheu und erzählte ihr, was ihn dazu bewogen hatte und wie unglücklich er sich in dem Leben gefühlt hatte, das von seinem Vater für ihn ausgesucht worden war. »Wäre ich in Grenoble Uhrmacher geblieben, hätte ich wohl irgendwann meinen Lebensmut verloren«, gestand er. »Dann habe ich mehr oder weniger durch Zufall Georges kennengelernt. Er hatte sich bereits bei den Milizen hochgearbeitet und ist ein überzeugter Anhänger von Maréchal Pétain. Wir haben viel geredet – über Wünsche, Träume und natürlich auch über Politik. Ich fühlte mich von ihm verstanden. Er malte mir eine bunte Zukunft mit einer Karriere als Musiker aus, wenn ich mich dazu entschließen könnte, für eine Weile zur Miliz zu gehen. Das war einfach verlockend. Was soll ich sagen …« Er zuckte hilflos mit den Schultern.

»Was passierte dann?«, fragte Marguérite.

»Irgendwann hat er mich überzeugt, und ich bin der Truppe beigetreten«, fuhr Antoine fort. »Es schien mir die einzige Möglichkeit, dass mein Traum, Musiker zu werden, doch einmal wahr werden könnte.« Sie wandte sich ab und nickte. Er spürte sofort, dass sie nur vorgab, ihn zu verstehen. Plötzlich hatte er das Bedürfnis, dass sie ihn wirklich verstand und nicht einfach verurteilte. »Natürlich passt ein Musiker nicht wirklich zum Militär«, räumte er ein. »Ich bin auch nicht sehr glücklich bei der Truppe. Es gibt vieles, das ich nicht gutheißen kann.« Das hatte er auch Yves gegenüber behauptet, und wenn er ehrlich zu sich war, dann war es ihm damit ernst.

»Was ist dein Problem mit der Miliz?«, wollte Marguérite nun ganz genau wissen. »Hast du deine politische Gesinnung geändert, oder schreckt dich die Gewalt ab?«

»Oh, ich verabscheue Gewalt«, sagte er aus tiefster Überzeugung. »Es sei denn …«, er setzte ein schiefes Grinsen auf, »… es sei denn, ich muss eine Dame vor einem Unhold wie Bourdon bewahren.« Sie errötete leicht, erwiderte aber sein Lächeln kaum. Auch er wurde wieder ernst und ging auf ihre Frage ein. »Mir war einfach nicht klar, was für Konsequenzen mein Dienst haben könnte …« Er zögerte. Sollte er ihr den wahren Grund wirklich nennen? Doch dann gab er sich einen Ruck, auch wenn er fürchtete, dass er sich dadurch in ein noch schlechteres Licht rücken würde. Er wollte ihr gegenüber aufrichtig sein. »Gleich bei meinem ersten Einsatz ist etwas passiert, an dem ich immer noch schwer trage. Ich war Teil einer Truppe, die eine Gruppe jüdischer Jugendlicher auf der Flucht stellen und festnehmen musste. Aber das ist noch nicht alles. Ich war derjenige, der das ausspioniert hat.« Er stockte und musste wieder einmal gegen die Bilder ankämpfen, die in ihm aufstiegen, sobald er daran dachte. »Dabei wurde einer von ihnen erschossen. Es war ein junger Mann, fast noch ein Kind, und seine Schwester musste zusehen.« Ohne dass er es beeinflussen konnte, füllten sich seine Augen mit Tränen.

»Hast *du* ihn erschossen?«, fragte Marguérite kreidebleich. Sie hatte die Hände vor den Mund geschlagen und sah aus, als wollte sie gleich davonlaufen.

Antoine schüttelte benommen den Kopf. »Aber nein! Wie kommst du darauf? Ich … ich stand einfach nur dabei und musste alles mit ansehen. Während der Aktion war ich wie gelähmt. Ich war nicht einmal in der Lage, mein Gewehr zu zücken. Aber damit will ich mich nicht rechtfertigen …« Er mied ihren Blick, da er wusste, dass er kein Verständnis zu erwarten hatte. »Ich bin dennoch schuld an diesem großen Unglück.«

»Wenigstens hast du das erkannt«, bemerkte sie hörbar distanziert. Er war sich sicher, dass sie nun nie wieder etwas mit ihm zu tun haben wollte. Und er konnte es ihr nicht verdenken. Trotzdem war er erleichtert, dass er ihr das alles erzählt hatte. Er wandte seinen Blick ab und dachte daran, dass es noch viel mehr gab, wofür sie ihn verabscheuen konnte. »Warum quittierst du nicht einfach den Dienst, wenn dir das alles hier nicht passt?«, zog sie die einzig logische Konsequenz.

Antoine ballte gequält die Hände zu Fäusten. Marguérite hatte ja keine Ahnung, wie kompliziert sein Leben war. »Das kann ich nicht, weil ich den Sold brauche, um meine Schwester und meine Mutter zu versorgen.«

Marguérite schüttelte unwirsch den Kopf. »Der Sold ist Blutgeld!« Sie gab sich keine Mühe, ihre Verachtung zu verbergen.

Ihr Vorwurf kränkte ihn, obwohl er wusste, dass sie jedes Recht hatte, es so zu sehen. »Ich stehe auf der Seite derjenigen, die ein starkes Frankreich wollen«, rechtfertigte er sich trotzig. »Die Deutschen werden diesen Krieg gewinnen, und Leute wie ich sorgen dafür, dass es danach auch für uns Franzosen gut weitergeht!«

»Glaubst du im Ernst an diesen Unsinn?« Marguérite schüttelte enttäuscht den Kopf. »Jedes Kind weiß mittlerweile, dass es nur noch eine Frage der Zeit ist, bis die Alliierten hier einmarschieren. Die Italiener haben schon ihre Allianz mit Hitler aufgegeben. Die Russen haben sich auch nicht überrennen lassen. Vielleicht stehst du ja einfach nur auf der falschen Seite, Antoine …« Sie sah ihn herausfordernd an.

»Das ist Kriegspropaganda, die nicht der Wahrheit entspricht«, widersprach er ihr uneinsichtig. »Maréchal Pétain wird an Hitlers Seite Frankreich zu neuer Größe führen. Glaub mir, ich weiß, wovon ich rede!«

»Weißt du das wirklich?« Sie rückte von ihm ab. Er bedauerte die Unstimmigkeit, die durch das Gespräch entstanden war. Gleichzeitig ärgerte ihn ihre anmaßende Haltung. Zweifellos hatte sie keine Ahnung von Politik. Er fühlte sich verwirrt und unsicher. Seine Gefühle für Marguérite gingen weit über das hinaus, was er jemals für eine andere Frau empfunden hatte. Er wünschte sich nichts sehnlicher, als ihr zu gestehen, wie viel er für sie empfand. Doch durch ihre Unterhaltung war die Nähe und Vertrautheit zwischen ihnen verloren gegangen. Sie setzten ihren Weg schweigend fort, bis in der Ferne der Weiler von Lélinaz auftauchte. »Von hier aus schaffe ich es allein«, erklärte Marguérite auf einmal. Sie standen auf einem Schotterweg, der von weiß blühenden Büschen gesäumt wurde. Zum Abschied reichte sie ihm die Hand.

Plötzlich raschelte es hinter ihnen, und zwei Mädchen krabbelten aus dem Gebüsch, in dem sie wohl Verstecken gespielt hatten. Sie begrüßten Marguérite fröhlich in einer fremden Sprache, die Antoine sofort als Deutsch identifizierte. Er sah, wie Marguérite erstarrte. Mit einem schnellen Blick auf ihn schickte sie die Kleinen zurück zum Haus. Erschrocken machten sie, dass sie davonkamen.

Antoine entging nicht, dass Marguérites Blick wieder besorgt zu den Büschen wanderte. Ein drittes Mädchen kroch darunter hervor und hielt auf sie zu. Er erkannte es sofort. Es war das jüdische Flüchtlingskind, das er in jener nicht lange vergangenen Nacht heimlich zum Waisenhaus gebracht hatte. Dann hatten sie es also bei sich aufgenommen. Er freute sich, dass es der Kleinen gut ging. Marguérite eilte zu ihr. Offenbar wollte sie verhindern, dass dieses Mädchen sich ebenfalls verriet. Doch es machte einen Bogen um Marguérite und steuerte direkt auf ihn, Antoine, zu. Er wollte Marguérite nicht noch mehr in Verlegenheit bringen und wandte sich ab. Aber das Mädchen hielt plötzlich sein Bein umklammert.

»Anne, nein, so etwas tut man nicht!«, rief Marguérite erschrocken. Sie bemühte sich, die Kleine von ihm wegzuziehen. Doch diese protestierte energisch auf Deutsch. »Sie ist noch nicht lange bei uns«, rechtfertigte Marguérite sich, nachdem es ihr endlich gelungen war, das Mädchen an die Hand zu nehmen. Mit einem Mal hatte sie es sehr eilig. Nachdem sie ein paar Schritte gegangen war, drehte sie sich nochmals um. »Bitte zieh keine falschen Schlüsse daraus«, flehte sie ihn an. Dann gab sie sich einen Ruck. »Es wird das Beste sein, wenn wir uns nicht mehr wiedersehen!«

TEIL 3

VERGEBEN

25

Der Sommer mit all seinen aufregenden Ereignissen neigte sich seinem Ende zu. Das Grün der Blätter verlor bereits an Intensität, und die Äpfel an den Bäumen begannen Farbe anzunehmen. Seit unserer Rückkehr nach Grenoble waren mehrere Wochen vergangen, Adèle erholte sich jedoch nur langsam von ihrem Schwächeanfall. Dabei spielte sicherlich auch die Verarbeitung ihrer Erlebnisse während unserer Reise eine große Rolle. Sie hatte sie in der trügerischen Hoffnung unternommen, das Andenken meines Großvaters für mich auf ewig in gute Erinnerung zu rufen. Wer hatte auch schon ahnen können, wie sich die Dinge dann tatsächlich entwickelten? Unvorhersehbare Umstände hatten ihre Lebenslüge auffliegen lassen.

Auf der einen Seite hatte das späte Geständnis meiner Großtante Erleichterung verschafft, auf der anderen Seite verbrauchte sie aber auch einen Großteil ihrer Lebensenergie, um damit zurechtzukommen. Sie war stiller und nachdenklicher geworden, saß oft den ganzen Tag gedankenverloren in einem bequemen Sessel und starrte hinaus in den kleinen Garten, der ihr Haus umgab. Auf meine Anweisung hin war es pflegegerecht umgebaut worden, sodass ich ihr einen Umzug und den Aufenthalt in einer Seniorenresidenz ersparen konnte. Die einzige Schwierigkeit bestand nur darin, eine geeignete Gesellschafterin für sie zu finden. Bis das geschafft war, war es meine Aufgabe, mich um die alte Dame zu kümmern, was sie einerseits genoss, was ihr aber andererseits auch ein schlechtes Gewissen bereitete. »Du musst dein eigenes Leben leben, Junge«, bekam ich ständig von ihr zu hören.

Die ersten Wochen war es mir mit Leichtigkeit gelungen, sie zu beruhigen. Ich hatte keine Verpflichtungen gehabt, konnte bei ihr arbeiten und wusste ohnehin noch nicht, in welche Richtung mein Leben gehen sollte. Doch allmählich wurde es Zeit, wieder in die Zukunft zu blicken. Umso dringender war es, jemanden Geeigneten für sie zu finden. Adèle bestand darauf, dass die Person, die sich um sie kümmern sollte, Französisch sprach und ein gewisses kulturelles Niveau hatte, das ihr anregende Gespräche erlaubte. Außerdem sollte sie zuverlässig für sie da sein. Schon allein wegen dieser Ansprüche fielen die relativ einfach zu bekommenden Fachkräfte aus Polen, Rumänien oder Russland aus. In der Regel beherrschten sie unsere Sprache mehr recht als schlecht, zudem wollten sie nach wenigen Monaten meist wieder für eine gewisse Zeit zurück in ihre Heimat. Französische Fachkräfte waren dagegen rar gesät, oft teuer oder hatten Ansprüche, die wir ihnen nicht erfüllen konnten. Manchmal zweifelte ich daran, ob wir jemals eine geeignete Person finden würden, und langsam stellte ich mich darauf ein, ein Urlaubssemester nehmen zu müssen.

Doch wie es der Zufall wollte, traf ich eines Tages die Nachbarin meiner Tante im Supermarkt, die sich nach ihr erkundigte. Die Frau, eine aufgeschlossene Mittfünfzigerin in abgesicherten Verhältnissen, hatte zwei Jahre zuvor ihren Mann verloren. Als sie hörte, dass Adèle pflegebedürftig war, schlug sie spontan vor, sie einmal zu besuchen. Am nächsten Tag stand sie mit einem Strauß Sonnenblumen vor der

Tür. Die beiden Frauen verstanden sich auf Anhieb, obwohl sie in den letzten zwanzig Jahren nie mehr als nur ein paar freundliche nachbarschaftliche Worte gewechselt hatten. Sie verabredeten sich gleich wieder für den nächsten Tag, und nach einer Woche war klar, dass Madame Roussel die neue Gesellschafterin meiner Tante sein würde.

Diese erfreuliche Nachricht verschaffte mir endlich wieder die Freiheit, mich um mein eigenes Leben zu kümmern. An erster Stelle stand mein Buch, das ich endlich zu Ende bringen wollte. Die letzten Wochen war ich gut vorangekommen. Bereits in Konstanz hatte ich die Gliederung erstellt und zurück in Frankreich die meisten Kapitel über die Schicksale einiger Kollaborateure während des Zweiten Weltkriegs geschrieben. Ich hoffte, das Projekt noch während des Wintersemesters abzuschließen. Zu meiner großen Überraschung hatte sich Harvard erneut gemeldet. Die Universität wollte mich immer noch unbedingt für die Gastprofessur und stellte mir sogar einen Zeitvertrag für zwei Jahre in Aussicht. Unter anderen Umständen hätte ich ohne zu zögern zugesagt, doch die Sorge um meine Tante und die Arbeit an dem Buch hatten mich die Entscheidung immer wieder hinauszögern lassen. Außerdem hatte ich immer noch die irrwitzige Hoffnung, dass Valerie sich doch wieder bei mir melden könnte. Sie wollte mir einfach nicht aus dem Kopf gehen.

Leider hatte sie auf den Brief, den ich ihr vor meiner Abreise geschickt hatte, nicht reagiert. Das ließ nur den einen Schluss zu – sie wollte nichts mehr mit mir zu tun haben. Ich war für sie nicht mehr als eine kurze Affäre gewesen. Zwischenzeitlich war sie sicherlich schon längst wieder zurück in ihrem alten Leben. Es wurde Zeit, das Unvermeidliche einzusehen und mir diese Frau endlich aus dem Kopf zu schlagen. Ich stellte mir selbst ein Ultimatum bis zum Beginn des Wintersemesters, dann würde ich entscheiden, ob ich die Professur in Harvard annehmen wollte. Die Zeit bis dahin verplante ich für die Feinarbeit an meinem Buch.

Nach reiflicher Überlegung hatte ich mich dazu entschlossen, ein Kapitel meinem Großvater zu widmen, auch wenn die Auseinandersetzung mit seinem unwürdigen Schicksal unentwegt Wunden aufriss. Ich war es mir und meinem Berufsethos schuldig, zu seiner Geschichte zu stehen, um die Angelegenheit zu verarbeiten. Für die abschließenden Recherchen stand ich seit einiger Zeit mit dem Dokumentationszentrum in Izieu in Kontakt, deren leitende Historikerin mir äußerst hilfsbereit ihre Unterstützung zusagte. Sie hatte versprochen, mir einige Adressen von Zeitzeugen zukommen zu lassen, die sich noch gut an die Zeit erinnerten, als die Kinder im Waisenhaus gewesen waren. Und erneut flammte die Hoffnung auf, noch einmal auf die Spur meines Großvaters zu stoßen. Bislang hatte ich über weitere Recherchen in Lyon immerhin herausgefunden, dass er sich mit anderen Milizionären für Säuberungsaktionen in der Zeit zwischen dem Sommer 1943 und dem Frühjahr 1944 in der Gegend von Belley aufgehalten hatte. Da meine Mutter im Sommer 1944 geboren worden war, war anzunehmen, dass mein Großvater hier auch Marguérite, meine Großmutter, kennengelernt hatte. Vermutlich stammte sie aus Belley oder von einem der Bauernhöfe in der Umgebung.

Sobald ich Adèle bei Madame Roussel in besten Händen wusste, packte ich meinen alten Campingbus und fuhr mit ihm in Richtung Genf. Bei Romagnieu bog ich von der Autobahn ab und fuhr über Saint-Genix-sur-Guiers und Champagneux nach Murs-et-Gélignieux, das am Oberlauf der Rhône liegt. Ich stellte meinen Bus auf den dortigen

Campingplatz und beschloss, die letzten Kilometer bis nach Izieu mit meinem mitgebrachten Rennrad zu absolvieren. Mir lag daran, mich mit der Landschaft, in der sich meine Großeltern womöglich kennengelernt hatten, auseinanderzusetzen. Ich wollte versuchen, das zu sehen, was auch sie gesehen hatten, selbst wenn sich in den letzten fünfundsiebzig Jahren sehr vieles verändert hatte.

Am Campingplatz vermittelte die Rhône fast den Eindruck eines Sees, denn der Fluss wurde hier für das Laufwasserkraftwerk von Brégnier-Cordon gestaut. Es gab einen kleinen Hafen und am gegenüberliegenden Ufer ein Schwimmbad. Über einen steilen Anstieg ging es ins Dorf Izieu. Unterhalb des kleinen Ortskerns befand sich der Weiler Lélinaz mit dem ehemaligen Waisenhaus. Wenn man sich vom Tal her über die engen Kurven der ehemaligen Seidenspinnerei näherte, sah das Anwesen wie ein prächtiger Gutshof aus. Das helle zweistöckige Gebäude mit Walmdach lag auf einem lang gestreckten Hügel, von dem aus man weit ins Rhône-Tal und zu dem dahinterliegenden Massif de la Chartreuse sehen konnte. Es verfügte über einen Haupteingang und einen Nebeneingang, der in die Diensträume führte. Großzügige Fenster mit hellblau gestrichenen Fensterläden und eine Aussichtsterrasse mit schmiedeeisernem Gitter deuteten darauf hin, dass es sich einmal um ein Herrenhaus gehandelt hatte.

Mittlerweile war das Haus Gedenkstätte und Museum. Die Räume waren entsprechend der damaligen Umstände rekonstruiert und mit den alten Möbeln und Dokumenten der Kinder bestückt. Direkt daneben befand sich ein weiteres großes Gebäude aus unverputztem Naturstein. Darin hatte sich ursprünglich einmal eine Seidenspinnerei befunden, deren Räumlichkeiten später zu Schlafsälen für die Waisenkinder umgebaut worden waren. Davor befand sich ein großzügiger ummauerter Brunnen, der an ein Schwimmbassin erinnerte. Damals war er die einzige Wasserquelle für das Anwesen gewesen. Unterhalb der Gedenkstätte befand sich das Dokumentationszentrum, das die alte Scheune mit einem modernen Glasbetonbau verband. Rechts von der alten Spinnerei stand ein Bauernhof, der immer noch bewirtschaftet wurde.

Ich stellte mein Fahrrad unter einer alten Linde ab und setzte mich auf ein Mäuerchen, um den Ort in Ruhe auf mich wirken zu lassen. Auf dem großen Parkplatz etwas unterhalb des Anwesens parkte gerade ein großer Bus, dem eine Gruppe Jugendlicher entstieg. Die Schüler eines Lycée wurden samt ihren Lehrern vor dem Dokumentationszentrum von einer Frau empfangen, die sie mit hinein in die ständige Ausstellung nahm. Dem kurzen lebhaften Intermezzo folgte wieder eine angenehme Ruhe. Überhaupt machte der Ort einen sehr friedlichen Eindruck in seiner Abgeschiedenheit hoch oben über dem Oberlauf der noch jungen Rhône. Es fiel mir leicht, mir auszumalen, wie hier eine Schar Kinder unbeschwert gespielt hatte. Wie sie sich im Sommer mit Wasser bespritzt oder auf der Rasenfläche daneben Fußball gespielt hatten, während andere im Schatten der großen Linde gesessen und mit einer Betreuerin Lieder gesungen hatten.

Und irgendwann war diese Idylle zerstört worden. Ein Schauer überfiel mich, als ich mir vorstellte, wie an einem schönen Osterferientag plötzlich die Lastwagen der Gestapo hier hochgefahren waren, die Männer mit schwarzen Ledermänteln und Soldaten ausgespuckt hatten. Sie hatten das Haus gestürmt, um mit äußerst brutaler Gewalt die Kinder und ihre Betreuer zu deportieren. Lediglich ein junger Mann war dem Desaster entkommen, ein gewisser Léon Reifmann, der sich durch einen Sprung aus dem Fenster in Sicherheit hatte bringen können. Was für ein schreckliches Schicksal barg dieser vordergründig so friedliche Ort.

Nach meinen Erkenntnissen war die Gedenkstätte Maison d'Izieu im Anschluss an den Prozess 1987 gegen Klaus Barbie in Lyon entstanden. Parallel dazu war ein Museum in Lyon geschaffen worden, das sich mit der Geschichte des Widerstandes und der Deportation befasste. Dass es so weit gekommen war, war der unermüdlichen Tätigkeit der ehemaligen Heimleiterin Sabine Zlatin und dem Ehepaar Beate und Serge Klarsfeld zu verdanken, die nie zugelassen haben, dass die Erinnerung an dieses grausame Kriegsverbrechen verblasste.

Sabine Zlatin, die mit ihrem Mann Miron das Heim geführt hatte, war einige Tage nach der Razzia ahnungslos nach Izieu zurückgekehrt und hatte das Haus ausgeplündert und leer vorgefunden. Statt zu verzweifeln, hatte sie die Briefe und Zeichnungen der Kinder sowie sämtliche Dokumente, die sie noch vorgefunden hatte, zusammengesucht und archiviert. Sobald Frieden eingekehrt war, hatte sie dafür gesorgt, dass Gedenkveranstaltungen an die Razzia in Izieu stattfanden.

Dem unermüdlichen Einsatz des Ehepaars Beate und Serge Klarsfeld wiederum war es zu verdanken, dass der Verantwortliche für diese Gräueltaten, Klaus Barbie, aufgespürt und verhaftet worden war. Die beiden Aktivisten hatten es sich nach eigenen bitteren Erfahrungen während des Krieges zur Lebensaufgabe gemacht, untergetauchte NS-Verbrecher aufzuspüren und ihrer gerechten Strafe zuzuführen. Außerdem war es ihnen ein Anliegen, jedem einzelnen Opfer ein Gesicht und einen Namen zu geben, indem sie

Listen und Dokumentationen anfertigten, die deren Leben und ihren Tod schilderten. Damit holten sie die Opfer aus der Anonymität heraus.

Ungerechterweise war es Klaus Barbie, dem Schlächter von Lyon, gelungen, rechtzeitig vor dem Einmarsch der Alliierten in Lyon unterzutauchen und zu entkommen. Wie viele andere Naziverbrecher auch zog er Nutzen aus dem Kalten Krieg und wurde von amerikanischen Sonderdiensten für ihre Zwecke rekrutiert. Erst auf Druck der französischen Regierung, die Barbie in einem Prozess in dessen Abwesenheit für seine Kriegsverbrechen zum Tode verurteilt hatte, ließen ihn die Amerikaner fallen. Im Frühjahr 1951 floh er mit seiner Familie nach Südamerika, dort nannte er sich Klaus Altmann. Er war erfolgreich als Berater für verschiedene südamerikanische Diktatoren tätig. Unter anderem bildete er ihre Sicherheitsdienste aus und unterwies sie in Beschattung, Verfolgung und Folterung der politischen Gegner.

Anfang der Siebzigerjahre stießen die Klarsfelds auf Barbies Spur in Lateinamerika und machten sich auf die Suche nach ihm. Nach einer beinahe zehn Jahre dauernden Verfolgung gelang es ihnen endlich, Barbie nach Frankreich überführen zu lassen, wo er in einem öffentlichen Schauprozess zu lebenslanger Haft verurteilt wurde. Unterstützt wurden sie und Sabine Zlatin von zwei Müttern – Ita Halaunbrenner, deren Kinder Mina und Claudine Opfer der Razzia in Izieu gewesen waren, und Fortunée Benguigui, die ihren Sohn Jacques auf dieselbe Weise verloren hatte. Klaus Barbie starb 1991 im Gefängnis an Krebs.

Während ich mir diese schrecklichen Umstände noch einmal vor Augen führte, geisterte ständig die Frage in meinem Kopf herum, welche Rolle mein Großvater während dieser

Verbrechen gespielt hatte. War es möglich, dass er direkt an der Razzia beteiligt gewesen war? Am erschreckendsten war für mich dabei die Vorstellung, dass er womöglich einer der Soldaten gewesen war, die die Kinder abgeführt hatten. Wie würde ich mit solch einer Gewissheit umgehen können? Aus der Theorie betrachtet, war es leicht zu sagen, dass man sich den Schandtaten seiner Vorfahren stellen musste. War man jedoch betroffen, stellte sich die Situation ganz anders dar. Aus diesem Blickwinkel verstand ich Adèles Reaktion viel besser. Egal, was ich herausfinden würde, ich musste es öffentlich machen, wenn ich vor mir bestehen wollte. Es war nicht nur meine Pflicht als Historiker, sondern auch als Mensch, mich dieser moralischen und ethischen Verantwortung zu stellen. Nur wenn wir uns den Vergehen der Vergangenheit stellten und uns damit auseinandersetzten, konnte es uns gelingen, in Zukunft diese Fehler nicht noch einmal zu begehen.

Trotz dieser Überzeugung musste ich mehrfach tief durchatmen, bevor ich den Mut aufbrachte, das Dokumentationszentrum zu betreten, wo ich von einer Madame Pintel erwartet wurde.

Der Besuch der Erinnerungsstätte wurde für mich zu einer Konfrontation mit einem Schrecken, der durch seine Anschaulichkeit noch grausamer wurde. Tief beeindruckt und noch mehr erschüttert von der eindringlichen Darstellung und ausführlichen Dokumentation der damaligen Geschehnisse und politischen Hintergründe, ließ ich mich von Madame Pintel durch die Ausstellung führen. Danach lud sie mich in ihr Büro ein, wo sie mir Einblick in ihre eigenen Forschungsergebnisse gewährte. Dadurch, dass sämtliche Dokumente und Unterlagen digitalisiert waren, konnte ich sie auch nach dem Namen meines Großvaters fragen, der zu meiner Erleichterung im Zusammenhang mit dem

Waisenhaus zumindest hier nicht auftauchte. Einer plötzlichen Eingebung folgend, fragte ich Madame Pintel, ob der Name Marguérite möglicherweise irgendwo im Zusammenhang mit dem Waisenhaus auftauchte. Sie gab den Namen in die Suchmaschine ein und wurde tatsächlich fündig.

»Der Name taucht einige Male in den Listen auf, einmal im November 1943 und ein anderes Mal im Februar 1944. Sie wird als Betreuerin erwähnt, allerdings geht daraus nicht hervor, wie lange sie hier gearbeitet hat. Und auch ihr Nachname wird niemals genannt.« Sie sah mich fragend an. »Spielt die Frau in Zusammenhang mit Ihrem Großvater eine Rolle?«

Ich hatte mich entschieden, Madame Pintel gegenüber offen zu sein und ihr alles über die mögliche Verstrickung meines Großvaters in die damaligen Geschehnisse erzählt. Sie zeigte sich sehr aufgeschlossen, verzichtete auch auf jegliche kritische oder gar abfällige Bemerkungen, wofür ich ihr sehr dankbar war.

»Wahrscheinlich nicht«, gab ich zu, »aber mein Großvater hat während dieser Zeit meine Großmutter kennengelernt. Von ihr weiß ich nur, dass sie Marguérite hieß. Mir kam in den Sinn, dass sie hier aus der Gegend stammen könnte. Es ist natürlich eine weit hergeholte Idee, Informationen über sie ausgerechnet an diesem Ort zu vermuten.«

»Nun ja, das war damals ein sehr häufiger Name«, gab Madame Pintel mir recht. »Aber möglich wäre es dennoch. Es gab einige Leute hier in der Umgebung, die für das Kinderheim gearbeitet haben.« Sie reichte mir vier Adressen von Zeitzeugen. »Vielleicht finden Sie ja noch mehr heraus, wenn Sie diese Leute befragen. Es ist erstaunlich, an wie viele Details und Namen sie sich noch erinnern. Vielleicht hat etwas davon eine Bedeutung für Sie.«

Ich bedankte mich für die Unterstützung und verabschiedete mich. Bevor ich zurück zum Campingplatz fuhr, streifte ich noch mal allein durch das Herrenhaus, in dem die Kinder damals gelebt hatten. Es war unglaublich, wie präsent sie auch nach so vielen Jahren noch waren. Während ich durch die Räume schritt, glaubte ich, hinter jeder Ecke gleich Kindergeschrei zu hören, doch es blieb bedrückend still. Selbst die Schüler des Lycée, denen ich hier begegnete, liefen leise und sichtlich betroffen durch die Räume. Überall an den Wänden hingen Zeichnungen und Briefe der Kinder, die verdeutlichten, wie lebensfroh und voller Hoffnung sie gewesen waren.

Die nächsten Tage verbrachte ich damit, die alten Herrschaften aufzusuchen, deren Adressen mir Madame Pintel gegeben hatte. Von der Tochter der damaligen Wäscherin, Simone Héritier, erfuhr ich einige interessante Dinge über das Alltagsleben und die Organisation in der Kolonie.

»Meine Mutter und die anderen Frauen und Männer, die für die Kolonie arbeiteten, bekamen ihr Geld vom Kinderhilfswerk OSE, für das Madame Zlatin arbeitete. Es kam für viele der finanziellen Bedürfnisse der Kinder auf, reichte aber hinten und vorne nicht. Madame Zlatin war sehr beliebt, sodass es ihr immer wieder gelang, auch andere Hilfsquellen aufzutun. Eine wertvolle Unterstützerin war die Sekretärin des damaligen Präfekten von Belley, Madame Marie-Antoinette Cojean. Sie besorgte über den *Secours National* Möbel und Decken und organisierte Nahrungsmittelkarten. Auf diese Weise gab es im Heim regelmäßig Fleisch, Gemüse und Käse zu essen.«

»Erinnern Sie sich zufällig an eine Betreuerin mit Namen Marguérite?«, unterbrach ich ihren lebhaften Redefluss.

»Aber ja«, erwiderte sie mit leuchtenden Augen. »Sie hatte

eine goldene Stimme. Einmal, bei einem unserer Dorffeste, hat sie vor allen gesungen. Die Leute waren begeistert und haben noch lange davon erzählt. Ich erinnere mich noch so gut daran, weil es mein erstes Dorffest war.« Bedauerlicherweise war das alles, was die Tochter der Wäscherin des Heimes über sie wusste.

Mein nächster Besuch galt dem vierundneunzigjährigen Bauern Jean Clunot, der bei seinem Sohn und dessen Familie auf dem Hof lebte. Wie sich herausstellte, war er als junger Bursche oft in Lélinaz gewesen, um dort seinen Freund zu besuchen. Julien Favet war Knecht bei dem Bauern gewesen, dessen Hof sich direkt neben dem Kinderheim befand.

»Julien und ich haben oft mit den Jungen Fußball gespielt«, erzählte der alte Mann, der für sein Alter noch erstaunlich rüstig war. »Und natürlich haben wir auch den jungen Frauen nachgeschaut. Aber weder Léa noch Marguérite haben uns jemals Aufmerksamkeit geschenkt. Wir waren einfach noch zu unbeholfen.« Er ließ ein aufgekratztes Lachen hören. »Was gäb ich jetzt darum, noch einmal so jung zu sein.«

Schon wieder tauchte der Name Marguérite auf, ohne dass es einen Hinweis darauf gab, ob sie möglicherweise meine Großmutter gewesen war.

»Wissen Sie noch mehr über diese Marguérite? Stammte sie aus der Gegend hier, vielleicht aus Belley?«, fragte ich in der Hoffnung, etwas über diese Frau zu erfahren.

Der alte Mann musste nicht lange nachdenken. »Aus der Gegend kam sie wohl eher nicht. Sie hatte einen merkwürdigen Akzent. Ich nehme mal an, dass sie Jüdin war, möglicherweise aus Deutschland so wie viele der Kinder. Natürlich wussten wir das damals nicht, obwohl einige von uns es vermuteten. Aber wir Bauern haben uns in der Regel nicht um die Politik geschert. Es gab Wichtigeres zu tun. Die Kinder haben uns nur leidgetan.« Er kratzte gedankenverloren an seinen Bartstoppeln, bevor er fortfuhr. »Marguérite war ausgesprochen hübsch, sie hat viel mit den Kindern gesungen. Vor allem bei den jüngeren war sie sehr beliebt. Sie …«, er zögerte, als ob er überlegen müsste, ob er damit herausrücken wollte, »… sie hatte offenbar zwei Verehrer. Einer von denen wurde später verdächtigt, Barbie verraten zu haben, dass in dem Kinderheim jüdische Kinder versteckt wurden.«

Diese Information ließ mich sofort aufhorchen. »Können Sie sich an diese Männer noch erinnern?«, fragte ich mit mulmigem Gefühl.

»Nicht mehr in allen Einzelheiten«, wehrte Jean Clunot ab. »Das ist schon viel zu lange her. Mein Gedächtnis ist auch nicht mehr besonders zuverlässig.« Er lächelte bedauernd.

»Bitte versuchen Sie es«, drang ich weiter in ihn ein.

Der alte Mann sah mich ratlos an, doch dann schien er sich doch zu besinnen. »Der eine war ein Bauer aus der Gegend«, erinnerte er sich, »ein ziemlich eigenbrötlerischer Typ, den niemand hier so richtig mochte. Der andere war sympathischer, aber auch nicht gerade was für ein jüdisches Mädchen, denn er gehörte zur Miliz, wenn Sie wissen, was ich meine. Einer von denen hat auf jeden Fall das Kinderheim verraten, darauf möchte ich wetten.«

Ich spürte, wie sich mein Herzschlag beschleunigte, sobald Clunot den Milizionär erwähnte. »Erinnern Sie sich noch an seinen Namen? Hieß er vielleicht Antoine Mardieu?«

Clunot zuckte mit den Schultern. »Keine Ahnung, wie gesagt, ich war noch ziemlich jung und hatte andere Flausen im Kopf. Ich erinnere mich nur noch daran, dass er ein lustiger Kerl war. Der hat die Musik genauso gerngehabt wie Marguérite. Die beiden sind sogar mal bei einem unserer Dorffeste gemeinsam aufgetreten …« Er tippte sich mit dem Finger an die Stirn, als könnte er daraus einen Namen klopfen. »Tut mir leid«, bedauerte er schließlich, »aber an seinen Namen kann ich mich beim besten Willen nicht mehr erinnern.«

Aufgewühlt verabschiedete ich mich von dem alten Bauern und fuhr wieder auf meinem Fahrrad ins Tal hinunter. Ich ließ die Informationen noch einmal Revue passieren. Sowohl Simone Héritier als auch Jean Clunot konnten sich an eine Marguérite erinnern, die im Maison d'Izieu gearbeitet hatte. Sie war mit großer Wahrscheinlichkeit Jüdin gewesen. Das würde auch erklären, dass sie plötzlich verschwunden war. Laut beider Aussagen gab es damals nur noch eine andere Marguérite in der näheren Umgebung. Diese Frau kam allerdings nicht als meine Großmutter infrage, denn sie war verheiratet und schon über fünfzig Jahre alt gewesen. Auch das ließ natürlich noch längst nicht darauf schließen, dass die Marguérite aus dem Heim meine Großmutter gewesen war. Doch seit Clunot von ihrem Verehrer gesprochen hatte, der sowohl Milizionär als auch Musiker gewesen war, ging mir der Gedanke nicht mehr aus dem Kopf.

Immerhin wusste ich, dass Antoine in Belley gewesen war. Der Ort war keine zwanzig Kilometer von Izieu entfernt. Es war also durchaus möglich, dass er Marguérite auf irgendeine Weise kennengelernt hatte. Ich spürte, dass ich der Wahrheit ein Stück näher gekommen war, auch wenn noch alle Fäden lose vor mir lagen. Nun hatte ich noch zwei Besuche vor mir.

Mein dritter Anlaufpunkt war der Sohn des damaligen Bäckers aus Brégnier-Cordon, das westlich von Lélinaz lag. Jean-Yves Jaillot war ein rüstiger Rentner Anfang achtzig. Als ehemaliger Geschichtslehrer am Lycée von Belley erinnerte er sich an so einiges aus der Vergangenheit, vor allem an die Machenschaften der damaligen Résistance in der Gegend. Sein Vater hatte immer wieder davon erzählt.

»Mein Vater Yves war ein enger Vertrauter des Maquisard Gaston«, berichtete der Mann voller Stolz. »Die beiden und einige andere Vertraute haben es den *boches* und den Kollaborateuren nicht immer leicht gemacht. Sie haben Lastwagen sabotiert und Verbindungsstraßen in die Luft gejagt. Poufff!« Er wedelte vielsagend mit den Händen, während er spitzbübisch lachte. Im Gegensatz zu Clunot erinnerte er sich noch sehr gut an die beiden Milizionäre, die damals in Brégnier-Cordon für einige Monate gelebt hatten. »Sie waren plötzlich da, um die örtliche Gendarmerie zu unterstützen. Alle im Dorf wussten natürlich, dass sie auch nach Juden und Widerstandskämpfern Ausschau hielten. Einige fanden das in Ordnung, andere hielten sie für Verräter, doch im Großen und Ganzen waren sie gut ins Dorfleben integriert.«

»Erinnern Sie sich vielleicht auch noch an ihre Namen?«, stellte ich erneut meine Frage.

»Der eine hieß Charles Flambert, sein Begleiter war ein gewisser Antoine. An seinen Nachnamen kann ich mich gerade nicht erinnern«, kam es prompt.

Mir verschlug es die Sprache. Das konnte nur mein Großvater gewesen sein, auch wenn er sich nicht an seinen Nachnamen erinnerte. Mir wurde ganz flau im Magen. Auf so viele Neuigkeiten war ich nicht vorbereitet gewesen. Auf der einen Seite hatte ich endlich die Spur, nach der ich so lange gesucht hatte, auf der anderen Seite rückte die Möglichkeit, dass mein Großvater in die Deportation verstrickt war, in immer größere Nähe.

»Können Sie mir noch mehr von den beiden Milizionären erzählen?«, brachte ich schließlich heraus.

Bereitwillig setzte der Bäckerssohn seinen Vortrag fort. Ich erfuhr, dass mein Großvater mit seinem Kameraden seit Frühsommer 1943 bis zur Deportation der Waisenkinder im Dorf gelebt hatte. »Danach war er plötzlich verschwunden. Sein Kamerad blieb noch etwas länger, bis mein Vater ihn hier im Haus erschossen hat.« Ich sah Jaillot befremdet an. »Meine Mutter hatte ein Verhältnis mit diesem Flambert«, erklärte er mir ohne jede Scheu. »Mein Vater hat die beiden irgendwann erwischt und sich den Kerl vorgeknöpft.«

»Wissen Sie noch mehr über Flamberts Freund, diesen Antoine?«, versuchte ich das Thema noch einmal auf meinen Großvater zu bringen.

Jaillot schüttelte den Kopf. Doch dann fiel ihm doch etwas ein. »Im Gegensatz zu Flambert hat mein Vater Antoine seltsamerweise irgendwie gemocht. Sie haben sich sogar ab und zu in der Bar auf einen Aperitif oder ein Glas Wein getroffen. Und er hat ihn gebeten, auf dem Dorffest zu musizieren. Das hätte er wohl kaum getan, wenn er ihn verachtet hätte, nicht wahr?«

Darauf hatte ich keine Antwort. »Wissen Sie, ob Antoine ein Mädchen aus dem Dorf hatte?«, fragte ich stattdessen.

Jaillot lachte nur. »Ich war damals noch ein kleiner Junge, da interessiert man sich für andere Dinge als für Liebschaften.«

»Sie hieß Marguérite«, insistierte ich dennoch. »Sie war wahrscheinlich ein Bauernmädchen hier aus der Umgebung oder kam mit den anderen Betreuern hierher. Sie hat in der Kolonie gearbeitet.« Der Sohn des ehemaligen Bäckers schüttelte bedauernd den Kopf. »Wie gesagt, ich habe lieber Räuber und Gendarm gespielt. Worauf wollen Sie denn hinaus, wenn ich fragen darf?«

»Wahrscheinlich war dieser Antoine mein Großvater«, antwortete ich aufrichtig. »Er war Kollaborateur und hat in der Zeit, in der er hier stationiert war, meine Großmutter, eine gewisse Marguérite, kennengelernt. Ich möchte herausfinden, was damals geschehen ist.«

Ich war mir auf einmal ganz sicher, dass es richtig war, mich dazu zu bekennen. Nur so war meine Forschungsarbeit auch glaubwürdig.

Jaillot musterte mich jäh mit deutlich weniger Respekt. Ich konnte richtig sehen, wie in ihm eine Verwandlung vor sich ging. »Das ist ganz schön mutig, in der unrühmlichen Vergangenheit Ihres Großvaters zu bohren und bestimmt nicht leicht«, bemerkte er schließlich distanziert. »Sie könnten von Dingen erfahren, die Ihnen und Ihrer Familie nicht angenehm sein dürften.« Er räusperte sich, bevor er weitersprach. »Diese Marguérite aus dem Heim war vermutlich Jüdin, Ihr Großvater dagegen Antisemit. Das hat sie ihm wohl dann verschwiegen, nicht wahr?« Ich sah Jaillot an, dass ihm diese Gedankenspiele Spaß machten, vielleicht gerade, weil er sah, wie sie mich quälten. Er fuhr fort: »In den Augen der Antisemiten hat er Rassenschande begangen. Verstehen Sie, was ich damit sagen will?« Sein Blick wurde bohrend. Nun hatte ich genug.

»Sie spielen darauf an, dass mein Großvater es herausgefunden hat und darüber so wütend geworden sein könnte, dass er sie und die Kinder verraten hat?«, erboste ich mich. »Das ist reine Spekulation! Er stand vielleicht politisch gesehen auf der falschen Seite, aber ein solches Verbrechen zu begehen, das traue ich ihm nicht zu.«

»Sind Sie sich da wirklich sicher? Sie kannten Ihren Großvater doch gar nicht!«, bemerkte Jaillot mit dem selbstzufriedenen Blick eines Mannes, der andere gern piesackte. »Auf jeden Fall hat jemand aus der Gegend die Bewohner des Waisenhauses verraten. Es ist doch nicht abwegig, dass es aus einem persönlichen Grund geschehen ist.«

»Noch ist nicht bewiesen, dass Antoine mein Großvater war«, antwortete ich verstimmt. Auch wenn natürlich das Gegenteil der Fall war. Immerhin war es mein Recht als Enkel, ihn zu verteidigen, solange nicht das Gegenteil bewiesen war.

Ich beschloss, die unangenehm gewordene Unterhaltung zu beenden, und verabschiedete mich. Nur weil Jaillots Vater auf der richtigen Seite gekämpft hat, war er noch lange nicht allen anderen überlegen, dachte ich aufgebracht, während ich mich auf mein Fahrrad schwang, um die letzte Adresse aufzusuchen, die ich bekommen hatte. Nach allem, was ich von Antoine wusste, war er kein Antisemit gewesen. Adèle hatte oft erwähnt, wie tolerant und spontan er gewesen war. Warum sollte er sich nicht Hals über Kopf in eine Jüdin verliebt haben?

Sofort kam mir wieder Valerie in den Sinn, mit der es mir genauso ergangen war. Womöglich hatten die beiden eine *amour fou,* eine überaus leidenschaftliche Liebe, die durch irgendwelche Verkettungen ein tragisches Ende genommen hatte? Doch all die Spekulationen brachten mich nicht weiter. Ich brauchte mehr Fakten, und die hoffte ich von Beatrice Lavoille zu bekommen. Sie war keine wirkliche Zeitzeugin, sondern lediglich die Nichte der damaligen Lehrerin des Kinderheimes.

Madame Lavoille lebte als Ärztin in Belley. Sie war eine zierliche Person Ende fünfzig mit einem grauen Pagenschnitt und klaren grauen Augen. Erfreulicherweise gehörte sie mit zu dem Komitee, das die jährliche Erinnerungsfeier in Izieu organisierte, und stellte sich als eine politisch engagierte Person heraus. Ihre Tante, Gabrielle Perrier, war damals Lehrerin der Waisenkinder gewesen und der Razzia nur entgangen, weil sie am Vorabend zu einem Besuch ihrer Familie abgereist war.

Dr. Lavoille empfing mich in ihrem Ordonnanzzimmer nach Ende ihrer Sprechstunde. Ich nahm ihr gegenüber auf der anderen Seite ihres Schreibtisches Platz. Da ich mich vorher angemeldet hatte, war sie auf meinen Besuch vorbereitet und zeigte mir gleich zu Beginn die Abschrift eines Interviews, das ihre Tante einst der Zeitung *Les Voix d'Izieu* gegeben hatte.

»Ich möchte Ihnen damit zeigen, dass es einigen Leuten hier in der Gegend sehr wohl bekannt war, dass die Kinder des Waisenhauses jüdischer Herkunft waren«, erläuterte sie, bevor ich zu lesen begann.

Ich fand, dass diese Schüler ein bisschen anders waren als die, die ich bisher hatte, weil sie einfach reifer waren. Sie waren reifer als die anderen, man sah es ihnen an, dass sie bereits gelitten hatten. Ja, und dann waren das Kinder, die nicht über ihre Herkunft sprechen wollten. Sie weigerten sich, über ihre Herkunft zu sprechen und über die Ereignisse, die sie bis dahin durchlebt hatten. Am Anfang hat mich das ein wenig gestört. Aber schließlich hatte ich davon gehört, dass es sich um jüdische Kinder handelte, und verstand es.

»Meine Tante hat sich wie die meisten hier in der Gegend nicht darum geschert, welchen Glaubens die Kinder waren. Die Leute hier waren recht tolerant. Als jedoch im September 1943 die italienische Zone von den Deutschen besetzt wurde, durfte man seine Toleranz nicht mehr öffentlich zeigen, wenn man nicht als Sympathisant der Résistance verdächtigt werden wollte«, erklärte Dr. Lavoille. »Meine Informationen stammen aus zahlreichen Gesprächen mit Tante Gabrielle. Sie hat sich oft mit mir über diese Zeit unterhalten. Wahrscheinlich ist das auch der Grund, weshalb ich mich so für die Erhaltung der Erinnerungskultur einsetze.« Wir unterhielten uns eine Weile über Sabine Zlatin, der das Memorial zu verdanken war. Obwohl ich mit Jaillot keine besonders guten Erfahrungen gemacht hatte, war ich auch Madame Lavoille gegenüber offen und erzählte ihr von der möglichen Verbindung zwischen meinem Großvater, dem Kollaborateur, und dem jüdischen Mädchen Marguérite. Ich fragte sie, ob sie etwas über die beiden wisse. Leider war dem nicht so. Dr. Lavoille konnte wohl einiges über die Kinder, aber kaum etwas über die Erwachsenen berichten. »Über das damalige Personal weiß ich leider überhaupt nichts«, entschuldigte sie sich mit einem bedauernden Lächeln. »Mein Engagement in dieser Sache ist mehr politisch. Ich möchte dafür sorgen, dass diese Gräueltat immer im Gedächtnis der Öffentlichkeit bleibt.«

»Dann werde ich wohl damit leben müssen, nie mehr über das Schicksal meiner Großeltern zu erfahren«, bemerkte ich enttäuscht. »Vielleicht irre ich mich ja sogar, und diese Marguérite war gar nicht meine Großmutter … Und selbst wenn sie es war, wie könnte man schon herausbekommen, wohin sie schwanger von hier aus geflüchtet ist?«

»Sie wird sich in den Bergen versteckt haben«, mutmaßte Dr. Lavoille und runzelte plötzlich die Stirn. »Eine schwangere junge Frau, die durch die Berge irrt …«, murmelte sie vor sich hin. »Das sagt mir etwas. Warten Sie!« Plötzlich begann sie, in dem Karteikasten, der auf dem Schreibtisch stand, nach etwas zu suchen. Schließlich zog sie eine Karte mit einer Adresse heraus und schrieb sie auf einen Zettel. »Vielleicht habe ich ja doch noch etwas für Sie«, verkündete sie schließlich mit einem triumphierenden Lächeln. »Als Allgemeinmedizinerin bekomme ich vieles zu hören.

Besonders die älteren Leute erzählen mir dies und jenes bei meinen Hausbesuchen. Als Sie gerade erwähnten, dass Ihre Großmutter schwanger gewesen sein musste, fiel mir Claudille Bertrand ein. Sie lebt hier in Belley in einem Seniorenheim, seit ihr Mann gestorben ist, und hat ihre Kindheit in den Bergen der Chartreuse verbracht. Die alte Dame hat mir schon öfter davon erzählt, wie sie und ihr Vater in einer Almhütte eine kranke junge Frau vor den Nazis versteckt hielten. Diese Frau war schwanger … Das könnte doch ein Hinweis sein, nicht wahr?« Sie reichte mir den Zettel und sah mich freundlich lächelnd an. »Sie sollten Madame Bertrand unbedingt aufsuchen. Sie ist eine gute Erzählerin und erinnert sich noch an sehr vieles.«

Ich nahm den Zettel dankend an und verabschiedete mich. Hätte ich damals gewusst, was mir die Bekanntschaft mit Claudille Bertrand an unangenehmen Überraschungen bringen würde, ich glaube, ich hätte die alte Dame niemals aufgesucht.

26

Valerie hatte die ersten Wochen an ihrem neuen Arbeitsplatz gut überstanden. Die Schule in Wilmersdorf war kein Vergleich zu der alten im Wedding, die in einem sozialen Brennpunkt gelegen hatte. Endlich konnte sie ihre Fähigkeiten an einem Gymnasium zeigen, für dessen Unterricht sie auch ausgebildet war. Die Kollegen waren jung und aufgeschlossen, und schon nach einer Woche hatte sie das Gefühl gehabt, angekommen zu sein. Besonders mit der Kollegin, die Kunst unterrichtete, kam sie hervorragend aus. Luisa hatte sie gleich am ersten Tag unter ihre Fittiche genommen und in alles eingeführt. Sie war es auch, mit der sie gerade das Schulgebäude verließ.

»Ich glaube, da wartet jemand auf dich.« Ihre Kollegin deutete auf einen SUV, aus dem ihnen ein gut aussehender Mann zuwinkte.

»Oh! Das ist Jonas …« Valerie hatte nicht mit ihm gerechnet.

»Dein Freund?«

»Nur ein Freund, wenn er sich weiter an unsere Abmachungen hält.« Valerie wünschte Luisa ein schönes Wochenende und steuerte mit gemischten Gefühlen auf Jonas' Auto zu.

»Ich bin rein zufällig hier in der Gegend«, begrüßte er sie sichtlich verlegen. »Ein Mandant hat mir gerade abgesagt, da dachte ich, ich frage dich, ob wir gemeinsam mittagessen wollen. Du hast doch Hunger, oder?«

Valerie wusste nicht, was sie davon halten sollte. Doch die Situation schien völlig unverfänglich, also beschloss sie, ihn nicht schon wieder vor den Kopf zu stoßen. »Ich hab Hunger wie ein Bär«, sagte sie nach kurzem Zögern und stieg zu Jonas in den Wagen.

Er begrüßte sie mit einem freundschaftlichen Kuss auf die Wange. »Ins Manzini?« Er sah sie kurz an. »Die haben heute eine Dorade Royal oder ein Safranrisotto. Das hört sich doch ganz lecker an.«

Dass er ausgerechnet ins Manzini wollte, überraschte sie. Jonas hatte das Lokal nie besonders gemocht. Nun schien er sich daran zu erinnern, dass es früher eines ihrer Lieblingslokale gewesen war. Das Manzini war eine Institution in der Nähe des Fasanenplatzes, eine Kombination aus Pariser Bistro und Wiener Kaffeehaus. Dort konnte man in gemütlicher Atmosphäre frühstücken oder ein kleines Mittagessen einnehmen.

»Seit wann magst du das Manzini?« Valerie hob spöttisch eine Augenbraue. Sie erinnerte sich noch zu gut an Jonas' abschätzige Bemerkungen über das Bistro.

»Ich mag es immer noch nicht besonders«, gab er ehrlich zu, »aber ich weiß, dass du gern dorthin gehst. Und das Essen ist schließlich ganz in Ordnung.« Er redete nicht weiter, da er sich auf einen Lastwagen konzentrieren musste, der mitten auf der Straße geparkt hatte, um seine Ware zu entladen, und die ganze Spur blockierte. »Wie war dein Tag?«, erkundigte er sich wenig später.

Sie erzählte ihm von ihren neuen Klassen und dass ihr das Unterrichten wieder leichtfiel. Er hörte ihr aufmerksam zu und stellte interessierte Fragen. Valerie fiel nicht zum ersten

Mal auf, dass Jonas viel einfühlsamer war als vor ihrer Trennung. Er hatte sich positiv verändert, seit sie sich getrennt hatten. Auch war ihr Verhältnis erstaunlich unkompliziert. Ohne zu protestieren, hatte er akzeptiert, dass sie bei ihm aus- und erst einmal bei ihren Eltern in Charlottenburg eingezogen war. Mit ihrer Trennung schien er sich fürs Erste abgefunden zu haben, auch wenn er immer wieder Andeutungen machte, dass er die Hoffnung auf eine gemeinsame Zukunft mit ihr noch nicht aufgegeben habe. Um den Kontakt zu ihr nicht zu verlieren, rief er hin und wieder an, und sie unternahmen etwas gemeinsam. Dabei wurde er niemals zudringlich, sondern verhielt sich wie ein Freund, der geduldig darauf wartete, dass er eine neue Chance bekam. »Lass dir die Zeit, die du brauchst«, hatte er erst neulich beim Joggen durch den Grunewald zu ihr gesagt. »Ich möchte nur, dass du weißt, dass ich immer für dich da sein werde. Du bist und bleibst die Frau, mit der ich mein Leben verbringen möchte.«

Valerie hatte seine Bemerkung mit Absicht ignoriert, sie war einfach darüber hinweggegangen. Jonas konnte ja nicht ahnen, wie sehr Rick immer noch in ihren Gedanken herumspukte. Er wollte ihr einfach nicht aus dem Kopf gehen. Sie hatte versucht, sich einzureden, dass ihre kurze Beziehung nur eine Affäre gewesen war, über die sie schnell hinwegkommen konnte – eine Sommerliebe, die mit der Zeit verblassen würde. Doch sie verblasste nicht. Sie grübelte täglich darüber nach, ob es ein Fehler gewesen war, Ricks Brief, in dem er eindeutig auf sie zugegangen war, einfach zu ignorieren. Immer wieder war sie versucht, ihn anzurufen.

Einmal hatte sie sogar schon seine Nummer gewählt, jedoch dann wieder aufgelegt, weil sie sich eingeredet hatte, dass es einfach zu viele Faktoren gab, die gegen eine Weiterführung ihrer Beziehung sprachen. Ihre Lebensmittelpunkte waren zu unterschiedlich. Außerdem hatte man Rick eine Professur in Harvard angeboten. Das war eine einmalige Chance für ihn. Sie wollte nicht, dass er sie womöglich ihretwegen aufgab und sie dennoch nicht zusammen sein konnten, weil er in Paris seine Arbeit hatte und sie in Berlin. Sie redete sich immer wieder ein, dass es ihrer beider Leben nur unnötig verkomplizieren würde, wenn sie sich aufeinander einließen. Ihre Entscheidung war sicherlich richtig gewesen. Ihre neue Arbeit machte ihr Spaß, sie hatte bereits neue Bekannte, und Jonas wartete nur darauf, dass sie wieder zu ihm zurückkam. Vielleicht hatte ihre Mutter ja recht, wenn sie ihr riet, ihm nicht noch einmal die Tür vor der Nase zuzuschlagen. Wenn Jonas ihre Unabhängigkeit weiterhin akzeptierte, konnten sie tatsächlich ein gutes gemeinsames Leben führen. Und doch fühlte sich alles nicht so richtig an. Verstand und Gefühle waren eben doch zwei unterschiedliche Dinge.

Mittlerweile hatte Jonas einen Parkplatz entdeckt. Sie fanden im Manzini einen hübschen Platz in einer der Holznischen. Als sie Jonas nach seiner Arbeit befragte, erzählte er ihr von seinen neuen Fällen.

»Ben gesteht mir endlich weitgehend alle Freiheiten zu«, erzählte er über seinen ehemaligen Chef und neuen Partner. »Ich hab wohl diese Therapie gebraucht, bis ich eingesehen habe, dass es auch an mir lag, dass wir zwei nicht so gut zusammengearbeitet haben.« Er stützte sein Kinn auf die Fäuste und sah sie an. »Du hattest damals recht, als du mir meinen Egoismus vor Augen gehalten hast. Ich war immer viel zu sehr auf mich fixiert und wollte alles nach meinen Vorstellungen regeln. Kein Wunder, dass das mit uns in die Brüche ging.«

Sein Seufzen machte ihr deutlich, dass er ihre Trennung doch noch nicht richtig verwunden hatte. Es tat ihr leid, ihn so leiden zu sehen. Deshalb legte sie ihre Hand auf seinen Arm.

»Mach dir keine Vorwürfe. Ich hab auch vieles falsch gemacht …«

Bevor sie noch etwas hinzufügen konnte, wurde ihr Essen gebracht. Jonas nickte und konzentrierte sich auf sein Safranrisotto. Eine Weile schwiegen sie beide. Dann kam die Unterhaltung wieder in Gang, weil sie sich auf belanglosere Dinge konzentrierten. Valerie erzählte Anekdoten aus ihrem Schulalltag, über die Jonas sich köstlich amüsierte. Mit einem Mal stellte sich wieder eine gewisse Vertrautheit zwischen ihnen beiden ein. Jonas schien es richtig zu genießen.

»Was hältst du davon, wenn wir heute Abend gemeinsam ins Kino gehen?«, fragte er sie, als sie später das Lokal verließen und Valerie sich verabschieden wollte. Ihre Wohnung lag in der entgegengesetzten Richtung zu Jonas' Anwaltspraxis. »Wir könnten anschließend in eine Bar gehen und deinen wunderbaren Neustart feiern.«

Valerie musste nicht lange überlegen. So wie die Dinge im Augenblick standen, sprach nichts dagegen. Doch als er sie zum Abschied auf die Wange küsste, hielt er sie einen Moment länger fest, als es nötig gewesen wäre.

»Du weißt gar nicht, was es mir bedeutet, dass wir wieder mehr Zeit miteinander verbringen«, sagte er und sah ihr dabei fest in die Augen.

Valerie wartete darauf, dass seine Worte ihr etwas bedeuteten, doch sie empfand rein gar nichts. Weder Abneigung noch Freude. Sie löste sich sacht, aber entschieden von ihm und nickte ihm zum Abschied freundlich zu. Zu mehr war sie einfach nicht in der Lage.

Auf dem Nachhauseweg dachte sie noch einmal über eine neue Beziehung zu Jonas nach. Sollte sie ihm wirklich eine weitere Chance geben? Immerhin wusste sie, woran sie bei ihm war. Er bot ihr Sicherheit und Zuverlässigkeit. An seiner Seite würde es keine unliebsamen Überraschungen geben, und jetzt, da er endlich eingesehen hatte, dass sie ihren Freiraum brauchte, gab es eigentlich nichts mehr, was gegen ihre Verbindung sprach. War es das, was das Leben für sie bereithielt?

Valerie und ihre Eltern trafen gleichzeitig vor dem Haus ein. Ihre Mutter trug eine schwere Tasche voller Einkäufe, die ihr Vater ihr gerade abnahm, um sie hoch in die dritte Etage zu tragen. Die beiden alberten herum wie Teenager. Sie freuten sich riesig auf ihr geplantes Wochenende an der Ostsee, zu dem sie nachmittags aufbrechen wollten.

»Da kommt ja unsere hübsche Lehrerin«, begrüßte Aaron seine Tochter. »Freust du dich aufs Wochenende?«

Valerie erzählte, dass sie mit Jonas essen gewesen war, woraufhin ihre Mutter gleich wieder den verklärten Blick bekam, den sie immer aufsetzte, wenn sie von ihrem Traumschwiegersohn hörte. Während Aaron bereits die Treppe hochging, öffnete Mia noch den Briefkasten und entnahm die Post, die sie schnell durchblätterte.

»Da ist eine Postkarte für dich«, stellte sie fest und warf einen prüfenden Blick darauf, bevor sie sie weiterreichte.

Valerie riss ihrer Mutter die Karte aus der Hand, nachdem sie gesehen hatte, dass sie von Rick stammte. Noch bevor sie das erste Wort gelesen hatte, beschleunigte sich ihr Herzschlag.

Liebe Valerie, vielleicht interessiert es dich ja, dass ich hier in Izieu nicht nur etwas über meinen Großvater herausgefunden habe, sondern auch über meine Großmutter Marguérite. So wie es aussieht, arbeitete sie in dem jüdischen Waisenhaus, bevor sie auf ungeklärte Weise verschwand. Samstagmorgen habe ich noch einen Termin bei einer Frau, die ihr damals möglicherweise geholfen hat. Ich vermisse dich und unsere Gespräche! Dein Rick

Sie las die Karte und bekam dabei nicht mit, dass ihre Mutter sie aufmerksam musterte. »Wer hat dir denn da geschrieben?« Offenbar gelang es ihr nicht, ihre Neugier zu zügeln.

Valerie dachte gar nicht daran, es ihr zu verraten. »Ein Bekannter …« Hastig steckte sie die Karte in ihre Jackentasche und stieg ihrer Mutter voran die Treppe hoch.

Während ihre Eltern die Sachen für das gemeinsame Wochenende packten, ging sie in ihr Zimmer, um Ricks Mittteilung erneut und diesmal in Ruhe zu lesen. Sie hatte nicht damit gerechnet, dass Rick sich noch einmal melden würde, nachdem sie seinen Brief ignoriert hatte. Die Tatsache wühlte sie mehr auf, als sie zugeben wollte. Was wollte er ihr mit der Karte sagen? Ging es ihm wirklich nur darum, sie auf dem Laufenden zu halten, weil das ungewisse Schicksal ihrer Großeltern sie verband? Oder war es ein Zeichen dafür, dass er immer noch auf eine Reaktion von ihr wartete? Schließlich hatten sie ursprünglich vorgehabt, gemeinsam nach Izieu zu fahren. Wie es wohl Ricks Tante Adèle ging?

So viele Dinge schossen Valerie mit einem Mal durch den Kopf. Und dann dachte sie wieder an diesen lächerlichen Streit, bei dem sie völlig überreagiert hatte. Mittlerweile war ihr vieles in ihrer Beziehung klarer geworden. Sie hatte den Streit unbewusst provoziert, weil die Macht ihrer Gefühle zu Rick sie einfach überfordert hatte. Sie hatte nur einen Grund gesucht, um ihnen zu entfliehen, war in Panik geraten, weil sie Angst gehabt hatte, die Kontrolle zu verlieren. Als von Natur aus ängstlicher Mensch hatte sie sich vor zu viel Nähe gefürchtet. Ach Gott, war das Leben kompliziert! Dabei hatte Rick sie doch nie zu irgendetwas gedrängt.

»Möchtest du noch einen Cappuccino mit uns trinken?« Ihr Vater klopfte an die Tür und unterbrach abrupt ihre Gedankenflut. »Wir wollen in einer halben Stunde aufbrechen.«

»Ich komme gleich!«

Valerie war froh über die Ablenkung. Sie legte die Karte auf ihr Bett und begab sich zu ihren Eltern. Beim Kaffeetrinken kamen sie auf das Wochenende zu sprechen.

Ihre Mutter war hingerissen, als Valerie ihr erzählte, dass sie am Abend mit Jonas verabredet war. »Du wirst schon noch erkennen, was du an ihm hast«, bemerkte sie mit einem nachdenklichen Blick auf ihren Vater. Valerie sah, wie sie zögerte, bevor sie ihr ein überraschendes Geständnis machte. »Aaron und ich hatten auch eine Krise, bevor wir uns endgültig zusammengerauft haben.« Sie sah ihre Mutter überrascht an. Diese Geschichte hörte sie zum ersten Mal. »Kurz bevor ich mit dir schwanger wurde, hatten wir auch eine Beziehungspause. Ich hatte kalte Füße bekommen, aber dann wurde mir doch klar, dass wir beide einfach zusammengehörten.«

»Davon habt ihr mir nie erzählt!« Valerie sah erst ihre Mutter und dann ihren Vater an, dem die Sache sichtlich unangenehm zu sein schien. »Was war denn der Grund dafür?«

»Mama wusste nicht, ob ich der Richtige für sie bin«, brummte Aaron einsilbig.

»Ich war mir damals genauso unsicher wie du«, erklärte Mia rasch. »Außerdem waren meine Eltern nicht sehr begeistert darüber, dass ich ausgerechnet einen Franzosen anschleppte.«

»Noch dazu einen Juden«, fügte Aaron hinzu, wobei Valerie der sarkastische Unterton in seiner Stimme nicht entging.

Ihre Mutter warf ihm einen ärgerlichen Blick zu. »Du weißt genau, dass das niemals jemanden in unserer Familie gestört hat«, widersprach sie energisch. »Ich brauchte damals eben noch ein wenig Zeit, bis ich erkannte, dass ich mit niemand anderem glücklich werden kann.«

Sie streckte versöhnlich die Hand nach ihrem Mann aus, aber der machte seltsamerweise keine Anstalten, auf diese Geste einzugehen. Stattdessen ermahnte er seine Frau, dass es Zeit war, endlich aufzubrechen.

Valerie verzog sich wieder in ihr Zimmer. Sie war froh, endlich allein zu sein. So gut sie sich mit ihren Eltern auch verstand, so war die Zeit, die sie miteinander verbrachten, doch auch anstrengend. Sobald sie sich richtig in ihrer neuen Schule eingelebt hatte, würde sie sich eine eigene Wohnung suchen, so viel stand fest. Über diesen Gedanken geriet sie wieder ins Grübeln. Oder sollte sie den Rat ihrer Mutter und ihrer Freunde befolgen, sich doch noch einmal auf Jonas einzulassen und wieder zu ihm zu ziehen?

Der Gedanke kam ihr im nächsten Moment völlig absurd vor. Mit Herzklopfen erinnerte sie sich an die aufregende Zeit mit Rick. Mit ihm war einfach alles anders gewesen. Abgesehen von den verwirrend intensiven Gefühlen, die sie für ihn gehegt hatte, hatte sie sich so angenommen gefühlt, wie sie wirklich war. Ihr Blick schweifte zu der Postkarte auf ihrem Bett. Sie betrachtete sie gedankenverloren. Wie entschieden seine Schrift war, auch wenn es nicht leicht war, sie zu entziffern. Große Schwünge am Anfang jedes Wortes, die zu den Wortenden immer unleserlicher wurden. Zärtlich strich sie mit den Fingern darüber und dachte mit Wehmut daran, wie leichtfertig sie alles zerstört hatte, was zwischen ihnen hätte sein können.

Dann begriff sie plötzlich, dass sich durch Ricks Karte noch einmal eine Möglichkeit auftat. Einer spontanen Regung folgend, griff sie nach ihrem Handy und wählte seine Nummer. Nach dem zweiten Klingelton bekam sie vor ihrer eigenen Courage schon wieder Angst. Sie wollte gerade den Anruf abbrechen, als Rick das Gespräch annahm. Sie erbebte, als sie seine vertraute Stimme hörte. Eigentlich hatte sie nur vorgehabt, ihm für die Karte zu danken. Aber nun fiel ihr nicht einmal das mehr ein. Sie war mit einem Mal so verlegen wie ein unerfahrener Teenager, der sein erstes Date hat.

»Valerie, bist du es?«, hörte sie seine Stimme in ihr Schweigen hinein.

Sie räusperte sich. »Ich … ja … ähm …« Mein Gott, wie lächerlich sie klang.

»Geht es dir gut?« Er wirkte überrascht, aber vor allem erfreut und auch ein wenig aufgeregt. »Wie schön, deine Stimme zu hören!«

»Ich … ich wollte mich für deine Karte bedanken!«

Rick sagte nicht gleich etwas. »Wieso hast du dich nie gemeldet?«

»Ich … ich war mir nicht sicher. Vielleicht hatte ich Angst, dass genau das passiert, was jetzt passiert.« Ihre Gedanken gerieten so durcheinander, dass sie keine klaren Sätze formulieren konnte.

»Was meinst du damit?«

»Dass … dass ich … Ach, verdammt! Ich hab einfach Angst, dass es falsch ist, dich anzurufen.« Dieses Mal schwieg er noch länger. Bestimmt hatte sie genau das Falsche gesagt und ihn verletzt. Warum war es nur so schwierig, das zu sagen, was man dachte? Sie versuchte es erneut. »Ich meine, ich werde es natürlich nicht bereuen, dich angerufen zu haben, um dir für die Karte zu danken. Es ist nur so, dass ich …« Sie hatte alles heillos durcheinandergebracht. Jetzt half nur noch, das zu sagen, was sie fühlte: »Ich hab dich sehr vermisst, deswegen ruf ich an.« Jetzt war es raus, und sie hatte sich womöglich lächerlich gemacht. Rick hielt sie bestimmt für eine launische Kuh.

»Ich hab dich auch sehr vermisst«, antwortete er schlicht.

»Ich war eine schreckliche Idiotin …«, brach es aus ihr heraus.

»Und mir tut es immer noch sehr leid, dass ich dich nicht ernst genommen habe. Ich war nur so verärgert, auch überrascht. Aber das alles hab ich ja versucht, dir in meinem Brief zu erklären. Ganz offensichtlich ist mir das nicht besonders gut gelungen.«

»Es lag bestimmt nicht an deinem Brief. Er war so warmherzig und wunderbar …«, versicherte Valerie ihm rasch. »Ich konnte nur nicht darauf eingehen, weil ich zu feige war.« Sie zögerte einen kleinen Augenblick. »Ich hab überreagiert, war zu impulsiv und viel zu schnell beleidigt. Aber das war nicht der Grund, weshalb ich mich von dir zurückgezogen habe.« Sollte sie ihn wirklich auf den Grund ihrer Seele blicken lassen?

»Sondern?« Rick wollte es nun ganz genau wissen.

»Der Grund für mein Schweigen war die Angst vor meinen eigenen Gefühlen. Das, was zwischen uns geschehen ist, war so stark, dass ich Angst hatte, dass es mich zerstört, wenn ich es zulasse.«

Jetzt war es heraus. Sie hörte, wie Rick am anderen Ende der Leitung tief Luft holte. Wie konnte er auch verstehen, was in ihr vorging?

»Willst du mir damit sagen, dass du dich ein bisschen in mich verliebt hast?« Ricks Stimme klang unsicher, so als fürchtete er eine negative Antwort.

Ihr fiel plötzlich ein Stein vom Herzen. »Ich hab mich nicht nur ein bisschen in dich verliebt«, brach es aus ihr heraus. »Ich liebe dich so sehr, wie ich noch niemals zuvor jemanden geliebt habe. Aber die Angst vor meinen Gefühlen war so groß, dass ich lieber davor weggelaufen bin. Deshalb hab ich mich nicht mehr gemeldet.« Sie lachte nervös, als könnte sie damit das Gesagte leichter machen. »Ich glaubte, ich wäre für dich ohnehin nur eine Affäre.«

»Du warst für mich niemals nur eine Affäre«, sagte Rick ernst. »Seit der Nacht nach unserem Bootsunglück weiß ich, dass du mir mehr bedeutest als jede andere Frau.« Sie spürte, wie er nach den richtigen Worten suchte. »Mir war auch klar, dass du es gerade nicht einfach hast in deinem Leben. Du bist verlobt und hattest eine schwere Zeit hinter dir. Da bin ich mitten hineingeplatzt. Ich hab dich nur noch mehr verunsichert.« Sein Verständnis tat unendlich gut, auch wenn es ein wenig traurig klang. »Ich hab versucht, dir deine Ängste zu nehmen, doch letztendlich bin ich daran gescheitert, weil du nicht bereit warst, auch an uns beide zu glauben. Es …«

»Wie hätte ich denn an uns glauben können, wenn plötzlich auch noch im Raum stand, dass wir beide miteinander verwandt sein könnten.« Sie erkannte, dass sie auf dem besten Weg war, erneut einen Rückzieher zu machen. Diesen Fehler wollte sie nicht noch einmal machen. Bevor Rick etwas einwenden konnte, gab sie zu: »Okay, du hast recht, der eigentliche Grund, aus dem ich mich nicht völlig auf dich einlassen konnte, war, dass ich nicht glaube, dass wir eine gemeinsame Zukunft haben können.« Ihre eigenen Worte erfüllten sie mit Resignation. »Ich möchte dir einfach nicht im Weg stehen. Du hast eine große Karriere vor dir, und auf eine Fernbeziehung hab ich einfach keine Lust. Ich fürchte, es war ein Fehler, dich anzurufen.« Sie stand kurz davor, einfach aufzulegen.

»Warte«, rief er, wohl weil er ihre Absicht ahnte. »Es war kein Fehler, dass du angerufen hast. Es war das Beste, was du tun konntest. Das Einzige, was jetzt zählt, ist doch, dass wir uns lieben. Gib uns eine Chance!« Seine Stimme klang so flehend, dass sie sich nicht entziehen konnte.

»Aber es ist doch sinnlos«, insistierte sie verzweifelt. »Du lebst in Paris oder möglicherweise bald in den USA, und ich bin an Berlin gebunden. Wie soll das denn gehen? Wir leben in zwei verschiedenen Welten, die nicht miteinander kompatibel sind.«

»Es gibt immer einen Weg, wenn man ihn nur gehen will«, beharrte Rick ebenso stur. »Ich könnte mich um eine Professur in Berlin bemühen«, hörte sie ihn sagen.

»Das würdest du tun?« Damit hatte sie nicht gerechnet. Sein Vorschlag klang so einfach und so wundervoll. Für ihn existierten offenbar keine Hindernisse. Im Gegensatz zu ihr besaß er ein tiefes Urvertrauen in die Gegebenheiten des Lebens. »Du weißt genau, dass das kaum möglich sein wird«, stellte sie seine Aussage infrage. »Glaubst du denn, dass du hier überhaupt eine Stelle als Historiker findest? Ich kann mir nicht vorstellen, dass es in deinem Fachbereich so viele Leerstellen gibt.«

»Das mag schon sein, und dennoch ist es einen Versuch wert«, unterbrach Rick sie. Er ließ keine weitere Ausrede mehr zu. »Möglicherweise bin ich gar nicht auf eine Professur in Berlin angewiesen. Ich kann meine Forschungsarbeiten zum großen Teil von Berlin aus machen. Oder du bewirbst dich um eine Stelle an der Deutschen Schule in Paris. Ich versichere dir, dass wir eine Lösung für uns beide finden werden. Das Einzige, was ich wissen muss …«, er hielt inne, und sie spürte, wie er alle Kraft zusammennahm, um weitersprechen zu können, »… das Einzige, was ich wissen muss, ist, ob du mit mir zusammen sein willst!«

Ricks Hartnäckigkeit berührte Valerie. Sie begriff, dass er bereit war, alles für sie zu tun, was in seiner Macht stand. Wie konnte sie zweifeln, wenn er so überzeugt war? Seine Worte klangen so aufrichtig, dass auch der letzte Widerstand in ihr bröckelte.

»Du glaubst wirklich an uns«, erkannte sie gerührt. Dann nahm auch sie all ihren Mut zusammen. »Du ahnst ja nicht, wie sehr ich mir das gewünscht habe!« Im nächsten Augenblick wurde ihr ganz leicht ums Herz. Sie begann zu lachen und gleichzeitig zu weinen. »Wir müssen verrückt sein«, sagte sie schluchzend und ärgerte sich, dass sie so lange gebraucht hatte, um das zu begreifen.

Rick war ebenso erleichtert wie sie, und auf einmal war eine Heiterkeit zwischen ihnen, die nur dadurch getrübt wurde, dass sie einander nicht berühren konnten. Dafür erzählten sie sich alles, was in der Zeit ihrer Trennung geschehen war. Er sprach in allen Einzelheiten von seinem Aufenthalt in Savoyen und fragte sie über ihre neue Schule aus. Ihre Unterhaltung war so selbstverständlich und vertraut, als wären sie nie getrennt gewesen.

»Bist du einverstanden, wenn ich mich morgen gleich nach dem Gespräch in meinen Bus setze und zu dir komme?«, hörte sie Rick fragen.

Ihr Herz begann, vor Freude zu stolpern. »Das wäre wunderbar!«

In diesem Augenblick wusste Valerie mit Bestimmtheit, dass der Anruf die beste Entscheidung ihres Lebens gewesen war.

27

Dass Valerie so prompt auf meine Karte reagieren würde, damit hatte ich nicht gerechnet. Dass ich ihr die Postkarte aus Izieu geschickt hatte, war mehr eine sentimentale Reaktion gewesen, weil wir ursprünglich die Reise gemeinsam hatten unternehmen wollen. In den nächsten Stunden war ich kaum fähig, an etwas anderes zu denken als an sie und unser baldiges Wiedersehen. Ursprünglich hatte ich vorgehabt, noch nach Lyon zu fahren, um das dortige Museum der Résistance zu besuchen, doch in Anbetracht der veränderten Umstände verschob ich das auf einen späteren Zeitpunkt. Am liebsten hätte ich mich sofort in meinen Bus gesetzt und wäre nach Berlin gefahren. Doch den Besuch bei Claudille Bertrand am kommenden Morgen konnte ich nicht mehr verschieben. Auch wenn ich nicht allzu viel erwarten durfte, musste ich diesem letzten Hinweis noch nachgehen, bevor ich Valerie wiedersah. Ich war so aufgewühlt, dass ich mir eine Flasche Wein besorgte und sie vorm Schlafengehen in glückseliger Vorfreude leerte.

Der nächste Vormittag war also Madame Claudille Bertrand gewidmet. Wir hatten bereits vorab telefonisch einen Zeitpunkt verabredet. Die alte Dame erwartete mich um zehn Uhr in ihrer Seniorenresidenz in Belley. Dort besaß sie ein gemütliches Appartement, in dem sie mich herzlich empfing.

Die schon fast neunzigjährige Frau hatte Tee vorbereitet und bat mich an einen kleinen Tisch direkt vor einer Glasflügeltür mit zwei bequemen Sesseln, die auf einen Balkon hinausführte. Von hier hatte man einen ungestörten Blick auf einen großzügigen Park, der zu dem Anwesen gehörte.

»Dafür, dass hier nur alte Menschen leben, ist es doch ganz hübsch«, sagte die zierliche alte Dame kokett mit einem süffisanten Schmunzeln. »Ich bin zwar unter ärmlichen Verhältnissen aufgewachsen, habe mich aber im Laufe meines Lebens doch an etwas Luxus gewöhnen dürfen.« Sie hatte sich etwas Mädchenhaftes bewahrt und sprühte nur so vor Energie und positiver Ausstrahlung, obwohl das Leben ihr auch schon einiges zugemutet hatte, wie ich später erfahren sollte. Ihre kurz geschnittenen Haare waren für ihr Alter noch erstaunlich dunkel und dicht. Nur vereinzelt machten sich graue Strähnen breit. Ihre dunklen Augen musterten mich mit einer Mischung aus Neugier und Wohlgefallen, als ich mich ihr gegenübersetzte und mein Anliegen vortrug. »Nennen Sie mich bitte Claudille«, bemerkte sie charmant. »So fühle ich mich einfach jünger.«

Die Art, wie sie das sagte, verriet mir, dass sie in ihrer Jugend einmal sehr begehrt gewesen war. Gern tat ich ihr den Gefallen und erzählte ihr von meinem Buch, an dem ich arbeitete. »Ich hoffe sehr, von Ihnen mehr über meine Großeltern zu erfahren.« Kaum hatte ich den Namen Antoine und Marguérite erwähnt, blitzten ihre Augen überrascht auf, und sie wurde sehr interessiert.

»Oh, natürlich erinnere ich mich an Marguérite! Sie war eine wunderschöne junge Frau! Mein Vater hat sie damals auf unserer Almwiese gefunden. Sie war krank und völlig mit ihren Kräften am Ende. Ich habe mich dann in unserer Berghütte eine Zeit lang um sie gekümmert. Eine feine Frau mit einem tragischen Schicksal.« Claudille war kaum noch aufzuhalten. »Und das soll Ihre Großmutter gewesen sein?« Sie sah mich prüfend an und schüttelte dann den Kopf. »Dinge gibt's«, murmelte sie selbstvergessen. »Sie hat mir damals von ihrem Verlobten Antoine erzählt. Von ihm war sie schwanger, was wir allerdings erst nach ein paar Tagen herausgefunden haben. Mein Gott, wie spannend!«

Das war es in der Tat. Die Aufregung der alten Dame übertrug sich sofort auf mich. Ich fühlte mich, als hätte ich mit ihr einen Sechser im Lotto gewonnen. Endlich hatte ich jemanden gefunden, der zumindest Marguérite persönlich gekannt hatte. Vielleicht hatte meine Großmutter ihr ja noch mehr über Antoine verraten. Reichlich nervös zog ich Antoines Taschenuhr aus meiner Jackentasche und zeigte sie Claudille. Sie erkannte die Uhr sofort.

»Marguérite wollte meinem Vater die Uhr damals zum Dank für ihre Rettung schenken«, berichtete sie prompt und nahm das alte Stück fast ehrfürchtig in die Hände, um es genauer in Augenschein zu nehmen. Sie deutete auf die feine Gravierung auf dem goldenen Deckel. »Ich erinnere mich noch genau an das schöne Sternenmuster«, sagte sie versonnen. »Wäre es damals nach mir gegangen, hätte ich das Geschenk angenommen, aber Papa meinte, dass dürften wir nicht, denn schließlich hatte sie außer der Uhr nur noch einen Anhänger, der sie an ihren Verlobten erinnerte. Die arme junge Frau, sie war ja so verzweifelt …« In ihren Augen glänzte Mitgefühl, auch nach so langer Zeit. »Sie hat mir in dem Frühjahr 1944, das sie bei uns verbrachte, mehrfach von ihrer schrecklichen Flucht aus Deutschland und ihrer großen Liebe erzählt. Ich erinnere mich noch in allen Einzelheiten daran. Sie müssen wissen, dass ich schon als Kind ziemlich neugierig war und gar nicht genug davon

bekommen konnte, wenn sie mir aus ihrem Leben erzählte.«
Claudille kicherte. »Marguérite war eine willkommene Abwechslung in dem eintönigen Leben auf der Almhütte.«

Die alte Dame war so aufgekratzt, dass ich sie einfach reden ließ. Es sprudelte nur so aus ihr heraus, und ich hütete mich davor, sie zu unterbrechen. In den folgenden Stunden erfuhr ich sehr viel über Marguérites Leben in Deutschland, ihre Flucht und ihren Aufenthalt in Izieu.

Izieu, Frankreich, September 1943

»Wieso hast du den Mann weggeschickt?«, wollte die kleine Anne wissen. Marguérite hatte sie auf den Arm genommen, um so schnell wie möglich von Antoine weg in Richtung Haus eilen zu können. Die Kleine begann ungeduldig zu strampeln, sodass sie gezwungen war, sie wieder auf den Boden zu setzen. »Sag, weshalb du ihn nicht magst«, insistierte das Mädchen.

»Das hat nichts mit mögen zu tun«, antwortete Marguérite ungeduldig. Doch dann besann sie sich und ging auf die Aufforderung ein. »Ich weiß einfach nicht, ob wir diesem Mann vertrauen können, verstehst du?« Sie hockte sich vor die Vierjährige und sah ihr in die Augen. »Ich wollte nicht, dass er herausbekommt, dass du aus Deutschland kommst«, erklärte sie ihr. »Deshalb spreche ich deinen Namen auch französisch aus. Sabine hat es dir doch schon erklärt.«

»Weil es hier überall böse Menschen gibt …?« Anne wurde ganz traurig. Marguérite tat es leid, das Kind schon wieder mit der harten Realität konfrontieren zu müssen, aber das war wichtig, damit es begriff, wie gefährlich es war, hier aufzufallen. Die Sicherheit aller stand auf dem Spiel. Plötzlich erhellte sich das Gesicht der Kleinen jedoch. »Aber vor diesem Mann musst du keine Angst haben«, behauptete sie. »Er ist nett. Er hat mir schon einmal geholfen!«

»Du kennst ihn?« Nun war es an Marguérite, überrascht zu sein.

»Aber ja! Er war doch der nette Mann, der mich zum Waisenhaus gebracht hat.«

Sie berichtete von der Nacht, in der er sie gefunden hatte, als sie vor den Milizionären davongelaufen war.

Marguérite konnte kaum glauben, was sie hörte. »Und du bist dir ganz sicher, dass er es war?«, fragte sie noch einmal nach.

Anne nickte eifrig. »Aber ja, ganz sicher.«

»Du musst dich dennoch vorsehen«, ermahnte Marguérite sie.

Innerlich machte ihr Herz jedoch einen Luftsprung. Vielleicht hatte sie sich ja doch in Antoine getäuscht.

Am Abend, nachdem die Kinder bereits in ihren Schlafsälen waren, versammelten sich alle Betreuer, um über den Tag und die anstehenden Aufgaben des folgenden zu reden. Sabine war wieder einmal bei der UGIF und der OSE in Montpellier gewesen und erst am Nachmittag zurückgekehrt. Sie hatte beunruhigende Nachrichten von der von den Deutschen befohlenen Zwangsvereinigung der Juden in Frankreich und auch von dem Kinderhilfswerk, für das sie arbeitete, mitgebracht. Sie erfuhren, dass nach der italienischen Kapitulation nun vermehrt die Juden in ihrer Region verfolgt wurden.

»Befehlshaber wie Obersturmführer Barbie und Alois Brunner haben es sich zur erklärten Aufgabe gemacht, die Gegend judenfrei zu machen«, erklärte sie verbittert. »Viele Flüchtlinge haben versucht, Italien über die Alpen zu erreichen, zu Fuß über die Gebirgspässe oder mit dem Zug nach Ventimiglia. Doch etliche wurden von den Deutschen abgepasst. Man sagt, dass sie erst neulich über dreihundert Flüchtlinge hinter der Grenze verhaftet haben, um sie nach Auschwitz zu deportieren. Ein Sonderkommando unter der Leitung von SS-Führer Alois Brunner durchstreift neuerdings Tag und Nacht die Gegend. Wir sind hier nicht mehr länger sicher. Man rät uns, die Kinder möglichst bald zu zerstreuen.«

»Dafür müssten wir erst einmal ausreichend Familien auftreiben, oder wir brauchen eine andere große Unterkunft«, bemerkte Léon.

»Das ist leichter gesagt als getan. Meine Kollegen tun, was sie können, aber die Deutschen sehen ihnen immer mehr auf die Finger. Sie dulden keine Juden mehr hier!« Sabine war wirklich besorgt. Miron legte ihr beruhigend die Hand auf die Schulter. »Mach dir keine Sorgen. Wir haben bislang immer alles hinbekommen.« Sie lächelte ihrem Mann dankbar zu, aber Marguérite sah, dass sie nicht überzeugt war.

»Und was sollen wir mit den drei Kindern machen, die die Krätze bekommen haben?«, mischte sich nun Léa ein. »Sie müssen dringend in ein Krankenhaus.«

»Darum kümmere ich mich gleich morgen«, verkündete Sabine. »Ich werde mit Wiltzer reden. Er muss uns helfen, wenn ich einen Antrag auf kostenlose Betreuung im Krankenhaus von Chambéry stelle. Wenn der Gemeinderat und die Unterpräfektur zustimmen, sollten wir sie in den nächsten Tagen dort unterbringen können.«

»Was mir weit mehr Sorgen bereitet, ist, dass Dr. Bendrihem in den nächsten Tagen mit einer Gruppe neuer Kinder hier erwartet wird. Sie sind über den Jura unterwegs und können jederzeit eintreffen, vorausgesetzt, sie werden von keiner Patrouille aufgegriffen. Ich habe ihm zugesagt, dass wir ihnen helfen.«

»Aber das ist viel zu riskant«, wandte Sabine erschrocken ein. »Sie können nicht auch noch hierherkommen. Wenn das den beiden Männern von der Miliz auffällt, sind wir geliefert.«

»Uns bleibt gar keine andere Wahl«, widersprach Miron. »Sie sind schon auf dem Weg. Außerdem bleiben die Kinder höchstens eine Nacht hier. Danach verteilt Dr. Bendrihem sie auf verschiedene Familien.«

Dr. Albert Bendrihem war der Kinderarzt des Heimes und arbeitete für dasselbe Netzwerk, für das auch Sabine und Miron tätig waren. »Außerdem plant Gaston neue Anschläge auf die Hauptrouten, die das Militär nimmt«, fügte Sabines Mann noch hinzu. »Er will an mehreren Punkten gleichzeitig zuschlagen. Auf diese Weise werden die Deutschen etwas abgelenkt, wenn Dr. Bendrihem mit der neuen Gruppe Kinder ankommt.«

»Woher weißt du das alles?«, erkundigte sich Sabine misstrauisch. »Ach, ich will es gar nicht so genau wissen!« Sie winkte resigniert ab. »Wir müssen auf jeden Fall in Zukunft noch vorsichtiger sein. Was ist eigentlich mit diesem Milizionär, der in letzter Zeit dauernd hier herumstreicht? Er bringt jedes Mal etwas mit und versucht, sich lieb Kind zu machen. Sicherlich will er uns ausspionieren.«

»Er ist harmlos«, mischte sich Marguérite ein, die bislang nur zugehört hatte.

»Das sagst du nur, weil er dir schöne Augen macht«, warf Léa schnippisch ein.

Marguérite spürte, wie sie errötete. Dennoch ergriff sie für Antoine Partei. »Er war es, der neulich nachts die kleine Anne zu uns gebracht hat. Dafür hätte er mächtig Ärger bekommen können. Er hat sie schließlich vor seinen eigenen Leuten gerettet.«

»Das kann auch eine Falle gewesen sein«, wandte Miron mit gerunzelter Stirn ein. »Für mich ist das längst noch kein Grund, ihm zu vertrauen. Bei Yves hat er ebenfalls versucht, sich einzuschleimen. Angeblich ist der Kerl nur bei den Milizionären, weil er dort einen anständigen Sold erhält.«

»Ich glaube, dass Antoine ganz in Ordnung ist«, ergriff Léon nun ebenfalls Partei. »Ich habe ihn beim Scheunenfest näher kennengelernt. Er scheint mir ein anständiger Kerl zu sein.« Er zwinkerte Marguérite über den Tisch zu. »So wie der sich für deine Ehre eingesetzt hat, als dieser Bourdon zudringlich wurde …«

Marguérite spürte, wie sie vor Verlegenheit noch mehr errötete.

Sabine gefiel das ganz und gar nicht. »So ein Techtelmechtel kann uns ziemlich gefährlich werden. Vor allem, wenn zwei Männer im Spiel sind«, schalt sie. »Bourdon schleicht doch auch ständig hier bei uns herum. Und jetzt noch dieser Antoine.«

»Ich habe keinem von ihnen Avancen gemacht«, wehrte sich Marguérite peinlich berührt.

»Das mag schon sein«, räumte Sabine ein. »Du kannst dich natürlich einlassen, mit wem du willst, solange es kein Verräter ist und es nicht zu viel Aufruhr zwischen deinen Verehrern gibt.«

Sie setzte ein freundliches Lächeln auf, doch Marguérite sah sehr wohl die versteckte Warnung, die in ihrem Blick lag.

Als Marguérite am nächsten Vormittag mit ein paar Kindern am Brunnen Geschirr abspülte, näherte sich ihnen von Brégnier-Cordon her Antoine. Bei seinem Anblick schlug ihr Herz unweigerlich etwas schneller. Zu ihrer Enttäuschung winkte er ihr nur kurz zu und steuerte direkt auf Miron zu, der gerade mit Léon und Paul Niedermann, einem der älteren Jungen, ein Fahrrad reparierte. Sie sah, wie Miron seine Hände in die Hüften stützte und Antoine abschätzig musterte. Die beiden begannen miteinander zu reden, und plötzlich veränderte sich Mirons Haltung. Sie sah, wie dieser seine ölverschmierten Hände abputzte und Antoine ins Haus führte. Was hatten die beiden Männer wohl zu bereden?

Um ihre Neugier zu stillen, schlenderte sie zu Léon und Paul und fragte sie nach dem Grund von Antoines Besuch.

»Er hat sehr geheimnisvoll getan«, berichtete Léon stirnrunzelnd. »Und er wollte Miron unbedingt allein sprechen. Keine Ahnung, um was es geht.«

Marguérite beschloss, bei den beiden zu warten, bis Antoine wieder herauskam. Sie wollte sich für ihr Verhalten vom Vortag entschuldigen. Eine Viertelstunde später traten die beiden Männer wieder ins Freie. Miron wirkte äußerst besorgt, während Antoine ihr unsicher zulächelte.

»Ich danke Ihnen für Ihre Offenheit, Antoine. Wir stehen in Ihrer Schuld«, bedankte sich Miron und winkte Léon und Paul zu sich. »Ihr zwei müsst sofort eure Sachen packen. Nehmt sie und haut ab. Hier ist es nicht mehr sicher für euch. Sie verhaften jetzt Kinder ab fünfzehn Jahren und alle Männer, deren Herkunft nicht geklärt ist. Sie bringen sie nach Drancy. Was das bedeutet, muss ich euch ja wohl nicht sagen. Jemand hat ihnen gesteckt, dass ihr Juden seid. Antoine weiß, dass demnächst hier eine Patrouille auftaucht. Er ist extra hergekommen, um uns zu warnen.« Er nickte ihm nochmals dankbar zu. »Ich hab gerade telefoniert. Ihr nehmt den Reisebus in Richtung Chambéry. Alles Weitere erfahrt ihr, wenn ihr dort ankommt.« Er reichte Léon einen

Zettel mit einer Adresse. »Und jetzt los! Ich werde dafür sorgen, dass ihr sicher zu der Bushaltestelle kommt.«

Damit verschwanden die drei Männer.

Antoine blieb unschlüssig bei ihr stehen. Offenbar war er sich nicht sicher, ob ihr seine Anwesenheit angenehm war. Er trug wie auf dem Fest am Vortag keine Uniform, sondern dasselbe helle Hemd und die graue Hose. Es machte ihn viel jünger.

»Tut mir leid, wenn ich dich gestern so vor den Kopf gestoßen habe«, überwand sie endlich ihre Zurückhaltung. »Anne hat mir verraten, dass du es warst, der sie gerettet hat. Das war sehr mutig.«

»Ich konnte die Kleine ja schlecht allein durch die finstere Nacht irren lassen«, spielte er seine Tat verlegen herunter. »Das hätte wohl jeder an meiner Stelle getan.«

»Du weißt, dass das nicht stimmt«, entgegnete Marguérite ernst. »Es tut mir leid, wenn ich manchmal so misstrauisch und ablehnend bin.«

Er zuckte mit den Schultern und grinste scheu. »An dein Misstrauen habe ich mich langsam gewöhnt.«

Es tat gut, dass er ihr nicht böse war. Sie erwiderte sein Lächeln, woraufhin er den Kopf schief legte und sie fragte, ob sie ihn ein Stück begleiten wolle. »Es ist nicht gut, wenn ich hier gesehen werde, falls die Patrouille kommt«, erklärte er ihr. »Meine Kameraden würden sich fragen, was ich hier zu suchen habe.« Sie willigte ein, und gemeinsam schlugen sie den Weg über die Wiesen in Richtung des höher gelegenen Izieu ein. Eine ganze Weile liefen sie schweigend nebeneinanderher und genossen einfach ihre gegenseitige Gesellschaft. Über ihnen zog ein Adler in luftigen Höhen einsame Kreise. Wie am Erntedankfest herrschte laues Herbstwetter. Die Luft lag seidig über der weitläufigen Landschaft, an deren Horizont man die Berge nur erahnen konnte. »Du hast Angst, dass ich ein Verräter sein könnte, der euer Geheimnis preisgibt«, nahm Antoine den Faden plötzlich wieder auf.

»Unser Geheimnis?« Marguérite warf ihm einen alarmierten Blick zu. »Was soll das sein? Etwa, dass wir ein deutsches Flüchtlingskind bei uns aufgenommen haben?« Sie schaltete unwillkürlich auf unwissend, obwohl sie wusste, dass er längst über sie Bescheid wusste. »Das war ein reiner Akt von Nächstenliebe. Daraus wird man uns wohl kaum einen Strick drehen.«

»Ach, Marguérite!« Antoine seufzte und warf ihr einen enttäuschten Blick zu. »Du brauchst mir nicht länger etwas vorzumachen. Mir ist schon seit geraumer Zeit klar, dass in eurem Kinderheim nicht alles so läuft, wie ihr es die Leute hier glauben machen wollt.«

Sie blieb abrupt stehen. »Und wie kommst du auf solch einen Unsinn?«, fragte sie ihn mit einem leichten Zittern in der Stimme.

Antoine blieb ebenfalls stehen. »Weil ich Augen und Ohren im Kopf habe«, erwiderte er leise. »Schon bei unserem ersten Treffen fiel mir auf, wie schlecht einige Kinder Französisch sprechen. Außerdem habt ihr eine große Fluktuation. Dauernd verschwinden Kinder und neue tauchen auf. Meinst du, das ist mir nicht längst aufgefallen?« Er griff nach ihrer Hand. »Marguérite, ich ahne schon seit Langem, dass die Zlatins hier jüdische Kinder verstecken.« Sie wollte ihm die Hand wieder entziehen, doch er ließ sie nicht los. »Warum hast du nicht einfach Vertrauen zu mir? Was muss ich denn noch tun, um dir zu beweisen, dass ich es ehrlich mit dir meine?« Er suchte ihren Blick. »Ich weiß, dass du meine Tätigkeit bei der Miliz nicht gutheißt. In deinen Augen bin ich ein Verräter, weil ich mich an die Seite unserer Besatzer stelle. Es ist dein gutes Recht, es so zu sehen. In den meisten Punkten teile ich sogar deine Auffassung, besonders wenn es darum geht, unschuldige Menschen in menschenunwürdige Lager zu deportieren. Die ganze Politik ist mir zuwider. Leider steht es mir im Augenblick nicht frei, der Miliz den Rücken zu kehren.«

»Du kannst doch …« Sie wollte etwas einwenden, aber er ließ es nicht zu.

»Lass mich bitte ausreden und es dir erklären«, drängte er sie. »Wenn ich jetzt meinen Dienst quittiere, dann lassen die Nazis meine Brüder als Zwangsarbeiter verrecken. Ich hab eine Vereinbarung mit dem Obersturmführer in Lyon. Wenn ich weiterhin Augen und Ohren offen halte, um ihm vielleicht etwas über die Widerstandskämpfer zu stecken, lässt er sie demnächst frei. Das bin ich ihnen und meiner Familie einfach schuldig. Das würdest du doch auch tun, nicht wahr?« Seine braunen Augen suchten flehentlich nach Verständnis. »Sobald die beiden zu Hause sind, verlasse ich die Miliz und gehe nach Paris. Wir könnten gemeinsam dorthin gehen und unsere musikalischen Träume verwirklichen. Das willst du doch auch, oder nicht?«

»Denkst du wirklich, dass das alles so einfach ist?«, fragte Marguérite aufgebracht. »Du kannst nicht auf beiden Seiten stehen, nur weil du deinen Traum vom Leben verwirklichen willst!«

»Doch, das kann ich«, widersprach er ihr heftig. »Ich kann euch ein wertvoller Verbündeter sein und euch wie heute vor Gefahren warnen, solange ich noch bei der Miliz bin. Miron sieht das genauso!«

»Und was lieferst du den Deutschen dafür?«, fragte sie misstrauisch. »Sie wollen doch sicherlich Erfolge sehen.«

»Da wird mir schon noch das Richtige einfallen«, behauptete Antoine stur. »Auch das hab ich mit Miron besprochen. Er will mir helfen.«

Marguérite schüttete den Kopf. »Das ist völlig verrückt«, meinte sie. »Aber genau das ist es, was wir jetzt brauchen!«

»Heißt das, dass du mit mir nach Paris gehst, wenn das alles hier vorüber ist?« Seine Augen funkelten so voller Hoffnung, dass sie wider Willen lachen musste.

»Das hab ich nicht gesagt!« Sie wollte weitergehen, doch er nahm sie bei den Schultern.

»Ich meine es ehrlich, Marguérite«, sagte er sehr ernst. »Ich hab mich schon in dich verliebt, als ich dich das erste Mal gesehen habe.«

Ihr Puls beschleunigte sich unter seiner Berührung. Sie fühlte sich wie elektrisiert, und doch wehrte sie ihn ab, als er versuchte, sie zu küssen.

»Ich bin nicht die, für die du mich hältst«, erwiderte sie und ging einen Schritt auf Abstand.

»Das kümmert mich nicht«, behauptete Antoine. »Du kannst sein, wer du willst. Ich liebe dich!«

Marguérite hätte ihm zu gern geglaubt. Doch erst musste sie wissen, woran sie wirklich war. »Ich komme nicht aus der Schweiz«, sagte sie, seinem Blick standhaltend. »Ich komme aus Deutschland und bin Jüdin.« Sie rechnete damit, dass er nun enttäuscht war, doch nichts dergleichen geschah.

»Du könntest vom Mond kommen oder aus den Tiefen der Hölle. Ich würde dich immer lieben«, erwiderte er voller Inbrunst.

Ohne dass sie es gemerkt hatte, war er wieder näher gekommen, stand nun dicht vor ihr. Dann küsste er sie zärtlich auf den Mund und erstickte damit all ihre Argumente. Die Berührung seiner warmen Lippen machte sie ganz schwindlig. In ihr brandeten Gefühle auf, die sie noch nie erlebt hatte. Bevor sie sie richtig auskosten konnte, löste er sich wieder von ihr und sah sie scheu an. Sie lächelte ihm zu. Wie selbstverständlich griff sie nach seiner Hand. So liefen sie weiter.

Zum ersten Mal seit ihrer Flucht aus Deutschland hatte Marguérite das Gefühl, nicht mehr allein zu sein. Das war nicht nur tröstlich, sondern half ihr auch, über ihre Vergangenheit zu reden. Ohne dass Antoine sie darum gebeten hatte, begann sie, ihm von ihrer schrecklichen Flucht zu erzählen, von dem Verrat, durch den sie ihre Reisebegleiter verloren hatte, dem anschließenden Aufenthalt in dem Verlies bis zu dem Zeitpunkt, da sie Léa Feldblum begegnet war, die sie zu den Zlatins gebracht hatte.

»Mit der Flucht aus Deutschland weg von meinen Eltern habe ich meine Heimat verloren«, gestand sie ihm unter Tränen. »Und damit auch die Hoffnung auf ein unbeschwertes Leben.«

Antoine hatte ihr die ganze Zeit wortlos zugehört. Ab und zu hatte er voller Anteilnahme ihre Hand gedrückt, was ihr Kraft gegeben hatte weiterzusprechen. Nun führte er sie zu einem großen Stein, auf dem sie beide Platz fanden. Sie setzten sich nebeneinander und starrten eine Weile wortlos ins Tal unter ihnen.

»Mir ist durchaus klar, dass du einen Menschen wie mich nur verachten kannst«, sagte er schließlich bedrückt. »In deinen Augen bin ich ein opportunistischer Verräter. Leider fürchte ich, dass das sogar stimmt!«

Marguérite wandte sich ihm erstaunt zu. »Aber ich verachte dich nicht. Schon gar nicht nach dem, was du für uns getan hast.« Er sah sie zweifelnd an, und sie musste zugeben, dass sie nicht ganz die Wahrheit sagte. »Anfangs habe ich dich natürlich verachtet, schon allein, weil du diese verhasste

Uniform trugst. Für deinesgleichen sind Menschen wie wir minderwertig, weil wir einen anderen Glauben oder eine andere Überzeugung haben. Ihr verfolgt und tötet uns, weil wir nicht in eure Ideologie hineinpassen. Das macht uns zu Feinden. Doch dann lernte ich deine andere Seite kennen – und das verwirrte mich.« Sie lächelte vor sich hin. »Deine Leidenschaft für Musik hat immer wieder mein Feindbild durchbrochen. Sie hat es mir schwer gemacht, dich zu verachten. Ja, ich habe dabei Gefühle entwickelt, für die ich mich geschämt habe, weil du für mich doch zu den Bösen gehört hast.«

Als sie sah, wie unglücklich er wirkte, streichelte sie sanft seine Wange. Sie sah, dass auch er nun Tränen in den Augen hatte. Sein Blick war so weich und warmherzig und gleichzeitig voller Leid. Sie nahm sein Gesicht in ihre Hände und küsste ihn ohne Scheu. Dieses Mal fühlte sich die Berührung schon viel vertrauter an.

28

Marguérite und Antoine wurden also in jenem Spätsommer 1943 ein Liebespaar?«, fasste ich Claudilles Erinnerungen zusammen.

»So war es.«

Die alte Dame hatte wirklich das Zeug zu einer großen Erzählerin. Sie besaß die Fähigkeit, eine Geschichte so lebendig darzustellen, dass man das Gefühl hatte, ein Teil davon zu werden. Wenn alles zutraf, was Marguérite Claudille als junges Mädchen geschildert hatte, war sie tatsächlich meine Großmutter. Allerdings hatte die alte Dame auch etwas von einem anderen Verehrer erwähnt, einem gewissen Lucien Bourdon. Was genau der für eine Rolle in Marguérites Leben gespielt hatte, war mir nicht ganz klar. Ich beschloss, sie direkt darauf anzusprechen.

»Gibt es einen besonderen Grund, weshalb Sie mir so ausführlich von Marguérites anderem Verehrer erzählen? Spielte dieser Lucien Bourdon in ihrem Leben eine besondere Rolle?« Gleichzeitig kam mir noch eine ganz andere Idee. »Vielleicht war ihr Kind ja gar nicht von Antoine, sondern von ihm?«

Claudille tätschelte begütigend meine Hand. »O nein! Das glaube ich nun wirklich nicht. Marguérite, so wie ich sie kennengelernt habe, hätte sich niemals auf solch einen rauen Gesellen eingelassen, wie dieser Bourdon es gewesen ist. Dafür hatte sie ein zu feines Empfinden.« Sie schenkte uns Tee nach und gab sich Mühe, wieder in die Geschichte hineinzufinden. »Ich habe diesen Teil der Geschichte nur erwähnt, weil ich nichts von all dem auslassen wollte, was mir Ihre Großmutter damals erzählt hat. Wahrscheinlich spielt es auch gar keine große Rolle. Immerhin genoss Lucien Bourdon keinen guten Ruf, auch nach dem Krieg nicht.«

Ich sah sie fragend an. »Warum nicht?«

»Nachdem die Kinder aus dem Waisenhaus deportiert worden waren und auch in der Zeit nach dem Krieg hat man immer wieder versucht herauszufinden, wer die Kolonie damals an die Nazis verraten hat«, erklärte sie mir. »Es gab allerlei Spekulationen und zwei Hauptverdächtige …« Sie machte eine kurze Pause. »Dabei handelte es sich um Lucien Bourdon und Antoine. Den Nachnamen von Antoine kenne ich nicht, Marguérite hat ihn nie erwähnt. Aber ich weiß, dass er es war, der ihr Herz gewonnen hatte.« So schön es auch für mich war, etwas mehr über meinen Großvater zu erfahren, so bitter war es, nun nochmals bestätigt zu bekommen, dass Antoine doch der Verräter sein könnte. Also hatte Professor Lorchmeyer mit seinen Spekulationen tatsächlich ins Schwarze getroffen. Claudille merkte, wie schweigsam ich geworden war. »Es gibt viele hier, die glauben, dass Lucien der Übeltäter gewesen ist«, versuchte sie, mich zu trösten. »Man hat ihm sogar nach dem Krieg den Prozess gemacht. Allerdings wurde er wegen Mangels an Beweisen freigesprochen. Über Antoine gab es nur Gerüchte. Er wurde nach der Deportation nie wieder in Izieu gesehen. Das war wohl der Grund, weshalb er für viele verdächtig erschien.«

Ich geriet ins Grübeln. Das alles passte für mich noch nicht so richtig zusammen. »Aber wenn Antoine Marguérite wirklich geliebt hat, wieso sollte er dann ihre Freunde und vor allem die Kinder verraten haben?«, äußerte ich meine Zweifel.

Claudille zuckte mit den Schultern. »Böse Zungen behaupten, dass er einen Auftrag von Barbie hatte, den er damit ausgeführt hatte.« Sie griff nach ihrer Teetasse und nippte nachdenklich. »Ich hatte damals das Gefühl, dass Marguérite selbst nicht ganz sicher war, welche Rolle ihr Geliebter gespielt hat. In der Zeit ihrer Genesung bei uns auf der Almhütte hat sie ein paarmal erwähnt, dass Antoine Schuld auf sich geladen hat.«

»Welche Art von Schuld?«

»Das weiß ich auch nicht so genau …« Claudille zuckte mit den Schultern. »Es könnte sein, dass er dafür verantwortlich war, dass man den Anführer des Maquis in unserer Region, einen gewissen Gaston, geschnappt hat. Marguérites Geliebter hat eng mit der Gestapo in Lyon zusammengearbeitet. Er musste regelmäßig dort Bericht erstatten. Auf der anderen Seite hat mir Marguérite auch erzählt, dass er das Vertrauen der Dorfbewohner und der Leute im Waisenhaus gewonnen hat.« Sie sah mich bedauernd an. »Es tut mir leid, Sie damit quälen zu müssen, junger Mann.«

Ich schluckte, denn ich wusste, worauf sie hinauswollte. »Sie wollen mir damit vermutlich sagen, dass mein Großvater Barbie Gastons Versteck verraten hat, nicht wahr?«

Sie zuckte erneut mit den Schultern und überließ die Beantwortung der Frage mir. »Das weiß ich nicht. Marguérite sagte nur, dass alle sich wunderten, dass ausgerechnet Gaston festgenommen wurde. Sein Versteck lag so abgelegen in den Bergen, dass es nur wenigen Menschen bekannt war. Sowohl Miron als auch Yves hatten versichert, mit niemandem jemals darüber gesprochen zu haben. Und so machte sie sich Gedanken, ob Antoine möglicherweise davon gewusst haben könnte, weil er zufällig ein Gespräch einiger Maquisards belauscht hatte, kurz nachdem sie ein Rendezvous gehabt hatten.«

»War Marguérite sich sicher?«

Claudille schüttelte unsicher den Kopf. »Soweit ich mich erinnere, war es nur eine Befürchtung. Und dann geschahen ja auch ganz andere Dinge, die sie beschäftigten.«

Sie redete nicht weiter, sondern ließ ihren Blick hinaus in den Park schweifen. Ich spürte, dass unsere lange Unterhaltung sie sehr angestrengt hatte. Ich bot ihr an, sie zu beenden, worauf sie gern einging. Wir verabredeten jedoch ein weiteres Treffen für die kommende Woche. Jetzt wollte ich endlich Valerie wiedersehen.

Izieu, Frankreich, September 1943

Lucien Bourdon wachte mit einem schrecklichen Brummschädel auf. Der Alkohol wallte immer noch in hoher Konzentration durch sein Blut. Fluchend versuchte er aufzustehen, als er die Kühe im Stall vor Schmerzen brüllen hörte. Doch das Schlagwerk in seinem Kopf ließ ihn sofort wieder zurück auf sein Kissen sinken. Außerdem war ihm speiübel. Das Gebrüll der verdammten Kühe wollte nicht nachlassen. Sie mussten dringend gemolken werden. Ihm blieb nichts übrig, als nach ihnen zu sehen.

Dieses Mal rollte er sich aus seinem Bett und kroch auf allen vieren zu der Waschschüssel, in die er sich erbrach. Danach ging es ihm etwas besser. Es gelang ihm aufzustehen, um nach draußen an den Brunnen zu gehen und sein Gesicht zu waschen. Mit dem eiskalten Wasser kam auch wieder seine Erinnerung zurück – zumindest in Bruchstücken. Er war mit Marguérite auf dem Scheunenfest gewesen. Sie hatten getanzt, und er war kurz davor gewesen, sie zu sich ins Bett zu holen. Doch dann war da dieser Kerl aufgetaucht, dieser Nichtsnutz von Kollaborateur, und hatte sich an sein Mädchen herangemacht. Er erinnerte sich dunkel, dass er ihn zur Rede hatte stellen wollen, aber irgendjemand hatte ihn daran gehindert. Marguérite war auf einmal verschwunden gewesen und der Scheißkerl auch. Danach hatte er sich volllaufen lassen, und deshalb hatte er diesen höllischen Brummschädel. Der Krach aus dem Kuhstall machte Lucien fast verrückt.

»François, du verdammter Hurensohn!«, brüllte er außer sich vor Wut, als ihm einfiel, dass sein Knecht sich längst um das Viehzeug hätte kümmern müssen.

Dieser verdammte Bengel war auch zu gar nichts nutze. Er war nirgendwo zu sehen. Bourdon wankte in Richtung Stall, um ihn zu suchen. Weder in der Stallkammer, wo er sein Lager hatte, noch sonst wo war er zu finden. Üble Verwünschungen ausstoßend, machte er sich selbst an die Arbeit und melkte seine Kühe. Als er gerade fertig war, tauchte der Bengel endlich auf. Er hatte noch seine Sonntagssachen an und trug ein Bündel unter dem Arm.

»Bonjour, Monsieur Bourdon«, begrüßte er ihn fröhlich, als wäre nichts geschehen.

Er trat auf den Jungen zu und baute sich zornig vor ihm auf. Noch bevor der wusste, wie ihm geschah, holte er mit der Faust aus und donnerte ihm damit eins auf die Nase, sodass er hintenüber in seiner sauberen Hose in den Mist fiel.

»Da hast du dein *Bonjour!«*, zischte er wütend. »Was fällt dir ein, erst jetzt hier aufzutauchen? Meinst du, die Kühe warten darauf, bis du deinen Rausch ausgeschlafen hast?«

»Aber Monsieur«, nuschelte François und hielt sich seine blutende Nase. »Sie haben mir doch heute Morgen freigegeben … Ich bin schon extra früher gekommen.«

»Halt's Maul«, fuhr ihn Lucien ungehalten an. Was scherte ihn das? Selbst wenn der Kerl recht hatte. Vage erinnerte er sich daran, dass er dem Burschen tatsächlich freigegeben hatte, nachdem er ihn dafür hatte ordentlich Überstunden machen lassen. Doch es war nicht seine Art, ein Unrecht zuzugeben. Das zeigte nur Schwäche, und dieser Rotzlöffel war schließlich nur ein Knecht. Musste froh sein, dass er ihn überhaupt bei sich arbeiten ließ. François rappelte sich mühsam auf und versuchte, das Blut, das aus seiner Nase lief, mit seinem Taschentuch zu stillen. Er wankte in Richtung der Stallkammer. »Wo willst du hin?«, wollte Lucien wissen.

»Ich zieh mich um, um den Stall auszumisten«, antwortete François kleinlaut.

Seine devote Haltung ärgerte Lucien noch mehr.

»Mach, dass du in den Stall kommst«, befahl er ihm. »Sofort! Deine Hose ist ohnehin verdreckt!« Er lachte hämisch. »Oder willst du mir da widersprechen?«

Der Junge zögerte kurz. »Nein, Monsieur«. Dann machte er sich endlich mit eingezogenem Kopf an seine Arbeit.

»Und danach kümmerst du dich um die Schweine und Hühner. Und wag ja nicht, eine Pause einzulegen, bevor du fertig bist!«

François' Unterwürfigkeit und das damit einhergehende Gefühl der eigenen Überlegenheit besserten Luciens Stimmung ein wenig. Er ging ins Haus, um sich ein paar Eier mit Speck in die Pfanne zu hauen. Auf die Idee, dass der Junge womöglich auch noch nicht gefrühstückt hatte, kam er erst gar nicht. Dann sah er auf den Feldern nach, wie weit die Rüben und Kartoffeln waren. Mit der Ernte konnte demnächst begonnen werden. Die ersten Früchte waren auch schon reif. Er klaubte einen Korb voller Kartoffeln zusammen und brachte sie zurück zum Bauernhof. Eigentlich wollte er mit dem Umpflügen der abgeernteten Getreidefelder beginnen, doch dann entschied er sich um. Mit dem sinkenden Alkoholspiegel wurde ihm klar, dass er am Tag zuvor keinen besonders rühmlichen Eindruck bei Marguérite hinterlassen hatte. So was nahmen die Weiber einem leicht übel. Er würde sie besänftigen müssen, damit sie ihm wieder gewogen war.

Um ihr zu zeigen, was für ein großzügiger Mensch er war, beschloss er, ihr ein kleines Geschenk vorbeizubringen. Er holte aus seiner Räucherkammer eine Speckschwarte, schnitt ein Stück davon ab und wickelte es in ein Geschirrtuch. Dann kontrollierte er den Stall, um zu sehen, ob der Knecht seine Aufgaben zuverlässig ausführte. Als er sah, dass im Kuhstall alles zu seiner Zufriedenheit erledigt war und François sich bereits um die Hühner kümmerte, beschloss er, sein Vorhaben gleich umzusetzen. François' Sonntagskleidung war mittlerweile nicht mehr als solche zu erkennen.

»Bevor du zu den Schweinen gehst, kannst du dich umziehen«, rief er dem Jungen großzügig zu, und bestieg dann seinen Lieferwagen, um damit die paar Kilometer zum Waisenhaus zurückzulegen.

Seit der Judenbengel bei ihm arbeitete, konnte er es sich schon mal erlauben, für eine gewisse Zeit vom Hof zu verschwinden. Durch François war das Leben für ihn um einiges angenehmer geworden. Der Junge konnte zupacken wie ein Mann, obwohl er noch nicht einmal ausgewachsen war. Außerdem gefiel ihm, dass er sich kaum beschwerte, obwohl er einiges von ihm verlangte. Lucien hatte deswegen kein schlechtes Gewissen. Im Gegenteil. Er fühlte sich als Wohltäter, dem man gefälligst dankbar zu sein hatte. Der Bengel konnte froh sein, dass er ihn überhaupt bei sich duldete. Nicht nur einen Schlafplatz, sondern auch noch Essen und Trinken bekam er bei ihm. Es scherte ihn nicht, was in dem Waisenhaus wirklich ablief, ob die Kinder nun jüdisch waren oder sich aus einem anderen Grund dort aufhielten. Hauptsache, er konnte endlich Marguérite von sich überzeugen.

Lucien nahm den Weg über Izieu zum Weiler von Lélinaz und näherte sich der Kolonie somit vom Berg her. Kurz hinter dem Dorf sah er auf einer Wiese einen Mann und eine Frau vertraut auf einem Stein sitzen. Leider waren sie zu weit entfernt, als dass er hätte erkennen können, wer sie waren. Er sah nur, wie sich die Frau von dem Mann mit einer Umarmung verabschiedete und dann rasch talwärts lief. Als er seinen Wagen parkte und den Weg zum Haus nahm, stürmten gerade die Kinder heraus und begannen, um ihn herumzutoben.

»Pass doch auf, du Lausebengel«, raunzte er einen etwa achtjährigen Jungen ungehalten an, der ihn versehentlich angerempelt hatte.

Eingeschüchtert entschuldigte sich der Kleine, bevor er wie ein geölter Blitz seinem Freund hinterherrannte. Im Eingang erschien Gabrielle Perrier, die neue Lehrerin der Kolonie. Er kannte sie vom Sehen und wusste, dass sie aus Belley kam. Als sie ihn erblickte, verzog sie kaum eine Miene.

»Wie kann ich Ihnen helfen, Monsieur?«, erkundigte sie sich steif.

Die hält sich wohl auch für was Besseres, dachte Lucien geringschätzig, was ihn jedoch nicht davon abhielt, sie ausgiebig von oben bis unten zu mustern. Was er da sah, beeindruckte ihn wenig. Diese Perrier war nicht gerade eine Schönheit, viel zu dürr, und eine spitze Nase hatte sie obendrein.

»Ich suche Marguérite«, brummte er schließlich. »Sagen Sie ihr, Lucien wartet auf sie.«

»Ich bin hier nicht die Dienstbotin«, wurde er von Mademoiselle Perrier empört zurechtgewiesen. »Ich bin die Lehrerin und muss die Unterrichtspause überwachen. Ich habe keine Ahnung, wo Mademoiselle Marguérite sich aufhält.«

Lucien hörte ihr schon gar nicht mehr zu. Er hatte im Nebeneingang Philippe Dehan entdeckt. Mit dem Mann konnte man wenigstens reden. Er verkaufte dem Koch ab und zu Eier und schon mal einen Schinken. Doch auch der wusste nicht, wo Marguérite war.

»Sie ist vorhin mit jemandem in Richtung Izieu gelaufen«, wusste er lediglich zu berichten. »Sie wird sicherlich jeden Augenblick zurückkommen.«

»War der Jemand ein Mann?«, erkundigte sich Lucien sofort misstrauisch.

Dehan zuckte mit den Schultern. »Keine Ahnung, ich hab sie nur durch das Küchenfenster gesehen. Wieso willst du das wissen?« Philippe runzelte neugierig die Stirn.

Doch Lucien dachte gar nicht daran, ihm zu antworten. »Dann warte ich mal da vorne im Schatten«, beschied er den Koch und trollte sich.

Während er auf der Mauer unter der Linde wartete, stellte er sich vor, wie es sein würde, wenn er Marguérite endlich küsste. Der Gedanke erregte ihn. Es wurde langsam Zeit, dass er ihre Titten zwischen die Finger bekam. Er musste sich nicht allzu lange gedulden. Schon kurze Zeit später wurde sein Warten belohnt. Er sah, wie Marguérite mit leichten Schritten die Auffahrt hinaufgelaufen kam. Weil er glaubte, dass sie sich freute, ihn zu sehen, winkte er ihr zu. Doch ihre Aufmerksamkeit richtete sich auf zwei Mädchen, die ihr freudestrahlend entgegenliefen und sofort mit ihr zu reden und zu lachen begannen. Sie nahm das kleinere an die Hand und ging mit den beiden zum Brunnen. Ohne ihn zu beachten, setzten sie sich auf die Einfassung und begannen, unbeschwert zu plaudern.

Lucien fühlte sich zurückgesetzt. Hatte Marguérite ihn wirklich nicht gesehen, oder tat sie nur so? Das wollte er sofort herausfinden. Mit der eingewickelten Speckschwarte unter dem Arm marschierte er auf die drei zu.

»Ich hab auf dich gewartet«, platzte er in die Runde.

Das Gequassel der Kinder verstummte sofort, als er sich vor ihnen aufbaute. Marguérites fröhlicher Gesichtsausdruck fror ein, als sie ihn sah. Das verunsicherte ihn nun doch. Ungeschickt strich er sich über sein wirres Haar. Ihm fiel ein, dass er sich am Morgen noch nicht einmal gekämmt und rasiert, geschweige denn ein frisches Hemd angezogen hatte. Nun, das spielte jetzt auch keine Rolle mehr. Sobald sie sein Geschenk sah, würde sie darüber hinwegsehen.

»Was willst du hier?«, fragte sie nicht sehr freundlich. Offenbar war sie immer noch sauer auf ihn.

»Ich hab was für dich!« Mit einem breiten Grinsen überreichte er ihr den Speck in dem schmuddeligen Tuch. Als sie keine Anstalten machte, sein Geschenk entgegenzunehmen, packte er es aus. »Das ist Speck. Den schenk ich dir, damit du nicht mehr sauer bist auf mich wegen gestern und so. Ich war besoffen, da kommt's schon mal vor, dass die Nerven mit einem durchgehen.« Sein Grinsen wurde noch breiter. »Ist ja nicht jede Woche Scheunenfest.«

Marguérite machte keine Anstalten, den Speck anzunehmen. Stattdessen schickte sie die beiden Mädchen weg. »Ich komme gleich wieder zu euch, dann spielen wir Blinde Kuh«, versprach sie und sah ihnen nach, wie sie zu den anderen Kindern rannten.

Dann stand sie auf und machte Anstalten, in Richtung Haus zu gehen. Das verunsicherte ihn.

»Willst du den Speck nun oder nicht?«

Marguérite blieb stehen und wandte sich ihm zu. Ihre Miene spiegelte ihre Abneigung allzu deutlich wider.

»Was willst du von mir?« Ihre Augen blitzten, während sie sprach.

Dass Weiber auch immer so kompliziert sein müssen, dachte er genervt. Ihre Sturheit ließ ihn langsam ärgerlich werden. Eigentlich war doch schon alles gesagt.

»Mich entschuldigen, verdammt!« Die Worte kosteten ihn noch mehr Überwindung als beim ersten Versuch. Er war ja schließlich kein Verbrecher. »Nun nimm schon!«

Er hielt ihr noch mal den Schinken hin, sah, wie sie erneut zögerte, doch dann nahm sie ihn mit einem entschiedenen Nicken entgegen.

»Der ist für die Kinder«, stellte sie klar. »Und nun muss ich wieder an die Arbeit. Mach's gut!«

»Warte!« So einfach wollte er sie nicht gehen lassen. »Dann bist du mir also wieder gut?«

»Auch wenn es mir schwerfällt, ich nehme deine Entschuldigung an, wenn du das meinst«, erwiderte Marguérite gezwungen.

Doch das war nicht das, was er hören wollte. »Dann lass uns gleich ein neues Rendezvous ausmachen. Dieses Mal mache ich keinen Fehler, *ma poulet.*« Er zwinkerte ihr selbstsicher zu. Wenn er wollte, konnte er auch geschmeidige Worte finden.

»Was fällt dir ein, mich *poulet* zu nennen?«, fuhr sie ihn empört an. »Ich bin weder dein Hühnchen noch bereit, mich mit dir zu treffen. Du tust ja gerade so, als hättest du einen Anspruch auf mich!«

»Hab ich das denn nicht?« Lucien warf ihr einen provozierenden Blick zu. »Wir könnten schon längst zusammen sein, wenn dieser mickrige Musikus mir nicht dazwischengekommen wäre!« Lucien fand, dass es endlich Zeit war, ein Zeichen zu setzen. Er packte die Gelegenheit beim Schopf und griff nach Marguérites Oberarm. »Du machst mich ganz wild, Kleine! Und das weißt du auch. Dir geht es doch ganz genauso mit mir. Komm, zier dich nicht länger!«

Er versuchte, sie zu küssen, doch noch bevor seine Lippen die ihren berühren konnten, bekam er eine saftige Ohrfeige verpasst. Sie kam so schnell, dass er nicht mehr ausweichen konnte. Deutlich spürte er den Abdruck ihrer Hand in seinem Gesicht.

»Bist du verrückt?« Empört ließ er Marguérite los und rieb sich die heiße Wange.

»Lass mich ein für alle Mal in Ruhe, Lucien Bourdon«, zischte Marguérite sichtlich außer sich. »Ich hab dir nie irgendwelche Hoffnungen gemacht und werde es auch niemals tun. Kapier das endlich!«

»Du warst mein Mädchen auf dem Scheunenfest. Schon vergessen?« Lucien war nicht bereit, diese Niederlage hinzunehmen. Er fühlte sich gedemütigt, und das machte ihn wütend, sehr wütend. Er musste an sich halten, um nicht handgreiflich zu werden. Nur ein letzter Rest von Selbstbeherrschung hielt ihn davon ab. »Du musst froh sein, dass jemand wie ich überhaupt auf dich steht!«

»Du bist nicht mein Typ!«, konterte sie kalt.

Ihre erneute Abfuhr verletzte ihn noch mehr. Damit hatte er überhaupt nicht gerechnet. Alle Mädchen standen auf ihn, wenn er sich richtig ins Zeug legte. Wenn sie ihn also ablehnte, musste ein anderer Kerl dahinterstecken, und er brauchte nicht lange nachzudenken, wer ihm da in die Quere gekommen war.

Plötzlich fiel ihm das Pärchen auf dem Stein ein. Wär Marguérite nicht aus ebendieser Richtung gerade gekommen? Die Wut, die in ihm aufgestiegen war, ließ sein Gesicht glühen.

»Warst etwa du das, die da vorhin auf der Wiese auf dem Stein gesessen hat?«, verlangte er zu wissen.

Ihre Gesichtsfarbe veränderte sich. Sie wurde blass. »Das geht dich überhaupt nichts an!« Da wusste er, dass er ins Schwarze getroffen hatte.

»Wer war der Kerl? Etwa dieser miese kleine Milizionär?«

»Lass mich endlich in Ruhe und verschwinde!« Sie bedachte ihn noch mit einem bösen Blick, dann warf sie ihm den Schinken vor die Füße. »Am besten nimmst du den auch gleich wieder mit. Ich will dir nichts schuldig sein.« Ohne ihn noch eines weiteren Blickes zu würdigen, stapfte sie davon.

Lucien hatte das Gefühl, soeben noch eine weitere Ohrfeige kassiert zu haben. Er starrte Marguérite fassungslos hinterher. Doch dann wich dem Gefühl der Ohnmacht eine Welle der Empörung. Die erneute Demütigung ließ seine Gefühle außer Kontrolle geraten. Er war kurz versucht, ihr hinterherzueilen, um ihr deutlich zu machen, dass man mit ihm so nicht umsprang – er wollte sie zwingen, sich ihm zu fügen. Doch ein letzter Rest an Verstand hielt ihn davon ab. Es gab einfach zu viele Zeugen in der Nähe.

»Was glaubst du eigentlich, wer du bist?«, brüllte er ihr stattdessen hinterher. »So geht man nicht mit Lucien Bourdon um! Das wirst du bitter bereuen, du verdammte Hure, du!«

Wütend stapfte er zu seinem Wagen und ließ den Motor aufheulen. Mit quietschenden Reifen fuhr er davon.

29

Wenn ich im Nachhinein an mein Zusammensein mit Valerie in Berlin denke, kann ich nicht mehr glauben, dass ich ein Teil dieser wunderbaren Geschehnisse war. Selbst die tragische Wendung, die später alles zunichtemachen sollte, kann daran nichts mehr ändern.

In den frühen Morgenstunden des Sonntags, der auf unser schicksalhaftes Telefonat folgte, traf ich in Berlin ein. Ich war die ganze Nacht durchgefahren, hatte mehrere Baustellen und Staus hinter mich bringen müssen und meine Erschöpfung mit Unmengen von Kaffee an diversen Autobahnraststätten bekämpft. Doch in dem Augenblick, als ich Valerie gegenüberstand, war meine Müdigkeit wie weggeblasen. Ich erinnere mich noch genau, wie sie an der Tür ihrer elterlichen Wohnung stand und mich mit ihrem unvergleichlichen Lächeln empfing. Ihre grünen Augen strahlten, während die sternförmigen Grübchen in ihren Wangen ihre Freude noch untermalten.

Ohne Worte fielen wir uns in die Arme und spürten sofort wieder die Anziehungskraft unserer Körper. Da Valeries Eltern sich noch bis zum Montagabend an der Ostsee aufhielten, waren wir erst mal ungestört. Wir verließen das Bett nur, wenn wir hungrig waren, in der übrigen Zeit verzehrten sich unsere Körper nacheinander, oder wir malten uns unsere gemeinsame Zukunft in den schönsten Farben aus. Sobald ich wieder zurück in Paris sein würde, wollte ich das Angebot von Harvard absagen. Meine Stelle an der Sorbonne würde ich erst einmal behalten, bis ich in Deutschland etwas Angemessenes gefunden hatte.

Durch ein paar Telefonate mit einem ehemaligen deutschen Kollegen fand ich heraus, dass in Hamburg ein Historiker für mein Fachgebiet gesucht wurde. Darauf wollte ich mich bewerben. Meine Chancen standen nicht schlecht, da ich aufgrund meiner Reputation ein ernst zu nehmender Bewerber war. Gleichzeitig wollte sich Valerie an der Deutschen Schule in Paris bewerben. Wir waren beide zuversichtlich, dass wir einen gemeinsamen Weg für unsere Zukunft finden würden. Ich beschloss, bis Dienstag in Berlin zu bleiben, um dann noch einmal nach Belley zu fahren und Claudille Bonnet zu treffen. Valerie freute sich für mich, dass ich nun auch eine Spur meiner Großmutter gefunden hatte, und bestärkte mich darin, alles zu unternehmen, um mehr über sie zu erfahren.

Am Montag holte ich Valerie von der Schule ab, und wir unternahmen gemeinsam einen kleinen Streifzug durch Berlin. Valerie zeigte mir ihr Lieblingsviertel – die Hackeschen Höfe mit den kleinen Galerien und dem Charme der ratternden S-Bahnen, die über die dort liegende Überführung brausten. Wir aßen irgendwo zu Mittag, und sie bereitete mich seelisch auf das erste Zusammentreffen mit ihren Eltern vor. Sie bestand darauf, dass ich sie kennenlernte, bevor ich wieder zurück nach Belley fuhr.

»Aaron wird dich sofort in sein Herz schließen«, prophezeite sie mir fröhlich. »Er ist zwar Mediziner, aber seine heimliche Leidenschaft gilt der Geschichte. Ihr werdet euch prächtig verstehen.«

»Bei deiner Mutter scheinst du dir ja nicht so sicher zu sein«, wagte ich einzuwenden.

Valerie zuckte mit den Schultern. »Sie trauert immer noch Jonas nach, aber das muss uns nicht kümmern. Sobald sie dich näher kennenlernt, wird sie darüber hinwegkommen. Nimm es ihr nicht übel, wenn sie sich anfangs eher zurückhaltender verhält.«

Ihre Vorhersage traf dann auch mehr oder weniger ein. Valerie hatte vorgeschlagen, ihre Eltern mit einem Abendessen zu überraschen. Ich schlug ein Boeuf Bourguignon vor, das wir gemeinsam zubereiten wollten. Aaron und Mia waren nur insoweit vorgewarnt, dass sie ein Essen und eine Überraschung erwarteten. Als sie gegen sieben Uhr abends eintrafen, waren beide noch ganz erfüllt von ihrem Wochenende und entsprechend guter Laune. Valerie empfing ihre Eltern an der Haustür, woraufhin ihr Vater sogleich seine Nase schnuppernd in die Höhe hielt.

»Mmh … das riecht ja göttlich«, rief er überrascht. »Ich wusste gar nicht, dass du in Süddeutschland so gut kochen gelernt hast.«

»Hab ich auch nicht«, ging Valerie vergnügt auf ihn ein und zog mich aus der Küche, wo ich die letzten Vorbereitungen getroffen hatte. »Das hier ist der Meisterkoch«, stellte sie mich ihren Eltern vor. »Sein Name ist Rick Mardieu. Wir haben uns beim Segeln kennengelernt.«

Sie hakte sich ganz selbstverständlich bei mir unter und lehnte vertrauensvoll ihren Kopf an meine Schulter. Mia, die hinter ihrem Mann hereingekommen war, machte keinen Hehl daraus, wie befremdet sie war. Mit gerunzelter Stirn machte sie sich daran, mich zu mustern. Aaron hingegen reichte mir sofort die Hand und begrüßte mich herzlich.

»Das ist ja wirklich mal eine besondere Überraschung«,

sagte er mit einem kameradschaftlichen Augenzwinkern. »Wenn Ihr Essen so gut schmeckt, wie es riecht, sind Sie hier herzlich willkommen.«

Er klopfte mir auf die Schulter und drückte sich an mir vorbei in die Wohnung. Ich reichte nun auch Valeries Mutter die Hand, die sie mit einem knappen Nicken und einer rasch dahingemurmelten Begrüßung ignorierte, bevor sie Aaron in das Wohnzimmer folgte. Valerie knuffte mich beruhigend in die Seite.

»Keine Angst, sie ist nicht immer so komisch«, flüsterte sie mir zu, was mich nicht wirklich beruhigte.

Wenig später versammelten wir uns um den Esstisch. Valerie servierte das Abendessen, während ich mich um Konversation bemühte. Mit Aaron verstand ich mich auf Anhieb gut. Zwischen uns herrschte sofort eine angenehme Vertrautheit. Er war offen und zeigte sich an mir interessiert. Seine jugendliche Art ließ ihn jünger erscheinen. Valerie hatte mir erzählt, dass ihr Vater Mitte siebzig war, das sah man ihm nicht an. Er erwähnte, dass er immer noch stundenweise in seiner ehemaligen Praxis aushalf, weil er die Ansprache und die Wertschätzung seiner Patienten sonst vermissen würde.

»Meine Frau meint, ich leide am Helfersyndrom«, scherzte er.

Mia reagierte nicht darauf. Überhaupt blieb sie während des Essens ziemlich reserviert. Zwar beantwortete sie stets freundlich die Fragen, die ich ihr stellte, doch ich spürte wohl, dass sie über meine Anwesenheit nicht sehr glücklich war. Valerie machte es ihr auch nicht leicht. Sie ließ kaum eine Gelegenheit aus, um mir vor ihren Eltern ihre Zuneigung zu zeigen, was mir natürlich schmeichelte, ihrer Mutter gegenüber aber ein wenig peinlich war.

»Kann man denn als Dozent an der Universität eine Familie ernähren?«, erkundigte sie sich, nachdem das Gespräch auf meinen Beruf gekommen war.

Ihre Frage zielte offenkundig darauf ab, ihrer Tochter bewusst zu machen, dass sie mit einem vielbeschäftigten Rechtsanwalt wie Jonas weitaus bessergestellt war. Noch bevor ich etwas darauf entgegnen konnte, sprang Valerie für mich in die Bresche.

»Das ist nun aber wirklich eine merkwürdige Frage, Mama«, tadelte sie ungehalten. »Rick ist kein einfacher Dozent! Er hat sogar eine Professur in Harvard angeboten bekommen.«

»Verzeihung! Ich wollte deinem Bekannten nicht zu nahe treten«, bemerkte Mia mit gespieltem Bedauern. »Nur schade, dass Harvard so weit von Berlin entfernt ist, nicht wahr?« Sie warf mir einen provozierenden Blick zu. »Für eine erfüllte Liebesbeziehung ist das ein wenig *zu* weit, oder?«

»Nun lass mal gut sein, Mia.« Aaron sah mich entschuldigend an. »Meine Frau kann es einfach nicht lassen, sich ständig in Valeries Belange einzumischen«, erklärte er mir. »Erzählen Sie mir lieber etwas von Ihrem Forschungsschwerpunkt, mein Freund. Das Thema interessiert mich brennend. Sie erwähnten vorhin, dass Sie über Kollaboration und Widerstand während des Zweiten Weltkriegs in Frankreich recherchieren? Bestimmt hat Valerie Ihnen bereits einiges über ihre Großmutter erzählt. Sie war bei der Résistance und …«

Sein geschickter Themenwechsel rettete zum Glück die Situation. Die nächste halbe Stunde berichtete ich von meiner Arbeit. Dann begann Aaron, von dem zu erzählen, was er über seine unbekannte Mutter herausgefunden hatte.

»Ich kenne sie nur als Gigi«, sagte er versonnen. »Dabei weiß ich, dass es ihr Deckname war. Sie war eine mutige Frau, wie mir meine Pflegeeltern immer wieder versichert haben. Sie fühlte sich von den Deutschen verraten und hat wohl ihren eigenen Rachefeldzug gegen sie geführt. Man erzählt sich, dass die unglückliche Liebe zu meinem Vater sie dazu gebracht hat.«

»Haben Sie über ihn nie etwas erfahren?«, wollte ich wissen.

Aaron zuckte mit den Schultern. »Leider nicht. Ich habe nur herausgefunden, dass sie vor den Nazis in die Gegend von Aix geflohen ist und mich unterwegs auf einem Bauernhof irgendwo in den Bergen entbunden hat. Den genauen Ort habe ich nie herausgefunden. Es muss im Vercors gewesen sein. Über meinen Erzeuger hat sie wohl nicht geredet. Wahrscheinlich war er ein Taugenichts, der sie sitzen gelassen hat. Nach meiner Geburt ist sie mit mir nach Aix gegangen und hat sich dem dortigen Maquis angeschlossen, bis sie schließlich festgenommen und erschossen wurde.«

»Eine bemerkenswerte Geschichte«, sagte ich und überlegte, wie viele Frauen wohl in dieser Zeit ein ähnlich tragisches Schicksal erfahren hatten wie Gigi und Marguérite.

So beschlossen wir den Abend harmonisch. Als ich vor dem Schlafengehen noch einmal in die Küche ging, um ein Glas Wasser zu trinken, begegnete ich Mia, die wohl dieselbe Idee gehabt hatte. Ich lächelte ihr höflich zu, während ich unsere Gläser füllte und dann hastig trank. Als ich ihr eine Gute Nacht wünschte, hielt sie mich auf.

»Es tut mir leid, dass ich vorhin so unhöflich zu Ihnen war«, entschuldigte sie sich mit bemerkenswerter Offenheit. »Der Grund ist ganz bestimmt nicht, dass ich Sie nicht sympathisch finde. Aber ich mache mir einfach Sorgen um meine einzige Tochter. Valerie hat eine schwere Zeit hinter sich und braucht Beständigkeit und Sicherheit, um wieder stabil sein zu können. Jonas, ihr Verlobter …«, sie korrigierte sich zögernd, »… ihr Exverlobter, hat ihr das alles geboten. Die beiden passen sehr gut zusammen.«

»Es ist mir nicht entgangen, dass ich für Sie nur die zweite Wahl bin«, bemerkte ich, nicht gewillt, mich unterkriegen zu lassen. »Aber Sie müssen sich keine Sorgen um Ihre Tochter machen.« Ich sah sie offen an, um zu zeigen, wie ernst es mir war. »Das zwischen uns ist etwas ganz Besonderes«, fuhr ich bestimmt fort. »Ich verspreche Ihnen, dass ich Valerie nicht enttäuschen werde.«

Mia schien beeindruckt. Mit einem Mal wurden ihre Gesichtszüge weicher, und ich spürte, wie ihre Vorbehalte zu bröckeln begannen. Sie lächelte nun sogar.

»An dieses Versprechen werde ich dich erinnern, falls du es einmal vergessen solltest«, sagte sie zu meiner Überraschung sehr vertraulich. Sie strich mir kurz mit der Hand über meinen Oberarm. »Valerie ist das Wertvollste, was Aaron und ich haben.«

Sie lächelte mir noch einmal zu, dann ging sie in ihr Schlafzimmer.

Izieu, Frankreich, Oktober 1943

»Beeilt euch, Marie-Louise wartet schon mit dem Fotoapparat!«

Léa trieb die Kinder und Jugendlichen in Richtung Hauseingang und sorgte dafür, dass sie sich vor dem Brunnen niederließen. Marguérite sammelte noch die Nachzügler ein, während Marie-Louise, die Nichte von Madame Perticoz, bereits ihr Stativ zurechtrückte. Die Hobbyfotografin versuchte, die Kinder nach ihren Vorstellungen zu dirigieren, doch diese waren nach der Theateraufführung außer Rand und Band. Nur mit Mühe waren sie dazu zu bewegen, einigermaßen stillzuhalten. Jacques Benguigui, der während des Theaterstücks gerade erfolgreich einen indischen Maharadscha dargestellt hatte, trug noch sein Kostüm, eine weite gestreifte Pyjamahose zu freiem Oberkörper und ein kunstvoll verknotetes Geschirrhandtuch als Turban. Kurz bevor Marie-Louise auf den Auslöser drückte, gab er seinem Freund Max-Marcel Balsam ein Zeichen, woraufhin dieser aufsprang und einen Hut auf einer Stockspitze zu balancieren begann. Im nächsten Augenblick sprang auch Jacques auf und präsentierte sich als großer Herrscher. Alle lachten, sogar die kleine Mina, die für gewöhnlich still und traurig war. Als Marguérite hinzukam, war das Foto längst im Kasten. Die Kinder hielt es nun nicht mehr an Ort und Stelle, sie zerstreuten sich in alle Winde, um noch ein wenig zu spielen.

Die Betreuer des Kinderheims gaben sich alle Mühe, die Kinder bei Laune zu halten und sie nach allen Möglichkeiten zu fördern. Philippe, der Koch, führte mit der Laterna magica kleine Kinofilme auf, die Szenen wurden von den jungen Künstlern selbst gemalt. Miron wiederum ermunterte einige Kinder zu eigenen Theaterstücken, die sie dann, wie an diesem Tag, den anderen vorführten. Im Laufe des Sommers hatte sich in der Umgebung herumgesprochen, wie lustig es dabei zuging, sodass sich auch Kinder aus den Nachbarhöfen zu ihnen gesellten. Um deren schulische Bildung kümmerten sich die Zlatins ebenso. Während Gabrielle Perrier den jüngeren Kindern improvisierten Unterricht anbot, gab Miron den älteren Instruktionen im Werken und in der Landwirtschaft. Vier Jugendliche hatten sogar Stipendien am Collège moderne von Belley, gingen dort zur Schule und wohnten auch dort. Doch trotz der Schönheit der Umgebung, den alltäglichen Aktivitäten und des Schulunterrichts fehlte den Kindern das Wichtigste, ihre Familie. Viele erhielten schon längst keine Post mehr von ihren Eltern, da die meisten deportiert worden waren. Marguérite fragte sich, wie viele der Kleinen längst Waisen waren.

Mittlerweile war der Herbst weiter fortgeschritten, und die Aktivitäten verlagerten sich immer mehr ins Haus. Die Nächte waren bereits empfindlich kalt. Besonders abends froren die Kinder, denn das Haus besaß keine Heizung, nur einige Öfen, die ein wenig Wärme spendeten. Oft konnten sie gar nicht erst angezündet werden, da Holz Mangelware war. Sabine und Madame Cojean versuchten, wärmere Kleidung für die Kinder aufzutreiben, das war jedoch gar nicht einfach. Die Bauern in der Umgebung waren hilfsbereit, in Zeiten wie diesen hatte aber niemand viel übrig. Die wenigen Lebensmittelkarten, die ihnen der Unterpräfekt zugeschustert hatte, reichten nicht für die Versorgung aller, sodass eine der wichtigsten Nebenbeschäftigungen der Betreuerinnen und Betreuer das Sammeln von Essensspenden und anderen notwendigen Dingen war.

Marguérite befand sich mit Léa in der Küche, um Philippe beim Kartoffelschälen zu helfen. Sabine trat zu ihnen und erkundigte sich nach ihrem Mann.

»Miron ist gleich nach der Theateraufführung verschwunden«, gab Léa Auskunft. »Er hat allerdings nicht gesagt, was er vorhat.« Sabine ließ ein ärgerliches Schnauben hören und verließ die Küche.

Léa warf Marguérite und Philippe einen vielsagenden Blick zu. Sie alle wussten, dass der Leiter der Kolonie in den letzten Wochen immer öfter an Aktionen des Maquis beteiligt gewesen war, was seine Frau gar nicht gern sah. Die beiden bekamen deswegen häufig Streit, da Sabine fürchtete, dass er gefasst werden und sie damit alle nur noch mehr in Gefahr bringen könnte. Sie mussten jederzeit damit rechnen, dass die Bewohner des Kinderheims von den Nazis abgeholt wurden. Deshalb war es nötig, so wenig Aufmerksamkeit wie möglich zu erregen. Miron setzte dagegen, dass es gerade jetzt, zum Ende des Krieges, unabdingbar war, den Feind zu schädigen, wo es nur ging. Er war der festen Überzeugung, dass die Alliierten nach dem Einmarsch in Nordfrankreich das Land befreien und der Naziherrschaft bald ein Ende setzen würden. Marguérite war sich da nicht so sicher. Sie wusste von Antoine, dass die Deutschen und mit ihnen die Vichy-Regierung immer noch fest von einem Sieg ausgingen.

»Gaston und seine Leute haben heute Nacht etwas vor«, verriet ihnen Philippe. »Ich bin mir ziemlich sicher, dass Miron mit von der Partie ist.«

Léa rümpfte missbilligend die Nase. »Das wird Sabine aber gar nicht gefallen. Wieso hast du ihr das nicht gesagt?«

Philippe zuckte mit den Schultern. »Ich mach doch keine Pferde scheu. Außerdem kann Sabine sich das auch selbst zusammenreimen. Ich bin mir sicher, dass sie insgeheim ziemlich stolz auf ihren Miron ist.« Er grinste verschwörerisch. »Sie weiß genau, dass ein Mann wie Gaston keine leichtsinnigen Aktionen plant. Außerdem kooperieren er und seine Leute mit dem Verbindungsoffizier der vereinigten Résistance. Denen geschieht schon nichts. Denkt dran, es ist für eine gute Sache. *Vive la France!*«

Damit war das Thema erst einmal erledigt.

»Hast du eigentlich mal etwas von Léon gehört?«, fragte Marguérite wenig später ihre Freundin. Es war schon einige Wochen her, dass Léon und der halbwüchsige Paul untergetaucht waren.

Léa errötete. »Es geht ihm gut. Er versteckt sich bei irgendwelchen Leuten, die mit der Zwangsvereinigung UGIF zusammenarbeiten. Sobald sich die Lage ein wenig beruhigt hat, will er uns besuchen kommen.«

»Ist das nicht viel zu gefährlich?«, sorgte sich Marguérite.

»Léon hat doch einen französischen Pass. Da ist nicht mal vermerkt, dass er Jude ist«, erwiderte ihre Freundin unbekümmert.

Marguérite wusste, dass sie ihn sehr vermisste, und gönnte ihr die Vorfreude auf ein Wiedersehen, doch sie hatte andere Informationen. »Neuerdings ist so ein Pass keine Garantie mehr. Die Nazis haben die Gesetze des Pflichtarbeitsdienstes verschärft. Sie wollen jetzt zweihundertvierzigtausend neue französische Zwangsarbeiter rekrutieren. Jeder Franzose, der älter als fünfzehn Jahre ist, wird eingezogen, ob es ihm passt oder nicht. Sie schicken von Belley aus verstärkt Patrouillen in unsere Gegend.«

»Diese Information hast du doch ganz bestimmt von Antoine, nicht wahr?« Philippe rümpfte die Nase, als sie ihm zustimmte, und putzte seine Hände an der Schürze ab. »Für einen einfachen Caporal ist er ganz schön gut informiert. Ich frage mich schon länger, weshalb er uns mit diesen Informationen versorgt? Was hat er genau davon? Wieso hat er Léon und Paul gesteckt, dass sie in Gefahr sind? Wirklich nur aus Menschlichkeit?«

»Er ist nicht gern bei der Miliz«, versuchte Marguérite zu erklären. »Er steckt in einer Zwangslage und versucht, das Beste daraus zu machen. Er ist ein guter Mensch, oder glaubst du, er hätte sonst Anne einfach so gerettet?« Sie warf ihm einen herausfordernden Blick zu. »Wir können ihm vertrauen. Miron und Sabine tun es doch auch.« Philippe hob ergeben die Hände. »Schon gut, ich wollte dich nicht kränken. Aber manchmal kann Liebe eben auch blind machen.«

Marguérite senkte beschämt den Kopf. Also hatte der Koch es auch schon mitbekommen, dass sie und Antoine sich häufiger sahen. Sie hatte versucht, es geheim zu halten, aber das war ihr wohl nicht gelungen. Um nicht weiter Rede und Antwort stehen zu müssen, vertiefte sie sich wieder ins Kartoffelschälen. Sie konnte es Philippe nicht verdenken, dass er Antoine nicht vertraute. Schließlich stand er offiziell auf der anderen Seite und blieb damit in seinen Augen ein Verräter. Selbst ihr fiel es immer noch schwer, alle Vorbehalte gegen ihn fallen zu lassen, obwohl sie sich wirklich verliebt hatte. Nach all den bitteren Erfahrungen der letzten Jahre war es schwer, noch einmal echtes Vertrauen zu jemandem zu fassen.

»Apropos Antoine«, unterbrach Léa ihr Grübeln. »Er war heute Mittag kurz hier und hat gefragt, ob wir morgen früh gemeinsam Pilze suchen wollen. Er hat wohl eine gute Stelle mit Steinpilzen etwas oberhalb von Izieu entdeckt. Er wartet um neun Uhr bei der großen Eiche auf dich.«

»Du meinst auf uns«, stellte Marguérite pro forma klar, um Philippe keinen neuen Angriffspunkt zu bieten.

Natürlich wusste sie genau, dass Léa, die in ihre Heimlichkeiten eingeweiht war, auf keinen Fall bei dem Rendezvous mit von der Partie sein würde.

Diese zwinkerte ihr prompt verschwörerisch zu und wiederholte: »Auf uns selbstverständlich.«

Nach dem Frühstück am nächsten Morgen machte sich Marguérite mit einem Weidenkörbchen für die Pilze auf den Weg zur großen Eiche. Antoine erwartete sie bereits ungeduldig. Sobald er sie entdeckte, eilte er ihr entgegen. Ohne darauf zu achten, ob Leute in der Nähe waren, nahm er sie in seine Arme und küsste sie so leidenschaftlich, dass es ihr den Atem raubte. Erst da wurde ihr bewusst, wie sehr sie sich auf ihr Wiedersehen gefreut hatte.

»Du bist verrückt«, protestierte sie und löste sich lachend aus seiner Umarmung. »Die Leute zerreißen sich noch das Maul, wenn sie uns hier so ungeniert zusammen sehen.«

»Lass sie doch reden! Das interessiert mich nicht«, behauptete Antoine und nahm ihr den Korb ab. Seine samtigen Augen versenkten sich in ihren, bevor er sie wieder küsste. Dieses Mal war er ganz vorsichtig. »Weißt du, dass du die schönste Frau bist, die ich jemals gesehen habe?«, fragte er zärtlich und strich sanft über ihre Wange. »Ich möchte meinen Blick am liebsten nie wieder von dir wenden.«

»Ich denke, du brauchst die Augen zum Pilzesuchen«, antwortete sie keck. »Beides gleichzeitig wird wohl nicht so leicht zu bewerkstelligen sein.« Er lachte und nahm sie an die Hand. Gemeinsam liefen sie los.

»Wir müssen den Berg hinauf und ein ganzes Stück durch den Wald gehen, bis wir da sind. Wann musst du wieder zurück sein?«

»Gegen Mittag. Philippe erwartet mit Sehnsucht unsere Ausbeute. Hoffentlich hast du nicht zu viel versprochen.«

»Hm … Mal sehen, ob wir Glück haben! So genau kann ich mich eigentlich gar nicht mehr an den Platz erinnern.«

»Aber du hast Léa doch gesagt, dass du weißt …«, sorgte sich Marguérite.

Wie sollte sie denn den freien Vormittag rechtfertigen, wenn sie mit leeren Händen zurückkam?

»Keine Sorge!« Antoine unterbrach sie mit einem breiten Grinsen. »Ich wollte dich nur ein wenig aufziehen. Da, wo ich gestern war, wachsen jede Menge Pilze. Du wirst nicht mit einem leeren Korb nach Hause kommen.«

Marguérite verzog ihr Gesicht. »Das wirst du mir büßen«, drohte sie ihm.

Sie genoss die Leichtigkeit, die sie jedes Mal empfand, wenn sie mit Antoine Zeit verbrachte. Ihre Pflichten im Kinderheim ließen es zwar nicht zu, dass sie sich allzu oft sahen, dafür genoss sie es umso mehr, wenn sie beieinander waren. Antoine erzählte ihr, dass er in den nächsten Tagen wieder nach Lyon musste, um dem Obersturmführer Bericht zu erstatten. Er wirkte besorgt. Sie wollte wissen, weshalb.

»Barbie übt auf uns alle ziemlichen Druck aus«, erwiderte er zögernd. »Er will endlich Ergebnisse sehen und plant, schon bald eine Reihe von Razzien in der Gegend durchführen zu lassen. Wenn es nach ihm geht, ist das gesamte Departement in Kürze judenfrei. Damit möchte er dem Maquis demonstrieren, dass die Nazis hier das Sagen haben. Dieser Gaston und seine Bande machen ihm ganz schön zu schaffen. Erst heute Nacht haben sie wieder einen Anschlag auf einen Zug im Bahnhof von Belley verübt, der Holz für die Truppen geladen hatte. Sie konnten zwei der Attentäter dingfest machen. Die anderen werden noch verfolgt. Dennoch sind meine Vorgesetzten mächtig sauer. In nächster Zeit wird es hier nur so von Milizen wimmeln.«

Marguérite sorgte sich sofort um Miron. »Weißt du, wer die Attentäter waren, die man geschnappt hat?«, bemühte sie sich, möglichst beiläufig zu fragen. Antoine sollte auf keinen Fall Verdacht schöpfen, dass sie mehr wusste, als er ahnte.

»Wieso willst du das wissen?«

Ihre Frage war nicht besonders geschickt gewesen, denn er wirkte erstaunt, wenn nicht sogar etwas misstrauisch. »Ach, eigentlich interessiert es mich ja gar nicht«, versuchte sie, sich rauszureden. »Ich bin nur schockiert, dass die Rebellen so nah sind. Bislang war es in der Gegend immer ruhig.«

»Das sind keine Rebellen, das sind Terroristen«, erklärte Antoine finster. »Sie kämpfen gegen die bestehende Ordnung. Und nein …« Er sah sie kurz an. »Und nein, um deine Frage zu beantworten, ich habe keine Ahnung, wen sie geschnappt haben!« Marguérite schwieg. Wenn es um die Résistance ging, war sie grundsätzlich anderer Meinung als er, was sie ihm natürlich nicht sagte. Für ihn war es eine Sache, bei den Flüchtlingen und untergetauchten Juden wegzusehen, aber eine ganz andere, wenn es um politische Dinge ging. Die Vichy-Regierung und die Nazis blieben für Antoine nach wie vor die rechtmäßigen Herrscher über Frankreich. »Bist du so still, weil du dir Sorgen um die Kinder in Lélinaz machst?«, erkundigte er sich nach einer Weile spürbar ratlos. Sie nickte und schämte sich gleichzeitig, dass sie nicht ganz die Wahrheit sagte. »Im Augenblick seid ihr noch einigermaßen sicher. Die Leute hier werden euch nicht verraten. Selbst wenn sie wüssten, dass jüdische Kinder unter euch sind, würden sie es wahrscheinlich für sich behalten.«

»Das hoffen wir auch«, antwortete Marguérite. »Sabine und Miron setzen alles dran, die Kinder bald in Sicherheit zu bringen. Leider ist das nicht so einfach.«

Sie hätte ihm gern mehr über ihre schwierige Situation erzählt. Genauso sehr wünschte sie sich, dass sie ihm vorbehaltlos vertrauen konnte. Doch wie sollte das gehen, solange er auf der falschen Seite stand? Ihre Vernunft sagte ihr immer noch, dass es nicht klug war, sich auf Antoine einzulassen, aber ihr Herz sehnte sich nach genau solch einem Mann, wie er einer war.

Als sie wenig später das kleine Wäldchen erreichten, an dessen Rändern überraschend viele Stein- und Schafsfußpilze wuchsen, begannen beide, eifrig zu sammeln. Antoine kam schließlich mit einem Taschentuch voller schwarzer Pilze zurück, die ziemlich giftig und zudem unappetitlich aussahen.

»Das sind Totentrompeten«, verkündete er stolz, als Marguérite angewidert ihr Gesicht verzog. »Sie sind beinahe so lecker wie Morcheln.« Er erklärte ihr, dass sie wunderbar zu einem Omelett schmeckten. »Euer Koch wird bestimmt begeistert sein.« Er küsste Marguérite neckisch auf die Nase. »Diese Pilze kennt jeder Franzose«, neckte er sie mit einem spitzbübischen Lächeln. Sie konnte seinem Charme nicht länger widerstehen und vergaß ihre Bedenken. Innerhalb kürzester Zeit hatten sie beide den Korb gefüllt. Sie schlug vor, weitere Pilze in ihrem Halstuch zu sammeln, doch Antoine hatte noch eine andere Idee. »Ich möchte dir hier oben unbedingt noch etwas zeigen«, erklärte er mit einem verheißungsvollen Lächeln. »Außerdem habe ich eine kleine Überraschung für uns.«

Marguérite deutete zum Himmel hoch, der sich in der letzten halben Stunde bedenklich bedeckt hatte. Dunkle Wolken zogen von Westen heran, und sie sahen nicht sehr freundlich aus.

»Wir sollten uns aber bald auf den Rückweg machen. Da kommt bestimmt gleich Regen auf.«

»Keine Angst, so schnell geht das nicht«, sagte Antoine unbekümmert. »Nun komm schon! Es ist auch gar nicht weit.« Er nahm sie wieder an die Hand und führte sie durch das Wäldchen. Dahinter ging es noch ein kleines Stück über eine hochgelegene Almwiese, in deren Mitte ein einzelner Felsblock stand, dessen Oberfläche flach wie eine Tafel war. Er half ihr hinaufzuklettern und deutete von ihrer Aussichtsplattform auf das Tal unter ihnen. »Von hier aus hast du einen wunderbaren Blick auf die Chartreuse. Selbst den Mont Blanc kannst du sehen«, erklärte er, obwohl die Sicht mittlerweile denkbar schlecht geworden war. »Wenn du dir die Wolken wegdenkst, siehst du sogar die Kühe auf der anderen Seite der Rhône grasen«, scherzte er weiter. »Diesen Blick durfte ich dir einfach nicht vorenthalten!«

»Und deswegen hast du mich hier hochgeschleppt?« Marguérite schüttelte vorwurfsvoll den Kopf. »Das hätten wir uns doch wirklich sparen können.«

Er nahm ihre beiden Hände und küsste sie erneut auf die Nasenspitze. »Nun sei doch nicht so unromantisch! Wenn das Wetter mitgespielt hätte, hätte ich dir jetzt die Welt zu

Füßen gelegt.« Mit schief gelegtem Kopf sah er sie an, als wäre er beleidigt, bevor er sie wieder losließ, um seinen Rucksack von den Schultern gleiten zu lassen und ihn zu öffnen. Er zeigte ihr den Inhalt. »Da drin sind Wasser, Käse, Brot und sogar ein paar Weintrauben. Damit wollte ich dich verwöhnen.«

»Daraus wird wohl leider nichts.« Marguérite blickte besorgt auf die immer dichter werdende Wolkendecke über ihnen. Im nächsten Augenblick spürten sie auch schon die ersten Regentropfen.

»Wenn das mal keine Verschwörung gegen unsere Liebe ist …«, beschwerte sich Antoine und zog schnell den Rucksack wieder zu. »Ich glaube, du hast doch recht, wir müssen unser Picknick verschieben.«

Er half ihr rasch von ihrem Aussichtspunkt, während der Himmel ohne Rücksicht seine Schleusen öffnete. Innerhalb weniger Minuten waren sie klatschnass. Dabei hatten sie gerade erst das Waldstück erreicht. Als Antoine sie weiterziehen wollte, hielt sie ihn auf. Sie hatte nicht weit von ihnen am Wiesenrand eine Scheune entdeckt.

»Da drin können wir vielleicht das Unwetter abwarten«, schlug sie vor.

Antoine war sofort einverstanden. Sie rannten durch den noch stärker werdenden Regen zurück auf die Wiese, bis sie ans Scheunentor gelangten. Gemeinsam schoben sie das Tor ein wenig auf und schlüpften rasch hinein.

Nachdem sich ihre Augen ein wenig an die Dunkelheit gewöhnt hatten, erkannte Marguérite, dass das Innere der Scheune viel größer war, als sie vermutet hatte. Da war sogar ein Heuboden. Unten hatte man allerlei Ackergerät untergebracht, sodass es nicht besonders viel Platz gab, um es sich ein wenig bequem zu machen.

»Lass uns da hinaufklettern.« Antoine deutete auf die Leiter, die nach oben führte. Er musste schreien, so heftig trommelte der Regen auf das Dach. Marguérite hielt die Idee für gut, doch der Gedanke daran, hinaufzusteigen, ließ sie frösteln. Sie litt unter Höhenangst. Antoine lächelte ihr aufmunternd zu. »Das ist nicht so hoch, wie es aussieht«, versprach er. »Außerdem bin ich direkt hinter dir. Dir kann gar nichts geschehen.«

Sein Zuspruch schenkte ihr tatsächlich Vertrauen. Gemeinsam erklommen sie die Leiter und befanden sich wenig später auf dem bis zum Dach gefüllten Schober. Antoine machte sich sofort an dem Heu zu schaffen und baute ein kleines Lager. Er fand sogar eine alte Decke, auf der sie es sich bequem machen konnten. Marguérite kicherte, als sie sich hinsetzte und sich dann hintenüberfallen ließ. Er nutzte die Gelegenheit, um sie zu küssen.

Als er immer ungestümer wurde, brachte sie ihn wieder auf Distanz. »Du glaubst wohl, du kannst die Situation hier schamlos ausnutzen«, protestierte sie lachend.

»Es tut mir leid«, antwortete er pflichtschuldig.

Doch seine Augen sprachen eine andere Sprache. Sie sah sein Begehren darin und wusste plötzlich, dass es ihr nicht anders erging. Sie riss sich zusammen und gab an, umgehend ihren Hunger stillen zu wollen. Antoine musste sich erst einmal geschlagen geben und packte seine Vorräte aus. Doch zunächst half er ihr aus ihrer nassen Jacke und hängte sie mit seiner und seinem ebenfalls durchnässten Hemd an einen rostigen Balkennagel. Hungrig machten sie sich über das Brot und den Käse her. Dann begann Antoine, sie wie ein kleines Vögelchen mit Weintrauben zu füttern. Sie kicherte erneut, weil er so ein ernstes Gesicht dabei machte, als wäre es eine besonders anspruchsvolle Aufgabe.

Fasziniert bewunderte sie seinen Oberkörper. Obwohl er nicht sehr kräftig gebaut war, sah sie, dass er wohlmodulierte Muskeln besaß und trainiert wirkte. Seine Haut war glatt und olivfarben, seine Unterarme und Hände trugen noch die Spuren der Sommersonne. Marguérite folgte einem plötzlichen Instinkt und nahm ihm die Trauben aus der Hand, um sie beiseitezulegen. Langsam näherte sie sich seinem Gesicht und küsste ihn auf den Mund. Im nächsten Augenblick hielt er sie umfangen und drückte sie zurück ins Heu. Seine Lippen waren warm und fordernd.

Dieses Mal war sein Kuss anders als sonst. Sie spürte eine neue, zügellosere Leidenschaft und ein Begehren, das weit über das hinausging, was sie bislang miteinander geteilt hatten. Noch bevor sich ihre Vernunft einschalten konnte, spürte sie, wie in ihr dasselbe Verlangen wuchs. Ihr Körper bog sich ihm entgegen, und sie fühlte sein erigiertes Glied. Als seine Hand sich unter ihre Bluse schob, stöhnte sie leise auf. Sie schämte sich nicht einmal, obwohl sich das alles nicht schickte. Antoine begann, ihre Halsbeuge zu küssen und die Knöpfe ihrer Bluse zu öffnen. Dann spürte sie, wie seine Zunge mit leicht kreisenden Bewegungen immer tiefer in ihren Ausschnitt glitt, bis sie die Ränder ihres Büstenhalters erreichte. Seine Berührungen weckten in ihr eine nie gekannte Sehnsucht.

Plötzlich hielt er inne und suchte ihren Blick. Seine Augen glänzten vor Lust, aber auch unendlicher Zärtlichkeit. »Ich bin ganz verrückt nach dir, Marguérite«, brachte er mit rauer Stimme hervor. »Aber ich möchte nichts tun, was du nicht auch willst!«

Sie hörte Antoines Worte und wusste, dass es Zeit war, ihn zu bitten aufzuhören. Doch ihre Lust siegte über ihren Verstand. »Ich will es doch auch«, hörte sie sich sagen.

Um ihm zu beweisen, wie ernst es ihr war, nahm sie seinen Kopf in ihre Hände und zog ihn an sich.

»Ich werde ganz vorsichtig sein«, stieß er keuchend aus, während er sie behutsam weiter entkleidete. Gleichzeitig begann er ihren Körper zu erkunden, dann entledigte er sich selbst seiner Kleidung.

Als sie seine nackte Haut auf ihrer fühlte, spürte sie einen neuen Schauer, der ihren ganzen Körper erfasste. Antoine wusste, wie er sie berühren musste, um auch ihre Leidenschaft zu entfachen. Alles mit ihm war so einfach und gleichzeitig aufregend, dass ihr ganz schwindlig wurde. Als er schließlich vorsichtig in sie eindrang, spürte sie einen tiefen Schmerz, der sie kurz erstarren ließ. Antoine hielt sofort inne. Mit einem besorgten Blick fragte er sie, ob er aufhören solle. Doch genau das war es, was sie am wenigsten wollte. Sie griff mit ihren Fingern in sein volles Haar und zog ihn wieder zu sich herunter. Vorsichtig begann er, sich erneut in ihr zu bewegen.

Der Schmerz ließ bald nach und verwandelte sich immer mehr in Begehren. Sie wurde mutiger und ließ sich auf Antoines Bewegungen ein. Bald bestimmte sie den Rhythmus, und je mehr sie ihn führte, desto mehr verlor er die Kontrolle über sich. Gemeinsam tanzten sie durch ihre Glückseligkeit, bis er mit einem lauten Stöhnen über ihr zusammenbrach. Im selben Augenblick fand auch sie ihre Erfüllung.

Antoine wusste nicht, ob er je in seinem Leben glücklicher gewesen war als in dem Augenblick, als Marguérite in seinen Armen lag. Ihr warmer Körper blieb auch nach ihrem Liebesspiel eng an ihn geschmiegt und schaffte für den Moment eine Illusion der Unendlichkeit. Als sie sich schließlich von ihm löste, registrierte er es voller Bedauern. Hingerissen beobachtete er jede ihrer Bewegungen, während sie wieder in ihre Kleidung schlüpfte. Seine Gefühle für diese Frau überstiegen alles, was er jemals für möglich gehalten hatte.

War es denkbar, dass man sich so in einen anderen Menschen verlieben konnte? Sie waren einfach füreinander geschaffen. Nicht nur seelisch, auch im Einklang ihrer Körper. Trotz ihrer Unerfahrenheit hatte sie ihn auf eine Art beglückt, wie er es nicht für möglich gehalten hatte. Sie teilte nicht nur seine Liebe zur Musik, er konnte mit ihr auch über Dinge reden, die er sonst in sich verschlossen gehalten hatte. Sie akzeptierte ihn so, wie er war, auch wenn sie auf zwei unterschiedlichen Seiten standen. Was scherte es ihn, dass sie ein Flüchtling war und noch dazu Jüdin? Niemand musste das je erfahren. Er würde Mittel und Wege finden, ihre Identität zu verbergen. Ein großes Glücksgefühl durchströmte ihn, und er verspürte das Bedürfnis, ihrer Liebe ein besonderes Zeichen zu setzen.

Antoine kramte in seiner Hosentasche nach seinem Taschenmesser und begann, ihre Initialen in einen Balken zu ritzen: *M. et A.*, umrahmt von einem Herz.

»Ich wusste gar nicht, dass du solch ein Romantiker bist«, zog Marguérite ihn auf, während sie sich die Bluse zuknöpfte. Ihre Bewegungen hatten etwas Laszives an sich. Er musste an sich halten, sie nicht noch einmal auf die Decke zu ziehen und zu lieben. Stattdessen konzentrierte er sich auf seine Schnitzarbeit und vollendete sie gewissenhaft. Marguérite trat hinter ihn und zupfte ihm das Heu aus den Haaren. Er drehte sich um und lächelte ihr liebevoll zu. Dann küsste er sie lange und leidenschaftlich. »Wir müssen sehen, dass wir hier fortkommen«, drängte sie ihn und befreite sich zu seinem Bedauern aus der Umarmung.

Der Regen hatte mittlerweile etwas nachgelassen, doch

ihre Kleidung war immer noch klamm, sodass sie draußen die Kälte erneut zu spüren bekamen. Um sie herum herrschte dichter Nebel. Die Luft roch sogar nach etwas Schnee. Mit eingezogenen Köpfen stapften sie über die schlammigen Pfade in Richtung Tal. Er hielt Marguérites kalte Hand und spürte, wie sehr sie zitterte. Hoffentlich erkältet sie sich nicht, dachte er besorgt, während ihm selbst die Kälte in alle Poren kroch.

Marguérite sagte kein Wort, während sie den Berg hinunterliefen. Er nahm an, sie konzentrierte sich auf den nassen, glitschigen Weg. Ihre Halbschuhe waren schon ziemlich abgenutzt. Bei der großen Eiche unterhalb von Izieu wurde es Zeit, Abschied zu nehmen.

»Wann sehen wir uns wieder?« Er zog sie in seine schützenden Arme, und sie schmiegte sich eng an ihn.

»Das weiß ich nicht«, hörte er sie sagen. Ihre Stimme klang mit einem Mal zaghaft und unsicher. Dann drückte sie ihn ein wenig von sich weg und sah ihn unglücklich an. »Es war verrückt, was wir da gerade getan haben. Vielleicht ist es besser, wenn wir es dabei belassen.«

»Was redest du nur für einen Unsinn?« Er versuchte, ihre Ängste nicht ernst zu nehmen. »Hat es dir denn nicht gefallen?«

»Natürlich, aber darum geht es nicht!« Sie machte sich nun ganz von ihm los und wirkte noch unglücklicher als zuvor. »Wir haben uns da in etwas verrannt, das keine Zukunft haben wird. Ich bin Jüdin! Damit bringe ich dich nur in Schwierigkeiten!« Mit jedem Wort wurde ihre Stimme trotziger, sodass er schon fürchtete, sie hätte sich längst entschieden.

»Niemand muss je davon erfahren«, versicherte er ihr. »Du hast doch einen gefälschten Pass. Er wird dich schützen.« Er ergriff ihre Oberarme und zwang sie, ihm in die

Augen zu sehen. »Ich liebe dich, Marguérite. Alles wird gut. Du musst nur etwas Vertrauen haben.« Dann erzählte er ihr von einem Schuppen, der abseits des Dorfes lag und Verwandten von Yves gehörte. Er schlug ihr vor, sich dort zu treffen, sobald er den Schlüssel besorgt hatte. Yves hatte ihm bereits mehrfach angeboten, den Schuppen zu benutzen, um darin in aller Ruhe zu musizieren. Seine Wirtin mochte es nicht, wenn er in seinem Zimmer probte. »Wir werden uns nicht mehr lange heimlich treffen müssen«, versprach er ihr. »Bald ist der Krieg zu Ende, und dann machen wir all das, von dem wir immer geträumt haben!«

Die Leidenschaft, mit der er ihr das zu erklären versuchte, schien sich endlich auch auf Marguérite zu übertragen, denn sie lächelte endlich wieder.

»Also gut, ich werde kommen«, willigte sie schließlich ein. »Aber vor Sonntag wird es nicht gehen.«

»Hauptsache, du kommst!«

Erleichtert wollte er sie erneut küssen, doch Marguérite hinderte ihn daran und deutete auf die nicht weit entfernte Straße, auf der gerade ein Fahrzeug vorüberfuhr.

»Das war Bourdons Wagen«, stellte sie erschrocken fest. »Er hat es immer noch nicht verwunden, dass ich ihm eine Abfuhr erteilt habe.«

Antoine sah dem klapprigen Vehikel hinterher, das für eine Weile sein Tempo verlangsamt hatte, bevor es wieder schneller wurde. »Ein unangenehmer Bursche«, bemerkte er kopfschüttelnd. »Wenn er dir Ärger macht, knöpfe ich ihn mir mal mit Flambert vor. Dann lässt er dich bestimmt in Ruhe.« Er sah, wie Marguérite blass wurde.

»Lass ihn einfach in Ruhe«, bat sie ihn hastig. »Mit dem werde ich schon allein fertig.«

Plötzlich hatte sie es sehr eilig. Sie gab ihm einen schnellen Kuss auf die Wange und eilte mit großen Schritten davon. Antoine blieb noch eine ganze Weile stehen, um ihr nachzusehen. Erst dann machte er sich auf den Weg zurück nach Brégnier-Cordon. Auch er war spät dran. Zusammen mit Flambert wurde er von Laval in Belley zur Berichterstattung erwartet. Danach würde er in einem Konvoi nach Lyon zu einem weiteren Treffen mit Barbie abreisen. Er hoffte nur, dass der Obersturmführer ihm weiterhin gewogen blieb. Bisher hatte er ihm noch keine nützlichen Hinweise geliefert. Über kurz oder lang würde ihn das sicherlich verstimmen. Oder war ihm das am Ende gar nicht wichtig?

In letzter Zeit hatte er den Eindruck gewonnen, dass es Barbie mehr darum ging, ihn in seiner Gesellschaft zu haben, als dass er wertvolle Informationen von ihm erwartete. Antoine war so etwas wie das Maskottchen der SS-Truppe geworden, das ihre ausufernden Feste durch seine Musik belebte. Das brachte ihm zwar einige Vorzüge, auf der anderen Seite gab es immer noch keine Neuigkeiten über Charles und Louis. Manchmal bezweifelte Antoine, dass der Obersturmführer überhaupt ihre Freilassung betrieb. Vielleicht war das das Pfand, das er behielt und erst einlösen würde, wenn er dafür lieferte. Er würde sich etwas überlegen müssen – wenn er nur wüsste, was.

Um schneller im Dorf zu sein, nahm er die Abkürzung durch den Wald. Ein steiler Pfad, der kaum benutzt wurde, führte ins Tal hinunter. Hierher verirrten sich höchstens Jäger, wenn sie Fasanen oder Kaninchen nachstellten. Als er die Strecke ungefähr zur Hälfte zurückgelegt hatte, hörte er plötzlich die Stimmen einiger Männer, die auf ihn zuzukommen schienen. Offenbar benutzten sie den gleichen Pfad wie er, nur dass sie bergauf liefen. Sie klangen aufgeregt und schienen es eilig zu haben, gerade so, als wären sie auf der Flucht.

Antoine hatte das unbestimmte Gefühl, dass sie nicht gesehen werden wollten. Also verbarg er sich im Gehölz junger Fichten, um abzuwarten, bis sie vorübergezogen waren. Wenig später passierten drei Männer die Stelle und legten keine zwei Meter von ihm entfernt eine kurze Pause ein. Durch das dichte Nadelgebüsch war es schwer zu erkennen, um wen es sich handelte. Doch als sie sich zu unterhalten begannen, erkannte er Miron und wenig später Yves. Die Stimme des dritten Mannes konnte er nicht zuordnen.

»Wir haben sie abgehängt«, sagte Yves außer Atem. »Diese Idioten suchen noch unten an der Rhône nach uns.«

»Trotzdem sind wir nicht sicher. Wir müssen erst mal für eine Weile untertauchen und stillhalten«, erwiderte der unbekannte Mann. Er schien der Anführer zu sein, denn er wirkte sehr entschieden. »Solange die Miliz dort unten patrouilliert, werden sie jeden Fremden kontrollieren. Ich brauche einen Ort, an dem ich mich für ein paar Tage verstecken kann.«

Antoine brauchte nicht lange, bis er begriff, dass sie alle drei beim Maquis mitmischten. Und er musste kein Hellseher sein, um zu begreifen, dass sie hinter dem Anschlag auf den Holztransport steckten. Der Zufall spielte ihm gerade in die Hände. Yves hatte er schon länger im Verdacht, Mitglied der Résistance zu sein, dass auch Miron Zlatin ein aktives Mitglied war, war ihm neu. Er duckte sich noch tiefer in sein Versteck und hoffte, mehr zu erfahren. Er hatte Glück. Yves berichtete dem Unbekannten von einer Hütte weiter oben in den Bergen, wo er untertauchen konnte.

»Da findet dich niemand, denn der Zugang zu dem Unterschlupf ist ziemlich verborgen. Du musst erst eine Schlucht durchqueren und darfst dann die Abzweigung nach oben nicht verpassen.« Er beschrieb ihm ganz genau den Weg.

»Am besten, wir trennen uns so schnell wie möglich«, schlug nun Miron vor. »Man sollte uns hier oben nicht zusammen sehen. Ich schleiche mich von hinten in das Kinderheim. Keiner wird mich sehen, wenn ich durch den Hintereingang hineingehe. Gaston kann mich begleiten und im Keller abwarten, bis es dunkel wird. In der Dämmerung kann er leichter untertauchen.«

»Dann nehme ich den normalen Weg zurück ins Dorf«, entschied Yves. »Ich werde sagen, dass ich euch Brot geliefert habe, falls sie mich aufhalten.«

Damit war die Sache geklärt, und die Männer gingen weiter. Antoine wartete noch eine ganze Weile in seinem Versteck. Dann machte auch er sich auf seinen Weg.

30

Ich liebe dich!«, rief Rick übermütig, während er seinen Oberkörper aus dem heruntergekurbelten Fenster des alten VW-Busses lehnte und langsam davonfuhr.

Valerie winkte ihm hinterher. Sie vermisste ihn jetzt schon. Die gemeinsame Zeit war viel zu kurz gewesen. Ihr Vater, der neben ihr stand, legte seinen Arm um ihre Schultern und drückte sie zärtlich an sich.

»Du hängst wirklich sehr an ihm, nicht wahr?«, bemerkte er gerührt. »Das erinnert mich an meine Gefühle für Mama.«

Valerie blickte strahlend zu ihm hoch. »Mit Rick ist alles so selbstverständlich«, sagte sie voller Glück. »Bei ihm kann ich so sein, wie ich wirklich bin. Er ist der Mann, auf den ich immer gewartet habe!«

»Das freut mich für dich, mein Liebes!« Valerie klemmte ihre Schultasche unter den Arm, um zur U-Bahn zu laufen. Sie war spät dran. Doch ihr Vater schien noch etwas auf dem Herzen zu haben. »Ich fürchte, dass Jonas sich immer noch Hoffnungen macht«, gab er zu bedenken. Er wirkte mit einem Mal fast ein wenig besorgt. »Als wir an der Ostsee waren, hat er noch einmal lange mit Mama telefoniert und ihr sein Herz ausgeschüttet. Er konnte nicht verstehen, dass du euer Treffen am Freitagabend einfach abgesagt hast.«

Valerie wusste nicht, ob sie sauer sein sollte, weil Jonas sich ein weiteres Mal bei ihrer Mutter beschwert hatte, oder ob sie ein schlechtes Gewissen haben sollte. Natürlich war es ihm gegenüber nicht fair gewesen, dass sie ihm noch nicht die ganze Wahrheit gesagt hatte. Aber so etwas am Telefon zu tun, war ja auch keine anständige Art. Nichtsdestotrotz wurde es Zeit, ihn endlich vor vollendete Tatsachen zu stellen, also verabredete sie sich noch am selben Tag mit Jonas zum Mittagessen.

Als sie sah, wie Jonas sich über ihr Wiedersehen freute, verließ sie schon fast wieder der Mut. Er erwartete sie bereits in dem Restaurant, das er vorgeschlagen hatte. Sobald er sie am Eingang erblickte, sprang er von seinem Stuhl auf und kam ihr entgegen, um sie zu begrüßen. Wie immer hatte er großen Wert darauf gelegt, dass das Ambiente stimmte. Der Tisch, den er bei seinem Lieblingsitaliener reserviert hatte, war weiß eingedeckt und stand etwas abseits, sodass sie sich ungestört unterhalten konnten. Er nahm ihr den Mantel ab und rückte ihr den Stuhl zurecht, bevor er selbst Platz nahm. Auf seinen Wink kam der Ober heran und brachte ihnen zwei Gläser Prosecco.

»Danke, für mich nicht«, sagte Valerie freundlich, aber bestimmt.

Jonas nahm es ohne Widerspruch zur Kenntnis und gab dem Kellner ein Zeichen, dass er beide Gläser wieder mitnehmen sollte. Früher wäre das ein Grund für eine erste Auseinandersetzung gewesen, dachte sie erstaunt. Nun entschuldigte er sich sogar.

»Bitte verzeih, ich bin leichtsinnigerweise davon ausgegangen, dass du am Nachmittag nichts mehr für die Schule tun musst«, bemerkte er charmant und reichte ihr die Speisekarte. »Heute ist der gegrillte Tintenfisch sehr zu empfehlen. Aber ich nehme wohl Tagliata, die Steaks sind hier immer besonders zart …«

Er lehnte sich entspannt zurück und tat so, als wäre es ein ganz normales Mittagessen. Die Selbstverständlichkeit, mit der er auftrat, sollte ihr wohl zeigen, dass er es ihr nicht übel nahm, dass sie ihn am Wochenende versetzt hatte. Dieses Verhalten erinnerte sie wieder an den alten Jonas. Damit pflegte er ihr ein schlechtes Gewissen zu machen. Doch dafür war es zu spät.

Sie bestellte ein Glas Mineralwasser und einen kleinen Beilagensalat, Jonas wählte nun doch den Tintenfisch. Während sie auf das Essen warteten, erzählte er von seinen neuen Fällen, in der Annahme, dass sie daran interessiert war. Sie hörte ihm höflich zu und war erstaunt, als er sich nach relativ kurzer Zeit auch nach ihrem Schultag erkundigte. Erstaunlicherweise zeigte er echtes Interesse an den Belanglosigkeiten, die sie ihm erzählte. Das machte es ihr schwer, den richtigen Zeitpunkt zu finden, um ihm endlich reinen Wein einzuschenken. Sie beschloss, bis nach dem Essen damit zu warten. Doch gerade, als sie das Thema anschneiden wollte, kam Jonas ihr zuvor, indem er aus seiner Jackentasche einen Umschlag zog und ihn ihr mit einem strahlenden Lächeln überreichte.

»Was soll ich damit?«, fragte sie verwirrt.

»Sieh einfach nach!«

Mit einem unwohlen Gefühl zog Valerie einen Hotelgutschein für ein sündhaft teures Wellnesshotel an der Ostsee aus dem Umschlag.

»Das ist jetzt nicht dein Ernst!«, entfuhr es ihr fassungslos.

Jonas, der ihre Reaktion für freudige Überraschung hielt, grinste und griff gleichzeitig nach ihrer Hand. »Ich dachte, das ist ein angemessener Rahmen, um uns wieder näherzukommen. Ich könnte dich gleich am Freitag nach der Schule abholen, dann lassen wir es uns richtig gut gehen! Selbstverständlich hast du dein eigenes Zimmer. Ich werde nie wieder den Fehler begehen, dich vorschnell zu bedrängen.«

Valerie schloss die Augen. Das durfte einfach nicht wahr sein. Es dauerte eine ganze Weile, bis sie sich wieder einigermaßen gefasst hatte. Jonas hatte ihr Treffen offenkundig völlig falsch verstanden. Er glaubte, dass sie ihn sehen wollte, um sich mit ihm zu versöhnen. Aus seiner Sicht war das durchaus verständlich, auch wenn sie ihm niemals Hoffnungen gemacht hatte. Oder hatte sie doch?

Plötzlich verstand sie, dass sie die Situation selbst herbeigeführt hatte. Es war ihre Schuld, denn sie war Jonas gegenüber nie ganz ehrlich gewesen. Bewusst oder unbewusst hatte sie immer ein Hintertürchen zu ihm offen gelassen. Die Erkenntnis beschämte sie. Gleichzeitig wusste sie nun endlich, was sie tun musste. Sie entzog ihm mit einem Ruck ihre Hand. Dann gab sie ihm den Gutschein zurück.

»Wir beide werden nie wieder gemeinsam irgendwohin fahren«, erklärte sie mit fester Stimme. »Es tut mir aufrichtig leid, dass ich nicht früher die Kraft gefunden habe, es dir in aller Deutlichkeit zu sagen. Ich weiß, dass du dir noch Hoffnungen auf mich gemacht hast, auch nachdem wir uns getrennt haben. Aber nun weiß ich, dass es zwischen uns endgültig aus ist. Deshalb und aus keinem anderen Grund wollte ich dich sehen!«

Jonas nahm ihre Worte äußerlich gefasst auf. Doch sie sah in seinen Augen, wie enttäuscht und getroffen er sich fühlte. Es tat ihr leid, ihn so verletzen zu müssen. Gleichzeitig wusste sie, dass es die einzige Möglichkeit war. Nun hoffte sie nur noch, dass er nicht wütend reagieren würde und damit alles zerstörte, was sie einmal geteilt hatten.

»Du meinst es dieses Mal wirklich ernst, stimmt's?« Seine

Worte zeigten ihr, dass er begriff, dass sie die Tür zu einer gemeinsamen Zukunft endgültig zugeschlagen hatte.

Sie nickte ihm traurig zu und gab dem Ober ein Zeichen, dass sie bezahlen wollte. Als sie wenig später auf der Straße stand, atmete sie tief durch. Nun stand einer gemeinsamen Zukunft mit Rick nichts mehr im Wege.

Izieu, Frankreich, Januar, Februar 1944

Das Jahr begann mit heftigen Schneestürmen, die die Kolonie von Izieu mehr oder weniger von der Außenwelt abschnitten. Léa und Marguérite nutzten die Zeit, um die zerschlissene Kleidung der Kinder zu flicken und liegen gebliebene Hausarbeiten zu erledigen, während Philippe mit den Älteren an einem neuen Kinofilm arbeitete. Mademoiselle Perrier war schon vor Silvester von ihrem Weihnachtsurlaub zurückgekehrt und bestand auf ihrem morgendlichen Unterricht. Trotz der Aktivitäten im Haus war die Stimmung gedrückt. Die meisten Kinder vermissten gerade jetzt in der Weihnachtszeit ihre Eltern sehr. Viele weinten sich nachts in den Schlaf, was auch die Erwachsenen bedrückte, denn ständig kamen über das Büro der UGIF Hiobsbotschaften über Deportationen oder Hinrichtungen der Eltern oder Geschwister der ihnen anbefohlenen Kinder.

Hinzu kam die wachsende Bedrohung durch die Nazis. Gastons Verhaftung im Oktober war nur der Anfang einer ganzen Reihe von Razzien gewesen. Niemand fühlte sich mehr sicher, und das Misstrauen gegenüber der Bevölkerung wuchs, denn alle wussten, dass es Verräter unter ihnen gab. Am späten Vormittag, das neue Jahr hatte erst gerade begonnen, kam François viel zu leicht bekleidet nach Lélinaz. Er hatte den Weg von Bourdons Hof bis zur Kolonie nur mit einem Hemd und einer dünnen Jacke bekleidet hinter sich gebracht und war bis auf die Knochen durchgefroren. Der Fünfzehnjährige brachte ihnen einen Sack schrumpeliger Kartoffeln und einen Kohlkopf mit und legte ihn in der Küche ab, in der Marguérite und Léa ihre Näharbeiten verrichteten. Sabine und Miron brüteten über diversen Listen, die sich mit dem Unterhalt der Kolonie beschäftigten.

»Das ist für euch«, teilte ihnen François mit schlotternden Gliedern mit. »Bourdon hat mir endlich etwas Lohn gegeben.«

Er stellte sich an den Ofen und rieb sich seine steif gefrorenen Hände über dem Feuer. Marguérite stand auf, um dem Jungen eine Tasse Tee aufzubrühen.

»Wieso schickt der Kerl dich denn bei dem Wetter hinaus?«, wollte Sabine wissen. »Du hättest dir den Tod holen können!«

»Es war meine Entscheidung«, erwiderte François verlegen. »Monsieur Bourdon ging es heute Morgen nicht so gut … Da bin ich ihm lieber aus dem Weg gegangen.«

»Hat er dich wieder geschlagen?«, wollte Marguérite wissen.

Ihr Gewissen plagte sie, denn seit sie Lucien in seine Schranken gewiesen hatte, ließ er all seinen Unmut an dem Jungen aus. Hinzu kam, dass er noch mehr als schon gewöhnlich trank und dann zu Gewalttätigkeiten neigte. François antwortete nicht, doch sie wusste genau, dass er nur schwieg, weil er ihnen keine Sorgen bereiten wollte.

Léa ging hinaus und kam wenig später mit einem warmen Wollpullover zurück, den sie François reichte. »Der ist von Léon. Eigentlich wollte ich ihn auftrennen und etwas Neues daraus stricken, aber nun ist er bei dir wohl besser aufgehoben. Zieh deine nassen Klamotten aus und häng sie auf die Leine über dem Herd.«

Der Junge nahm den Pullover dankbar an und tat, was sie ihm aufgetragen hatte. Als er im Unterhemd vor ihnen stand, versuchte er, seinen von blauen Flecken übersäten Rücken sowie die roten Striemen zu verbergen, und zog eilig den Pulli über. Es war ihm sichtlich unangenehm, dass sie ihn dermaßen entsetzt anstarrten.

»Ich bin vom Scheunenboden gefallen«, murmelte er erklärend. »Das ist nicht weiter schlimm …«

»Du kannst jederzeit wieder zurückkommen, wenn dich Bourdon zu sehr drangsaliert«, sagte Miron besorgt. Er schien genau zu wissen, was in dem Jungen vorging. »Das ist keine Schande. Jeder weiß, was für ein Schinder der Mann ist.«

»Es ist alles gut so«, wehrte François eilig ab. »Ich komme mit Monsieur Bourdon schon irgendwie zurecht. Kann ich dann jetzt zu Jean-Paul und Octave? Ich würde gern wissen, wie es meinen Freunden geht!« Ganz offensichtlich wollte er weitere Nachfragen vermeiden.

»Geh nur.« Sabine nickte. Sie erkannte, wie unangenehm dem Jungen die Situation war. »Sie sind oben im Aufenthaltsraum. Die zwei werden sich freuen, dich zu sehen!«

François machte sich umgehend auf den Weg.

»Ich weiß wirklich nicht, warum der Junge es bei dem Grobian noch immer aushält«, entrüstete sich Léa. »Der quält ihn doch bis aufs Blut! Ich würde mir das jedenfalls nicht gefallen lassen.«

»François ist auf einem Bauernhof aufgewachsen«, erklärte Miron. »Er ist harte Arbeit gewohnt und offenbar auch einen harten Umgang. Ich werde mir Bourdon dennoch demnächst mal vorknöpfen. Er darf den Jungen nicht misshandeln.«

Kurze Zeit später klopfte es energisch an die Haustür. Die Anwesenden fuhren hoch und sahen sich alarmiert an. Allen ging ein ähnlicher Gedanke durch den Kopf. Wer sich bei diesem Wetter zu ihnen hinaufwagte, hatte keine guten Nachrichten. Sie sollten recht behalten. Es war Yves, der Bäcker, der sich auf den weiten Weg nach Lélinaz gemacht hatte, um ihnen von der Verhaftung Dr. Bendrihems zu erzählen.

»Die Gestapo kam mit zwei schwarzen Limousinen angefahren und stürmte sein Haus. Sie haben ihn vor den Augen seines kleinen Sohnes Gérard zusammengeschlagen und dann gleich abgeführt. Sie warfen ihm vor, Juden auf der Flucht unterstützt zu haben. Er ist nun in Montluc.«

Jeder von ihnen wusste, was das bedeutete. Das Gefängnis Montluc in Lyon stand für grausame Folter und Tod. Wer sich in den Händen des Obersturmführers Barbie befand, dessen Leben war nicht mehr viel wert.

»Aber wie sind sie auf ihn gekommen?«, fragte Sabine erschüttert. »Seine Tarnung war perfekt. Viele hielten ihn für einen Kollaborateur.«

Sie war leichenblass geworden, denn Albert Bendrihem war einer ihrer wichtigsten Verbündeten. Er hatte weitreichende Beziehungen zum jüdischen Kinderhilfswerk OSE und der UGIF und hatte schon Hunderten von Flüchtlingen das Leben gerettet.

»Er muss wie Gaston verraten worden sein«, knurrte Yves. »Wenn ich nur wüsste, wer der Kerl ist, dem würde ich persönlich den Hals umdrehen.«

»Vielleicht sind ihm unsere beiden Milizionäre auf die Spur gekommen. Die tun vielleicht nur so harmlos. Jeder von uns weiß doch, dass die Milizen die Handlanger der Gestapo sind.« Léa vermied es, Marguérite anzusehen.

Sie errötete prompt, weil sie genau wusste, auf was ihre Freundin anspielte. Léa machte kein Geheimnis daraus, dass sie ihr Verhältnis zu Antoine mit einigen Vorbehalten sah.

Doch dann sprang überraschend Yves für Antoine in die Bresche. »Glaub ich nicht! Flambert ist seit Wochen nicht mehr hier gewesen und kann nichts Wichtiges mitbekommen haben. Und Antoine ist in Ordnung. Er ist längst einer von uns. Das seht ihr daran, dass er dem Widerstand schon ein-, zweimal Interna der Milizen verraten hat. Von ihm wissen wir zum Beispiel, dass die Gestapo eine neue Operation plant, die schon sehr bald starten wird. Sie wollen über zweieinhalbtausend Soldaten in die Berge ins östliche Departement schicken, um die Widerstandsbewegung zu vernichten und jüdische Flüchtlinge festzunehmen. In nächster Zeit wird es hier ganz schön ungemütlich.« Yves wandte sich an Sabine und Miron. »Auch ihr seid längst nicht mehr sicher. Ich hoffe, ihr seid euch dessen bewusst.«

»Wenn wir wüssten, wohin wir die Kinder bringen sollen, wären sie schon längst weg …« Sabines Gesicht drückte mehr als Sorge aus. »Im Augenblick kann uns leider niemand helfen. In den nächsten Tagen erwarte ich jedoch Lili Garel vom Kinderhilfswerk OSE. Vielleicht wissen sie oder ihr Netzwerk irgendeinen Rat.«

Sie unterhielten sich noch eine Weile über unterschiedliche Möglichkeiten, allerdings fiel es Marguérite schwer, sich auf das Gespräch zu konzentrieren. In den letzten Wochen war ihr häufig schlecht gewesen, genau wie jetzt. Nur Léa bemerkte, wie sie sich eilig aus der Küche stahl. Nachdem sie ihren Magen entleert hatte, ging es ihr etwas besser. Sie wusch ihr Gesicht und betrachtete sich in dem halb blinden Spiegel, der am Ausgang hing. Trotz ihres erbärmlichen Zustands sah sie aus wie das blühende Leben. Ihre gewellten Haare schmiegten sich gefällig um ihr Gesicht, die Wangen waren rosig. Plötzlich fiel es ihr wie Schuppen von den Augen.

»Verdammt, du bist schwanger, Marguérite«, sagte sie zu ihrem Spiegelbild.

Wie hatte sie nur so blind sein können? Ihre Monatsblutung war seit mehr als zwei Monaten überfällig, und auch sonst mehrten sich die Anzeichen, dass etwas anders war als sonst. Ihre Brüste waren voller geworden, und sie fühlte sich irgendwie seltsam. Die Erkenntnis brachte sie völlig aus dem Gleichgewicht. Sie versuchte, die Konsequenzen zu überdenken. Eine Schwangerschaft war alles andere als passend in ihrer jetzigen Situation. Was würde Antoine sagen? Sie musste es ihm so schnell wie möglich mitteilen, und dann würden sie gemeinsam überlegen müssen, wie ihre Zukunft aussehen sollte.

Mit dem Gedanken, dass sie schon bald eine kleine Familie sein würden, kam plötzlich ein Schwall von Glücksgefühlen. Sie hatte sich immer Kinder gewünscht, auch wenn sie mit Antoine natürlich nie darüber gesprochen hatte. Ihre Beziehung war noch so frisch. Hinzu kam, dass sie sich nur sehr selten sahen, da niemand von ihrer Verbindung wissen sollte. Antoine fürchtete zu Recht, dass seine Vorgesetzten dem Kinderheim zu viel Aufmerksamkeit schenken könnten, wenn er sich offiziell zu ihr bekannte. Sie wiederum würde Sabine und Miron nur schwer vermitteln können, weshalb sie sich ausgerechnet mit einem Kollaborateur eingelassen hatte. Auch wenn Antoine mittlerweile in der Kolonie ein und ausging und ihnen hin und wieder mit Geschenken und kleinen Arbeiten half, wurde er weiterhin mit gewissem Misstrauen angesehen.

Einzig Léa war in ihr Geheimnis eingeweiht. Sie brauchte sie als Verbündete, um sich heimlich mit Antoine treffen zu können. Ihre Freundin deckte sie zwar, doch sie war nicht begeistert von ihrem Verhältnis. Sie machte keinen Hehl daraus, dass auch sie Antoine nicht traute. »Er hat Beziehungen zur Lyoner Gestapo. Seine Vorgesetzten haben Mittel und Wege, ihn unter Druck zu setzen. Vergiss das niemals!«, sagte sie ihr immer wieder. Obwohl Marguérite ihrer Freundin heftig widersprach, war ihr durchaus bewusst, dass deren Befürchtungen nicht ganz unbegründet waren. Hatte Antoine ihr nicht selbst gestanden, wie sehr ihm daran lag, seine Brüder von der Zwangsarbeit in Deutschland zu befreien? Erst nach der Rückkehr der Brüder nach Grenoble konnte er einen selbstbestimmten Weg beschreiten. So stellte sich die Frage, welchen Preis er zu bezahlen bereit war.

Marguérite versuchte, den unguten Gedanken abzuschütteln. Antoine würde niemals etwas tun, das der Kolonie schadete. Sie liebte ihn von ganzem Herzen und wünschte sich nichts mehr, als eine gemeinsame Zukunft mit ihm zu haben. Doch weit hinten in ihrem Bewusstsein blieben Zweifel, das hatten die bitteren Erfahrungen in der Vergangenheit sie leider gelehrt. Und dennoch musste sie lernen, Antoine zu vertrauen. Sie war jetzt schwanger, und das änderte alles, auch für ihn. Er war der Vater ihres gemeinsamen Kindes und stand ebenso in der Verantwortung wie sie. Ihre Liebe gab ihr neue Zuversicht.

Sie überlegte, wie sie Antoine am schnellsten eine Nachricht zukommen lassen konnte. Für gewöhnlich trafen sie sich in einem Schuppen, den sie zu einem Liebesnest umfunktioniert hatten. Den Zeitpunkt für ihre Treffen teilten sie sich über kleine Botschaften mit, die sie an einem unauffälligen Ort hinterlegten. Es gab ein Wegkreuz auf halber Strecke ins Dorf, das von Steinen umrundet war. Unter einen der Steine legten sie die Nachrichten, die nichts anderes als Datum und Uhrzeit enthielten, sodass kein Unbefugter etwas damit anzufangen wusste. Leider verhinderten die Schneemassen im Augenblick eine Verabredung. Antoine und sie hatten sich zum letzten Mal kurz vor Weihnachten gesehen.

Zu Marguérites großer Bekümmerung änderte sich das Wetter auch in den folgenden Wochen nicht. Es schneite beinahe unentwegt. Miron und die Jungen schaufelten Unmengen an Schnee beiseite, sodass wenigstens die Zufahrt zum Hof und die Eingangsbereiche zugänglich blieben. Manchmal halfen ihnen auch die Nachbarn Perticoz. Marguérite blieb nichts anderes übrig, als sich weiter zu gedulden.

Anfang Februar gab es neue Hiobsnachrichten. Wie Antoine vorausgesagt hatte, waren im Zuge der Operation Korporal über zweitausendfünfhundert deutsche Soldaten von der Gestapo abkommandiert worden, um auf der Hochebene von Hauteville und in Valromey im Departement Ain Säuberungen durchzuführen. Dabei fiel der Gestapo im Rahmen einer Razzia das Büro der UGIF in Chambéry in die Hände. Dadurch war eine wichtige Anlaufstelle für die Flüchtlinge aufgeflogen. Aus Angst vor Repressalien beschloss das Kinderhilfswerk OSE, das bislang legal agiert hatte, all seine Häuser und Büros in der südlichen Zone zu schließen und nur noch aus dem Untergrund heraus zu arbeiten. Damit war die Kolonie weitgehend auf sich allein gestellt.

Obwohl die starken Schneefälle die Aktion Mitte Februar zwangsweise beendeten, blieb das Resultat verheerend: Achtunddreißig Häuser waren von den Deutschen in Brand gesteckt worden, vierzig Personen getötet und dreihundertvierzig weitere verhaftet worden. Zweihundertneunzig Menschen hatte die Gestapo nach Deutschland deportiert. Zu den betroffenen Städten gehörten auch Belley und Hauteville, wo acht Juden verhaftet und anschließend nach Auschwitz gebracht wurden. Die Mütter des achtjährigen Georgy Halpern und des zehnjährigen Hans Ament, die bei ihnen in der Kolonie wohnten, hatten der Verhaftung durch die Gestapo mit viel Glück entgehen können.

Nachrichten wie diese trugen nicht gerade dazu bei, das Vertrauen in Menschen wie Antoine zu steigern. Léa ließ deswegen keine Gelegenheit aus, Marguérite zu warnen. »Menschen seiner Art bringen nur Unheil über uns. Wenn er wirklich zu uns gehören will, soll er sich doch bekennen! Er steht auf der falschen Seite! Versteh das doch endlich!«

Irgendwann ertrug Marguérite die Sticheleien nicht länger. Sie machte sich ohnehin Sorgen über ihre Zukunft. Außerdem würde sich ihre Schwangerschaft nicht mehr lange verbergen lassen. In ihrer Not sah sie keinen anderen Ausweg, als sich der Freundin anzuvertrauen. Wie erwartet fiel Léa aus allen Wolken. Doch als sie ihrem Entsetzen eine Weile Ausdruck verliehen hatte, beruhigte sie sich wieder und verhielt sich wie eine echte Freundin. Sie nahm sie in die Arme und versprach ihr, alles zu tun, um ihr die Situation zu erleichtern. Das machte Marguérite sehr froh.

Und dann ließen die Niederschläge endlich nach. Ein kräftiges Hochdruckgebiet brachte Sonne und trockene Luft und verwandelte den verschneiten Weiler in ein glitzerndes Wunderland. Die Kinder, die das ständige Stubenhocken hatte unruhig werden lassen, konnten endlich wieder an die frische Luft gehen. Nach dem langen Eingesperrtsein tobten sie ausgelassen durch die weiße Pracht, bauten Schneemänner und errichteten Iglus oder bewarfen sich einfach nach Herzenslust mit Schneebällen. Marguérite und Léa hielten die Kinder von der Terrasse aus im Blick, als sich über den frisch freigeräumten Zufahrtsweg ein Lieferwagen näherte.

»Das ist Yves. Er bringt uns endlich Lebensmittel«, verkündete Léa fröhlich und zog Marguérite mit sich auf den Hof. »Komm, wir sehen mal nach, was wir alles geliefert bekommen. Hoffentlich ist mal wieder etwas Fleisch dabei!«

Neben Yves saß noch jemand. Als die beiden ausstiegen und Marguérite Antoine erkannte, begann sich sofort ihr Herzschlag zu beschleunigen. Er lächelte ihr zu, und sie sah ihm an, wie schwer es ihm fiel, sie nicht gleich in seine Arme zu ziehen. Mittlerweile waren auch Sabine, Miron und Philippe aus dem Haus getreten. Sie freuten sich ebenfalls über die sehnlichst erwartete Lebensmittellieferung. Während Yves sich mit den Zlatins und dem Koch unterhielt, machte Antoine sich daran, den Kofferraum zu leeren. Mit einem großen Korb in den Armen steuerte er auf die Küche zu.

»Los, lauf ihm hinterher«, zischte ihr Léa zu, die die günstige Gelegenheit früher erkannt hatte als Marguérite. »Lots ihn in die Seidenspinnerei, da ist gerade niemand, und ihr könnt in Ruhe reden. Notfalls halte ich Yves noch ein wenig auf.«

Marguérite befolgte den Rat ihrer Freundin und begab sich möglichst unauffällig ebenfalls in die Küche. Antoine erwartete sie bereits. Kaum hatte sie den Raum betreten, zog er sie auch schon in seine Arme und küsste sie leidenschaftlich.

»Ich hab dich so vermisst«, murmelte er sehnsüchtig in ihre Halsbeuge.

»Wir müssen dringend reden!« Sie machte sich umständlich aus seiner Umarmung frei. »Lass uns rüber in die Spinnerei gehen, dort haben wir ein wenig Ruhe.«

»Das hört sich gut an …« Er lächelte ihr verschwörerisch zu und versuchte, ihr noch einen Kuss zu geben.

Nervös schubste sie ihn von sich weg. »Nun geh schon! Ich komm dir gleich durch den Hinterausgang nach.«

»Aber beeil dich!«

Antoine warf ihr einen letzten sehnsuchtsvollen Blick zu, dann verschwand er rasch. Marguérite wartete noch einen Augenblick, bevor sie ihm folgte. Durch das Fenster sah sie, wie Miron Yves zum Haus führte. Der Bäcker hatte eine Flasche Schnaps in der Hand. Sie nahm es als Zeichen, dass die beiden noch eine ganze Weile beschäftigt sein würden.

Antoine wartete ungeduldig im Nebengebäude. Vorher hatte er sich vergewissert, dass sie auch wirklich allein waren. Marguérite und er hatten sich nun beinahe zwei Monate nicht mehr gesehen, und er verging vor Sehnsucht nach ihr. Als sie endlich eintrat, sah er sofort, dass sich etwas an ihr verändert hatte. Sie erschien ihm noch hübscher und begehrenswerter als jemals zuvor. Ihr Gesicht und auch ihr Körper wirkten runder und weiblicher. Sie war einfach hinreißend. Er trat auf sie zu, um sie in seine Arme zu schließen, doch sie hielt ihn auf Abstand.

»Warte«, sagte sie verlegen. »Wir müssen erst reden.«

»Das können wir auch später noch. Ich habe nachgesehen: Wir sind allein.« Antoine scherte sich nicht um ihren Einwand, sondern zog sie wieder zu sich heran. Dieses Mal ließ sie ihn gewähren und erwiderte seinen Kuss mit einer fast verzweifelten Innigkeit, die sie noch begehrenswerter erscheinen ließ. Er begann, ihre Brüste zu streicheln. Normalerweise gefiel ihr das, und sie schmiegte sich noch enger an ihn. Doch heute sperrte sie sich gegen seine Intimität. Er nahm an, sie fürchtete, dass sie überrascht werden könnten. »Keine Angst, hier sieht uns niemand«, flüsterte er, um ihr die Furcht zu nehmen.

»Darum geht es nicht!« Marguérite machte sich nun ganz von ihm los. Ihr Blick schweifte erst zögernd durch den Raum, bevor sie ihm in die Augen sah. »Ich bin schwanger«, brach es aus ihr heraus.

»Du bist was?«

Antoine war sicher, dass er sich verhört hatte. Das durfte, nein, das konnte einfach nicht sein. Er wusste doch, wie man mit einer Frau schlief, und hatte jedes Mal aufgepasst.

»Es gibt keinen Zweifel. Ich bin schwanger«, wiederholte sie dieses Mal sehr viel nachdrücklicher.

Es war kein Missverständnis. Mein Gott! Antoine fuhr sich fahrig durch die Haare.

»Aber ich kann unmöglich der Vater sein«, rutschte es ihm heraus.

Der Schock saß so tief, dass es ihm tatsächlich absurd erschien.

»Was willst du damit sagen?«

Marguérites Augen weiteten sich vor Entsetzen, und er begriff sofort, dass er nicht sehr sensibel reagiert hatte.

»Ich meine doch nur, dass ich immer aufgepasst habe. Nach allem, was ich weiß, kannst du einfach nicht schwanger sein! Bist du wirklich sicher, dass du dich nicht täuschst?«

Ihre Augen füllten sich mit Tränen. »Glaubst du, ich denke mir das hier nur so aus?«, fuhr sie ihn ungestüm an. »Seit Wochen mache ich mir Gedanken darüber, wie ich es dir sagen soll. Dabei habe ich mir allerlei Reaktionen von dir vorgestellt, allerdings nicht die, dass du leugnest, der Vater zu sein. Hältst du mich etwa für eine Hure?«

»Aber nein!« Antoine verstand nicht, wie sie ihn so missverstehen konnte. Ihre heftige Reaktion irritierte ihn. »So … so hab ich das doch nicht gemeint«, versuchte er, sich zu rechtfertigen. »Ich glaube nur, dass du dich irrst. Bist du dir wirklich sicher?«

»So sicher, wie man sich in meinem Zustand nur sein kann«, antwortete sie hitzig.

Antoine fühlte sich völlig überfordert. »Wir können jetzt kein Kind haben«, platzte es aus ihm heraus. »Denk doch an unsere gemeinsame Zukunft! Ein Baby würde all unsere Pläne zunichtemachen. Das kannst du doch auch nicht wollen.«

Der Gedanke, Vater zu werden und diese Verantwortung auf sich zu nehmen, war ihm so fremd, dass er davon ausging, Marguérite würde es nicht anders sehen.

»Es ist nun aber nicht mehr ungeschehen zu machen«, stellte sie tief enttäuscht fest. »Dafür ist es bereits zu spät. Es ist, wie es ist.«

Ihre Lippen waren fest aufeinandergepresst. Ihr Blick trotzig und bestimmt. Antoine spürte, wie er immer ungehaltener wurde. Nicht wegen Marguérite oder wegen des Babys, sondern wegen des Umstands, dass sich schon wieder ein Hindernis zwischen sich und seine Träume schob.

»Ich kann das nicht!«, platzte es aus ihm heraus. »Nun begreif das doch.«

Marguérites Augen füllten sich erneut mit Tränen, mit geballten Fäusten stand sie vor ihm. »Ich dachte, du freust dich.«

»Wie soll ich mich denn in unserer Situation über ein

Kind freuen?«, entgegnete er verärgert über ihre Naivität. »Wie stellst du dir das vor?«

»Das weiß ich doch selbst nicht!« Ihre Stimme war ganz leise, ihre Verzweiflung war dennoch nicht zu überhören. »Ich bin von der Situation genauso überfordert wie du. Glaubst du, ich hätte mir das ausgesucht?«

»Natürlich nicht!« Antoine raufte sich erneut die Haare. Warum konnte denn nicht einmal in seinem Leben etwas so laufen, wie er es plante? Kaum glaubte er dem erdrückenden Schicksal eines Uhrmachers endlich entkommen zu sein, tappte er in eine Familienfalle. Das war ihm einfach alles zu viel. Sie mussten einen Weg aus der Misere finden. Im selben Atemzug wusste er, dass er Marguérite unrecht tat. »Bitte verzeih, aber das hat mich jetzt kalt erwischt. Wir sollten …«

Mit einer hilflosen Geste versuchte er, ihren Arm zu fassen, doch sie ging sofort auf Abstand.

»Ich muss wissen, ob du zu mir und unserem Kind stehst«, verlangte sie mit bebender Stimme.

In ihrem Blick lag eine Entschlossenheit, von der sie nichts mehr abzubringen schien.

»Natürlich möchte ich Kinder mit dir haben«, versuchte Antoine, ihr seine Sicht der Dinge zu erklären. »Aber doch nicht jetzt!« Er dachte kurz nach und kam zu der Überzeugung, dass es noch nicht zu spät sein könnte, die Sache ungeschehen zu machen. Ihm fiel ein, dass sich ein Kamerad von ihm kürzlich in einer ähnlichen Situation befunden hatte. »Ich weiß, wie wir das Problem lösen können«, setzte er behutsam an. »Ich kenne da jemanden …«

»Du willst, dass ich zu einer Engelmacherin gehe?« Er sah, wie sich ihr ganzer Körper versteifte.

»Es ist doch noch nicht zu spät, oder?« Ihr Schweigen

interpretierte er als stummes Einverständnis. »Es ist für uns beide das Beste, glaub mir!«

»Du möchtest, dass ich unser Kind umbringe«, sprach sie tonlos aus, was er nicht gewagt hatte, so deutlich zu sagen.

»Das Baby ist doch noch so klein. Es ist noch nicht mal ein richtiger Mensch. Wir können später andere Kinder haben. Wenn du willst, einen ganzen Stall voll. Du wirst sehen, dass es die beste Lösung ist. Ich komme für alles auf.«

Er hoffte, sie mit seinen Worten beruhigen zu können, und wollte sie erneut in die Arme nehmen. Mit einer heftigen Bewegung hob sie beide Hände und hielt ihn auf Abstand. Ihr fassungsloser Blick sagte mehr als hundert Worte. Mit einem Mal hatte sich zwischen ihnen eine unüberwindbare Kluft aufgetan.

»Ich werde mein Kind niemals töten«, sagte sie mit fester Stimme. »Notfalls werde ich es eben allein aufziehen.«

Ihm war nicht entgangen, dass sie nun »mein« Kind sagte und nicht mehr von »ihrem« sprach. Diese Sturheit verärgerte ihn. Begriff sie denn wirklich nicht, in was für Schwierigkeiten sie da hineinsteuerten? Es ging doch nicht nur allein um seine, sondern auch um Marguérites Zukunft. Ein Kind würde alles zerstören.

»Überleg mal, in was für eine Welt unser Kind hineingeboren würde«, bemühte er sich erneut, ihr seine Sicht der Dinge zu vermitteln. »Wenn ich mich zu euch beiden bekenne, werden meine Vorgesetzten ganz genau deine Abstammung durchleuchten. Wenn sie herausfinden, dass du Jüdin bist, ist auch das Kind in Gefahr. Sie würden es uns wegnehmen, mal ganz davon abgesehen, dass auch du dann in ein Lager kämst.«

Marguérite stieß ein freudloses Lachen aus. »Ist das alles, woran du denkst?«, fuhr sie ihn an. »Oder ist dir in Wahrheit ein Kind nur deshalb lästig, weil es deine Zukunftspläne als Musiker durchkreuzen könnte? Gib doch wenigstens zu, dass das Kleine und ich für dein zukünftiges Leben in Paris nur ein Klotz am Bein wären.«

»Wir hatten gemeinsame Pläne!«, verteidigte sich Antoine.

Ihm war durchaus bewusst, dass auch dies ein Teil der Wahrheit war. Er fühlte sich genötigt, es zu verteidigen. »Musik ist unser Leben. Ich kämpfe schon mein ganzes Leben darum, meine Träume zu verwirklichen. Und du willst es doch auch. Das weiß ich ganz genau. Denk wenigstens über meinen Vorschlag nach.«

»Das muss ich nicht«, sagte Marguérite entschieden. »Wenigstens weiß ich nun, dass ich auf dich nicht zählen kann.« Sie blickte ausdruckslos an ihm vorbei. Mit einem Mal spürte sie ein leichtes Flattern in ihrem Bauch, wie der sanfte Flügelschlag eines Schmetterlings. Als ob das Kleine ihr ein Zeichen geben wollte: Hier bin ich, ich möchte leben … »Ich habe in meinem Leben schon mehr geschafft. Ich werde dieses Kind ohne seinen Vater aufziehen.«

Damit drehte sie sich auf dem Absatz um und ließ ihn einfach stehen.

31

Die Fahrt von Berlin zurück nach Belley legte ich in glückseliger Euphorie zurück. Trotz der weit über tausend Kilometer, die mein Ziel von Berlin entfernt lag, hatte ich das Gefühl zu schweben. Meine Gedanken kreisten um nichts anderes als um die gemeinsame Zukunft mit Valerie. Es war einfach wunderbar, sich alles Mögliche auszumalen: Valerie und ich in Berlin, wir beide in Paris oder dort, wohin uns das Schicksal tragen würde. Sie war bereit, mit mir mein Leben zu teilen, und das war das Einzige, was zählte.

Mein Plan für die nächsten Tage stand bereits fest: Sobald ich meine Recherchen in Belley und Lyon hinter mir haben würde, wollte ich zu Adèle fahren, um zu sehen, wie sie mit ihrer neuen Gesellschafterin zurechtkam. Wir telefonierten jeden Tag, und ich hatte den Eindruck, dass es ihr einigermaßen gut ging. Die Nachricht, dass ich bei meinen Recherchen auf Marguérite gestoßen war, nahm sie zu meinem Bedauern mit Zurückhaltung und wenig Freude auf. Das ließ mich vermuten, dass Adèle meiner Großmutter weiterhin die Schuld an Antoines Schicksal gab und sie auch dafür verantwortlich machte, dass die beiden älteren Brüder nie entlassen worden waren. Sowohl Charles als auch Louis waren nicht aus ihrer Lagerhaft zurückgekehrt. Dass dies genauso wenig mit Fakten zu belegen war wie die Heroisierung ihres geliebten Bruders, war ein Teil ihrer Lebenslüge.

Bei aller Liebe und Dankbarkeit, die ich für sie empfand, tat sie mir diesbezüglich doch leid.

Für mich hatte die Suche nach dem wahren Schicksal meiner Großeltern inzwischen eine fast größere Bedeutung gewonnen als die Arbeit an meinem Buch. Auch wenn die Möglichkeit nicht mehr von der Hand zu weisen war, dass mein Großvater das Kinderheim an den Schlächter von Lyon verraten haben könnte, musste ich mich dieser grausamen Wahrheit stellen. *Wir vergessen unsere Fehler leicht, wenn niemand sie kennt außer uns.* Die Worte des französischen Moralisten La Rochefoucauld sollten für mich nicht zu derselben Wahrheit werden wie für Adèle. Letztendlich war sie gegen Ende ihres Lebens an ihren Lügen gescheitert.

Ich war gespannt auf alles, was mir Claudille Bertrand noch über die Vergangenheit meiner Großeltern zu erzählen wusste. Als ich sie an einem der nächsten Tage besuchte, erwartete sie mich bereits mit frisch aufgebrühtem Tee und neuen, nicht sehr schmeichelhaften Informationen über Antoine. Wie bei meinem letzten Besuch hatten wir es uns wieder in der kleinen Sitzecke gemütlich gemacht, die einen Ausblick auf den mit alten Bäumen bewachsenen Park bot.

»Ich bewundere Ihren Mut, sich so intensiv mit der Vergangenheit Ihrer Familie zu befassen«, begann Claudille, ohne ihr Erstaunen zu verbergen. »Und ich frage mich natürlich auch, weshalb Sie das tun.« Ihre dunklen Augen ruhten forschend auf mir. Ich versuchte, ihr zu erklären, wie sehr ich darunter litt, dass meine Tante sich nie der Wahrheit gestellt hatte, dass ihr Bruder ein Kollaborateur gewesen war. Sie hörte meinen Argumenten aufmerksam zu, nickte hin und wieder und betonte, als ich ihr das Wesentliche erzählt hatte, dass dieser Mechanismus der Verdrängung sich im ganzen Land wie eine Krankheit ausgebreitet hatte. »Sehen

Sie«, erklärte sie mit einem feinen, ironischen Lächeln, »nach dem Krieg gab es in ganz Frankreich nur Menschen, die für die Résistance gearbeitet haben wollten. Ich wundere mich, weshalb Hitler es dann geschafft hat, Frankreich so lange zu besetzen …« So sarkastisch die Bemerkung auch war, sie traf den Kern der Wahrheit. Adèle war da keine Ausnahme. Doch Claudille war eine viel zu kluge Frau, um die Dinge so einfach zu betrachten. Im nächsten Augenblick nahm sie Menschen wie meine Tante schon wieder in Schutz. »Es wäre dennoch ein Fehler, mit Ihrer Tante zu hart ins Gericht zu gehen«, ermahnte sie mich. »Der Mob ist mit den Kollaborateuren nach der Kapitulation nicht gerade sanft umgegangen. Jeder, der verdächtigt wurde, mit den Nazis zusammengearbeitet zu haben, wurde öffentlich an den Pranger gestellt. Man rasierte ihnen die Haare ab, hängte ihnen Schilder um den Hals, auf denen VERRÄTER stand, und jagte sie durch die Straßen, während sie mit Unrat beworfen wurden. Sie wurden gesellschaftlich geächtet, was sich zum Teil bis heute noch auswirkt. Das alles wollte Ihre Tante Ihnen und Ihrer Mutter ersparen.«

»So wie Sie es ausdrücken, hört es sich an, als wären Sie davon überzeugt, dass Antoine ein Verräter war.«

Claudille antwortete nicht sofort. Sie nippte an ihrer Tasse und schien genau abzuwägen, wie sie die folgenden Worte formulieren sollte. »Marguérite liebte Antoine. Daran erinnere ich mich noch ganz genau«, meinte sie bestimmt. »Sie hat ihm auf jeden Fall vertraut, und er hat zumindest dafür gesorgt, dass sie und ihr ungeborenes Kind der Razzia entkommen konnten.«

»Und was lässt Sie dann an seiner Loyalität zweifeln?« Ich wusste nicht, worauf die alte Dame hinauswollte.

»Nach dem Krieg gab es viele Gerüchte«, begann sie

zögernd. »Die einen glaubten, ein Bauer aus der Gegend hätte die Kinderkolonie an die Nazis verraten. Er wurde sogar vor Gericht gestellt und der nationalen Unwürdigkeit für schuldig befunden. Doch den Verrat konnte man ihm nie nachweisen.«

»Sie sprechen von Lucien Bourdon«, bestätigte ich. Sie hatte mir bereits von ihm erzählt.

»Was ich Ihnen jedoch noch nicht erzählt habe, ist, dass mir Sabine Zlatin, die damalige Leiterin der Kolonie, zu einer guten Freundin geworden ist. Ihr ist es zu verdanken, dass es dieses Memorial heute gibt …« Sie begann wieder abzuschweifen, um mir von Sabine Zlatins Verdiensten zu berichten. Doch auch diese Geschichte war mir bekannt, bis auf die Tatsache, dass Claudille und Sabine miteinander befreundet gewesen waren. Ungeduldig hörte ich mir an, was sie noch zu sagen hatte, denn ich wollte ihren Erzählfluss nicht unterbrechen. »Madame Zlatin war eine ganz außergewöhnliche Frau«, erfuhr ich. »Sie hat zeit ihres Lebens nicht aufgehört, alles über die damaligen Ereignisse zu sammeln, damit sie niemals in Vergessenheit geraten. Sie hat uns gelehrt, wie wichtig es ist, die Erinnerung an die Gräueltaten aufrechtzuerhalten. Nur so können ähnliche Taten in der Zukunft vermieden werden. Denken Sie nur an die Nationalisten, die sich heutzutage überall im Land breitmachen …«

Ich gab ihr recht und versuchte, sie wieder zum Kern dessen, was sie erzählen wollte, zurückzuführen. »Lucien Bourdon wurde also freigesprochen«, hakte ich nach.

»Er wurde auf freien Fuß gesetzt. Das ist etwas anderes!«, widersprach Claudille energisch. »Aber Sie haben natürlich recht. In einem Rechtsstaat sollte die Unschuldsvermutung gelten, bis das Gegenteil bewiesen ist.« Sie seufzte und blickte mich etwas ratlos an, bis ihr wieder einfiel, auf was sie eigentlich hinauswollte. »Verzeihen Sie, dass ich so abgeschweift bin«, entschuldigte sie sich mit einem feinen Lächeln. »Je älter ich werde, desto schwieriger wird es für mich, mich auf das Wesentliche zu konzentrieren. Marguérite hat mir damals erzählt, dass Antoine sie weggeschickt hat, weil sie sich in Sicherheit bringen sollte – nämlich in Grenoble bei seiner Schwester. Er selbst wollte zurück auf seinen Posten gehen, um ihr später zu folgen. Doch ich bezweifle mittlerweile, dass er das je vorgehabt hat. Sabine wusste von Marguérites Schwangerschaft, ihr war auch bekannt, dass Antoine das Kind ablehnte. Er fürchtete wohl nicht zu Unrecht, Schwierigkeiten mit seinen Vorgesetzten zu bekommen, wenn das herauskam. Laut der Zeugenaussage eines Handlangers von Barbie pflegte Antoine ein enges Verhältnis zum SS-Obersturmführer persönlich. Er traf ihn regelmäßig, um ihm zu berichten. Womöglich war Antoine es, der einen der besten Untergrundkämpfer, einen Mann namens Gaston, an die Nazis verriet.« Claudille sah mich bedauernd an. »Es tut mir wirklich leid, wenn ich Ihnen damit zu nahe trete«, sagte sie, »aber Ihr Großvater wurde gesehen, als er in Brégnier-Cordon in einen der Lastwagen stieg, die die Kinder nach Lyon transportiert haben …«

Es war das eine, von einem neutralen Wissenschaftler vermittelt zu bekommen, dass der eigene Großvater ein Kollaborateur gewesen war, aber etwas ganz anderes, dies gewissermaßen von einer Zeitzeugin zu hören. Ich war erschüttert und schämte mich, obwohl ich Antoine nie kennengelernt hatte. Unfähig, etwas zu sagen, verharrte ich mit gesenktem Kopf neben ihr, bis unser Schweigen auch für Claudille so unerträglich wurde, dass sie mir mitfühlend ihre Hand auf den Arm legte.

»Selbst wenn es stimmt, dass Ihr Großvater der Verräter war«, versuchte sie, mich zu trösten, »so war zumindest Ihre Großmutter eine tapfere Frau, auf die Sie sehr stolz sein können.«

»Vermutlich bleibt mir nichts anderes übrig, als es so zu sehen.«

Mehr als ein trauriges Lächeln brachte ich nicht zustande. Es tat weh zu erfahren, dass der Großvater, den ich zeit meines Lebens für einen Helden gehalten hatte, in Wirklichkeit ein Ungeheuer gewesen war.

»Konzentrieren Sie sich lieber auf die Geschichte Ihrer Großmutter«, riet Claudille. »Vielleicht finden Sie ja noch etwas mehr über sie heraus. Ich habe in den vergangenen Tagen lange nachgedacht, und mir ist wieder eingefallen, wohin mein Vater Marguérite damals geschickt hat, nachdem sie sich bei uns auskuriert hatte. Ich habe natürlich keine genaue Adresse, aber ich kann Ihnen zumindest den Ort verraten – und den Namen der Familie, an die sie sich wenden sollte. Ihren Plan, direkt nach Grenoble zu Antoines Schwester zu fliehen, musste sie zunächst fallen lassen. Die Gestapo hatte die Operation Frühling gestartet, einen Großangriff gegen die Widerstandsbewegungen in den Departements Ain und Jura. Es war beinahe unmöglich, ohne gültige Papiere über öffentliche Straßen dorthin zu gelangen. Deshalb sollte sie diese Leute aufsuchen.« Sie griff nach einem Notizzettel und reichte ihn mir. »Mir bleibt nun nichts anderes mehr übrig, als Ihnen viel Erfolg bei Ihrer Suche zu wünschen«, meinte sie abschließend. »Leider weiß ich nicht einmal, ob Marguérite jemals bei den Leuten angekommen ist.«

Claudille hob bedauernd die Hände, und ich stand auf, um mich zu verabschieden. Sie tat es mir gleich und bedachte mich mit einer herzlichen Umarmung. In ihrer rührenden Geste lag eindeutig Trost.

Noch am selben Tag verließ ich Belley und machte mich auf den Weg in das von Claudille genannte Dorf, das mitten im Vercors lag. Ich recherchierte, dass der Vercors während der deutschen Besatzung ein wichtiges Zentrum der Résistance gewesen war, er hatte als Rückzugsgebiet einer aktiven Gruppe von Maquisards gedient. Von hier aus waren etliche Partisanenüberfälle, die im Rhône-Tal und in den Alpen stattgefunden hatten, organisiert worden. In der Gegend hatte sich ein wichtiges Ausbildungszentrum samt Lazarett für die Widerstandskämpfer befunden.

Der durch tiefe Täler begrenzte Gebirgsstock im äußersten Westen der französischen Alpen war auch heute noch schwer zugänglich. Da der Fels an allen Seiten schroff anstieg, konnte das Gebiet erst im 20. Jahrhundert durch in das Gestein gesprengte Galerien für den Straßenverkehr zugänglich gemacht werden. Bevor meine Großmutter in dieses Gebiet geflohen war, waren laut Claudille am 1. Februar 1944 die Vercors-Kämpfer zu den *Forces françaises de l'intérieur* zusammengefasst worden, um von dort einen Aufstand gegen die Besatzer zu unternehmen. Die Alliierten und General de Gaulle hatten ihnen Luftlandetruppen zugesichert, die sie mit Waffen, Munition und wichtigen Gütern versorgen sollten. Die über viertausend dort versammelten Männer hatten darauf vertraut, so den Deutschen endlich den Garaus zu machen.

Doch die alliierte Zusage wurde nicht eingehalten, und die Partisanen blieben auf sich allein gestellt. Sobald die Deutschen von der Bedrohung Wind bekamen, starteten sie einen Gegenangriff. Im Juli 1944, einen Monat vor der

Befreiung Grenobles durch die Alliierten, griffen deutsche Gebirgsjäger, eine Kampftruppe der Panzerdivision und zwei Kompanien Fallschirmjäger den Vercors an. Die Dörfer Vassieux-en-Vercors und La Chapelle-en-Vercors sowie zahlreiche Einzelgehöfte wurden fast vollständig niedergebrannt. In Vassieux wurden siebzig Zivilisten zur Abschreckung hingerichtet. Gefangene Widerstandskämpfer wurden als Freischärler erschossen. Auf diese Weise starben sechshundertneununddreißig Widerstandskämpfer und zweihunderteins Zivilisten. Die deutschen Verluste betrugen gerade mal hundert Mann. Die Widerstandskämpfer, die sich hatten in Sicherheit bringen können, hatten sich im Wald von Lente versteckt, eben jenem Ort, in dessen Nähe das Dorf St. Agnan lag, in dem angeblich auch meine Großmutter Zuflucht gefunden hatte.

Mittlerweile lag der Vercors in einem Naturschutzgebiet und diente als beliebter Ausflugsort für Wanderer und Naturliebhaber. In dem malerisch vor einem Gebirgshang gelegenen kleinen Ort St. Agnan gab es eine Kirche und eine kleine Gemeindeverwaltung. Dorthin ging ich, um die Familie Matthieu Charrin ausfindig zu machen. Die Gemeindemitarbeiterin zeigte sich sehr hilfsbereit und gewährte mir Einblick in die Akten, die noch im Ort aufbewahrt wurden. Doch die Einträge gingen nur bis in die frühen Siebzigerjahre zurück, und dort war keine Familie Charrin aufgeführt. Die freundliche Frau riet mir, mich an den Pfarrer im nächsten Ort zu wenden, der mir möglicherweise Einblick in alte Kirchenbücher gewähren konnte. Doch auch dort fand ich keinen Hinweis auf eine Familie Charrin oder jemanden mit ähnlichem Namen.

Nach zwei Tagen vergeblicher Mühe musste ich einsehen, dass meine Suche wohl an einem Endpunkt angelangt war. Ich wollte schon aufgeben, aber Valerie, mit der ich jeden Tag telefonierte, riet mir, wenigstens in Ruhe mit meinen Recherchen abzuschließen. Da ich schon einmal vor Ort war, beschloss ich, mir noch das Museum der Résistance in Vassieux anzusehen und dann am nächsten Tag zu meiner Tante zu fahren. Meinen Campingbus hatte ich auf dem örtlichen Campingplatz abgestellt. Den Weg zum Museum legte ich zu Fuß zurück. Auf dem Rückweg traf ich beim Überqueren einer Wiese auf einen Schäfer, mit dem ich ins Gespräch kam.

Der Mann war überaus gesprächig und erzählte mir, dass die Schafe seiner Familie schon seit Generationen die umliegenden Wiesen abgrasten. Er kannte sich nicht nur mit Schafen aus. Auf meine Frage nach der Familie Charrin erinnerte er sich tatsächlich. Jemand mit diesem Namen hatte in einem etwas abgelegenen Weiler gelebt.

»Allerdings gehört das Gehöft schon lange nicht mehr den Charrins«, fuhr er fort und enttäuschte meine Erwartungen damit sofort wieder. »Die neuen Besitzer haben den Bauernhof schon vor vielen Jahren umgebaut, sie vermieten *gîtes* an Touristen. Keine Ahnung, ob da noch jemand weiß, was mit den Vorbesitzern geschehen ist.«

Er gab mir eine genaue Wegbeschreibung. Ich machte mir keine allzu großen Hoffnungen, beschloss jedoch hinzufahren. Die Möglichkeit, auf noch lebende Zeitzeugen zu treffen, war mehr als unwahrscheinlich. Die Leute, die Marguérite damals aufgenommen hatten, mussten heute an die hundert Jahre alt sein. Davon abgesehen war es nicht einmal sicher, dass sich noch jemand an die Vorbesitzer erinnerte. Dennoch wollte ich den Ort sehen, schon allein, weil dort mit einiger Wahrscheinlichkeit meine Mutter geboren war. Ich stellte mir vor, ihr auf diese Art noch einmal nah sein zu können. In diesem Moment vermisste ich sie sehr. Ihr viel zu früher Krebstod wurde mir einmal mehr schmerzlich bewusst.

Im Nachhinein verdamme ich diesen romantischen Gedanken. Wäre ich doch nur gleich zu Adèle gefahren, dann wäre mir viel Unglück erspart geblieben. Doch das Schicksal würde seinem Ruf nicht gerecht, könnte man es nach seinem Gutdünken selbst lenken.

Der Weiler Les Trucs war eine Ansammlung mehrerer größerer und kleinerer Steinhäuser und Scheunen. Die Besitzer betrieben ökologische Landwirtschaft und hatten in die Nebengebäude geschmackvolle Ferienwohnungen integriert. Die Bauersfrau, eine geschäftstüchtige Frau Mitte dreißig, empfing mich herzlich. Sie hielt mich für einen Urlauber, der eines ihrer *gîtes* mieten wollte, und zeigte mir bereitwillig ihr Anwesen. Um mir in Ruhe einen Eindruck machen zu können, ließ ich sie eine ganze Weile in dem Glauben. Erst gegen Ende ihrer Führung rückte ich mit der Sprache heraus – ich erklärte ihr die Hintergründe meines Besuches und erkundigte mich nach Matthieu Charrin und seiner Familie.

»Oh, natürlich erinnere ich mich an Matthieu und seine Frau Irène«, überraschte sie mich. »Die beiden waren wie Großeltern für mich. Sie lebten noch lange in dem kleinen Häuschen dort hinten.« Sie zeigte auf ein Steinhaus, das nun ebenfalls als Ferienwohnung diente. »Mein Vater kaufte den Hof schon in den Siebzigerjahren«, verriet sie mir bereitwillig. »Meine Schwestern und ich sind hier aufgewachsen. Matthieu hat meinem Vater immer wieder bei Arbeiten ausgeholfen. Er und seine Frau lebten bis 1994 bei uns. Dann ist er gestorben, und Irène zog in ein Altenheim. Sie starb ein oder zwei Jahre später.«

»Hatten die beiden Kinder?«, erkundigte ich mich.

»Leider nein! Sie starben ohne Nachkommen, deswegen haben sie den Hof ja auch an meinen Vater verkauft!«

»Dann gibt es also niemanden mehr, der sich an die Zeit gegen Ende des Krieges erinnern könnte …« Es gelang mir nur schwer, meine Enttäuschung zu verbergen. »Es ist nämlich gut möglich, dass hier auf Ihrem Hof meine Mutter geboren wurde«, antwortete ich auf ihren fragenden Gesichtsausdruck hin. »Im Spätsommer 1944.«

»Dann war Ihre Großmutter auch eine Maquisarde?«, fragte die Bauersfrau voller Respekt.

Ich zuckte mit den Schultern. »Ich weiß leider nicht allzu viel über sie.«

»Noch heute erzählen die Leute von den Ereignissen damals.« Sie dachte eine Weile nach, bevor sie fortfuhr. »Matthieu gehörte auf jeden Fall auch zur Résistance. Ich erinnere mich nicht, an welchen Aktionen er im Einzelnen beteiligt war. Ich weiß nur, dass er gut vernetzt war und Beziehungen zu den Partisanen an der Rhône und besonders nach Aix-en-Provence hatte. Wir wohnten schon auf dem Hof, als er immer noch Besuch von alten Kampfgenossen bekam. Einer davon war Xavier, sein ehemaliger Knecht.« Ihr Gesicht erhellte sich. »Möglicherweise weiß der noch etwas aus dieser Zeit. Wenn mich nicht alles täuscht, lebt er noch in St. Agnan. Sein Nachname ist Moulin.«

Ich bedankte mich herzlich bei der sympathischen Frau und machte mich wieder auf den Weg. Da das Gemeindeamt in St. Agnan bereits geschlossen hatte, konnte ich erst am nächsten Tag seine Adresse in Erfahrung bringen. Den Abend verbrachte ich in meinem Bus auf einem Campingplatz. Da es draußen mittlerweile ungemütlich kalt geworden war, stellte ich die Standheizung an und ließ das Erlebte noch einmal Revue passieren. Wenig später fegte ein Unwetter über den fast verlassenen Campingplatz und riss unzählige Blätter von den Bäumen. Der Wind rüttelte an meinem alten Bus, sodass ich bereute, nicht doch ein *gîte* gemietet zu haben. Außerdem fühlte ich mich einsam. Ich beschloss, Valerie anzurufen, um sie über den neuesten Stand meiner Nachforschungen zu informieren. Sie freute sich, meine Stimme zu hören, aber wegen des heftigen Regens und der mächtigen Felswände um mich herum war die Verbindung so schlecht, dass unser Gespräch immer wieder unterbrochen wurde. Notgedrungen musste ich es schließlich beenden.

»Ich melde mich morgen, wenn ich bei Adèle bin«, versprach ich ihr.

Am nächsten Morgen hüllte dichter Nebel die Landschaft in ein gespenstisches Licht. Die Luft war feucht und kalt, als ich meinen Campingbus startklar machte, um nach St. Agnan zu fahren. Ein freundlicher Mitarbeiter der Gemeinde gab mir Moulins Adresse. Wie sich herausstellte, hatte er früher ebenfalls als Gemeindeangestellter gearbeitet und lebte jetzt in einer günstigen Wohnung gleich neben der Kirche.

Ich ließ meinen Bus stehen und machte mich zu Fuß auf den Weg. Meine Erwartungen waren nicht allzu hoch, aber dennoch verspürte ich eine gewisse Anspannung, als ich an seiner Tür klingelte. Es dauerte eine ganze Weile, bis ich schlurfende Schritte vernahm, und noch einige Zeit, bevor die Tür geöffnet wurde. Dann stand ich endlich einem gebrechlichen alten Mann gegenüber, der sich schwer auf einen Rollator stützte. Er wirkte ziemlich verwahrlost.

»Mein Name ist Rick Mardieu«, klärte ich ihn rasch auf, »ich habe Ihre Adresse vom Gemeindeamt.« Der Mann regte sich nicht, sondern musterte mich nur argwöhnisch. Wahrscheinlich überlegte er, ob er mir die Tür gleich wieder vor der Nase zuschlagen sollte. »Ich würde gern etwas mehr über meine Mutter erfahren, die vermutlich hier in der Gegend geboren wurde. Das war 1944, kurz vor Kriegsende.«

»Und was hab ich damit zu schaffen?«, grunzte Xavier Moulin unfreundlich.

»Ich möchte herausfinden, ob Sie meine Großmutter kannten. Bitte lassen Sie es mich erklären! Kann ich vielleicht reinkommen?«, erwiderte ich vorsichtig. Ich sah an Moulins Miene, wie er darüber nachdachte. Sein Wunsch, mich abblitzen zu lassen, kämpfte mit seiner Neugier. Schließlich siegte Letztere, vermutlich, weil er ein einsamer alter Mann war.

»Von mir aus«, brummte er schließlich und ließ mich widerwillig an sich vorbei.

In der Wohnung roch es nach abgestandener Luft und Urin. Moulin forderte mich auf, ihm zu folgen, dabei brabbelte er unfreundlich vor sich hin. Er führte mich in eine enge Küche, in der ein Gasherd, eine Steinspüle und ein kleiner Tisch mit zwei Stühlen standen. Durch ein schmales verschmutztes Fenster mit vergilbten Gardinen fiel trübes Licht. Der alte Mann hatte sich gerade einen Kaffee aufgebrüht. Schwerfällig ließ er sich auf einem der Stühle nieder und hob erwartungsvoll sein Kinn. Ich nahm mir die Freiheit, auf dem anderen Stuhl Platz zu nehmen.

»Also, was wollen Sie wissen?«, blaffte Moulin unfreundlich. Als ich nicht gleich antwortete, wurde er misstrauisch. »Oder sind Sie etwa vom Sozialamt? Dann können Sie gleich wieder verschwinden. Sie sehen doch, dass ich ganz gut allein zurechtkomme!«

»Ich bin von keinem Amt«, versicherte ich rasch. »Wie gesagt. Es geht um meine Mutter und meine Großmutter. Vielleicht erinnern Sie sich ja noch an sie. Sie haben doch früher in Les Trucs auf Matthieu Charrins Hof gearbeitet, nicht wahr?«

»Wieso wollen Sie das wissen?« Xavier blieb weiter misstrauisch und stur. Es kostete mich geraume Zeit, bis ich ihm in einfachen Worten erklärt hatte, weshalb ich hier war. Nach einer Weile gab der alte Mann endlich seine Zurückhaltung auf. Während er sich Unmengen von Zucker in seinen Kaffee schüttete, hörte er mir mit wachsender Aufmerksamkeit zu. »O ja, ich erinnere mich noch genau an die hübsche junge Frau, die damals zu uns auf den Hof kam«, meinte er plötzlich mit einem breiten Grinsen. Ich sah, dass sein Mund bis auf wenige Relikte zahnlos war. Seine Antwort ließ sofort eine vage Hoffnung in mir aufkeimen. »Die Kleine war Jüdin und hochschwanger. Kam wohl aus irgendeinem Kinderheim, in dem die Nazis eine Razzia gemacht haben. Sie ist ihrer Deportation nur knapp entgangen. Die *boches* haben sie nicht erwischt, weil sie bei einem Freund von Matthieu Unterschlupf gefunden hat.« Er klopfte mit seinen knotigen Fingern stolz auf den Tisch. »Wir haben damals alle für den Untergrund gearbeitet und den Deutschen so manches Schnippchen geschlagen, verstehen Sie?«

»Das war sehr mutig und gewiss nicht immer leicht«, bestätigte ich. Mein ganzer Körper kribbelte vor Aufregung. »Sie waren also auch bei der Résistance?«

»Ich war Kundschafter, weil ich mich in den Bergen gut auskannte«, erklärte Moulin stolz. »Gehörte zu Matthieus Gruppe. Er vertraute mir wie kaum einem anderen.«

»Hieß die Frau, die damals bei Ihnen war, vielleicht Marguérite?«, versuchte ich, wieder zum Thema zurückzukehren.

Das Gesicht des alten Mannes erhellte sich erneut. »O ja! Nun erinnere ich mich wieder. Als sie hier ankam, nannte sie sich Marguérite, aber dann haben wir ihr einen anderen Namen gegeben, weil es in unserer Gruppe noch eine Marguérite gab. Wie war er nur gleich wieder …«

Er überlegte angestrengt, als hinge davon alles Weitere ab. Doch mir war der Spitzname im Augenblick nicht so wichtig. Ich wollte herausfinden, ob es sich wirklich um meine Großmutter handelte.

»War Marguérite lange in Les Trucs?«, versuchte ich, Moulin bei der Stange zu halten.

Er blinzelte verwirrt, bevor er sich wieder besann. »Sie war auf jeden Fall noch da, als die Deutschen hier alles niedergemacht haben.« Plötzlich verdüsterte sich seine Miene, und er ballte seine Hände zu Fäusten. »Wir mussten uns damals wochenlang im Wald von Lente verstecken, während die Frauen hier die Stellung gehalten haben. War 'ne gefährliche Zeit, wenn jemand wie du sich überhaupt vorstellen kann, was das bedeutet!« Er warf mir einen abschätzigen Blick zu. Ganz selbstverständlich duzte er mich mit einem Mal.

»Meine Generation hatte Glück, dass sie so etwas nicht erleben musste«, versicherte ich ihm, woraufhin er bestätigend nickte.

»Verdammtes Glück!«

Ich musste ihn am Reden halten. »Was ist mit den Frauen geschehen, als ihr Männer euch im Wald versteckt habt? War es nicht gefährlich, sie den Deutschen zu überlassen?«

»Wer den Nazis in die Finger kam, hatte tatsächlich nichts zu lachen«, bestätigte Moulin grimmig, »aber Irène und diese … Verdammt, wie haben wir sie noch mal genannt?« Seine Gedanken wanderten erneut ab.

»Den beiden ist also nichts geschehen?«, half ich ihm wieder auf die Sprünge.

Moulin schüttelte unwillig den Kopf, wobei ich mir nicht sicher war, was das bedeutete. Dann begann er, wie wild in seinem Kaffeebecher zu rühren.

»Wieso wollen Sie noch mal so genau wissen, was mit dieser Frau geschehen ist?«, verlangte er unvermittelt zu erfahren.

Seine rot geränderten Augen machten einen eindeutig verwirrten Eindruck. Plötzlich war ich mir nicht mehr sicher, inwieweit der Mann noch seinen Verstand beieinanderhatte.

»Marguérite, diese schwangere Frau, war mit ziemlicher Sicherheit meine Großmutter«, erklärte ich noch einmal. »Sie muss damals kurz vor ihrer Niederkunft gestanden haben. Es ist gut möglich, dass sie ihr Kind hier zur Welt gebracht hat. Es war ein Mädchen, und dieses Mädchen war meine Mutter, verstehen Sie?«

Ich sah ihn erwartungsvoll an. Moulin kratzte sich am Kopf und sagte eine ganze Weile gar nichts mehr. Vermutlich war alles, was der Mann bislang von sich gegeben hatte, von keinerlei Bedeutung. Doch dann ging ein Leuchten über sein Gesicht, dem ein trauriges Lächeln folgte.

»Stimmt, ja! Die Frau hat hier tatsächlich ein Mädchen auf die Welt gebracht«, bestätigte er mir endlich. »Was dann jedoch folgte, damit hatte niemand gerechnet …«

»Gab es Komplikationen?«

Moulin sah mich irritiert an. »Wieso Komplikationen?« Er dachte nach und nickte. »Na ja, so kann man es natürlich auch sehen«, fügte er hinzu.

»Was war es denn, mit dem niemand gerechnet hat?«, erinnerte ich ihn angespannt. Seine umständliche Art begann, an meinen Nerven zu zehren.

»Sie wissen es also gar nicht?«

»Was soll ich denn wissen? Ich wäre nicht hier, wenn ich wüsste, was damals geschehen ist.« Dann glaubte ich zu begreifen. »Ist meine Großmutter bei der Geburt meiner Mutter gestorben?«, erkundigte ich mich vorsichtig.

»Keinesfalls! Sie haben wirklich keine Ahnung, was?« Der alte Mann grinste selbstgefällig. »Gigi, ja so hieß sie, Gigi hat damals Zwillinge auf die Welt gebracht. Wenige Minuten nach dem Mädchen kam noch ein Junge zur Welt.«

»Sie … sie bekam Zwillinge?«

Diese Nachricht brachte mich völlig aus dem Konzept. Aber noch etwas ließ mich stutzen. Er hatte Marguérite Gigi genannt. Den Namen hatte ich bereits von Valerie und Aaron mehrfach gehört. Allerdings in einem ganz anderen Zusammenhang. Die Nachricht musste ich erst einmal verdauen. Tausend Gedanken gingen mir gleichzeitig durch den Kopf. Ich versuchte, sie zu ordnen, dann wurde mir langsam ihre Tragweite bewusst.

Moulin nickte unterdessen eifrig und war nun gar nicht mehr zu bremsen. »Das Mädchen war ziemlich klein und schwach, aber der Junge war kräftig und stark, wie es sich für einen kleinen Mann gehört!«

»Und … und … was ist mit ihnen geschehen?«

In meinem Unterbewusstsein begann es zu arbeiten. Hatte Valerie mit ihrer mir damals so lächerlich vorkommenden Ahnung etwa doch nicht danebengelegen? War Marguérite beziehungsweise Gigi unsere gemeinsame Großmutter? Das konnte, das durfte einfach nicht sein. Moulin fuhr fort. Er wurde richtig mitteilsam. Leider ließ jedes seiner nun folgenden Worte die Ahnung immer mehr zur Gewissheit werden.

»Wir waren alle ziemlich überrascht«, sprudelte es aus ihm heraus. »Keiner von uns hätte gedacht, dass die zarte Gigi Zwillinge unter dem Herzen trug.« Dann schlug er sich mit der Faust gegen den Kopf und strahlte übers ganze Gesicht. »Nun erinnere ich mich sogar wieder an die Namen der Babys. Das Mädchen hieß Isabelle wie meine kleine Schwester. Und der Junge …« Er kam doch wieder ins Grübeln. »Der hatte einen biblischen Namen. Wie war der noch mal?« Xavier Moulin verzog angestrengt das Gesicht, während mir abwechselnd heiß und kalt wurde. Das konnte, das durfte einfach nicht sein. »Der Kleine hieß Aaron!«, verkündete er erleichtert und machte damit all meine Hoffnungen zunichte, falsche Schlüsse gezogen zu haben. Den Rest seiner Erzählung nahm ich wie hinter einem dichten Schleier wahr. »So groß die Freude über die Kleinen auch war«, fuhr er unbeirrt fort, »so viele Probleme brachten sie mit sich. Die Gegend war nach der Invasion der *boches* nicht mehr sicher. Die Soldaten haben alle Häuser durchsucht und die Papiere der Bewohner kontrolliert. Gigi hatte keine Papiere. Sie und die Kinder waren in großer Gefahr und mussten rasch untertauchen. Allein mit beiden hätte sie das niemals geschafft. Also war sie gezwungen, sich von einem der Kleinen zu trennen. Das ist ihr nicht leichtgefallen. Ich erinnere mich noch, wie sehr sie weinte, als sie Irène mit dem Mädchen zurücklassen musste. Sie wurde, glaube ich, zu einer Großtante nach Grenoble gebracht. Dann hat Matthieu Gigi und den Jungen über die Berge in die Nähe von Aix gebracht. Dort hatte er andere Freunde aus dem Untergrund, die die zwei aufnahmen. Gigi hat sich den Maquisards angeschlossen und wurde eine bekannte Kämpferin für die Résistance. Irgendwann wurde sie jedoch festgenommen und später von den Milizen erschossen.« Moulin hatte plötzlich Tränen in den

Augen. »Wenn Gigi wirklich deine Großmutter war, kannst du mächtig stolz auf sie sein!«

Wie benommen verabschiedete ich mich von dem alten Mann. Ich versuchte, mir einzureden, dass er dement war und ich seinen Erzählungen nicht zu glauben brauchte. Doch bei all seiner Verwirrtheit hatte er sich ganz genau an die Vergangenheit erinnert, und die Tatsache, dass er sogar die Namen von Marguérites Kindern kannte, räumte jegliche Zweifel aus.

Mit einem Mal passten die vielen, scheinbar zusammenhangslosen Puzzlestücke zueinander und ergaben ein schlüssiges Bild. Um meine Schlussfolgerungen zu beweisen, bedurfte es nur noch eines einfachen Gentests, der beweisen würde, dass Valerie und ich miteinander verwandt waren. In diesem Moment wünschte ich mir von ganzem Herzen, ich hätte die Suche nach meinen Großeltern nie begonnen.

Brégnier-Cordon, Lyon, Frankreich, Februar 1944

Antoine fühlte sich nach der Begegnung mit Marguérite wie betäubt. Vor sich hin grübelnd saß er neben Yves in dessen Lieferwagen und war froh, als sie Brégnier-Cordon endlich erreichten. Kaum waren sie dort angelangt, zog er sich in sein Zimmer zurück. Während er auf seinem Bett lag und auf das Funkgerät stierte, über das er seine Befehle erhielt, grübelte er weiter über die Dinge nach, die Marguérite ihm an den Kopf geworfen hatte. War es wirklich falsch, wenn er an seinem Traum festhielt, sich als Musiker in Paris eine Karriere aufzubauen? Marguérite hatte doch auch daran geglaubt! Wie konnte ihr das ungeborene Kind plötzlich wichtiger sein als die Verwirklichung ihrer gemeinsamen Träume? Hatte er sich so in ihr getäuscht? Stellte sie ihn nicht vielmehr einfach vor vollendete Tatsachen und setzte ihn damit unter Druck?

Je mehr er darüber nachdachte, desto mehr gewann er den Eindruck, dass das Kind sie zwang, ein biederes Familienleben zu führen, aus dem er nie wieder würde ausbrechen können. Sein Leben würde genau zu dem werden, was er immer hatte vermeiden wollen. Selbst wenn es ihnen gelingen sollte, Marguérites jüdische Herkunft zu verbergen, würde er einem ordentlichen Beruf nachgehen müssen, um die Familie zu ernähren. Er hätte gar keine andere Wahl, als wieder zurück nach Grenoble zu gehen, um dort als Uhrmacher im väterlichen Betrieb zu arbeiten. Allein dieser Gedanke schnürte ihm den Hals zu. Das konnte und wollte er nicht tun. Er konnte einfach nicht mehr zurück nach Grenoble. Dafür hatte er bereits viel zu viel riskiert. Der quälende Dienst bei der Miliz, die schändlichen Dinge, an denen er mitgewirkt hatte. Das alles würde ihn zusätzlich bedrücken, wenn er wieder in sein altes Leben zurückging.

Sein Gewissen plagte ihn schon jetzt an jedem einzelnen Tag, weil er Barbie Gastons Versteck verraten hatte. Er redete sich den Verrat schön, indem er sich sagte, dass er einen Verbrecher seiner gerechten Strafe zugeführt hatte. Gaston war für etliche Anschläge verantwortlich, bei einem war Christophe ums Leben gekommen. Er würde nie vergessen, wie sein junger Kamerad in seinen Armen verblutet war. Die Denunziation sollte Gastons gerechte Strafe sein.

Doch waren die Taten Gastons und seiner Leute wirklich verwerflicher als das, was er und seine Auftraggeber taten? Sein Verrat hatte einen hohen Preis, denn die Albträume mit dem erschossenen jüdischen Jungen plagten ihn immer wieder und ließen ihn mehr denn je zweifeln an dem, was er tat. Hinzu kam, dass Barbie gar nicht daran dachte, ihn wegen seiner Verdienste von der Angel zu lassen. Im Gegenteil, er schätzte ihn nun als Doppelspion umso mehr und erwartete weitere Erfolge. Welch teurer Preis für eine schreckliche Fehlentscheidung! Durch seinen Verrat hatte er nicht nur Yves und Miron, sondern auch Marguérite hintergangen – die Menschen, die es wirklich gut mit ihm meinten. Was er als Befreiungsschlag für eine gemeinsame Zukunft mit Marguérite geplant hatte, stellte sich nun als ein riesiger Fehler heraus.

Plötzlich kam ihm in den Sinn, dass womöglich dies der wahre Grund dafür war, dass er sich so vor der Verantwortung scheute. Er hatte Angst davor, neue Fehler zu begehen und seiner Aufgabe nicht gerecht werden zu können. Marguérite stand für ihre Überzeugungen ein und kämpfte für das, was ihr wichtig war. Er hingegen war nichts als ein windiger Opportunist, der sich durch sein Leben lavierte. Je länger er nachdachte, desto weniger konnte er seinen früheren Überzeugungen folgen. Auch wenn Barbie nicht müde wurde, ihm zu erklären, dass es ein freies Frankreich nur unter der Schutzherrschaft der Nationalsozialisten geben konnte, war er selbst längst nicht mehr überzeugt davon. Sogar in die hinterste Provinz war mittlerweile durchgedrungen, dass sich die Alliierten zusammentaten und eine baldige Invasion in Frankreich mehr als wahrscheinlich war.

Die militärische Lage der Deutschen war kritisch. An der Ostfront wurden sie immer weiter zurückgedrängt, und auch sonst wuchs der Widerstand gegen die Besatzer. Dadurch könnte sich das Blatt rasch gegen Hitler wenden, und die Nazis würden gezwungen sein, ihr Territorium wieder aufzugeben. Dieser Meinung schienen viele im Land zu sein, denn der Widerstand wurde immer massiver. Es war, als wehte ein neuer Wind der Hoffnung im besetzten Frankreich, dem selbst er sich nicht verschließen konnte.

Marguérite hatte ihm in so vielerlei Hinsicht die Augen geöffnet. Seit er sie und die Menschen des Kinderheims kannte, wusste er, wie irrwitzig der ideologisch motivierte Rassismus der Nazis war. Wie konnte man Menschen nur wegen ihrer Rasse oder Religion hassen und verfolgen? Wieso sollten Juden weniger wert sein als dem Christentum zugehörige Deutsche oder Franzosen? Was hatten ihnen die Menschen denn schon anderes getan, als dass sie einen anderen Glauben hatten? Von der jüdischen Weltverschwörung hatte er jedenfalls noch nichts mitbekommen. Im Gegenteil. Von Sabine, Yves und Miron konnte jeder etwas lernen. Der Wagemut, sich für die Unterdrückten und Verfolgten einzusetzen, ihre Menschlichkeit und der Wunsch, sie in eine bessere Welt zu führen, beseelten sie und verliehen ihnen die Kraft, sich gegen eine Übermacht aufzulehnen. Wären die Umstände andere und befände er sich nicht in dieser vermaledeiten Zwickmühle, in die er sich selbst hineinkatapultiert hatte, würde er sich ihnen von Herzen gern anschließen. Doch nun hatte er keine Wahl mehr. Barbie hatte ihn in seiner Gewalt, und er war gezwungen, ihm weiter zuzuarbeiten, bis es dem Obersturmführer gefiel, ihn aus seinen Diensten zu entlassen.

Mit einem Mal wurde ihm der Irrwitz seiner Situation klar. Was war er nur für ein verblendeter Idiot gewesen! Man hatte immer eine Wahl. Wenn er nicht endlich einen klaren Schlussstrich zog und sich für eine Seite entschied, würde er ewig in diesem Dilemma stecken bleiben. Dabei ging es nicht nur darum, sich für den Maquis zu entscheiden, sondern auch darum, welchen Stellenwert die Musik für ihn hatte. Das wirklich Wichtige in seinem Leben war nicht sein Traum von einem Leben in Paris, erkannte er mit einem Mal glasklar, sondern Marguérite. Ihre Liebe und Zuneigung waren das Wertvollste, was er jemals besessen hatte. Sie war der erste und einzige Mensch, der ihn so annahm, wie er war. Sie versuchte erst gar nicht, ihn zu verbiegen, und vergab ihm sogar seine Fehler. Wie hatte er sie nur so vor den Kopf stoßen können? Nicht eine Sekunde hatte er daran gedacht, wie sie sich fühlte. Das Baby, ihrer beider Kind, wuchs in ihr heran, und er dachte nur an seine Karriere? Eine Welle von Scham und Reue überrollte ihn. Was war er nur für ein verdammter Dummkopf gewesen? Er musste Marguérite so schnell wie möglich um Verzeihung bitten.

In dem Augenblick, als er seine Entscheidung traf, meldete sich sein Funkgerät. Er wurde umgehend zum Hauptquartier der Gestapo nach Lyon beordert. Barbie verlangte höchstpersönlich nach ihm. Schweren Herzens verschob er sein Vorhaben und machte sich gleich auf den Weg. Noch am selben Abend traf er in Lyon ein. Der Obersturmführer empfing ihn in aufgeräumter Laune. Er saß in seinem Sessel in seinen privaten Gemächern des Hôtel Terminus, auf dem Beistelltisch eine Kristallkaraffe mit feinstem Cognac, aus dem er sich gerade einschenkte. Neben dem Sessel, auf dem er mit übereinandergeschlagenen Beinen saß, lagen zwei Schäferhunde, die wachsam knurrend ihren Kopf hoben, als Antoine die Suite betrat. Das Schiefmaul hielt sich im Hintergrund, ohne ihn zu beachten. Jedes Mal, wenn Antoine ihn sah, überkam ihn ein heimliches Schaudern. Alle im Hauptquartier kannten die sadistischen Vorlieben von Barbies persönlichem Assistenten. Antoine war immer noch nicht klar, was einen Mann wie den Obersturmführer dazu brachte, sich mit solch einem Subjekt zu umgeben.

»Cognac?« Barbie bot ihm nach der formellen Begrüßung den gegenüberliegenden Sessel an und schenkte ihm auch schon einen ordentlichen Schluck in einen Schwenker. Antoine blieb nichts anderes übrig, als mit seinem Vorgesetzten anzustoßen, obwohl er auf den Alkohol lieber verzichtet hätte. Jetzt, da er sich entschieden hatte, fühlte er sich unwohl in Barbies Gesellschaft. Der Gestapomann hatte einen scharfen Verstand und einen sechsten Sinn, wenn jemand etwas vor ihm zu verheimlichen suchte. Außerdem fürchtete er sich vor dem, was dieses Mal von ihm verlangt wurde. »Kommen wir gleich zur Sache«, begann Barbie und bildete mit seinen Händen vor seinem Bauch eine Raute. »Ich habe Order vom Führerhauptquartier, den Süden von jeglichem Unrat zu befreien. Die Razzien der letzten Tage und Wochen waren nur ein kleiner Vorgeschmack auf das, was nun folgen wird. Mit der Operation Frühling, die spätestens im April starten wird, werden wir alles ausmerzen, was sich uns in den Weg stellt. Gemäß den Richtlinien unseres Führers werden wir den Krieg auf zwei Ebenen führen. Wir werden militärisch den Kampf gegen die Widerstandsgruppen angehen, sie endgültig an ihrer Wurzel packen und vernichten. Und wir werden dafür sorgen, dass sich keinerlei jüdisches Gesindel mehr in diesem Teil des Landes aufhalten wird. Die Juden werden allesamt aufgespürt und in deutsche Lager überstellt, wo man sie abschließend einer Endlösung zuführen wird.«

Antoine gelang es nur mit Mühe, seine Erschütterung zu verbergen. Die Emotionslosigkeit, mit der Barbie von der Vernichtung von Menschen sprach, war mehr, als er ertragen konnte. Ihm wurde zum ersten Mal in aller Konsequenz bewusst, dass dies nichts anderes hieß, als dass die Nazis dabei waren, die Juden als Volk auszulöschen. Das war so unglaublich, dass er Mühe hatte, sich das vorzustellen. Im nächsten Augenblick wurde ihm klar, in welch großer Gefahr sich das Waisenhaus von Izieu befand. Sämtliche Versuche, die Herkunft der Kinder zu verschleiern, würden nicht ausreichen. Die Bewohner der Gegend waren nicht dumm und machten sich sicher längst ihre eigenen Gedanken. Es musste ja nicht einmal böse Absicht sein, aber durch einen gedankenlosen Versprecher gegenüber einem Kollaborateur konnte man dem Kinderheim leicht auf die Spur kommen.

»Sie wirken etwas sprachlos, Mardieu«, zog ihn Barbie auf. »Macht Ihnen die Größe unserer Aufgabe Angst?« Er schmunzelte. »Das braucht es nicht. Das deutsche Heer ist gut organisiert und wirklich effektiv.«

Zum Glück hielt der Obersturmführer seine Schweigsamkeit für Bewunderung. Antoine musste seine ganze Kraft aufbringen, um ihm zuzustimmen.

»Das hört sich … nun ja …«, er räusperte sich und zwang sich zu einem Lächeln. Er musste jetzt lügen, wenn er nicht auffliegen wollte. »Es hört sich an wie die Idee eines großen Geistes.«

»Das ist sie auch«, meinte Barbie, zufrieden mit seiner Antwort. »Bei der Durchführung unseres Vorhabens hat mir der Führer zum Glück freie Hand gelassen. Will sagen, es bedeutet, dass wir die Sache gründlich erledigen werden.« Selbstgefällig grinsend griff er nach seinem Glas und nippte daran. Dann wurde Antoine wieder von seinen blauen Augen fokussiert. »Und Sie werden dabei eine bedeutende Rolle spielen, mein Freund. Was sagen Sie dazu?« Die Frage war rein rhetorisch gemeint. Barbie gab ihm keine Gelegenheit zu reagieren. »Ihr Aufgabengebiet erweitert sich ab sofort, indem Sie sich mit einer Schar Helfer gezielt in der Gegend von Belley auf die Suche nach Juden begeben und jeden Einzelnen in der Bevölkerung dazu anhalten, seine Herkunft bis in die dritte Generation nachzuweisen. Ich möchte bis in spätestens vier Wochen eine Auflistung aller jüdischen und halbjüdischen Bewohner der Gegend sowie ihren Aufenthaltsort.« Antoine gelang es kaum, sein Entsetzen zu verbergen. Er wollte etwas einwenden, doch Barbie ließ es gar nicht erst zu. »Sie müssen mir nicht für mein Vertrauen danken, lieber Caporal.« Völlig selbstverständlich ging er davon aus, dass Antoine sich geschmeichelt fühlte. »Ich habe Laval zudem mitgeteilt, dass ich erwarte, dass Sie sofort befördert werden. Außerdem denke ich nach der erfolgreichen Durchführung dieser Aktion darüber nach, Sie gänzlich für die Gestapo anzufordern. Leute wie Sie können wir im Großdeutschen Reich gut gebrauchen. Durch die Festnahme von Gaston haben Sie bewiesen, wie loyal Sie sind. Das prädestiniert Sie für höhere Aufgaben!«

Antoine war wie vor den Kopf gestoßen. Erst als Barbie sich laut räusperte, begriff er, dass er eine Antwort von ihm erwartete. »Das ehrt mich sehr, Obersturmführer«, brachte er mühevoll hervor. Kalter Schweiß trat ihm auf die Stirn, weil ihm einfach nicht einfallen wollte, wie er dieser unwürdigen Aufgabe entkommen konnte. Fieberhaft suchte er nach einem Weg, dem Irrsinn zu entgehen. Er musste klarmachen, dass er völlig ungeeignet war. »Leider tue ich mich mit Listen und Zahlen sehr schwer«, erfand er verzweifelt eine Ausrede. »Womöglich wäre deswegen jemand anderer besser dafür geeignet. Meine Fähigkeiten liegen bedauernswerterweise eher darin, Menschen zu unterhalten, und nicht darin, sie zu verhören. Bitte verzeihen Sie mir, dass ich so offen bin, aber ich möchte Sie einfach nicht enttäuschen müssen.«

Dass er kurz davorstand, sich um Kopf und Kragen zu reden, wurde ihm erst klar, als er sah, wie ungehalten Barbie auf seine Worte reagierte.

»Das war keine Bitte, Mardieu, sondern ein Befehl«, erklärte er unmissverständlich. Seine Stimme gewann an Schärfe, als er ihn rügte. »Ein für alle Mal! Es steht Ihnen außerdem nicht zu, meine Entscheidungen infrage zu stellen. Haben Sie verstanden?«

»Mais oui, Obersturmführer!«

Antoine verließ der Mut. Gab es denn nichts, um aus dieser Situation wieder herauszukommen? Barbie deutete sein Schweigen als Zustimmung. Etwas versöhnlicher fügte er hinzu: »Sie müssen diese Aufgabe ja nicht allein bewältigen. Sie bekommen genügend Leute an die Seite gestellt, die Ihnen die bürokratische Arbeit abnehmen werden. Als Koordinator werden Sie ihnen mehr oder weniger nur auf die Finger sehen müssen.«

»Es liegt mir fern, Ihnen zu widersprechen, Obersturmführer«, wagte sich Antoine ein letztes Mal vor, »aber vielleicht gibt es für mich ja noch eine bessere Ver …«

»Schluss jetzt!« Barbie donnerte mit der Faust auf den Tisch, woraufhin einer der beiden Hunde sofort zu knurren begann. Barbie fixierte Antoine nun mit zusammengekniffenen Augen. »Ihnen bleibt keine andere Wahl«, sagte er mit gefährlich leiser Stimme. »Denken Sie an Ihre Brüder!«

»Sehr wohl, Obersturmführer!«

»Dann haben wir das ja geklärt!« Barbie lehnte sich wieder in seinen Sessel zurück und begann, sich zu entspannen. Innerhalb von Sekunden verwandelte er sich in seinen umgänglichen Gönner und wechselte das Thema. »Ich gebe heute Abend eine kleine Feier unter Freunden. Würden Sie mir das Vergnügen bereiten, mein Gast zu sein? Meine französische Bekannte Mimiche …«, er betonte das Wort »Bekannte« so, dass kein Zweifel daran bestand, in welchem Verhältnis er zu ihr stand, »… sie hat heute Geburtstag. Wie Sie wissen, liebt sie Ihre Musik. Sie würden ihr eine große Freude bereiten, wenn Sie etwas für sie spielen könnten. Allerdings lege ich Wert darauf, dass Sie das wirklich wollen.«

Antoine verstand die Anspielung sofort. Barbie ließ ihm auch in dieser Angelegenheit keine Wahl. Warum war ihm nie zuvor aufgefallen, wie sehr dieser Mann seine Untergebenen zu manipulieren verstand?

»Es wird mir eine Freude sein! Ich komme gern.«

Er musste sich zu diesem Zugeständnis ebenso zwingen wie zu einem verbindlichen Lächeln, das wie angefroren auf seinem Gesicht haften blieb. Barbie ging selbstverständlich darüber hinweg. Leider war er immer noch nicht bereit, ihn zu entlassen. Er schenkte ihm nochmals nach und plauderte fröhlich über die Festvorbereitungen. Dabei erfuhr Antoine, dass die Gestapo bei der Razzia eines jüdischen Geschäftsmannes mehrere Kisten Champagner sichergestellt hatte, die ihnen am Abend zur Verfügung stehen würden.

»Kaum zu glauben, was dieser Jude alles für Reichtümer in seinem Haus gehortet hatte …« Barbie schmunzelte. »Allein mit dem Geld aus dem Verkauf des Schmucks seiner jüdischen Schickse könnte man einen ganzen Lastwagenkonvoi mit neuen Waffen ausstatten, stimmt's, Caporal André?« Das Lachen in Richtung seines Assistenten klang seltsam derb. Antoine hatte ganz vergessen, dass der als stummer Zeuge die ganze Zeit anwesend gewesen war. »Die konfiszierten Güter gehen selbstverständlich ordnungsgemäß an das Reichshauptquartier«, stellte Barbie wieder an ihn gewandt klar. »Lediglich Verderbliches wie Alkohol, Zigarren und Speisen bleiben in unseren Händen.« Barbie prostete ihm erneut zu und nötigte ihn, sein zweites Glas zu leeren. Bevor er es zum dritten Mal füllte, schickte er Francis André hinaus. »Lassen Sie uns noch ein wenig gemütlich plaudern«, bemerkte er, als sie allein waren. Er hob sein Glas und erwartete, dass er es ihm gleichtat. »Ich habe sehr wohl Verständnis dafür, dass Ihre neue Aufgabe Sie ängstigt, Antoine«, meinte er mit vertraulichem Unterton. »Sie fürchten zu versagen, doch das werden Sie nicht, denn ich weiß, was Sie können. Sie haben mein volles Vertrauen.« Barbie lächelte ihm nun wie einem Freund zu, nicht wie einem Untergebenen. Antoine, der den starken Alkohol nicht gewohnt war, spürte, wie er ihm bereits zu Kopf gestiegen war. Das Unbehagen, das er eben noch vor dem Obersturmführer gespürt hatte, ließ mit einem Mal nach, und er sah wieder den Menschen, den er bewunderte. Barbie zeigte sich erneut von seiner angenehmen Seite. Der Obersturmführer erklärte ihm, wie schwer ihn manchmal die Last seiner Aufgaben drückte, und wie er sich auch wünschte, dass der Krieg bald zu Ende wäre. Die Vertraulichkeit, mit der er sprach, war voller Wertschätzung. Antoine hatte das Gefühl, dass der Mann ihn wirklich mochte. Sie leerten ihr drittes Glas, danach fühlte er sich als Barbies Freund, vor allem, als dieser begann, launige Anekdoten über die Gäste zu erzählen, die er für den Abend eingeladen hatte. Antoine erfuhr, dass einige hochrangige SS-Offiziere mit ihren Freundinnen sowie einflussreiche Bürger für den Abend erwartet wurden. »Sie sind alle hier, um zu vergessen, was sie in ihrer Heimat zurücklassen mussten«, sagte Barbie mit einer gewissen Wehmut. »Mir geht es da nicht anders.« Sein Blick schweifte ins Leere. »In Deutschland wartet meine Regine auf mich«, verriet er ihm. »Sie ist eine gute Frau. Nett anzusehen, zuverlässig, arisch und mir treu ergeben. Alles Voraussetzungen für eine gute Ehe und Familie.« Er wandte sich ihm wieder zu. »Aber im Vergleich zu meiner quirligen französischen Mimiche ist sie doch nur wie ein stiller, langweiliger See.« Er lachte, als er Antoines verdutztes Gesicht sah. »Sind Sie etwa prüde, Mardieu?«, zog er ihn auf. »Mimiche ist natürlich nur ein Zeitvertreib, wenn auch ein sehr unterhaltsamer. Sie ist wie ein ständig explodierender Vulkan, dessen Eruptionen mich jedes Mal, wenn ich bei ihr bin, in Ekstase versetzen. Französische Frauen verstehen es einfach, uns Männern den Kopf zu verdrehen«, plauderte er munter. »Haben Sie auch ein hübsches Mädchen? Vielleicht zu Hause in Grenoble?«

»Da bin ich mir im Augenblick nicht so sicher«, antwortete Antoine wahrheitsgemäß und dachte an Marguérite und ihre ungeklärte Situation.

»Wenn es Ihnen ernst mit dem Mädel ist, dürfen Sie nicht zu lange warten, mein Freund!« Barbie war nun wirklich guter Stimmung, nicht anders als er selbst. Aufgrund des Alkohols verlor er seine Zurückhaltung. Als er den Obersturmführer noch einmal auf seine Brüder ansprach, merkte er jedoch gleich, dass er einen Fehler gemacht hatte. Barbies buschige Augenbrauen wanderten sofort missbilligend nach oben. »Wenn sich die beiden genauso kooperativ zeigen wie Sie, werden sie bald zu Hause sein«, ließ er sich zu einer vagen Antwort herab. Wie immer musste sich Antoine damit zufriedengeben. Frustriert fragte er sich, ob Barbie überhaupt etwas wegen ihnen unternommen hatte. »Nun machen Sie mal nicht so ein trauriges Gesicht«, ging der Obersturmführer überraschend noch mal auf ihn ein. »Sie haben das Ehrenwort eines deutschen Offiziers, dass Sie Ihre Brüder bald wieder in die Arme schließen können!«

Er klopfte ihm aufmunternd auf die Schulter, und Antoine wusste einmal mehr nicht, was er von dem Mann halten sollte.

Die Feier für Barbies Geliebte Mimiche wurde zu einem rauschenden Fest. Die geladenen Gäste belagerten die gesamte untere Etage des Hôtel Terminus, in dessen Speisesaal ein fulminantes Buffet errichtet worden war. Es gab Lachshäppchen und frischen Kaviar, Käseplatten und Pasteten. Dazu Champagner und Cognac in Hülle und Fülle. Im angrenzenden Festsaal wurde getanzt. Auf der Bühne war Platz für Antoine und zwei weitere Musiker, die Barbie engagiert hatte. Sie spielten moderne Tanzlieder und Chansons, die

Antoine selbst komponiert hatte. Viele der Anwesenden hatten ihn schon mehrfach gehört und applaudierten begeistert, wenn er seine Stücke vortrug. Mimiche, eine aufreizend gekleidete junge Frau in einem engen roten Cocktailkleid, war so hingerissen von ihm als Musiker, dass sie ihm immer wieder Kusshändchen zuwarf. Allerdings vermutete er, dass ihre Begeisterung mehr im Alkohol begründet war als in der Qualität seiner Darbietung. Er sah sie nie ohne ein volles Champagnerglas.

Noch vor nicht so langer Zeit hatte er es genossen, wenn es ihm gelungen war, das Publikum mit seiner Musik zu verzaubern. Die Zuhörer vermittelten ihm stets ein Gefühl von Anerkennung und Erfüllung. Doch an diesem Abend wollte sich die Euphorie einfach nicht einstellen. Im Gegensatz zur Ausgelassenheit und Freude der Gäste fühlte er sich verloren und fehl am Platz. Seine Gedanken schweiften immer wieder zu Marguérite ab, auch wenn er sich alle Mühe gab, nicht an sie zu denken. Dieses Mal half auch nicht der Alkohol, dem er erneut kräftig zusprach. Überhaupt hatte er gerade das Gefühl, sein Leben nur noch mit Alkohol ertragen zu können.

Gegen zwei Uhr nachts verließen die meisten der Gäste das Hotel. Viele waren so betrunken, dass sie kaum noch den Weg nach draußen fanden. Mimiche hatte sich dermaßen volllaufen lassen, dass sie schon geraume Zeit zuvor von ihren Freundinnen nach Hause gebracht worden war. Barbie schien das wenig zu kümmern. Er genoss den Abend in einem Nebenzimmer, wo er mit anderen deutschen Offizieren bei einem guten Cognac saß und diskutierte. Obwohl auch er den ganzen Abend getrunken hatte, wirkte er noch erstaunlich nüchtern.

Antoine packte sein Akkordeon ein und verabschiedete

sich von den zwei Musikern. Er hatte vor, gleich in seine Unterkunft zu gehen, da er schon früh wieder aufstehen musste. Ihm war der Befehl erteilt worden, gleich am nächsten Morgen zurück nach Brégnier-Cordon zu fahren, um dort seine Habseligkeiten abzuholen. Seiner neuen Tätigkeit sollte er von Belley aus nachgehen. Als Barbie ihn gehen sah, winkte er ihn jedoch noch einmal zu sich. Die anwesenden Offiziere hatten sich gerade verabschiedet, und er saß allein auf einem gemütlichen braunen Ledersessel.

»Lassen Sie uns noch einen letzten Schluck gemeinsam trinken, mein lieber Freund!« Er reichte ihm ein Glas Cognac und nötigte ihn, auf dem gegenüberliegenden Sessel Platz zu nehmen. Antoine fühlte sich hin- und hergerissen. Er war einerseits müde, frustriert und viel zu betrunken, andererseits fühlte er sich geehrt, dass so ein wichtiger Mann wie der Obersturmführer ihn wie einen Freund behandelte. Schon zum zweiten Mal an diesem Tag zog er ihn in sein Vertrauen. Barbie hatte offenbar einen Narren an ihm gefressen und das, obwohl er nur ein einfacher Mann war. Antoine gelang es nicht, sich seiner suggestiven Art zu entziehen. Er fühlte sich irgendwie von diesem Menschen angezogen. Vor allem, wenn der deutsche Offizier ihm auf Augenhöhe begegnete und sich interessiert an seiner Meinung zeigte. Dabei gelang es ihm gut, seine andere Seite zu verbergen, die als Machtmensch, der keinen Widerspruch duldete. Man wusste nie sicher, woran man bei Barbie war. Vielleicht war das gerade das Faszinierende an ihm. »Erzählen Sie mir von Ihrer kleinen Freundin«, riss Barbie ihn aus seinen Gedanken. »Sie machen mir den Eindruck, als hätte sie Ihr Herz gebrochen. Oder warum sehen Sie heute schon den ganzen Tag so unglücklich aus?«

»Wie kommen Sie denn darauf?«, fragte Antoine perplex.

»Ich habe mein ganzes Leben nichts anderes getan, als

mich im Beobachten von Menschen zu üben«, verriet Barbie. »Ihre Mienen und Gesten verraten mehr, als sie preisgeben wollen. Bei Ihnen, Antoine, ist mir aufgefallen, dass Sie keiner der anwesenden Frauen auch nur ein Lächeln geschenkt haben. Das war, als wir uns kennenlernten, noch anders. Damals waren Sie ein Charmeur, der keinem Flirt abgeneigt war. Also scheint es nun jemanden in Ihrem Leben zu geben. Ihrer heutigen Stimmung entnehme ich, dass es nicht so gut läuft. Oder liege ich da falsch?« Mit erhobenen Augenbrauen sah er ihn fragend an.

Antoine fühlte sich ertappt. Hilflos hob er die Schultern. »Die Lage ist etwas kompliziert«, gab er zu.

»Wollen Sie darüber reden?«

»Ich möchte Sie nicht langweilen.«

»Ich kann nachts ohnehin schlecht schlafen.« Barbie hob auffordernd den Kopf. »Na los, mein Freund! Ich wette, dass es Ihnen hinterher besser geht!«

Sein scheinbar aufrichtiges Interesse ließ Antoine seine Zurückhaltung aufgeben. Im Grunde genommen war es genau das, was ihm fehlte – ein Freund, der ihm einen ehrlichen Rat gab. Was konnte es schon schaden, wenn er Barbie von Marguérite erzählte? Natürlich musste er die wahren Umstände verschweigen. Wider besseres Wissen trank er noch einen Schluck Cognac und begann dann, von seiner Beziehung zu Marguérite zu erzählen und ihrer Schwangerschaft. Er schilderte sie als einfache Bauerntochter, die bereit gewesen war, mit ihm nach Paris zu ziehen, um genau wie er der Enge auf dem Land zu entkommen.

»Und jetzt möchte sie, dass ich mich um sie und das Kind kümmere. Damit können wir alle unsere Zukunftspläne begraben«, schloss er frustriert. »Ich habe ihr vorgeschlagen, das Kind wegmachen zu lassen, aber davon will sie nichts wissen. Sie hat mich sogar fortgeschickt und möchte mich nicht mehr sehen!«

Barbie unterbrach ihn nicht, sondern hörte ihm aufmerksam zu. »Lieben Sie die Frau?«, verlangte er schließlich zu wissen.

Antoine musste nicht darüber nachdenken. »Mehr als ich jemals eine andere Frau geliebt habe!« Doch kaum hatte er es ausgesprochen, spürte er auch schon wieder den Kloß im Hals, der ihm die Kehle zuschnürte. »Doch wenn ich bei ihr und dem Kind bliebe, dann würde mein Leben in derselben Sackgasse enden, wie es beinahe in Grenoble der Fall gewesen wäre. Ich habe mir geschworen, dass ich nicht in einem Dorf verkümmern werde. Ich will Musik machen und lasse mir das nicht von einem Kind zerstören!«

»Sie reagieren sehr emotional. Das verstellt den wahren Blick auf die Dinge«, stellte Barbie fest. »Nicht dass ich Ihre Argumente nicht verstehen könnte. In meinem Leben musste ich auch Opfer bringen. Allerdings kam ich nie in das Dilemma, mich für meine Karriere oder eine Frau entscheiden zu müssen.« Er sah ihn prüfend an. »Wollen Sie meine ehrliche Meinung?« Antoine nickte. »Sie wird Ihnen aber womöglich nicht gefallen.«

»Damit kann ich leben.«

»Werden Sie sich darüber klar, ob die Frau für Sie nur eine Affäre ist oder ob sie Ihnen mehr bedeutet. Wenn Sie Ihnen nicht wichtig ist, trennen Sie sich von ihr. Geben Sie ihr von mir aus ein wenig Geld, damit sie sich um den Balg kümmern kann. Im anderen Fall sollten Sie sie heiraten. Ein Kind ist noch lange kein Grund, seine Träume aufzugeben. Mehr gibt es dazu nicht zu sagen!«

Antoine musste nicht lange über Barbies Ratschlag nachdenken. Er wusste mit einem Schlag, dass er recht hatte.

32

Ricks Brief auf dem Küchentisch stach Valerie sofort ins Auge. Na endlich, dachte sie erleichtert. Sie kam gerade aus der Schule und begrüßte ihren Vater, der den Tisch deckte.

»Ganz schön oldschool, dein Rick«, bemerkte er belustigt mit Blick auf den Brief. »Da merkt man doch gleich, dass der Mann Historiker ist.«

Valerie verzichtete auf eine Bemerkung, nahm den Brief und verschwand eilig damit in ihrem Zimmer. Sie wusste zwar, dass Rick gern Briefe schrieb, dennoch hatte sie nicht damit gerechnet, auf diese Weise von ihm zu hören. Seit ihrem letzten erstaunlich kurzen Telefonat ein paar Tage zuvor hatte er sich nicht mehr bei ihr gemeldet. Darin hatte er ihr mitgeteilt, dass er sich beim Campen so sehr erkältet habe, dass er sich erst einmal bei seiner Tante auskurieren müsse. Er war zwar kurz angebunden gewesen, sie hatte sich trotzdem keine Gedanken gemacht. »Ich melde mich, sobald es mir besser geht«, hatte er versprochen und war danach in der Versenkung verschwunden.

Als er dann aber weder auf ihre täglichen Text- noch auf Sprachnachrichten reagiert hatte, hatte sie sich doch Sorgen gemacht. Das sah ihm so gar nicht ähnlich. Womöglich war er ernsthaft erkrankt, lag vielleicht sogar in irgendeinem Krankenhaus. Sie hatte sich schon vorgenommen, Adèles

Telefonnummer herauszufinden, doch nun war ja der Brief eingetroffen, und alles würde sich aufklären.

Liebevoll strich Valerie über den Umschlag, bevor sie ihn öffnete. Ein Brief ist tatsächlich etwas Besonderes, dachte sie gerührt. Vielleicht etwas altmodisch, aber in jedem Fall einzigartig. Voller Vorfreude entnahm sie die beiden Papierbögen und faltete sie sorgfältig auseinander. Dabei stieg ihr Ricks besonderer Duft in die Nase, und ihr wurde bewusst, wie sehr sie ihn in den letzten Tagen vermisst hatte. Sie war gespannt, was er ihr mitzuteilen hatte.

Die Seiten waren eng mit der für Rick typischen krakeligen Schrift beschrieben. *Liebe Valerie,* las sie, enttäuscht über die nüchterne Anrede. Etwas nervös überflog sie die ersten Zeilen und erkannte sofort, dass dies kein Liebesbrief war. Im Gegenteil: Sein Inhalt hätte nicht nüchterner sein können. Rick beschränkte sich zunächst darauf, ihr mitzuteilen, was er in den Tagen im Vercors erlebt hatte. Dann berichtete er von seinem Besuch bei einem gewissen Xavier Moulin und was er bei ihm in Erfahrung gebracht hatte. Zeile für Zeile las sie, was er ihr zu sagen hatte, und konnte es einfach nicht glauben. Erschüttert ließ sie den Brief sinken, bevor sie ihn noch einmal las und dann noch ein drittes und ein viertes Mal. Der Inhalt blieb jedoch gleich.

Kraftlos ließ sie die Bögen schließlich auf den Boden fallen und starrte auf die ihr gegenüberliegende Wand. So blieb sie auf ihrem Bettrand sitzen und versuchte, sich der den Informationen folgenden Konsequenzen bewusst zu werden. Das, was Rick ihr zu sagen hatte, war so einfach wie erschütternd: Sie waren blutsverwandt. Das, was ihr aus einer üblen Laune heraus als Geistesblitz durch den Kopf geschossen war, war nun doch zur Gewissheit geworden. Was für eine bittere Ironie des Schicksals! Ausgerechnet der

Mann, in den sie unsterblich verliebt war, und sie selbst hatten dieselben Großeltern! Ricks Großmutter Marguérite war identisch mit ihrer Großmutter Gigi, und somit war Antoine auch ihr Großvater.

Rick war allen Hinweisen mehrere Male nachgegangen und konnte jeglichen Irrtum ausschließen. Was für ein irrwitziger Gedanke, was für ein schlechter Witz, dachte sie niedergeschlagen. Ein hinterhältigeres Drehbuch hätte sich das Leben für sie beide wohl nicht ausdenken können. Valerie stieß ein kurzes, freudloses Lachen aus, das ihr im Hals stecken blieb.

Das Medaillon hätte ihnen schon damals verraten müssen, dass etwas nicht stimmte. Doch sie hatte sich von Rick davon überzeugen lassen, dass ihre Sorge unbegründet war. Seine Argumente waren plausibel gewesen, denn seine Marguérite hatte ja ein Mädchen zur Welt gebracht, und ihre Gigi einen Jungen. Sie hatte ihm schließlich bereitwillig geglaubt. Keiner von ihnen war damals auf die Idee gekommen, dass Marguérite Zwillinge auf die Welt gebracht haben könnte.

Damit war also wahr geworden, was vor Kurzem noch undenkbar erschienen war. Fühlen wir uns so sehr miteinander verbunden, weil in uns dasselbe Blut fließt?, dachte sie mit wachsender Abscheu. Der Gedanke, dass sie eine Art Inzestbeziehung gehabt hatten, widerte sie an. Möglich, dass sie nicht strafbar war, weil sie keine Geschwister waren, aber nach ihren Wertvorstellungen hatte auch die Verbindung von Cousin und Cousine etwas Abartiges an sich. Sie könnte niemals mit jemandem zusammen sein, der mit ihr blutsverwandt war. Dass Rick es genauso sah, bewies der letzte Absatz seines Briefes. Sie nahm ihn nochmals zur Hand und las die Zeilen laut.

Es ist so, wie es ist! Wir müssen beide damit klarkommen und die notwendigen Konsequenzen ziehen. Sicher wirst du verstehen, dass es besser ist, wenn wir uns in nächster Zeit nicht sehen. Selbstverständlich werde ich dich weiterhin über meine Recherchen bezüglich unserer Großeltern auf dem Laufenden halten. Dich zu treffen würde mir jedoch das Herz brechen. Ich bin mir sicher, dass du dies ähnlich siehst. Um es uns beiden leichter zu machen, werde ich Europa verlassen. Das Angebot von Harvard habe ich bereits angenommen, am 9. November kehre ich Frankreich den Rücken und ziehe in die USA. Ich wünsche dir Kraft und alles Glück auf der Welt, liebe Valerie. Dass unsere Wege sich auf diese unglückliche Art wieder trennen müssen, bedaure ich von Herzen. Rick

Valerie kannte die Abschiedsworte inzwischen auswendig, so oft hatte sie sie gelesen. Sie wartete auf Tränen, doch die wollten sich nicht einstellen. Dafür wuchs die Gewissheit, dass sie sich nie wiedersehen würden. Allein die Vorstellung, Ricks Lächeln nicht mehr zu genießen und seine leidenschaftlichen Berührungen nicht mehr zu spüren, schienen ihr unerträglich. Gleichzeitig schämte sie sich für diese Gefühle. Sie empfand sie zunehmend als schmutzig, konnte sich aber nicht dagegen wehren. Was gab es Schlimmeres, als sich für eine tief empfundene Liebe schämen zu müssen?

Sie fühlte sich so leer und hilflos, als hätte man ihr die Grundlage für ihr Leben entzogen. Die Luft zum Atmen, das Salz des Lebens. Selbst der Sonnenschein vor ihrem Fenster und die bunten Blätter an den Bäumen kamen ihr grau und seelenlos vor. Es schien unmöglich, sich jemals von diesem Schmerz wieder zu lösen.

Sie verbrachte den ganzen Nachmittag in ihrem Zimmer, lag auf dem Bett und starrte mit leeren Augen an die Decke. Sie reagierte weder auf das Klopfen ihres Vaters noch auf das ihrer Mutter. Als Mia sie zum Abendessen rief, gab sie vor, sich nicht wohlzufühlen. Als ihr Vater spätabends nochmals an ihre Tür klopfte und sie seine Besorgnis nicht länger ignorieren konnte, gab sie vor, an Migräne zu leiden.

Am nächsten Morgen entging Valerie ihren Eltern, indem sie in aller Frühe das Haus verließ, noch bevor diese aufgestanden waren. Sie fühlte sich einfach nicht in der Lage, mit ihnen zu reden. Die Zeit bis zum Unterrichtsbeginn vertrödelte sie, indem sie ziellos durch die Straßen Berlins irrte. Graue Häuserfluchten in einer grauen Zukunft. Freudlosigkeit als Dauerzustand ihres künftigen Lebens. Sie wusste, dass dies die Anzeichen einer neuen Depression waren, sah, dass sie wieder in den Strudel von Sinnlosigkeit und Leere zu geraten drohte, in dem sie während ihres Burn-outs gefangen gewesen war. Doch im Gegensatz zu ihrem letzten Zusammenbruch brachte sie dieses Mal die Kraft auf, pünktlich zum Unterrichtsbeginn zu erscheinen. Wie eine fremdgesteuerte Marionette trat sie vor ihre Klasse und wunderte sich, dass sie ohne Probleme funktionierte. Auch im Kollegium fiel niemandem auf, wie schlecht sie sich fühlte. Wie lange sie sich noch verstellen konnte, wusste sie jedoch nicht.

Als Valerie nach Unterrichtsende ihren Vater vor dem Schultor stehen sah, fühlte sie nichts als Leere. Sie steuerte auf ihn zu, ohne zu wissen, was sie ihm sagen sollte. Doch er erwartete nichts von ihr, sondern nahm sie einfach nur in die Arme. Seine warme, umsorgende Berührung half ihr, die Verkrampfung in sich zu lösen. Wie schon so oft in ihrem Leben war sie Aaron dankbar für seine bedingungslose Zuwendung. Diese vertraute Verbindung hatte schon immer zwischen ihnen beiden bestanden. Ihr Vater und sie verstanden sich auch ohne Worte, genau so, wie es zwischen Rick und ihr gewesen war. Der Gedanke schmerzte so sehr, dass sie endlich ihren Gefühlen nachgeben konnte.

»Zwischen Rick und mir ist es aus«, brach es mit einer Wucht aus ihr heraus, die sie selbst erschreckte. Sie drückte ihren Kopf fest an Aarons Schulter und ließ ihren Tränen freien Lauf. Ihr Vater strich ihr beruhigend über den Kopf, während er sie behutsam weg von der Schule lenkte, um sie den neugierigen Blicken ihrer Schüler und Kollegen zu entziehen. Er führte sie zu seinem Auto und brachte sie auf dem direkten Weg nach Hause. Ihre Mutter wartete bereits auf sie. Sie war mindestens so besorgt wie ihr Vater. Offenbar hatte sie sich den Nachmittag extra freigenommen. Ihren Eltern stand die Furcht ins Gesicht geschrieben, dass ihre Tochter auf einen neuen Zusammenbruch zusteuerte. »Ich komm schon klar«, behauptete sie tapfer.

Beinahe trotzig begab sie sich ins Badezimmer, um sich zu erfrischen. Das kalte Wasser, mit dem sie ihr Gesicht benetzte, tat ihr gut. Danach fühlte sie sich etwas besser und war bereit, mit ihren Eltern zu reden. Das, was ihr zugestoßen war, ging schließlich auch die beiden etwas an.

Sie erzählte Ricks und ihre Geschichte von Beginn an – von ihrem Kennenlernen, von der Intensität der Gefühle, die sie miteinander geteilt hatten, und von der daraus resultierenden Verbundenheit. Aaron und Mia waren aufmerksame Zuhörer. Sie unterbrachen sie kein einziges Mal. Dann begann sie von Ricks Suche nach seinem Großvater Antoine zu erzählen. Von der Enttäuschung, als er im Zuge seiner Nachforschungen erfahren musste, dass der kein Kriegsheld gewesen war, sondern ein Kollaborateur, ja womöglich ein Kriegsverbrecher, der das Leben der Kinder von Izieu und ihrer Betreuer zu verantworten hatte. Sie sprach von Antoines widersprüchlicher Liebe zu einer gewissen Marguérite, die Jüdin gewesen war und in der Kinderkolonie von Izieu als Betreuerin gearbeitet hatte. Und dann erzählte sie von deren Flucht vor der Gestapo in hochschwangerem Zustand und der Geburt ihrer Zwillinge mitten im Vercors. Als sie an diesem Punkt angelangt war, machte sie eine längere Pause, die sie auch dringend brauchte, um wieder mit ihren aufsteigenden Gefühlen klarzukommen.

»Ihr werdet euch nun fragen, weshalb ich so weit ausgeholt habe«, fuhr sie schließlich mit einem dicken Kloß im Hals fort. »Ich musste es tun, weil sich an diesem Punkt Ricks Geschichte auf tragische Weise mit der von Papa und damit auch von mir verbindet …« Aaron hob erstaunt die Augenbrauen, während Mia sie nur verständnislos ansah. Valerie wandte sich ihrem Vater zu. »Wir kennen Großmutter nur als Gigi. Es war ihr Partisanenname, aber wir haben nie erfahren, wie sie richtig hieß, nicht wahr?« Aaron bestätigte es mit einem Kopfnicken. »Ricks Großmutter Marguérite wurde von den Bauern im Vercors Gigi genannt«, schloss sie ihre Geschichte. »Die Namen ihrer beiden Kinder waren Aaron und Isabelle. Isabelle kam, weil sie schwach und kränklich war, zu Ricks Großtante Adèle nach Grenoble und dich, Papa, nahm sie mit nach Aix.«

»Moment mal, willst du wirklich behaupten, dass diese Marguérite meine Mutter war? Woher willst du das wissen?« Sie sah, wie jegliche Farbe aus Aarons Gesicht schwand.

»Rick hat es herausgefunden. Es gibt keinerlei Zweifel mehr. Er hat ihre Spur bis hin zu deinen Pflegeeltern nach Aix verfolgt. Er war nicht krank, wie er mir gegenüber behauptet hat. Er hat die Zeit genutzt, um weiter zu recherchieren. Er wollte seiner Sache ganz sicher sein, bevor er mir schrieb. Doch das wäre gar nicht notwendig gewesen, denn da ist ja auch noch das Medaillon, das du von Grandmère geerbt hast. Die fremde Frau, die darin zu sehen ist, ist Ricks Großtante Adèle, die Schwester von Antoine.«

»Mein Gott!« Ihr Vater fuhr sich durchs Gesicht, so sehr hatte ihn Valeries Geschichte mitgenommen. »Da suche ich jahrzehntelang vergeblich nach Spuren meiner Eltern, und dann wird auf so schreckliche Weise alles offenbar!«

Mia legte mitfühlend ihre Hand auf seine Schulter. »Was für eine Ironie des Schicksals …«, murmelte sie erschüttert.

»Nun wisst ihr, weshalb es zwischen uns aus ist«, brach es erneut aus Valerie heraus. Sie konnte nichts gegen die aufsteigenden Tränen unternehmen und ließ ihnen einfach ihren Lauf.

»Dürfen sich Cousin und Cousine denn nicht lieben?«, warf Mia hilflos ein. »Ich meine, so eng ist die Verwandtschaft doch auch nicht zwischen euch.«

»Mama! Wir sind blutsverwandt!« Valerie war über die Worte ihrer Mutter empört.

Mia zuckte schuldbewusst zusammen. »Vergiss, was ich gesagt habe«, erwiderte sie. »Es tut mir nur so leid!« Valerie war bewusst, dass ihre Mutter sie nur zu trösten versuchte, doch ihre Worte halfen ihr im Augenblick nicht weiter. »Papa und ich werden alles tun, um dir deinen Kummer leichter zu machen«, versicherte ihre Mutter nun.

»Ja, das werden wir«, stimmte Aaron zu.

Dabei warf er seiner Frau einen langen nachdenklichen Blick zu, den Valerie nicht zu deuten vermochte. Was sie jedoch begriff, war, wie sehr die Geschichte ihn ebenfalls mitgenommen hatte. Abgesehen von ihrem Liebeskummer, war es auch für ihn nicht einfach, mit den neuen Gegebenheiten umzugehen. Er hatte sich ganz bestimmt ein anderes

Bild von seinem leiblichen Vater gemacht und niemals damit gerechnet, dass er ein Kollaborateur und Kriegsverbrecher gewesen war.

Valerie fürchtete, dass dieses Wissen ihren Vater um Jahre altern lassen könnte.

Lélinaz, Saint-Bois, Frankreich, April 1944

Marguérite wollte sich nicht damit abfinden, dass Antoine sie so einfach im Stich gelassen hatte. In den ersten Tagen nach ihrem letzten Treffen hatte sie gehofft, dass er seine Meinung noch einmal ändern würde. Jeden Tag war sie zu dem Steinkreuz geschlichen, um nachzusehen, ob sie dort eine Nachricht von ihm fand. Doch jedes Mal war sie enttäuscht worden. Dann hatte sie von Yves erfahren, dass Antoine nicht mehr im Dorf wohnte. Sein plötzliches Verschwinden konnte ihrer Meinung nach nur eines bedeuten: Er hatte sich gegen eine gemeinsame Zukunft mit ihr entschieden. Ihre Enttäuschung war größer, als sie zugeben wollte. Sie hatte sich eingebildet, auch allein zurechtkommen zu können. Doch nun musste sie feststellen, dass sie sich da gar nicht so sicher war. Auch das schöne Frühlingswetter dieses zweiten Apriltags konnte ihre trüben Gedanken nicht verscheuchen. Um ihnen zu entkommen, gesellte sie sich zu Léa in die Küche, um ihr beim Gemüseputzen zu helfen.

»Na, du redest ja heute wie ein Wasserfall«, bemerkte diese ironisch, nachdem sie eine ganze Weile schweigend ihre Arbeit verrichtet hatten. »Hat sich Antoine immer noch nicht gemeldet?« Marguérite spürte den besorgten Blick ihrer Freundin auf sich. Schon vor einiger Zeit hatte sie ihr von der Schwangerschaft erzählt und auch von ihrem Gespräch mit Antoine. Wie zu erwarten gewesen war, hatte Léa die Nachricht mit großer Sorge aufgenommen. Marguérite schüttelte den Kopf. »Dieser Mistkerl«, brummte die Freundin daraufhin. »Er hat dich gar nicht verdient!«

»Er wohnt nicht mehr im Dorf«, teilte sie ihr resigniert mit. »Das bedeutet ja wohl, dass es aus ist zwischen uns.« Um ihre Tränen zu verbergen, konzentrierte sie sich weiter aufs Gemüseputzen.

»Ich hab dich ja immer vor dem Kerl gewarnt«, begann Léa sofort, wie ein Rohrspatz zu schimpfen. »Was willst du von einem Kollaborateur auch anderes erwarten? Menschen, die zu feige sind, um für ihr Vaterland zu kämpfen, können keine Verantwortung übernehmen. Es war ein Fehler, dass du dich auf ihn eingelassen hast.«

»Antoine ist kein schlechter Kerl.« Trotz ihrer Enttäuschung musste Marguérite ihn verteidigen. »Er hat uns schon öfter geholfen. Léon hätten sie längst geschnappt, hätte er ihn nicht damals gewarnt!«

»Das bedeutet doch gar nichts«, widersprach Léa uneinsichtig. »Wusstest du eigentlich, dass sie sämtliche Milizionäre jetzt für die Razzien einsetzen?« Ihre Augen blitzten vor Empörung. »Bestimmt wurde auch Antoine dazu abkommandiert.« Marguérite war entsetzt über Léas Behauptung. Im Haus lagen bei allen die Nerven blank, seitdem sie von den Gräueltaten gehört hatten. So auch bei ihr. Das Schlimme war jedoch, dass sie es nicht wirklich ausschließen konnte. Solange Antoine bei der Miliz war, musste er gehorchen und deren Befehle ausführen. Die Vorstellung schnürte ihr die Luft ab. Léa ruderte sofort wieder zurück, als sie sah, wie sehr ihre Worte sie getroffen hatten. »Es tut mir leid! Ich wollte dich nicht verletzen!«, versicherte sie rasch. »Ich bin nur so wütend, dass es Menschen gibt, die zu so etwas fähig sind. Antoine gehört sicher nicht dazu.«

Léa streichelte hilflos Marguérites Arm, doch die Bemerkung stand im Raum und setzte ihr Gedankenkarussell wieder in Gang. Die heimtückische Aktion der Gestapo im Haus La Martellière in Voiron zeigte nur, in welcher Gefahr sie gerade lebten.

»Und wenn Antoine doch dabei war?«, fragte Marguérite verzagt.

Léa zuckte mit den Schultern und sah sie traurig an. »Mitgefangen, mitgehangen.« Als sie sah, wie niederdrückend ihre Antwort war, versuchte sie, die Freundin aufzumuntern. »Er wird schon nicht dabei gewesen sein.« Es gelang ihr nur halbherzig, deshalb nahm sie nun Marguérites Hände und drückte sie. »Du hast schon so vieles in deinem Leben geschafft. Das mit dem Kind bekommst du ohne Antoine bestimmt hin. Und ich bin ja auch noch da. Du kannst dich auf mich verlassen.«

»Aber alles um uns herum bricht zusammen …«

Marguérite wollte sich nicht trösten lassen. Sie entzog ihrer Freundin die Hände und krallte ihre Finger in den Stoff ihrer Schürze. Obwohl sie es versuchte, konnte sie ihrer Verzweiflung nicht Herr werden. Seit sie in anderen Umständen war, brachte sie jede Kleinigkeit aus der Fassung. Ihr Leben kam ihr im Augenblick so düster vor. Es war ihr unmöglich, Léas Zuversicht zu teilen. Alles lief darauf hinaus, dass die Gemeinschaft von Lélinaz schon sehr bald auseinanderfiel. Es gab nur noch schlechte Nachrichten. Anfang März war Unterpräfekt Wiltzer, ihr größter Unterstützer, ins Departement Vienne versetzt worden, dann waren Gesandte vom sozialen Hilfswerk für Emigranten in Lyon bei ihnen gewesen. Die Zlatins wollten ihnen die Gebäude der Kolonie abtreten. Daraufhin war Léa mit einem Passagierschein ausgestattet worden und ins Departement Hérault gereist, um nach einem neuen Unterschlupf für die Kinder und die Betreuer zu suchen. Erst wenige Tage zuvor war sie unverrichteter Dinge wieder zurückgekehrt.

Ein Rückschlag folgte auf den anderen. Eine ganze Weile ließ Marguérite sich von dieser Welle an Selbstmitleid mitreißen, dann ebbte sie ab, und sie konnte wieder klarer denken. Plötzlich machte sich ein anderes Gefühl in ihr breit. Sie empfand Trotz. Wut auf die verdammten Nazis und ihre französischen Helfer, die für die ganze Misere verantwortlich waren. Diese Menschen hatten ihr alles genommen, was ihr jemals im Leben etwas bedeutet hatte – ihre Eltern, ihr Zuhause, die Freunde und nun auch noch das bisschen Frieden, das sie in Izieu gefunden zu haben glaubte. Und Antoine gehörte zu diesen Menschen, die ihr das angetan hatten. Léa hatte recht. Es war das Beste, wenn sie ihn so schnell wie möglich vergaß. Unwillkürlich hielt Marguérite sich den Bauch. Das Kleine machte sich schon recht deutlich bemerkbar. Ihr Kind sollte es einmal besser haben. Sie würde alles tun, um es gesund auf die Welt zu bringen. Antoine brauchte sie nicht dazu.

Von draußen rief Marie-Louise nach ihnen und riss sie aus ihren trübseligen Gedanken. Die Nichte von Madame Perticoz war noch einmal zu ihnen hochgekommen, um Fotos von den Kindern zu machen. Sie war eine begeisterte Hobbyfotografin und hatte sich fest vorgenommen, jedem vor ihrer Abreise in eine ungewisse Zukunft eine Fotografie zu schenken. Es war ihre Art, die Kinder daran zu erinnern, dass es auch schöne Momente in dieser schlimmen Zeit der Flucht und des Versteckens gegeben hatte.

Léa putzte sich die Hände an der Schürze ab und wollte zu Marie-Louise hinausgehen, doch Marguérite hielt sie davon ab. »Lass mich das machen«, bat sie und verließ die Küche.

Marie-Louise empfing sie mit einem fröhlichen Winken. Um ihren Hals hing ihre Zeiss-Ikon-Kamera.

»Das Licht ist einfach herrlich heute«, schwärmte sie voller Tatendrang. »Am besten gehen wir nach hinten auf die Wiese. Dort blühen schon die ersten Schlüsselblumen.«

»Ich werde die Kinder zusammenrufen«, bot Marguérite sich an.

Sie war froh über die Ablenkung. Die meisten posierten gern vor der lebhaften jungen Frau, die es so liebte, Späße mit ihnen zu machen.

»Warte! Ich hab hier noch einen Brief für dich. Der Postbote hat ihn mir unten an der Bushaltestelle übergeben.«

Marie-Louise reichte ihr einen Umschlag. Marguérite erkannte Antoines Handschrift sofort und hätte ihn am liebsten zerrissen. Wahrscheinlich wollte er sich mit lächerlichen Entschuldigungen aus der Affäre ziehen. Darauf konnte sie im Augenblick gut verzichten. Achtlos steckte sie den Brief in ihre Rocktasche und versammelte die Kinder.

Während Marie-Louise mit den einzelnen Kindern die Fotos machte, kümmerte sie selbst sich um die anderen. Die Mädchen pflückten Schlüsselblumen, und die Jungen jagten übermütig über die Frühlingswiese. Sabine gesellte sich für einen Augenblick zu ihnen und nahm Marguérite beiseite.

»Wir brauchen für morgen Nacht noch ein paar zusätzliche Schlafstellen«, teilte sie ihr leise mit. »Miron und Yves werden nach Einbruch der Dunkelheit mit zwölf, vielleicht auch sechzehn Menschen hier eintreffen. Sie benötigen ein

Dach über dem Kopf, bevor wir sie zu einer neuen Kontaktperson weiterschleusen.«

Marguérite erschrak. »Ist das nicht viel zu gefährlich? Die Gestapo und die Miliz schnüffeln doch überall herum.«

»Das müssen wir leider riskieren«, erwiderte Sabine unglücklich. »Wenn wir ihnen nicht helfen, haben sie keine Chance. Die Armen waren bereits in Drancy und haben Schreckliches durchgemacht. Auf dem Transport in deutsche Konzentrationslager ist ihr Zug entgleist. Es war eine Befreiungsaktion unserer Partisanen, die leider nicht ganz so verlief, wie sie geplant war. Eigentlich sollten die Gefangenen befreit werden, aber dann kam ihnen ein Trupp deutscher Soldaten in die Quere und hat alles niedergemäht, was ihnen vor die Gewehre gekommen ist. Nur ein paar wenige Menschen konnten entkommen. Sie sind völlig ausgezehrt und am Ende ihrer Kräfte. Wir sind ihre einzige Chance, verstehst du?« An Sabines Blick erkannte sie, wie ernst es ihr war. »Léa und du, ihr müsst dafür sorgen, dass weder die Kinder noch unsere Nachbarn Wind davon bekommen. Schafft ihr das?«

»Natürlich! Ich werde mich gleich um alles kümmern.« Marguérite gab sich zuversichtlich. Aber dann hatte sie doch noch etwas einzuwenden. »Und wie sollen wir die ganzen Menschen mit Lebensmitteln versorgen? Wir haben kaum genügend Vorräte für die Kinder.«

»Ich werde bei Madame Cojean anrufen«, versprach Sabine munter. »Bestimmt hat sie noch ein paar Lebensmittelkarten für uns übrig.«

Sie beide wussten, wie unwahrscheinlich dies war. Seitdem der hilfsbereite Unterpräfekt in ein anderes Departement versetzt worden war, konnte auch seine Sekretärin nicht mehr viel für sie tun. Sie würden sich mit dem behelfen müssen, was sie noch an Vorräten hatten. Marguérite machte sich sogleich an die Arbeit. In der ehemaligen Spinnerei gab es einen unbenutzten Lagerraum, der zwar staubig, aber immerhin einigermaßen trocken war. Ein weiterer Vorteil des Raumes war seine Nebentür. Durch sie konnte man die Flüchtlinge unbemerkt einschleusen. Sofort machte sie sich daran, den Raum zu fegen und für deren Ankunft vorzubereiten. Zum Glück gab es im Haus noch einige überschüssige Matratzen, die sie nun gut gebrauchen konnten. Da sie es allein nicht schaffte, holte sie sich Théo Reis zur Hilfe. Sie wusste, dass der junge Bursche verschwiegen war und keine Fragen stellen würde.

Während sie in die Vorbereitungen vertieft waren, sah sie, wie der Lieferwagen von Lucien Bourdon auf den Hof fuhr. Ihr fiel ein, dass Philippe Kartoffeln bei ihm bestellt hatte, die er nun brachte. Marguérite hätte es gern vermieden, ihm zu begegnen. Trotz ihrer Abfuhr stellte der Kerl ihr weiter nach. Dummerweise traf er genau in dem Moment ein, als sie mit Théo ein unhandliches Regal aus dem Lagerraum schaffte, das ihnen im Weg gewesen war. Es war voller Staub und Spinnweben und schwerer, als sie gedacht hätte. Lucien verstellte ihnen den Weg zum Schuppen.

»Frühjahrsputz?«, bemerkte er anzüglich, anstatt einfach mit anzupacken. Marguérite verzichtete auf eine bissige Bemerkung und ignorierte Lucien. Sie dirigierte Théo an ihm vorbei. Der Junge sah leider nichts, da er rückwärtslief. Plötzlich stolperte er über einen Stein und verlor das Gleichgewicht. Ehe er sichs versah, landete er auf dem Boden. Lucien brach sofort in schadenfreudiges Gelächter aus. »Zu blöd zum Tragen, was?« Théo rappelte sich auf und warf dem Bauern einen ärgerlichen Blick zu. Bevor er wieder anpacken konnte, stieß Lucien ihn beiseite und gab auch Marguérite zu verstehen, dass sie loslassen sollte. »Das ist was für einen richtigen Kerl wie mich«, meinte er großspurig. »Wo soll der Krempel hin?«

»In den Schuppen.«

Marguérite deutete in die Richtung und überließ ihm das Feld. Lucien schulterte das Gestell mühelos und schaffte es an den vorgesehenen Platz.

»Noch mehr zu schleppen?«, fragte er, kaum dass er wieder zurück war. Er schien seinen guten Tag zu haben. Marguérite beschloss, die Gelegenheit zu nutzen, ihn auch das restliche Gerümpel aus dem Raum schaffen zu lassen. Es gab noch so viel zu tun, dass ihr jede Hilfe recht sein konnte. Lucien packte tatkräftig mit an und half sogar noch, die Matratzen aus den oberen Räumen runterzuschaffen. »Wollt ihr etwa noch mehr Kinder im Heim aufnehmen?«, erkundigte er sich.

»Die Matratzen sind uns im Haupthaus im Weg«, behauptete sie rasch. »Wir wollen für die kleineren Kinder oben ein Spielzimmer einrichten.« Eine bessere Ausrede fiel ihr auf die Schnelle nicht ein.

»Jetzt, wo es grad Frühling geworden ist?«

Lucien warf ihr einen merkwürdigen Blick zu, hakte aber zum Glück nicht weiter nach. Es wurde Zeit, ihn wieder loszuwerden, bevor er zu neugierig wurde.

»Das wär's«, erwiderte sie, kaum dass die letzte Matratze in der Spinnerei gelandet war. »Vielen Dank für deine Hilfe.« Sie wartete darauf, dass er sich endlich verabschiedete. Doch Lucien gab sich nicht zufrieden.

»Du bist mir noch was schuldig«, forderte er frech. »Wie wär's mit einem kleinen Spaziergang? Vielleicht auch auf die Almwiesen?«

Seine Bemerkung trieb ihr die Schamesröte ins Gesicht.

Seine Anspielung gefiel ihr ganz und gar nicht. Zum Glück war Théo wieder ins Haus gegangen.

»Ich bin dir gar nichts schuldig. Ich hab dich nicht um Hilfe gebeten«, wies sie ihn zurecht. »Und nun entschuldige mich.«

Sie versuchte, an ihm vorbeizukommen, doch er hielt sie am Arm fest und sah sie lauernd an. »Nun komm schon«, raunte er ihr zu. Sein Atem stank nach Knoblauch und kaltem Zigarrenrauch. »Du hast dich lange genug geziert. Meinst du etwa, ich seh nicht, wenn eine Kuh schon mal bestiegen wurde? Ich kann dir das Bett mindestens genauso gut wärmen wie jeder andere Mann!«

»Was soll das?« Marguérite machte sich wütend von ihm los. Sie ärgerte sich maßlos, auch weil er sie auf ihre Schwangerschaft angesprochen hatte. Dabei war sie sicher gewesen, dass das weite Kleid, das Sabine ihr geliehen hatte, ihren Zustand noch immer gut verbarg. »Wenn du mich noch einmal anfasst, dann hol ich Verstärkung. Lass mich ein für alle Mal in Ruhe. Und wenn du es immer noch nicht kapiert hast, dann vielleicht so: Ich würde lieber ins Kloster gehen, als mich mit dir einzulassen!«

Luciens Lüsternheit verwandelte sich umgehend in Wut und kalte Berechnung. Seine kleinen Augen verengten sich zu Schlitzen, während sich seine unrasierte Mundpartie zu einer unschönen Fratze verzog.

»Hol dir doch Verstärkung«, provozierte er sie. »Dann werde ich den Leuten hier mal verraten, wer du in Wirklichkeit bist – nämlich ein Flittchen, jawohl!« Sein abschätziger Blick ließ Marguérite erschauern. »Spielst hier die Unschuldige und poussierst mit diesem Scheißkerl von der Miliz in den Bergen herum. Du brauchst es gar nicht zu leugnen. Ich hab euch nämlich gesehen!«, triumphierte er bösartig. Marguérite erbleichte. Also hatte er sie im Herbst doch in den Bergen entdeckt. »Wenn du willst, dass das unter uns bleibt, solltest du dich gut mit mir stellen.« Er packte sie erneut. »Nun? Was ist?«

In seiner Erregung war er so laut geworden, dass Sabine und Léa aus dem Haus kamen, um nachzusehen, was los war.

»Lassen Sie sofort Marguérite in Ruhe!«, fuhr Sabine dazwischen und baute sich vor dem Grobian auf, während Léa ihre Freundin rasch beiseitezog. »Und jetzt verschwinden Sie gefälligst von unserem Hof!«

Bourdon warf den drei Frauen nur einen verachtenden Blick zu. »Von Weibern wie euch lass ich mich doch nicht einschüchtern«, polterte er los. »Es wird Zeit, dass euch endlich mal jemand zeigt, wo es langgeht!«

»Wenn Sie sich da mal nicht täuschen«, entgegnete Sabine scheinbar unbeeindruckt. Sie hatte die Hände in die Hüften gestützt und trat einen Schritt auf ihn zu. »Noch einmal: Gehen Sie jetzt!«

Zum Glück erschien nun auch Philippe vor der Tür. Er hielt ein Küchenmesser in der Hand und trat entschieden neben die Frauen. Für einen Moment sah es so aus, als wollte Bourdon sich auf ihn stürzen, doch dann spuckte er nur vor ihnen aus.

»Ich scheiß auf euch«, schimpfte er hasserfüllt. »Ihr werdet schon noch sehen, was ihr davon habt, wenn ihr euch mit mir anlegt!« Damit drehte er sich auf dem Absatz um und verschwand in seinem Wagen.

Marguérite spürte erst jetzt, wie sehr sie das alles mitgenommen hatte. Sie zitterte am ganzen Leib, während sie dem aufwirbelnden Staub, den die Autoreifen von Bourdons Wagen hinterließen, hinterhersah.

»Ich glaube, nun haben wir es endgültig mit ihm verdorben«, bemerkte sie schuldbewusst. »Hoffentlich meint er seine Drohung nicht ernst.«

Sabine legte ihr beruhigend einen Arm um die Schultern. »Du hast das getan, was jede Frau tun sollte, wenn sie von einem Mann belästigt wird«, sagte sie entschieden. »Mach dir keine Sorgen. Bourdon kann uns nicht schaden. Er weiß von nichts. Außerdem ist er nur ein Choleriker. Er wird sich schon bald wieder beruhigen.«

Lucien schäumte vor Wut. Dieses Mal hatte Marguérite es zu weit mit ihm getrieben. Dieses verdammte Luder reizte ihn bis aufs Blut. Seine Wirkung auf das weibliche Geschlecht hatte bislang keine Frau infrage gestellt. Er war gewohnt, das zu bekommen, was er wollte. Und das würde auch sie über kurz oder lang einsehen müssen. Meinte wohl, sie wär was Besonderes, nur weil sie aus der Schweiz kam. Scheiß drauf! So einfach würde er sie nicht davonkommen lassen. Die kleine Hure würde schon noch erkennen, was sie an ihm hatte, schließlich hatte sie sich ja auch mit dem Mistkerl von Mardieu eingelassen.

Er raste die schmale Straße hinunter, dabei missachtete er den Gegenverkehr, indem er jede Kurve schnitt. Kurz vor Brégnier-Cordon kam ihm ein Automobil entgegen. Er bemerkte erst, dass er auf der falschen Spur war, als der Fahrer wild hupte. In letzter Sekunde gelang es den beiden, einander auszuweichen. Lucien geriet ins Schlingern. Er kam von der Fahrbahn ab und hörte ein hässliches Knacken an seiner Vorderachse. Dennoch gelang es ihm, das Fahrzeug wieder unter Kontrolle zu bekommen und zurück auf die Straße zu lenken. Mit klopfendem Herzen kam er zum Stehen.

Er stieg aus dem Wagen, um den Schaden zu begutachten. Die Vorderachse war etwas verschoben. Hoffentlich ist sie nicht ganz hin, dachte er. Er spürte, wie seine Wut erneut aufwallte. Verdammt! Schuld an diesem Dilemma war nur das verfluchte Weibsbild. Es hatte ihn dermaßen aus der Fassung gebracht, dass er unaufmerksam geworden war. Nervös suchte er nach einer Packung Zigaretten in seiner Jackentasche und zündete sich einen Glimmstängel an. Nach den ersten tiefen Zügen fühlte er sich etwas besser. Das Nikotin beruhigte seine Nerven.

Wieder ging ihm Marguérite durch den Kopf. Er hatte den Plan, sie zur Frau zu nehmen. Aber sie stellte sich immer noch dagegen, obwohl er alles besaß, was eine Frau begehrte. Ob vielleicht doch dieser Mardieu dahintersteckte? Als er vorhin behauptet hatte, dass er sie beim Poussieren erwischt hatte, hatte er sie nur provozieren wollen. Aber wieso war sie dann so rot geworden? Sein Verdacht schien ihm mit einem Mal sehr plausibel. Der Gedanke gefiel ihm ganz und gar nicht.

Lucien warf die halb gerauchte Zigarette zornig auf den Boden, um sich gleich darauf eine neue anzuzünden. Plötzlich wusste er nicht, was ihn mehr aufregte – die Tatsache, dass Marguérite und die anderen Weiber sich so vor ihm aufgebaut hatten, oder der Gedanke, dass Marguérite etwas mit Mardieu hatte. Der Kerl hatte ihn schon damals auf dem Scheunenfest lächerlich gemacht. Leider war er ihm nie wieder in die Quere gekommen, sonst hätte er sich an ihm gerächt. Vielleicht war es jetzt an der Zeit, ihn sich mal so richtig vorzunehmen. Dabei konnte er ihm auch klarmachen, dass er gefälligst die Finger von Marguérite zu lassen hatte. Der Gedanke gefiel ihm. Doch zuvor wollte er sein Mütchen an dem Bengel aus dem Waisenhaus kühlen. Wenn

Mardieu schon nicht greifbar war, würde er eben den Bengel aus der Kolonie dafür büßen lassen. François war zwar nur ein mieser Ersatz, aber besser als gar nichts.

Etwas besänftigt, stieg er in seinen Wagen. Kurz vor Veyrin, einem kleinen Gehöft mit wenigen Häusern, wo er etwas zu erledigen hatte, hörte er ein ungutes Knirschen aus dem vorderen Teil seines Wagens. Durch das Ausweichmanöver hatte sein Gefährt wohl doch mehr abbekommen, als er gedacht hatte. Es gelang ihm gerade noch rechtzeitig, zum Stehen zu kommen, als die Achse brach. Laut fluchend verließ er den Wagen und sah sich den Schaden an. An eine Weiterfahrt war nicht zu denken.

Er winkte eine Bauersfrau zu sich, die gerade mit einer Schubkarre voller Mist daherkam, und fragte sie, ob sie jemanden kenne, der ihm weiterhelfen könne. Sie riet ihm, in das benachbarte Saint-Bois zu laufen. Dort gebe es einen Schmied, der hin und wieder auch Automobile repariere. Lucien blieb gar nichts anderes übrig, als sich zu Fuß dorthin auf den Weg zu machen.

Antoine war einer Kommandoeinheit der Gestapo in Belley unterstellt. Barbie hatte veranlasst, dass Laval ihn freistellte, sodass er direkt an ihn weisungsgebunden war. Seine neue Aufgabe gefiel ihm noch weniger als alles andere zuvor. Er und seine Leute waren, wie Barbie ihm schon gesagt hatte, dazu abgestellt, sämtliche Häuser und Gehöfte im weiten Umkreis zu kontrollieren. Jeder einzelne Bewohner hatte sich auszuweisen und eine Bescheinigung darüber zu erbringen, wer seine Vorfahren bis in die dritte Generation waren. Etwaige Auffälligkeiten hatte seine Truppe der Gestapo zu melden, die der Sache sofort auf den Grund ging.

Als Verstärkung hatte Barbie ihm ausgerechnet Francis

André zur Seite gestellt, der seiner Aufgabe mit großem Eifer nachging. Dem hinterhältigen Schiefmaul war es bereits gelungen, in Voiron ein ganzes Haus voller Juden ausfindig zu machen. Damit brüstete er sich vor allen Kameraden, und er ließ keine Gelegenheit aus, Antoine zu provozieren. »Wird langsam Zeit, dass du auch mal was ablieferst«, stichelte er gern. »Bist dauernd unterwegs und hast immer noch niemanden erwischt!« Damit spielte er darauf an, dass er frühmorgens die Kaserne auf seinem Motorrad verließ und erst nach Einbruch der Dunkelheit wieder zurückkehrte. Die bissigen Bemerkungen scherten ihn wenig, doch er war sich bewusst, dass André ihm heimlich hinterherschnüffelte und nur darauf wartete, dass er ihm einen Fehler nachweisen konnte. Der Kerl verkraftete es einfach nicht, dass nun er, Antoine, Barbies engster Vertrauter war.

Antoine musste sich in Acht nehmen, denn er versah seine Arbeit mit Absicht schlecht. Nach all der Schuld, die er auf sich geladen hatte, wollte er nie wieder jemand Unschuldigen ans Messer liefern. Dazu hatte er sich eine Strategie ausgedacht, die es ihm ersparte, an einer Razzia oder einer Operation gegen Verfolgte teilzunehmen. Zwar konnte er die Gestapo nicht an ihren Aufgaben hindern, aber er konnte sie stillschweigend boykottieren, indem in den Gegenden, die er durchkämmte, kein Verdächtiger gefunden wurde. Natürlich musste er damit rechnen, dass man ihm über kurz oder lang auf die Schliche kam, doch noch genoss er den Schutz des Obersturmführers, und den wollte er sich zunutze machen. Jeder Hinweis, den er der Gestapo lieferte, lief ins Leere. Und vor allem achtete er darauf, dass sich die Aufmerksamkeit der Nazis nicht auf die Gegend von Izieu richtete.

Bislang war ihm das gut gelungen, doch es war nur eine

Frage der Zeit, bis die Gestapo sich auch diese Gegend vornehmen würde. Er hoffte sehr, dass die Zlatins die Zeit nutzten, um die Kinder rechtzeitig in Sicherheit zu bringen. Genau das hatte er Marguérite in seinem Brief mitgeteilt. Seine Warnung sollte ihr zeigen, wie sehr er sich um sie sorgte. Aber vor allem hoffte er, dass sie ihm verzieh. Das Gespräch mit Barbie war ihm nicht mehr aus dem Sinn gegangen. Es war ein freundschaftlicher Rat gewesen, den er durchaus ernst genommen hatte. Er hatte ihm die Augen geöffnet und gezeigt, wie wichtig ihm das Glück mit Marguérite war. Ihm war bewusst geworden, dass er alles verlieren würde, wenn er sie und das Kind im Stich ließ. Sie würden gemeinsam eine Lösung finden. Vielleicht war der Traum von Paris ja noch gar nicht ausgeträumt.

Leider hatte er noch nicht die Gelegenheit gehabt, persönlich mit ihr zu reden. Doch er hatte bereits Pläne gemacht. Der nächste Schritt war nun, Marguérite ordentliche Papiere zu beschaffen, die sie als Französin ausgaben. Und das musste so schnell wie möglich geschehen. Er hatte die Hoffnung, dass Miron oder Yves ihm dabei behilflich sein konnten. Ihre Kontakte zur Résistance waren vielfältig. Ob Marguérite bereit war, sich auf seinen Brief hin auf ein Treffen mit ihm einzulassen? Er hatte dafür gesorgt, dass sie ihn an diesem Tag erhielt. Doch würde sie überhaupt bereit sein, ihm zu verzeihen? Die Frage ließ ihm keine Ruhe.

Ursprünglich hatte er vorgehabt, ihr ein oder zwei Tage Bedenkzeit zu geben. Doch nun hatte er erfahren, dass die Nazis ihre Aktivitäten verstärkten. Barbie stand ebenfalls unter Erfolgsdruck. Auch wenn Marguérite nichts mehr von ihm wissen wollte, sie und die Kinder mussten möglichst schnell aus der Gegend verschwinden. Die Menschen in Izieu mussten erfahren, wie dringend das war. Um keine weitere Zeit zu verlieren, beschloss er, mit dem Motorrad nach Izieu zu fahren. Die Peugeot P53 war zum Glück ein zuverlässiges Fahrzeug, mit dem er sogar über unbefestigte Wege fahren konnte. Er würde Izieu auf abgelegenen Nebenstraßen erreichen. Kurz hinter dem Ortsausgang von Belley bog er Richtung Südwesten auf eine kleinere Straße ab und näherte sich kurz darauf zwei Fahrzeugen der Miliz, die von einem bewaffneten Militärtransporter begleitet wurden. Sie zwangen ihn zu einem kurzen Stopp.

Zu seiner Überraschung saß das Schiefmaul auf dem Fahrersitz des Führungsfahrzeugs. »Auf wessen Befehl bist du hier?«, raunzte er ihn unfreundlich an. Er tat gerade so, als hätte er ihm etwas zu befehlen.

»Das geht dich gar nichts an«, konterte Antoine unerschrocken. Dem Rang nach waren sie beide gleichgestellt. Es wurde Zeit, dass er das diesem Widerling unmissverständlich klarmachte. »Was macht ihr hier mit diesem Aufgebot?«

»Laval hat heute Nacht einen Tipp bekommen, dass hier irgendwo eine Gruppe Flüchtlinge unterwegs ist. Sie wurden am Lac du Bourget gesehen und müssen in der Gegend untergetaucht sein«, antwortete André widerwillig.

»Und wieso weiß ich nichts davon?« Antoine musterte abfällig den Konvoi. »Die Gestapo steht über den Milizen. Es ist deine Pflicht, mich über solch einen Einsatz zu informieren. Barbie wird nicht sehr erbaut sein, wenn er davon Wind bekommt!«

»Capitaine Laval hat grünes Licht gegeben, das genügt«, grunzte André unwillig. »Und was zählt, sind Erfolge und nicht irgendwelche Kompetenzstreitigkeiten«, fügte er angriffslustig hinzu. »Und du? Machst du wieder eine Spazierfahrt auf deinem Motorrad?«

»Ich werde euch unterstützen«, schlug Antoine geistesgegenwärtig vor. »Mit meinem Motorrad erwecke ich weniger Aufsehen als ihr in eurem Konvoi. Ich suche die Nebenwege in den Wäldern ab. Dort werden sie sich tagsüber am ehesten verstecken. Hab ich recht?« Er erwiderte Andrés herausfordernden Blick mit einem verbindlichen Lächeln. »Auf diese Weise ergänzen wir uns. Oder hast du etwas dagegen?« André kratzte sich am Hals und warf ihm einen finsteren Blick zu. Antoine war es tatsächlich gelungen, ihn zu verunsichern. »Ich werde euch Meldung machen, sobald ich etwas bemerke«, fügte er jovial hinzu und nickte André und seinem Beifahrer zum Abschied zu. Dann machte er sich wieder auf den Weg.

Um keinen Verdacht zu erwecken, bog er gleich in ihrer Nähe auf einen Waldweg ab, als hätte er wirklich vor, sich auf die Suche zu machen. In Wirklichkeit nahm er damit sogar eine Abkürzung nach Izieu, die über Saint-Bois führte. Der Konvoi der Miliz fuhr auf der Landstraße in dieselbe Richtung, würde aber länger brauchen. Der Waldweg war ziemlich holprig und nur schlecht zu befahren. Die Regenfälle der letzten Tage hatten den Boden matschig werden lassen, sodass er nur langsam vorankam. Noch streckten die Laubbäume ihre kahlen Äste in den Himmel, doch am Boden blühten bereits erste Märzenbecher und Veilchen. Antoine hatte das Waldstück bereits zur Hälfte durchquert, als ihm ein Gegenstand auffiel, der sich in einem Gebüsch verfangen hatte. Er hielt an und besah ihn sich genauer. Es war ein Kinderschal. Erst dann fielen ihm die Fußspuren ringsum auf, die noch recht frisch zu sein schienen. Ob diese von den Flüchtlingen stammten, die das Schiefmaul erwähnt hatte? Dummerweise führten sie ausgerechnet in Richtung Saint-Bois, wo André mit Sicherheit die ersten

Hausdurchsuchungen veranlassen würde. Er hoffte nur, dass der Anführer klug genug war, seine Leute im Wald versteckt zu halten. Falls nicht, konnte er sie vielleicht noch warnen.

Er verfolgte die Spuren, bis sie sich abseits des Weges verloren. Er sah sich suchend um und kam zu der Überzeugung, dass die Gruppe eine Abkürzung über einen kurzen Felsanstieg genommen haben musste. Mit seinem Motorrad konnte er ihnen dorthin nicht folgen, doch das war auch nicht nötig. Glücklicherweise kannte er sich mittlerweile in der Gegend gut genug aus. Der Waldweg führte um den Felshügel herum. Mit etwas Glück stieß er auf der anderen Seite wieder auf Hinweise.

Er umrundete den Felsen und hielt nach Menschen Ausschau. Auf der Rückseite des Hügels endete der Wald abrupt. Ihm schloss sich ein abfallendes Wiesengelände an, das zu dem angrenzenden Dorf führte. Als Antoine die Stelle erreichte, sah er die zerlumpten Gestalten, die sich über die Wiese in Richtung des kleinen Dorfes schleppten, direkt auf Schiefmaul und seine Bagage zu, die jeden Augenblick dort eintreffen konnten. Der Anblick der ausgemergelten Gestalten, die sich kaum noch auf den Beinen halten konnten, war für Antoine kaum zu ertragen. Viele stützten sich gegenseitig, andere wankten mehr oder weniger apathisch weiter. Nur ihr Anführer schien noch bei Kräften zu sein. Er eilte unentwegt von einem zum anderen, um die Menschen zum Weitergehen zu ermutigen.

Er war es auch, der schließlich Antoine bemerkte, der ihnen über den Wiesenabhang mit ausgestelltem Motor folgte. Der Mann rief seinen Leuten etwas zu, worauf diese wie angewurzelt stehen blieben und ihm angstvoll entgegensahen. Im nächsten Augenblick erkannte Antoine Miron und dieser ihn. Der Leiter des Kinderheims versuchte erst gar nicht, ihm eine Geschichte aufzutischen.

»Die Leute hier brauchen dringend Hilfe«, erklärte er nur, als Antoine vor ihm zum Stehen kam. »Sie haben die Hölle hinter sich. Wir …«

»Für Erklärungen ist jetzt keine Zeit«, unterbrach ihn Antoine. »Ihr seid in großer Gefahr. Schon in Kürze wird hier ein Konvoi von der Miliz ankommen. Ihr müsst sofort wieder im Wald verschwinden.« Miron warf ihm einen misstrauischen Blick zu. Anscheinend war er unsicher.

»Der Pfarrer erwartet uns in der Kirche. Bis dorthin schaffen wir es doch noch«, erwiderte er schließlich. »Die Menschen brauchen dringend was zu trinken!«

Antoine wurde ungeduldig. »Habt ihr nicht verstanden? Die Miliz wird jedes einzelne Haus durchsuchen. Ihr müsst sofort zurück in den Wald! Sorg dafür, dass sich deine Leute zwischen den Felsen verstecken. Ich gebe euch Bescheid, sobald die Luft rein ist.« In der Ferne war plötzlich das Geräusch sich nähernder Fahrzeuge zu hören. Endlich verstand Miron und gab der Gruppe den Befehl, wieder im Wald zu verschwinden. »Ich lenke sie ab«, versprach Antoine noch und warf den Motor erneut an.

Als er kurz vor dem Dorf noch einen Blick über die Schulter warf, war niemand mehr zu sehen. Auf dem Dorfplatz erwartete er den Konvoi und informierte Francis André, dass er in dem Waldstück nichts Verdächtiges entdeckt hatte.

»Wir untersuchen alle Häuser«, gab der Caporal seinen Leuten den Befehl. »Lasst keinen Winkel außer Acht. Jeder, der sich verdächtig benimmt, wird abgeführt.«

Antoine beteiligte sich nicht an der Razzia. Er wartete an sein Motorrad gelehnt ab, bis die Soldaten alle Häuser durchsucht hatten. Die Bewohner wehrten sich nicht gegen die schwer bewaffneten Männer, aber er sah an ihren grimmigen Gesichtern, wie schwer es ihnen fiel, diese Willkür zu ertragen. Nach einer knappen Stunde hatten sie alles durchforstet. Wie erwartet waren sie auf keinerlei Spuren gestoßen. André fluchte, weil er sich einen schnelleren Erfolg versprochen hatte.

»Wir durchsuchen jetzt die Dörfer und Weiler bis runter zur Rhône«, teilte er Antoine mit.

Dieser versprach ihm, parallel dazu die Wälder abzusuchen. »Falls wir nichts finden, treffen wir uns heute Abend wieder in der Kaserne«, verabredeten sie. Antoine wartete, bis André mit seinen Leuten abgerückt war. Erst als das Geräusch der Automobile nicht mehr zu hören war, machte er sich auf den Weg zurück in den Wald.

Der Schmied von Saint-Bois hatte den Lieferwagen von Lucien mit seinem Ackergaul in seine Schmiede geschleppt, neben der sein Bruder eine kleine Autowerkstatt betrieb. Der Mechaniker hatte den Schaden begutachtet und Lucien insoweit beruhigt, als er die Vorderradachse sofort austauschen konnte, da er ein passendes Ersatzteil vorrätig hatte. Um die Zeit der Reparatur zu überbrücken, beschloss Lucien, in die Bar zu gehen, die jedoch erst mittags öffnete. Ihm blieb nichts anderes übrig, als sich so lange anderweitig zu beschäftigen. Hinter der Kirche fand er eine Bank, auf die er sich setzte. Missmutig wartete er. Irgendwann döste er ein.

Das Geräusch sich nähernder Militärfahrzeuge, die auf dem Dorfplatz anhielten, weckte ihn. Neugierig sah er nach, wer den Lärm verursachte. Als er die Miliz erkannte, beschloss er, lieber unsichtbar zu bleiben. Von seinem Platz hinter der Mauer erkannte er jedoch, dass die Soldaten ausstiegen und in die Häuser ausschwärmten. Wie jeder hier in der Gegend wusste auch Lucien, dass sie auf der Suche nach Juden waren. Man schaute besser, dass man ihnen aus dem Weg ging. Er setzte sich also wieder auf seine Bank hinter der Kirche und wartete ab, bis der Spuk vorüber war. Offenbar hatten sie nichts gefunden, denn nach einer guten Stunde bestiegen die Soldaten wieder ihre Automobile und fuhren davon.

Lucien wartete eine Weile und beschloss dann, es noch einmal mit der Bar zu versuchen. Der Dorfplatz war gähnend leer, und auch sonst war niemand unterwegs. Doch dann bemerkte er etwas. Hinter einer Häuserwand kam plötzlich eine Gruppe Menschen hervor, die völlig zerlumpt aussahen. Angetrieben von einem Mann, den er nur von hinten sehen konnte, rannten sie direkt auf die Kirche zu. Fast lautlos schlüpften sie durch den geöffneten Seiteneingang.

Lucien wusste sofort, dass es diese Flüchtlinge waren, nach denen die Miliz gerade gesucht hatte. Er grinste schadenfroh. Geschah Mardieu und seinen Leuten gerade recht, dass sie sie nicht erwischt hatten. Er stellte sich vor, dass sein Kontrahent unter den Milizen gewesen war und hoffte, dass er deswegen Ärger bekam. In diesem Augenblick drehte sich der Mann, der mit dem Rücken zu ihm gestanden hatte, um und ging auf einen uniformierten Milizangehörigen zu. Das war merkwürdig und erweckte seine Neugier. Beim genaueren Hinschauen sah er, dass der Zivilist Miron Zlatin vom Kinderheim war. Als sich auch der Milizionär in seine Richtung umwandte, erkannte er Antoine Mardieu. Beim Anblick seines verhassten Widersachers kochte neue Wut in ihm auf. Am liebsten hätte er ihn sich sofort zur Brust genommen. Doch dann setzte zum Glück sein Verstand wieder ein. Was zum Teufel hatte der

Kerl mit diesen Flüchtlingen zu schaffen, die doch ganz offensichtlich von der Miliz gesucht wurden? Er dachte nach und hatte plötzlich eine viel bessere Idee, wie er den Mistkerl ein für alle Mal loswerden konnte.

Nachdem André und seine Leute verschwunden waren, half Antoine Miron, die Flüchtlinge sicher in die Kirche zu bringen. Miron war ihm überaus dankbar.

»Ohne dich hätte uns die Miliz geschnappt«, sagte er, als sie sich alle sicher in der Krypta befanden. »Hoffentlich ist dir klar, was du da getan hast! Wenn das deine Leute erfahren, werden sie dich dafür einen Kopf kürzer machen.« Er klopfte ihm anerkennend auf die Schulter. Antoine freute sich über das Lob, umso mehr, als Miron ihm nun endlich zu vertrauen schien. »Ich habe dich falsch eingeschätzt und dir bis zuletzt misstraut«, gab er zu. »Das tut mir leid, aber du weißt ja selbst, wie vorsichtig man in Zeiten wie diesen sein muss.«

Antoine erwiderte nichts, weil ihm plötzlich bewusst wurde, dass er Mirons Anerkennung nicht verdient hatte. Er war kein guter Mensch, nur weil er diesen armen Menschen half. Seine vorherigen Verfehlungen konnte er nicht mit dem wettmachen, was er jetzt getan hatte.

»Wohin willst du die Leute bringen?«, fragte er, um vom Thema abzulenken.

»Sobald sie ein wenig zu Kräften gekommen sind, gehen wir nach Lélinaz und verstecken sie in der ehemaligen Spinnerei. Morgen Abend treffen wir einen Kontaktmann, der sie in einem Lieferwagen zur Schweizer Grenze bringen wird.«

Antoine erkundigte sich, auf welchem Weg sie zum Weiler gelangen wollten. Miron erklärte es ihm.

»Ihr könntet meinen Leuten auf dem Rückweg in die Quere kommen«, befürchtete Antoine. »Es ist sicherer, wenn ihr euch über Izieu vom Berg her dem Weiler nähert. Ich kann euch führen.«

»Werden dich deine Leute denn nicht vermissen?«, erkundigte sich Miron sofort wieder misstrauisch.

Antoine lachte freudlos. »Das werde ich in Kauf nehmen. Die Gefahr ist im Augenblick nicht allzu groß, weil meine Kameraden daran gewöhnt sind, dass ich meine eigenen Wege gehe.« Er schluckte, bevor er verriet, was seine eigentliche Aufgabe war. »Im Augenblick arbeite ich direkt für die Gestapo. Man hat mir weitreichende Befugnisse übertragen. Meine Kameraden müssen meine Handlungen respektieren.«

»Du gehörst jetzt zur Gestapo und verrätst dann deine Leute?« Miron wich zurück und sah ihn befremdet an.

Antoine zuckte hilflos mit den Schultern. »Glaub mir, den Posten hab ich mir nicht freiwillig ausgesucht. Aber nun verschafft er uns einen Vorteil, und den wollen wir nutzen!« Er schluckte. »Ich verabscheue meine Aufgabe und möchte gern etwas wiedergutmachen.« Mehr wollte er Miron nicht anvertrauen.

»Ist das nicht paradox?« Miron schien ihm kein Wort zu glauben. »Wieso bist du dann bei der Miliz?«

»Weil sie mich in der Hand haben«, gestand Antoine zerknirscht. »Meine Brüder sind in deutschen Arbeitslagern als Zwangsarbeiter. Man versprach mir, dass sie freikommen, wenn ich für die Miliz arbeite. Ich fand nichts Schlimmes daran, bis mir Marguérite die Augen geöffnet hat.«

»Marguérite?« Er sah, wie sich in Mirons Gesichtszügen erst Erstaunen, aber auch Unmut spiegelten. »Was hat sie damit zu schaffen?«

»Wir haben uns ineinander verliebt«, antwortete er schlicht.

»Was zum Teufel fällt dir ein?« Miron war nun sichtlich aufgebracht. »Ihr zwei passt nicht zusammen. Lass gefälligst die Finger von ihr!«

»Das kann nur sie selbst entscheiden«, erwiderte Antoine ungerührt. »Ich weiß längst, dass sie Jüdin ist. Sie hat mir alles erzählt.«

Miron wollte noch etwas erwidern, doch dann setzte er ein resignierendes Grinsen auf. »Du hast recht, das alles geht mich gar nichts an. Nehme mal an, dass du dann auch der Vater ihres Kindes bist? Sie wollte es uns nicht verraten.« Antoine zuckte mit den Schultern und nickte. Miron reagierte nicht weiter darauf. »Schauen wir, dass wir unsere Leute sicher nach Lélinaz bringen.« Damit war alles gesagt.

Antoine half ihm, sich um die Flüchtlinge zu kümmern. Die Menschen befanden sich in einem erbärmlichen Zustand. Die meisten von ihnen waren so ausgezehrt, dass sie nur noch aus Haut und Knochen bestanden. Ihre Wangen waren eingefallen, die Haut trocken und rissig, aber am schlimmsten fand er ihre hoffnungslosen Blicke. Er half dem Pfarrer beim Verteilen von Brot, Wasser und etwas Käse. Es war bei Weitem nicht genug für alle. Nur die Alten, Schwachen und Kinder bekamen etwas Nahrung. Manche waren jedoch selbst zum Essen schon zu entkräftet.

Nach zwei Stunden brachen sie auf. Schweigend setzte sich die Gruppe in Bewegung. Sie kamen nur langsam voran, da sie Umwege durch Wälder machen mussten, um von Weitem nicht gesehen zu werden. Lange nach Einbruch der Dunkelheit trafen sie endlich in Lélinaz ein. Die Kinder waren bereits in ihren Schlafsälen, sodass die Neuankömmlinge ungesehen in ihr Quartier gebracht werden konnten.

Sabine und Marguérite nahmen sie in Empfang und sorgten dafür, dass jeder eine Schlafstelle und etwas zu essen bekam.

Als Marguérite ihn erblickte, sah Antoine ihr Erstaunen, bevor sie sich rasch wieder von ihm abwandte. Sein Herz begann zu klopfen, am liebsten hätte er gleich mit ihr gesprochen. Doch es gab zu viel zu tun. Er musste sich gedulden, bis jeder der heimlichen Gäste versorgt war. Ob sie seinen Brief schon gelesen hatte? Er sah ungeduldig auf die Uhr. Ihm blieb nicht mehr viel Zeit, denn er musste noch runter ins Tal, um sein Motorrad zu holen, das er in einem Waldstück versteckt hatte. Seine Kameraden erwarteten ihn sicherlich längst. Schließlich passte er sie am Brunnen ab, wo sie für die Flüchtlinge einige Blecheimer mit Wasser füllte. Antoine trat unsicher auf sie zu und wusste nicht recht, wie er das Gespräch beginnen sollte.

»Du warst heute sehr mutig, wie ich hörte.« Marguérite nahm ihm den Anfang ab. Sie vermied allerdings, ihn anzusehen.

»Das war selbstverständlich«, gab er sich bescheiden. »Aber eigentlich war ich auf dem Weg zu dir.«

Sie hob den Blick. »Hattest du Angst, dass ich deinen Brief nicht lese?« Er erkannte einen Anflug von Spott in ihrem Gesicht, der jedoch gleich wieder verschwand. »Du musst dir um uns keine Sorgen machen. Wir alle wissen, wie ernst die Lage ist.« Sie erwähnte mit keinem Wort, dass er sie auch um Verzeihung gebeten hatte.

Antoine trat auf sie zu und berührte sacht ihren Arm. »Marguérite«, begann er hilflos. »Ich habe einen riesengroßen Fehler gemacht. Bitte verzeih mir!«

»Bist du nur hier, um mir das zu sagen?«

»Nein!« Er atmete tief durch. »Ich bin hier, um dich zu bitten, mir, nein uns, noch eine weitere Chance zu geben.«

Sie sah ihn endlich an. Ihr Blick sagte mehr, als es jedes Wort vermocht hätte. Er konnte ihren Zweifel darin sehen, aber auch etwas, das ihn Hoffnung schöpfen ließ. Es ließ ihn mutiger werden. »Was sind schon Träume, wenn man niemanden hat, mit dem man sie teilen kann«, erklärte er mit belegter Stimme. »Ich habe begriffen, dass du und unser Kind … dass ihr das Allerwichtigste für mich seid.«

»Wir stehen deinem Lebenstraum doch nur im Weg!« Marguérites Stimme klang sofort wieder skeptisch und abweisend. »Selbst wenn ich dir glauben würde. Irgendwann würdest du mir genau das vorwerfen. Und das will ich nicht. Das ist mir erst jetzt klar geworden.«

»Wer sagt denn, dass unser Traum nicht mehr gelebt werden kann? Wir …«

»Antoine?« Miron trat aus der Dunkelheit zu ihnen und beendete abrupt ihre Unterhaltung. Antoine hätte ihn dafür am liebsten verdammt. Marguérite wandte sich sofort wieder ihren Eimern zu. »Komm noch auf einen Schnaps ins Haus«, forderte er ihn auf. »Philippe wird dich dann in Perticoz' Automobil zu deinem Motorrad fahren. Er fährt damit über Ostern zu seinen Eltern und kann dich mitnehmen.«

»Noch einen Augenblick«, erwiderte Antoine. Dummerweise machte Miron keinerlei Anstalten, ohne ihn zu gehen. Dabei hatte er Marguérite noch so viel zu sagen. »Ich muss morgen nach Lyon, dort hab ich zwei Tage zu tun«, raunte er ihr zu. »Bitte komm in drei Tagen abends zu unserer Scheune.«

Er war nicht sicher, ob sie ihn verstanden hatte, doch dann fasste sie kurz nach seiner Hand und drückte sie. Da wusste er, dass sie da sein würde.

33

Aaron stand am Fenster und beobachtete, wie Valerie die Straße überquerte. Noch bevor sie die andere Seite erreicht hatte, öffnete sich die Fahrertür eines Porsche Cayenne, und Jonas stieg aus. Er küsste sie zur Begrüßung auf beide Wangen und öffnete die Beifahrertür, um ihr beim Einsteigen zu helfen. Dann fuhren sie davon.

Jonas hatte Valerie dazu überredet, mit ihm ans Meer zu fahren. Aaron blieb am Fenster stehen und sinnierte. Es war ein sonniger, wenn auch eiskalter Novembertag, einige Wochen nachdem Valerie Ricks verhängnisvollen Brief erhalten hatte. Es war das erste Mal, dass seine Tochter wieder ausging. Sie hatte sich fieberhaft in ihre Arbeit an der Schule gestürzt und sich ansonsten in ihrem Zimmer verkrochen, ohne an irgendetwas Anteil zu nehmen. Auch wenn sie bislang noch keinen neuen Burn-out erlitten hatte, war ihre Grundstimmung zutiefst depressiv. Es schien, als wäre mit dem Brief jede Freude aus ihr gewichen und hätte ihren Lebenswillen gelöscht. Valerie hatte sich in einen Kokon eingesponnen, den niemand durchdringen konnte, vielleicht nicht einmal sie selbst.

Auch wenn es ihm widerstrebte, musste er Mia womöglich dankbar sein, dass sie sich in das Leben ihrer Tochter eingemischt und Jonas um Hilfe gebeten hatte. Sie hatte ihn über Valeries Kopf hinweg angerufen und über ihren

Zustand informiert. Und Jonas war pflichtbewusst dieser Bitte nachgekommen. Aaron war sich dennoch nicht sicher, was er davon halten sollte. Einerseits freute er sich darüber, dass Valerie endlich ihr Schneckenhausdasein aufzugeben schien, auf der anderen Seite hatte er nach wie vor seine Zweifel, ob Jonas der Richtige war, ihr zurück ins Leben zu verhelfen. An diesem Punkt gingen seine und Mias Meinung seit jeher auseinander.

Mia hatte nie einen Hehl daraus gemacht, dass sie Jonas für den idealen Schwiegersohn hielt, während er dem strebsamen Anwalt schon immer mit Skepsis gegenübergetreten war. Er fand Jonas viel zu egoistisch und selbstverliebt für seine sensible Tochter. Dieser Mann brauchte eine Frau, die ihre Bedürfnisse den seinen unterordnete. Jemanden, der ihn bewunderte und keine großen Ansprüche an sich selbst stellte. Valerie war viel zu feinfühlig, um dem auf Dauer standzuhalten. Bei Rick hingegen war sie sichtlich aufgeblüht. Die beiden waren sich von Anfang an auf Augenhöhe begegnet und hatten auch sonst in jeglicher Hinsicht zueinander gepasst. Und das war genau der Punkt. Valerie und Rick waren das perfekte Paar. Seit jenem Tag, an dem seine Tochter den Brief bekommen hatte, der über ihr Schicksal entschieden hatte, konnte er, Aaron, an nichts anderes mehr denken. Die Umstände hatten sich auf so unglückliche Weise entwickelt, dass sie ihn dazu aufforderten, Entscheidungen zu hinterfragen, die er in der Vergangenheit bereit gewesen war mitzutragen. Dinge, die in der Vergangenheit geschehen waren und die er geglaubt hatte, für immer verdrängen zu können, hatten plötzlich eine Präsenz bekommen, die er nicht länger leugnen durfte. Wenn nur diese Scheißangst vor den Konsequenzen nicht wäre.

»Denkst du an unsere Verabredung am Wannsee?«, unterbrach Mia seine Gedanken.

Seine Frau war unbemerkt hinter ihn getreten und folgte seinem Blick auf die Straße. Er nahm deutlich ihren feinen, blumig frischen Geruch wahr, der ihn nach wie vor erregte. Das Schicksal hatte es so gut mit ihm gemeint, als es ihm diese wunderbare Frau dreißig Jahre zuvor über den Weg hatte laufen lassen. Niemals hatte er gewagt zu glauben, dass sie so lange bei ihm bleiben würde. Er war mittlerweile ein alter Mann, während sie noch mitten im Leben stand. Er wollte sie nicht verlieren.

»Natürlich. Ich bin gleich so weit«, antwortete er zerstreut.

»Du machst dir immer noch Sorgen um Valerie, stimmt's?« Mia legte fürsorglich ihre Hand auf seine Schulter.

Er wandte sich ihr zu. »Ich fürchte, dass sie sich von Jonas wieder einwickeln lässt«, gestand er ihr offen seine Befürchtungen.

Mia runzelte die Stirn. »Wieso gefällt dir das nicht?«, fragte sie mit einem Anflug von Missfallen. »Jonas und Valerie geben ein großartiges Paar ab. Sie passen in jederlei Hinsicht zueinander. Er bringt ihr selbst in dieser schwierigen Situation noch so viel Verständnis entgegen. Und das, obwohl sie ihn zweimal abserviert hat.« Als er darauf nicht antwortete, fügte sie hinzu: »Jeder andere Mann hätte sie im Stich gelassen, wenn sie so mit ihm umgesprungen wäre.«

»Du weißt, was ich von Jonas halte«, brummte Aaron. »Rick hat viel besser zu Valerie gepasst. Und das dürfte dir auch klar sein!«

»Nun fang doch nicht schon wieder damit an«, beschwerte Mia sich ungehalten. »Du weißt doch, weshalb sie nicht mehr zusammen sein können.«

Mias Kommentar verstimmte Aaron endgültig. Wie konnte sie es sich nur so leicht machen? War für sie damit wirklich das Thema erledigt? Es war herzlos, wie sie über Valeries Gefühle hinwegging, wo es doch in ihrer Macht lag, daran etwas zu ändern. Seit dem Zeitpunkt, als Valerie sie darüber aufgeklärt hatte, in welcher Beziehung Rick zu seiner Familie stand, ging ihm das nicht mehr aus dem Kopf. Was war er doch für ein Feigling, dass er es nicht gewagt hatte, Mia darauf anzusprechen. Es war seine verdammte Unzulänglichkeit, sich Konfrontationen zu stellen. Missmutig machte er sich für ihren gemeinsamen Ausflug fertig.

Ihr kleiner Ausflug hatte dank der Anwesenheit ihrer Freunde die Wogen zwischen ihm und seiner Frau wieder geglättet. Nun saß er mit Mia am wärmenden Kaminfeuer bei einem Becher Glühwein. Sie hörten den Schlüssel im Wohnungstürschloss, Valerie kehrte von ihrem Ausflug zum Meer zurück, sie verabschiedete sich von Jonas.

Mia stand rasch auf und bat ihn, mit Valerie hereinzukommen. »Aaron hat Glühwein gemacht. Möchtet ihr nicht etwas Wärmendes mit uns trinken? Ihr habt sicher ganz schön viel gefroren heute.«

Jonas sah Valerie fragend an. Als sie nichts dagegen einwandte, nahm er die Einladung bereitwillig an. Aaron sah, wie er Mia mit seinen blendend weißen Zähnen anstrahlte und diese wie ein Teenager kicherte, und er ärgerte sich erneut über ihre Kurzsichtigkeit. Valeries Miene war nicht zu deuten. Immerhin hatte sie rosige Wangen, und auch sonst wirkte sie ausgeglichener. Sie begaben sich ins Wohnzimmer und setzten sich in die Sitzgruppe rund um den Kaminofen. Jonas nahm ganz selbstverständlich auf dem Sofa neben Valerie Platz. Er erzählte von ihrem Ausflug an den Greifswalder Bodden und den herrlichen Spaziergang, den sie unternommen hatten.

»Danach haben wir auf einem der Museumsschiffe im Greifswalder Hafen frisch gefangenen Fisch gegessen. Es war wie früher, nicht wahr, Valerie?«, erzählte Jonas begeistert.

Er legte seine Hand auf Valeries Schenkel. Mias Augenzwinkern war zu entnehmen, wie entzückt sie über diese Vertraulichkeiten war. War seine Frau wirklich so blind, dass sie nicht bemerkte, dass ihre Tochter die Berührung zwar duldete, aber ganz offensichtlich nicht genoss? Doch wieder fehlte ihm der Mut, endlich die Wahrheit ans Licht zu holen. Missmutig verfolgte er die weitere Unterhaltung, zu der Valerie immerhin in Maßen beitrug. Sie gab sich Mühe, nicht mehr ganz so abwesend zu sein wie in den letzten Wochen. Auf Jonas' Charmeoffensiven reagierte sie mit einem freundlichen, aber unverbindlichen Lächeln.

»Wir könnten doch nächstes Wochenende alle vier gemeinsam auf den Weihnachtsmarkt nach Potsdam fahren«, schlug Mia gut gelaunt vor.

Jonas war natürlich sofort begeistert, aber auch Valerie wehrte sich nicht gegen Mias Vorschlag. Er selbst wurde erst gar nicht nach seiner Meinung gefragt. Warum gebot er dieser penetranten Kuppelei nur nicht Einhalt? Jonas taute mehr und mehr auf. Mia verwickelte ihn geschickt in immer neue Gespräche, während Valerie sich genau wie er meistens mit der Rolle des Zuhörers und Beobachters begnügte.

»Ist es nicht wunderbar, dass die beiden sich einander wieder angenähert haben?«, schwärmte Mia, nachdem Jonas sich endlich verabschiedet hatte. Valerie begleitete ihn gerade zur Tür.

Aaron hatte die Nase voll. Er war nicht länger bereit, Mias billige Scharade mitzutragen, und er fasste endlich einen Entschluss. Anscheinend verstand Mia wirklich nicht, um was es hier ging. Von allein würde sie wohl niemals zur Vernunft kommen. Es war wenig schmeichelhaft für seine Frau, aber ihr Bedürfnis, ihr Gesicht zu wahren, war ihr wichtiger als das Wohl ihres eigenen Kindes. Ich muss nachhelfen, dachte er. Koste es, was es wolle.

»Bitte setz dich doch noch ein wenig zu uns«, bat er seine Tochter, als sie ihnen eine gute Nacht wünschen wollte. »Wir haben noch etwas Wichtiges mit dir zu besprechen.« Mia warf ihm einen überraschten Blick zu, den er geflissentlich ignorierte. Dann begab er sich zu seinem Schreibtisch und holte einen Brief aus der Schublade. »Ich habe einen Brief von Adèle erhalten«, eröffnete er das Gespräch.

Valerie sank unweigerlich in sich zusammen, was Mia dazu brachte, missbilligend ihre Augenbrauen zu heben. »Musst du den angenehmen Abend jetzt durch solch eine unangenehme Sache zunichtemachen?«, warf sie ihm prompt vor. »Valerie geht es gerade etwas besser, und schon bohrst du wieder in dieser schmerzlichen Geschichte herum.«

»Du wirst gleich verstehen, weshalb ich gerade jetzt damit ankomme«, wies Aaron sie zurecht. »Adèle ist meine Tante. Es ist nur natürlich, dass ich versuche, möglichst viel über sie zu erfahren. Und weil Valerie meine Tochter ist, wird es auch sie interessieren, was ich über Adèle und meinen Vater herausgefunden habe.«

»Aber doch nicht ausgerechnet jetzt. Siehst du nicht, wie unangenehm es ihr ist? Du erinnerst sie nur wieder an Rick!«

»Papa hat recht«, mischte sich Valerie ein. »Mich interessiert wirklich sehr, was mit Großvater und Tante Adèle war. Mit Rick hat das ja nur indirekt zu tun.« Sie wirkte gefasster, kaute aber nervös auf ihrer Unterlippe herum. »Also, was schreibt Großtante Adèle?«

»Ich habe schon vor einigen Wochen Kontakt zu ihr aufgenommen …« Aaron überlegte, wie er am besten fortfahren konnte. »Vorher habe ich Rick um ihre Adresse gebeten. Von ihm weiß ich auch, dass sich Adèle beinahe ihr ganzes Leben lang hinter Lügen versteckt hat. Sie ist wohl nie damit zurechtgekommen, dass ihr Bruder ein Kollaborateur und damit Verräter gewesen ist. Um vor ihren Nachbarn und Freunden nicht ebenfalls als Kollaborateurin angesehen zu werden, hat sie sich die Geschichte um Antoine als Résistance-Kämpfer ausgedacht. Ich habe ihr geschrieben, dass ich sie deshalb nicht verurteilen würde, und ihr versichert, wie wichtig es mir ist, dass unsere Familien sich ein wenig kennenlernen. Ich schickte ihr Fotos von mir als Kind und Fotos von dir, Valerie, und erzählte ihr von unserem Leben. Eine ganze Weile erhielt ich keine Antwort, aber nun erreichte mich ein Brief. Sie bestätigte mir, was ich von Rick schon wusste, und äußerte den Wunsch, uns beide zu sehen. Sie lädt dich und mich zu sich nach Grenoble ein. Ich möchte dich bitten, mich zu begleiten, Valerie. Wir werden sehen, wann wir das einrichten können.«

Seine Tochter ließ sich mit der Antwort lange Zeit. Sie starrte auf die Holzdielen und kaute weiter auf ihrer Unterlippe herum. Als sie schließlich den Kopf hob, sah er, dass sie Tränen in den Augen hatte.

»Hast du Kontakt zu Rick?«, fragte sie zaghaft.

Aaron tat es weh, als er ihren Schmerz sah, aber darüber musste er sich jetzt hinwegsetzen. »Er hält mich über alles auf dem Laufenden.«

Aus den Augenwinkeln beobachtete er seine Frau, die mit versteinerter Miene neben ihm saß. Ihre Haltung war ein einziger Vorwurf. Er wartete auf ihre Reaktion und hoffte immer noch inständig, dass sie endlich verstand, wie sehr ihre Tochter unter der Trennung von Rick litt. Es wäre alles viel leichter, wenn sie zuerst mit der Wahrheit herausrückte.

»Ich vermisse ihn so sehr«, brach es indes aus Valerie heraus. Sie gab sich keine Mühe mehr, ihre Fassung zu behalten, und begann, wie ein kleines Kind zu weinen. Ihr ganzer Körper bebte. »Mein Leben hat einfach keinen Sinn ohne ihn. Dabei weiß ich, dass ich ihn nie mehr wiedersehen darf.«

»Was hast du dir nur dabei gedacht?«, explodierte Mia nun böse. »Du machst doch alles nur viel schlimmer mit deinen dämlichen Nachforschungen. Diese ganze Geschichte von Schuld und Vergessen der Schuld. Das bringt doch gar nichts. Nur weiteres Leid.«

»Das sagt gerade die Richtige«, konterte er ungewohnt scharf. »Bist du dir nach all dem, was geschehen ist, wirklich sicher, dass man die Vergangenheit so einfach vergessen kann? Ist es nicht vielmehr so, dass gerade Vergessen und Verdrängen unsere Gegenwart nachhaltig vergiften? Hast du schon jemals darüber nachgedacht, dass du allein es sein könntest, die unserer Tochter helfen kann, noch einmal glücklich zu werden? Es ist nicht meine Vergangenheit, die ihrem Glück im Weg steht, sondern deine!«

Mia starrte ihn an, als hätte er sie geschlagen. Dieses Mal hielt er ihrem Blick stand. Wenn sie jetzt nicht begriff, dass er ihr eine goldene Brücke baute, dann würde er eben tun, wofür sie zu feige war. Auch für ihrer beider Zukunft war es wichtig, dass sie endlich ehrlich waren.

Er sah an ihrem Gesichtsausdruck, dass sie schließlich verstand. Ihre ganze Haltung veränderte sich schlagartig. Statt der strahlenden Frau, die sie für gewöhnlich war, saß da auf einmal nur noch ein Häufchen Elend. Ihre Finger rangen ungelenk miteinander, als sie den Kopf hob, um ihm wieder in die Augen zu sehen.

»Es ist unverzeihlich von mir«, sagte sie leise.

Jetzt wusste er, dass sie letztendlich den Mut aufbringen würde, Valerie die ganze Wahrheit zu erzählen.

Lyon, Izieu, Frankreich, April 1944

Barbie saß mit dem Chef der Sicherheitspolizei, SS-Obersturmbannführer Werner Knab, und dessen Stellvertreter Heinz Hollert in seinem Arbeitszimmer im Hôtel Terminus und informierte sie über die gerade angelaufene Operation Frühling. Vor ihnen lag eine ausgebreitete Karte der Region, anhand derer er ihnen die Ausgangslage erklärte und über die bevorstehenden Einsätze informierte. Mitten in seinen Ausführungen klopfte es an der Tür.

»Herein.« Er bat die anwesenden Herren um Entschuldigung und wandte sich in Richtung Tür. Als er André erblickte, fuhr er ihn ungeduldig an. »Was soll das, Caporal? Sie sehen doch, dass ich in einer Besprechung bin!«

Dann erinnerte er sich, dass er ursprünglich eine Verabredung mit ihm getroffen hatte. Sein Untergebener wollte ihn bestimmt an das anstehende Verhör erinnern. Die Gestapo hatte einen Pfarrer gefasst, der im Verdacht stand, mit der Résistance zu kooperieren. André brannte darauf, ihn in die Mangel zu nehmen.

»Ich muss Sie sprechen, Obersturmführer. Es ist dringend!«

»Um was geht es denn?«, fuhr Barbie ihn unfreundlich an. Im Grunde genommen verabscheute er den devoten Kerl.

Wäre er nicht ein ebenso effektiver wie grausamer Handlanger bei Verhören, er wäre ihn schon längst losgeworden.

»Ich habe Hinweise, dass wir von einem unserer eigenen Leute verraten werden«, berichtete André mit gesenktem Blick. »Es ist meine Pflicht, Sie darüber zu informieren, bevor Sie die betreffende Person gleich verhören.«

Barbie stutzte und nahm sein Gegenüber genauer ins Visier. »Meinen Sie damit etwa Caporal Mardieu?«

André nahm Haltung an und blickte ihm direkt in die Augen. »Der Caporal macht gemeinsame Sache mit dem Judenpack, Obersturmführer«, behauptete er.

Barbie wusste genau, wie wenig Sympathie André für Mardieu hegte. Zudem war sein Folterknecht hinterhältig. Doch er konnte dessen Anschuldigungen nicht auf die leichte Schulter nehmen.

»Gedulden Sie sich draußen vor der Tür«, befahl er dem Caporal. »Ich melde mich bei Ihnen, sobald ich hier fertig bin.« Damit wandte er sich wieder den anwesenden Herren zu.

Antoine war nicht wohl, als er auf dem Weg zur Suite 68 an Caporal André vorbeimusste und sein boshaftes Grinsen sah. Er dachte scharf nach, was der andere gegen ihn im Schilde führen könnte, kam aber zu keinem Ergebnis. Dem Kerl war durchaus zuzutrauen, dass er ihn denunziert hatte, weil er ständig seiner eigenen Wege ging. Ihm war nicht verborgen geblieben, dass Barbies Laufbursche ihm schon länger hinterherspionierte. André war maßlos eifersüchtig. Vielleicht hätte ich doch vorsichtiger sein müssen, überlegte er. Ob ihn jemand in Saint-Bois beobachtet hatte? Doch das schien ihm nahezu ausgeschlossen. Er hatte mit eigenen Augen gesehen, wie die ganze Truppe abgerückt war. Wahrscheinlich sah er nur Gespenster. Er sollte sich lieber darauf konzentrieren, wie er dem Obersturmführer erklären wollte, dass er noch nicht auf Juden gestoßen war im Gegensatz zu André. Schließlich war er der Leiter der Mission. Er würde gute Ausreden brauchen, um ihm seinen Misserfolg zu erklären.

Eine Weile musste er noch durchhalten und sein Spiel weiterspielen. Sobald die Kolonie aufgelöst sein würde und die Kinder und Marguérite in Sicherheit waren, hatte er vor, zu desertieren und sich ihnen anzuschließen. Sabine war gerade in Montpellier, um endgültige Zufluchtsorte zu organisieren. Miron hatte ihm das nach der Aktion in Saint-Bois anvertraut. Sobald sie zurück war, würden die Kinder den Weiler in kleinen Gruppen verlassen. Er würde ihnen Rückendeckung geben, so gut es eben ging. Es war beruhigend, endlich zu wissen, auf welcher Seite man stand. Und noch etwas war Antoine klar geworden. Er musste sich innerlich gegen Barbies Charisma und seine leeren Versprechungen wappnen. Er hatte sich Miron gegenüber geöffnet und mit ihm ein langes, intensives Gespräch geführt, auch wenn er ihm nicht alles verraten hatte. Der Leiter des Kinderheims war ein guter Zuhörer, er verstand das Dilemma, in dem er sich befand. Durch ihn war Antoine bewusst geworden, dass Barbie ihn die ganze Zeit nur instrumentalisiert hatte. Seine Brüder würden niemals freikommen, solange der skrupellose Gestapoführer noch einen Nutzen aus ihm zog. Und danach würde er nicht zögern, ihn fallen zu lassen. Seine Freundlichkeit war lediglich zweckgebunden. Sobald Antoine das erkannt hatte, fühlte er sich frei von allen Verbindlichkeiten gegenüber dem Obersturmführer. Jetzt musste er nur noch sehen, wie er die nächsten Tage mit heiler Haut überstand.

»Da sind Sie ja, Mardieu!« In zugeknöpfter Uniformjacke stand Barbie vor seinem Schreibtisch. Er hielt eine Peitsche in der Hand, mit der er sich immer wieder leicht auf die Handinnenfläche schlug. Sein Gebaren passte nicht zu seinem aufgesetzten Lächeln. Antoine wurde sofort misstrauisch. Der Obersturmführer bot ihm weder einen Sitzplatz noch einen Cognac an. Mit eisigem Blick hielt er ihn auf gebührenden Abstand. »Haben Sie endlich Erfolge zu verzeichnen?«

»Bedaure, Obersturmführer!« Antoine nahm Haltung an und versuchte, einen zerknirschten Eindruck zu vermitteln. »Von den Gefangenen, die bei dem Attentat der Résistance entkommen konnten, fehlt leider jede Spur. Ich fürchte, dass sie eine andere Route als ursprünglich geplant genommen haben. Möglicherweise ist ihnen zu Ohren gekommen, dass wir überall nach ihnen suchen.«

»Was haben Sie getan, um sie zu finden?«, verlangte Barbie zu wissen. Seine durchdringenden Augen bohrten sich lauernd in ihn. »Mir liegt eine Meldung aus Ihrer eigenen Truppe vor, dass Sie Ihrer Aufgabe nicht mit dem gebotenen Einsatz nachgehen.«

»Das ist eine haltlose Unterstellung«, wehrte er sich, nun sicher, dass André ihn verleumdet hatte. »Nur weil ich meine eigene Vorgehensweise habe, heißt das noch lange nicht, dass sie falsch ist. Ich ziehe es aus gutem Grund vor, allein meine Erkundigungen einzuziehen. Wie Sie wissen, war diese Strategie bei früheren Einsätzen durchaus erfolgreich.«

»Fest steht, dass Ihre Taktik im Augenblick versagt! Sie enttäuschen mich, Caporal!« Barbie schlug sich fester mit der Peitsche auf die Handinnenfläche. »Ohne die Gewissheit, dass ich mich auf meine Leute verlassen kann, werden wir nie zu einem Endsieg kommen«, polterte er plötzlich los. »Ein Kamerad, der mir Meldung gemacht hat, behauptet weiterhin, dass Sie auf viel zu vertrautem Fuß mit den Einheimischen stehen. Was wissen Sie über dieses Waisenhaus in Izieu?«

Antoine gefror das Blut in den Adern. Wie kam der Obersturmführer ausgerechnet auf die Kolonie?

»Mir ist nichts Besonderes aufgefallen«, antwortete er so unbefangen er konnte. »Während meiner Zeit in Brégnier-Cordon war ich einige Male dort. In dem Weiler leben ungefähr vierzig französische Kinder. Ihre Eltern sind im Krieg gefallen.«

»Haben Sie deren Ausweise kontrolliert?«, wollte Barbie wissen.

»Selbstverständlich. Flambert kann bestätigen, dass die Papiere ohne Beanstandung waren.«

Barbie kniff die Augen lauernd zusammen. »Also halten sich dort keine Juden versteckt?«

»Das ist mir nicht bekannt. Wenn dort etwas faul wäre, wäre mir das aufgefallen.« Antoine hoffte inständig, dass Barbie ihm das abnahm.

»Nun ja, Caporal, möglicherweise liegen Ihre Stärken ja ganz woanders«, wechselte er unvermittelt das Thema. Ein hinterhältiges Lächeln umspielte seinen Mund. »Ich möchte, dass Sie mir Ihre Loyalität noch einmal beweisen. Deswegen werden Sie mir heute bei einem Verhör assistieren. Wir haben nämlich einen Pfarrer festgenommen, der in seiner Kirche nachweisbar jüdische Flüchtlinge aufgenommen hat. Sagt Ihnen die Ortschaft Saint-Bois etwas?« Bei der Erwähnung des Ortes wurde Antoine abwechselnd heiß und kalt. Was wusste Barbie über die Geschichte mit den entflohenen Häftlingen? Oder fühlte er ihm nur auf den Zahn? Dann fiel ihm ein, dass nicht nur er den Pfarrer kannte, sondern dieser auch ihn. Sie hatten schließlich mehrere Stunden gemeinsam in der Kirche verbracht. Was, wenn der Mann ihn verriet?

»Folgen Sie mir«, unterbrach der Obersturmführer seine panischen Gedanken und öffnete die Tür zu einem angrenzenden Raum, den er normalerweise verschlossen hielt.

Antoine blieb nichts anderes übrig, als ihm zu folgen. Innen war es stickig und dunkel. Barbie betätigte einen Schalter. Kaltes Neonlicht strahlte von der Decke und leuchtete den Raum unangenehm aus. Antoine durchfuhr ein leiser Schauder, als er drei Stühle, einen Schreibtisch und mehrere darauf liegende Folterinstrumente erblickte – Knüppel, Säge, einen Trafo mit Elektrokabel und einen Eimer voller Wasser. An der Decke war ein Haken befestigt, wie ihn Metzger zum Aufhängen von Schweinehälften verwendeten. Es gab keine weiteren Möbelstücke.

Irgendwie war die Situation paradox. Der Raum war ursprünglich wohl ein Schlafzimmer gewesen. Ein Kreuz hing an der Wand, an der ein Bett gestanden haben musste. Die mit Blumenmotiven bedruckte Tapete war an dieser Stelle um einiges heller als im restlichen Raum, genau wie an einer anderen, an der sich einmal ein Schrank befunden haben musste. Erst jetzt bemerkte er die Blutspritzer überall. Sie ließen keinen Zweifel daran, was an diesem Ort passierte. Antoine stand kurz davor, in Panik auszubrechen. Hier wurden keine gewöhnlichen Verhöre durchgeführt.

Barbie behielt ihn fest im Auge. »Was ist, Caporal?«, fragte er grinsend. »Schreckt Sie das Blut an den Wänden?«

Ihm war sein Entsetzen also nicht entgangen.

»Ähm … nein … oder doch«, erwiderte Antoine verzweifelt. »Das heißt, ich habe keine Erfahrung mit solcherlei Verhören. Ich glaube nicht, dass ich mich dazu eigne.« Er nahm sich zusammen und begegnete Barbies Blick. »Ich habe auch so verstanden, dass Sie mir eine Lektion erteilen wollen.«

»Sie bleiben hier«, befahl Barbie ungerührt. Er ließ die Peitsche an einen seiner Stiefel knallen. Antoine fühlte sich wie ein Kaninchen im Angesicht einer Schlange. »Sehen Sie genau hin, wie wir mit Verrätern verfahren. Das wird Sie hoffentlich motivieren, künftig etwas erfolgreicher zu sein.« Seine Stimme duldete keinen Widerspruch. Antoine wagte nichts mehr einzuwenden. Das Schlimme war, dass er sich nicht sicher sein konnte, ob der Deutsche ihm nur eine Lektion erteilen wollte oder bereits etwas von seinem Verrat ahnte. Wenn das Schiefmaul ihm auf die Schliche gekommen war, dann wäre das Verhör nur der Anfang von seinem eigenen Ende. Für einen kurzen Augenblick dachte er an Flucht – außer der Tür, durch die sie eingetreten waren, gab es noch eine zweite. Doch bevor er das weiter in Erwägung ziehen konnte, öffnete sich diese, und André stieß den Gefangenen in den Raum. Ihm auf dem Fuß folgten Barbies Schäferhunde. Als sie an Antoine vorbeistreiften, knurrte eines der Tiere bedrohlich. Unwillkürlich trat er einen Schritt beiseite. Die Hunde liefen direkt auf ihr Herrchen zu, woraufhin dieser ihnen liebevoll die Köpfe tätschelte und ihnen befahl, sich niederzulegen. Francis André gab dem Gefangenen einen weiteren Stoß, der ihn in die Mitte des Raumes katapultierte. Antoine erkannte den Pfarrer von Saint-Bois kaum wieder. Seine Soutane war schmutzig, sein Gesicht fast bis zur Unkenntlichkeit von Tritten oder Schlägen angeschwollen und blau. Er wollte sich nicht vorstellen, was der bedauernswerte Mann seit dem Zeitpunkt seiner Gefangennahme erlebt hatte. Sein Blick war auf den Boden geheftet, aber seine Körperhaltung drückte immer noch so etwas wie Stolz aus. Wie lange würde er seine Haltung wohl noch wahren? Barbie setzte sich auf eine Ecke des Schreibtisches und musterte den Pfarrer in aller Ruhe. »Père Aymard, nehme ich an?«, wandte er sich mit ausgesuchter Freundlichkeit an den Mann. »Setzen Sie sich doch!« Er wies auf den Stuhl direkt vor ihm. Der Pfarrer ließ sich gehorsam nieder, ohne den Blick zu heben. Barbie schlug wieder mit der Peitsche gegen seinen Stiefel, dieses Mal etwas fester. »Ich möchte mich für die Unannehmlichkeiten in meinem Gefängnis entschuldigen«, begann er das Verhör. Seine Stimme klang freundlich und voller Anteilnahme. Antoine verstand endgültig, dass nichts, was der Obersturmführer sagte, dem entsprach, wie er fühlte. Er war ein Meister der Manipulation und liebte es, Menschen wie Schachfiguren nach seinem Willen einzusetzen. Auch er hatte sich von ihm einlullen lassen, ohne es zu bemerken. Er schämte sich, dass ihm das erst jetzt in aller Deutlichkeit klar wurde. Père Aymard antwortete nicht, sondern stierte weiter auf den Boden. Barbie überging seine Schweigsamkeit. »Wenn Sie mit uns kooperieren, werden Sie nicht länger als nötig leiden müssen«, versprach er ihm. Seine Stimme wurde eine Spur kälter. »Ich verlange von Ihnen alle Namen und Adressen der Leute, denen Sie geholfen haben. Wer hat Sie kontaktiert? Für wen arbeiten Sie noch? Wohin wurden die Flüchtlinge gebracht? All das … Verstehen Sie, was ich Ihnen damit sage?«

Der Pfarrer richtete sich auf und hob den Kopf. Antoine sah, dass er starke Schmerzen hatte, doch sein Blick war bewundernswert unerschrocken.

»Ich weiß von nichts«, nuschelte er.

Seine Lippen waren so geschwollen, dass die Verkrustungen, als er sie bewegte, wieder aufplatzten und zu bluten begannen. Barbie reichte ihm mit einem fürsorglichen Lächeln ein Stofftaschentuch, das er aus seiner Hosentasche zog. Die Hände des Pfarrers waren mit Handschellen auf dem Rücken gefesselt, sodass er das Tuch nicht entgegennehmen konnte.

»Verzeihung! Ich vergaß Ihren Zustand«, tat er bedauernd und steckte das Tuch wieder ein. »Sie sollten lieber möglichst bald mit uns zusammenarbeiten. Andernfalls …« Er ließ das Ende des Satzes absichtlich offen, hob nun jedoch die Peitsche und schlug damit an das Stuhlbein, haarscharf am Oberschenkel des Pfarrers vorbei. Dieser zuckte zusammen, hielt seinen Blick jedoch unbeeindruckt auf den Obersturmführer gerichtet. Barbie wandte sich nun an ihn, Antoine. »Pfarrer sind nicht selten besonders harte Brocken«, erklärte er ihm, als handelte es sich um ein Museumsstück. »Sie glauben, ihr Amt stellt sie über das gemeine Volk. Doch das ist ein Fehler.« Er hob bedauernd die Schultern. »Sie denken, dass sie das Richtige tun, doch in Wirklichkeit sind sie es, die fehlgeleitet sind. Unsere Aufgabe ist es, sie wieder auf den richtigen Weg zu führen. Und glauben Sie mir, Mardieu. Genau das erreiche ich in den allermeisten Fällen.« Er erwartete keine Antwort, sondern gab nun Francis André mit einer leichten Kinnbewegung eine Anweisung, die dieser sofort verstand. Der Milizionär nahm den Knüppel vom Schreibtisch und baute sich damit drohend vor dem Pfarrer auf. Barbie tat so, als würde er das ignorieren. Doch es gehörte zu der Inszenierung, die die beiden wohl nicht zum ersten Mal durchführten. »Meine Zeit ist leider begrenzt«, wandte er sich wieder an den Gefangenen. »Ich biete Ihnen nun ein letztes Mal an, mir die ganze Wahrheit zu sagen. Ansonsten muss ich Sie leider meinem Assistenten hier überlassen.« Der Pfarrer schielte zu André, dessen schiefes Gesicht unverhohlene Vorfreude auf das, was nun kommen sollte, zeigte. Dann traf sein Blick auf Antoine und blieb für einen Augenblick an ihm hängen. Antoine wagte kaum zu atmen. Würde Père Aymard ihn verraten? In Anbetracht seiner Situation könnte er es ihm kaum übel nehmen. Er war sich nicht sicher, wie er selbst an seiner Stelle reagieren würde. Bestimmt hielt der Pfarrer auch ihn für einen Verräter. Barbie entging ihr Blickkontakt nicht. »Sie kennen sich?«, wandte er sich interessiert an Antoine.

»Ich bin diesem Mann schon mal auf einer meiner Patrouillen begegnet«, hielt er sich ein Stück weit an die Wahrheit, während ihm der Angstschweiß auf die Stirn trat. »Mir schien er immer loyal zu sein«, fügte er noch hinzu, in der Hoffnung, dass dies den Obersturmführer etwas milder stimmen könnte.

Doch genau das wollte Barbie nicht hören. »Dieser Mann hat vor einigen Tagen mehr als ein Dutzend Flüchtlinge vor uns versteckt, obwohl er wusste, dass wir sie suchen. Er hat sein Land verraten und sich gegen die herrschenden Gesetze gerichtet«, polterte er los. Mit jedem Wort wurde er ungehaltener. »Caporal André war so aufmerksam, dies herauszufinden, obwohl er erst seit Kurzem in der Gegend ist. Ich hielt Sie immer für viel schlauer als ihn. Deshalb habe ich Sie auch mit der Mission betraut und nicht ihn. Leider hat sich herausgestellt, dass dem nicht so ist. Sie haben versagt. Was sagen Sie dazu?«

Antoine senkte den Blick und ließ die Schultern hängen. »Ich habe keine Entschuldigung.«

»Wenn Sie denken, dass Sie sich hier einfach aus der Misere ziehen können, dann haben Sie sich getäuscht. So leicht kommen Sie mir nicht davon!« Barbie musterte ihn verächtlich. »Was glauben Sie eigentlich, wer Sie sind? Nur weil ich Ihre Musik mag, heißt das noch lange nicht, dass Sie sich einen faulen Lenz machen können. Sie werden sich jedes Detail hier ganz genau einprägen, mein Freund! Dann wird Ihnen auch hoffentlich klar, was Ihnen blüht, wenn Sie nicht spuren.« Damit gab er André das Zeichen zu beginnen.

Père Aymard hatte ihre Unterhaltung aufmerksam verfolgt. Antoine sah ungläubig, wie er ihm ein aufmunterndes Lächeln schenkte, bevor der Knüppel von André zum ersten Mal auf seine Schulter traf. Er jaulte auf vor Schmerz. Antoine konnte es kaum ertragen. »Mach die Klappe auf, Pfarrer, oder du wirst mich erst richtig kennenlernen«, knurrte Schiefmaul und machte seinem Spitznamen alle Ehre. »Wegen dir ist uns das Judenpack entkommen. Dafür wirst du bezahlen.« Doch das war nur der Anfang.

»Ich … ich habe nichts zu sagen«, brachte Père Aymard mühsam heraus. In seinem Gesicht flackerte helle Angst, als ihn der zweite Schlag traf. Dann begann er laut, das Vaterunser zu beten.

»Stopf ihm das Maul«, befahl Barbie mit sichtbarer Abscheu. Seine Stimme klang erregt, als bereitete ihm die Qual seines Gegenübers große Freude. André stopfte Père Aymard einen schmutzigen, blutgetränkten Stofflappen in den Mund, sodass dieser kaum noch Luft bekam. Antoine ballte die Hände zu Fäusten und kämpfte gegen eine aufsteigende Übelkeit an. Plötzlich packte Barbie ihn am Arm. Seine Finger krallten sich in seine Muskeln. »Sehen Sie genau zu«, verlangte er von ihm, »und wagen Sie es ja nicht, die Augen zu schließen!«

Im Nachhinein wusste er nicht mehr, wie es ihm gelungen war, das Folgende zu überstehen. Barbie und Schiefmaul waren ein schreckliches Gespann, wenn es darum ging, das Höchstmaß an Grausamkeit an ihren Opfern auszuüben. Die Perfidität, mit der sie dem armen Pfarrer

Schmerzen zufügten, überstieg alles, was er sich auch nur im Entferntesten hätte ausmalen können. Nachdem André Père Aymard beide Schulterknochen mit dem Knüppel gebrochen hatte, hängte er ihn an den Handschellen an den Fleischerhaken an der Decke. Daraufhin wurde der arme Mann vor Schmerzen ohnmächtig. Um ihn wieder zur Besinnung zu bringen, wurde ihm eine Ladung eiskaltes Wasser ins Gesicht geschüttet. Dann zog ihm Barbie den Stofffetzen aus dem Mund und befragte ihn noch einmal. Doch Père Aymard blieb standhaft. Er begann erneut zu beten. Dieses Mal schloss er seine beiden Peiniger in sein Gebet ein.

Barbie wurde wütend, weil er sich ihm so lange widersetzte, und begann nun seinerseits, den Mann in die Mangel zu nehmen. Erst schlug er ihm mit der Peitsche ins Gesicht, dann malträtierte er ihn mit den Elektroschocks und seiner glühenden Zigarette. Der Pfarrer wurde immer wieder bewusstlos, doch seine Folterer kannten genügend Wege, ihn wieder zurück in die grausame Gegenwart zu holen. Antoine würgte. Als André dem armen Mann die Soutane samt Hose vom Leib riss und ihm von hinten den Stock in sein Gesäß rammte, musste Antoine sich übergeben. Er war sich nicht sicher, ob der Pfarrer überhaupt noch lebte. Barbie ließ ihn vom Haken nehmen und begutachtete den auf dem Boden Liegenden von allen Seiten, indem er ihm immer wieder seine Stiefelspitzen in die Seite stieß, um ihn zur Besinnung zu bringen. Nachdem der Mann sich trotz seiner Bemühungen nicht mehr regte, ließ er endlich von ihm ab.

Barbies Blick hatte etwas Irres, als er sich wieder Antoine zuwandte. »Schade«, bemerkte er mit gespieltem Bedauern. »Der Pfarrer ist tot. Heiko und Wotan hätten sicherlich auch noch gern ihr Vergnügen an ihm gehabt. Wussten Sie, dass Hunde es gern mit Menschen treiben?«

Er streichelte den Kopf eines der Tiere gedankenverloren, während in Antoine die Augen schloss und mühsam die Tränen zurückhielt.

Antoine stolperte aus dem Verhörzimmer in Richtung Toilette. Ihm war so schlecht von dem, was er erlebt hatte, dass es ihn erneut würgte und er sich übergeben musste, bis nur noch Galle kam. Doch selbst das half nicht gegen die schrecklichen Bilder, die immer noch durch seinen Kopf geisterten. Er versuchte, sie zu vertreiben, indem er sich immer wieder mit beiden Händen Wasser ins Gesicht spritzte. Die Abscheu, die er empfand, konnte er jedoch nicht wegwaschen.

Als er sich schließlich im Spiegel betrachtete, begann er, gegen sein eigenes Spiegelbild einen Widerwillen zu empfinden. Das war nicht mehr der junge Mann, der ausgezogen war, um bei der Miliz die Freiheit zu gewinnen, einmal Musiker zu werden. Vor ihm stand das hohlwangige Abbild eines resignierten Menschen, der so viel Schuld auf sich geladen hatte, dass er seinen eigenen Anblick nicht mehr ertrug. Er wandte sich voller Ekel ab. Eines wusste er ganz genau, er würde von nun an nie wieder irgendwelchen Befehlen dieser widerwärtigen Nazis und ihrer Helfer gehorchen.

Wie benommen verließ er die Toilette und strebte auf den Ausgang der Suite zu. Er wollte nur noch weg. Da er so mit sich selbst beschäftigt war, fiel ihm kaum der Mann auf, der geduldig auf einem Stuhl neben der Tür wartete. Erst als er direkt an ihm vorbeiging, erkannte er ihn. Es war Lucien Bourdon. Auch der Bauer erkannte ihn. Doch anstatt ihn wie sonst mit üblen Beschimpfungen oder Missachtung zu bedenken, senkte er den Kopf und tat so, als würde er ihn nicht bemerken. Antoine scherte sich nicht um ihn. Er musste sehen, dass er so schnell wie möglich nach Lélinaz kam, um die Betreuer der Kinder zu warnen. Es war der 5. April, und schon am 11. April sollte die Operation Frühling nicht mehr nur in Einzelaktionen, sondern als Offensive starten.

Dank seines Motorrads würde er nicht länger als zwei Stunden brauchen. Die klare Frühlingsluft half ihm, wieder einen einigermaßen klaren Kopf zu bekommen. Ein weiterer Vorteil war, dass Miron und Sabine ihn mittlerweile nicht mehr als Verräter sahen, sodass sie ihm glauben würden, wenn er sie warnte. Seit er ihnen geholfen hatte, die Flüchtlinge in Sicherheit zu bringen, hatte sich ihr Verhältnis grundlegend verändert. Miron hatte ihm sogar den Namen eines Kontaktmannes zur Résistance in Lyon verraten, nachdem er sich angeboten hatte, ihnen auch weiterhin zu helfen. Der Leiter des Heims hatte ihn sogleich beim Wort genommen und ihm einen ersten Auftrag erteilt. Bevor er zu Barbie ins Hôtel Terminus gegangen war, hatte er einem gewissen Roger eine schriftliche Notiz überbracht, über deren Inhalt er jedoch nichts Näheres wusste. Es tat gut, endlich etwas Sinnvolles zu tun. Doch über alldem schwebte immer noch die Unsicherheit, ob Marguérite ihm verzeihen würde. Er wünschte sich plötzlich nichts sehnlicher, als mit ihr eine Familie zu gründen.

Für die gut achtzig Kilometer bis Izieu benötigte er dann doch länger, als er gedacht hätte. Es dämmerte schon, als er schließlich in Brégnier-Cordon eintraf. Wenn er jetzt zuerst zum Waisenhaus ging, würde er zu spät zu seiner Verabredung mit Marguérite kommen, die vermutlich längst in der Scheune auf ihn wartete. Weil er nicht riskieren wollte, dass sie ging, bevor sie miteinander geredet hatten, beschloss er, zunächst zu ihr zu fahren und den Besuch im Waisenhaus auf den kommenden Morgen zu verschieben. Er hielt das für vertretbar, da die Operation ja erst in knapp einer Woche starten sollte.

Wie immer ließ er große Vorsicht walten, als er sich ihrem Treffpunkt näherte. Er verbarg sein Motorrad im Gebüsch etwa hundert Meter unterhalb der Scheune und ging den Rest des Weges zu Fuß. Schon von außen erkannte er, dass Marguérite bereits auf ihn wartete. Sie hatte eine Petroleumlampe angezündet, deren schwacher Schimmer durch die Ritzen der Holzplanken drang. Mit klopfendem Herzen schob er die Schiebetür einen Spalt weit auf und schlüpfte ins Innere der Scheune. Marguérite saß auf einem Holzblock, der zum Spalten von Holzscheiten diente. Auf einem weiteren stand die Lampe, deren Schein ihr Gesicht in sanftes Licht tauchte. Die Schwangerschaft hat sie weicher werden lassen, dachte er mit einem Anflug von Rührung. Am liebsten wäre er sofort auf sie zugegangen, um sie in seine Arme zu schließen. Doch er wagte es nicht, denn noch konnte er sich nicht sicher sein, ob sie ihm wirklich verziehen hatte.

»Ich bin froh, dass du gekommen bist«, begann er etwas zögernd die Unterhaltung. Er war sich nicht sicher, wie er sich verhalten sollte, und blieb etwas vor ihr stehen. Sie lächelte zaghaft und wies auf eine umgedrehte Kiste, damit er sich daraufsetzte. »Wartest du schon lange?«, fragte er, um eine Unterhaltung in Gang zu bringen. Sie hatte bislang noch kein Wort gesagt.

»Ich bin erst gerade gekommen«, erwiderte sie. »Wie war es in Lyon?«

»Die Operation beginnt am 11. April. Ihr müsst sofort von hier verschwinden!«

»Wir erwarten Sabine schon morgen zurück. Wie es aussieht, hat sie für alle einen Unterschlupf gefunden. Wir werden gleich nach Ostern aufbrechen.«

»Ihr solltet schon früher los«, drängte Antoine und konnte sich nicht gegen das Zittern wehren, das seinen Körper ergriff, als er wieder an die Folter dachte.

»Was ist mit dir?«, fragte sie ihn. Seine Reaktion war ihr wohl nicht entgangen.

»Nichts. Ich mache mir nur Sorgen!« Er konnte jetzt nicht mit ihr über das reden, was er am Nachmittag erlebt hatte. Das würde er irgendwann tun, wenn der ganze Wahnsinn ein Ende hatte. »Außerdem … Ich werde mit euch kommen. Ich kann keinen Tag länger für die Miliz arbeiten.«

»Du trägst noch ihre Uniform«, bemerkte Marguérite besorgt.

»Nur weil ich direkt aus der Zentrale komme. Aber lass uns von etwas anderem reden.« Er suchte ihren Blick und freute sich, als sie ihm nicht auswich. »Ich habe es neulich ernst gemeint«, meinte er scheu. »Ich möchte für dich und unser Kind da sein. Alles Weitere wird sich schon finden.«

»Du meinst es wirklich ernst?« Sie legte den Kopf schief und sah ihn forschend an.

»So ernst, wie ich noch nie in meinem Leben etwas gemeint habe. Ich liebe dich, Marguérite, und ich werde alles tun, damit du mir das glaubst. Bitte gib uns noch eine Chance!«

»Das habe ich doch längst schon getan«, antwortete sie schlicht. Dann lächelte sie. »Sonst wäre ich wohl kaum hier.« Sie erhob sich und reichte ihm beide Hände. Er nahm sie und zog sie zu sich auf den Schoß. Der Kuss, der folgte, war mehr als nur eine Versöhnung. Er war verheißungsvoll und bedeutete einen Neuanfang. Antoine nahm Marguérite auf seine Arme und trug sie hinüber zum Heu, von dem nach dem langen Winter nur noch ein Rest übrig geblieben war. Es reichte immerhin, um ihnen ein gemütliches Lager zu bereiten. »Lass mich nie wieder allein«, verlangte Marguérite, nachdem sie sich geliebt hatten.

Ihre beiden Körper verzehrten sich nach der langen Zeit der Entbehrung nacheinander. Ihr Begehren war wild und ungestüm und gleichzeitig von einer Innigkeit, die sie so vorher noch niemals miteinander erlebt hatten.

»Nichts wird uns auf Dauer trennen«, versprach Antoine voller Glück. »Und schon bald wird dieser Spuk hier auch ein Ende haben. Die Alliierten können jeden Tag einmarschieren. Selbst die Deutschen können sich dieser Erkenntnis nicht mehr verschließen.« Er küsste sie erneut, während er liebevoll ihren Bauch streichelte, der schon eine deutliche Wölbung zeigte. Dann legte er seinen Kopf darauf, als könnte er Kontakt zu dem Ungeborenen aufnehmen. »Wir werden gut auf dich aufpassen«, flüsterte er ihm zu. »Du wirst ein schönes Leben mit uns haben.«

Marguérite streichelte gerührt über sein Haar. »Das werden wir, denn es ist ein Kind der Liebe«, sagte sie.

Er küsste ihren Bauch. »Bestimmt ist es ein Junge und gerät nach meinem Bruder Eric«, sagte er. Sie unterhielten sich noch eine Weile, bevor wieder Lust in ihnen erwachte. Sobald ihr Verlangen erneut gestillt war, schmiedeten sie Zukunftspläne. »Wir werden gemeinsam nach Grenoble gehen«, bedeutete er ihr. Er hatte sich auf der Fahrt nach Izieu bereits Gedanken gemacht. »Wir verstecken uns in der alten Jagdhütte meines Vaters, dort sind wir sicher. Meine Schwester Adèle wird uns mit allem Notwendigen versorgen.«

Er beschrieb ihr den Weg, den sie nehmen würden, über

das Massif de la Chartreuse und von dort hinunter ins Tal von Grenoble. Marguérite hörte ihm schläfrig zu, während er mit aufgestütztem Kopf neben ihr lag und ihren wunderschönen nackten Körper bewunderte. Ihre Haare waren über den Winter etwas länger geworden. Wie ein Engel lag sie da vor ihm mit ihren dichten braunen Locken. Er konnte kaum fassen, dass er das Glück hatte, an ihrer Seite sein zu dürfen.

Der nächste Morgen kam viel zu schnell. Als die Sonne aufging, liebten sie sich ein letztes Mal. Dann wurde es Zeit, ins Waisenhaus zu gehen. Als sie sich schließlich auf den Weg machten, war es bereits spät.

»Die Kinder werden schon mit dem Frühstück angefangen haben«, befürchtete Marguérite. »Léa muss die ganze Arbeit allein machen, nur weil ich nicht da bin. Einige der Angestellten sind schon zu ihren Familien gefahren. Sie wollen die Ostertage mit ihnen verbringen.«

»Wir beeilen uns«, versprach Antoine, nahm ihre Hand und führte sie über die Frühlingswiese. »Ich lasse mein Motorrad erst einmal hier stehen und begleite dich. Dann entdeckt niemand von den Nachbarn gleich, dass ich mit zu euch gehe.«

Sie näherten sich dem Weiler vom kleinen Ort Izieu aus. Die letzten paar hundert Meter ging es über offenes Weideland. Vom Waldrand aus hatte man bereits den ersten Blick auf Lélinaz. Gerade als sie die Wiese betreten wollten, sahen sie einen Konvoi auf die Kolonie zufahren – eine schwarze Limousine und zwei Lastwagen.

»Das ist die Gestapo«, stieß er tonlos aus. »Sie kommt, um die Kinder zu holen. Verdammt!« Antoine dachte plötzlich an Bourdon, dem er in Lyon im Hôtel Terminus begegnet war. Ein furchtbarer Verdacht überkam ihn. Jemand musste sie verraten haben. Wenn das stimmte, so waren sie in großer Gefahr. Er sah Marguérite an und fasste einen Entschluss. »Komm, wir müssen uns verstecken. Sie dürfen uns nicht sehen.«

Er zog sie mit sich über die Wiese, bis sie das angrenzende Gebüsch erreichten. Das Motorengeräusch der beiden Lastwagen und der Limousine wurde immer lauter, je weiter sich die Fahrzeuge zum Waisenhaus hinaufquälten. Sie beobachteten mit Entsetzen, wie der Konvoi schließlich auf der Kiesauffahrt zum Stehen kam. Aus den Fahrzeugen stiegen drei Männer in Zivil, zwei davon waren, da war er sich sicher, Offiziere der Lyoner Gestapo. Ihnen folgten etwa fünfzehn Soldaten. Mit Gewehren im Anschlag stürmten sie das friedliche Waisenhaus, in dem die Kinder vermutlich gerade beim Frühstück saßen. Kurz darauf brach ein fürchterliches Chaos aus, laute Schreie waren zu hören. Marguérite versuchte, sich von ihm loszureißen.

»Ich muss den Kindern helfen, ich kann sie doch nicht ihrem Schicksal überlassen«, wehrte sie sich empört, als er fest ihren Oberarm umschloss.

»Du kannst ihnen nicht helfen«, warnte er sie eindringlich. »Es sind zu viele …« Doch sie wollte nicht auf ihn hören und versuchte erneut, sich loszumachen. Er ließ es nicht zu. Wie ein Schraubstock hielt er ihren Arm umklammert. »Denk an unser Kind«, ermahnte er sie leise. Das brachte sie endlich zur Vernunft. Zitternd verharrte sie neben ihm, während sie tatenlos zusehen mussten, wie die Kinder und ihre Betreuer von der Gestapo und ihren Schergen abgeführt wurden. Die Aktion ging sehr effizient vonstatten. Die Soldaten waren ganz offensichtlich geübt. Als Antoine unter den Zuschauern Lucien Bourdon erblickte, packte ihn die Verzweiflung. »Verdammt! Ich wette, dieser Dreckskerl steckt dahinter«, zischte er und machte sich gleichzeitig Vorwürfe. »Ich hätte es verhindern können!«

»Du konntest nicht wissen, dass sie früher kommen.« Marguérites Worte besänftigten ihn nicht. Ihre Augen flackerten vor Angst, Unsicherheit und Entsetzen, doch dann sah er ihr Vertrauen und fühlte sich schlecht, weil er wusste, dass er daran schuld war, dass es so gekommen war. Er hatte nur an sich gedacht. Wenn den Kindern etwas zustieß, dann war er dafür verantwortlich. »Wir müssen den Kindern doch irgendwie helfen!«, rief sie hilflos. Und fragte dann: »Was werden sie jetzt mit ihnen tun?«

»Dasselbe, was sie mit den Kindern aus Voiron gemacht haben«, erwiderte er tonlos.

»Können wir denn gar nichts unternehmen?« Ihre Stimme war kaum mehr als ein Hauch. »Ich … ich hab die Kleinen im Stich gelassen.«

»Sag doch so was nicht. Du musst jetzt an *unser* Kind denken!«

Plötzlich wurde ihm klar, dass er mit dem Gefühl der Schuld nicht würde leben können. Und auf gar keinen Fall durfte Marguérite oder ihrem Kind etwas geschehen. Er dachte kurz nach, dann wusste er, was zu tun war.

»Du wirst dich gleich auf den Weg zu meiner Schwester nach Grenoble machen.«

Entsetzt sah sie ihn an. »Und was ist mit dir?«, fragte sie. »Ich schaff das nicht allein!«

Er ließ ihren Einwand nicht zu. »Die Operation Frühling hat bereits begonnen. Barbie startet einen Großangriff auf alle Widerstandsbewegungen in den Departements Ain und Jura. Das bedeutet, dass er mit jedem verfügbaren Mann jeden Hof in der Gegend auf den Kopf stellen und durchsuchen lassen wird. Du bist hier nirgendwo mehr sicher.« Er strich ihr zärtlich über die Wange. »Ich könnte es nicht ertragen, wenn sie dich auch noch festnehmen würden! Du schaffst das allein! Adèle wird dir helfen und dich verstecken.« Er nahm die Kette mit dem Anhänger, die er stets trug, von seinem Hals und legte sie ihr um. »Gib ihr das hier.« Dann gab er ihr auch noch die Taschenuhr, die sein Vater gefertigt hatte. »Meine Schwester weiß, dass ich mich niemals ohne Not von diesen Schmuckstücken trennen würde. Sie wird sie erkennen und dir und unserem Kind beiseitestehen. Auf Adèle ist hundertprozentig Verlass. Umarme sie von mir und warte bei ihr, bis ich euch holen komme.«

»Aber was wirst du jetzt tun?« Sie sah ihn an wie ein waidwundes Reh. »Komm mit mir!«

»Dann wäre ich ein Deserteur. Sie würden verstärkt nach uns suchen. Solange sie denken, dass ich einer von ihnen bin, bin ich in Sicherheit. Du hast allein bessere Chancen. Begreif das doch!«

Wie konnte er sie nur davon überzeugen, dass ihr gar nichts anderes übrig blieb? Doch zu seiner Überraschung lenkte sie schließlich ein.

»Ich werde es für unser Kind tun«, flüsterte sie und legte eine Hand auf ihren Bauch. Ihre Augen füllten sich mit Tränen, während sie ins Tal sah.

»Du kannst den Waisenkindern jetzt nicht mehr helfen«, erriet Antoine ihre Gedanken. Er gab ihr einen sanften Kuss auf die Nasenspitze. »Aber vielleicht kann ich noch etwas für sie tun. Ich werde mich sofort wieder auf den Weg nach Lyon machen und dort Mittel und Wege finden, sie zu befreien, noch bevor sie nach Drancy gebracht werden. Miron hat mir ein paar Namen von Verbindungsmännern verraten. Sie arbeiten im Lyoner Gefängnis Montluc.« Ein Knacken unweit von ihnen unterbrach ihre Unterhaltung. »Da ist jemand«, zischte er und drückte Marguérite noch tiefer ins Gebüsch.

Äste brachen, dann erkannten sie einen jungen Mann, der in kopfloser Flucht an ihnen vorbeihastete.

»Das ist Léon«, sagte Marguérite.

Ihm musste irgendwie die Flucht vor den Nazischergen gelungen sein. Er rannte so schnell, dass sie keine Gelegenheit hatten, sich bemerkbar zu machen. Kurz darauf waren die Stimmen von Soldaten zu hören. Noch waren sie ein Stück von ihnen entfernt, aber schon bald würden sie in ihrer Nähe sein. Sie durften keine Zeit mehr verlieren.

»Du musst sofort los«, drängte Antoine aufgeregt. »Ich werde mich ihnen in den Weg stellen und so tun, als würde ich auch nach dem Flüchtling suchen.«

»Aber wie willst du ihnen dein plötzliches Auftauchen erklären?«, fragte Marguérite.

»Da fällt mir schon was ein. Schließlich trage ich immer noch die Uniform der Milizionäre.« Er versuchte, seiner Stimme einen zuversichtlichen Klang zu geben. In Wirklichkeit war er sich seiner Sache überhaupt nicht sicher. Doch das spielte im Augenblick keine Rolle. Er zog sie mit sich, bis sie auf einen schmalen Feldweg kamen, der von schützenden Bäumen gesäumt war. »Schlag dich von hier aus nach Süden durch und vermeide alle Siedlungen und Dörfer. Nimm die Pfade über das Massif de la Chartreuse. Sie sind nur schwer zugänglich, sodass dir die Soldaten kaum folgen werden.« Er sah, wie sie am ganzen Leib zitterte, und hätte sie am liebsten bei sich behalten. Doch das war unmöglich. »Du schaffst das!«, machte er ihr erneut Mut. Er hielt ihre Oberarme fest, damit sie sich wieder beruhigen konnte.

Schließlich nickte sie tapfer. »Ich warte bei deiner Schwester auf dich«, versprach sie ihm.

»Und dann werden wir eine richtige Familie sein«, sagte er. Ein unsicheres Lächeln huschte über ihr Gesicht. Er wusste, dass er es niemals vergessen würde. Er nahm sie ein letztes Mal in den Arm und gab ihr einen innigen Kuss. Die Stimmen der Soldaten waren nun ganz nah. Plötzlich verstummten sie. Offenbar hatten sie etwas gehört. Rasch ließ er Marguérite los und schob sie auf den Pfad, der den Abhang hinunterführte. »Ich liebe dich!«, raunte er ihr zu, als sie sich ein letztes Mal nach ihm umdrehte.

Dann riss er sich von ihrem Anblick los und hastete in die entgegengesetzte Richtung, um den Verfolgern entgegenzutreten.

Antoine trat gerade rechtzeitig aus dem Gebüsch, um verhindern zu können, dass die Leute von der Gestapo Marguérite folgten.

»Sucht ihr den Mann, der gerade hier vorbeigekommen ist?«, fragte er und stellte sich zwei Milizionären direkt in den Weg. »Der ist runter nach Brégnier-Cordon«, behauptete er, obwohl Léon in die andere Richtung geflüchtet war. »Soll ich euch helfen, ihn zu schnappen?«

Die beiden Männer waren völlig außer Atem. Der Ranghöhere war reichlich korpulent, sein Begleiter schien auch nicht besonders trainiert zu sein, obwohl er hochgewachsen und hager war. Antoine kannte sie aus dem Lyoner Casino, wo er immer mal wieder aufgetreten war, wenn er dort zu tun gehabt hatte. Der Hagere wollte sich gleich auf den Weg machen, doch sein Vorgesetzter hielt ihn zurück.

»Wenn er wirklich ins Dorf ist, können sich die anderen

seiner annehmen. Brégnier wird ohnehin noch heute durchsucht. Wir sparen uns die Mühe.«

»Ich helfe euch gern«, versicherte Antoine, wenn er auch insgeheim erleichtert war. Mit seinem Angebot zog er die Aufmerksamkeit erst recht auf sich, was ihm nur gelegen kam.

»Wo kommst du denn eigentlich her?«, erkundigte sich der Korpulente auf einmal skeptisch geworden. »Bist du nicht der Musiker, der zu den Leuten aus Belley gehört?«

»Ganz recht!« Antoine nahm Haltung an. »Obersturmführer Barbie hat mich als Sonderbeauftragten für das Aufspüren von Verdächtigen abkommandiert. Ich war hier heute Morgen auf Streife und wollte mir die Kolonie näher ansehen. Jemand hat behauptet, dass mit dem Waisenhaus was nicht stimmt.« Er hoffte, dass sie sich mit dieser Auskunft zufriedengaben und ihm glaubten. »Das scheint ja wohl auch so zu sein!«

»Ja, da war ein Nest voller jüdischer Kinder samt ihren Betreuern«, antwortete der zweite Milizionär sichtlich stolz. »Wir haben sie alle gekriegt.«

Antoine gab sich Mühe, seine Gefühle zu verbergen. »Da habt ihr ganze Arbeit geleistet«, zwang er sich zu sagen. »Was geschieht jetzt mit ihnen?«

»Sie kommen nach Montluc und von dort nach Drancy«, mischte sich der Korpulente mit verächtlich hervorgeschobener Unterlippe in ihre Unterhaltung. »Aber auch das ist nur eine Zwischenstation, bevor sie endgültig nach Deutschland gebracht werden.« Er musterte ihn abschätzig, als überlegte er, was er von ihrer Begegnung halten sollte. »Wir müssen zurück. Die anderen sind sicherlich schon abfahrtbereit«, entschied er schließlich. Mit einem kurzen Nicken verabschiedeten sich die beiden Milizionäre.

Antoine atmete auf, als die beiden verschwunden waren. Dann überlegte er, was er als Nächstes unternehmen sollte. Am liebsten wäre er Marguérite hinterhergeeilt, um sie zu beschützen. Doch er hatte ihr versprochen, sich um die Kinder zu kümmern. Er fühlte sich persönlich für ihr Schicksal verantwortlich und musste alles tun, um ihnen zu helfen, auch wenn die Lage nahezu aussichtslos schien.

Zunächst würde er diesen Roger zu kontaktieren versuchen. Er besaß als Verbindungsmann zu den Anführern der Lyoner Résistance eine Menge Einfluss. Vielleicht konnte er ja einen Überfall auf den Konvoi nach Drancy organisieren, oder er fand eine andere Möglichkeit, die Kinder zu retten. Dazu war es wichtig, möglichst schnell nach Lyon zu kommen. Kurz entschlossen setzte er den beiden Milizionären nach, in der Hoffnung, einen Platz in einem der Lastwagen zu bekommen. Als sie vor der Kolonie ankamen, wurden gerade die Planen heruntergelassen. Antoine erhaschte einen letzten kurzen Blick auf die eingepferchten Kinder und ihre Betreuer. Ob er dieses Bild jemals vergessen könnte? Die kleine Anne, der er erst vor Kurzem das Leben gerettet hatte, saß auf Léa Feldblums Schoß mit dem Daumen im Mund. Ihr Blick aus ihren großen Kinderaugen war direkt auf ihn geheftet. Es schnitt ihm tief ins Herz, dass er ihr Leid nicht lindern konnte.

»Sieh einmal an! Wen haben wir denn da?«, riss ihn jemand schroff aus seinen Gedanken. Antoine zuckte betroffen zusammen. »Was zum Teufel hast du hier zu suchen?«

Das unangenehme Knarzen in Francis Andrés Stimme hätte er unter Tausenden Stimmen erkannt. Er hätte ahnen müssen, dass das Schiefmaul bei einem Verbrechen wie diesem mit von der Partie war. Mit vor Wut geballten Fäusten wandte er sich um und versuchte, möglichst unerschrocken dem Blick des anderen zu begegnen.

»Das geht dich gar nichts an«, bellte er zurück. »Ich war hier auf Streife und sah euch herfahren. Wieso wurde ich nicht informiert?«

Auf Andrés Gesicht machte sich plötzlich große Genugtuung breit. Dann verzogen sich seine schiefen Mundwinkel zu einer hämischen Grimasse.

»Du bist dümmer, als ich dachte, Mardieu«, verspottete er ihn. »Versuchst immer noch, den Unschuldigen zu spielen. Aber das ist jetzt vorbei! Du bist durchschaut.« Er winkte zwei seiner Leute zu sich heran. »Nehmt den Mann fest!«, befahl er ihnen. Dann gab er einem der Gestapooffiziere ein Zeichen, woraufhin dieser sich zu ihnen gesellte. »Das hier ist der Verräter«, teilte er ihm mit.

»Bist du jetzt komplett durchgedreht?«, entfuhr es Antoine. Gleichzeitig zermarterte er sich den Kopf, was André gegen ihn in der Hand haben konnte, wenn er sich so aufführte. Instinktiv sah er sich nach einer Fluchtmöglichkeit um, wurde jedoch im nächsten Augenblick von zwei Männern festgehalten. Der Gestapomann musterte ihn unterdessen mit einem neugierigen Blick.

»Was werfen Sie Ihrem eigenen Mann vor, Caporal?«, wandte er sich in gebrochenem Französisch an André.

Antoine kannte ihn ebenso wie die beiden Milizionäre, denen er zuvor begegnet war. Er hatte ihn mehrfach auf Barbies Gesellschaften und im Casino getroffen. Erich Markwart war sein Name. Eigentlich ein umgänglicher Mensch, der sich sehr für seine Musik interessiert hatte. Sie hatten sich sogar schon unterhalten. Es würde ihm nicht schwerfallen, ihn auf seine Seite zu ziehen. Antoine setzte eine Unschuldsmiene auf und versuchte, sich aus der Umklammerung zu befreien.

»Ich habe keine Ahnung, was das alles soll«, beschwerte

er sich entrüstet. »Der Caporal schießt gern mal übers Ziel hinaus!«

»Halt's Maul, elender Verräter!« André trat an ihn heran und spuckte ihm mitten ins Gesicht. »Der Kerl hilft dem Judenpack und hintergeht seine eigenen Leute.« Dann wandte er sich an den Gestapooffizier. »Mardieu weiß schon lange, dass hier Juden versteckt werden. Angeblich hat er sogar ein Verhältnis mit einer der Betreuerinnen der Kinder.«

Antoine spürte, wie ihm das Blut aus den Adern wich. »Das ist ja lächerlich«, behauptete er und versuchte, die Betroffenheit aus seiner Stimme zu verbannen. »Sie werden diesen Unsinn doch hoffentlich nicht glauben, Markwart. Ich meine, Sie kennen mich doch.« Der SS-Offizier sah unsicher von ihm zu André. Antoine spürte, dass er sich nicht sicher war in seiner Einschätzung. »Caporal André will mir nur etwas anhängen, weil er eifersüchtig auf mein gutes Verhältnis zum Obersturmführer Barbie ist. Seine Behauptungen sind geradezu erbärmlich.«

»Das sind sie nicht«, zischte André erbost. »Dieser Dreckskerl führt uns alle an der Nase herum. Aber das ist nun vorbei. Ich werde Ihnen beweisen, wozu er fähig ist. Er …«

»Halten Sie den Mund, André. Ich will mir erst ein eigenes Bild machen«, unterbrach ihn Markwart. Seine Stimme war verbindlich und keineswegs feindselig. »Wie kommt einer Ihrer eigenen Leute dazu, so etwas zu behaupten?«, fragte er und wandte sich wieder ihm, Antoine, zu.

»Er will mich nur denunzieren«, wiederholte Antoine. »Wir sind nicht gerade die besten Freunde.«

Während er sich weitere Ausflüchte erdachte, überlegte er fieberhaft, was André gegen ihn in der Hand haben konnte.

Er war doch Zeuge gewesen beim Verhör des Pfarrers, der ihn nicht verraten hatte. Niemand wusste, dass er ein paar Tage zuvor in Saint-Bois gewesen war. Niemand hatte ihn gesehen.

Markwart schien ihm zu glauben. »Lassen Sie den Mann los«, befahl er den Soldaten. An Antoine gewandt, sagte er: »Und Sie begleiten uns freundlicherweise nach Lyon. Ich möchte, dass der Obersturmführer sich selbst um diese Angelegenheit kümmert.«

»Das ist nicht nötig«, widersprach André. »Ich werde hier und jetzt beweisen, dass der Kerl ein Verräter ist. Warten Sie einen Augenblick.« Er entfernte sich und kehrte wenig später in Begleitung eines Mannes zurück, den Antoine lieber nicht gesehen hätte. Es handelte sich um Lucien Bourdon. Dessen Vertrautheit mit André ließ nichts Gutes erahnen. Nun war er sich so gut wie sicher, dass dieser Mistkerl das Waisenhaus an die Nazis verraten hatte. Deshalb war er ihm auch in Lyon begegnet. Doch was hatte das mit ihm zu tun? Bourdon schenkte ihm ein schadenfrohes Grinsen, auf das er am liebsten mit seiner geballten Rechten geantwortet hätte. Es fiel ihm schwer, ruhig zu bleiben. »Erzählen Sie dem Sturmführer, was Sie gesehen haben«, forderte André ihn auf.

Bourdon zog seine Schiebermütze vom Kopf und senkte devot den Blick.

»Nun beginnen Sie schon«, forderte ihn Markwart ungeduldig auf. »Wir können hier keine Wurzeln schlagen.«

Gehorsam hob Bourdon den Blick, aus dem plötzlich unverhohlener Hass sprach. Mit dem Zeigefinger deutete er auf ihn, Antoine. »Das ist der Mann, der geholfen hat, die Juden in der Kirche von Saint-Bois zu verstecken«, sagte er, ohne ihn eines Blickes zu würdigen. »Ich habe es mit eigenen Augen gesehen, als ich dort war, um meinen Wagen reparieren zu lassen. Das bin ich bereit, beim Leben meiner Mutter zu schwören. Außerdem war der Kerl dauernd in dem Kinderheim. Ich kann bezeugen, dass er ein Verhältnis mit einem der jüdischen Kindermädchen hat.«

Antoine schloss die Augen. Er war verloren.

34

Ich stürzte mich mit vollem Eifer in meine Arbeit. Ich wollte nicht länger über das Ende unserer Beziehung nachdenken und darüber, auf welch unglückliche Weise Valeries und meine Vergangenheit miteinander verwoben waren. Also arbeitete ich Tag und Nacht an meinem neuen Buch und beschloss, das Manuskript zu Ende zu bringen, noch bevor ich nach Harvard abreisen würde. Sosehr ich jedoch auf diese Weise versuchte, meine Gefühle für Valerie zu vergessen, sowenig gelang es mir. Wie oft spielte ich mit dem Gedanken, nach Berlin zu fahren, um sie wenigstens noch einmal zu sehen. Wie ein Gespenst spukte in meinem Hinterkopf die Möglichkeit, unsere Liebe trotz unseres Verwandtschaftsverhältnisses zu leben. Beziehungen zwischen Cousin und Cousine waren nicht ausdrücklich verboten – und wenn wir auf Kinder verzichteten, würde es auch weiter keine Konsequenzen haben. Doch ich wusste genau, dass Valerie diese Idee nie gutheißen würde. Ich hatte noch ihr angewidertes Gesicht vor Augen, als unsere Verwandtschaft lediglich eine scheinbar haltlose Hypothese gewesen war, damals am Bodensee. Was für eine Ironie des Schicksals, dass sie ausgerechnet damit recht haben musste! Man konnte es drehen und wenden, wie man wollte, ich hatte einfach kein Glück bei den Frauen.

Ich hatte bis auf eine Ausnahme ausreichend Fakten

zusammengetragen und ausformuliert, um mein Buch über die Auswirkungen der Kollaboration und ihre Rolle während des Zweiten Weltkriegs abschließen zu können, doch immer noch nicht herausgefunden, was mit meinem Großvater Antoine bis zu seinem Tod geschehen war. Seine Spur verlor sich zu dem Zeitpunkt, da Marguérite aus Izieu geflohen war. So blieb für mich weiterhin die Frage offen, wie viel Schuld ihm während der Razzia im Kinderheim wohl zugefallen war. Allerdings machte ich mir auch Gedanken über den Sinn weiterer Nachforschungen.

Adèle hatte schwer daran zu tragen, allen ihr nahestehenden Personen mitzuteilen, dass Antoine nicht der Held gewesen war, wie sie es immer dargestellt hatte – und darauf bestand sie. Besonders mir gegenüber hatte sie ein schlechtes Gewissen, denn sie fühlte sich auch für das Scheitern von Valeries und meiner Beziehung verantwortlich. »Hätte ich dich nicht zu dieser unsinnigen Reise an den Bodensee überredet, hättest du sie gar nicht kennengelernt«, hatte sie bei meinem letzten Besuch geklagt. »Ohne die Reise hätte ich niemals mein Buch schreiben können, außerdem hättest du niemals Valerie und Aaron kennengelernt«, versuchte ich immer wieder, ihr die positiven Seiten unserer Reise vor Augen zu führen.

Adèle teilte diese Ansicht nicht. Sie wollte lange nichts von dieser neuen Wendung des Schicksals wahrhaben. Erst nach eindringlichem Zureden war sie bereit, auf Aarons langen Brief zu antworten. Nur die Einsicht, dass sich Aaron ebenfalls schwer damit tat zu akzeptieren, dass sein Vater ein Kollaborateur gewesen war, ließ sie schließlich einlenken. Die Beantwortung seines Briefes war womöglich ein Versuch wiedergutzumachen, was sie mit mir und meiner Mutter falsch gemacht hatte.

Antoines Schicksal nicht weiterzuverfolgen hätte meine Ehre als Historiker nicht zugelassen, also stürzte ich mich in die Arbeit. Leider gab es kaum noch Unterlagen aus Klaus Barbies Zeit in Lyon. Der Schlächter von Lyon war so gründlich beim Vernichten seiner Spuren gewesen, dass er sich sogar seiner engsten Mitarbeiter entledigt hatte, indem er sie erschießen ließ, darunter auch seinen Folterknecht Francis André, Schiefmaul genannt. Es war durchaus möglich, dass auch Antoine unter den Toten gewesen war. Schließlich tauchte sein Name mehrmals in Zusammenhang mit Barbie auf und wies ihn als engeren Mitarbeiter aus. Bedeutete das womöglich das Ende aller Spuren?

Es war noch einmal Professor Lorchmeyer, der mir weiterhalf. Meine Sicht der Dinge war im Nachhinein ziemlich festgefahren, denn ich sah in meinem Großvater nur einen Täter. Lorchmeyer dagegen konnte die Angelegenheit etwas nüchterner beurteilen und stieß mich mit der Nase auf etwas, das eigentlich hätte offensichtlich sein können.

Nehmen wir doch einmal an, dass Ihr Großvater Ihre Großmutter wirklich geliebt hat, schrieb er, *dann ist es doch nur allzu verständlich, dass er ihr auch in einer brenzligen Situation geholfen hat. Sie sehen in ihm aus Enttäuschung einen Bösewicht, aber es könnte im Umkehrschluss tatsächlich sein, dass er seine Mitgliedschaft bei der Miliz später bereut hat.*

Er riet mir, noch mal nach Lyon zu reisen, um im dortigen Archiv die Deportationslisten durchzusehen, die die Namen der Menschen auflisteten, die vom Außenlager Drancy aus nach Deutschland in Vernichtungslager deportiert wurden. Ich versprach mir nicht viel davon, als ich seinem Rat schließlich Folge leistete. Eigentlich unternahm ich die Reise nur, um auf dem Rückweg Adèle noch einmal zu besuchen, bevor ich meinen neuen Job in den USA annehmen würde. Mein Vertrag in Harvard war unterschrieben, und mein Abflugtermin stand ebenfalls fest.

Während ich die Listen durchforstete, war ich Valerie auf schmerzhafte Weise noch einmal ganz nah. Sie hatte sich immer sehr für meine Arbeit interessiert und stets die richtigen Fragen gestellt. Ich war mir sicher, dass sie es gutheißen würde, wenn ich bei meinen Nachforschungen um unseren Großvater nicht lockerließ. Sie war ebenso beharrlich wie ich. Als ich dann tatsächlich auf der Deportationsliste vom 8. April 1944 auf den Namen Antoine Mardieu stieß, konnte ich es kaum fassen. Professor Lorchmeyer hatte recht gehabt. Antoine war noch vor der Besetzung durch die Alliierten von der Gestapo in Brégnier-Cordon verhaftet und nach Drancy gebracht worden. Mit dem Zug 96 war er am 13. April von Drancy in ein Außenlager nach Riga deportiert und dort am 2. Mai 1944 hingerichtet worden.

Leider konnte ich keine Hinweise dazu finden, was man ihm vorgeworfen hatte. Aber seine Verhaftung am Tag der Razzia von Izieu ließ die Deutung zu, dass seine Gefangennahme damit zusammenhing. Vermutlich würde ich niemals herausfinden können, was damals wirklich geschehen war. Aber die Vorstellung, dass er Marguérite zur Flucht verholfen und dabei gefasst worden war, war nicht ganz aus der Luft gegriffen. Zumindest hatte ich nun den Beweis, dass mein Großvater nicht an der Deportation der Kinder und Betreuer der Kolonie von Izieu Schuld trug. Und ich hatte die Gewissheit, dass er gegen Ende des Krieges kein überzeugter Kollaborateur mehr gewesen war. Natürlich konnte ihn niemand nachträglich von der Schuld freisprechen, die er während seiner Milizenzeit auf sich geladen hatte. Doch die Umstände bewiesen, dass er kein ganz übler Mensch gewesen war.

Ich kopierte sorgfältig alle Unterlagen und beschloss, meinem Großvater in meinem Buch ein eigenes Kapitel zu widmen. An seinem Beispiel wollte ich deutlich machen, dass es während des Krieges nicht nur Gut und Böse gegeben hatte, sondern viele Schattierungen dazwischen. *Wer von euch ohne Sünde ist, der werfe den ersten Stein,* fiel mir ein Bibelzitat ein … Und sein Leben, das ich recherchiert hatte, zeigte noch vieles mehr. Selbst aus der Tiefe der Vergangenheit übertrug das einmal Geschehene seine Wirkung auf die Gegenwart. Man konnte Geschehenes nicht vergessen oder verdrängen. Alles hinterließ seine unvergänglichen Spuren und hatte Auswirkungen auf die Zukunft.

Aufgewühlt, erleichtert und irgendwie auch beglückt, drängte es mich, Valerie von diesen großartigen Neuigkeiten zu berichten. Es hätte nicht viel gefehlt, und ich hätte sie tatsächlich angerufen. Aber dann ließ ich es doch sein. Wozu unnötige Wunden aufreißen? Es war besser, wenn sie es auf anderem Wege erfuhr.

Gleich am nächsten Morgen machte ich mich auf den Weg zu Adèle nach Grenoble. Meine Neuigkeiten würden auch von ihrer Seele einige Last nehmen. Ich wollte es ihr überlassen, sie an Aaron weiterzugeben und damit an Valerie. Ich war sicher, dass ihr das, was ich recherchiert hatte, neue Lebenskraft verleihen würde. Vielleicht gab ihr das Wissen um die Wahrheit ja auch ein Stück ihres Seelenheils wieder zurück. Diese tapfere Frau, die immer für mich da gewesen war, hatte es verdient, noch ein wenig glücklich zu sein.

Jetzt, da ich etwas Abstand gewonnen hatte, trug ich ihr die Lügen nicht mehr nach. Sie hatte Angst davor gehabt, dass die Fehler meines Großvaters Schatten auf meine Mutter und mich werfen könnten. Und irgendwie hatten sie das ja auch getan. Nun konnte sie endlich ihren Frieden machen und die Zeit, die ihr noch blieb, genießen.

Doch es sollte anders kommen. Als ich meinen Bus vor dem Haus meiner Tante parkte, trat ihr Hausarzt gerade aus der Tür, gefolgt von Adèles Gesellschafterin Madame Roussel. Ihr Gesicht war verweint, die Miene des Arztes war sehr ernst. Sie überbrachten mir die traurige Nachricht, dass meine geliebte Großtante wenige Minuten zuvor friedlich eingeschlafen war.

Epilog

»Sicherheitshinweis: Lassen Sie Ihr Gepäck nicht unbeaufsichtigt!«

Die monotone Frauenstimme der Ansage legte sich über das Gemurmel auf dem Flughafengelände, während ich meinen Rollkoffer in Richtung Gepäckaufgabe schob. Ich reihte mich in die lange Schlange der Wartenden ein und zückte mein Smartphone, um mich zu vergewissern, dass mein E-Ticket noch verfügbar und mein Akku geladen war. Ich misstraute immer der Elektronik, was für viele etwas oldschool war. Ich hatte immer noch lieber ein Stück Papier in den Händen, doch im Trubel der vergangenen Tage hatte ich keine Zeit gehabt, mir das Ticket noch einmal auszudrucken. Adèles plötzlicher Tod kurz vor meiner Abreise in die USA hatte so vieles durcheinandergebracht.

Wie sie in ihrem Testament verfügt hatte, wurde sie in aller Stille beigesetzt. Ich hatte niemanden darüber informiert, auch nicht Aaron und Valerie, obwohl mich das in Gewissenskonflikte gestürzt hatte. Natürlich hätten sie ein Recht darauf gehabt, sich von ihrer Tante und Großtante zu verabschieden. Doch der Gedanke, Valerie so kurz nach dem bitteren Ende unserer Liebe noch einmal gegenübertreten zu müssen, schien mir so unerträglich, dass ich darüber hinweggegangen war. Ich hatte den beiden nachträglich eine Trauerkarte samt einem langen Brief geschickt und sie um Verständnis gebeten.

Adèles Nachlass war zum Glück geregelt gewesen. Nachdem sie von Aaron und Valerie erfahren hatte, hatte sie ihr Testament noch einmal geändert und die beiden mit Erinnerungsstücken sowie gewissen Anteilen an ihrem Vermögen bedacht. Ich blieb ihr Haupterbe und hatte mich deswegen um ihre sonstigen Besitztümer zu kümmern. Den Verkauf ihres Hauses hatte ich einem Makler übergeben. Damit war für mich auch die letzte Brücke in meine Vergangenheit abgebrochen.

Meinem Leben in den Vereinigten Staaten sah ich mit gemischten Gefühlen entgegen. Auf der einen Seite freute ich mich auf neue Aufgaben, auf der anderen Seite trauerte ich all dem nach, was ich damit zurückließ – Paris, meine Freunde und vor allem meine große Liebe Valerie. Ich hatte immer geglaubt, die Abgründe von Liebeskummer zu kennen, als sich Marie-Claire von mir trennte, doch dieses Mal hatte mein Schmerz eine ganz andere Dimension. Alles hatte perfekt gepasst, unsere Gefühle füreinander waren stetig gewachsen. Ich wusste, dass ich mich nirgendwo sonst als in ihrer Nähe so fallen lassen konnte, weil sie mir so viel Vertrauen entgegenbrachte, wie kein anderer Mensch es jemals zuvor getan hatte. Wir waren uns unserer Gefühle so sicher gewesen und durften sie doch nicht leben. Valerie hatte alles ergänzt, was mir fehlte. Ob ich sie jemals vergessen konnte?

Mein Wunsch, ihr nah zu sein, war so groß, dass ich sie in allen möglichen Menschen zu sehen glaubte. Sobald ich auch nur aus der Ferne jemanden entdeckte, der ihr ein wenig ähnelte, begann mein Herz, wie wild zu schlagen, und ich bekam vor Aufregung Schweißausbrüche. Kaum hatte ich die Täuschung bemerkt, verkrampfte sich mein Herz vor Enttäuschung. Danach fühlte ich mich hilflos und traurig. Hinzu kam meine Trauer um Adèle. Ihr Tod war trotz ihres hohen Alters dann doch viel zu überraschend gekommen. Wie bitter für die alte Frau, dass das Schicksal es nicht zugelassen hatte, dass sie rechtzeitig von Antoines Kehrtwende im Leben erfahren hatte. So vieles war in letzter Zeit aus dem Ruder gelaufen. Alle Konstanten, die mir einmal Sicherheit gegeben hatten, hatten sich in Luft aufgelöst. Ich fühlte mich wie ein hilfloses Blatt im Wind.

Solche und ähnliche Gedanken begleiteten mich, während sich die Reihe langsam in Richtung Gepäckaufgabe bewegte. Als ich endlich meinen Koffer abgegeben hatte, war schon so viel Zeit vergangen, dass ich mich sputen musste, um durch den Zoll und die Security zu gelangen. Auch hier warteten lange Schlangen auf mich. Während ich überlegte, an welchem der Schalter ich mich anstellen sollte, entdeckte ich eine Frau mit einer auffälligen Wollmütze, die sich den Wartenden mit eiligen Schritten näherte. Sie sah sich hektisch um. Die Art, wie sie sich bewegte, erinnerte mich prompt wieder an Valerie. Ich zwang mich wegzusehen, da ich sicher war, dass mein Verstand mir erneut einen Streich spielte. Doch dann hörte ich eine wohlbekannte Stimme, die laut und deutlich meinen Namen rief.

»Rick! Rick! Geh noch nicht!«

Jedes einzelne Wort fühlte sich an wie ein Stromschlag. Ich schloss die Augen, wartete darauf, dass die Wirklichkeit mich wieder einholte. Dann vernahm ich empörte Proteste, weil sich jemand vordrängelte. Ich öffnete die Augen und sah die Frau mit der Wollmütze näher kommen. Es war tatsächlich Valerie. Wie hätte ich jemals die hellen Augen und ihre unverwechselbaren Gesichtszüge vergessen können?

Sie war außer Atem. Einzelne Löckchen hatten sich unter ihrer Mütze hervorgestohlen.

»Wir müssen reden!«

Das war alles, was sie hervorbrachte. Dann wagte sie ein Lächeln, das ihre wunderbaren Sterngrübchen hervorzauberte. Am liebsten hätte ich sie einfach nur in den Arm genommen, was ich selbstverständlich nicht tat. Stattdessen starrte ich sie nur an.

»Was willst du hier?«, brachte ich schließlich mühsam hervor. »Mein Flieger geht in einer Dreiviertelstunde.«

»Ich musste dich einfach noch einmal sehen, bevor … bevor du abreist«, stammelte sie nun plötzlich verlegen. Sie zeigte auf ein Café in der Nähe. »Lass uns dort drüben hingehen«, bat sie mich.

»Das … das geht nicht«, erwiderte ich völlig verunsichert. »Es würde uns den Abschied nur noch schwerer machen. Und ich würde meinen Flieger verpassen.«

»Ich weiß …« Sie schluckte. Ihre Stimme klang zaghaft und unsicher. »Aber da gibt es etwas, das du unbedingt wissen solltest.«

»Ich … ich kann nicht!«

Plötzlich wollte ich nur noch weg. Schnell durch die Security und zum Gate. Doch Valerie griff nach meinem Arm und zog mich mit sich. Als wir schließlich im Café saßen, schwiegen wir uns beide erst einmal eine Weile an. Valerie schien genauso unsicher wie ich. Ich sah, wie sie auf ihrer Unterlippe kaute und vergeblich nach dem passenden Beginn unserer Unterhaltung suchte. Vermutlich bereute sie bereits, mich abgefangen zu haben. Mir ging es nicht anders. Was war nur in sie gefahren, dass sie uns beiden das noch einmal antat? Ich wollte schon aufstehen, um mich wieder an der Security anzustellen, als sie endlich zu reden begann.

»Es tut mir leid, dass ich erst so spät komme«, sagte sie. »Aber vorher war ich einfach noch nicht so weit. Und mein Zug hierher hatte Verspätung, also …«

Ich schüttelte verständnislos den Kopf. Was redete sie nur? Valerie sprach in Rätseln, für die ich im Augenblick wirklich keinen Nerv hatte.

»Zu was warst du nicht bereit?«, hakte ich nach. Mit jedem Wort kam wieder neuer Schmerz. »Dich persönlich von mir zu verabschieden? Das hättest du uns besser erspart …« Ich schluckte, denn es fiel mir nicht leicht, ihr noch einmal in die Augen zu sehen. Unsere Blicke begegneten sich, und ich musste erneut gegen meine Gefühle ankämpfen. »Wir müssen beide lernen, unsere Gefühle füreinander zu unterdrücken«, fuhr ich beklommen fort. »Deswegen ist es wohl besser, wenn wir das hier möglichst schnell beenden. Ich brauche zumindest jetzt Abstand. Du wirst mir immer viel bedeuten. Doch im Augenblick kann ich einfach noch nicht mit dir reden.«

Ich erhob mich, um der Farce endlich ein Ende zu bereiten. Da berührte sie meinen Arm und sah mich mit Tränen in den Augen an.

»Nun weiß ich ganz sicher, dass du mich wirklich liebst«, flüsterte sie und schnitt mir damit noch tiefer ins Herz. »Und ich liebe dich auch!«

»Valerie, was soll das?«, fuhr ich sie an und versuchte, mich von ihr loszumachen.

War sie wirklich nur hierhergekommen, um uns noch einmal zu quälen? Ihr Griff wurde fester.

»Du kannst gleich gehen«, sagte sie mit einem Mal bestimmt, »aber erst möchte ich, dass du dir anhörst, was ich zu sagen habe. Bitte, tu mir den Gefallen!«

Nicht fähig, ihr zu widerstehen, ließ ich mich wieder auf

meinen Stuhl fallen. Sie ließ mich los. »Kannst du dir vorstellen, dass das Leben noch mehr Kapriolen für uns schlagen kann?«, überraschte sie mich mit einem rätselhaften Lächeln.

»Wenn du damit meinst, dass es mich noch mehr quälen kann, dann wohl kaum«, antwortete ich düster. »Und wenn du jetzt nicht endlich auf den Punkt kommst, dann gehe ich wirklich!«

»Wir sind nicht miteinander verwandt.«

»Wie bitte?« Ich glaubte, mich verhört zu haben. Dann wurde ich ungehalten. »Was soll das? Willst du mich auf den Arm nehmen? Über so etwas macht man keine Späße.«

»Aaron ist nicht mein Vater. Also bin ich nicht Antoines und Marguérites Enkelin.«

»Aber natürlich ist Aaron dein Vater!« Ich verstand immer noch nicht, was sie mir sagen wollte.

»Aaron ist zeugungsunfähig, und meine Mutter hat ihn betrogen, kurz bevor sie mit mir schwanger wurde«, erklärte Valerie schlicht. »Sie hat all die Jahre gedacht, dass Aaron ihr nicht auf die Schliche kommen würde. Aber mein Vater ist schließlich Arzt. Nachdem die beiden jahrelang erfolglos versucht hatten, Kinder zu bekommen, ließ er sich untersuchen. Es bestand kein Zweifel daran, dass er unfruchtbar war. Er war jedoch zu feige, meiner Mutter zu gestehen, was er herausgefunden hatte. Als sie dann plötzlich doch schwanger wurde, wusste mein Vater natürlich sofort, dass sie ihn betrogen hatte. Er hatte fürchterliche Angst, sie zu verlieren, deshalb hat er sie nie zur Rede gestellt. Meine Mutter ahnte, dass ich nicht Aarons leibliche Tochter war. Auch sie fürchtete, dass mein Vater sie wegen ihres Fehltritts verlassen könnte, und hütete ihr Geheimnis. Die zwei haben mein ganzes Leben lang geschwiegen, bis mein Vater meine Mutter gezwungen hat, ehrlich zu sein. Sie haben sich endlich ausgesprochen, und die Erleichterung war ihnen anzusehen. Wahrscheinlich wäre das alles nie ans Tageslicht gekommen, wenn wir uns nicht kennengelernt hätten und du nicht begonnen hättest, in unserer gemeinsamen Vergangenheit zu stöbern.«

Mit einem Lächeln, das so viel mehr ausdrückte als alle Worte, schob sie langsam ihre Hand über den Tisch auf die meine zu. Als sich unsere Finger berührten, durchflutete mich eine Welle von Glück und Erleichterung. Da wusste ich, dass nun alles gut werden würde.

ENDE

Nachwort

Die Kinder von Izieu

Durchquert man vom Genfer See kommend auf der Autobahn Savoyen in Richtung Provence, so begegnet einem kurz nach dem wunderschönen Bergsee Lac d'Aiguebelette eine Gedenktafel, die auf das Schicksal der Kinder von Izieu aufmerksam macht. Nimmt man weiter die Abfahrt bei Belley und folgt den Hinweisschildern, so erreicht man nach einigen Kilometern den Weiler Lélinaz. Von dem auf einem Hügel gelegenen weitläufigen Anwesen unweit des Ortes Izieu hat man einen wunderschönen Blick auf das Tal der noch jungen Rhône und das Gebirgsmassiv der Chartreuse.

Die Gebäude der ehemaligen Seidenspinnerei boten zwischen 1943 und 1944 zahlreichen jüdischen Kindern aus ganz Europa wenigstens für kurze Zeit eine sichere Zuflucht vor den Verfolgungen durch die Häscher des Nationalsozialismus. Jedes einzelne dieser Kinder hatte bereits eine lange Flucht hinter sich mit schrecklichen und oft traumatischen Erlebnissen. Getrennt von Geschwistern und Eltern, harrten sie in banger Hoffnung in der Kinderkolonie aus, bis sie an eine Pflegefamilie oder an eine andere Hilfsorganisation vermittelt wurden. Für viele war die Odyssee hier noch lange nicht zu Ende.

Am 6. April 1944, kurz vor Ostern, hielten sich in der Kinderkolonie von Izieu vierundvierzig Kinder zwischen vier und siebzehn Jahren und sieben Betreuer auf. Sie waren gerade beim Frühstück, als Männer der Gestapo und Soldaten der Wehrmacht auf Befehl von Obersturmführer Klaus Barbie das Gebäude stürmten und alle Bewohner in Gewahrsam nahmen. Bis auf zwei ältere Jungen und den Leiter des Waisenhauses Miron Zlatin fanden alle Gefangenen im Vernichtungslager von Auschwitz-Birkenau den Tod, die Jungen und Miron Zlatin wurden in ein Lager nach Estland gebracht und dort erschossen. Nur Léa Feldblum, eine der Betreuerinnen der Kinder, überstand als Einzige die Gräuel des KZ. Sie sagte im späteren Prozess gegen Klaus Barbie aus.

Wie es so häufig in der Geschichte geschieht, wären auch diese schrecklichen Geschehnisse sehr schnell wieder in Vergessenheit geraten, wenn es nicht Menschen wie Sabine Zlatin, die Witwe von Miron, gegeben hätte, die nur durch eine Laune des Schicksals nicht zu den Deportierten gehörte. Dank ihrer Hartnäckigkeit gelang es ihr, die Erinnerung an die Ermordeten zu bewahren und die Gewalttaten der Nazis in Izieu nicht der Vergessenheit anheimfallen zu lassen. Unterstützung erfuhr sie durch die Journalistin Beate Klarsfeld und deren Mann, den Rechtsanwalt Serge Klarsfeld, die sich als Anwälte der Opfer des Nationalsozialismus verstehen. Mittlerweile wurde das Schicksal der Kinder und ihrer Betreuer in allen Einzelheiten aufgearbeitet und in seinen historischen Kontext gestellt. Ein beeindruckendes Dokumentationszentrum, das neben dem ehemaligen Kinderheim errichtet wurde, gibt heute Besuchern die Möglichkeit, die damaligen Ereignisse besser zu verstehen.

Hätte es solch engagierte Menschen nicht gegeben, wäre Klaus Barbie wahrscheinlich seiner gerechten Strafe entgangen. Beate und Serge Klarsfeld gelang es vierzig Jahre nach seinen Gräueltaten, den »Schlächter von Lyon« in Südamerika aufzuspüren und nach Frankreich ausliefern zu lassen. Klaus Barbie unterstützte unter falschem Namen als Berater in Folterfragen mehrere südamerikanische Diktatoren. 1987 wurde er in einem aufsehenerregenden Prozess für seine Verbrechen an der Menschlichkeit in Lyon zu lebenslanger Haftstrafe verurteilt. Er blieb bis zu seinem Krebstod 1991 im Gefängnis.

Nach dem heutigen Erkenntnisstand geht man davon aus, dass das Waisenhaus von einem Bewohner des Tals an die Gestapo verraten worden ist. Alle Indizien sprechen dafür, dass Lucien Bourdon, ein niedergelassener Flüchtling aus Lothringen, für diese Tat verantwortlich war. Zwar konnte ihm das Gericht nicht eindeutig Denunziation nachweisen, da Barbie vor seiner Flucht vor den Alliierten alle Unterlagen in Lyon vernichtet hatte, doch es sprach Bourdon in anderen Belangen wegen Kollaboration mit den Deutschen und Verrats an Frankreich für schuldig. Das Kriegsgericht in Lyon erkannte Lucien Bourdon am 13. Juni 1947 alle bürgerlichen Rechte auf Lebenszeit ab. So weit die historischen Fakten.

Die Geschichte von Marguérite und Antoine ist reine Fiktion. Jedoch stehen hinter ihren Persönlichkeiten und Erlebnissen die Erfahrungsberichte von damaligen Zeitzeugen, die mich bei meiner Recherche beeinflusst haben. Historische Persönlichkeiten sind Sabine und Miron Zlatin, Léa Feldblum, Léon Reifmann sowie die Kinder aus dem Waisenhaus von Izieu. Die Deportation der Waisenkinder ist der Beschreibung von Augenzeugenberichten nachempfunden.

Die Kollaboration der Franzosen mit dem Deutschen Reich

Um zu verstehen, weshalb es in Frankreich während des Zweiten Weltkriegs zu einer überraschend schnellen Kollaboration mit dem deutschen Nazireich kam, muss man wissen, dass die Wehrmacht im Mai und Juni 1940 die gut gerüstete französische Armee, die damals als die stärkste der Welt galt, einfach überrannte. Es war die größte Niederlage der französischen Geschichte und kostete innerhalb von nur sechs Wochen sechzigtausend Soldaten das Leben. 1,8 Millionen Soldaten kamen in deutsche Kriegsgefangenschaft, aus der die meisten erst 1945 wieder zurückkehrten. Frankreich stand plötzlich am Rande eines Abgrunds.

In dieser trostlosen und demütigenden Lage versprach Maréchal Philippe Pétain, der Held von Verdun, der sich bereits im Ersten Weltkrieg um das Vaterland verdient gemacht hatte, Abhilfe. Er beendete den Krieg mit der Annahme der deutschen Waffenstillstandsbedingungen und versprach seinem Volk, es vor den Übergriffen der Besatzungsmacht zu bewahren, indem er die parlamentarische Republik beendete und in Frankreich ein autoritäres Regime installierte. In diesem Sinne trat am 10. Juli 1940 die Nationalversammlung in dem im unbesetzten Südfrankreich gelegenen Kurort Vichy zusammen und verlieh dem Maréchal volle exekutive sowie legislative Macht. Damit wurde de facto die Verfassung der Französischen Republik außer Kraft gesetzt.

Das neue Regime unterschied sich vom nationalsozialistischen Deutschland und vom faschistischen Italien nur durch das Fehlen einer Einheitspartei und einer ungezügelten Expansionspolitik. Ansonsten hatte die Vichy-Regierung vieles mit den Faschisten gemeinsam: strenge, hierarchische Gliederung der Gesellschaft, scharfe Pressezensur, massive Unterdrückung der Opposition, Fremdenfeindlichkeit und einen »Führerkult«. Neben den Kommunisten und Freimaurern hatten im Vichy-Frankreich vor allem die Juden zu leiden. Ohne Druck von deutscher Seite erließ Vichy Statute, die Juden von öffentlichen Ämtern und zahlreichen freien Berufen sowie dem Pressewesen ausschlossen.

Als das Deutsche Reich im Sommer 1942 begann, auch die in Frankreich ansässigen Juden systematisch in deutsche Vernichtungslager zu deportieren, arbeitete die Vichy-Regierung mit ihrem Polizei- und Verwaltungsapparat dem Besatzer bereitwillig zu, obwohl sie den Vernichtungswillen eigentlich gar nicht teilte. Mit ihrer Hilfe wurden fünfundsiebzigtausend Juden aus Frankreich in die Vernichtungslager deportiert. Weniger als zweitausendsechshundert kehrten zurück. Hinter dieser Kollaborationspolitik stand die Überzeugung, dass Deutschland letztendlich den Krieg gewinnen würde. Kurzfristig erhoffte das Regime durch die Unterstützung der Deutschen die Rückkehr der Kriegsgefangenen, eine Reduzierung der Besatzungskosten sowie die Aufrechterhaltung seiner staatlichen Souveränität zu erreichen. Langfristig sollte sie Frankreich eine möglichst gute Position in einem von Deutschland dominierten Europa sichern. Über 4,5 Millionen Franzosen arbeiteten während des Krieges für die deutsche Wirtschaft als Kriegsgefangene und Zwangsarbeiter in Deutschland oder als Industriearbeiter in Rüstungsbetrieben in Frankreich. Mehr als fünfzig Prozent der französischen Wirtschaft produzierten für das Deutsche Reich.

Was die Vichy-Regierung veranlasste, fand jedoch in der Bevölkerung nicht ungeteilten Zuspruch. Auch wenn die deutschen Besatzer nach dem »Blitzkrieg« unerwartet korrekt auftraten, deutet alles darauf hin, dass die Mehrheit der Bevölkerung schon ab 1940 eindeutig antideutsch und probritisch eingestellt war. Allerdings dauerte es noch bis 1942, bis der französische Widerstand koordiniert agieren konnte.

Die Geschichte der Insel Mainau während des Zweiten Weltkriegs

Dass Geschehnisse aus der Vergangenheit unlösbar mit denen aus der Gegenwart und Zukunft miteinander verbunden sind, das soll die Geschichte von Rick und Valerie zeigen. Ich habe sie nicht unabsichtlich mit der schönen Blumeninsel Mainau in Zusammenhang gebracht. Zu Lebzeiten von Lennart Graf Bernadotte aus Schweden, dessen Nachkommen auch heute noch die Blumeninsel bewirtschaften, äußerte sich der Graf in der Öffentlichkeit nicht als Augenzeuge der Geschehnisse auf der Insel während des Naziregimes, sondern als Betroffener. Er stellte sich als Geschädigter dar und nicht als Nutznießer des Dritten Reiches, der er eindeutig gewesen war. Auch hier ist es der unermüdlichen Arbeit von Historikern zu verdanken, dass diese uneinsichtigen Behauptungen mittlerweile ins rechte Licht gerückt wurden.

Hierzu einige wenige Fakten:

1932 übertrug Prinz Wilhelm von Schweden seinem damals dreiundzwanzigjährigen Sohn Lennart die Insel Mainau. Im selben Jahr zog sich Lennart Bernadotte, nachdem er durch die Heirat mit der bürgerlichen Karin Nissvandt sämtliche Titel und Erbansprüche an das schwedische Königshaus verloren hatte, von Schweden auf die Mainau zurück und machte die Insel für sich und seine Familie zum neuen Wohnsitz. Mit einigem Aufwand gestaltete er das vernachlässigte Eiland zu einem Park und eröffnete 1937 die Gaststätte Schwedenschänke, die bis zum Ausbruch des Zweiten Weltkriegs ein beliebtes Reiseziel für die nationalsozialistische Vereinigung »Kraft durch Freude« war.

Noch vor Kriegsbeginn verließ Bernadotte die Insel, er verbrachte die Zeit während des Krieges mit seiner Familie in Schweden. Als 1942 der Verwalter der Insel zur Wehrmacht einberufen wurde und die Insel wieder zu verwahrlosen drohte, kam Lennart Bernadotte ein Angebot der Organisation Todt sehr gelegen. Die bautechnische Organisation des nationalsozialistischen Rüstungsministeriums pachtete die Mainau für die Dauer des Krieges. Dabei wurden nicht nur Schloss und Torbogengebäude saniert und neu eingerichtet, sondern auch eine Wasserleitung vom Konstanzer Ortsteil Egg zur Insel verlegt. Die Organisation wollte ranghohen Mitarbeitern auf der Mainau die Gelegenheit zur Erholung bieten. Doch dazu kam es nicht mehr.

Kurz vor Kriegsende gewährte Hitlers Auswärtiges Amt den französischen Kollaborateuren auf der Insel Zuflucht. Der Chef der rechtsradikalen Parti populaire français, Jacques Doriot, scharte hier seine Anhänger um sich. Seine Gruppe plante von Süddeutschland aus das Zurückdrängen der Gaullisten und Kommunisten aus Frankreich. Die deutsch-französische Kollaboration endete jedoch bereits im Februar 1945 mit dem Tod Doriots bei einem Tieffliegerangriff nahe Mengen. Seine Anhänger verließen daraufhin fluchtartig die Insel Mainau.

Ab 26. April 1945 wurden Konstanz und seine Umgebung Teil der französischen Besatzungszone. Die Inseln Mainau und Reichenau wurden für die Unterbringung und Erholung von aus dem KZ Dachau befreiten französischen Häftlingen geräumt. Die von den Nazis errichteten Baracken und sanierten Gebäude dienten nun mehreren tausend ehemaligen KZ-Häftlingen als Hospital. Für dreiunddreißig Männer kam jedoch jede Hilfe zu spät. Trotz guter Pflege starben sie während ihres Aufenthalts auf der Mainau und wurden zunächst am Ostufer der Insel auf einem provisorischen Gräberfeld beigesetzt. Bereits bei seinem ersten Besuch der Insel nach Kriegsende veranlasste Lennart Bernadotte, dass die Toten auf Kosten der Stadt Konstanz auf den dortigen Hauptfriedhof umgebettet wurden. Zwischen 1947 und 1949 wurden die sterblichen Überreste, so sie denn identifiziert werden konnten, nach Frankreich überführt. Für die Regulierung der Schäden und die Neuanschaffung fehlender Einrichtungsgegenstände aus dieser Zeit forderte Lennart Graf Bernadotte von den französischen Verwaltungsstellen Schadensersatz.

Erst nach dem Tod von Lennart Bernadotte wurden auf Druck von Historikern und der Deutsch-Französischen Gesellschaft die Ereignisse auf der Insel aufgearbeitet. Heute befindet sich – wenn auch abgelegen – eine kleine Erinnerungsstätte an die dreiunddreißig verstorbenen Häftlinge aus dem KZ Dachau auf der Insel.

Danke an …

- meinen Großvater Xaver, der mir die Freude und das Interesse an historischen Zusammenhängen mitgegeben hat.
- meine Töchter für ihre moralische Unterstützung.
- meine Testleser Margit Burde und Sabine Zürn, deren Anregungen und Hinweise sehr wertvoll waren.
- meinen Agenten Bastian Schlück für seinen Einsatz, seine Kritik und die immer positive Art.
- meine Lektorin Anja Franzen, die mir in vielerlei Hinsicht nochmals die Augen geöffnet hat.
- meine Textredakteurin Margit von Cossart für den neuen Wind!

Clara Frey